『넙치』 초고를 보고 있는 귄터 그라스(1974년)

독일어 판 『양철북』 표지(슈타이들 출판사, 1993년)
여기 실린 그림과 조각 들은 모두 귄터 그라스의 작품이다.

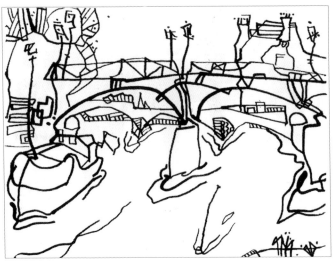

프랑스 여행 스케치북에서(1952년)

『기사십자훈장을 받은 남자』(1961년) 표지

위 「글 쓰는 사람의 손」, 에칭(1979년)
아래 「베스트팔렌의 화평」, 에칭(1979년)

시 「11월 11일에」의 테라코타 부조(1981년)

위 「새 여인」, 테라코타(1982년)
왼쪽 「두 명의 요리사」, 테라코타(1981년)
오른쪽 테라코타 부조를 만들고 있는 귄터 그라스(1981년)

『암쥐』 초고(1984년)

양철북 2

Die Blechtrommel

세계문학전집 33

양철북 2

Die Blechtrommel

귄터 그라스

장희창 옮김

민음사

차례

2부(하)

3부

1권 차례

1부

2부(상)

2부
(하)

75 킬로그램

비아즈마와 브리얀스크[1]의 격전. 그러고 나서 수렁의 시기가 시작되었다. 오스카도 41년 10월 중순, 수렁 속에서 힘껏 발버둥치기 시작했다. 중앙 군단이 이루어낸 수렁에서의 전과(戰果)와 내가 리나 그레프 부인 밑의 길도 없지만 질퍽질퍽하기는 마찬가지인 수렁에서 얻은 전과를 비교하는 것을 관대히 보아주시기 바란다. 모스크바를 목전에 두고 전차와 트럭이 수렁에 빠져버린 것처럼, 나도 꼼짝달싹 못하게 되었던 것이다. 물론 그 전선에서는 아직도 차바퀴가 헛돌며 진흙을 기고 있었고, 나도 항복은 하지 않고 있었다. 나는 문자 그대로 그레프 아주머니의 수렁 속에서 거품을 일으키는 데 성공했

---

1) 모스크바 서쪽의 격전지.

다. 그러나 모스크바 바로 직전의 지대에 있어서라든지, 그레프 부부의 침실에 있어서의 영토 확보에 대한 이야기는 입에 오르내리지 않았다

지금까지도 나는 이 비교를 그만두고 싶지 않다. 미래의 전략가들이 궁지에 빠진 당시의 수령 작전에서 교훈을 얻었듯이, 나 또한 그레프 부인이라는 자연 현상과의 전투에서 상당한 것을 깨달았다. 그러므로 이번 세계 대전 동안 내가 고향의 전선에서 시도했던 여러 가지 기도(企圖)가 과소평가되어서는 안 된다. 오스카는 당시 열일곱 살로서 아직 어린 나이였음에도 불구하고, 리나 그레프라는 위태롭고 앞을 내다보기 어려운 연병장에서 한 사람의 남자로 단련되었던 것이다. 군대와의 비교는 이 정도로 하고, 이번에는 오스카의 진보를 예술의 개념들로써 측정해 보기로 하자. 마리아가 소박하면서도 황홀하게 하는 바닐라의 안개로써 단시(單詩)를 이해시키고, 비등산이나 살구 버섯과도 같은 서정시의 맛에 나를 친숙하게 만들었다고 한다면, 그레프 부인의 코를 찌르는 복잡하게 얽힌 냄새의 영향권 내에서 나는 저 광대한 서사시의 공기를 호흡할 수 있었다. 그러므로 나는 지금도 전선에서의 전과와 침대에서의 전과를 이로써 단숨에 설명할 수 있는 것이다. 음악으로 비유한다면! 마리아의 유치하고 감상적이면서도 달콤한 하모니카로부터 단숨에 오케스트라의 지휘자로 비약한 것이다. 정말이지 리나 그레프는 그 폭과 깊이에 있어서 바이로이트나 잘츠부르크에서만 볼 수 있는 대편성의 오케스트라를 내게 제공해 주었다. 여기에서 나는 피리를 불고, 피아노를 치

고, 현악기를 켜고 뜯는 것을 배웠으며, 통주저음(通奏低音)이
든 대위법이든, 12음 음악이든 9음 음악이든 익혔고, 스케르
초의 시작이라든지, 안단테의 템포 같은 것도 알게 되었으며,
자신의 정열을 세차면서도 메마르게 혹은 부드러우면서도 넘
치듯이 표현할 수 있었다. 요컨대 오스카는 그레프 부인으로
부터 최대한의 것을 끌어내었다. 어쨌거나 그는 실망하지 않
았다. 그렇다고 해서 만족한 것도 아니었다. 참된 예술가는 언
제나 그런 법이다.

　우리 식료품 가게로부터 그레프의 채소 가게까지는 스무 걸
음 정도의 거리였다. 가게는 비스듬하게 마주 보고 있어서 유
리한 위치에 있었는데, 클라인하머 거리의 알렉산더 세플러의
빵집 주택보다 다니기도 훨씬 더 편했다. 나는 나의 스승인 괴
테와 라스푸틴에 대한 공부보다도 여성 해부학 공부에서 오히
려 더 진보를 이루었는데, 그것도 그레프의 가게가 알맞은 장
소에 있었기 때문인 것 같다. 오늘날에 이르기까지 그 갈라진
틈을 보이고 있는 저 교양상의 모순은 아마도 나의 두 여교사
의 유형적 차이로써 설명하거나 해명할 수 있을 것이다. 리나
그레프는 조금도 가르치려고 들지 않으면서, 그녀의 풍요로움
을 시청각 교재와 실험 재료로 삼아 솔직하고 수동적인 자세
로 나의 처분에 맡겨버렸다. 반면에 그레트헨 세플러는 교사
의 책무를 너무도 진지하게 생각했다. 그녀는 가시적인 성과
를 거두고 싶어 했다. 소리를 내서 책을 읽도록 하고, 북을 치
는 내 손가락이 깨끗하게 글씨를 쓰고 있는 것을 들여다보려
고 했으며, 나로 하여금 올바른 문법과 사이좋게 만들어 그

우정으로부터 자신도 이익을 얻으려 했다. 그러나 오스카가 그녀에게 조금이나마 나아지려는 성의를 보이기를 거부했으므로, 그레트헨 세플러는 마침내 인내심을 잃고 말았다. 그리하여 어쨌든 7년간이나 계속되었던 수업을 나의 불쌍한 어머니가 죽자마자 그만두어 버리고 다시 자수에 전념하였다. 하지만 빵집 부부 사이에서는 여전히 아이가 생기지 않았으므로 그녀는 가끔씩이기는 했지만, 특히 큰 축제일에는 손수 짠 스웨터나 양말이나 벙어리장갑 따위를 내게 선사했다. 괴테와 라스푸틴은 더 이상 우리 사이에서 화제가 되지 않았다. 두 스승의 작품에서 따온 그 발췌만은 여전히 여기저기, 대개는 아파트의 건조실에 보관해 두었는데, 오스카가 이 방면의 연구를 완전히 등한시하지 않게 되었던 것은 그 덕분이었다. 나는 스스로를 교육하여, 스스로의 판단에 이르렀던 것이다.

그러나 병약한 리나 그레프는 침대에 붙들어 매어져 있었으므로 나를 피하거나 나로부터 도망칠 수 없었다. 그녀의 병은 시름시름하면서도 그다지 중증이 아니었고, 나의 선생 리나가 금방 죽어서 나와 작별할 수는 없는 처지였던 것이다. 그러나 이 별에서 영속하는 것이란 없는 법이다. 그리하여 오스카도 그의 연구가 완성되었다 싶었을 때, 누워만 지내는 이 여인으로부터 곧장 떠나 버렸다.

독자 여러분은 말하는지 모르겠다. 젊은 사람이 그렇게 좁은 세상에서 무얼 배웠겠는가. 장래에 어른으로 살아가기 위한 무기를 식료품점과 빵집과 채소 상점에서 주워 모아야 했다니!라고. 정말이지 오스카가 매우 중요한 최초의 여러 인상들을 고리타분한 소시민적 환경에서 받았다는 것은 나도 인정하지 않을 수 없다. 하지만 최종적으로는 또 한 사람, 세 번째 교사가 있었다. 오스카에게 세상을 열어 보이고, 오스카를 오늘의 오스카로 만든 것은 그 사람의 몫이었다. 이 오스카라는 인물을 나타내기에는 더 나은 표현을 찾을 수 없으니, 당분간 그를 코스모폴리탄이라고 부르기로 하자.

독자 여러분 중에서 눈치깨나 있는 분은 이미 알아차리셨겠지만, 세 번째 교사란 바로 나의 교사이면서 스승인 베브라, 오이겐 왕자의 직계이며 루이 14세 가문 출신인 난쟁이 광대 배우 베브라를 말한다. 그리고 내가 베브라라고 말하는 경우에는 물론 그의 옆에 나란히 있는 부인, 즉 위대한 몽유병자이자 영원한 미녀인 로스비타 라구나를 포함한다. 마체라트가 나의 마리아를 빼앗아간 어두운 세월 동안, 나는 이따금 이 여인을 떠올리지 않을 수 없었다. 도대체 그 부인은 몇 살이나 되었을까? 라고 나는 자문했다. 꽃다운 열아홉이나 스물일까? 아니면 100년이 지나도 변함없이 영원한 청춘을 그 조그만 몸에 간직하고 있는 우아한 아흔아홉의 늙은 여인일까?

내 기억이 옳다면, 친척과도 같은 이 두 사람을 만난 것은 나의 불쌍한 어머니가 죽은 직후였다. 우리는 카페 '사계절'에서 함께 모카를 마셨다. 그러고 나서 각자의 길을 갔다. 약간이긴 하지만 무시할 수 없는 정치적 견해의 차이가 있었던 것이다. 베브라는 그 말투에서 짐작해 보건대, 제국 선전성에 접근하여 괴벨스 씨와 괴링 씨의 밀실(密室)에 출입하고 있었던 모양이다. 그는 이 탈선의 경위를 구구하게 설명하고 변명하면서, 중세에 궁정 광대들이 차지하던 영향력 있는 위치를 내게 설명해 주었고, 스페인 화가들이 그린 그림의 복제판을 보여주었다. 그 그림에는 신하들과 함께 필립이라든가 카를로스라는 자가 그려져 있었는데, 그 위엄 있는 무리의 한가운데에는 주름잡힌 깃과 뾰족 모자와 헐렁헐렁한 옷을 입은 몇 명의 광대가 보였다. 그 광대들은 베브라나, 아니면 나 정도의 키로 보였다. 나는 이 그림들이 바로 마음에 들긴 했지만,—어쨌든 오늘날까지도 나는 천재 화가 디에고 벨라스케스의 열렬한 팬이라고 자인한다—베브라의 설명을 순순히 받아들이려고 하지 않았다. 그래서 베브라도 스페인의 필립 4세의 궁정에 있던 난쟁이들의 입장과 라인 지방 출신의 입신 출세한 요제프 괴벨스의 측근인 자신의 입장을 비교하기를 멈추었다. 그러고서 그는 어려운 시대라는 말을 하며 약자는 당분간 몸을 숨기고 있어야만 된다고 말했다. 남몰래 피어나는 저항이라는 말도 사용했다. 말하자면 당시에 사용하던 말로 '국내 망명'이라는 것이었다. 그 때문에 오스카의 길과 베브라의 길은 엇갈리게 되었던 것이다.

하지만 내가 이 스승을 미워한 것은 아니었다. 그 후 몇 년 동안 광고가 붙은 기둥들을 볼 때마다 나는 가까이 다가가 극장이나 서커스의 포스터에 베브라의 이름이 실려 있는가를 확인해 보았다. 사실 두 차례 그의 이름이 라구나 부인의 이름과 함께 실려 있는 것을 보았으나, 이 친구들과 다시 만나려는 시도는 일체 하지 않았다.

나는 우연에 내맡겼지만, 우연은 재회를 허락하지 않았다.

베브라의 길과 나의 길이 그 다음 해가 아니라 그 이전인 42년 가을에 교차되었더라면, 오스카는 결코 리나 그레프의 생도는 되지 않았을 것이고, 스승인 베브라의 제자가 되었을 것이다. 그렇게 되지 않았기 때문에 나는 매일, 때로는 이른 아침부터 라베스베크를 횡단해 채소 가게로 들어갔다. 나는 예의 상 처음 반시간 정도는 점점 더 괴팍한 인간이 되어가고 있는 채소상 옆에 앉아서, 방울 소리를 내거나 신음 소리를 내거나 쇳소리를 내기도 하는 변덕스러운 기계들을 조립하고 있는 그를 바라보았다. 그러다가 손님이 가게에 들어오면 쿡쿡 찔러서 그에게 알려주었다. 당시 그레프는 도대체 주변의 일에 대해 아무런 관심을 가지고 있지 않았기 때문이다. 무슨 일이 있었던 것일까? 한때는 그토록 호방하고 언제나 농담을 즐기던 정원사였고 젊은이들의 친구였던 그가 도대체 무엇 때문에 이렇게 벙어리가 되었단 말인가? 무엇이 그를 이토록 고독하게 만들어 다소간 자신을 돌보지 않는 초로(初老)의 기인(奇人)으로 만들어 버렸을까?

젊은이들은 이제 오지 않았다. 새로 자라나는 젊은이들은 그를 알지 못했다. 보이 스카우트 시대 이래로 그를 따랐던 사람들은 전쟁 때문에 제각각 전선으로 흩어져 버렸다. 처음에는 전선으로부터 편지가 왔다. 그러다가 엽서밖에 오지 않게 되었다. 그러던 어느 날 그레프는 간접적으로 소식을 들었다. 그가 총애하던 호르스트 도나트 중위, 처음에는 보이 스카우트를 하다가 나중에 히틀러 청년단의 소대장을 지낸 일도 있는 그가 도네츠 하반에서 전사했다는 소식이었다.

이 날부터 그레프는 폭삭 늙어 버려 몸차림엔 신경도 쓰지 않은 채 잡다한 손일에만 몰두하였다. 그래서 그의 가게에는 감자나 양배추 같은 것보다도 방울 소리나 신음 소리를 내는 기계가 더 많이 눈에 띄었다. 물론 전반적으로 식량 사정이 악화된 탓도 있었다. 이 가게에도 아주 드물게 그리고 불규칙하게 채소류가 배급되곤 했던 것이다. 게다가 마체라트처럼 도매 시장에서 연줄을 잡아 이익을 남기는 구입을 한다든지 하는 일이 그레프에게는 불가능했다.

가게는 꼴이 초라했다. 그러므로 쓸모없이 소음만 내는 그레프의 기계가 우스꽝스럽기는 하지만 요란하게 가게를 채워 주고 장식하고 있는 것을 오히려 기뻐해야 할 판이었다. 나는 기계 도락가인 그레프의 더욱 복잡하게 주름이 잡힌 두뇌에서 튀어나오는 제품들이 마음에 들었다. 나는 요즈음 내 간호사인 브루노의 노끈 매듭 작품을 볼 때마다 그레프의 진열품이 생각난다. 내가 그의 예술 작품을 보고 싱글벙글하며 진지한 관심을 나타내는 것을 보고 브루노가 즐거워하는 것과 꼭 마찬가지로, 그레프도 내가 이런저런 음악 기계에 만족하는 것을 보고는 바보처럼 기뻐했다. 몇 년 동안 내게 조금의 관심도 기울이지 않았던 그가, 이제 와서는 내가 작업장으로 변한 그의 가게를 반 시간만에 떠나 그의 아내 리나 그레프를 방문하려고 치면 실망의 빛을 보이는 것이었다.

어쨌든 누워 지내는 이 여인을 방문했을 때의 상황을 여러분에게 어떤 식으로 실감나게 이야기할 수 있을까. 방문은 대개 두 시간 내지 두 시간 반쯤 걸렸다. 오스카가 방안에 들어서면 그녀가 침대에서 손짓을 했다. "어머, 오스카로구나. 가까이 오렴, 이불 속으로 들어와. 방이 추워, 그레프 아저씨가 불을 너무 안 때 주어서 말이야" 그러면 나는 새털 이불 밑의 그녀 옆으로 미끄러져 들어갔고, 북과 그 당시에 사용하고 있던 두 자루의 북채를 침대 앞에 놓고는, 이미 사용하여 다소간 말랑말랑해진 제3의 북채에게만 나와 더불어 리나를 방문하는 것을 허락하였다.

나는 리나의 침대로 가기 전에 옷을 벗거나 하지는 않았다. 양털과 빌로도와 가죽신을 몸에 걸친 채 그대로 침대로 들어갔다. 그리고 상당히 오랜 시간 힘들여 열을 내는 작업을 했음에도 불구하고, 거의 흐트러지지 않은 본래대로의 복장을 한 채 헝클어진 새털 이불에서 빠져나왔다.

나는 리나의 침대를 빠져나온 후 곧바로, 그녀의 냄새가 아직 몸에 배어 있는 채로 채소상을 다시 방문하곤 했는데, 그것이 언제부터인가는 하나의 습관처럼 되어 버렸다. 어느 날 내가 그레프 부인의 침대 속에서 행위의 마무리를 하고 있는 동안, 채소상은 따뜻한 물을 가득 채운 커다란 주발을 가지고 침실로 들어와서는 그것을 의자 위에 올려놓고 그 옆에다 수건과 비누를 놓았다. 그러고는 침대 쪽으로는 눈길 한번 보내지도 않고 아무 말 없이 나갔다.

대개의 경우 오스카는 그에게 제공된 둥지의 온기로부터 결단성 있게 뛰쳐나와 세면기 있는 곳으로 갔다. 그리고 쪼그리고 앉아 침대 속에서 효과 만점이었던 예전부터의 북채를 정성껏 씻었다. 나는 그레프가 자기 마누라의 냄새를 싫어해,

다른 사람이 간접적으로 그 냄새를 전하는 경우라도 참지 못한다는 것이 이해가 갔다.

이 발명가는 깨끗이 씻은 나를 환영해 주었다. 그는 자신이 조립한 모든 기계를 보여 주었고 그것들이 내는 여러 가지 소리를 들려주었다. 하지만 아직도 이해되지 않는 것은 오스카와 그레프가 늦게나마 이렇게 친밀하게 되었는데도 도무지 우정이라는 것이 생겨나지 않았다는 사실이다. 그레프는 내게 여전히 낯선 존재였고, 기껏해야 관심 정도라면 몰라도 그에 대한 동정심 같은 것은 결코 생겨나지 않았다.

42년 9월에—내가 마침 18번째의 생일을 노래도 소란도 없이 조용하게 지낸 후였으며, 라디오는 제6군이 스탈린그라드를 점령했다는 소식을 전하고 있었다—그레프는 북 치는 장치를 조립했다. 그는 감자를 담아 같은 무게로 만든 두 개의 접시를 목제의 뼈대에다 걸었다. 그러고 나서 왼쪽 접시로부터 감자를 하나 집어내었다. 그러자 저울 균형이 깨지면서 빗장이 풀리고 그 결과 뼈대 위에 장치되어 있는 북 장치가 활동을 시작했다. 북을 연타하기도 하고, 쾅하면서 두들기기도 하고, 우르릉거리며 긁어 대기도 했다. 거기에다가 심벌즈가 울리고 징소리가 울려 퍼졌다. 그리고 그것들은 마침내 모두 함께 섞여 달그락거리면서 비극적으로 불협화음을 울리는 피날레가 되었다.

나는 이 장치가 마음에 들었다. 그래서 그레프가 이것을 거듭해서 시연해 보이도록 시켰다. 오스카는 이 조립에 몰두하고 있는 채소상이 이 장치를 오스카를 위해 고안하고 조립

한 것이라고 생각했기 때문이었다. 그러나 곧 내 생각이 잘못이라는 사실이 너무도 분명하게 드러났다. 그레프는 나로부터 자극 정도는 얻었을는지 모르나 어쨌든 이 장치는 그레프 자신을 위한 것이었다. 이 장치가 연주하는 피날레는 실은 그레프 자신의 피날레였던 것이다.

어느 맑게 갠 10월의 이른 아침. 북동풍만이 무상으로 가져다줄 수 있는 상쾌한 아침이었다. 나는 시간에 맞추어 트루친스키 아주머니의 집을 나와 도로로 나섰다. 마침 마체라트는 가게 문 앞의 말아 올리는 문을 올리고 있는 중이었다. 녹색 칠을 한 덧문을 달그락거리며 말아 올리고 있는 그의 옆에서자, 식료품점 냄새가 뭉클하며 코를 찔렀다. 밤 동안 가게 안에 갇혀 있던 냄새였다. 나는 마체라트의 아침 키스를 받아들였다. 마리아가 모습을 드러내기 전에 나는 라베스베크를 횡단했다. 포석 위로 내 그림자가 서쪽으로 길다란 그림자를 던졌는데, 그것은 오른쪽에, 즉 동쪽 막스 할베 광장 상공에 태양이 스스로의 힘으로 높이 솟아 있었기 때문이었다. 이때 태양이 사용한 속임수는 뮌히하우젠 남작이 자신의 변발(辮髮)을 붙잡고 수렁으로부터 기어 나왔을 때 사용한 것과 같은 것임에 틀림없었다.

채소상인 그레프를 나처럼 잘 알고 있는 사람이라면, 그의 가게의 쇼윈도와 문이 이 시간에 여전히 커튼을 내린 채로 닫혀져 있는 것을 본다면 마찬가지로 놀라게 될 것이다. 그레프는 이 수년 동안 점점 사람이 이상스러워지기는 했다. 하지만 지금까지 영업시간만큼은 정확하게 지켜왔다. 혹시 그가 병이

낳을지도 모른다고 오스카는 생각했으나, 곧 이 생각을 쫓아 버렸다. 지난 겨울에만 해도 예전처럼 정기적으로는 아니지만 여전히 발트해의 얼음에다 구멍을 뚫고 냉수욕을 한 그레프라는 자연인이 다소간 노화 현상이 있었다고 해서 다음날까지 앓고 있다는 것은 생각할 수 없는 일이었던 것이다. 침대를 지키는 특권은 그레프 부인이 도맡아 누리고 있었다. 게다가 나는 그레프가 부드러운 침대를 경멸하고, 유별나게 야영용 침대와 단단한 판자 위에서 잠을 잔다는 사실도 알고 있었다. 그러니 그 어떤 병일지라도 이 채소상을 침대에다 붙들어 맬 수는 없었던 것이다.

나는 닫혀 있는 채소가게 앞에 서서 우리 집 가게 쪽을 뒤돌아보고 마체라트가 안에 있음을 확인했다. 그러고 나서야 겨우 나는 그레프 부인의 민감한 귀에 기대를 하며 신중하게 양철북을 몇 박자 두들겨 보았다. 약간 소리를 냈을 뿐인데도 가게문 옆으로 두 번째 창이 열렸다. 잠옷 차림의 그레프 부인이 머리에 온통 말아놓은 종이를 달고, 베개를 가슴에 껴안은 채 성에가 낀 화초 상자 위로 모습을 보였다. "어머, 들어와, 오스카. 그런 데서 무엇 하니 밖은 안 추워?"

나는 연유를 설명하며 북채로 쇼윈도의 함석 덧문을 두들겼다.

"알브레히트!"라고 그녀가 불렀다. "알브레히트, 어디 있어요? 무슨 일이에요?"라고 계속해서 남편을 부르며 그녀는 창가를 떠났다. 방문들이 차례로 열렸다 닫혔다 하고, 가게 안에서 그녀가 덜그럭거리는 소리가 들려왔다. 그러다가 곧 그녀가 비명을 지르는 소리가 들려왔다. 비명 소리는 지하실에서 났는데, 그녀가 무엇 때문에 그러는지 나로서는 알 수 없었다. 전쟁 동안에 점점 드물게 되긴 했지만, 배급 날이면 감자를 쏟아 넣던 채광창도 마찬가지로 닫혀 있었기 때문이다. 내가 이 창앞의 타르칠한 두꺼운 판자에다 한쪽 눈을 대고 들여다보자, 지하실 안에 전등이 켜져 있는 것이 보였다. 지하실 계단의 윗부분에 무언가 하얀 것이 놓여 있었는데 아마도 그레프 부인의 베개인 것 같아 보였다.

그녀는 층계에서 베개를 떨어뜨렸음이 분명했다. 지하실에서는 그녀의 모습이 이미 보이지 않았고, 다시 가게에서 그리고 곧 침실에서 비명 소리가 들려왔기 때문이다. 그녀는 수화기를 들고 비명을 지르고 다이얼을 돌렸고, 다시 전화기 속에다 비명을 질렀다. 오스카는 무슨 일이 일어났는지 알 수 없었다. 사고가 났다는 소리만을 주워들을 수 있었다. 그녀는 라베스베크 24라는 주소를 몇 차례나 아우성치면서 반복했다. 그러고는 수화기를 놓자마자 잠옷 차림 그대로 다시 아우성을 쳤다. 베개는 없어졌지만 머리를 만 종이들은 그대로 매단 채, 내게는 이미 익숙한 두 개의 가슴을 성에 낀 화초 상자 사이로 온통 드러내놓고, 두 손은 살빛의 연붉은 식물 속에다 찔러넣은 채, 그녀는 길이 비좁아라 하고 소리를 질렀다. 그래서 오스카는 이제 그레프 부인도 유리 깨는 소리를 내는구나, 라고 생각할 정도였다. 그러나 유리는 하나도 깨지지 않았다. 사방에서 창문이 열리고 이웃들이 얼굴을 내밀었다. 여자들은 무슨 영문인지를 서로 소리쳐 물었고, 남자들은 곧장 달려왔다.

시계방 주인 라우프샤트는 윗저고리 소매에 팔을 반만 끼워 넣은 채 달려왔다. 하일란트 노인, 라이스베르크 씨, 재단사 리비쉐브스키, 바로 이웃집의 에쉬 씨, 게다가 이발사가 아닌, 석탄 가게의 프룁스트까지 아들을 데리고 달려왔다. 그리고 흰 작업복을 입은 마체라트가 바람처럼 뛰어왔다. 마리아는 쿠르트를 팔에 안고 식료품 가게 문 앞에 서 있었다.

흥분한 어른들 사이에 숨어들어, 나를 찾고 있는 마체라트의 눈에 띄지 않기란 간단한 일이었다. 마체라트와 시계방의 라우프샤트, 이 두 사람이 과감하게 행동을 취하고자 했던 첫 번째 사람들이었다. 그들은 창으로 해서 집 안으로 들어가려 했다. 하지만 그레프 부인은 아무도 기어오르지 못하게 했다. 하물며 안으로 들어간다는 것은 불가능이었다. 그녀는 꼬집기도 하고 때리기도 하고 물어뜯기도 하면서, 수시로 더욱더 큰 소리로 아우성치기도 했는데, 이따금씩은 알아들을 대목도 있었다. 우선 구급대를 불러야 한다, 그녀가 이미 전화를 걸었으니까 아무도 이제 새삼 전화를 걸 필요는 없다, 이럴 때는 어떻게 해야 하는지는 나도 잘 알고 있다. 모두들 자기네 가게 일이나 걱정해라, 여긴 이제 볼장 다 봤다, 괜히 호기심으로 그러지 마라, 호기심, 불행이 닥쳐야 누가 진실한 친구인지 알 수 있다, 따위의 말들이었다. 울부짖고 있는 동안 그녀는 창 앞에 모인 군중 속에서 나를 발견했음에 틀림없었다. 그녀는 남자들을 내쫓는 시늉을 하면서 내 이름을 부르며 허옇게 드러난 두팔을 내게로 내밀었다. 그리고 누군가가—오스카는 그것이 시계방의 라우프샤트였다고 지금까지 믿고 있다—나를 들어 올려 마체라트의 반대에도 불구하고 창 안으로 밀어 넣으려고 했다. 그리하여 성에가 낀 화초 상자에 내 몸이 거의 닿았을 때, 마체라트의 손이 나를 잡을 뻔했다. 그러나 그 순간 리나 그레프가 나를 잘 붙들어 그녀의 따뜻한 속옷에다 끌어안았다. 그러자 그녀는 이제 더 이상 아우성치지 않았다. 다만 높은 소리로 흐느껴 울며 가쁜 숨을 몰아쉴 뿐이었다.

조금 전까지만 해도 그레프 부인의 울부짖음에 이웃 사람들이 흥분하여 부끄러움도 모르고 제스처를 취했던 것과 마찬가지로, 이제 가냘프면서 높은 그녀의 흐느낌은 성에 아래에 모인 군중을 당황케 하고 말을 잃은 채 안절부절못하게 만들었다. 그들은 우는 얼굴을 감히 올려다볼 엄두도 내지 못한 채, 모든 희망과 호기심과 동정심을 곧 오게 될 구급차에다 쏟고 있었다.

오스카에게도 그레프 부인의 흐느낌은 별로 기분이 좋지 않았다. 나는 비탄에 잠긴 그녀의 소리에서 조금이라도 떨어지고 싶어 좀더 밑으로 기어들려고 했다. 그래서 그녀의 목에서 벗어나 화초 상자에 반쯤 걸터앉을 수 있었다. 그러나 마리아가 어린것을 안고 가게 문 앞에 서 있는 것을 알고 나자, 나는 그녀의 시선이 너무나 부담스러웠다. 그래서 앉아 있던 자리에서 내려왔지만, 어쩐지 안절부절못하는 느낌이었다. 하지만 그것은 다만 마리아 때문이었으며, 이웃 사람들은 안중에도 없었다. 마침내 나는 요동이 너무 심해 침대를 연상시키는 그레프라는 해안으로부터 떠났다.

리나 그레프는 나의 도주를 깨닫지 못했다. 아니면 꽤 오랫동안 열심히 그녀를 위해 대용품이 되어 주었던 이 작은 육체를 잡아 둘 힘이 이미 없어졌는지도 모른다. 어쩌면 리나도 오스카가 그녀의 팔에서 영원히 미끄러져 나가 버렸다는 사실을 예감 했을지도 모른다. 그리고 그녀의 울부짖음과 함께 그 어떤 소음이 생겨남으로써 그것이 한편으로는 줄곧 누워만 지내는 여인과 고수(鼓手) 사이를 가로막는 소음의 벽이 되고, 또 다른 한편으로는 마리아와 나 사이에 있던 벽을 없애 버렸다는 사실을 말이다.

나는 그레프 부부의 침실에 서 있었다. 북은 내 몸에 비스듬히 불안정하게 매달려 있었다. 오스카에게는 이 방이 친숙한 곳이었다. 암록색 벽지의 무늬는 종으로나 횡으로나 눈 감고도 훤하게 알 수 있었다. 의자 위에는 전날의 회색 비눗물이 담긴 세면기가 그대로 놓여 있었다. 모든 것이 예전대로였으나, 긁히고 닳아 빠지고 해지고 어긋나 있는 가구들이 꼭 새로 만든 것이거나 아니면 적어도 새로 수선한 것처럼 보였다. 마치 네 다리 아니면 두 다리를 뻗치고 벽에 기대어 서 있는 모든 것이, 처음에는 리나 그레프의 울부짖음에 의해 그러고 나서는 그녀의 드높은 흐느낌에 의해, 놀라우리만치 차가운 빛을 새로이 얻기라도 한 것 같았다.

가게로 통하는 문은 열려 있었다. 오스카는 내키지는 않았지만 마른 흙과 양파 냄새를 풍기는 그곳으로 끌려 들어갔다. 창문 셔터의 틈새로 비치는 햇빛이 그 방을 먼지가 꿈틀거리는 줄무늬 모양으로 물들이고 있었다. 그레프의 소음 기계와 음악 기계의 대부분은 어슴푸레한 곳에 숨겨져 있었다. 빛이 닿아서 보이는 부분이라고는 몇 가지 자잘한 물건들과 방울, 나무 받침대, 북 장치의 밑 부분 정도였다. 그리고 균형을 유지하는 감자도 내 눈에 띄었다.

지하실로 통하는 뚜껑문은 우리 집 가게와 마찬가지로 카운터 뒤에 있었는데, 그것은 열린 채로 있었다. 그레프 부인이 아우성치며 서두르느라 그 판자 뚜껑을 열어 놓은 모양인데, 거기에는 아무런 버팀목도 받쳐 있지 않았다. 게다가 카운터에 나 있는 구멍에는 갈고리도 걸려 있지 않았다. 그러니 오스카가 슬쩍 밀기만 했어도, 꽈당 하고 뚜껑이 닫히며 지하실이 폐쇄되어 버렸을 것이다.

나는 먼지와 곰팡이 냄새를 발산하는 두꺼운 판자 바로 뒤에 꼼짝도 않고 서서, 층계의 일부와 지하실 콘크리트 바닥 한 부분을 갈라놓고 있는 눈부시게 빛나는 사각형을 바라보았다. 이 정방형의 오른편 위쪽으로 층층대를 이루고 있는 연단같이 생긴 것이 약간 내밀고 있었는데, 그것은 그레프가 새로 사들인 것임에 틀림없었다. 이전에 이 지하실을 이따금 방문했지만 이런 상자를 본 적은 결코 없었기 때문이다. 그런데 오스카가 그렇게 오랫동안 못이라도 박힌 듯이 이 지하실 속을 들여다본 것은 연단처럼 생긴 것 때문은 아니었다. 벽에 걸린 그림의 오른편 위쪽으로 속이 가득 채워진 두 개의 털양말이 검은 편상화 두 짝 안에 담겨 이상스럽게도 짧은 모습을 한 채 돌출해 있었던 것이다. 신 바닥까지 보지는 않았으나 나는 그것이 그레프의 하이킹 신발이라는 것을 곧 알아차렸다. 하이킹 준비를 마치고 거기에 서 있는 게 그레프의 모습일리는 없다고 나는 생각했다. 그 신발은 바닥 위에 서 있는 것이 아니라, 연단 위의 공중에 떠 있었기 때문이다. 구두 밑창이 아래쪽으로 가파르게 뻗어 바닥에 살짝만이라도 닿아 있다면, 이야기는 달랐을 것이다. 나는 순간적으로 발가락 끝으로 서 있는 그레프의 모습을 상상해 보았다. 우습기는 하지만 꽤나 힘이 들 그와 같은 자세의 연습은 체육 전문가이자 자연인인 그레프에게는 가능한 일이라는 생각이 들었던 것이다.

내 상상이 맞는지를 확인해 보고, 경우에 따라서는 채소상을 마음껏 놀려 주려고 나는 가파른 층계를 조심조심 내려갔다. 그리고 내 기억이 틀림없다면, 그때 공포를 일으키면서 공포를 몰아내는 노래를 북으로 친 것 같다. "검은 마녀는 있느냐? 있다있다있다!"라고.

오스카는 콘크리트 바닥에 단단하게 서고 나서야 비로소 주위를 빙 둘러볼 수 있었다. 그의 시선은 비어 있는 양파 부대 더미와 역시 비어 있는 채로 층층이 쌓여 있는 과일 상자 위를 거쳐 이전에는 결코 본 적이 없는 대들보를 스쳐 지나갔다. 그리고 마침내 그레프의 하이킹 신발이 걸려 있는, 아니면 발끝으로 서 있음에 틀림없는 그 장소로 다가갔다.

물론 나는 그레프가 매달려 있다는 것을 알고 있었다. 신이 매달려 있었고, 또한 올이 성기게 짜여진 암록색의 양말도 매달려 있었다. 양말 위로는 남자의 무릎이 노출되어 있었고, 그 위로 바짓가랑이 있는 곳까지는 털이 나 있는 넓적다리였다. 그때 나의 생식기로부터 쑤시는 듯한 통증이 일어났다. 그것은 엉덩이를 지나 마비 상태의 등 위로, 척추를 따라 기어 올라가

다가 목덜미 부분에서 나를 뜨겁고 차갑게 두들기고는, 그곳으로부터 다시 나의 다리 사이로 되튕기며 돌아와 말할 나위 없이 작은 나의 주머니를 오그라들게 만들었다. 그러고는 이미 구부러진 등을 뛰어넘어 다시 목덜미에서 자리를 잡고는, 거기서 간신히 가라앉았다—오늘날도 오스카는 누군가가 자기 앞에서 목을 매다는 이야기를 한다든가, 심지어 빨래를 매다는 이야기만 해도, 금방 이 통증이 일어나며 목이 조이는 듯한 아찔한 느낌을 받는다—그곳에 매달려 있던 것은 그레프의 하이킹 신발이나 털양말이나 무릎이나 반바지뿐만이 아니었다. 그레프의 온몸이 목에서부터 매달려 있었던 것이다. 그는 밧줄 위에서 긴장된 얼굴을 하고 있었고, 무대에서의 연극적 포즈도 다소간 취하고 있었다.

마디마디 쑤시던 통증은 순식간에 가라앉았다. 그레프의 모습도 예사롭게 보였다. 알고 보면 목을 매단 사내의 모습이란 것도 물구나무를 서서 걷고 있는 사내나 머리로 서 있는 사내나 네 발 달린 말이라는 짐승에 올라타려고 정말이지 꼴사나운 모습을 하고 있는 사내들의 자세와 마찬가지로 지극히 정상적이며 자연스러운 것이다.

그리고 무대 장치가 문제였는데, 이제 와서야 오스카는 그레프가 지불한 낭비를 겨우 이해하게 되었다. 그레프가 자신을 매단 주변 환경은 너무나 고급이어서 거의 낭비라고 할만했다. 채소상은 그에게 적합한 죽음의 형식을 찾았고 마침내 특선(特選)의 죽음을 발견했던 것이다. 그는 생전에 도량형 검정국 관리들과 몇 차례 분쟁을 일으켰고 불쾌한 편지를 주고

받았다. 관리들은 그의 저울과 추를 몇 번이나 차압하였고, 과일과 채소의 계량이 부정확하다고 그에게 벌금을 물렸다. 그래서 그는 자신의 몸과 감자를 1그램도 틀리지 않게 매달아 균형을 잡아 보였던 것이다.

비누칠을 한 것 같이 희미하게 반짝이는 밧줄은, 그가 자신의 최후의 날을 위해 특별히 가무대 위에다 조립해 놓은 두 개의 각재(角材) 위를 구르는 도르래 바퀴에 의해 조정되게 돼 있었다. 이 가무대도 결국은 그의 최후의 무대가 되는 것만을 유일한 목적으로 삼고 있었던 것이다. 최고급 건재(建材)에 사용된 비용으로 미루어보건대, 채소상은 마음껏 돈을 들이려 했던 것 같다. 건축 자재가 부족한 전시에 각재나 판자를 구입하기는 어려웠을 것이다. 그러므로 그레프는 미리 물물교환을 했음에 틀림없다. 과일을 주고 재목을 구입했던 것이다. 그리하여 이 가무대에는 장식용으로만 사용한 여분의 지주까지 설치되었다. 3단을 이루고 있는 이 연단은—그 일각을 오스카는 가게에서 보았다—그 전체 무대를 거의 숭고한 영역으로까지 높여 주었다.

그레프와 그의 평형 물은—이 조립광(組立狂)이 모델로 삼은 것으로 짐작되는 북 치는 장치의 경우와 마찬가지 요령으로—무대 안쪽에 매달려 있었다. 그레프와 또한 마찬가지로 허공에 떠 있는 감자들 사이에 놓여 있는 깨끗한 녹색의 작은 사다리가 하얗게 석회칠한 네 구석의 각재와 분명한 대조를 이루고 있었다. 그는 보이 스카우트 시절 배운 교묘한 매듭의 방법으로 감자 바구니를 중앙의 밧줄에다 묶어 놓았다. 그리고 하얗게 회칠 하긴 했지만 광도가 강한 네 개의 전구가 무대 안쪽을 비치고 있었다. 그 때문에 오스카는 그 엄숙한 단에 올라가 신성을 더럽히는 일 없이, 보이 스카우트의 매듭 방식대로 감자 바구니 위에 철사로 고정되어 있는 두꺼운 종이에 75킬로그램(마이너스 100그램)이라고 씌어져 있는 것을 읽을 수 있었다.

그레프는 보이 스카우트 대장의 제복을 입은 채 매달려 있었다. 그는 최후의 날에 다시 전쟁 전 시절의 제복으로 되돌아갔던 것이다. 하지만 그에게는 제복이 답답해 보였다. 맨 위쪽 단추 두 개와 허리띠가 풀어져 있었는데, 그것이 예전의 단정했던 복장에 불쾌한 맛을 더하고 있었다. 그레프는 왼손의 손가락 두 개를 보이 스카우트의 습관에 따라 교차시키고 있었다. 그리고 그는 목을 매달기 전에 보이 스카우트 모자를 자신의 오른쪽 손목에 묶어 놓았다. 목수건은 단념해야만 했다. 반바지뿐만 아니라 셔츠의 깃도 위쪽 단추들을 채우지 못했기 때문에, 그 옷섶 사이로 곱슬곱슬한 가슴털이 삐져나와 있었다.

연단의 계단에는 과꽃 몇 송이와 어울리지도 않게 파슬리의 줄기도 흩어져 있었다. 아마도 뿌리다 보니 꽃이 모자랐던 모양이었다. 대부분의 과꽃 그리고 몇 송이의 장미도, 무대의 네 구석의 기둥에다 걸어 놓은 저 네 개의 초상을 장식하는 데 써 버렸기 때문이었다. 왼쪽 앞에는 보이 스카우트의 창설자인 베이든 포엘 경이 액자 속에 걸려 있었다. 왼쪽 뒤로는 액자 없이 고귀한 성(聖) 게오르크가, 오른쪽 뒤에는 유리도 없이 미켈란젤로가 만든 다윗의 머리가 걸려 있었다. 그리고 오른쪽 앞 기둥에는 유리를 끼운 액자 속에 열여섯 살 정도의 표정이 풍부한 아름다운 소년의 사진이 미소 짓고 있었다. 도네츠 하반에서 중위로 전사한 그의 애제자인 호르스트 도나트의 옛날 사진이었다.

과꽃과 파슬리 사이에 섞인 채 연단의 층계에 흩어져 있던 넉 장의 종이쪽지에 대해서도 이 기회에 설명해 두고 싶다. 종이쪽지들은 힘들이지 않고 이어 붙일 수 있게 흩어져 있었기 때문에 오스카는 그렇게 해 보았다. 판독해 보니 보안 경찰의 스탬프가 몇 개 찍혀 있는 법원의 소환장이었다.

보고하지 않으면 안 될 것이 또 있다. 구급차의 요란한 사이렌 소리가 한 채소상의 죽음에 대해 고찰하던 나를 일깨웠던 것이다. 그 직후 사람들이 쿵쾅거리며 층계를 내려왔다가 연단으로 올라가서 축 늘어져 있는 그레프의 몸에 손을 댔다. 그러나 그들이 채소상의 몸을 들어 올리는 순간 이것과 균형을 이루고 있던 감자 바구니가 굴러떨어졌다. 북 치는 장치의 경우와 마찬가지로 균형 상태를 벗어난 그 장치가 작동하기 시작했다. 그레프가 무대의 천장에다 베니어판으로 교묘하게 가려 놓았던 장치였다. 밑에서는 감자들이 연단 위를 떼굴떼굴 구르다가 콘크리트 바닥으로 굴러떨어졌고, 위쪽 천장에서는 양철, 목재, 청동, 유리가 두들겨졌다. 위쪽에서는 알브레히트 그레프의 타악기 오케스트라가 속박을 벗어나 장대한 피날레를 연주했던 것이다.

감자 사태가—그것으로 몇몇 위생병은 돈벌이를 하기도 했다—일으킨 소리와 그레프가 만든 북 장치의 조직적인 소음을 양철북 위에다 반향시키는 일은, 오늘날 오스카에게 주어진 가장 어려운 과제에 속한다. 아마도 내 북이 그레프의 죽음에 결정적 영향을 미친 탓인지, 나는 때때로 그레프의 죽음을 주제로 하는 곡을 완성하여 오스카의 양철 위에다 치기도 한다. 그래서 친구들이나 간호사인 브루노가 곡의 제목을 묻는 경우도 있다. 그러면 나는 '75킬로그램'이라고 대답한다.

베브라의 전선 극장

42년 6월 중순. 나의 아들 쿠르트는 한 살이 되었다. 아버지인 오스카는 그것을 대수롭지 않게 여기며 생각했다. 앞으로 2년이다라고. 42년 10월에 채소상 그레프가 그처럼 형식이 완비된 교수대에서 목을 매달았다. 그 때문에 나 오스카는 이후로 자살을 숭고하게 죽는 방법의 하나로 간주하게 되었다. 43년 1월에는 스탈린그라드라는 도시가 자주 화제에 올랐다. 그러나 마체라트는 이전에 진주만이라든지 토브룩이라든지 덩케르크를 강조했던 것과 같은 식으로 이 도시의 이름을 강조했을 뿐이다. 그러므로 나는 이 멀리 떨어진 도시에서 일어난 사건들에 대해―임시 뉴스를 통해 내가 이미 잘 아는 도시들에 대한 것 이상으로―많은 관심을 기울이지는 않았다. 말하자면 오스카에게 있어서 국방군 발표와 임시 뉴스는 일종의 지리 수업과 같았다. 사실이지 이러한 일이 아니라면 쿠반이나 미우스라든지 돈 같은 강들이 어디를 흐르는지 내가 알 리는 없었을 것이다. 더욱이 알류산 열도(列島)의 아투, 키스카와 아다크 같은 섬의 지리적 상황을 극동에서의 사건에 대한 상세한 라디오 방송 이상으로 내게 잘 설명할 수 있는 것이 있었겠는가? 이렇게 하여 나는 43년 1월에 스탈린그라드라는 도시가 볼가강 강변에 있음을 알게 되었다. 그렇지만 그 무렵 내게는 마침 가벼운 유행성 감기에 걸린 마리아의 일이 제6군 따위의 일보다 더 걱정스러웠다.

마리아의 유행성 감기가 차츰 나아지는 동안에도 라디오는 지리 수업을 계속했다. 르제프라든지 데먄스크 따위의 촌락은 오스카가 지금 당장 어떤 소비에트 지도 위에서라도 눈 감은 채 바로 찾아낼 수 있는 지명들이다. 마리아가 낫자마자 이번에는 나의 아들인 쿠르트가 백일해에 걸렸다. 튀니지 전선에서의 치열한 공방전의 초점이 된 몇몇 오아시스의 아주 어려운 이름을 내가 외우려고 노력하는 동안 아프리카 사단과 함께 쿠르트의 백일해도 끝장이 났다.

오오, 환희의 달인 5월이여. 마리아와 마체라트 그리고 그레트헨 셰플러는 쿠르트의 두 번째 생일을 맞을 준비를 했다. 오스카도 다가오는 축일에 커다란 관심을 기울였다. 43년 6월 12일이 되면 이제 겨우 1년밖에 남지 않기 때문이었다. 그래서 내가 쿠르트의 두 번째 생일에 참석했더라면 아들의 귀에 대고 '기다려라, 잠시만. 너도 곧 북을 치게 된다!'라고 속삭일 수 있었을 것이다. 그러나 일이 꼬이다 보니 오스카는 43년 6월 12일에 단치히-랑푸우르가 아니라 고대 로마의 도시인 메츠에 머무르게 되었다. 정말이지, 그의 부재(不在)는 너무 길어졌다. 그 때문에 44년 6월 12일 쿠르트의 세 번째 생일을 축하하려고, 아직까지 폭격의 피해를 면하고 있었던 정다운 도시에 제시간에 맞추어 도착하는 데 무척이나 힘들었다. 어떤 용무로 내가 떠나야 했던가? 단도직입적으로 말하기로 하자. 공군의 병영으로 변한 페스탈로치 학교 앞에서 내가 스승인 베브라를 만났던 것이다. 그러나 베브라 혼자만 있었다면 내가 설득을 당해 여행을 떠나기까지 하지는 않았을 것이다. 그런데 베브라의 팔에 라구나가 매달려 있었다. 로스비타 부인, 위대한 몽유병자 말이다.

오스카는 클라인하머 거리로부터 오고 있었다. 그레트헨 세플러를 방문하고 돌아오는 길이었다. 『로마 쟁탈전』을 약간 읽었는데, 그 벨리사리우스[2]의 시대에도 이미 흥망의 무상함이 세상의 법칙이었다는 사실을 깨달았다. 당시에도 사람들은 광대한 지역에 걸쳐 벌어지는 도하 작전과 도시 공방전에서의 승리를 축하하기도 했고 패배를 참고 견디기도 했던 것이다.

지난 몇 년 동안 OT연합의 숙영지였던 프뢰벨 평야를 통과하며 나의 마음은 저 멀리 타기나를 날고 있었다. 552년 이곳에서 나르세스 장군이 고트 왕 토틸라를 격파했던 것이다.

---

2) 벨리사리우스(Belisarius, 505?-565). 비잔틴 제국의 명장. 유스티니아누스 황제의 명으로 페르시아의 침입을 격파하고, 아프리카에 원정하여 반달 왕국을 정복함. 또 이탈리아에서 동고트 왕국과도 싸워 시칠리아를 정복하는 등 국토 확장에 큰 공을 세움.

그러나 내 마음이 이 위대한 아르메니아인 나르세스에게 머무는 것은 단순히 승리 때문만은 아니었다. 오히려 그 장군의 풍채가 나를 끌어당겼던 것이다. 나르세스는 불구이며 꼽추였다. 나르세스는 키가 작았다. 나르세스는 꼬마였고 난쟁이였으며 동화 속의 소인이었다. 나르세스는 오스카보다 기껏해야 어린아이 머리 하나쯤 컸을지도 모른다고 생각하며 나는 페스탈로치 학교 앞에 멈추어 섰다. 그리고 너무도 빨리 키가 자란 몇몇 공군 장교들의 훈장을 쳐다보며 나는 그들과 나의 대장군을 비교했다. 나는 가만히 말했다. 나르세스는 훈장 같은 것은 달지 않았어. 그런 것은 필요하지도 않았지. 그런데 그 순간 학교의 정면 현관 한가운데에 바로 그 대장군이 서 있지 않은가? 한 부인이 그의 팔에 매달려 있었다—나르세스가 부인의 팔짱을 끼고 있다고 해서 이상할 게 뭐가 있겠는가?—공군의 거인들 곁에서 유달리 작게 보이는 그들이 내게로 다가 왔다. 하지만 대장군은 역사의 구름이 감싸고 있는 중심점으로서, 이제 갓 자라난 공군 영웅들과는 비교도 되지 않는 인물이었다—토틸라족과 테야족, 즉 꺽다리인 동고트인들로 가득 찬 이러한 병영도 나르세스라는 이름의 단 한 사람의 아르메니아인 난쟁이에 비하면 아무것도 아니었다—나르세스는 작은 발걸음으로 아장아장 다가와 오스카에게 인사를 했다. 그의 팔을 끼고 있던 부인도 인사를 했다. 베브라와 로스비타 라구나 부인이 내게 인사를 했던 것이다—공군들이 정중하게 우리에게 길을 비켜 주었다—나는 베브라의 귀에 입을 대고 속삭였다. "선생님, 난 당신을 위대한 대장군 나르세스로 생각했어요. 그 건장한 벨리사리우스보다도 훨씬 더 높이 평가하고 있답니다."

베브라는 조심스럽게 제지하는 제스처를 했다. 하지만 라구나는 나의 비교를 기뻐했다. 말할 때의 그녀의 입모습은 너무도 아름다웠다. "왜 그래요, 베브라, 이 어린 친구가 하는 말이 그렇게 부당한가요? 당신 혈관 속에는 오이겐 왕자의 피가 흐르잖아요? 게다가 루이 14세의 피도? 그는 당신의 조상이잖아요?"

베브라가 내 팔을 붙들고 옆으로 끌고 갔다. 공군들이 언제까지나 경탄하며 우리를 바라보는 게 귀찮아서 였다. 마침내 중위에 이어 두 명의 하사관이 베브라 앞에서 부동자세를 취했다. 어쨌거나 스승은 제복에 대위 계급장을 달고 있었고 소매에는 선전반의 표시가 붙은 완장을 두르고 있었던 것이다. 훈장으로 장식을 한 이자들은 또한 라구나에게 사인을 부탁하여 사인도 받았다. 그러고 나서 베브라는 공용차를 손짓해 불렀고 우리는 차에 올라탔다. 그리고 달리기 시작했을 때 우리는 공군의 열광적인 박수까지 감수해야만 했다.

우리는 페스탈로치 가, 마그데부르크 가, 헤에레스앙어를 지나갔다. 베브라는 운전석 옆에 앉았다. 마그데부르크 가에 들어서자마자 라구나가 내 북을 실마리로 해 말문을 열었다. "여전히 당신의 북한테 충실한가요?"라고 그녀가 지중해의 목소리로 속삭였다. 오랜만에 듣는 목소리였다. "다른 일에는 충실하지 않았나요?" 하지만 오스카는 그녀에게 대답하지 못했다. 따분하게 여자 편력 이야기나 늘어놓을 수는 없는 일이었다. 그러므로 오스카는 그 위대한 몽유병 환자가 처음에는 그의 북에 손을 뻗치고, 이어서 약간 경련을 일으키며 양철을 붙잡고 있는 그의 두 손을 쓰다듬는 것을 미소를 지으며 허용했다. 그것은 점점 더 남국적인 짙은 애무로 변해 갔다.

우리를 태운 차가 헤에레스앙어 쪽으로 꺾어 들어 5번선의 시내 전차 선로를 따라 달리기 시작했을 때, 나는 그녀에게 응답을 하기까지 했다. 말하자면 그녀가 오른손으로 나의 오른손을 애무하는 동안, 나는 왼손으로 그녀의 왼손을 쓰다듬었다. 차는 이미 막스 할베 광장을 지나갔으므로, 오스카는 이제 내릴 수도 없었다. 그때 나는 승용차 백미러 속에서 우리의 애무 놀이를 관찰하는 베브라의 영민하고도 노련한 엷은 갈색 눈을 보았다. 나는 친구이자 스승인 한 사내의 마음을 생각하여 라구나에게서 손을 빼려 했으나, 그녀는 내 두 손을 놓지 않았다. 베브라는 백미러 속에서 미소 지었다. 그리고 눈길을 돌려 운전사와 이야기를 나누기 시작했다. 그러자 로스비타 쪽에서도 두 손으로 뜨겁게 누르기도 하고 쓰다듬기도 하며 지중해의 입으로 이야기를 시작했다. 그 이야기는 달콤했고, 직접적으로 나를 향했으며, 오스카의 귓속으로 흘러 들어 가는가 싶더니, 금방 다시 사무적으로 되었다가, 그 후에는 그만큼 더 달콤하게 나의 분별심과 도망치려던 궁리를 봉해 버렸던 것이다. 우리의 차는 독일인 거류지를 지나 산부인과 병원 쪽으로 달렸다. 라구나가 오스카에게 고백했다. 그녀는 지난 몇 년 동안 계속 오스카만을 생각해 왔으며, 카페 '사계절'에서 내가 헌정의 말과 함께 노래를 불러 만든 그 글라스를 아직도 보관하고 있으며, 베브라는 훌륭한 친구이자 뛰어난 상대역이긴 하지만 결혼 같은 것은 생각할 수 없다는 것이었다. 그리고 내가 중간에 끼어들어 한 질문에 대해 그녀는 대답해 주었다. 베브라는 혼자 있지 않으면 안 된다, 그녀는 그에게 모든 자유를 허용하고 있다, 베브라도 본래는 질투가 심했는데 세월이 지나자 라구나는 묶어둘 수 없는 여자라는 사실을 이해했다, 게다가 이 선량한 베브라는 전선 극장의 지도자이기 때문에 결혼의 의무 같은 것을 따라보려고 해도 그럴 틈이 없다, 그 대신 전선 극장만큼은 일류로서 이 정도 프로그램 같으면 평시에는 '겨울정원' 극장이나 '스칼라' 극장에 내놓을 수 있을 정도다, 그리고 나 오스카도 타고난 천부의 재능을 써먹지 않고 있긴 하지만 곧 흥미를 갖게 될 것이다, 이제 내 연령이라면 견습 기간 동안 충분히 할 수 있다, 잘되리라는 것은 그녀가 보증하겠다, 하지만 나 오스카에게 어떤 다른 의무가 있지나 않은지? 없다고? 그렇다면 더욱 잘된 일이다, 오늘 당장 출발하자, 마침 단치히-서프로이센 군관구(軍管區)에서 마지막 오후 상연이 있다, 이제 로트링엔으로 가자, 그러고 나서 프랑스로 가자, 동부전선은 당분간 가게 될 일이 없다, 마침 운 좋게도 금방 끝냈으니까, 나 오스카는 참으로 운이 좋다, 동부 공연이 끝이 나 이번에는 파리로 가니 말이다, 파리로 가는 것이 틀림없다, 오스카는 지금까지 파리 여행을 한 일이 있느냐, 좋다, 이 라구나가 경직된 고수(鼓手)의 마음을 유혹하지 못한다면 파리가 그대를 유혹할 것이다, 자 함께 갑시다! 등등의 이야기였다.

위대한 몽유병자가 이렇게 말을 끝내는 순간 차가 멈추었다. 힌덴부르크 가에는 일정한 간격을 두고 프로이센식으로 푸른 나무들이 늘어서 있었다. 우리는 차에서 내렸고, 베브라는 운전수에게 기다리라고 했다. 나는 카페 '사계절'에는 들어가고 싶지 않았다. 얼마간 혼란해진 내 머리가 신선한 공기를 요구했기 때문이었다. 그래서 우리는 슈테펜스 공원을 산책했는데, 베브라는 나의 오른쪽에, 로스비타는 왼쪽에 있었다. 베브라는 선전반의 의의와 목적을 내게 설명했다. 로스비타는 선전반의 일상생활에서 벌어지는 자잘한 이야기들을 말해 주었다. 베브라는 종군 화가와 종군 기자 그리고 그의 전선 위문 극장에 대해 이것저것 떠들어 대었다. 로스비타의 지중해의 입으로부터는 먼 도시의 이름들이 튀어나왔다. 라디오의 임시 뉴스가 요란하게 전하던 이름들이었다. 베브라는 코펜하겐에 대해 이야기했다. 로스비타는 팔레르모에 대해 속삭였다. 베브라는 벨그라드의 일을 노래했다. 로스비타는 비극의 여배우같이 아테네의 일을 탄식했다. 그러나 두 사람은 다시 파리 이야기가 나오자 열을 올리며 방금 열거한 도시들을 몽땅 더해도 저 파리는 능가할 수 없노라고 장담했다. 마침내 베브라는 거의 공식적인 말투로, 그리고 전선 극장의 지도자 겸 대위로서의 모든 형식을 갖추어 나에게 제안했다. "젊은이, 우리와 함께하게나. 북을 치고 노래를 불러 맥주잔과 전구를 깨어 보세! 아름다운 프랑스, 영원히 젊은 파리에 있는 독일 점령군이 그대에게 감사하고 열광하고 환호할 것이네."

오스카는 순전히 형식적으로 잠시 생각할 여유를 달라고

말했다. 넉넉하게 반 시간 동안 나는 라구나로부터, 그리고 친구이자 스승인 베브라로부터 떨어져, 5월의 신록이 우거진 수풀 사이를 걸었다. 깊이 생각하며 괴로워하기도 해 보고, 이마를 문지르기도 하고, 예전에 없이 숲속의 새소리에 귀를 기울이기도 하고, 작은 부리 울새에게 정보와 충고를 기대하는 듯한 시늉을 짓기도 했다. 그리고 녹음 속에서 무언가가 유별나게 큰소리로 뚜렷하게 지저귀는 것을 기회로 나는 이렇게 말했다. "존경하는 스승이시여, 선량하고도 현명한 자연이 저에게 충고하는군요, 당신의 제안을 받아들이라고. 그러니 이제부터 저를 당신의 전선 극장의 일원으로 보아 주시기 바랍니다!"

그리고 나서 우리는 '사계절' 안으로 들어가 엷은 핏빛의 모카를 마시면서, 나의 도주에 대해 세세하게 협의했다. 그리고 우리는 그것을 도주가 아니라 출발이라고 불렀다.

카페 앞에서 우리는 실행 계획의 세부 사항들을 다시 한 번 확인했다. 그러고 나서 나는 라구나와 선전반의 베브라 대위와 작별했다. 베브라는 공용차를 나더러 사용하라면서 자기는 타려 하지 않았다. 그래서 두 사람이 힌덴부르크 가를 따라 시내 쪽으로 느릿느릿 걸어가는 동안, 나는 대위의 차로—운전사는 이미 중년에 접어든 상병이었다—랑푸우르로 되돌아가 막스 할베 광장까지 갔다. 라베스베크까지 들어갈 생각도 없었고, 또 그럴 수도 없었다. 오스카가 국방군의 군용차를 타고 도착했다고 생각해 보라. 때아닌 진풍경이 벌어졌을 것이다.

내게는 시간 여유가 별로 없었다. 마체라트와 마리아에게 고별 방문을 했다. 한참 동안 나는 나의 아들 쿠르트의 칸막이 침대 옆에 서 있었다. 내 기억이 맞다면 아버지다운 생각까지 들었던 것 같다. 그래서 금발머리의 사내 녀석을 쓰다듬어 주려 했지만 쿠르트 녀석은 원하지 않았다. 대신에 마리아는 몇 년 만에 나의 뜻밖의 애정을 보고는 약간 놀라긴 했으나 기뻐하며 호의적으로 대해 주었다. 마체라트와의 이별은 이상하게도 힘들었다. 이 사내는 부엌에 서서 겨자 소스로 콩팥을 조리하고 있었는데, 큰 요리 숟가락에 완전히 열중해 있는 모습이 행복해 보여 그의 일을 감히 방해하고 싶지 않았다. 그러다가 그가 뒤쪽으로 손을 뻗쳐 조리대 위에서 손을 더듬으며 무엇인가를 찾기 시작했을 때에야 비로소 오스카는 그보다 먼저 손을 내밀어, 썰어 놓은 파슬리를 쌓아 놓은 도마를 그에게 건네주었다. 지금 생각해 보아도 마체라트는 그때 내가 부엌을 나가 버린 후에도 한참 동안 썬 파슬리를 쌓아놓은 도마를 든 채 깜짝 놀라 멍하게 서 있었음에 틀림없다. 오스카가 그때까지 마체라트를 위해 무언가를 건네주거나 들고 있거나 혹은 주워 준 적이라고는 한 번도 없었으니 말이다.

나는 트루친스키 아주머니 집에서 식사를 하고, 몸을 씻은 후 침대로 갔다. 나는 그녀가 새털 이불 속으로 들어가 가볍게 피리를 부는 것처럼 코를 골기 시작할 때까지 기다렸다. 마침내 나는 슬리퍼를 신고 옷을 끌어안았다. 그리고 회색 머리털을 가진 쥐가 피리를 불고 코를 골며 점점 늙어 가는 방을 지나갔다. 복도에서는 열쇠 때문에 약간 애를 먹었으나 마침내 빗장을 벗겼다. 나는 여전히 맨발에다 잠옷 차림을 하고 옷 묶음을 끌어안은 채, 건조실로 통하는 층계를 민첩하게 기어 올라갔다. 나의 은신처는 사람들이 방공 규칙을 어겨 가면서까지 암키와를 쌓아올려 놓은 것과 신문지를 다발로 쌓아놓은 것 뒤편이었다. 그곳에서 나는 방화용 모래 더미와 방화용 양동이에 걸려 넘어지면서 번쩍번쩍 빛나는 새 북을 하나 찾아냈다. 마리아도 모르게 내가 감춰둔 것이었다. 나는 오스카의 교과서도 거기에서 찾았다. 라스푸틴과 괴테를 한 권으로 합쳐 놓은 것이었다. 나는 나의 애독서를 가져가야만 했던가?

오스카는 자신의 옷과 구두 속으로 몸을 밀어 넣고, 북을 어깨에 매달고 북채를 바지 멜빵 뒤에다 끼우면서 그의 신들인 디오니소스와 아폴로와 동시에 상의했다. 무아경에 빠진 도취의 신은 책 따위는 결코 가져가서는 안 되며, 꼭 가지고 가야 한다면 한 무더기의 라스푸틴을 가져가도록 충고했다. 반면에 너무도 빈틈이 없고 너무도 이성적인 아폴로는 프랑스 여행을 전면 중단하라고 설득했다. 하지만 여행에 대한 오스카의 결심이 굳은 것을 알자, 그는 이번에는 여행 꾸러미를 완전무결하게 하라고 우겼다. 그래서 나는 괴테가 몇백 년 전에 뱉어 놓은 예의 바른 하품을 가지고 가야 했다. 그러나 『친화력』은 모든 섹스 문제를 해결할 힘이 없다는 것쯤은 나도 알고 있었으므로, 그 밖에 라스푸틴과 검은 양말을 신고 있는 그의 벌거벗은 여자들도 데리고 가기로 했다. 아폴로가 조화를 추구하고, 디오니소스가 도취와 혼돈을 추구한 반면에, 오스카는 혼돈을 조화시키고 이성을 도취 상태로 변화시키는 꼬마 반신(半神)이었다. 이 반신은 오랜 세월 이래로 결정된 모든 완전한 신들과 비교할 때, 죽어야 할 존재라는 것 이외에 하나의 장점을 가지고 있었다. 즉 오스카는 흥미 있는 것이라면 무엇이든 읽을 수 있는 반면에 신들은 스스로를 검열하는 것이다.

그동안 나는 아파트 생활에, 그리고 세 들어 사는 열아홉 세대의 요리하는 냄새에 잘도 익숙해져 있었다. 계단 계단마다, 층층마다, 문패가 붙어 있는 집집의 문마다 나는 작별을 고했다. 오오. 음악가 마인, 이 사내는 병역 부적격자로 되돌아와서, 다시 트럼펫을 불었고, 다시 진을 마시면서 다시 소집당할 날을 기다렸다―실제로 그는 나중에 소집당해 갔지만 트럼펫을 가져갈 수는 없었다. 오오, 꼴사나운 카터 부인, 그녀의 딸 수지는 통신대 조수가 되었단다. 오오, 악셀 미쉬케, 너는 그 말채찍을 무엇하고 바꾸었느냐? 보이부트 부부, 이들은 언제나 무를 먹고 있었다. 위장병을 앓는 하이네르트 씨는 보병이 되지 못하고 쉬하우에서 일을 했다. 그 옆집에는 하이네르트의 양친이 살았는데, 여전히 하이모브스키라는 이름을 쓰고 있었다. 오오, 트루친스키 아주머니, 이 쥐는 출입문 뒤쪽에서 태평하게 자고 있었다. 귀를 판자문에 갖다 대니 그녀가 피리 부는 소리가 들렸다. 본래는 레첼이라고 불렸던 클라인 케스헨은 지금은 중위가 되었다. 어렸을 땐 언제나 긴 털양말을 신어야만 했지. 슐라거의 아들은 죽었다. 아이케의 아들도 죽었다. 콜린의 아들도 죽었다. 그러나 시계방 주인 라우프샤트는 아직까지 살아 있으면서 죽은 시계를 소생시키고 있었다. 하일란트 노인도 살아 있었다. 여전히 굽은 못을 두들겨 바로 펴고 있었다. 슈베르빈스키 부인은 앓고 있었다. 슈베르빈스키 씨는 건강했음에도 부인보다 먼저 죽어 버렸다. 그리고 맞은편 1층에는 누가 살았던가? 그곳에는 알프레트와 마리아 마체라트 그리고 곧 두 살이 되는 쿠르트라는 이름의 아기가 살고 있다. 그리고 모두들 잠든 한밤중에 힘겹게 숨을 쉬는 커다란 아파트를 떠난 자는 누구였던가? 그것은 어린 쿠르트의 아버지인 오스카였다. 그는 어두워진 거리로 무엇을 가지고 나갔던가? 그의 북 그리고 그가 인생의 본보기로 삼았던 위대한 책이었다. 방공 규칙을 충실하게 지켜 어둠에 잠겨 있는 모든 집들 가운데, 마찬가지로 방공 규칙을 충실하게 지켜 컴컴해진 한 채의 집 앞에 그는 무슨 연유로 멈추어 섰던가? 그곳에 미망인 그레프가 살고 있었기 때문이다. 그는 이 부인으로부터 교양은 아니라 할지라도, 그 어떤 종류의 민감한 손재주를 배웠던 것이다. 그런데 그가 어두컴컴한 이 집 앞에서 모자를 벗은 것은 무엇 때문이었나! 채소상 그레프가 생각났기 때문이다. 고수머리와 매부리코의 사내, 자기 몸을 저울에 달고 또한 목을 맨 사내, 목을 매었으면서도 여전히 고수머리와 매부리코를 하고 있었던 사내, 평소 같으면 움푹 패인 속에서 명상에나 잠겨 있을 갈색의 눈을 너무도 긴장한 나머지 툭 튀어나오게 만들었던 사내. 마침내 오스카가 바람에 나부끼는 리본을 맨 수병(水兵) 모자를 다시 고쳐 쓰고, 그곳으로부터 곧장 떠나간 것은 무엇 때문이었던가? 랑푸우르 화물역에서 그들을 만나기로 했기 때문이었다. 그래 그는 약속 장소에 정시에 도착했던가? 그랬다.

사실 허겁지겁하며 겨우 시간 내에 나는 브룬스회퍼베크의 육교 근처에 있는 철도 둑에 도착했다. 근처에 있는 홀라츠 박사의 진료소 앞에 멈추거나 하지는 않았다. 물론 마음속으로는 잉에 간호사에게 작별을 고했고, 클라인하머 거리의 빵집에 대해서도 인사를 보내기는 했지만, 나는 이 모든 일을 걸어가면서 처리했던 것이다. 다만 성심교회의 현관만이 내게 휴식을 강요하여 하마터면 지각할 뻔했다. 현관은 닫혀 있었다. 하지만 내 머릿속에는 성모 마리아의 왼쪽 허벅다리 위에 앉아 장밋빛의 벌거벗은 몸을 드러내고 있는 소년 예수의 모습이 너무도 선명하게 떠올랐다. 그때 나의 불쌍한 어머니가 다시 나타났다. 그녀는 고해석에 무릎을 꿇고 앉아 비잉케 사제의 귀에다 식료품점 여주인의 죄를 송두리째 쏟아 붓고 있었다. 마치 그녀가 1파운드나 반 파운드의 푸른 봉지 속에 설탕을 쏟아 넣기라도 하는 것과 같았다. 그러나 오스카는 왼쪽 옆 제단 앞에 무릎을 꿇고는 소년 예수에게 북 치는 방법을 가르쳐 주려 했다. 그러나 이 꼬마는 북을 치지 않았고, 내게 기적을 보여 주지도 않았었다. 오스카는 그때 맹세했다. 그리고 닫혀져 있는 교회 현관 앞에서 이제 다시 맹세했다. 언젠가는 그에게 북을 치게 만들겠노라고. 오늘 안 되면 내일이라도!

　그렇지만 긴 여행을 목전에 두고 있었으므로 나는 모레를 기약하며 교회 현관으로부터 고수(鼓手)의 등을 돌렸다. 예수가 내게서 도망치는 일은 없으리라 확신했던 것이다. 나는 육교 옆의 둑을 기어올라 가며 괴테와 라스푸틴을 조금 잃어버렸다. 하지만 나의 교양 재산의 대부분을 둑 위의 선로 사이

에 무사히 운반하여 올렸다. 그러고서 돌을 던지면 닿을 정도
의 남은 거리를 침목과 자갈에 걸려 비틀거리며 달려가다가
나를 기다리고 있던 베브라와 부딪쳐 하마터면 그를 넘어뜨릴
뻔했다. 그만큼 어두운 밤이었다.

"우리 양철북 명인께서 오시는구먼!"이라고 대위 겸 음악
광대가 소리쳤다. 그러고 나서 우리는 서로 조심하면서 레일
과 교차점을 더듬더듬 건너갔다. 그러다가 편성 중인 화차 사
이에서 길을 잃었으나 마침내 휴가병 열차를 발견할 수 있었
다. 이 열차 안에 베브라의 전선 극장을 위한 특별실이 마련되
어 있었던 것이다.

오스카는 전차라면 이미 여러 차례 타 보았지만, 철도 여
행은 이번이 처음이었다. 베브라가 나를 칸막이한 객실 속으
로 밀어 넣자, 무언가 바느질에 열중하고 있던 라구나가 눈을
들어 미소 지었다. 그리고 내 볼에다 미소와 함께 키스를 했
다. 그녀는 미소 지으면서도 바느질 손은 놓지 않은 채 나에
게 전선 극단의 나머지 두 멤버를 소개했다. 곡예사인 펠릭스
와 키티였다. 벌꿀 빛의 머리털에다 회색빛이 도는 피부를 가
진 키티는 상당히 애교가 있었으며, 라구나 부인 정도의 몸매
였다. 말투에 작센 사투리가 가볍게 섞여 있는 것이 오히려 그
녀의 매력을 더하게 했다. 곡예사 펠릭스는 아마도 단원 중에
서 가장 큰 키였을 것이다. 138센티미터는 되고도 남았을 것
이다. 이 가련하기 짝이 없는 사내는 자신이 눈에 띄는 것 때
문에 괴로워했다. 그런데다 94센티미터의 내가 출현했으니 콤
플렉스가 더욱더 커진 것은 말할 나위도 없었다. 더군다나 이

46

곡예사의 옆얼굴은 고도로 조련된 경주마의 옆얼굴과 닮았기 때문에, 라구나는 그를 놀려 대며 '카발로' 혹은 '펠릭스 카발로'라고 불렀다. 곡예사는 비록 상병 계급장을 달고 있었지만 베브라 대위와 똑같은 전투복을 입고 있었다. 어울리지 않긴 했지만 여자들도 여행복용으로 재단한 전투복을 입고 있었다. 라구나가 손가락을 놀리며 바느질을 하던 것도 알고 보니 군복이었다. 이것이 나중에 나의 제복이 되었는데, 펠릭스와 베브라가 구해 온 천을 로스비타와 키티가 교대 교대로 꿰매고, 윗저고리와 바지와 전투모가 나에게 꼭 맞을 때까지 전투복의 천을 계속 잘라 만든 것이었다. 그러나 오스카의 발에 꼭 맞는 신발은 군대 내의 어느 피복 창고에서도 조달할 수 없었다. 그래서 나는 신고 있던 보통의 끈 달린 신발로 만족하는 수밖에 없었으며, 주사위 통처럼 생긴 병사용 장화는 얻지 못했다.

나에 관한 서류는 위조되었다. 곡예사 펠릭스는 세심한 주의를 요하는 이 작업을 능숙하게 처리했다. 순전히 예의상으로 보아도 나는 항의할 수 없었다. 위대한 몽유병자가 나를 그녀의 형제로, 아니 나이 많은 오빠로 둔갑시켜 버렸던 것이다. 오스카넬로 라구나, 1912년 10월 21일, 나폴리 출생. 나는 오늘날까지 온갖 이름을 사용해 왔는데, 오스카넬로 라구나도 그중의 하나로, 확실히 듣기 싫은 이름은 아니었다.

그러고 나서 우리는 흔히 말하는 대로 발차하였다. 우리는 슈톨프, 슈테틴, 베를린, 하노버, 쾰른을 경유하여 메츠로 향했다. 베를린에서는 거의 아무것도 보지 못했다. 다섯 시간 동안 정차했는데, 물론 공습경보가 있었기 때문이다. 우리는 지하의 토마스 주점으로 피신했다. 둥근 천장 아래에서 휴가병들이 정어리처럼 뒹굴고 있었다. 헌병대의 한 사람이 우리를 통과시키려 하는 순간 "헬로." 하고 부르는 소리가 들렸다. 동부 전선에서 온 일부 병사들이 그전에 위문 공연을 본 적이 있어서 베브라 일행을 알아본 모양이었다. 박수 소리와 휘파람 소리가 터져나왔고, 라구나는 손으로 키스를 던졌다. 모두가 우리의 연기를 요구했고, 이전에 맥주홀이었던 둥근 천장 아래의 지하실 한구석은 순식간에 무대가 되었다. 베브라는 박절하게 거절할 수 없었다. 게다가 한 공군 소령이 간곡하게 그리고 과장된 몸짓으로 부디 이 사람들을 조금이나마 즐겁게 해 달라고 부탁하기도 했던 것이다.

오스카로서는 난생 처음의 무대 출연이었다. 약간의 준비가 없지는 않았지만—열차를 타고 달리는 동안 베브라와 함께 내가 맡은 역을 몇 차례 연습했었다—무대 공포증이 나를 엄습했다. 그러자 라구나가 재빨리 내 손을 문지르며 안정시켰다.

우리의 곡예 도구를 넣은 짐꾸러미가 끌려오자—병사들은 너무도 열심이었다—펠릭스와 키티가 곧바로 곡예사 연기를 시작했다. 두 사람은 함께 고무 인간이 되어, 서로 간에 끈처럼 결합되기도 하고, 몇 번이나 서로 휘감겼다 떨어지는가 하면, 서로 붙들며 돌다가 떨어지고, 다시 서로가 얽히면서 손이며 발을 교환했다. 그리하여 입을 떡 벌린 채 밀고 밀리는 구경꾼들에게 극심한 관절통과 몇 날이고 계속될 근육 경화증을 선사하였다. 이처럼 펠릭스와 키티가 아직도 붙었다 떨어졌다 하고 있는 동안에, 음악 광대인 베브라가 등장했다. 가득 찬 병에서부터 비어 있는 병에 이르기까지 여러 개의 병들을 늘어놓고 두드리며 그는 전시의 최신 히트곡들을 연주했다. 「에리카」와 「마마치, 나에게 망아지를 보내 다오」를 연주하고, 「고향의 별들」을 병목으로부터 화려하게 울려나오게 했으나 반응이 시원치 않자, 그의 오랜 장기를 선보였다. 마침내 「호랑이 지미」가 병들 사이에서 미친 듯이 날뛰었다. 이 연주는 휴가병들뿐만 아니라, 꽤 까다로운 오스카의 귀마저 솔깃하게 만들었다. 그러고 나서 베브라가 우스꽝스럽긴 하지만 성공적임에 틀림없는 마술을 몇 가지 보인 후, 위대한 몽유병자인 로스비타 라구나와 유리를 파괴하는 고수(鼓手) 오스카넬로 라구나의 등장을 알렸을 때, 구경꾼들의 기분은 적당히 고조되어 있었다. 그러므로 로스비타와 오스카넬로의 성공은 당연지사였다. 나는 가벼운 연타로 우리의 연기를 시작하여, 점점 고조되는 연타로 클라이맥스를 준비하였으며, 연기가 끝날 때는 교묘하고도 커다랗게 북을 울려 박수를 유도해 내었다. 라구나는 관객 중에서 임의로 병사 한 명과 심지어는 장교까지 불러내기도 했고, 산전수전 겪은 고참 상병이라든지 아니면 수줍어하는 듯하면서도 우쭐거리는 견습 사관을 자기 옆에 앉도록 하고는 그들의 마음속을 차례차례로 들여다보았다. 정말이지 그녀는 이런 재주도 있었다. 그리하여 그녀는 자리에 모여 있는 일동에게 상병이나 견습 사관들의 신분증명서에 나타나 있는 사항들을 언제나 정확하게 맞출 뿐만 아니라, 그들의 사생활의 몇 가지 비밀들도 폭로했다. 그녀는 세련된 솜씨로 비밀을 폭로하면서도 위트를 발휘했다. 그러고 나서 그녀는 완전히 폭로당해 버린 사내에게 마지막으로 속이 가득 찬 맥주병 하나를 선사했다. 구경꾼들은 그저 답례의 선물이거니 여겼다. 그런데 그녀는 이 선물을 받은 사내에게 병을 높이 쳐들어 잘 보이도록 해 달라고 부탁한 후 나, 즉 오스카넬로에게 신호를 보내었다. 이에 맞추어 나는 북소리를 점점 더 고조시키며 연속적으로 두들겨 탕 하는 소리와 함께 그 맥주병을 박살냈다. 물론 내 소리는 다른 더 큰일이라도 할 수 있으므로, 맥주병 같은 것은 아이들 장난에 지나지 않았다. 어쨌든 노회한 상병이나 신출내기 견습 사관 할 것 없이 얼굴에 맥주를 흠뻑 뒤집어쓴 채 얼이 빠져 있었다. 그러자 박수갈채가 터져 나오며 한동안 계속되었고, 여기에 또한 제국 수도를 맹렬하게 폭격하는 소음이 섞여들었다.

우리가 보인 연기는 세계적인 수준은 아니더라도 어쨌든 사람들을 즐겁게 해 주었다. 전선도 휴가도 잊게 했으며, 웃음을 터져 나오게 했다. 그리고 그 웃음은 그칠 줄 모르고 계속 되었다. 우리들 머리 위로 폭탄이 떨어져 지하실이 그 내용물과 함께 뒤흔들리고 흙모래가 흩날리며, 전등도 비상등도 모두 꺼지고, 모든 것이 뒤죽박죽 되었을 때도 폭소 소리가 질식할 것 같은 어두운 관 속을 계속 울렸던 것이다. 그 와중에서도 그들이 소리쳤다. "베브라, 좀 더 들려 다오!" 그러자 선량하면서도 뚝심 있는 베브라가 다시 나타나, 어둠 속에서 광대놀이를 했고, 생매장된 집단으로부터 걷잡을 수 없는 웃음보따리를 이끌어 냈다. 그리고 모든 사람이 이구동성으로 라구나와 오스카넬로를 요구하자, 베브라는 나팔 소리 같은 커다란 소리로 대답했다. "라구나 부인께서는 매우 지쳐 있습니다. 친애하는 납 병정 여러분. 어린 오스카넬로도 대독일 제국과 최후의 승리를 위해 잠시 눈을 붙여야 합니다!"

그러나 정작 로스비타는 내 옆에 누워 두려워하고 있었다. 오스카는 무서워하지는 않았지만 어쨌든 라구나 부인 옆에 누워 있었다. 그녀의 공포와 나의 용기가 우리의 손과 손을 마주 잡게 했다. 나는 그녀의 공포를 더듬어 찾았고 그녀는 나의 용기를 더듬어 찾았다. 마침내 내가 다소 무서워지자 그녀는 용기를 얻었다. 그리고 내가 처음으로 그녀에게서 공포를 내쫓고 그녀에게 용기를 불어넣어 주자, 나의 남자로서의 용기도 뒤따라 머리를 들었다. 나의 용기가 화려하게 열여덟의 나이를 헤아리고 있는 동안, 그녀는—나로서는 그녀가 지금 몇 살이나 되며, 몇 번 씩이나 이런 식으로 누워 있었는지 모른다—남자의 용기를 불러일으키는 숙달된 공포에 몸을 내맡겼다. 조그마하기는 하지만 갖출 것은 다 갖춘 그녀의 육체는 그녀의 얼굴과 꼭 마찬가지로 시간의 흔적을 조금도 남기고 있지 않았다. 시간을 초월하여 용기를 내고, 시간을 초월하여 무서워하면서, 로스비타라는 여자가 내게 몸을 내맡겼던 것이다. 아무튼 이 소인국(小人國)의 여인이 열아홉 살인지 아니면 아흔아홉 살인지는 누구도 알 수 없으리라. 제국의 수도가 대공습을 당하고 있는 동안 흙모래에 파묻힌 지하의 토마스 주점 안에서, 방공반원들이 우리를 파헤칠 때까지 나의 용기 아래에서 공포를 잊었던 그 여인 말이다. 오스카로서는 더욱더 입을 다물 수밖에 없는 것이, 그의 몸 크기에 알맞는 최초의 진정한 포옹이 한 용기 있는 노파로부터 받은 것인지, 아니면 공포에 사로잡혀 몸을 내맡긴 소녀에 의한 것인지는 자기 자신도 잘 모르기 때문이었다.

콘크리트 견학 혹은 신비적 야만적 권태

3주일 내내 밤이면 밤마다 우리는 수비대 주둔 도시이자 로마 시대 이래의 도시인 메츠의 유서 깊은 성곽 안에서 공연을 했다. 똑같은 프로그램을 우리는 낭시에서도 2주일 동안 보여 주었다. 샬롱 쉬르 마른 시는 우리를 1주일 내내 정중하게 대접해 주었다. 그러는 동안 오스카의 입에서는 어느새 몇 마디 프랑스 말이 오르내렸다. 랭스에서는 제1차 세계대전이 남겼던 상흔이 아직도 남아 있어 눈길을 끌었다. 세계적으로 유명한 대사원의 석상(石像) 동물들은 인간들의 소행에 구역질이 나 포석(鋪石) 위로 끊임없이 물을 토해 내고 있었다. 말하자면 랭스에서는 매일매일 비가 내렸고, 밤에도 비가 내렸던 것이다. 그 대신 우리는 파리에서는 따뜻하고 빛나는 9월을 보냈다. 로스비타의 팔짱을 낀 채 나는 센강 강변을 산책하며 나의 열아홉 번째 생일을 기념할 수 있었다. 나는 이 수도를 하사관 프리츠 트루친스키의 엽서에서 벌써 알고 있었지만, 직접 보는 파리도 나를 조금도 실망시키지 않았다. 로스비타와 내가 처음으로 에펠탑 아래에 서서—나는 94센티미터, 그녀는 99센티미터였다—탑을 올려다보았을 때, 손에 손을 잡은 우리 두 사람은 처음으로 우리들 존재의 희귀함과 우리의 키를 다시 한번 의식했다. 우리는 대로상에서 공공연하게 키스했는데, 이러한 일은 파리에서는 특별한 일이 못 되었다.

오오, 예술과 역사를 만나는 기쁨! 나는 여전히 로스비타와 팔을 낀 채 '상이군인' 성당을 방문해 위대하기는 하나 키는 크지 않기 때문에 우리 두 사람과 가까운 사이라고 할 수 있는 그 황제를 회상하며, 나폴레옹의 어조로 말을 했다. 역시 크지는 않았던 프리드리히 2세의 묘 앞에서 나폴레옹은 다음과 같이 말했던 것이다. "이 사람이 아직 살아 있다면 우리는 이곳에 서 있지는 않을 것이다!" 나도 이를 본 따 나의 로스비타의 귀에 정답게 속삭였다. "이 코르시카 사람이 아직 살아 있다면, 우리는 이곳에 서 있지 않을 것이고, 파리의 다리 밑이나 강변이나 보도에서 키스하는 일도 없었을 것이오."

대(大) 프로그램의 한 부분을 맡아 우리는 플레엘 극장과 사라 베르나르 극장에 출연했다. 오스카는 대도시의 무대 사정에 금방 익숙해져 파리 점령군의 까다로운 취향에 맞게 자신의 레퍼토리를 세련되게 만들었다. 즉 독일에 흔히 있는 단순한 맥주병을 노래로 부수는 일은 그만두고, 이번에는 프랑스의 대저택들에서 가져온 아름다운 곡선이 새겨져 있고 입김처럼 얇게 만들어진 고급스런 꽃병이나 과일 접시를 노래로 쪼개며 가루로 만들었다. 나의 프로그램은 문화사적인 관점에서 구성되었다. 우선 루이 14세 시대의 유리잔으로부터 시작하여, 다음에는 루이 15세 시대의 유리 제품을 가루로 만들었다. 그리고 나는 혁명 당시를 회상하며 불행한 루이 16세와 분별심 없는 마리 앙트와네트의 다리가 높은 잔을 격렬하게 해치웠다. 루이 필립을 잠깐 상대한 후 나는 마지막으로 프랑스 유겐트 양식의 환상적인 유리 제품과 대결했다.

무대 정면의 관람석과 각 층계에 있는 회록색(灰綠色)[3] 집단은 내 연출의 역사적 흐름을 이해하지 못하고, 이 유리 파편들을 보통의 파편들로 여기며 박수를 보냈다. 하지만 때로는 제국의 참모 장교나 저널리스트들 중에는 유리 파편 이외에 나의 역사적 감각을 찬미하는 자도 있었다. 사령부를 위한 특별 공연을 마친 후 우리는 군복을 입은 학자 타입의 사내에게 소개되었는데, 이자는 나의 기술을 입에 침이 마르도록 칭찬했다. 오스카가 특히 고맙게 생각하는 것은 제국의 유력 신문의 한 특파원에 대해서였다. 센강의 도시에 주재하는 이 사내는 프랑스 문제 전문가임을 자처하며 나의 프로그램 중, 양식상의 모순은 아니지만 두세 가지의 사소한 결함을 내게 신중하게 귀띔해 주었던 것이다.

우리는 그해 겨울 내내 파리에 머물렀고, 일류 호텔에서 묵었다. 그리고 숨김없이 말하자면, 로스비타는 그 긴 겨울 동안

---

3) 독일 군인들의 군복 색깔을 말함

내 곁에 머물며 프랑스 침대의 장점을 거듭해서 실험하고 입증했다. 오스카는 파리에서 행복했던가? 마리아, 마체라트, 그레트헨과 알렉산더 세플러 같은 고향의 사랑하는 사람들을 잊었단 말인가? 오스카는 그의 아들인 쿠르트를, 할머니인 안나 콜야이체크를 정말 잊어버렸던 말인가?

그들을 잊어버리지는 않았지만, 나는 나의 친지들 중 그 누구도 그리워하지는 않았다. 그래서 군사우편 엽서 한 장 집으로 보내지 않았고, 내가 살아 있다는 증거를 그들에게 보여 주지도 않았다. 오히려 나는 그들에게 1년 동안이나 나와 관계없이 살 수 있는 가능성을 제공했다. 고향을 떠나올 때 이미 귀향을 작정했지만, 고향 사람들이 내가 없는 경우에 어떻게 해나갈지 나로서도 흥미로운 일이었기 때문이다. 거리에서나 그리고 공연 중에도 나는 군인들 중에서 아는 얼굴이 없나 하고 이따금 찾아보기도 했다. 프리츠 트루친스키나 악셀 미쉬케가 동부 전선에서 파리로 전속돼 왔을지도 모르는 일이라고 오스카는 생각했다. 사실 한두 번 보병들 중에서 마리아의 멋쟁이 오빠를 본 것 같기도 했지만, 그가 아니었다. 군복색이 일으킨 착각이었던 것이다!

유일무이하게 에펠탑만 내 마음속에 향수를 불러일으켰다. 하지만 탑 위에 올라갔다 원경에 이끌려 고향 쪽을 향한 참을 수 없는 그리움에 빠졌던 것은 아니었다. 오스카는 엽서나 머릿속에서 자주 이 탑에 올랐기 때문에 실제로 올라가 봤자 환멸을 느껴 내려올 수밖에 없었을 것이다. 로스비타는 동반하지 않은 채 나는 에펠탑 밑에 있었다. 대담하게 휘어진 이 금

속 건축물의 발단부 밑에서 혼자 섰다가 웅크렸다가 하는 내
게는 틈새로 보이기는 하지만 닫혀 있는 그 둥근 천장이 모든
것을 덮어서 감추는 나의 할머니 안나의 둥근 치마 속처럼 보
였다. 나는 에펠탑 밑에 앉아 있으면서 동시에 할머니의 네 벌
의 치마 밑에 앉아 있었던 것이다. 내게는 연병장이 카슈바이
의 감자밭으로 보였다. 파리의 10월의 비가 비사우와 람카우
사이에서 쉬지 않고 비스듬히 내렸다. 이런 날에는 파리 전체
가, 지하철까지도 약간 썩은 버터 냄새를 풍겼다. 나는 말없이
생각에 잠겼고, 로스비타는 신중한 태도로 나의 고통을 존중
해 주었다. 그녀는 그처럼 섬세한 신경의 소유자였다.

　44년 4월—전체 전선에서의 전선 축소에 성공했다는 보도
가 있었다—우리는 곡예사의 짐꾸러미를 꾸려 파리를 떠나
야만 했다. 베브라의 전선 극장이 이제 대서양 요새를 위문하
게 되었던 것이다. 우리의 순회 공연은 르아브르에서부터 시작
되었다. 베브라는 어쩐지 말이 없어지고 멍청해진 것처럼 느
껴졌다. 출연 동안에는 결코 실수도 하지 않고 평판도 여전했
으나, 일단 최후의 막이 내리고 나면 그의 관록을 자랑하는
나르세스의 얼굴은 돌처럼 굳어졌다. 처음에는 그가 질투심
에 사로잡힌 것이 아닌가, 좀더 나쁘게 해석하면 나의 젊음의
힘 앞에 손을 들고 만 것이 아닌가 하고 나는 생각했다. 하지
만 로스비타가 귀뜸해 준 바에 의하면 그것이 아니었다. 로스
비타도 정확한 것을 알고 있지는 않았고, 다만 공연이 끝난 후
베브라를 찾아와 밀담을 하는 장교들이 있는 곳을 살짝 가르
쳐 주었을 뿐이다. 스승은 국내 망명에 종지부를 찍고 무언가

직접적인 것을 계획하는 것으로 보였으며, 그의 몸속에서 선조인 오이겐 왕자의 피가 끓기 시작한 모양이었다. 그의 계획이 그와 우리 사이를 멀리 떼어 놓고, 너무도 광범위한 관계 사이로 그를 데려가 버렸기 때문에, 과거의 여인인 로스비타와 오스카가 밀접한 관계가 되었어도 그의 주름잡힌 얼굴에는 기껏해야 지친 듯한 엷은 미소만 떠오를 뿐이었다. 그것은 트루비유에서의 일이었다. 우리는 온천 호텔에 묵었는데, 나와 그녀는 공동으로 사용하는 분장실의 카페트 위에서 엉겨 있다 그에게 들키고 말았다. 우리가 떨어지려 하자 그는 제지하면서, 화장 거울 속으로 얼굴을 들이민 채 말했다. "좋아요, 여러분, 키스라도 실컷 해 두세요. 내일은 콘크리트 요새를 구경하고, 모레면 벌써 입술 사이에서 콘크리트가 버석거려 여러분에게서 키스의 기쁨을 빼앗아 가 버릴 테니 말이야!"

44년 6월이었다. 우리는 그동안 비스케 만으로부터 네덜란드에까지 이르는 대서양의 요새들을 방문하며 돌아다니기는 했으나, 대개는 내륙에 있었기 때문에 전설적인 벙커들을 별로 보지 못했다. 트루비유에서야 처음으로 우리는 바로 해안에서 공연을 했다. 대서양 해안의 시찰을 제의받은 베브라가 동의했던 것이다. 트루비유에서 마지막 공연을 마치고 우리는 밤에 바방 마을로 이동했다. 해안의 모래 언덕으로부터 4킬로미터 떨어진 카앙시 바로 근처의 작은 마을이었다. 우리는 농가에 여장을 풀었다.

목장과 생울타리와 사과나무가 많은 곳이며, 칼바도스라는 사과주가 생산되는 곳이었다. 우리는 그 술을 마신 후 푹 잠을 잤다. 차가운 기운이 창으로 스며들었고, 늪에서는 개구리가 새벽까지 개골개골 울었다. 그 중에는 북을 칠 줄 아는 개구리도 있었다. 잠결에 개구리 우는 소리를 듣고 나는 자신에게 타일렀다. 오스카야, 너는 귀향해야만 해, 너의 아들 쿠르트가 곧 세 살이 되잖아, 그 아이에게 북을 사 주어야 해, 약속은 약속이니까! 오스카는 자신을 일깨우는 이 말에 아버지로서의 책임감을 느껴 괴로워하며 시간마다 잠을 깼으나, 그때마다 그는 옆으로 손을 뻗어 그의 로스비타가 있음을 확인하고, 그녀의 냄새를 맡았다. 라구나 부인의 몸에서는 아주 조금이기는 하지만 계피 냄새와 빻은 정향(丁香)나무 향내, 그리고 육두구의 향내도 났다. 말하자면 그녀는 성탄절 직전에 사용하는 케이크용 양념 냄새를 풍겼는데, 이 냄새를 여름까지 몸에 간직하고 있었던 것이다.

아침이 되자 농가 앞에 장갑차 한 대가 왔다. 우리 일행은 문 앞에서 조금 떨었는데, 이른 아침인 데다가 날씨가 서늘했기 때문이었다. 우리는 바다에서 불어오는 바람을 향한 채 이야기를 하며 승차했다. 베브라, 라구나 부인, 펠릭스와 키티, 오스카 그리고 헤어초크 중위가 탔으며, 이 중위가 카부르 서쪽에 있는 그의 포병 진지로 우리를 데려갔다.

내가 노르망디를 푸르다고 말한다면, 흰색과 갈색이 섞인 저 얼룩소를 빼놓고 하는 말이다. 이 소들은 일직선으로 뻗은 국도의 왼편과 오른편의, 이슬에 젖어 축축하고 엷은 안개가 낀 목초지에서 그들의 임무인 반추 작용에 종사하면서 우리가 탄 장갑차를 너무도 태연하게 마중했다. 위장용의 칠을 미리 해 두었기에 망정이지 그렇지 않았더라면 장갑판이 오히려 부끄러워하며 빨개지고 말았을 것이다. 포플러 가로수, 생울타리, 엎드려 기는 듯한 덤불숲을 지나자, 꼴사납게 텅 빈 채, 창의 셔터마저 덜컹거리며 소리를 내는 해변 호텔들이 처음으로 나타났다. 산책길로 돌아든 다음에 우리는 차에서 내렸다. 그리고 베브라 대위에게 불손한 감이 있기는 하지만 부동자세의 경의를 표하는 중위의 뒤를 따라갔다. 모래 언덕을 넘고 부서지는 파도 소리와 모래가 가득 섞인 바람을 향해 우리는 성큼성큼 걸어갔다.

그것은 짙푸른 녹색으로 소녀처럼 흐느끼며 나를 기다리는 평온한 발트해는 아니었다. 그곳에서는 대서양이 태곳적으로부터의 연습을 반복했다. 바다는 밀물과 더불어 돌격하고, 썰물과 더불어 퇴각했다.

그러고 나서 우리 앞에 콘크리트 요새가 나타났다. 우리는 그것을 신기한 듯이 어루만졌으나 상대는 가만히 있었다. 누군가가 "차렷!"하며 콘크리트 속에서 소리를 지르자, 그 벙커로부터 키다리가 튀어나왔다. 벙커는 위가 납작한 거북이 모양이었으며, 두 개의 모래 언덕 사이에 있었다. '도라 7호'라고 불리는 이 벙커는 포문과 길고 좁게 생긴 조망창(眺望窓)과 소구경 기관총의 총신들과 함께 썰물과 밀물을 지켜보았다. 튀어나온 사내는 랑케스라는 이름의 상병으로, 헤어초크 중위와 베브라 대위님께 보고를 올렸다.

랑케스(경례를 붙이며): 도라 7호, 상병 한 명, 병사 네 명. 이

상무!

헤어초크: 수고한다! 편히 쉬어, 랑케스 상병.—들으신 대로입니다, 대위님. 별다른 이상 없습니다. 수년 이래 언제나 그렇습니다.

베브라: 끊임없는 건 조수의 간만이군! 자연의 연기(演技)일세!

헤어초크: 바로 그렇습니다. 그 때문에 부하들이 바쁘게 움직이고, 그 때문에 우리는 계속해서 벙커를 만들고 있습니다. 벙커끼리 서로 사정거리 내에 있도록 만들고 있습니다. 곧 두세 개소의 벙커를 폭파하고, 그 자리에 콘크리트로 새로 만들도록 되어 있습니다.

베브라(콘크리트를 두들긴다. 그의 단원들도 그의 흉내를 낸다.): 그래 중위는 콘크리트를 믿고 있소?

헤어초크: 그것은 적절한 말이 아닌 것 같습니다. 이곳에 있는 사람들은 이제 거의 아무것도 믿지 않게 되었습니다. 자네는 어떤가, 랑케스?

랑케스: 그렇습니다, 중위님. 이제 아무것도 더 이상 믿지 않습니다!

베브라: 그러나 그들은 섞기도 하고 짓밟아 누르기도 하는군요.

헤어초크: 우리끼리 이야깁니다만, 저렇게 하면서 경험을 쌓는 것이지요. 나도 이전에는 건축 일에 대해 아무것도 몰랐습니다. 공부를 채 마치기도 전에 전쟁이 터져 버렸으니까요. 지금은 시멘트 가공에 대해 얻은 지식을 전쟁 후에 써먹을 수 있

지 않을까 기대하고 있습니다. 고향에 돌아가면 모든 것을 다시 세워야겠지요— 한번 보세요. 그 콘크리트입니다. 바로 그 옆의 것 말입니다. (베브라와 그 일행은 그 콘크리트 가까이로 코를 가져갔다.) 무언가 보이지요? 조개껍질입니다! 이 근처에 지천으로 널려 있으니까요. 주워서 섞기만 하면 됩니다. 돌이든 조개껍질이든 모래든 시멘트이든…… 그것은 사실, 대위님은 예술가이고 배우이시니까 잘 아시겠지요. 랑케스! 벙커 속에 우리가 파묻는 게 무언지, 일단 자네가 대위님께 말씀드리게.

랑케스: 알겠습니다, 중위님! 저희들이 벙커에 무엇을 파묻는지 대위님께 말씀드리겠습니다. 저희들은 강아지를 콘크리트 속에 파묻고 있습니다. 모든 벙커의 토대에는 강아지가 한 마리씩 파묻혀 있습니다.

베브라의 일행: 강아지라니!

랑케스: 얼마 있지 않아 카앙으로부터 르아브르까지의 모든 구역에서 한 마리의 강아지도 살아남지 않을 것입니다.

베브라의 일행: 강아지가 살아남지 않다니!

랑케스: 저희들은 분발하고 있습니다.

베브라의 일행: 분발하다니!

랑케스: 머지않아 새끼 고양이를 붙잡아야만 될 것입니다.

베브라의 일행: 야옹!

랑케스: 하지만 고양이는 강아지만큼 가치는 없습니다. 그러므로 저희들은 여기에서도 곧 시작되기를 바라 마지않습니다.

베브라의 일행: 특별 프로그램을! (일동 갈채한다.)

랑케스: 연습은 충분히 했습니다. 그런데 강아지의 씨가 말

라 버리면…….

베브라의 일행: 오오!

랑케스: ……저희들은 이제 더 이상 벙커를 만들 수 없습니다. 고양이는 좋지 않습니다.

베브라의 일행: 야옹, 야옹!

랑케스: 아직도 대위님은 강아지를 왜 그렇게 하는지 이상하게 생각하시겠지요…….

베브라의 일행: 강아지들을!

랑케스: 사실은 저도 어리석은 짓이라고 생각합니다.

베브라의 일행: 저런!

랑케스: 이곳 전우들은 대개 이 지방 출신들입니다. 그런데 이 근처 시골에서는 집이나 창고나 시골 교회를 지을 때 아직도 이런 짓을 하고 있어서 아무것이나 산 것을 집어넣어야만 합니다. 그리고…….

헤어초크: 좋았어, 랑케스. 편히 쉬어.—대위님이 들으신 대로 이 대서양의 요새에서는 미신이 만연하고 있습니다. 말하자면, 여러분들이 극장에 출연하는 경우, 초연 전에 휘파람을 불면 안 된다라든지, 개막 전에 배우들이 서로 어깨 너머로 침을 뱉는다든지 하는 것과 같은 것입니다마는…….

베브라의 일행: 펫펫펫! (서로 어깨 너머로 침을 뱉는다.)

헤어초크: 농담입니다만, 부하들에게도 즐거움을 허용해 주어야 합니다. 게다가 요즈음에는 벙커 입구에다 조그만 조개껍질 모자이크와 콘크리트 장식을 갖다 붙이는 일이 유행처럼 되었는데, 최고 명령에 따라 이것도 관대하게 보아 주고

있습니다. 부하들은 무언가 일이 하고 싶은 것입니다. 우리 상
관에게는 이 콘크리트 소용돌이가 마음에 걸리는 모양입니다
만, 그래서 저는 거듭해서 말씀드립니다. 소령님, 머릿속의 소
용돌이보다 콘크리트의 소용돌이가 훨씬 낫습니다라고. 우리
독일인들은 손재주꾼들입니다. 정말 그렇지 않습니까!

베브라: 자 그렇다면 우리도 대기 중인 대서양 연안 수비대
의 기분이나 풀어 주기로 하자……

베브라의 일행: 베브라 전선 극장이 여러분을 위해 노래하
고, 여러분을 위해 연기하며, 여러분이 최후의 승리를 거두도
록 함께 조력하겠습니다!

헤어초크: 정말 옳습니다. 당신과 당신의 일행이 보시는 그
대로지요. 하지만 극장만으로는 부족합니다. 대개의 경우 우
리는 자신만을 의지해야 합니다. 그래서 내 몸을 위해 최선을
다하는 것입니다. 안 그런가, 랑케스?

랑케스: 그렇습니다. 중위님! 내 몸을 위해 최선을 다합니다.

헤어초크: 들으신 대롭니다. 대위님께 실례가 되겠습니다
만, 저는 도라 4호와 도라 5호 쪽에 가봐야 하니까 마음 놓고
벙커를 구경하십시오. 볼 만할 겁니다. 랑케스가 빠짐없이 보
여 드릴 겁니다…….

랑케스: 빠짐없이 보여 드리겠습니다, 중위님! (헤어초크와
베브라는 군대식 인사를 나눈다. 헤어초크, 오른편으로 퇴장. 라구
나 부인과 오스카, 펠릭스와 키트는 그때까지 베브라 뒤에 숨어 있다
가 이제야 뛰어나온다. 오스카는 그의 양철북을 가지고 있고, 라구
나 부인은 군량이 든 바구니를 들고 있으며, 펠릭스와 키티는 벙커의

콘크리트 지붕에 기어 올라가 곡예사 연기를 시작한다. 오스카와 로스비타는 벙커 옆 모래 속에 있던 양동이와 삽을 가지고 놀면서, 서로 반한 사이인 것처럼 환성을 올리며 펠릭스와 키티를 놀린다.)

베브라: (벙커를 사방에서 관찰한 후 따분한 표정으로) 랑케스 상병, 말해 보게, 자네 원래 직업은 무엇인가?

랑케스: 화가입니다, 대위님. 하지만 벌써 옛날 일이지요.

베브라: 페인트장이 말인가?

랑케스: 페인트칠도 했습니다만, 실은 그림장이였습니다, 대위님.

베브라: 그래! 그렇다면 자네는 저 위대한 렘브란트를 선망한단 말이지, 어쩌면 벨라스케스 쪽일지도 모르고?

랑케스: 말하자면, 양자의 중간이겠지요.

베브라: 이거 놀라운 일이군! 그런 자네가 콘크리트를 혼합하고, 콘크리트를 밟아서 굳히고, 콘크리트를 경호해야 한단 말씀이군?―자넨 선전반이 적격이야. 우린 지금 전시 화가가 필요하거든.

랑케스: 저는 그런 부류가 아닙니다, 대위님. 저의 그림은 오늘날의 사고방식과 완전히 동떨어져 있습니다.―그런데 대위님, 상병에게 담배 한 대 주실 수 없습니까? (베브라가 담배 한 대를 건네준다.)

베브라: 동떨어져 있다는 것은 모던하다는 의미인가?

랑케스: 모던하다는 것은 어떤 의미일까요? 저 사람들이 콘크리트 작업을 시작하기 전에는 동떨어져 있는 것을 모던하다고 보는 한 시기가 있었습니다.

베브라: 그런가?

랑케스: 예.

베브라: 자네는 물감을 짙고 두텁게 칠하는 모양이군. 주걱을 사용하나?

랑케스: 그것도 합니다. 그리고 엄지손가락을 완전히 기계적으로 찌르고, 그 사이에 못과 단추를 붙입니다. 33년 이전의 한때에 저는 주홍빛 위에 가시철망을 얹어 놓기도 했습니다. 평판이 좋았었죠. 지금은 비누 공장을 경영하고 있는 한 스위스인 수집가의 집에 걸려 있습니다.

베브라: 이 전쟁, 이 사악한 전쟁! 그 때문에 자넨 지금 콘크리트를 밟고 있는 거야! 자네의 천재성을 요새 공사에 바치고 있다니! 물론 그 옛날 레오나르도나 미켈란젤로도 그러기는 했지. 성모상을 그려 달라는 주문이 없을 때는 군용 기계나 설계하고, 요새를 세우기도 했지.

랑케스: 아닙니다! 어디에서든 빠져나갈 구멍은 있는 법이지요. 진정한 예술가는 어떤 식으로든 자신을 표현해야 합니다. 대위님이 벙커 입구에 있는 장식을 한번 보시지요. 제가 만든 것입니다.

베브라: (꼼꼼하게 들여다본 후) 놀라운 일이야! 너무도 풍부한 형식, 엄밀하기 그지없는 표현력!

랑케스: 조직 구조라고나 이름 붙일 수 있는 양식입니다.

베브라: 이 작품은, 양각(陽刻)인지 그림인지는 모르겠지만, 제목이 무엇인가?

랑케스: 방금 말씀드린 대로 구조입니다. 사체(斜體) 구조

라고나 할까요? 새 양식이어서 아직 아무도 시도한 적이 없습니다.

베브라: 어쨌든 자네가 창시자이니까, 이 작품에 혼동이 되지 않는 제목을 붙여두는 게 좋지 않겠나…….

랑케스: 제목, 제목이라니요? 전시회 카탈로그를 만들 때나 필요하겠지요.

베브라: 멋진 말이야, 랑케스 군. 나를 대위가 아니라 예술의 벗으로 보아 주게. 담배 말인가? (랑케스가 손을 뻗는다.) 그렇다면?

랑케스: 좋습니다. 그러시다면 말씀드리지요. 랑케스는 이렇게 생각했습니다. 이번 전쟁이 끝나면, 어차피 이번 전쟁은 끝나게 되어 있으니 말입니다, 벙커는 남아 있게 됩니다. 다른 모든 것이 망가진다 해도 벙커만은 남아 있을 테니까요. 그리하여 새 시대가 도래하는 것입니다! 여러 세기가 오겠지요, 제 말씀은—(조금 전에 얻은 담배를 감추며) 대위님 혹시 담배 한 대만 더 주시겠어요? 정말 고맙습니다!—수세기가 아무 일도 없는 듯이 이 위로 왔다가는 또 지나가겠지요. 하지만 벙커는 계속 남아 있을 겁니다. 마치 저 피라미드가 이제까지 계속해서 남아 있는 것처럼 말입니다. 그러고는 이후 어느 맑게 갠 날, 소위 고대 연구가란 사람이 찾아와 혼자 생각하겠지요. 제1차 대전과 제7차 세계대전 사이의 그 당시는 정말 예술의 빈곤 시대였군. 둔중하기만 한 회색 콘크리트. 이따금 벙커 입구 위에 시골스러운 스타일로 그려져 있는 서투른 아마추어 솜씨의 소용돌이가 다 무언가. 그러다가 도라 4호, 도라 5호, 도

라 6호, 도라 7호와 맞닥뜨리면서 나의 사체(斜體) 조직 구조를 발견하고는 그는 중얼거릴 것입니다. 보라, 흥미 있다. 아니 마술적이고 위협적이면서도, 강렬한 정신성을 갖추고 있다고 말할 수 있을 정도다. 여기에서 한 천재가, 아니 20세기의 유일무이한 천재가 분명하게, 그리고 모든 시대를 위해 자기를 표현하고 있는 것이다. 그런데 이 작품에도 이름이 있겠지? 서명이 있다면 거장의 이름을 알 수 있을 텐데? 말이야 하고 중얼거릴 것입니다. 대위님께서도 머리를 수그리고 잘 들여다보신다면 표면이 꺼칠꺼칠한 사체(斜體) 구조 사이에서 그것을 발견할 수 있을 것입니다만……

베브라: 우선 안경부터 쓰고. 랑케스 군, 어딘지 보여 주게나.

랑케스: 좋습니다. 저기 써 있어요. 헤어베르트 랑케스. 서기 1944년. 제목―신비적·야만적 권태.

베브라: 자네는 그것으로 우리들의 세기에 이름을 부여한 셈이군.

랑케스: 네, 그렇습니다!

베브라: 혹시 오백 년이나 천 년 후에 수리 작업을 하면서 개 뼈다귀 몇 개가 콘크리트 속에서 발견될지도 모르겠군.

랑케스: 그것도 나의 제목을 보증할 수 있는 것입니다.

베브라: (흥분해서) 시대란 무엇인가, 우리는 무엇인가. 응, 친구, 만일 우리가 하는 일이…… 그런데 보게나. 펠릭스와 키티야, 우리 곡예사들이지. 콘크리트 위에서 체조를 하고 있군.

키티: (이미 오래전부터 로스비타와 오스카 사이에, 그리고 펠릭스와 키티 사이에 한 장의 종이 쪽지가 왔다갔다하고 거기에 무언

가를 서로 써넣고 있다. 키티가 가벼운 작센 사투리로 말한다.) 베브라 씨, 잠깐만 보세요, 콘크리트 위에서도 못할 게 없군요. (그녀가 물구나무를 선 채 걸어간다.)

펠릭스: 콘크리트 위에서 공중회전을 한 사람은 없어요. (재주넘기를 해 보인다.)

키티: 이런 무대에서 하는 게 제맛이군.

펠릭스: 그런데 이 위에는 바람이 좀 세군.

키티: 그 대신 그다지 덥지는 않아요. 게다가 영화관에서처럼 악취도 나지 않아요. (그녀가 손발을 휘감는다.)

펠릭스: 게다가 여기 위에 있으니 우리 가슴에 시까지 떠오르는군요.

키티: 우리라니 무슨 말씀! 시를 떠올린 건 오스카넬로와 로스비타 부인이야.

펠릭스: 그렇지만 운이 제대로 맞지 않아 우리가 도와준 거야.

키티: 한마디만 더하면, 이제 완성되는 거야.

펠릭스: 그 해변에 있는 막대기가 무엇인지 오스카넬로가 알고 싶어 해.

키티: 시 속에 집어넣어야 하니까.

펠릭스: 이건 빼서는 안 되지.

키티: 저, 군인 아저씨, 가르쳐 주실래요. 저 막대기가 도대체 무엇이지요.

펠릭스: 아마 가르쳐 주면 안 될 거야. 적이 들을지도 모르니.

키티: 우린 절대로 아무한테도 말하지 않아요.

펠릭스: 다만 예술을 완성하기 위해서만이지.

키티: 정말 공을 들였어요. 오스카넬로가.

펠릭스: 게다가 글씨체가 참 깨끗해. 쥐테를린 서체야.

키티: 어디서 배웠는지 알고 싶군.

펠릭스: 하지만 저 막대기 이름이 무엇인지는 그도 몰라.

랑케스: 대위님이 허락해 주신다면 모르지만……

베브라: 중대한 전쟁 비밀 사항이 아닐까?

펠릭스: 오스카넬로가 꼭 알고 싶어 하는데.

키티: 그걸 모르니 시가 제대로 되지 않는대요.

로스비타: 우리들 모두 이렇게 알고 싶어 하잖아요.

베브라: 그렇다면 내가 자네에게 직무상의 명령을 내리겠네.

랑케스: ……좋습니다. 저것은 장갑차나 상륙용 보트의 공격에 대비해 만든 것입니다. 아스파라거스처럼 생겼기 때문에 우리는 그것을 롬멜 아스파라거스라고 부르고 있습니다.

펠릭스: 롬멜……

키티: ……아스파라거스? 어때 적절하지 않아, 오스카넬로.

오스카: 좋았어! (그가 그 말을 종이에 써넣고, 벙커 위에 있는 키티에게 그 시를 건넨다. 그녀는 수족을 더욱더 꼬면 학생과 같은 투로 시구를 낭독한다.)

키티: 대서양의 요새에서

　무장을 하고, 이빨을 감추고,

　콘크리트를 밟고 있는 롬멜 아스파라거스,

마음은 어느새 슬리퍼의 나라로 달린다.
주일에는 소금에 감자만 먹고,
금요일엔 생선에다 달걀 프라이까지 먹는 나라,
우린 비더마이어의 나라로 간다!

몸은 아직 철조망 안에서 잠자고,
시궁창에다가는 지뢰를 묻고 있지만,
정원의 정자(亭子)와
볼링 놀이, 잉꼬비둘기와
냉장고, 그리고 우아한 낙수홈통의 주둥이를 꿈꾸며
우린 비더마이어의 나라로 간다!

많은 자들이 죽어야 하고,
어머니들 가슴은 갈기갈기 찢어진다.
죽음은 비단 낙하산을 타고 오고.
골풀을 꽂고 온다.
공작과 학의 깃털을 뽑아낸다.
그래도 우린 비더마이어의 나라로 간다.
(일동 박수갈채, 랑케스까지도)

랑케스: 이제 썰물이 되었습니다.
로스비타: 그럼 곧 아침 식사 시간이군요! (그녀는 리본과
조화(造花)로 장식된 식사 바구니를 흔든다.)
키티: 그렇군요, 야외에서 피크닉하는 기분입니다.

펠릭스: 우리들의 식욕을 북돋우는 것, 그것은 자연이다!

로스비타: 오오, 신성한 식사 준비! 아침 식사가 계속되는 한, 너는 모든 민족을 결합하는구나!

베브라: 콘크리트 위에서 식사하자. 이곳 같으면 튼튼한 바닥이지! (랑케스를 제외하고 모두 벙커 위로 기어오른다. 로스비타가 꽃무늬가 있는 밝은 색의 식탁보를 펼친다. 그녀는 바닥을 드러내지 않는 바구니로부터 술 장식이 달린 작은 깔개들을 꺼낸다. 분홍색과 엷은 녹색이 섞인 양산을 펼치고, 스피커가 달린 축음기를 놓는다. 작은 접시, 작은 숟가락, 나이프, 달걀 컵, 냅킨을 나누어 준다.)

펠릭스: 거위 간을 넣은 고기만두가 먹고 싶은데!

키티: 우리가 스탈린그라드에서 가져온 캐비어는 아직 남아 있는지 몰라!

오스카: 덴마크 버터는 그렇게 두텁게 바르는 것이 아니야, 로스비타!

베브라: 내 아들아, 네가 그녀의 몸매를 걱정해 주는 것은 옳다.

로스비타: 그렇지만 난 이게 입에 맞고 몸에도 좋아요. 정말이지! 코펜하겐의 공군이 서비스해 준 날크림 바른 쇼트케이크가 생각나요!

베브라: 보온병에 들어 있는 네덜란드 초콜릿은 아직도 뜨겁게 보존되어 있어.

키티: 난 아메리카의 깡통에 든 쿠키에 완전히 반했어.

로스비타: 하지만 거기에다 남아프리카산 생강잼을 발라야 제격이죠.

오스카: 이제 그만해요, 로스비타, 제발!

로스비타: 당신도 보기 흉한 영국제 콘 비프를 손가락만한 걸 들고 먹으면서 뭘 그러시죠!

베브라: 자, 군인 아저씨, 얇은 건포도빵에 살구잼을 바른 건 어때?

랑케스: 근무 중이라서, 대위님……

로스비타: 그렇다면 이 분에게 직무상 명령을 내리세요!

키티: 그렇고 말고, 직무상 명령이에요!

베브라: 그래 좋아, 랑케스 상병, 자네에게 직무상 명령을 내리겠네. 프랑스제 살구잼을 바른 건포도빵 한 개, 반숙한 네덜란드 달걀 한 개, 소비에트의 캐비어, 그리고 진짜 네덜란드 초콜릿 하나를 섭취할 것!

랑케스: 알겠습니다. 대위님! 먹겠습니다. (다른 사람들과 마찬가지로 벙커 위에 앉는다.)

베브라: 이 군인 아저씨에게 드릴 깔개는 더 없나?

오스카: 내 걸 쓰도록 하세요. 나는 북 위에 앉겠어요.

로스비타: 이봐요, 감기 걸리면 어쩌려고! 콘크리트는 안 좋아요. 아직 익숙지도 않으면서.

키티: 내 깔개를 사용하세요. 난 잠시 몸을 꼬고 있겠어요. 그러면 벌꿀빵도 더 소화가 잘 되거든요.

펠릭스: 하지만 식탁보 위에서 먹어요. 콘크리트에 벌꿀 얼룩이 생기면 안 되니까. 국방군에 손해를 입히면 안 되니까!

(일동 킬킬거리며 웃는다.)

베브라: 정말, 바닷바람은 기분이 좋아.

로스비타: 그래요.

베브라: 가슴이 넓어진다.

로스비타: 그래요.

베브라: 마음이 한 꺼풀 벗겨진다.

로스비타: 마음이 그래요.

베브라: 영혼이 다시 태어난다.

로스비타: 바다를 바라보고 있노라면 기분이 정말 좋아져!

베브라: 툭 트인 저곳으로, 훨훨……

로스비타: 저 멀리 훨훨……

베브라: 바다 위로, 끝없는 바다 저쪽으로 훨훨…… 그런데, 랑케스 상병, 저기 바닷가에 무언가 검은 게 다섯 개 보이는군.

키티: 내게도 보여요. 우산 다섯 개군요!

펠릭스: 여섯 개야.

키티: 다섯 개야! 하나, 둘, 셋, 넷, 다섯!

랑케스: 저건 리지외의 수녀들입니다. 유치원도 거기에서 이리로 옮겨 왔습니다.

키티: 하지만 키티 눈에는 아이들이 안 보여! 우산 다섯 개만 보여!

랑케스: 개구쟁이들은 마을에, 바방에 두고 왔습니다. 저 수녀들은 썰물 때면 종종 와서 롬멜 아스파라거스에 걸려 있는 조개와 게를 모읍니다.

키티: 가엾은 분들!

로스비타: 저분들에게 콘 비프와 깡통 쿠키를 좀 드리면

어때요.

　오스카: 오스카는 살구잼을 바른 건포도빵이 좋다고 생각해요. 오늘은 금요일이라 수녀들에게 콘 비프는 안 돼요.

　키티: 어머, 달리기 시작하잖아! 우산을 쓰고 미끄러지듯이!

　랑케스: 잔뜩 모으고 나면 언제나 저렇습니다. 놀기 시작하는 겁니다. 특히 예비 수녀인 아그네타는 정말 앞뒤를 분간 못하는 철부지입니다—미안하지만 대위님, 담배 한 대 더 얻을 수 없을까요? 정말 고맙습니다!—그리고 저 뒤쪽에서 따라가지 못하고 있는 뚱뚱이가 수녀원장인 스콜라스티카입니다. 저 여자는 바닷가에서 노는 걸 싫어합니다. 수녀원 규칙에 위배된다는 겁니다.

　(우산을 든 수녀들의 달려가는 모습이 배경으로 보인다. 로스비타가 축음기를 튼다. 페테스부르크의 「썰매타기」가 울려 퍼진다. 수녀들이 이에 맞추어 춤추고 환성을 올린다.)

　아그네타: 저 보세요! 스콜라스티카 원장님!

　스콜라스티카: 아그네타, 아그네타 수녀!

　아그네타: 야호—, 스콜라스티카 원장님!

　스콜라스티카: 돌아와요, 제발! 아그네타 수녀!

　아그네타: 안 돼요! 저절로 달려져요!

　스콜라스티카: 그럼, 기도하세요, 수녀 아가씨. 회심(回心)하세요!

　아그네타: 고뇌 가득한 회심을 위해서요?

　스콜라스티카: 은총 가득한 회심이라오!

　아그네타: 즐거움 가득한 회심은 어때요?

스콜라스티카: 기도하세요, 아그네타 수녀!

아그네타: 진작부터 기도드리고 있어요. 하지만 점점 더 빨려 가요!

스콜라스티카: (소리를 죽이고) 아그네타, 아그네타 수녀!

아그네타: 저 보세요! 스콜라스티카 원장님!

　(수녀들은 사라진다. 이따금 배경에 그녀들의 우산이 떠오를 뿐이다. 레코드가 끝난다. 그때 벙커 입구 옆에 있는 야전 전화가 울린다. 랑케스가 벙커 지붕에서 뛰어 내려가서 수화기를 든다. 다른 사람들은 식사를 계속한다.)

로스비타: 이곳까지, 이 끝없는 자연의 한가운데까지, 전화가 있어야 하다니!

랑케스: 여기는 도라 7호. 랑케스 상병입니다.

헤어초크: (수화기와 전선을 들고 천천히 오른쪽에서 나타난다. 이따금 정지하면서 수화기에다 말을 한다.) 졸고 있나, 랑케스 상병! 도라 7호 전방에 무언가 움직이고 있다. 틀림없다!

랑케스: 수녀들입니다, 중위님.

헤어초크: 수녀들이 이런 곳에 올 리 없어. 수녀가 아니라면 어떻게 하겠나?

랑케스: 하지만 수녀들입니다. 틀림없습니다.

헤어초크: 자네는 위장(僞裝)도 모르나? 제5열도 모르나? 영국인들이 몇 세기 전부터 하던 짓이야. 성서를 들고 오나 보다 하고 있으면, 돌연 폭발이야!

랑케스: 게를 줍고 있습니다, 중위님……

헤어초크: 지금 당장 해안을 소탕하라, 알겠나!

랑케스: 예, 중위님. 하지만 저 사람들 정말 게를 잡고 있습니다.

헤어초크: 기관총 사격을 시작해, 랑케스 상병!

랑케스: 그렇지만 저 사람들 정말 게를 찾고 있습니다. 썰물인 데다가 또 유치원 아이들을 위해……

헤어초크: 직무 명령이다……

랑케스: 알겠습니다, 중위님! (랑케스가 벙커 안으로 사라지고 헤어초크는 전화기와 함께 오른쪽으로 사라진다.)

오스카: 로스비타, 귀를 막아요. 뉴스 영화에서 보는 사격이 시작돼요.

키티: 아, 무서워! 좀더 몸을 꼬자.

베브라: 하여간 무슨 소리가 들릴 것 같군.

펠릭스: 축음기를 다시 틀어야겠다. 마음이 안정되겠지! (그가 축음기를 튼다. 더 플래터스(The Platters)가 「더 그레이트 프리텐더(The Great Pretender)」를 노래한다. 비극적으로 느릿느릿 끌고 가는 음악에 맞추어 기관총이 따따따 발사된다. 로스비타는 귀를 막고, 펠릭스는 물구나무를 선다. 배경에는 우산을 든 다섯 명의 수녀가 하늘로 올라가는 것이 보인다. 레코드는 멈추어 서서, 같은 곳만 되풀이하다 이윽고 잠잠해진다. 펠릭스가 물구나무서기를 마친다. 키티는 꼬았던 손발을 푼다. 로스비타는 식탁보 위의 먹다 남은 아침을 허겁지겁 식사 바구니에 담는다. 오스카와 베브라가 그녀를 돕는다. 모두들 벙커 지붕에서 내려온다. 랑케스가 벙커 입구에 모습을 나타낸다.)

랑케스: 대위님, 죄송하지만 담배 한 대 더 주시겠습니까?

베브라: (그의 일행은 베브라 뒤에서 불안해하고 있다.) 너무 많이 피우시는군.

베브라의 일행: 너무 많이 피워요!

랑케스: 콘크리트 때문입니다, 대위님.

베브라: 언젠가 콘크리트가 없어져 버린다면?

베브라의 일행: 콘크리트가 없어져 버린다면.

랑케스: 대위님, 콘크리트는 불멸입니다. 우리와 우리의 담배만이……

베브라: 알았다, 알았어. 연기와 더불어 우리는 사라진다.

베브라의 일행: (천천히 일어나면서) 연기와 더불어!

베브라: 하지만 천 년 후에도 콘크리트는 구경꾼들을 불러들일 것이다.

베브라의 일행: 천 년 후에도!

베브라: 개 뼈다귀가 발견될 것이다.

베브라의 일행: 개 뼈다귀가.

베브라: 그리고 자네의 콘크리트제 사체(斜體) 구조도 말이지.

베브라의 일행: 신비적, 야만적 권태!

(담배를 피우고 있는 랑케스 홀로 남는다.)

오스카는 콘크리트 위에서의 아침 식사 동안 거의 말을 하지 않았으나, 대서양 요새에서의 대화를 적어 두지 않을 수 없었다. 침공 전야(前夜)의 대화였으니 말이다. 그리고 상병이자 콘크리트 화가인 저 랑케스를 우리는 뒤에 다시 만나게 된다.

세월이 딴판이 되어 버린 전후에, 오늘날 한창 만개한 비더마이어 양식이 찬양받는 시대가 되어서였다.

해안의 산책 보도에는 장갑차가 여전히 우리를 기다리고 있었다. 헤어초크 중위는 보호받아야 하는 우리들에게로 급히 달려왔다. 숨을 헐떡이며 그는 조금 전의 작은 사건에 대해 베브라에게 변명했다. "출입 금지 지역은 절대 출입 금지입니다."라고 말한 그는 부인들의 승차를 도왔고, 운전사에게도 몇 가지 지시를 했다. 이렇게 하여 우리는 바방으로 되돌아왔다. 우리는 서둘러야만 했다. 점심 먹을 시간도 제대로 없었다. 2시 공연이 예고되어 있었기 때문이었다. 장소는 마을 어귀의 포플러 숲 사이에 위치한 저 우아한 노르망디 성 안의 기사 홀이었다.

조명 시험을 하느라 반 시간이 걸렸다. 그러고 나서 오스카의 북소리와 함께 막이 올랐다. 우리는 하사관과 병사들을 위해 공연을 했다. 거침없는 웃음소리가 계속 터져 나왔다. 우리는 마음껏 과장을 했다. 나는 겨자를 친 비엔나 소시지가 두 개 들어 있는 유리 요강을 노래를 불러 산산조각으로 만들었다. 짙게 화장한 베브라가 깨진 변기 위에 눈물을 흘리면서 파편 사이에서 소시지를 집어들어 겨자를 발라 맛있게 먹어 버리자, 군복의 무리들은 기뻐서 날뛰었다. 키티와 펠릭스는 얼마 전부터 가죽 반바지와 티롤 지방의 모자를 착용하고 있었는데, 이것이 그들의 곡예 연기를 돋보이게 했다. 몸에 꼭 끼는 은빛 옷을 입고 등장한 로스비타는 담록색의 긴 장갑을 끼고, 작디작은 발에는 금실 무늬의 샌들을 신고, 푸르스름한 눈꺼풀을 내리깔고는 졸리는 듯한 지중해의 목소리와 함께 그녀의 장기인 마술을 보여 주었다. 오스카는 분장을 필요로 하지 않는다는 것은 이미 말했던가? 나는'제국 군함 자이틀리츠'라고 수를 놓은 고급의 낡은 수병 모자를 쓰고, 짙은 곤색의 셔츠, 그리고 그 위에 닻을 새긴 금단추가 달린 윗저고리를 입었다. 그 밑으로는 반바지가 보였고, 말아 내린 양말은 낡아 빠진 나의 끈 달린 단화 속에 쑤셔 박혀 있었다. 거기에다 희고 붉게 래커칠한 양철북이 준비되어 있었다. 내 짐 속에는 그것과 똑같이 만든 북이 다섯 개나 예비로 마련되어 있었다.

저녁에 우리는 장교들과 카부르 지역 정보부의 여성 전신수들을 위해 공연을 되풀이했다. 로스비타는 약간 초조해하고 있었다. 실패한 것은 아니었지만, 연기 도중에 푸른 테의 선글라스를 쓰자마자 그녀는 기세가 돌변하여 노골적인 예언을 했다. 이를테면 한 여성 전신수에게 상관과 좋아하는 사이가 됐다는 식으로 말했다. 그러자 그 전신수는 당황한 나머지 새침해졌다. 이 계시가 내게는 고통스러웠으나 일동은 크게 웃었다. 정말 그 전신수 옆에는 상관이 앉아 있었던 것이다.

공연 후에 이 성에 묵고 있던 연대 참모 장교들이 또 한 차례 파티를 열었다. 베브라, 키티, 그리고 펠릭스는 그 자리에 남았으나, 라구나 부인과 오스카는 눈에 띄지 않게 빠져나와 잠자리에 들었다. 파란만장했던 하루를 보낸 터라 그들은 금방 잠이 들었다가, 적의 습격 개시로 새벽 5시에야 겨우 잠을 깼다.

이 습격에 대해 독자 여러분에게 무얼 보고해야 될지 나는 모른다. 오르느 하구 근처의 우리 구역에 캐나다군이 상륙했던 것이다. 우리는 바방을 철수해야만 했다. 우리는 순식간에 짐을 꾸렸다. 연대 사령부와 함께 후퇴할 예정이었다.

성 안뜰에 김이 모락모락 피어오르는 야전 식당차가 정차하고 있었다. 로스비타는 커피 한 잔 얻어다 달라고 내게 부탁했다. 아직 아침 식사를 하지 못했던 것이다. 나는 마지막 트럭을 놓칠까 봐 염려도 되고 약간 신경질이 나, 그녀의 청을 거절했다. 게다가 약간 거친 태도까지 취했다. 그러자 그녀는 몸소 차에서 뛰어내려, 식기를 들고 하이힐을 신은 채 식당차를 향해 달렸다. 그리하여 따뜻한 아침 커피를 얻었지만, 그와 동시에 마침 날아온 함포 사격의 탄환까지 얻게 되었다.

오오, 로스비타여, 그대가 몇 살이었는지도 나는 모른다. 다만 알고 있는 것은 그대가 99센티미터였다는 것, 그대의 입을 빌려 지중해가 말을 했다는 것, 그대에게서 계피 냄새와 육두구 향내가 났다는 것, 그대가 모든 사람의 마음을 꿰뚫어볼 수 있었다는 것뿐이다. 그런데 그대는 자신의 마음만은 꿰뚫어 보지 못했다. 그랬더라면 그대는 내 곁에 남아 있었을 것이고, 너무나도 뜨거운 저 커피를 얻으러 가지는 않았을 것이다!

리지외에 도착한 베브라는 우리를 위해 베를린으로의 행군 명령을 얻어 내는 데 성공했다. 사령부 앞에서 우리와 합류했을 때, 그는 로스비타의 죽음 이후 처음으로 말을 했다. "우리들 소인이나 광대는 콘크리트 위에서 춤을 추어서는 안 되는 것이다. 그것은 거인들을 위해 밟아서 굳혀 놓은 것이다! 아무도 모르게 연단 밑에 숨어 있어야만 했다."

베를린에서 나는 베브라와 헤어졌다. "이제 너의 로스비타가 없으니, 방공호에 들어간들 무얼 하겠니!"라고 그는 보일 듯 말 듯 미소 지으며 말했다. 그리고 내 이마에 키스를 하고는, 키티와 펠릭스에게 공용 여권을 주어 단치히 역까지 나를 데려다 주도록 했다. 곡예사의 짐 속에 들어 있던 여분의 북 다섯 개도 내게 주었다. 이렇게 배려를 받고, 예전이나 마찬가지로 나의 책도 지닌 채 나는 44년 6월 11일, 내 아들의 세 번째 생일 전날, 고향에 도착했다. 고향의 도시는 예전과 마찬가지로 조금도 손상되지 않은 채 중세의 모습이 감돌고 있었고, 시간 시간마다 다양한 높이의 교회 탑에서 다양한 크기의 종들이 요란한 소리를 내고 있었다.

그리스도 승계

이제 귀향이다! 20시 4분에 휴가병 열차가 단치히 중앙역에 도착했다. 펠릭스와 키티는 나를 막스 할베 광장까지 데려다 주었다. 우리는 작별을 했고, 헤어지면서 키티는 눈물을 흘렸다.

그러고 나서 그들은 호흐슈트리스에 있는 선전 본부를 방문했다. 오스카는 21시 조금 전에 짐을 든 채 라베스베크 거리를 천천히 걸어갔다.

귀향이라, 좋은 말이다. 하지만 오늘날엔 돼먹지도 않은 풍토가 널리 퍼져 있다. 이를테면 소액의 어음을 위조한 나머지 외인부대에 들어가야만 했던 젊은이가 몇 년이 지난 후 약간 나이가 들어 귀향하여 체험담을 이야기하거나 하면 그 누구라도 졸지에 현대판 오디세우스가 되어 버린다. 또 얼이 빠

져서 열차를 잘못 타 프랑크푸르트로 가야 되는데 오버하우
젠으로 가버려 도중에 약간의 체험을 하게 되는 일도 가끔 있
다―그럴 수 있는 일이다―그러면 그자는 돌아오자마자 키
르케라든지 페넬로페라든지 텔레마쿠스라는 전설상의 이름
을 마구 퍼뜨리는 것이다.

오스카의 경우는 그와 다르다. 귀향했지만 아무것도 변하
지 않았다는 사실만으로도 그는 오디세우스가 될 수 없었다.
그가 사랑하는 마리아, 그가 오디세우스라면 페넬로페로 불
리어 마땅한 그녀는 별달리 음탕한 구혼자들에게 둘러싸여
있지도 않았다. 여전히 마체라트와 함께 살고 있었는데, 그녀
가 그 남자와 살겠다고 결심한 것은 오스카가 여행을 떠나기
훨씬 전의 일이었다. 또 교양 있는 독자 여러분은 나의 불쌍한
로스비타가 한때 몽유병자의 직업에 종사했다고 해서 그녀를
남자나 현혹시키는 키르케로 생각하시지 말기를 바란다. 마지
막으로 나의 아들 쿠르트를 말하자면, 이 아이는 아버지를 위
해 손가락 하나 까딱하지 않았다. 오스카가 깨닫지 못한 점이
있을지는 모르나 여하튼 텔레마쿠스와 같은 아이는 결코 아
니었다.

비교가 불가피하다면―귀향자란 비교를 감수해야만 한다
는 정도는 나도 알고 있다―여러분을 위해 나는 성서에 나오
는 방탕자이고 싶다. 마체라트는 문을 열고 나를 맞이하였으
며, 그것도 가짜 아버지로서가 아니라 진짜 아버지로서였다.

정말이지 그는 오스카의 귀향을 마음속으로부터 기뻐하였
으며, 말없이 흘린 눈물은 진심의 것이었다. 그래서 나는 그날

이후 한결같이 오스카 브론스키라는 이름만을 대기를 그만두고, 때로는 오스카 마체라트라는 이름을 대기도 하였다.

마리아는 보다 태연하게 나를 맞이했으나 무뚝뚝하지는 않았다. 그녀는 테이블에 앉아 배급청에 제출할 생필품 카드를 붙이고 있었는데, 빈 탁자 위에는 쿠르트를 위한 두세 개의 생일 선물이 포장된 채 쌓여 있었다. 그녀는 실천형이기 때문에, 우선 내 건강을 생각하여 옷을 벗기고 예전처럼 나를 목욕시켰다. 그리고 내가 빨갛게 되는 것도 괘념치 않고 잠옷을 입혀 테이블에 앉혔다. 그동안 마체라트는 테이블에 달걀 프라이와 감자튀김을 마련해 놓았다. 나는 우유도 마셨다. 그리고 내가 먹고 마시고 하는 동안에 질문 공세가 시작되었다. "도대체 어디에 갔었어요? 얼마나 찾았는지. 경찰도 사방팔방으로 찾았구요. 게다가 우리는 법정에 서서 선서까지 해야 했어요. 당신을 버리지 않았다고 말이에요. 이제 돌아와서 다행이네요. 그렇지만 이제부터 귀찮은 일이 생기겠어요. 당신에 대해 다시 보고해야 하니까. 수용소에 들어가는 일만은 없어야 할 텐데. 당신이 나빠요. 한마디 기별도 없이 떠나가 버리다니!"

마리아의 선견지명대로 역시 귀찮은 일이 생겼다. 보건성 직원이 찾아와 마체라트와 비밀리에 이야기를 나누었는데, 마체라트가 큰소리로 말하는 바람에 모두에게 들려 버렸던 것이다. "말도 안 되는 소리요. 처가 죽을 때 난 약속을 했소. 아버지는 나지 보건 경찰은 아니란 말이요!"

그리하여 나는 수용소로 보내지지 않았다. 하지만 이날부터 2주일마다 마체라트의 간단한 서명을 요구하는 공문서가

그리스도 승계

날아들었다. 마체라트는 서명하려 하지 않았지만 그의 얼굴에는 근심으로 주름살이 늘었다.

오스카도 마음이 편치 않았으므로, 마체라트의 얼굴에서 주름살을 펴 주어야 했다. 하여간 내가 돌아온 날 밤, 그의 얼굴은 빛났고, 마리아처럼 이것저것 생각하지도 묻지도 않았으며, 내가 무사히 돌아왔다는 사실만으로 그는 만족하였다. 말하자면 진정한 아버지로서의 태도를 보였던 것이다. 약간 당황한 태도를 보이는 트루친스키 아주머니 집에서 자게 되었을 때 그는 이런 말까지 했다. "쿠르트가 정말 기뻐할 거야. 다시 형이 생겼으니 말이지. 게다가 내일은 쿠르트의 세 번째 생일이지 않겠니."

나의 아들 쿠르트는 생일 축하 테이블 위에서 촛불을 세 개 꽂은 케이크 이외에도 그레트헨 셰플러가 직접 손으로 짠 진홍빛의 스웨터를 발견했지만 그것에는 조금도 관심을 보이지 않았다. 기분 나쁘게 생긴 노란 고무공을 발견하자 아이는 그것을 깔고 앉아 타고 놀다, 마침내는 식칼로 그것을 찔렀다. 그리고 찢겨진 고무의 틈새에다 입을 대고, 공기를 넣어 부풀린 공속에 흔히 들어 있는 역겨우면서도 달달한 액체를 빨아 먹었다. 공이 쭈글쭈글 바람이 빠져 버리자, 쿠르트는 범선을 분해하기 시작해 마침내 난파선으로 만들어 버렸다. 팽이와 팽이채도 손 닿는 곳에 있어서, 어떻게 되나 걱정했지만 아이는 그것에는 손도 대지 않았다.

이미 오래 전부터 자식의 생일을 염두에 두었던 오스카는 대를 이을 자식의 세 살 생일에 늦지 않으려고 광포하기 이를 데 없는 역사적인 대사건의 한복판에서부터 동쪽으로 급히 달려왔던 터이다. 그런 그가 이제 옆에 물러서서 이 파괴적인 행동과 이 방약무인한 소년을 놀란 눈으로 바라보며, 자신의 육체의 크기와 자식의 크기를 비교해 보았다. 그러고 나서 약간은 감개에 젖어 나는 자신에게 다음과 같이 말했다. 쿠르트는 네가 없는 동안에 너의 키를 넘어 버렸다. 17년 전 너의 세 살 생일 이후로 네가 지켜왔던 94센티미터의 신장을 이 아이는 벌써 2 내지 4센티미터 초과해 버렸다. 그러니 지금이야말로 늦지 않게 이 애를 양철북치기로 만들 때다. 이 지나치게 빠른 성장에 대해 큰소리로 "이제 그만!"이라고 불러 세워야 한다.

나는 암키와 뒤편의 건조실 다락방에 위대한 교양서와 함께 보관해 두었던 곡예사용 짐꾸러미로부터 반짝거리는 새 양철북을 꺼냈다. 그리하여 나의 세 살 생일 때 나의 불쌍한 어머니가 약속대로 내게 주었던 것과 동일한 기회를—어른들이 하려고 하지 않기 때문에—내 자식에게 주려고 했다.

한때 나에게 장사를 물려주려 했던 마체라트였으니 앞으로 쿠르트를 식료품상으로 만들려고 하리라는 것은 짐작하고도 남음이 있었다. 하지만 내가 그건 당치도 않은 일입니다! 라고 지금 말한다고 해서, 오스카가 소매업이라면 무턱대고 싫어하는구나, 라고 독자 여러분이 판단하신다면 오해. 나 혹은 나의 아들에게 일련의 공장들을 물려주기로 약속한다거나 아니면 왕국과 거기에 속한 식민지의 상속권까지 부여해 준다 해도 나는 똑같이 행동했을 것이다. 말하자면 오스카는 간접적으로 물려받는 것을 싫어하기 때문이다. 그래서 자식도 비슷하게 행동하기를 바라면서—바로 여기에 내 논리의 결함이 있다—영원한 세 살배기의 양철북치기로 만들고 싶은 것이다. 전도유망한 어린 아이에게 양철북을 물려주는 것이 식료품점을 물려주는 것처럼 역겨운 일은 아니라는 듯이 말이다.

오스카는 오늘날도 그렇게 생각하지만, 당시 그의 소망은 단하나였다. 즉, 북 치는 아버지 곁에다 북 치는 자식을 두고, 둘이서 함께 북을 두드리며 밑에서 어른들을 관찰하고, 영원히 지속하는 북치기의 왕조를 확립하는 일이었다. 말하자면 붉은빛과 흰빛으로 래커칠한 양철을 두드리는 일을 한 세대에서 다음 세대로 이어가게 만드는 것이야말로 내게 주어진 일이었던 것이다.

하지만 우리 앞에 어떤 삶이 기다리고 있었던가! 두 사람이 함께, 때로는 각자 다른 방에서, 두 사람이 어깨를 나란히 하거나, 아니면 그는 라베스베크에서 나는 루이제 거리에서, 그는 지하실에서 나는 지붕밑 다락방에서, 쿠르트는 부엌에서 오스카는 화장실에서 하는 식으로, 아버지와 자식이 장소를 달리하거나 아니면 때로는 함께 하면서 양철북을 칠 수도 있었을 것이다. 운이 따른다면 나의 할머니이자 그의 증조할머니가 되는 안나 콜야이체크의 치마 밑으로 둘이 함께 미끄러져 들어가서는, 그곳에 앉아 북을 치며 약간 신맛이 나는 버터 냄새를 맡을 수 있었는지도 모른다. 그러고는 그녀의 작은 문 앞에 쪼그리고 앉아 쿠르트에게 이렇게 말할 수도 있었을 것이다. "아가야, 들여다보아라. 저기에서 우리가 나왔단다. 네가 착하게만 굴면 한 시간 가량 저 속으로 되돌아가, 그곳에서 기다리고 있는 모든 사람을 만나볼 수도 있단다."

그러면 쿠르트는 치마 밑에서 허리를 굽혀 조심스럽게 기웃거리며 아버지인 나에게 공손하게 질문하며 설명을 구했을 것이다.

거기에 답하여 오스카는 다음과 같이 속삭였을 것이다. "저 아름다운 여인은 말이지, 한가운데 앉아서 고운 손을 만지작거리고 있고, 눈물이 날 만큼 고운 달걀 모양의 얼굴을 하고 있는 사람 말이야, 저 분이 바로 나의 불쌍한 어머니이고, 너의 마음씨 고운 할머니란다. 장어 수프 요리 때문에, 아니 마음씨가 너무 고와서 돌아가셨단다."

"그리고, 아빠, 그리고?"라고 쿠르트는 연이어서 재촉했을 것이다. "저 코밑에 수염이 있는 분은 누구야?"

그러면 나는 비밀이라도 말하는 듯 소리를 낮추며 말했을 것이다. "저분은 너의 증조할아버지 요제프 콜야이체크라는 분이야. 보라, 저 부리부리한 방화범의 눈이며, 폴란드인다운 도도한 자부심과 카슈바이 사람의 현실적인 교활함을 엿보게 하는 저 콧뿌리 부분 말이야. 게다가 그 분의 발가락 사이에는 물갈퀴가 붙어 있단다. '콜럼버스'호가 진수하던 13년에 그 분은 뗏목 아래로 떨어져 오랫동안 헤엄쳐야 했는데, 아메리카까지 건너가서 백만장자가 되었단다. 하지만 이따금 바다로 나가 헤엄을 쳐서 돌아와 이곳 아래로 기어들기도 한단다. 방화범으로서 그 분이 처음으로 숨어든 곳이기도 하고, 그 분의 일부를 나의 어머니에게 물려준 장소이기도 하지."

"그런데 저 곱상하게 생긴 남자는요? 이때까지 나의 할머니라는 분 뒤에 숨어 있다가, 지금은 할머니 옆에 앉아 할머니 손을 만지작거리고 있어요. 저 사람 아빠하고 똑같이 푸른 눈이네요!"

그러면 사람됨이 불량한 나는 반역아답게 온몸의 용기를 끌어모아 귀여운 나의 아들에게 대답했을 것이다. "쿠르트야, 너를 바라보고 있는 저 눈은 말이야, 브론스키 일가의 몽상적인 푸른 눈이란다. 너의 눈은 회색인데, 그건 엄마한테서 물려받은 거야. 하지만 너도 나의 불쌍한 어머니의 손에 키스하고 있는 저 얀이나 그의 아버지인 빈첸트와 마찬가지로 어디까지나 몽상적이면서도 카슈바이 기질의 현실성을 갖춘 브론스키의 일원이란다. 언젠가는 우리도 그곳으로, 그 근원으로 되돌아간단다. 약간 신맛이 나는 버터 냄새를 퍼뜨리고 있는 곳으로 말이야. 좋지!"

그 당시의 나의 이론에 따르자면 나의 할머니 콜야이체크의 내부, 다시 말해 내가 장난삼아 할머니의 버터 통이라고 이름 붙인 그곳 이외에서는 참다운 가족생활이 실현될 수 없었다. 오늘날에는 내가 엄지손가락 하나만 까딱해도 하느님 아버지와 그의 독생자와 그리고 더욱 중요한 성령까지도 내가 능가하지 못할망정 맞먹을 수는 있게 되었다. 그리고 그리스도를 승계하는 것도 나의 다른 모든 천직과 마찬가지로 내게는 내키지 않는 의무가 되어 버렸다. 게다가 지금은 나의 할머니의 구멍만큼 나에게서 멀리 떨어져 있는 것도 없다. 이처럼 모든 것이 변하긴 했지만 그래도 오늘날 내가 가장 아름다운 가족 장면으로 여기는 것은 나의 조상들이 모두 한자리에 모인 광경이다.

특히 비라도 오는 날이면 나는 이렇게 상상해 본다. 나의 할머니가 초대장을 보내어 우리가 그녀의 내부에서 모이는 것이다. 얀 브론스키가 오고 있다. 이 폴란드 우체국 수비대의 전사는 가슴의 탄환 구멍에 카네이션 같은 꽃을 꽂고 있다. 나의 추천으로 초대장을 받은 마리아는 살금살금 나의 어머니에게로 다가가서는 어머니의 비위를 맞추려고, 어머니가 시작했고 마리아가 나무랄 데 없이 계속 기입하고 있는 회계 장부를 보인다. 그러자 어머니는 카슈바이 사람답게 웃음소리를 내며 나의 연인을 자기 쪽으로 끌어당겨, 뺨에다 키스를 하고 눈짓을 하며 말한다. "참 이상한 일이야. 누가 알았겠어. 우리 두 사람 모두 마체라트와 결혼해 브론스키를 길렀잖아!"

나의 어머니가 얀과 관계하여 생긴 씨앗을 콜야이체크 할머니의 배속에다 품게 해 놓았다가 마침내 그 버터 통에서 아기가 태어난다는 식으로 생각을 몰고 가는 것은 절대 엄금이다. 그런 생각은 하다 보면 꼬리에 꼬리를 물고 계속되게 마련이다. 그런 식으로 생각의 꼬리를 잇다 보면 역시 우리 가문의 일원인 나의 이복(異腹) 형제 슈테판 브론스키가 나의 마리아를 흘낏 보고 나서는 브론스키 가(家) 특유의 기질을 발휘해 자꾸 눈독을 들이지 말란 법도 없는 것이다. 그러므로 나의 상상력을 순진무구한 가족 모임에 한정하는 것이 좋겠다. 그리고 제3, 제4의 북치기에 대한 생각도 접어 두기로 하자. 오스카와 쿠르트면 충분하니까. 다만 이국땅에서 내게 할머니의 역할을 해 주었던 에펠탑에 대해 여기에 참석하고 있는 손님들에게 북을 두드리며 조금 이야기해 주기로 하자. 물론 초청자인 안나 콜야이체크를 포함한 모든 손님이 우리의 북소리를 듣고 흥에 겨워 무릎을 치며 박자까지 맞춘다면 더할 나위 없을 것이다.

자기 할머니의 배 속에다 세상사 및 거기 연관된 일들을 펼쳐 놓고 제한된 범위에서 이리저리 굴려 보는 것도 유혹적인 일이긴 하겠으나, 오스카 역시 마체라트와 마찬가지로 추정상의 아버지에 지나지 않으므로, 이제는 44년 6월 12일의 사건, 즉 쿠르트의 세 번째 생일에 대한 이야기로 다시 돌아가기로 하자.

다시 반복하자면 그 녀석은 스웨터 한 벌과 공 한 개와 돛단배 그리고 팽이와 팽이채를 받았다. 게다가 나는 그 녀석에게 붉은빛과 흰빛으로 래커칠한 양철북까지 줄 생각이었다. 녀석이 돛단배를 해체시키는 일을 끝내자마자 오스카는 양철 선물은 등 뒤에 감추고, 자신이 사용하던 양철북을 목에 걸어 배 아래쪽으로 늘어뜨린 채 가까이 다가갔다. 우리는 한 발쯤 떨어진 채 서로 마주 보고 섰다. 한쪽은 난쟁이 오스카, 다른 한쪽은 2센티미터 더 큰 난쟁이 쿠르트. 그 녀석은 포악하면서도 심술궂은 표정이었는데, 아마 돛단배를 마저 다 부수지 못한 것 같았다. 그리하여 내가 북을 내밀며 높이 든 바로 그 순간, 녀석은 돛단배 '파미르'호의 마지막 마스트를 부러뜨려 버렸다.

쿠르트는 난파선을 내던졌다. 그리고 북을 손에 잡아들었다가는 획 뒤집었다. 그러면서 녀석의 얼굴 표정은 긴장이야

여전했지만 다소간 부드러워졌다. 이제야말로 그에게 북채를 내밀 때였던 것이다. 하지만 유감스럽게도 그는 내 두 손의 행동을 오해하며 위협을 느꼈다. 그래서 양철북의 테두리 부분으로 북채를 때려 내 손에서 떨어뜨렸다. 내가 북채를 주우려고 허리를 굽히는 동안 그가 뒤쪽에서 뭔가를 집어 들었다. 그리고 내가 북채를 주워 다시 그에게 내밀었을 때, 그는 나를 그 생일 선물로 쳤다. 팽이가 아니라, 나 오스카를 때렸다. 때리라고 홈을 파 놓은 팽이는 치지 않고 그의 아버지를 붕붕 소리가 나도록 마구 돌리려 했던 것이다. 나를 팽이채로 치면서 녀석은 "잠시만 참으세요, 형님!"이라고 마음속으로 말했으리라. 카인이 아벨을 채찍질했을 때처럼 말이다. 처음에는 비틀거리며 돌던 아벨의 몸이 점점 더 빨리 그리고 정확하게 돌기 시작하고, 처음에는 둔탁하던 신음 소리가 어느새 쌩쌩 울리는 팽이의 노랫소리로 변했으리라. 카인의 채찍이 점점 더 높은 소리를 내며 나를 끌어가자 내 목구멍에서 금속성의 높은 소리가 튀어나왔고, 테너의 아침 기도가 흘러나왔다. 은을 세공하여 만든 천사들의 노래라든지, 비엔나 소년 합창단이나 거세하여 훈련시킨 가수들의 합창도 이와 같을 것이다. 아벨도 쓰러지기 전에 이처럼 노래했는지 모른다. 내가 쿠르트 녀석의 채찍 아래 쓰러졌을 때처럼 말이다.

내가 비참하게 신음 소리를 지르며 뻗어 있는 것을 보고도 그의 팔은 아직도 할 일을 다 하지 못했다는 듯이 방 안 공기를 몇 번이나 더 가르며 매질을 했다. 그는 북을 이리저리 자세히 살펴보는 동안에도 의심스럽다는 듯이 나를 눈에서 떼

지 않았다. 이윽고 적백색으로 래커칠한 부분을 의자 모서리
에 부딪치더니 곧 그 선물을 방바닥에 떨어뜨렸다. 그러고 나
서 쿠르트는 두리번거리다가 조금 전에 부수었던 커다란 돛단
배의 동체를 찾아냈다. 그는 이 목재로 북을 쳤다. 북을 친 게
아니라 두들겨 부수었다. 그의 손은 지극히 단순한 리듬마저
도 시험해보려 하지 않았다. 그는 몹시 긴장된 얼굴을 하고서
한결같이 단조로운 동작으로 양철을 때려 부수었다. 양철은
이런 북치기가 나타나리라고는 생각지도 못했을 것이다. 아주
가벼운 북채를 연이어 두들기는 정도야 얼마든지 견디겠지만
울퉁불퉁한 난파선의 동체로 두들겨 맞고는 배길 수 없었다.
북은 찌직 하고 소리를 내며 찢어졌다. 적백색으로 칠한 래커
칠을 단념하고, 회청(灰靑)색의 양철이 되어 살살 눈치를 살피
며 동체로부터 몸을 빼내어 사라지려고 했다. 하지만 아들은
아버지의 선물에 대해 무자비하게 행동했다. 그래서 아버지가
다시 한번 중재를 위해 여기저기 온몸이 쑤시는데도 불구하
고 양탄자 위를 엉금엉금 기어 아들이 있는 방바닥 쪽으로 가
려고 했다. 그러자 또다시 채찍이 끼어들었다. 지칠 대로 지친
팽이는 이 채찍 부인의 성질을 잘 알고 있었으므로, 신음 소
리를 내며 돌기를 단념했다. 그러자 북도 역시 힘차면서도 난
폭하지 않게 연이어서 북채를 휘두르는 섬세한 솜씨의 북치기
를 결국 단념하고 말았다.

   마리아가 들어왔을 때 북은 이미 고철이 되어 있었다. 그녀
는 나를 안아 올려 나의 부어오른 눈과 찢어진 귀에다 키스를
하였고, 흐르는 피와 매자국이 선명한 두 손을 핥아 주었다.

94

아아, 마리아는 모질게 학대당한 발육부진의 가련한 기형
아에게 키스를 베풀어 준 셈이다! 그러나 그녀는 나에게서 두
들겨 맞은 아버지를, 하나하나의 상처마다에서 연인을 발견
했어야만 했다! 그랬더라면 그 후 암울하게 보낸 수개월 동안
나는 그녀의 커다란 위안이 되고, 은밀하면서도 진실한 그녀
의 신랑이 될 수도 있었을 텐데.

그러는 동안 처음으로—마리아와는 별로 상관없는 일이지
만—나의 이복 형제인 슈테판 브론스키가 북빙양 전선에서
갑자기 전사한 사건이 일어났다. 당시에 이미 그의 의붓아버
지의 성(姓)인 엘러스를 따르고 있었던 슈테판 브론스키가 막
소위로 승진했을 때였다. 그러므로 그의 장교 경력은 영원한
미해결로 남게 되었다. 슈테판의 아버지인 얀은 폴란드 우체
국의 방어 전사로서 자스페 묘지에서 사살당할 때 셔츠 밑에
한 장의 스카트 카드를 보관하고 있었다. 반면에 소위의 가슴
은 2등 철십자 훈장과 보병 돌격대 휘장, 그리고 소위 말하는
냉동육 훈장으로 장식되어 있었다.

그 다음으로 6월 말에 트루친스키 아주머니는 가벼운 졸도
증세를 일으켰다. 우체부가 그녀에게 나쁜 소식을 전해 주었
기 때문이다. 하사관인 프리츠 트루친스키가 동시에 세 가지
를 위해, 즉 총통과 민족과 조국을 위해 전사했던 것이다. 중
부 전선에서의 일이었다. 카나우어라는 이름의 대위가 중부전
선에서 직접 랑푸우르의 라베스베크로 보내 준 트루친스키의
서류 가방 속에는 하이델베르크, 브레스트, 파리, 바트 크로이
츠나하와 잘로니키 출신의 귀여운 소녀들이 대개는 웃는 얼굴

을 하고 있는 사진들이 들어 있었다. 그 밖에도 1등급과 2등급의 철십자 훈장, 무엇인지 분명하지는 않은 상이 군인 휘장, 청동제의 백병전용(白兵戰用) 구두 버클, 대전차 포병의 찢어진 견장 두 장, 거기에다 몇 통의 편지가 들어 있었다.

마체라트는 정성을 다해 간호했다. 그래서 트루친스키 아주머니는 완쾌라고까지는 결코 말할 수 없지만 어쨌든 곧 상태가 좋아졌다. 그녀는 창가 의자에 가만히 앉아 나에게 아니면 하루에 두세 차례 먹을 것을 들고 올라오는 마체라트에게 물어 알아내려 했다. "중부 전선이라니?" 도대체 어디에 있는지, 먼 곳에 있는지, 일요일 하루 동안 기차를 타고 갈 수 있는지 등을 물었다.

마체라트는 아무리 가르쳐 주고 싶어도 아는 게 없었다. 그러니 임시 뉴스나 국방군의 발표를 들으며 지리적인 교양을 쌓은 내가 이 역할을 맡게 되었다. 오후 시간 내내 가만히 앉아 머리만을 흔들고 있는 트루친스키 아주머니에게 나는 점점 더 유동적이 되어가는 중부 전선에 대한 몇 가지 소식을 북을 두드려 가며 설명해 주었다.

매력적으로 생긴 프리츠를 매우 좋아했던 마리아는 경건해졌다. 처음 7월 한 달 내내 그녀는 지금까지 익숙했던 종교를 찾아서, 일요일마다 그리스도 교회의 헤히트 목사에게로 갔다. 마체라트가 가끔 따라가는 일도 있었으나, 그녀는 차라리 혼자 가고 싶어 했다.

그러나 마리아에게는 신교도의 예배가 성에 차지 않았다. 그래서 주중에 ─목요일이었든가 금요일이었든가?─ 가게문을 닫

을 시간이 되지 않았는데도 마체라트에게 가게를 맡긴 채 마리
아는 가톨릭교도인 내 손을 이끌고 나갔다. 우리는 신(新)시장
쪽으로 걸어갔다. 그곳에서 엘젠 가로 꺾어 들었다가 다시 마
리엔 가로 들어갔고, 보올게무트 푸줏간 옆을 지나서 클라인
하머 공원 쪽으로 향했다. 다시 랑푸우르 역 쪽으로 향하는
걸 보고 오스카는 카슈바이의 비사우로 잠시 여행하는 게 아
닌가 하고 지레 짐작을 했다. 그러나 우리가 왼쪽으로 돌아 철
도 육교 아래에서 미신(迷信)에 따라 우선 화물 열차를 하나
지나가게 한 후, 구역질을 일으킬 듯 물방울이 뚝뚝 떨어지는
육교 밑을 빠져나와서는 똑바로 영화관으로 향하지 않고 왼
쪽으로 철로 둑을 따라 걸어갔을 때에야 비로소 나는 깨달았
다. 그녀가 나를 브룬스희퍼베크에 있는 홀라츠 박사의 병원
으로 끌고 가든지, 아니면 개종 심산으로 성심교회로 갈 것이
라는 사실을.

교회의 정면은 철로 둑을 향하고 있었다. 우리는 철로 둑과
열려 있는 현관 입구 사이에 멈춰 섰다. 때는 8월의 늦은 오후,
대기는 벌레 우는 소리로 윙윙거렸다. 우리 뒤쪽에서는 선로
사이의 자갈 위에서 하얀 두건을 쓴 동부 출신의 여자 노무자
들이 곡괭이질과 삽질을 하고 있었다. 우리는 멈추어 선 채로
서늘한 공기에 싸여 있는 어두운 교회의 뱃속을 들여다 보았
다. 맨 안쪽에 교묘하게 시선을 끌며 격렬하게 타오르는 하나
의 눈—영원한 빛이 자리 잡고 있었다. 우리 뒤쪽의 철로 둑
위에서는 우크라이나 여자들이 삽질과 곡괭이질을 멈추었다.
기적이 울리고 열차가 접근하고 있다, 오고 있다, 왔다, 계속해

서 지나가고 있다, 아직 지나가지 않았다, 이제 지나쳤다. 그리고 다시 기적이 울렸다. 우크라이나 여자들이 삽질을 시작했다. 마리아는 어느쪽 다리를 먼저 내밀어야 할지 몰라 망설였다. 그래서 유일하게 구원을 가져다 주는 교회인 가톨릭 교회와는 태어나서 세례 받았을 때부터 친밀한 내게 책임을 지웠다. 그리하여 마리아는 비등산과 애정으로 가득 찼던 저 2주일 동안의 사건 이후, 수년 만에 다시 한번 오스카의 지시를 따랐다.

우리는 철로 둑과 그곳의 소음, 그리고 8월과 그 윙윙거림을 밖에다 남겨 둔 채 교회 안으로 들어갔다. 약간은 수심에 잠긴 채, 윗옷 아래쪽에 매달린 북을 손가락 끝으로 만지작거리며, 그러나 표정 하나 흐트러지 않고 태연하게 나는 그 옛날 불쌍한 어머니 곁에서 참석했던 미사와 주교 집전, 저녁 미사와 토요일의 고해 같은 것을 떠올렸다. 어머니는 돌아가시기 직전, 얀 브론스키와의 열렬한 교제 때문에 오히려 믿음이 깊어져, 토요일마다 가볍게 고해를 했고, 일요일에는 성사(聖事)로 힘을 북돋우었으며, 다음 목요일에는 그만큼 더 가벼우면서도 강해진 마음으로 티쉴러가에서 얀과 만났던 것이다. 그 무렵의 주교는 누구였던가? 비잉케였다. 아직도 성심교회의 사제로 일하고 있는 그는 기분 좋은 저음으로 거의 알아들을 수 없게 설교했으며, 사도신경을 아주 가냘프게 울음 섞인 소리로 노래했다. 그래서인지 당시 내 마음까지도 무언가 신앙심 같은 것에 의해 스며들 뻔했던 것이다. 성모 마리아와 소년 예수와 소년 세례 요한의 상을 모신 그 왼쪽 옆 제단 때문만은 아니었다.

그러나 나를 움직여 마리아를 햇볕으로부터 현관으로, 그리고 다시 타일을 밟으며 회중석으로 끌고 가도록 한 것은 바로 그 제단이었다.

여유를 가지고 마리아와 나란히 참나무 의자에 침착하게 앉아 있는 동안, 오스카의 기분은 점점 더 차분해졌다. 그동안 이미 몇 년이 지났다. 그런데도 옛날 그대로의 사람들이 여전히 참회서의 책장을 넘기고 계획을 가다듬으며, 비잉케 사제의 귀를 기다리고 있는 것처럼 보이는 것은 무슨 영문인가. 우리는 사람들과 조금 떨어져 성당의 중랑(中廊) 쪽에 앉아 있었다. 나는 마리아에게 어떻게 할 것인가를 선택하도록 맡겨 놓고 결정하기 쉽도록 도와주기만 했다. 한편으로 보면 허둥지둥 서두를 정도로 고해석이 가까이에 있지는 않아 그녀가 남몰래 개종하는 것이 가능했기 때문이다. 다른 한편으로 보면 그녀가 고해를 하기 전에 남들이 하는 걸 미리 관찰하며 결심을 굳힐 수 있었고, 또한 청문석의 사제의 귀 가까이로 가서 유일하게 구원받을 수 있는 종교로 개종하는 것과 관련하여 세세하게 상의하는 것도 가능했기 때문이었다. 향기와 먼지, 석회도료 아래에서, 물결치는 듯한 천사들과 굴절하는 광선 아래에서, 경직된 표정의 성자들 사이에서, 달콤한 고통에 가득 찬 가톨릭 앞에서 아래에서 사이에서 그녀가 무릎을 꿇고, 난생처음 가톨릭식의 성호를 그으려고 했을 때, 그 모습이 너무도 깜찍하고 두 손은 어색하기만 해서 가엾다는 생각마저 들었다.

오스카는 마리아를 살짝 건드려 성호를 올바르게 긋는 법을 가르쳐주었다. 그리고 열성적으로 배우려는 이 초보자에게 그녀의 이마 뒤 어딘가에, 가슴속 어딘가에, 정확하게 말하자면 양 어깨 어딘가에 성부와 성자와 성신이 살고 있다는 것과, 또한 아멘을 하려면 두 손을 어떤 식으로 합장해야 하는가도 가르쳐주었다. 마리아는 가르쳐준 대로 따라 하며 두 손을 모아 아멘을 했고, 아멘을 한 후에는 기도를 시작했다.

처음에는 오스카도 이미 고인이 된 몇 사람을 생각하며 그들을 위해 기도하려고 했다. 그러나 그의 로스비타를 위해 주님에게 빌면서, 그녀에게 영원한 안식을 내려 주시고 천국의 기쁨에 들 수 있도록 허락해 주시도록 빌려고 했을 때, 오스카는 그만 지상의 자잘한 일들에 마음을 빼앗겨 버리고 말았다. 그리하여 영원의 안식과 천국의 기쁨은 결국 파리의 호텔로 이주해 버리고 말았다. 그래서 나는 서문경(序文經)[4] 속으로 도망쳐 자신을 구제했다. 거기에서는 속박이 그다지 심하지 않기 때문이었다. 그리고 나서 나는 영원에서 영원으로 수르숨 코르다 디그눔 에트 유스툼[5]이라고 외웠다. 나는 그것으로 만족하며 옆에서 마리아를 지켜보기만 했다.

가톨릭식의 기도는 마리아에게 어울렸다. 그녀가 일념으로 기도하는 모습은 사랑스러워서 그림에 담고 싶을 지경이었다. 기도하는 동안 그녀의 속눈썹은 길어져 보이고, 눈썹은 그린

---

4) 가톨릭에서 미사의 전문(典文)이 시작되는 서문. 경본(經本)에 열네 개의 서문경이 있어, 그날그날의 미사에 따라 다르다.
5) 마음을 들어라, 그것은 합당하고 옳은 일이다.

듯이 선명해지고, 뺨은 붉어지고, 이마는 깊은 생각에 잠기고, 목은 나긋나긋해지고, 콧방울은 떨리고 있었다. 마리아의 고통스럽게 피어나는 얼굴을 보고 있는 동안 나는 접근하고 싶은 유혹에 넘어갈 뻔했다. 그러나 기도하고 있는 사람을 방해하거나 유혹해서는 안 되며, 기도하고 있는 사람에 의해 유혹당하는 일도 없어야 하는 법이다. 물론 다른 사람의 시선을 끌 수 있다는 것은 기도하는 사람에게 기분 좋은 일이며 기도 그 자체를 위해서도 유익한 일이긴 하지만 말이다.

그리하여 나는 반들반들하게 닦인 교회 의자에서 미끄러져 내려왔다. 두 손은 윗옷을 불룩하게 만든 양철북 위에 얌전하게 놓고 있었다. 오스카는 마리아에게서 빠져나와 타일 위를 걸어 그의 양철북과 함께 왼쪽 복도에 있는 십자가의 길 앞을 살금살금 지나갔다. 성 안토니우스가 있는 곳에서는 미안하긴 했지만 멈추지 않았다. 우리는 지갑도 열쇠도 잃어버리지 않았기 때문이다. 우리는 옛 프로이센 사람들이 때려 죽인 프라하의 성도(聖徒) 아달베르트도 역시 왼쪽으로 둔 채 쉬지 않고 지나쳐 가서, 장기판처럼 펼쳐져 있는 타일을 껑충 껑충 건너뛰어 마침내 양탄자가 있는 곳까지 갔다. 거기에서부터 왼쪽 측면 제단으로 올라가는 층계가 시작되었다.

독자 여러분은 신(新) 고딕식 벽돌 건물인 성심교회와 아울러 왼쪽 측면 제단 주변의 모든 것이 예전 그대로였다는 사실을 믿어 주시기 바란다. 벌거벗고 있는 장밋빛의 소년 예수는 여전히 성모의 왼쪽 넓적다리 위에 앉아 있었다. 나는 이분을 성모 마리아라고 부르지는 않겠는데, 개종 중인 나의 마리아와 혼동될 우려가 있기 때문이다. 초콜릿 빛깔의 텁수룩한 모피로 최소한의 부분만 가리고 있는 저 소년 세례자는 여전히 성모의 오른쪽 무릎에 몸을 기대고 있었다. 성모 자신은 옛날 그대로 오른쪽 집게손가락으로 예수를 가리키며 눈으로는 요한을 쳐다보고 있었다.

몇 년 만에 처음으로 보긴 하지만 오스카의 관심을 끄는 것은 성모의 어머니다운 자부심이라기보다는, 오히려 두 소년의 신체적 특성이었다. 예수는 세 살 생일을 맞이한 나의 아들 쿠르트와 거의 비슷한 키였다. 그러므로 오스카보다는 2센티미터가 컸다. 기록에 따르자면 요한은 나사렛 출신의 예수보다 나이가 많았고, 키는 나와 같았다. 하지만 두 사람 모두 영원히 세 살짜리인 나에게서 흔히 볼 수 있는 것과 같은 조숙한 표정을 보인다는 점에서는 마찬가지였다. 아무것도 변하지 않고 옛날 그대로였다. 몇 해 전인가 잘은 모르겠지만 내가 불쌍한 어머니를 따라 성심교회에 다녔을 때도 이들은 이와 꼭 마찬가지로 교활한 눈짓을 하고 있었던 것이다.

나는 양탄자를 따라 층계를 올라갔다. 하지만 서문경을 외우면서 올라가지는 않았다. 주름마다 일일이 확인하며 나는 벌거벗은 두 소년의 색칠한 석고상을 나의 북채로 천천히 그리고 빠짐없이 쑤셔 대었다. 북채는 나의 모든 손가락을 합친 것보다 민감했다. 나는 허벅지, 배, 팔 할 것 없이 주름살과 움푹 패인 곳을 세었다. 이것이야말로 바로 오스카의 몸매 그대로였다. 나의 건강한 살집, 나의 튼튼하면서도 약간 살찐 무릎, 나의 짤막하면서도 근육이 알찬 북치기의 팔. 이런 것들을 이 사내아이도 가지고 있었다. 그는 성모의 넓적다리 위에 앉은 채 두 팔과 주먹을 치켜들고 있었다. 마치 양철을 두드리려고 하면서, 예수야말로 북치기이지 오스카는 북치기가 아니라고 주장하며, 나의 양철만을 자나 깨나 기다리고 있는 것처럼 보였다. 그리하여 이번에야말로 성모와 요한과 나를 위해 매력이 넘치는 리듬을 양철북에다 실어 보겠다는 듯한 진지한 태도였다.

나는 수년 전과 마찬가지로 내 배에서 북을 벗겨 내어 예수에게 시험해 보았다. 색칠한 석고가 다치지 않도록 조심하면서 나는 그의 장밋빛 넓적다리 위에다 오스카의 적백색으로 칠한 북을 내밀었다. 하지만 이것은 자기만족을 얻기 위한 것으로, 멍청하게도 기적을 기대한다거나 하는 따위는 생각지도 않았다. 오히려 나는 석고상의 무기력을 확인하고 싶었다. 왜냐하면 그가 아무리 그런 식으로 앉아 두 주먹을 치켜들고 있다고 해도, 또 나와 같은 키와 나처럼 튼튼한 신체를 갖고 있다고 해도, 또 내가 극도로 자제심을 발휘해 노력해야만 겨우 나타낼 수 있는 저 세 살짜리의 표정을 그가 석고로 만들어졌다는 이점 때문에 간단히 짓고 있긴 해도, 그가 북을 칠 수는 없는 일이고, 다만 치는 흉내만 내는 데에 불과하기 때문이었다. 마치 북만 있으면 나도 칠 수 있을 텐데, 라고 생각하면서 말이다. 그래서 나는 말해 주었다. 자, 북이 여기 있다, 쳐 보시게! 나는 배꼽을 잡고 웃으며 두 개의 북채를 그의 소시지 같은 열 개의 손가락 사이에 끼워 주었다─자, 쳐 보게, 사랑스러운 예수님! 채색 석고상의 양철북 연주라. 오스카는

계단을 세 개 내려와 양탄자로부터 타일 위로 옮겨 갔다. 자
두드려 보세요, 아기 예수님. 오스카는 좀더 뒤로 물러섰다.
멀찌감치 떨어져서 그는 다시 배꼽이 빠지게 웃었다. 예수는
그대로 주저앉은 채 북을 치지 못하고 있기 때문이었다. 치고
는 싶지만 안 되는 것이었다—어느새 짐승의 두터운 모피와
도 같은 권태로움이 나를 들볶기 시작했다—바로 그때 그가
두들겼다. 북을 두들겼다!

　주변의 모든 것이 꼼짝도 안 하고 있는 가운데 그는 왼손 오
른손 차례대로, 그리고 양쪽 북채를 교차시키며 북을 쳤다. 연
타도 곧 잘 해내었고, 매우 진지하게, 더욱이 변화를 주면서 복
잡한 리듬뿐만 아니라 단순한 리듬도 능숙하게 처리했다. 다른
기교는 일체 단념하고 양철북에만 매달렸다. 결코 종교적이거
나 열에 들뜬 군인 같은 느낌을 주지 않으면서, 순수하게 음악
적인 인상을 주었지만, 유행가도 경멸하지는 않았다. 그중에서
도 당시에 모든 사람이 애창하던 「모든 것은 지나간다」를 연주
했고, 물론 「릴리 마를렌」도 빼놓지 않았다. 그는 천천히 그리
고 목에 약간 힘을 주고 브론스키의 푸른 눈과 함께 고수머리
의 얼굴을 내게로 돌렸다. 그리고 의기양양하게 미소를 지으며
이번에는 오스카의 애창곡을 혼성곡으로 들려주었다. 연주는
「유리, 유리, 유리 조각」으로부터 시작해 「시간표」를 스쳐 지나
갔다. 이 아이는 나와 마찬가지로 라스푸틴과 괴테를 경쟁시켰
다. 나와 함께 슈토크탑에 올라갔고, 연단 밑으로 기어 들어갔
으며, 항구의 방파제에서 뱀장어를 잡았고, 나의 불쌍한 어머
니의 발끝 쪽으로 갈수록 좁아지는 관 뒤에서 나와 나란히 걸

어가기도 했다. 그리고 나를 정말 어처구니없게 만든 것은, 그 아이가 나의 할머니 안나 콜야이체크의 네 벌의 치마 속으로 거듭해서 기어 들어갔기 때문이었다.

이때 오스카가 가까이 다가갔다. 무언가가 그를 끌어당겨 양탄자 있는 데로 가고 싶었던 것이다. 더 이상 타일 위에는 서 있고 싶지 않았다. 그래서 그는 한 계단 한 계단 올라갔다. 마음속으로는 상대가 내려오기를 바라긴 했지만. 나는 목청을 다해 소리쳤다. "예수, 약속과 다르잖아. 내 북을 즉시 돌려다오. 너에게는 십자가가 있으니 그것으로 되잖아!" 그는 서두르는 기색도 없이 연주를 끝내고는, 조심하는 듯 과장된 시늉을 하며 북채를 양철 위에서 교차시켰다. 그러고는 오스카가 경솔하게 빌려주었던 물건을 아무런 대꾸도 없이 내게 건네주었다.

나는 작별 인사도 하지 않고 마치 10인의 악마처럼 급히 층계를 뛰어내려 가 가톨릭 교회를 떠나려고 했다. 그때 명령조이긴 하지만 싫지는 않은 목소리가 내 어깨에 닿았다. "나를 사랑하고 있나, 오스카?" 고개도 돌리지 않고 나는 대답했다. "내가 어떻게 알아." 그러자 그는 소리도 높이지 않고 같은 어조로 다시 말했다. "나를 사랑하고 있나, 오스카?" 화가 치밀어 나는 대꾸했다. "유감이지만, 조금도 아니야!" 그러자 그가 세 번째로 성가시게 굴었다. "오스카야, 너는 나를 사랑하니?" 나는 예수 쪽으로 얼굴을 돌렸다. "너 같은 건 싫어, 이 녀석아! 너도, 축제 소동도, 모두 싫어!"

기묘하게도 나의 비난은 그의 목소리에 오히려 승리의 울림을 더해 주었다. 그는 마치 초등학교 여교사처럼 집게손가락을 들어 올리며 나에게 지시했다. "오스카야, 너는 반석(盤石)이다. 이 반석 위에, 나는 나의 교회를 세우겠다. 나를 따르라!"

독자 여러분은 나의 격분한 모습을 상상해 보시기 바란다. 분노한 나머지, 나의 피부는 수프 속의 닭껍질이 되었다. 나는 그의 석고 발가락 하나를 잘라 버렸다. 하지만 그는 꿈쩍도 하지 않았다. "다시 한번 말해 봐."라고 오스카는 쇳소리를 내며 말했다. "너의 빛깔을 긁어내고 말겠다!"

그러자 더 이상 말은 없었다. 다만 보이는 것이라고는 예전과 변함없이 다리를 질질 끌며 이 교회 저 교회 돌아다니는 저 노인의 모습뿐이었다. 왼쪽 측면 제단을 향하여 기도하던 노인은 나의 존재를 전혀 깨닫지 못하고 다리를 끌며 계속 걸어가, 이미 프라하의 성도 아달베르트에게 있었다. 나도 구르듯이 층계를 내려와 양탄자에서 타일 위로 옮겨 갔다. 그리고 뒤도 돌아보지도 않고 장기판 무늬를 건너서 마리아에게로 갔다. 그녀는 내가 가르쳐 준 그대로 정확하게 가톨릭식으로 성호를 긋고 있는 중이었다.

나는 그녀의 손을 잡고 성수대(聖水臺) 있는 곳으로 데리고 갔다. 그리고 정문에 거의 다 온 교회당 한가운데쯤에서 그녀로 하여금 다시 한번 제단 쪽을 향해 성호를 긋도록 했다. 나는 그 모든 것을 그녀에게만 시키고 따라하지는 않았다. 그녀가 다시 무릎을 꿇으려고 했을 때, 나는 그녀를 밝은 햇살 속으로 데리고 나왔다.

이미 석양이 지고 있었다. 철로 둑 위에서 일하던 동부 출신의 여자 노무자들은 이미 가고 없었다. 그 대신 랑푸우르 교외 정거장 바로 앞에서 화물차 편성 작업이 이루어지고 있었다. 모기들이 포도송이처럼 떼를 지어 공중을 날고 있었다. 위쪽으로부터 종소리가 울려오는가 하더니, 화물차들이 부딪치는 소리와 뒤섞이고 말았다. 모기들은 그대로 떼를 이루고 있었다. 마리아의 얼굴은 눈물에 젖어 있었다. 오스카는 소리라도 지르고 싶었다. 예수란 놈을 어떻게 해 주어야 한단 말인가? 나는 내 목소리에다 이 임무를 맡기고 싶었다. 그의 십자가 따위가 나와 무슨 상관이 있단 말인가? 그러나 내 소리가 그의 교회 창문에 대해서는 아무것도 할 수 없다는 사실을 나는 충분히 알고 있었다. 그래 그놈으로 하여금 앞으로도 계속 페트루스, 페트리, 아니면 동프로이센식으로 페트리케이트라고 불리는 무리들 위에 자신의 교회를 세우도록 내버려 두도록 하자. 다시 내 속에 있는 악마가 속삭였다. "이봐, 오스카, 교회 창은 내버려 둬! 그 놈은 네 소리마저 못 쓰게 만들 거야." 그래서 나는 눈을 들어 신고딕 양식의 창을 흘낏 쳐다보기만 하고는 그곳을 떠났다. 노래도 부르지 않았고, 그의 뒤를 따르지도 않았다. 나는 마리아와 나란히 역전으로 가는 길목에 있는 철도 육교를 향해 터덜터덜 걸어갔다. 물방울이 뚝뚝 떨어지는 터널을 지나고, 클라인하머 공원으로 통하는 길을 올라가다가, 오른쪽으로 돌아 마리엔 가로 들어서고, 보올게무트 푸줏간 옆을 통과해, 왼편으로 돌아 엘젠 가 쪽으로 들어간 다음, 슈트리스강을 건너 신시장 쪽으로 갔다. 그곳에서는 공습에 대비해 방화용 연못을 파고 있었다. 라베스베크까지는 먼 길이었지만 그래도 우리는 마침내 돌아왔다. 오스카는 마리아와 헤어지고 나서 90개의 계단을 올라가 다락방으로 갔다. 그곳에는 침대 시트가 널려 있었고 그 시트 뒤에는 방화용 모래가 쌓여 있었다. 그리고 모래와 양동이, 신문지 다발과 암키와 더미 뒤쪽에는 전선 극장 시대 이래의 나의 책과 예비용 북이 있었다. 그리고 신발 상자 속에는 낡긴 했으나, 여전히 배 모양을 갖추고 있는 몇 개의 전구가 있었다. 오스카는 그중에서 우선 한 개를 꺼내어 노래로 깨뜨렸다. 두 번째 것은 집어 들어 유리 가루로 만들었다. 세 번째 것은 아주 깨끗하게 두 개의 반쪽으로 만들었다. 네 번째 것에는 장식 서체로 '예수'라고 써 놓고는, 유리와 글자를 동시에 가루로 만들었다. 다시 계속하려 했으나 전구가 남아 있지 않았다. 녹초가 되어 나는 방화용 모래 더미에 쓰러졌다. 오스카의 소리는 건재했다. 어쨌거나 예수는 한 명의 후계자를 갖게 되었던 것이다. 그러나 먼지떨이들이 나의 최초의 사도가 될 운명이었다.

먼지떨이들

내가 제자들을 모으는 데는 극복하기 어려운 난점이 있다. 이 점 하나만 보더라도 오스카는 그리스도의 후계자가 되기에는 적합하지 못하다. 하지만 그 당시에 내려진 소명이 우여곡절을 겪으며 결국 내 귀에 들어오게 됨으로써 나는 후계자가 되었던 것이다. 물론 그렇다고 해서 내가 나의 선배를 믿었다는 것은 아니다. 그러나 의심하는 자가 믿는 자이며, 믿지 않는 자가 가장 오래 믿는다는 말이 있듯이, 나는 성심교회 안에서 나에게만 은밀하게 나타난 조그마한 기적을 의심과 함께 파묻어 버릴 수는 없었다. 오히려 나는 예수가 다시 북을 연주하게 만들려고 시도했다.

이따금 오스카는 마리아 없이 혼자서 앞서 말한 벽돌 건물의 교회로 갔다. 오스카는 몇 번이고 트루친스키 아주머니 곁에서 빠져나왔다. 그녀는 의자에 달라붙은 듯이 앉아 있었을 뿐 나더러 이래라저래라 하지 못했던 것이다. 그런데 예수는 나에게 무엇을 줄 수 있었던가? 무엇 때문에 나는 교회 본당의 왼쪽 통로에서 하룻밤의 절반이나 버티고 있다가 교회지기에 의해 감금당했던가? 무엇 때문에 오스카는 왼쪽 측면 제단 앞에서 귀가 유리처럼 딱딱해지고 손발이 뻣뻣해지도록 서 있었던가? 그것은 이가 갈리도록 굴욕감을 맛보고, 또 그에 못지않게 이가 갈리도록 모독을 퍼부었음에도 불구하고 나의 북소리도 예수의 목소리도 들을 수 없었기 때문이었다.

비참한지고! 내 생애를 통틀어 한밤중 성심교회의 타일 바닥 위에서처럼 이가 덜덜거려 본 적은 일찍이 없었다. 그 어떤 광대가 오스카보다 더 나은 딸랑이 장난감을 본 적이 있었을까? 그때 나는 억수같이 쏟아지는 기관총 소리로 가득한 전선지대를 흉내 내었던 것이다. 아니면 나는 그때 여사무원과 타이프라이터로 가득 찬 보험 회사를 위턱과 아래턱 사이에 넣어 두고 관리했던 것이다. 어쨌든 그것은 이리저리로 울리면서 메아리와 갈채를 받았다. 기둥들은 몸을 떨었고, 둥근 천장에는 소름이 끼쳤다. 나의 기침 소리는 한쪽 발로 타일의 장기판 무늬 위를 뛰어갔고, 십자가 길에서는 뒷걸음질치다가, 회중석으로 올라갔다. 그러고 나서 성가대석으로 너울거리며 올라가서는 60차례나 기침을 했다―이 바흐 협회는 노래는 부르지 않고 기침하는 데만 익숙해져 있었다―그러다가 오스카의 기침이 오르간 파이프 속으로 기어들어 가 일요일의 성가 때에나 나오겠지 생각하는 순간―이번에는 성구 보관소에서 기침 소리가 났다. 그리고 그 직후에는 설교단에서 그리고 마침내 본 제단의 뒤, 십자가에 매달려 있는 운동선수의 등 뒤에서 가파르게 기침을 하다가 숨이 끊어졌다―그의 영혼을 기침과 함께 토해 내었다. 그러자 이제 완성되었노라고 나의 기침이 기침을 했다. 하지만 완성된 것은 아무것도 없었다. 예수 소년은 굳은 손으로 뻣뻣하게 나의 북채를 들고, 내 양철을 장밋빛의 석고 위에 올려놓은 채 두드리지도 않았다. 나의 계승을 보증하지도 않았다. 오스카는 자신이 명령받은 '그리스도 승계'를 문서상으로 보증 받고 싶었던 것이다.

그 이후 내게는 하나의 습관 혹은 악습이 생겼다. 교회라든지 심지어는 아주 유명한 대성당을 찾을 때면 타일에 발을 딛자마자, 신체 상태는 정말 양호함에도 불구하고 계속해서 기침이 나왔던 것이다. 기침은 교회의 건축 양식과 높이와 넓이에 따라서 고딕식이라든지 로마네스크식이라든지, 아니면 바로크식으로도 전개되었다. 그리고 수년 후에는 울름 대성당이나 슈파이어 성당에서 나의 기침을 오스카의 북으로 반향시킬 수도 있지 않나 하고 믿을 정도였다. 그러나 8월의 한가운데에서 내가 묘지와 같이 차디찬 가톨릭교를 마음속 깊이 느꼈던 당시로서는 교회들을 둘러보고 단체 여행 삼아 먼 나라들을 돌아다닌다는 것은 꿈같은 이야기였다. 다만 생각할 수 있다면 제복을 입은 자의 자격으로 계획된 철수에 참가해 가지고 다니던 수첩에 이런 식으로 기입하는 경우가 고작일 것이다. '오늘 오르비에토 철수. 교회 정면이 화려함. 전쟁 후에 모니카와 함께 더 자세히 보러 와야겠음.'

교회 단골이 되기는 나로서는 쉬운 일이었다. 집에는 나를 붙잡아 둘 사람이 전무했기 때문이다. 마리아가 있긴 했다. 하지만 마리아에게는 마체라트가 있었다. 물론 나의 아들 쿠르트도 있었다. 하지만 이 녀석은 점점 더 참을 수 없게 되었다. 내 눈 속에 모래를 던지기도 하고, 아버지인 내 살 속에서 손톱이 부러질 만큼 나를 심하게 할퀴기도 했다. 그것도 모자라 아들놈은 흰 마디가 선명한 두 주먹을 나에게 내밀기도 했다. 때릴 준비를 갖춘 이 쌍둥이 주먹을 보기만 해도 내 코에서는 피가 쏟아져 나왔다.

이상한 일은 마체라트가 어색하긴 하지만 그래도 진심 어린 몸짓으로 나를 감싸 주는 것이었다. 오스카는 놀라워하면서도 이 호의를 받아들였다. 이제까지 오스카에게 무관심했던 사내가 그를 무릎에다 올려놓고 껴안고 얼굴을 들여다보고, 심지어 한 번은 키스까지 하고 눈물을 흘리며, 마리아를 향해서라기보다는 혼잣말처럼 중얼거리는 게 아닌가. "그럴 순 없어. 자기 자식을 그렇게 하다니. 그자가 열 번을 되풀이하든, 모든 의사가 같은 말을 되풀이하든 간에 안 돼. 그 사람들 그렇게 간단히 써 보내다니. 자식도 안 키워 본 사람들이야."

테이블에 앉아 여느 날 저녁때처럼 생필품 배급권을 펼친 신문지 위에 붙이고 있던 마리아가 눈을 들어 쳐다보며 말했다. "진정하세요, 알프레트. 제가 조금도 걱정하지 않는다는 투로 말씀하시는군요. 하지만 요즘에는 그렇게 해야 한다고들 말하잖아요. 저로서는 무엇이 옳은지 도무지 모르겠어요."

마체라트는 집게손가락으로 피아노를 가리켰다. 나의 불쌍한 어머니가 죽은 이후로는 사용하지 않고 있던 것이었다. "아 그네스가 살아 있었다면 그런 일은 결코 있을 수도 없고, 용서하지도 않았을 거야!"

마리아는 피아노를 흘깃 쳐다보며 어깨를 추켜올렸다가는 이야기를 시작하며 비로소 어깨를 다시 내렸다. "그건 그래요. 그분은 어머니잖아요. 이 아이가 잘 되라고 마르고 닳도록 빌었어요. 하지만, 보세요. 결국은 안 되지 않았어요. 이 아이는 가는 데마다 들볶이기만 하니, 살 수도 죽을 수도 없어요!"

마체라트는 피아노 위쪽에 여전히 걸려 있으면서 음침한 히틀러를 음침하게 바라보던 베토벤의 초상화로부터 힘을 얻었던 것일까? ─그는 "안 돼!" 하고 소리쳤다. "결코"라고 하면서 그는 주먹으로 테이블을 쳤다. 테이블 위에 있는 끈적끈적하게 젖은 신문지 종이를 쳤다. 그러고는 마리아로부터 수용소 소장의 편지를 빼앗아 읽고, 읽고, 읽고, 또 읽은 후 갈기갈기 찢어 그 종이 쪼가리들을 빵 배급권, 지방(脂肪) 배급권, 식품 배급권, 여행 할인권, 노동자 할인권, 중(重)노동자 할인권, 임산부 및 산모 할인권 사이에 던져 버렸다. 이렇게 마체라트 덕택으로 오스카는 의사들의 손에 넘어가지 않게 되었다. 하지만 그 이후 그리고 오늘날까지도 그는 마리아의 모습이 눈에 띄기만 하면, 그 순간 더없이 깨끗한 산중의 공기 속에 싸여 있는 놀랍도록 아름다운 병원과 그 병원 안에 있는 밝고 아늑한 현대식 수술실을 떠올린다. 그러면 그 수술실의 쿠션을 댄 문 앞에서 수줍어하면서도 전폭적인 신뢰와 함께 미소를 짓는 마리아가 일류 의사들에게 나를 맡기는 모습이 보인다. 의

사들도 그들의 소독 처리한 흰 가운 위로 믿음직하면서도 즉시에 효과를 보여 줄 1급의 주사기를 손에 들고 있다. 이리하여 온 세계가 나를 단념하게 되었던 것이다. 하지만 마체라트가 제국 보건성이 보낸 문서에 서명하려고 할 때마다 그 손가락에 매달리며 그것을 마비시킨 것은 오로지 나의 불쌍한 어머니의 그림자였다. 버림받은 내가 몇 번이고 이 세상을 버리려 할 때마다 방해한 것도 역시 어머니의 그림자였다.

오스카에게 감사의 마음이 한 톨도 남아 있지 않은 것은 아니었다. 내게는 아직 북이 있었다. 게다가 내 목소리도 남아 있었다. 유리에 대한 나의 전과(戰果)를 속속들이 알고 계시는 독자 여러분에게는 내 목소리가 별다른 새로움도 주지 못할 것이고, 변화를 좋아하는 대부분의 독자 여러분을 싫증나게 만들 뿐이라는 점은 익히 알고 있다. 하지만 나에게는 오스카의 소리야말로 북 이상으로 나의 존재를 보여주는 영원히 신선한 증거물이었다. 말하자면, 내가 노래로 유리를 산산조각으로 만드는 한 나는 존재하고 있었으며, 내가 가다듬은 호흡이 유리의 숨통을 끊는 한 내 속에는 여전히 생명이 존재했던 것이다.

오스카는 그 당시에 노래를 많이 불렀다. 자포자기의 심정이었다. 성심교회에서 늦은 시간에 돌아올 때면, 나는 으레 무엇인가를 노래로 파괴했다. 집으로 돌아오면서 특별히 무언가를 찾거나 하지는 않았다. 그저 눈에 띄는 것, 이를테면 차광(遮光)이 불충분한 다락방이라든지 등화 관제용으로 푸르게 칠한 가로등 따위를 골랐다. 그리고 나는 교회에서 집으로 돌아올 때마다 다른 길을 택했다. 어떤 때는 오스카는 안톤 묄러 가를 지나서 마리엔 가로 나왔다. 또 어떤 때는 우파겐 가를 성큼성큼 올라가, 콘라트 학교를 돌아 지나가면서 학교 현관의 유리를 산산조각 내고는, 독일인 거주지를 지나 막스 할베 광장으로 나왔다. 8월 말의 어느 날엔가는 교회에 너무 늦게 도착해 현관문이 벌써 닫혀 있었다. 그래서 나는 평소보다 더 먼 길로 돌아가면서 울분을 풀기로 결심했다. 나는 길가의 가로등을 세 번째마다 하나씩 해치우면서 역전 거리를 올라갔다. 영화관 뒤에서 오른편으로 돌아 아돌프 히틀러 가로 들어간 나는, 왼쪽 편에 있는 보병대 병영의 유리는 그대로 내버려 두고, 그 대신 올리바로부터 이쪽을 향해 오고 있는 거의 텅 비어 있는 한 시내 전차에다 대고 나의 울분을 쏟아부었다. 어둡게 흐려져 있는 왼쪽 편의 유리를 모조리 빼 버렸다.

오스카가 자신의 승리를 확인하는 순간 브레이크를 삐걱거리며 시내 전차가 정차했다. 사람들이 차에서 내려 욕설을 하더니 다시 승차했다. 그는 자신의 분노를 달래기 위해 다시 디저트를 찾았다. 과자가 몹시 귀한 이 시대에 과자가 먹고 싶던 것이다. 랑푸우르 교회의 변두리에 다다랐을 때에야 끈 달린 단화를 신은 그의 발이 멈추어 섰다. 그곳에서 보니 베렌트 가구 상회의 옆쪽으로, 그리고 비행장의 넓다란 병영(兵營) 앞쪽으로 '발틱' 초콜릿 공장의 본관이 달빛 속에 길게 누워 있는 것이 보였다.

하지만 분노가 이제는 많이 가라앉았기 때문에, 나는 이 공장에 대해 옛날부터 해 오던 방식대로 곧바로 자신을 소개하고 싶지는 않았다. 오히려 느긋하게 시간을 두고, 달이 먼저 헤아려 놓은 유리의 개수를 다시 헤아려 보면서 달의 계산과 일치함을 확인했다. 그러고 나서 이제 자신을 소개할까 생각했지만, 그 전에 알아두고 싶은 것이 있었다. 한 무리의 미성년자들이 무슨 연유에서인지 내 뒤를 따라오고 있었던 것이다. 호흐슈트리스에서부터 아니면 그보다 전에 역전 거리의 밤나무 아래에서부터 내 뒤를 따라왔는지도 모른다. 예닐곱 명 남짓한 아이들이 호엔프리트베르크 거리의 시내 전차 정류장 옆에 있는 대합실 앞과 그 안에 서 있었다. 그리고 또 다섯 명 정도의 아이들이 초포트로 향하는 큰길의 가로수 뒤에 숨어 있는 것이 보였다.

나는 초콜릿 공장을 방문하는 것을 연기하고, 이 아이들을 피해 가기로 했다. 우회로를 택하여 비행장 옆의 철교를 건너고 녹지대를 통과하여 클라인하머베크 거리에 있는 맥주 양조 주식회사 쪽으로 빠져나갈 생각이었다. 그때 오스카는 다리 쪽으로부터 무리들이 미리 정해 놓은 신호의 휘파람 소리를 들었다. 이제 의심의 여지가 없었다. 이 행진의 목표는 바로 나였던 것이다.

추적자들이 뒤에서 쫓고 있음이 분명하지만 몰이가 아직 본격적으로 시작되지 않은 그런 상황에 처한 사람이라면, 그 짧은 시간 동안 마지막 구조의 가능성을 즐기기라도 하듯 여유를 부리며 이리저리 헤아려보기도 하는 법이다. 그때 오스카는 요란하게 엄마 아빠를 부를 수도 있었을 것이다. 아니면 다른 사람은 제쳐 놓더라도 한 명의 경관이나마 북을 쳐 부를 수도 있었을 것이다. 그랬더라면 어른들은 내 조그만 체구를 보고 틀림없이 보호해 주었을 것이다. 그러나 오스카는 이따금 오기를 발동했다. 그래서 그는 지나가는 어른들의 도움이나 경찰의 간섭을 거부하고 말았다. 호기심과 자부심에 시달린 나머지 운을 하늘에 맡긴 채, 멍청하기 짝이 없는 짓을 하고 말았던 것이다. 나는 초콜릿 공장 부지를 둘러싸고 있는 타르칠한 담에 틈새가 없을까 하고 찾아보았지만, 하나도 발견할 수 없었다. 미성년자들이 정류소 옆의 대합실과 초포트 대로변의 나무 그늘을 떠나는 것이 보였다. 오스카는 담을 따라서 걸어갔다. 이제 무리들은 다리 쪽에서도 다가왔다. 판자담에는 여전히 구멍 하나도 보이지 않았다. 무리들은 서두르는 기색도 없이, 따로따로 떨어져 산보라도 하듯 슬슬 걸어오고 있었다. 오스카에게는 아직 찾을 틈이 약간 있었다. 무리들은 나에게 담장의 구멍을 찾기에 충분할 만큼의 시간을 허락했던 것이다. 마침내 한 장의 판자가 떨어져나간 것을 발견한 나는 어느 부분엔가 옷을 찢기면서 그 틈새를 빠져나갔다. 하지만 담 너머에도 방풍(防風) 겉저고리를 입은 네 명의 소년들이, 두 손을 스키 바지의 호주머니에 찌른 채 나를 기다리며 서 있었다.

빠져나갈 구멍이 없다는 사실을 즉시에 깨달은 나는 우선 내 옷에서나마 찢긴 구멍을 찾았다. 담의 틈새를 빠져나올 때 찢어졌던 것이다. 구멍은 바지의 오른쪽 엉덩이 부분에서 발견되었다. 손가락 두 개를 펼쳐 재 보니 화가 날 만큼 컸다. 그러나 나는 태연한 자세를 유지했고, 마침내 얼굴을 들어 주위를 바라보았다. 기다리는 동안 시내 전차 정류소와 대로와 다리 쪽에서 아이들이 무리 지어 다가왔다. 그들은 담을 타고 넘어왔는데, 담장에 난 틈새가 너무 작아 빠져나올 수 없기 때문이었다.

때는 8월 말이었다. 달은 때때로 구름 뒤로 숨었다. 헤아려 보니 스무 명 남짓한 아이들이었다. 가장 어린 아이가 열네 살, 그리고 가장 나이 많은 아이가 열여섯이나 열일곱 살쯤 돼보였다. 44년의 여름은 건조하고 무더웠다. 비교적 나이가 많은 아이들 중의 넷은 공군 보조원 제복을 입고 있었다. 내 기억이 맞다면 44년은 버찌가 풍년이 든 해였다. 그들은 오스카 주위에 떼를 지어 모여들어 서로 낮은 소리로 말을 주고받았다. 은어를 사용했지만, 나는 애써 알아들으려고 하지 않았다. 게다가 그들은 서로를 기묘한 이름으로 불렀는데, 그중 일부만을 들은 대로 적어 보기로 하자. 이를테면, 약간 흐릿한 노루 눈을 가진 열다섯 살 정도의 아이는 리취하제라든가 때로는 드레쉬하제라고 불렸다. 그 옆에 있는 아이는 모두들 푸테라고 불렀다. 키는 제일 작지만 나이가 제일 어려 보이지는 않는, 윗입술이 삐죽 나와 중얼거리듯이 말하는 아이는 코올렌클라우였다. 공군 보조원 한 명은 모두들 미스터라고 불렀다. 또 한 아이는 안성맞춤으로 주펜훈[6]이라는 이름이었다. 역사상의 이름도 있었다. 사자왕(獅子王)이 있었고, 창백한 얼굴을 한 아이는 푸른 수염이었다. 토틸라나 테야처럼 내게 친숙한 이름

---

6) 수프의 닭이라는 뜻임.

도 나왔다. 게다가 정말 뻔뻔스럽게도 벨리사리우스라든지 나르세스를 자칭하는 아이들까지도 눈에 띄었다. 그리고 연못에 띄운 오리 모양으로 찌그러진 진짜 벨벳 모자를 쓰고, 레인코트를 질질 끌고 있는 소년을 나는 눈여겨보았다. 슈퇴르테베커라고 자칭하는 이 아이는 열여섯 살밖에 되지 않았지만 이 그룹의 지도자였다.

아이들은 오스카를 주목하지 않았다. 말하자면 오스카를 제풀에 지치게 하자는 속셈이었다. 나는 아이들의 이러한 노골적인 장난질에 걸려든 게 재미있기도 하고 또 한편으로는 화가 나기도 했다. 더욱이 다리마저 피로했기 때문에 내 북 위에 걸터앉아 만월에 가까운 달을 바라보며, 내 생각의 일부를 성심교회 쪽으로 돌려 보려 했다.

어쩌면 예수는 오늘 북을 쳐 한마디 말을 할 생각이었는지도 모른다. 그런데 나는 발틱 초콜릿 공장의 뜰에 앉아 기껏 '기사와 도둑 놀이'나 하고 있지 않은가. 어쩌면 그는 나를 기다리고 있었는지도 모른다. 북으로 짧게 전주곡을 두드린 후 다시 입을 열어 내게 그리스도 승계에 대해 설명하려 계획했을 것이다. 그런데 내가 가지 않아 실망하고 틀림없이 화가 나 눈썹을 치켜세우고 있을 것이다. 예수 같으면 이 아이들을 어떻게 생각했을까? 예수의 모습을 닮았고, 후계자이고 대리자인 오스카는 이 무리를 어떻게 다루어야 했단 말인가? "아이들을 내 곁에 오게 하라!"라는 예수의 말씀으로 이 미성년자들에게 말을 거는 게 오스카에게 가능했던가? 푸테라든지 드레쉬하제라든지 푸른 수염이라든지 코올렌클라우라든지 슈퇴르테베커라고 자칭하는 이 무리에게 말이다.

슈퇴르테베커가 가까이 다가왔다. 그 옆에는 그의 오른팔인 코올렌클라우가 있었다. 슈퇴르테베커가 말했다. "일어낫!"

오스카는 계속 달을 보고 있었고, 생각은 여전히 성심교회의 왼쪽 측면 제단에 쏠려 있었기 때문에 일어설 엄두도 내지 않았다. 그러자 슈퇴르테베커의 눈짓을 받은 코올렌클라우가 내 엉덩이 밑의 북을 걷어찼다.

북을 더 이상 다치지 않게 하려고 나는 일어나서 북을 주워 윗옷 밑에 감추었다. 이 슈퇴르테베커라는 놈 귀여운 친구로군, 오스카는 마음속으로 생각했다. 두 눈은 약간 움푹하고 서로 너무 가까이 붙어 있긴 하지만, 입언저리는 유머 감각과 생기가 있어 보였다.

"너, 어디서 왔어?"

마침내 심문이 개시될 모양이었다. 나는 이 인사가 마음에 들지 않았기 때문에 다시 둥근 달 쪽으로 얼굴을 돌렸다. 나는 이 달을—정말이지 달은 무엇이든 받아들여 준다—북으로 간주하였고, 나의 대책 없는 과대망상을 생각하며 미소 지었다.

"이 새끼, 놀리고 있잖아, 슈퇴르테베커."

코올렌클라우는 내 태도를 관찰하고는, 그의 두목에게 '먼지떨기'라는 기합을 주자고 건의했다. 뒤쪽에 있던 다른 무리들, 즉 여드름투성이의 사자왕, 미스터, 드레쉬하제, 그리고 푸테도 먼지떨기에 찬성했다.

여전히 달을 쳐다보며 나는 먼지떨기라는 단어의 철자를

일일이 써 보았다. 꽤 멋진 말인 것 같지만 분명히 유쾌한 일은 아닌 것 같았다.

"먼지떨기를 언제 하는가는 내가 정한다!"라고 슈퇴르테베커는 패거리들의 웅성거림을 제지하고는, 또다시 나를 겨냥해 말했다. "너의 행동거지는 역전 거리에서 이미 몇 차례나 보아왔다. 거기서 무얼 하고 있었나? 집이 어디야?"

한 번에 두 가지 질문이었다. 이 상황에서 벗어나려면 오스카는 최소한 한쪽 질문에는 대답해야 했다. 그래서 나는 달로부터 얼굴을 돌려 감화력이 큰 나의 푸른 눈으로 슈퇴르테베커를 쳐다보며 조용히 말했다. "나는 교회에서 왔다."

슈퇴르테베커의 레인코트 뒤쪽에서 웅성거리는 소리가 들렸다. 그것이 내 대답에 대한 보충이었다. 코올렌클라우는 내가 말하는 교회가 성심교회라는 사실을 알아차렸다.

"이름은?"

당연한 질문이었다. 첫 만남에서는 언제나 등장하는 것이다. 이 질문은 인간의 대화중에서 중요한 자리를 차지한다. 길고 짧은 극작품들은 이 질문에 대한 답변으로 구성되어 있다. 오페라 또한 그렇다―「로엔그린」을 보라.

나는 두 개의 구름 사이에서 달빛이 비치기를 기다렸다 그 광채를 내 눈의 푸른빛에 받아 수프 세 숟가락을 떠 마실 정도의 시간 동안 슈퇴르테베커에게 전달해 주었다. 그러고 나서 입을 열었다. 하지만 내 말이 일으킬 효과를 생각해 보니 일종의 질투심 같은 게 일었다. 오스카라는 이름을 댄다면 기껏해야 폭소만 자아낼 게 아닌가. 그래서 오스카는 "내 이름은 예수다."라고 자칭하고 말았다. 이 고백이 나오자 상당한 시간 동안 침묵이 계속되었다. 마침내 코올렌클라우가 헛기침을 하며 말했다. "두목, 역시 먼지떨기를 해야겠어."

먼지떨기에 찬성하는 게 코올렌클라우만은 아니었다. 슈퇴르테베커가 손가락을 탁 하고 튀기며 먼지떨기를 허가했다. 그러자 코올렌클라우는 나를 꼭 붙들고는 내 오른쪽 상박(上膊)에다 주먹을 꽉 눌러 팔이 뜨거워지고 고통스럽게 될 때까지 급격하게 사정없이 쑤셔 댔다. 그러다가 슈퇴르테베커가 다시 손가락을 튀겨 이번에는 중지를 명령했다. 이것이 먼지떨기였다!

"자, 이름을 말해!" 벨벳 모자를 쓴 두목이 지겨웠는지 오른손으로 복싱을 하는 시늉을 했다. 그러자 레인코트의 너무 긴 소매가 말려 올라갔고, 달빛에 그의 손목시계가 드러나 보였다. 그가 왼쪽에서 내게 속삭였다. "1분간 여유를 주마. 그래도 말하지 않으면 슈퇴르테베커가 본때를 보여 주겠다."

어쨌든 1분 동안 오스카는 마음 놓고 달을 바라보며, 그 분화구 어딘가에서 숨을 데를 찾을 수 있었다. 그리고 그리스도의 후계자라고 한번 굳힌 마음을 다시 고려해 볼 수 있었다. 나는 본때라는 말이 마음에 들지도 않았고, 게다가 이런 애송이들 때문에 시간 간섭 같은 것은 결코 받고 싶지 않았다. 그래서 오스카는 대략 35초쯤 지난 후에 말했다. "내 이름은 예수다."

이후에 효과 만점의 극적인 일이 벌어졌으나, 내가 연출한 것은 아니었다. 내가 그리스도의 승계를 재차 고백한 직후, 슈퇴르테베커가 손가락을 탁 튀기고, 코올렌클라우가 먼지떨기를 시작하기 전에 공습 경보가 발령되었던 것이다.

"나는 예수다."라고 말하며 오스카는 다시 숨을 들이마셨다. 가까이에 있는 비행장의 사이렌, 호흐슈트리스 보병 막사 본관의 사이렌, 랑푸우르 숲 바로 앞에 있는 호르스트 베셀 실업 고등학교 지붕의 사이렌, 슈테른펠트 백화점의 사이렌, 훨씬 멀리 힌덴부르크 대로 쪽에서 들려오는 공과 대학의 사이렌이 차례차례로 내 말을 입증해 주었다. 이 교외의 모든 사이렌 소리가 길게 호흡하는 정열적인 대천사들처럼 내가 고지(告知)한 기쁜 복음을 받아들이며, 밤을 부풀게 했다가 가라앉히고, 꿈을 불타오르게 했다가 산산이 찢어놓고, 잠들어 있는 자들의 귓속으로 들어가며, 만사에 초연한 달에다가 차광(遮光) 불능의 천체(天體)가 가지는 무시무시한 의미를 부여하는 데는 상당한 시간이 걸렸다.

오스카는 이 공습 경보를 완전히 자기편으로 생각했다. 반면에 사이렌은 슈퇴르테베커를 안절부절못하게 했다. 그의 부하들의 일부는 이 경보와 함께 곧장 근무에 들어가야 했다. 그는 우선 네 명의 공군 보조원들로 하여금 담을 넘어 시내 전차 차고와 비행장 사이에 있는 '8, 8'포대 진지로 돌아가게 했다. 벨리사리우스를 포함한 세 명의 부하들도 콘라트 학교에서 방공 감시의 임무를 다하기 위해 곧장 달려가야만 했다. 하늘에서는 아직 아무런 일도 없었으므로, 슈퇴르테베크는 열다섯 명가량 되는 나머지 부하들을 모아 놓고 다시 심문을 시작했다.

"그래, 너는 예수라 그 말이지—좋아. 다른 질문을 하겠다.

가로등이나 유리창을 어떻게 그런 식으로 만들 수 있느냐? 발뺌은 안 돼. 다 알고 있으니까!"

다 알고 있다니, 어림도 없는 소리였다. 기껏해야 내 소리의 성과를 이것저것 본 정도일 것이다. 오스카는 이 미성년자들, 아니 요즘 같으면 그냥 '불량 청소년'이라고 부를 수 있는 이 패거리들을 다소 관대하게 보아주기로 했다. 노골적이면서도 얼마간 서툴기도 한 그들의 노력을 용서해 주리라 생각하고 나는 온화하면서도 냉정한 태도를 취했다. 알고 보니 이 패거리들은 수 주일 이래로 온 시내를 떠들썩하게 만들던 악명 높은 먼지떨이들이었다. 그들은 사법 경찰과 히틀러 청소년단의 순찰대에 의해 쫓기고 있었다. 후에 밝혀진 바에 의하면, 이들은 콘라트 학교, 페트리 실업 고등학교, 호르스트 베셀 실업 고등학교의 학생들이었다. 그리고 노이파르바서에도 먼지떨이들의 제2그룹이 있었는데, 지도자는 물론 고등학교 학생이지만, 전체 단원의 3분의 2 이상이 쉬하우 조선소와 차량 공장의 견습공들로 채워져 있었다. 두 그룹이 함께 활동하는 것은 아주 드문 일이었다. 하지만 아주 특별한 경우에는 함께 행동했다. 즉, 쉬하우가세 거리에서부터 슈테판스 공원이나 밤거리의 힌덴부르크 대로를 샅샅이 훑으며, 야간 훈련을 마치고 비쇼프스베르크의 유스 호스텔로부터 집으로 돌아오는 독일 소녀단의 간부들을 노릴 때였다. 두 그룹 사이의 분쟁을 피하기 위해 상호간에 행동 구역은 엄밀하게 구분되어 있었다. 슈퇴르테베커는 노이파르바서단의 지도자를 라이벌이라기보다는 친구로 보았다. 그들 먼지떨이 패거리들은 모든 것에 대항해

싸움을 걸었다. 그들은 히틀러 청소년단의 사무실을 약탈하는가 하면, 소녀들과 공원에서 사랑을 속삭이고 있는 휴가병의 훈장이나 계급장을 노리기도 했고, 공군 보조원으로 근무하는 동지들의 도움을 받아 고사포 부대에서 무기나 탄약이나 가솔린 따위를 훔쳐 내기도 했다. 그중에서도 맨 처음부터 계획하고 있었던 것은 배급청에 대대적인 공격을 가하는 일이었다.

오스카는 먼지떨이들의 조직과 계획에 대해서는 아는 게 없었다. 하지만 당시에 버림받았다는 비참한 기분에 빠져 있었기 때문에, 이 미성년자들에게 둘러싸여 있자니 오히려 안도감 같은 게 들었다. 이미 마음속으로 이 젊은이들과 하나가 되어 있었다. 연령 차이가 너무 크다는 구실은—나는 막 스무 살이 되려는 참이었다—개의치 않고 나는 자신을 이렇게 나무랐다. 너는 왜 이 젊은이들에게 너의 재주를 보여 주지 않느냐? 젊은 패거리들이란 언제나 호기심이 왕성한 법이다. 너도 열다섯, 열여섯 살 때를 겪지 않았는가. 그들에게 본보기를 하나 보여 주어라. 그러면 감탄한 나머지 앞으로 너의 명령에 복종하게 될 것이다. 온갖 경험으로 노련해진 너는 그들에게 영향력을 발휘할 수 있다. 자, 이제 너에게 주어진 천직을 수행하라. 제자들을 모아라. 그리하여 그리스도 승계의 길로 발걸음을 내디뎌라.

내가 깊이 생각에 잠길 만한 곡절이 있다는 사실을 슈퇴르테베커가 알아차린 것 같았다. 내게 생각할 여유를 주었던 것이다. 나는 그 점을 고맙게 생각했다. 8월 말. 엷은 구름이 낀 달밤. 공습경보. 해안에는 두세 개의 탐조등. 정찰기 한 대가 침투한 듯하다. 파리에서 철수한 것도 이 무렵의 일이었다. 내 맞은편에는 발틱 초콜릿 공장의 창이 많이 달린 본관이 있었다. 퇴각을 계속한 중앙 방면 군은 바이크셀강에서 멈추어 섰다. 물론 발틱은 이미 소매업자를 위해 조업하는 게 아니라 공군들을 위해 초콜릿을 생산하고 있었다. 오스카도 패튼 장군의 병사들이 미국 군대의 제복을 입은 채 에펠탑 밑을 산책하는 상상에 익숙해져야만 했다. 그것은 내게는 괴로운 일이었다. 그래서 오스카는 북채를 들어올렸다. 로스비타와 함께 보낸 수많은 시간들. 슈퇴르테베커는 나의 행동을 주목하며 북채를 따라가다 초콜릿 공장 쪽으로 시선을 돌렸다. 태평양의 작은 섬에서는 밝은 대낮부터 일본군들이 소탕되고 있었고, 여기에서는 공장의 모든 유리창에 달빛이 동시에 머무르고 있었다. 그래서 오스카는 듣고자 하는 귀를 가진 모든 사람에게 다음과 같이 말했다. "예수가 이제 저 유리를 노래로 부수겠다."

최초의 석 장의 유리를 해치우기 전에 나는 머리 위에서 비행기 한 대가 윙윙 소리를 내며 날고 있다는 것을 깨달았다. 다음 두 장의 유리가 달빛을 포기하는 동안 나는 생각했다. 저 비행기는 이제 끝장이다. 저렇게 큰소리로 윙윙거리며 날다니. 그러고 나서 나는 내 소리로 공장 맨 위층의 나머지 유리창 전부를 검게 칠해 버렸다. 나는 나르비크 진지 옆의 고사포 부대로부터 나오는 듯한 빛의 반사를 공장 건물의 중간층과 하층의 몇 장의 유리창으로부터 제거하기 전에, 몇 대의 탐조등이 빈혈증에 걸려 있음을 확인했다. 제일 먼저 해안의 고사포 진지가 사격을 시작했다. 그때 나는 건물 중간층의 나머지 유리창을 해치웠다. 그 직후에 알트쇼틀란트와 펠론켄과 셀뮐의 고사포 부대가 사격 허가를 받았다. 1층에는 아직 석 장의 유리창이 남아 있었다. 야간 전투기들이 비행장에서 날아올라 공장 위를 거의 닿을 듯이 날아갔다. 내가 1층을 처리하기 전에 고사포가 사격을 중지하였다. 올리바 상공에서 세 대의 탐조등으로부터 동시에 축복을 받고 있는 사발 장거리 폭격기를 격추시키는 역할은 이제 야간 전투기에게 맡겨졌다.

처음에는 오스카도 걱정이 되었다. 효과 만점의 방공(防空) 전투와 자신의 연기가 동시에 이루어졌기 때문에, 젊은이들의 주의가 분산되었을 우려도 있고, 심지어는 공장으로부터 밤하늘로 관심이 쏠려 버렸을지도 모르는 것이다.

하지만 너무나 놀랍게도, 내가 모든 것을 처치하고 난 후에도 패거리 전원은 창이 없어진 초콜릿 공장으로부터 눈을 떼지 못하고 있는 것이 아닌가. 이때 가까이에 있는 호헨프리트베르크 거리로부터 마치 극장에서와 같은 만세 소리와 박수 소리가 요란스럽게 들려왔지만―폭격기가 명중되어 불길에 휩싸인 채 사람들을 기쁘게 하면서, 예쉬켄탈 숲속으로 불시착이라기보다 추락했기 때문이었다―이러한 소란의 와중에서도 유리가 없어진 공장으로부터 떠나간 것은 푸테를 포함한 몇몇 단원들뿐이었다. 슈퇴르테베커도 코올렌클라우도 비행기의 격추 따위는 거들떠보지 않고 오직 나만을 주목했다.

이윽고 밤하늘에는 이전과 변함없이 달과 작은 별들만 빛나고 있을 뿐이었다. 야간 전투기들이 착륙했다. 멀리 떨어진 곳으로부터 소방차 소리가 들려왔다. 그때 슈퇴르테베커는 몸을 돌려, 늘상 경멸하듯이 비뚤어져 있는 입을 내게 보이며 예의 복싱하는 시늉을 했다. 그러자 너무도 긴 레인코트의 소매 속에 숨어 있던 손목시계가 드러났다. 그는 이것을 풀어 내게 건네주었다. 말은 없었지만 숨은 헐떡이고 있었다. 그는 무슨 말인가 하려고 했으나 경보 해제를 알리는 사이렌이 끝날 때까지 기다려야만 했다. 마침내 그는 부하들의 동의를 얻어 내게 고백했다. "좋다, 예수. 네가 원한다면 우리 패로 받아들이마. 같이 행동해도 좋다. 우리는 먼지떨이다, 알아들었지!"

오스카는 손목시계를 손에 든 채 무게를 재었다. 그리고 야광 문자판이 있고 시계 바늘이 0시 23분을 가리키고 있는 이 정교한 물건을 코올렌클라우 소년에게 주었다. 소년은 의견을 묻는 듯 두목을 쳐다보았다. 슈퇴르테베커는 고개를 끄덕이며 동의했다. 그러자 오스카는 귀로(歸路)에 오르기 편안하도록 북의 위치를 추스르며 말했다. "예수가 너희들 앞에 서겠다. 나를 따르라!"

예수 탄생극

그 당시에 사람들은 기적의 병기라든지 최후의 승리라는 말을 자주 화제에 올렸다. 우리들 먼지떨이는 그 어느 것도 입에 올리지 않았지만, 기적의 병기는 소유하고 있었다.

오스카는 단원의 수가 삼사십 명을 헤아리는 한 패거리의 지휘를 맡게 되었을 때, 슈퇴르테베커로부터 우선 노이파르바서 그룹의 대장을 소개받았다. 발을 절뚝거리며 걷는 열일곱 살의 모오르케네는 노이파르바서 수로(水路) 안내소 관리의 아들이었는데, 신체 장애 때문에 ─그의 오른쪽 다리는 왼쪽 다리보다 2센티미터 짧았다─공군 보조원도 신병도 되지 못했다. 모오르케네는 보란 듯이 일부러 눈에 띄게 다리를 절었지만, 사실은 수줍어하는 성격으로 언제나 작은 소리로 말했다. 언제나 교활한 듯한 엷은 웃음을 띠고 있는 이 젊은이는 콘라트 학교의 최상급생으로서 가장 우수한 학생으로 꼽히고 있었으며 ─ 러시아 군이 반대만 하지 않는다면 ─ 고등학교 졸업 시험을 훌륭한 성적으로 통과할 가망성이 충분히 있었다. 그는 철학 지망생이었다.

슈퇴르테베커가 나를 존경한 것과 꼭 마찬가지로 절름발이도 무조건 나를 먼지떨이의 선두에 설 예수로 인정했다. 오스카는 당장에 두 사람으로부터 저장품과 현금에 대해 보고 받았다. 두 그룹은 그들의 약탈품을 같은 지하 창고에 모아 두었던 것이다. 이 지하실은 랑푸우르의 예쉬켄탈베크 거리 옆에 자리한 조용하고 품위 있는 별장 안에 있었으며, 습기도 없고 널찍하기도 했다. '폰 푸트카머'로 불리는, 푸테의 부모가 살고 있는 그 별장은 온갖 덩굴 식물들로 엉겨 붙어 있었으며, 경사가 완만한 언덕의 목장을 사이에 두고 큰길과 격리된 곳에 위치해 있었다. 주인인 폰 푸트카머 씨는 포메라니아, 폴란드, 프로이센의 혈통을 이어받은 기사 십자훈장의 소지자로서 그 무렵 아름다운 프랑스에 체재하며 하나의 군단을 지휘하고 있었다. 반면에 부인인 엘리자베트 폰 푸트카머는 병중이어서 이미 수개월 전부터 상부 바이에른에 머무르며 요양하고 있었다. 그러므로 먼지떨이들이 푸테라고 부르는 볼프강 폰 푸트카머가 이 별장의 주인인 셈이었다. 젊은 주인을 돌보기 위해 여자 하인이 한 명 있긴 했으나, 나이가 든 데다 귀가 거의 멀었으며, 게다가 위층에 살았기 때문에 세탁장을 지나서 지하실로 출입하던 우리는 한 번도 그녀를 보지 못했다.

창고에는 통조림과 담배 그리고 몇 뭉치의 낙하산용 비단

천이 쌓여 있었다. 한 선반에는 군용시계가 두 다스나 걸려 있었는데, 푸테는 슈퇴르테베커의 명령에 따라 이 시계들을 언제나 정확한 시간으로 맞춰 두어야 했다. 그는 또한 두 자루의 자동 권총, 기관총, 피스톨 같은 것들도 깨끗하게 정비해 놓아야 했다. 대전차 로케트포 1문(門), 기관총 탄환, 스물다섯 개의 수류탄도 보였다. 이러한 모든 무기와 일련의 큼직한 가솔린 통들은 배급청 습격시에 사용할 것들이었다. 그때 오스카가 예수의 이름으로 최초의 명령을 내렸다. "무기와 가솔린은 뜰에 파묻어라. 공이치기는 예수에게 넘겨라. 우리들의 무기는 다른 것이다!"

젊은이들이 사방에서 훔쳐 온 훈장과 기장(記章)으로 가득 찬 잎담배 상자를 보여 주었을 때, 나는 미소를 띠며 그러한 장식품들을 소유하도록 그들에게 허락했다. 하지만 낙하산 대원용의 나이프는 젊은이들 손에서 빼앗아 두었어야만 했다. 그러지 않았기 때문에 나중에 나이프를 휘두른 사태가 벌어졌던 것이다. 정말이지 자루에 끼워져 있는 아름다운 칼날을 보고 있으면 누구든 써 보고 싶은 생각이 들기 마련이다.

그리고 현금이 운반되어 왔다. 오스카는 그것을 계산시키고, 다시 한번 검산시킨 후 총액 2420마르크를 기록해 두도록 했다. 그것은 44년 9월 초의 일이었다. 45년 1월 중순 코느예프와 슈코프가 바이크셀강 돌파를 감행했을 때, 우리는 지하 창고에 숨겨둔 현금을 포기해야만 했다. 푸테의 자백 때문이었다. 그리하여 고등법원의 책상 위에는 36000마르크의 현금이 무더기로 쌓여지게 되었던 것이다.

그의 성격에 맞게 오스카는 패거리가 활동하는 동안 배후에 머물러 있었다. 낮 동안 나는 대개는 혼자서 아니면 가끔 슈퇴르테베커만을 데리고 야간 공세의 적당한 대상을 찾아나섰다. 목표가 정해지면 실제 지휘는 슈퇴르테베커나 모오르케네에게 맡기고, 나 자신은 이와는 별도로 이전보다도 원격 작용이 더욱 강화된 노래로—나는 이제 그것을 기적의 무기라고 부른다—파괴 활동을 감행했다. 즉, 트루친스키 아주머니 집을 나서지 않고서도 늦은 시간에 침실의 창문을 열어 놓은 채, 여러 곳 당지부(黨支部)들의 일층 유리창과 생필품 배급권을 찍어내는 인쇄소의 안뜰 창을 부수었다. 또 언젠가는 고등학교 교사 사택 부엌의 창을 부수기도 했는데, 이것은 패거리들이 이 교사에게 보복을 하고 싶다고 하기에, 내키지 않으면서도 그들의 요구를 들어준 것이었다.

어느새 11월이었다. V1과 V2가 영국으로 날아갔다. 내 소리도 랑푸우르를 넘어 힌덴부르크 대로변에 줄지어 서 있는 가로수를 따라가다 중앙역, 구시가지, 오른쪽 시가지를 뛰어넘고, 더 나아가 푸줏간 골목의 박물관을 찾았다. 그리고 그 안에 젊은 패거리들을 침입시켜 목각의 니오베 선수상(船首像)을 찾도록 했다.

그 선수상은 끝내 발견되지 않았다. 옆방에서는 트루친스키 아주머니가 의자에 가만히 앉아 머리를 흔들거리며 나와 공동의 태세를 취하고 있었다. 말하자면 오스카가 멀리까지 작용하는 노래를 부르는 동안, 그녀도 먼 나라를 겨냥하여 생각을 달리고 있었던 것이다. 그녀는 아들 헤어베르트를 찾아서 하늘나라를 헤매어 다녔고, 아들 프리츠를 찾아서 중부 전선을 돌아다녔다. 44년 초 라인란트로 시집을 간 장녀 구스테도 찾아보려고 그녀는 머나먼 뒤셀도르프 시내를 뒤져야만 했다. 그 도시에 주방장인 쾨스터의 집이 있기 때문이었다. 하지만 쾨스터는 당시 쿠어란트에 머무르고 있었다. 구스테와 함께 붙어 정겹게 살도록 그에게 허용되었던 것은 겨우 두 주일간의 휴가 동안뿐이었던 것이다.

평화로운 밤이 계속되었다. 오스카는 트루친스키 아주머니의 발치에 앉아서 북으로 얼마간 공상을 펼치다가, 타일을 바른 난로의 오븐에서 구운 사과를 꺼내어, 노파나 아이들이 좋아할 이 주름투성이 과일을 가지고 어두운 침실로 사라졌다. 이윽고 등화 관제 종이를 들어 올리고 창을 조금 열어 밤의 찬 기운을 조금 들여보냈다. 그러고는 목표를 향해 원격 작용의 노래를 내보냈다. 반짝거리는 별을 향해 노래한 것도 아니고, 은하수 위에서 무언가를 찾으려 한 것도 아니었다. 다만 빈터 펠트 광장이 목표였다. 그것도 거기에 있는 방송국 건물이 아니라, 그 건너편에 있는 사각형의 건물이 목표였다. 그 속에 히틀러 청소년단 지부의 사무실들이 문을 나란히 하고 있었던 것이다.

내 일은 맑게 갠 날이면 채 1분도 걸리지 않았다. 그동안 창가에 있던 구운 사과는 약간 차가워졌다. 이것을 씹으며 나는 트루친스키 아주머니와 내 북이 있는 곳으로 되돌아왔다. 나는 곧 침대 속으로 들어가며 확신했다. 오스카가 잠자고 있는 동안 그 먼지떨이들이 예수의 이름으로 당의 자금과 생필품 배급권, 더욱 중요한 공용 스탬프와 인쇄된 서식 용지라든지, 히틀러 청소년단 순찰 대원의 명부 따위를 훔쳐 내리라는 것을.

슈퇴르테베커와 모오르케네는 위조 증명서를 사용해 온갖 어리석은 짓을 저지르곤 했지만 나는 관대하게 보아 넘겼다. 이 패거리의 주요 적은 무어라 해도 순찰대였다. 그러므로 그들의 적수를 기분 내키는 대로 붙들어 먼지떨기를 해 주는 것, 행동대원 코올렌클라우의 표현을 빌어서 말하자면, 그들의 불알을 닦아 주는 것은 당연한 일이었다.

그러나 이 같은 행사는 전주곡에 지나지 않고 또 나의 원래 계획과도 전혀 상관이 없었으므로 나는 일정한 거리를 둔 채 방관했다. 그러므로 44년 9월 공포의 대상이었던 헬무트 나이트베르크를 포함한 두 명의 순찰대 고관을 꽁꽁 묶어, 쿠우 교(橋) 상류의 모틀라우강에다 가라앉혀 버린 것이 먼지떨이들의 소행이었는지 아닌지는 나로서는 딱 잘라 말할 수 없다.

나중에 떠돈 이야기지만, 먼지떨이 패거리와 라인강 강변 쾰른의 에델바이스 해적단 사이에 내통이 있었으며, 투흘러 황무지 지역의 폴란드인 빨치산들이 우리의 활동에 영향을 미쳤을 뿐 아니라 심지어 지도까지 했다는 것이다. 오스카 겸 예수로서 패거리를 이중으로 대표하는 나로서는 이 따위 풍문을 배격하는 바이며 그것을 전설의 나라로 추방하고자 한다.

재판정에서 우리는 7월 20일의 히틀러 암살 음모 사건 공모자들과의 관계까지 추궁당하는 형편이었다. 그것은 롬멜 장군과 극히 친한 사이였던 푸테의 아버지 아우구스트 폰 푸트카머가 자살을 했기 때문이었다. 나타날 때마다 계급장이 바꾀었던 아버지를 전쟁 동안 너더댓 번 정도밖에 만나 보지 못했던 푸테는 우리들의 재판 때에야 비로소 자세한 것을 알게 되었다. 우리들에게는 아무래도 상관없는 이 장교의 신상에 대한 이야기를 듣고 푸테는 부끄러움도 없이 애처롭게 울었다. 그 때문에 옆에 있던 코올렌클라우가 재판관들 앞에서 그에게 먼지떨기를 해야만 했다.

우리가 활동하는 동안 단 한 차례 어른들이 접촉을 시도한 적이 있긴 했다. 조선소 노동자들이 — 공산당 계열임을 나는 바로 깨달았다 — 우리 패거리인 쉬하우 조선소의 견습공들에게 영향을 미쳐 우리들을 적색 지하 운동으로 끌어들이려 했던 것이다. 견습공들은 일말의 거부 반응도 보이지 않았다. 하지만 고등학교 학생들은 정치적 경향을 띤 것이면 무엇이건 반발했다. 공군 보조원으로 있던 미스터는 먼지떨이단 내의 내로라하는 풍자가이고 이론가였는데 그룹의 회합시에 자신의 견해를 다음과 같이 공식화시켰다. "우리는 정당 같은 것과는 아무런 관계도 없다. 우리는 부모와 기타 어른들 전부에 대항해 투쟁한다. 그들이 무엇을 편들고, 무엇을 반대하든 아무래도 상관이 없다."

미스터의 말에는 다분히 과장된 데가 있었지만 고등학교 학생들 전부가 그의 견해에 찬동했다. 먼지떨이단은 이로써 내부 분열을 일으키게 되었다. 그 결과 쉬하우의 견습공들은 독자적인 단체를 결성했고 — 그 젊은이들은 유능한 패거리들이었으므로 정말 애석한 일이었다 — 슈퇴르테베커와 모오르케네의 항의에도 불구하고 계속해서 먼지떨이단이라고 자칭

했다. 재판에서 그들은—그들 그룹도 우리 그룹과 동시에 검거당했다—조선소 구내에서 일어난 잠수함 모선(母船) 방화 사건의 혐의를 받고 있었다. 당시에 훈련을 하고 있었던 잠수함 승무원과 사관후보생이 백 명 이상이나 처참한 죽음을 당했던 것이다. 화재가 갑판 위에서 일어났으므로 갑판 아래에서 자고 있던 잠수함 승무원들은 선실을 빠져나올 수 없었다. 열여덟 살 남짓한 사관 후보생들은 둥근 창을 통해 바다로 뛰어들어 목숨을 구하려 했으나 허리뼈가 걸려 나갈 수가 없었다. 등 뒤에서 불길이 재빨리 덮쳐 왔기 때문에 그들은 너무도 처절하게 계속해서 비명을 내질렀다. 그 때문에 함재(艦載) 모터 보트에 탄 사람들이 그들을 쏘아야만 했던 것이다.

우리는 불을 지르지는 않았다. 그러므로 범인들은 쉬하우 조선소의 견습공들, 아니면 혹시 베스터란트 조합의 패거리였는지도 모른다. 먼지떨이들은 여하튼 방화는 하지 않았다. 그들의 정신적 지도자인 내가 할아버지 콜야이체크로부터 방화범 기질을 이어받았는지 모르긴 하지만 말이다.

그 당시 키일의 독일 공장으로부터 쉬하우 조선소로 배속되어 왔던 한 기계 조립 기사를 나는 아직도 생생하게 기억한다. 그는 먼지떨이단이 분열되기 직전에 우리를 찾아왔었다. 푸크스발의 부두 노동자 피이츠거의 아들들인 에리히와 호르스트 형제가 이 자를 푸트카머 가(家) 별장의 지하실에 있는 우리들에게로 데려왔던 것이다. 그는 우리의 저장실을 세밀하게 둘러보고 난 후 우리에게 쓸 만한 무기가 없다고 아쉬워했다. 어쨌거나 그는 머뭇거리면서도 적당한 칭찬의 말을 찾으려 애쓰면서, 이 그룹의 두목이 누구냐고 질문했고, 거기에 대해 슈퇴르테베커는 즉시에, 그리고 모오르케네는 주저하며 나를 가리켰다. 그러자 그 사내는 웃음을 터뜨리고 말았는데, 그것은 한참 동안이나 계속되는 실로 오만불손한 웃음이었다. 그래서 그자는 자칫하면 오스카의 명령으로 먼지떨기 형에 처해질 뻔했다.

"저 난쟁이가 누구냐?"라고 그는 모오르케네를 보고 말하면서, 엄지손가락으로 어깨 너머 나를 가리켰다.

약간 당황한 모오르케네가 미소 지으며 대답하려는 순간, 슈퇴르테베커가 걱정스러우면서도 조용한 소리로 먼저 대답했다. "그는 우리들의 예수다."

발터라는 이름의 기계 조립 기사는 이 말에 참지 못하겠다는 듯이 우리들의 본거지에서 감히 화를 내었다. "뭐라고? 이봐, 너희들은 정치를 위해 단결하고 있는 거냐, 아니면 교회 합창대 기분으로 예수 탄생 놀음을 하는 거냐?"

슈퇴르테베커는 지하실 문을 열면서 코올렌클라우에게 눈짓을 했다. 그리고 윗저고리 소매에서 낙하산 대원용 나이프의 칼날을 꺼내어, 그 기계 조립 기사라기보다는 우리 패거리를 향해 말했다. "그래, 우리는 합창대다. 크리스마스를 맞아 예수 탄생 놀이를 하고 있는 거야."

그러나 기계 조립 기사에게 별다른 제재 조치가 내려지지는 않았다. 눈을 가린 채 별장에서 쫓겨났을 뿐이었다. 그 직후에 우리는 우리의 길을 갔다. 쉬하우 조선소의 견습공들이 탈퇴하여 기계 조립 기사의 지도 아래 독자 조직을 결성했기 때문이었다. 그래서 나는 그 잠수함 모선을 불태운 것이 그들이었다고 자신 있게 말하는 것이다.

내가 보기에 슈퇴르테베커의 대답은 옳았다. 우리는 정치에는 관심이 없었다. 이 무렵에는 히틀러 청소년단의 순찰대도 위축되어 근무실 밖으로 나가는 일은 거의 없었고, 기껏해야 중앙역에서 경박스러운 소녀들의 신분증이나 검사했다. 그래서 우리는 활동 범위를 교회 안으로 옮겨, 극좌파인 기계 조립 기사의 말대로 예수 탄생 놀이를 연습하기 시작했던 것이다.

우선 유능한 쉬하우 견습공들이 탈퇴한 자리를 메꿀 필요가 있었다. 그래서 10월 말에 슈퇴르테베커가 성심교회 합창단원 두 명에게 가입 선서를 시켰다. 펠릭스 렌반트와 파울 렌반트 형제였는데, 슈퇴르테베커는 이들의 누이인 루치를 통해 두 사람에게 접근할 수 있었다. 루치는 열일곱 살도 채 안 된 소녀였는데 나의 만류에도 불구하고 선서하는 자리에 입회를 했다. 렌반트 형제는 왼손을 나의 북 위에 올려놓고 먼지떨이단 선서를 따라해야 했다. 지나치게 긴장한 소년들의 눈에는 내 북도 일종의 상징으로 보였을 것이다. 하지만 선서 문장이라는 게 실로 어리석기 짝이 없는 주문들로 가득 찬 것이어서, 나는 뭐가 뭔지 도무지 알 수 없었다.

오스카는 선서가 행해지는 동안 루치를 관찰했다. 그녀는 어깨를 추켜올린 채 소시지 빵을 쥔 왼손을 가볍게 떨고 있었고, 아랫입술을 지그시 깨물고 있었다. 그리고 뾰족하고 경직된 여우의 얼굴로 슈퇴르테베커의 등을 향해 눈을 반짝였다. 나는 먼지떨이단의 장래가 걱정되었다.

우리는 지하 창고의 내부를 새롭게 배치하기 시작했다. 나는 트루친스키 아주머니의 집에서 합창대의 도움을 받아 필요한 비품 조달을 지휘했다. 성(聖) 카타리나 사원으로부터는 나중에 진품으로 밝혀진, 16세기 작품인 요제프의 반신상(半身像)과 몇 개의 촛대, 약간의 미사 용품과 성체(聖體) 깃발을 가져왔다. 그리고 밤중에 트리니타티스 교회를 방문했을 때는 예술적으로는 별 가치가 없는 목제(木製)의 나팔 부는 천사와 벽면 장식에 사용할 수 있는 양탄자를 선물로 받았다. 이것은 이전 작품을 모방한 복제품이었는데, 점잖게 거동하는 한 부인이 일각수(一角獸)라는 이름의 유순한 전설상의 짐승과 함께 있는 그림을 보여 주었다. 슈퇴르테베커가 상당히 정확하게 지적한 바에 의하면, 이 양탄자에 짜서 나타낸 소녀의 미소에는 그 루치의 여우 얼굴에 감도는 미소와 똑같은 잔혹함이 서려 있다는 것이다. 하지만 나의 심복이 그 전설상의 일각수처럼 유순하게 되는 일이 없기를 나는 바라 마지않았다. 지금까지 '검은 손'이니 '해골'이니 하는 우스꽝스런 것들이 그려져 있었던 지하실의 정면 벽에 이제 벽걸이 양탄자가 매달리고, 일각수에 대한 주제가 마침내 우리의 토론을 지배하게 되었다. 그때 나는 자신에게 물었다. 오스카야, 왜 너는 짜서 만든 제2의 루치까지 이곳으로 데려오느냐? 안 그래도 진짜 루치가 들락거리며 네 등 뒤에서 킥킥거리고 있는 터에 말이다. 루치는 너의 부하들을 일각수로 만들어 버릴 것이다. 살아 있거나 벽걸이거나 간에 루치는 결국 너를 노리고 있다. 오스카야, 그건 너만이 정말로 전설적이기 때문이며, 너만이 뛰어난 소용돌이 모양의 뿔을 가진 외로운 짐승이기 때문이다.

곧 강림절이 다가와 다행이었다. 나는 부근에 있는 교회들로 부터 가져온, 실물 크기로 소박하게 조각한 예수 탄생 상(像)으로 벽걸이 양탄자를 단단히 가려 버릴 수 있었다. 그리하여 너무도 천박스럽게 그 우화를 흉내 내는 일도 더 이상 없게 되었다. 12월 중순 룬트슈테트가 아르덴넨 산맥의 공격을 개시할 무렵, 우리도 대공세에 대비한 만반의 태세를 갖추고 있었다.

그동안 마체라트가 오히려 우려해야 할 만큼 완전히 가톨릭에 빠져 버린 마리아의 손을 잡고 나는 몇 주일 동안 내내 일요일마다 10시의 미사에 참석했으며, 먼지떨이단 전원에게도 교회에 다니도록 지시해 두었다. 이렇게 교회 안의 사정을 충분히 파악한 다음, 우리는 12월 18일에서 19일 사이의 한밤중에 성심교회에 잠입했다. 합창대의 렌반트 형제가 안내해 주었기 때문에 오스카가 노래로 유리를 부술 필요는 없었다.

눈이 내렸지만 쌓이지는 않았다. 우리는 세 대의 손수레를 성구실(聖具室) 뒤에 세워 두었다. 동생 렌반트가 정문 현관의 열쇠를 가지고 있었다. 오스카가 앞장을 서서 젊은이들을 성수반(聖水盤)이 있는 곳으로 데리고 가서는, 교회당 한가운데에서 한 사람 한 사람 본(本) 제단을 향해 무릎을 꿇도록 했다. 그리고 나서는 성심(聖心) 예수상을 천으로 가리게 했다. 예수의 푸른 눈이 우리의 작업에 커다란 방해가 될지 모르기 때문이었다. 작업 도구는 드레쉬하제와 미스터가 왼쪽 측면 제단 앞의 왼쪽 신도석에다 운반해 두었다. 우선 예수 탄생에 참관한 인물들과 상록수가 그려져 있는 마구간 그림을 교회당

한가운데로 운반해야 했다. 양치기와 천사, 양과 당나귀와 소 따위의 그림은 우리도 이미 많이 갖추고 있었다. 우리 지하 창고에는 이런 단역(端役) 배우들로 가득했다. 다만 주역 배우만 아직 없었던 것이다. 벨리사리우스가 제단으로부터 꽃을 치웠다. 토틸라와 테야는 양탄자를 감아서 걷었다. 코올렌클라우가 작업 도구를 꺼냈다. 하지만 오스카는 기도대 뒤에서 무릎을 꿇은 채 이 해체 작업을 감시하였다.

우선 초콜릿빛의 모피를 걸친 세례 요한을 톱으로 썰었다. 강철 톱이 있어서 정말 다행이었다. 석고 내부에서 손가락 두께의 금속 막대기가 세례자와 구름을 연결하고 있었던 것이다. 코올렌클라우가 톱질을 했다. 고등학교 학생답게 톱질이 서툴렀다. 쉬하우 조선소의 견습공들이 새삼 아쉬웠다. 슈퇴르테베커가 코올렌클라우와 교대를 했다. 약간 나은 솜씨였다. 반 시간가량 소음을 낸 후 우리는 세례 요한을 눕혀서 모포로 감쌀 수 있었다. 깊은 밤 교회의 정적이 더욱 실감나게 느껴지는 순간이었다.

소년 예수는 엉덩이 전체가 성모의 왼쪽 넓적다리와 맞붙어 있기 때문에 톱질하는 데 더욱 많은 시간을 잡아먹었다. 드레쉬하제와 형 렌반트와 사자왕이 꼭 40분간이나 거기에 매달렸다. 그런데 모오르케네가 아직 오지 않은 것은 무슨 까닭인가? 그는 부하들과 함께 노이파르바서에서 곧장 이곳으로 와 교회 안에서 우리와 합류하기로 했었다. 그래야만 우리의 움직임이 사람들 눈에 덜 띄게 될 것이기 때문이었다. 슈퇴르테베커는 기분이 좋지 않아서인지 초조해 보였다. 그는 몇 번이나 렌반트 형제에게 모오르케네에 대해 물었다. 마침내 우리 모두가 예기했던 바와 같이 루치라는 말이 튀어나왔다. 슈퇴르테베커는 더 이상 질문하지 않고, 사자왕의 서투른 손에서 톱을 빼앗아 성난 듯 맹렬한 동작으로 소년 예수를 완전히 요절내고 말았다.

이 예수상을 눕히다가 후광이 파손되었다. 슈퇴르테베커는 내게 용서를 빌었다. 나는 나 자신까지도 초조해지는 것을 가까스로 억누르고, 금박을 입힌 석고 접시의 파편들을 두 개의 모자 속에 주워담게 했다. 접착제를 사용하면 고칠 수 있을 것이라고 코올레클라우가 말했기 때문이었다. 우리는 잘라낸 예수상에다 방석을 대어 쿠션을 준 다음 다시 두 장의 모포로 둘둘 말았다.

우리의 계획은 성모의 골반 위쪽을 먼저 톱으로 썰고 난 다음, 다시 발바닥과 구름 사이를 자르는 것이었다. 구름은 교회 안에 남겨 두고, 두 부분으로 나눈 성모와, 예수상은 물론이고, 가능하다면 세례 요한까지 우리들의 푸트카머 지하 창고로 운반할 생각이었다. 그런데 석고상의 무게는 예상 밖으로 가벼웠다. 모든 부분의 속이 비어 있었고, 석고의 두께는 기껏해야 손가락 두 개 정도밖에 되지 않았다. 다만 철근 골격만이 묵직한 게 버거웠다.

소년들 중에서도 특히 코올렌클라우와 사자왕은 지쳐서 녹초가 되었다. 약간의 휴식이 필요했다. 다른 아이들은 톱질을 하지 못했기 때문이었다. 렌반트 형제도 마찬가지였다. 모두들 교회 벤치에 멍하니 기대앉은 채 추위에 떨었다. 슈퇴르테베커만은 교회에 들어오면서부터 벗고 있던 벨벳 모자를 꾸겨 쥔 채 서 있었다. 답답한 분위기에서 벗어나자면 무언가 조치가 있어야만 했다. 소년들은 공허하고 어두운 밤의 성당 건물 아래에서 짓눌리고 있었던 것이다. 모오르케네가 오지 않았다는 사실도 불안한 긴장감의 한 원인이었다. 렌반트 형제는 슈퇴르테베커를 두려워하여 조금 떨어진 곳에서 작은 소리로 말을 주고받다가 슈퇴르테베커로부터 주의를 받았다.

내 기억에 따르자면 나는 한숨을 쉬며 천천히 기도대에서 일어나, 아직 그 자리에 있는 성모 쪽으로 똑바로 걸어갔다. 요한을 쳐다보고 있던 성모의 눈이 이제는 석고 가루로 가득한 제단 층계를 향하고 있었다. 조금 전까지 예수를 가리키고 있던 오른쪽 집게손가락은 허공을, 아니 더 정확하게 말하자면 어둠에 잠긴 왼쪽 신도석을 가리키고 있었다. 나는 제단의 층계를 한 계단 한 계단 올라가다가 뒤를 돌아보며 슈퇴르테베커의 움푹한 눈을 찾았다. 그의 눈은 멍한 상태였으나, 코올렌클라우가 쿡쿡 찔러 나를 보도록 했다. 그는 나를 쳐다보았다. 하지만 평소와는 전혀 다른 불안한 기색이었다. 그는 처음에는 알아차리지 못하다가 나중에서야 겨우 내 뜻을 알아차리고는 천천히 너무도 천천히 다가왔다. 하지만 그는 층계만큼은 단숨에 뛰어오른 후, 나를 성모의 하얀 왼쪽 넓적다리 위에다 올려 놓았다. 내가 올라앉은 자리는 엉성한 톱질 솜씨를 보여 주듯 거친 자국을 남긴 채 소년 예수의 엉덩이와 비슷한 모양으로 파여져 있었다.

그 직후 슈퇴르테베커는 몸을 돌려 한 걸음에 타일 바닥 위로 내려왔다. 그러고는 또다시 생각에 잠기는가 했더니 갑자기 고개를 돌려 뒤를 돌아보았다. 서로 달라붙어 있는 두 눈으로 마치 번쩍이는 탐조등처럼 이리저리 살피는 것이었다. 그러다가 예수의 자리에 너무도 천연덕스럽고 성스럽게 앉아 있는 나를 발견하고는, 교회 벤치에 있는 다른 패거리들과 마찬가지로 감동해 마지않았다.

이렇게 하여 그는 금방 나의 의도를 알아차렸으며, 기대 이상의 것을 해 주었다. 그는 나르세스와 푸른 수염이 해체 작업을 하는 동안 사용했던 두 개의 군용 회중전등으로 나와 성모를 비추게 했다. 내가 눈부셔 하자 그는 적색 광선을 사용하라고 지시했다. 그리고 렌반트 형제를 눈짓으로 가까이 불러 놓고는 무어라고 소곤거렸다. 하지만 형제가 그의 말을 들으려 하지 않자, 슈퇴르테베커가 신호를 보내지도 않았는데 코올렌클라우가 가까이 다가가 먼지떨기를 하겠다는 표시로 주먹을 내보였다. 그리하여 뜻을 굽히게 된 형제는 코올렌클라우와 공군 보조원인 미스터를 따라서 성구실로 갔다. 오스카는 말없이 기다리며 북의 위치를 가다듬었다. 마침내 키가 큰 미스터는 사제의 옷을 걸치고, 렌반트 형제는 적백색의 합창대 제복을 입고 되돌아왔다. 하지만 오스카는 조금도 놀라지 않았다. 보좌신부의 복장을 절반만 갖춘 코올렌클라우가 미사에 필요한 물건을 가지고 와 구름 위에다 쌓아놓고는 다시 퇴장했다. 형 렌반트는 향로를 들고, 동생 렌반트는 방울을 들고 있었다. 옷이 너무 헐렁헐렁하긴 했지만 미스터는 비잉케 사제를 그런 대로 흉내 내었다. 처음에는 고등학교 학생다운 냉소적인 태도로 시작했으나, 어느새 성서의 구절과 성스러운 의식에 도취되어 우리들 전부에게, 그중에서도 특히 나에게 부질없는 모방이 아닌 정식 미사를 베풀어주었다. 후에 법정에서도 이때의 일은 언제나 미사라는 이름으로—물론 사탄의 미사를 의미하긴 했지만—지칭되었다.

세 명의 소년들이 층계송(層階誦)을 시작했다. 벤치와 타일 바닥 위에 있는 패거리들은 무릎을 꿇고 성호를 그었다. 미스터는 숙련된 합창대의 도움을 받아 어느 정도 문구에 맞게 미사를 노래하기 시작했다. 입당송(入堂頌)[7]이 시작되자 나는 북채로 양철을 조심스럽게 두드렸다. '주여 불쌍히 여기소서'라는 기도 문구가 나올 때에 나는 더욱 힘차게 반주했다. 「하늘 높은 곳에 서는 천주께 영광」이 나오자 나는 양철 위에서 찬양을 하며 전원을 기도로 이끌었으며, 주간(晝間) 미사 때의 사도서한 자리에 상당히 긴 북 연주를 삽입했다. 할렐루야 부분에서는 특히 연주가 잘되었다. 사도신경 차례가 되었을 때, 나는 녀석들이 얼마나 나를 믿는지를 보았다. 그리고 봉헌사(奉獻詞)가 시작되자 나는 양철을 두드리는 것을 약간 삼갔다. 그러고는 미스터가 빵을 바치고 포도주를 물과 섞고, 성배(聖杯)와 나를 향해 향을 피우도록 했고, 미스터가 두 손을 씻는 동작을 지켜보았다. 나는 붉은 회중 전등빛 속에서 「형제들이여 기뻐하라」를 북으로 두드리며 화체(化體)[8]로 넘어갔다. '이것

---

7) 라틴어로 Introitus. 미사의 시작을 아뢰고 그날의 미사 정신을 준비시키는 기도문.
8) 성찬의 빵과 포도주가 예수의 살과 피로 화하는 일.

은 나의 몸이다.'나의 성스러운 명령을 받고 미스터가 오레무스를 노래했다. 벤치에 있는 소년들은 나를 향해 각기 다른 두 종류의 주기도문을 바쳤다. 그러나 미스터는 신교도들과 가톨릭교도들을 하나의 교파로 통합하는 방법을 알고 있었다. 그들이 아직 성찬을 즐기고 있는 동안 나는 「고백하오니」를 북으로 치기 시작했다. 성모의 손가락은 북 연주자인 오스카를 가리키고 있었다. 나는 마침내 그리스도의 후계자가 되었던 것이다. 미사는 순조롭게 진행되었다. 미스터의 목소리가 높아졌다가는 또 낮아졌다. 정말 멋진 목소리로 그는 감사의 기도를 했다. 면죄와 용서를 빌었다. 그리고 마침내 그가 이테, 미사 에스트[9]라는 맺는 말을 교회 안에 선포하자 정말로 정신의 해방이 일어났다. 그 순간 세속의 체포가 그들을 덮쳤다. 믿음으로 단단해지고, 오스카와 예수의 이름으로 강건해진 먼지떨이들은 체포되었다.

나는 미사를 올리는 동안 자동차 소리를 듣고 있었다. 슈퇴르테베커도 고개를 돌리고 있었다. 그래서 우리 두 사람만은 정문 현관과 성구실과 또한 우측 현관에서 떠들썩한 소리가 들리고, 장화 뒷굽이 교회의 타일 바닥을 울렸을 때도 그리 놀라지 않았다.

슈퇴르테베커는 나를 성모의 넓적다리에서 들어 올리려고 했지만 나는 그러지 못하게 했다. 그는 오스카의 심중을 헤아리고는 고개를 끄덕이며, 모두에게 무릎을 꿇고, 무릎을 꿇은

---

9) '가라, 미사는 끝났다'의 뜻.

채 경찰을 기다리도록 명령했다. 소년들은 시키는 대로 앉아 있었다. 물론 벌벌 떠는 자도 있었고, 두 무릎으로 걸어가는 자도 많이 있었으나, 어쨌든 모두들 말없이 기다렸다. 그러는 동안 경찰대는 왼편 신도석과 성구실을 통해 우리에게로 다가 와서는 왼쪽 측면 제단을 포위했다.

많은 회중전등이 눈을 부시게 했다. 붉은빛으로 바꾸지 않은 것들이었다. 슈퇴르테베커가 일어나 성호를 그으며 전등빛에 몸을 드러내고는, 여전히 무릎을 꿇고 앉아 있는 코올렌클라우에게 그의 벨벳 모자를 넘겨 주었다. 레인코트를 입은 슈퇴르테베커는 전등을 들지 않은 채 뚱뚱하게 부풀어 있는 그림자—비잉케 사제였다—쪽으로 걸어갔다. 그리고 이 그림자 뒤에서 무언가 몸부림치며 저항하는 홀쭉한 것을 불빛 쪽으로 끌어냈다. 루치 렌반트였다. 베레모 아래에서 잔뜩 찡그리고 있는 소녀의 세모난 얼굴을 슈퇴르테베커가 한참 동안 때렸다. 마침내 한 경찰관이 그를 주먹으로 쳐서 벤치 사이로 나자빠지게 했다.

"이봐, 예쉬케. 저 아이는 서장의 아들이다!"라고 경찰관들 중의 한 명이 소리치는 것을 나는 성모의 넓적다리 위에서 들었다.

자신의 유능한 심복이 경찰서장의 아들이었다는 사실에 오스카는 적잖이 만족스러웠다. 그리고 미성년자들에게 유괴 당해 징징거리며 짜는 세 살짜리 아이의 역할을 연출하면서 나는 보호에 몸을 맡겼다. 비잉케 사제가 나를 안아올렸던 것이다.

경찰관들의 고함 소리만 들려왔다. 소년들이 차례로 끌려 나갔다. 비잉케 사제는 현기증이 나는지 나를 타일 바닥에 내려놓고는 바로 옆의 벤치에 주저앉아야만 했다. 나는 우리들의 작업 도구 옆에 서 있었다. 끌과 망치 뒤쪽에 소시지빵으로 가득 찬 식료품 바구니가 보였다. 침입하기 전에 드레쉬하제가 버터를 발라 만든 것이었다.

나는 바구니를 집어 들고는, 얇은 외투 속에서 벌벌 떨고 있는 야윈 루치에게로 다가가 빵조각을 내밀었다. 그녀는 나를 들어 올려 오른손으로 껴안았고, 왼손으로는 소시지빵을 찾아내어 한 개를 손가락 사이에 쥐는가 했더니 어느새 이빨 사이에 물고 있었다. 나는 두들겨 맞아 빨갛고 탱탱하게 부어오른 그녀의 얼굴을 들여다보았다. 가늘게 찢어진 틈 사이에서 쉴 새 없이 움직이는 두 눈, 망치로 두들겨 놓은 것 같은 피부, 우물거리며 씹고 있는 세모꼴, 인형, 검은 마녀가 빵 사이에 끼운 소시지를 게걸스럽게 먹어 치우고 있었다. 먹으면서 더욱 야위어 가고 더욱 배고파지며, 더욱 세모꼴이 되고, 더욱 인형처럼 되었다.—깊은 인상을 남기는 광경이었다. 누가 나로부터, 나의 머리로부터 이 세모꼴을 지워 버릴 것인가? 소시지, 빵 껍질, 인간을 씹으면서 미소 짓는 그 모습은 얼마나 오랫동안 내 머릿속에서 지워지지 않고 계속 남아 있을 것인가? 세모꼴만이 그리고 일각수를 유순하게 길들이는 벽화 속의 여인만이 웃을 수 있는 그런 웃음은 언제까지 계속될 것인가?

슈퇴르테베커가 두 명의 경찰관에게 연행되어 가며 피범벅이 된 얼굴로 루치와 오스카를 바라보았지만, 나는 모르는 사람인 것처럼 외면했다. 그리고 소시지빵을 먹고 있는 루치의 팔에 안긴 채 대여섯 명의 경찰관들에 둘러싸여, 조금 전까지만 해도 나의 부하들이었던 먼지떨이들의 뒤를 따라갔다.

뒤에는 무엇이 남아 있었던가? 비잉케 사제가 허겁지겁 벗어 던져진 합창대 제복과 사제복 사이에 서 있었다. 여전히 붉은빛 광선을 발하고 있는 우리의 두 회중전등도 남아 있었다. 제단 층계 위에는 성배와 성체현시대(聖體顯示臺)가 놓여 있었다. 우리들의 푸트카머 지하 창고에서 부인과 일각수를 그린 벽걸이 그림과 대조를 이루기로 되어 있었던 성모 옆에는 톱으로 잘린 요한과 톱으로 잘린 예수가 있었다.

어쨌거나 오스카는 재판에 회부되었다. 지금도 내가 예수에 대한 제2의 심판이라고 부르는 이 심판은 결국 나의 무죄 석방, 따라서 예수의 무죄 석방으로 끝을 맺었다.

개미떼의 도로

하늘색 타일을 붙인 수영장을 상상해 보시라. 수영장 안에는 스포츠를 즐기는 햇볕에 탄 사람들이 헤엄치고 있다. 탈의실 앞쪽의 수영장 가장자리에도 마찬가지로 스포츠를 즐기는 남녀들이 걸터앉아 있다. 아마도 스피커에서는 조용한 음악이 흐르고 있을 것이다. 건강한 권태, 쉽사리 수영복을 부풀어 오르게 하지만 부담이 없는 성욕. 타일은 매끄럽지만 아무도 미끄러지지 않는다. 금지 표찰이 드문드문 눈에 띈다. 하지만 이런 것들도 불필요하다. 수영객들은 단 두 시간 동안만 즐기기 위해 온 것이며, 금지 사항으로 표시된 모든 것은 수영장 밖에서나 할 수 있으니 말이다. 이따금 3미터 높이의 다이빙대에서 뛰어내리는 사람이 있긴 하지만, 헤엄치고 있는 사람들의 주목을 끌지도 못하며, 누워 있는 수영객들의 눈을 그림

잡지에서 떼 낼 수도 없다.—그런데 갑자기 웬 미풍인가! 아니, 미풍이 아니다. 한 젊은이가 천천히 목표를 향해, 사닥다리를 한 단 한 단 손을 뻗어 잡으며 10미터 높이의 다이빙대로 올라간다. 유럽과 해외의 르포르타주를 실은 잡지들이 사람들의 눈에서 떨어진다. 사람들의 눈은 그 젊은이와 함께 올라가며, 누워 있는 사람들은 목을 점점 더 길게 뽑는다. 한 젊은 여자는 손으로 이마를 가린다. 어떤 자는 자기가 생각하던 것을 잊어버린다. 하려던 말이 그대로 멈춘다. 막 시작된 사랑의 유희가 도중에 끝난다—체격이 좋고 힘차 보이는 그 젊은이가 이제 다이빙대 위에 나타났기 때문이다. 풀쩍 뛰어올랐다가는, 둥그렇게 휘어 있는 강철관 난간에 기대어 따분하다는 듯이 아래를 내려다본다. 마침내 엉덩이를 멋지게 흔들며 난간에서 떨어져 나와, 앞으로 튀어나온 다이빙 판을 향해 과감하게 발을 내딛자 한 걸음마다 도약판이 휘청거린다. 밑을 내려다보는 순간 하늘빛의 놀라우리만큼 작은 수영장이 아득하게 보인다. 수영장에는 빨강, 노랑, 초록, 하양, 빨강, 노랑, 초록, 하양, 빨강, 노랑의 여자 수영 모자들이 어지럽게 뒤섞여 있다. 그중에는 아는 여자들도 앉아 있음에 틀림없다. 도리스 쉴러와 에리카 쉴러 자매뿐 아니라, 유타 다니엘스도 그녀에게 전혀 어울리지 않는 남자 친구와 함께 와 있다. 쉴러 자매가 신호를 보낸다. 유타도 신호를 한다. 몸의 균형을 잡으려고 유의하면서 그도 답신을 보낸다. 그녀들이 소리친다. 어떻게 하라는 것인가? 앞으로 가요, 라고 쉴러 자매가 소리친다. 뛰어들어요, 라고 유타가 소리친다. 하지만 그는 처음부터 그럴 생각이 전혀 없었다. 다이빙대 위에서 한 번 내려다본 후 다시 천천히 한 계단 한 계단 붙잡으며 내려올 생각이었다. 그런데 그녀들이 소리친다. 모든 사람이 들을 만큼 큰소리로. 뛰어요! 자, 빨리! 뛰어요!

다이빙대 위에 서면 그만큼 더 하늘에 가까울는지는 모르겠지만, 이것이 곤혹스럽기 짝이 없는 상황이라는 점은 독자 여러분도 인정하시리라. 비록 수영 시즌 중은 아니지만 45년 1월 먼지떨이단 일행과 나에게도 그와 비슷한 일이 일어났다. 우리는 용감하게 기어 올라가 다이빙대 위에서 웅성거리고 있었던 것이다. 아래쪽에는 물도 없는 수영장 둘레에 말굽 자석 모양으로 판사와 배심원, 증인과 재판소 직원들이 엄숙하게 앉아 있었다.

이때 슈퇴르테베커가 난간이 없는 도약판 위로 걸어 나갔다. "뛰어라!"라고 판사들이 일제히 소리쳤다.

그러나 슈퇴르테베커는 뛰지 않았다.

그때 아래쪽의 증인석에서 바싹 마른 모습의 한 소녀가 일어섰다. 바이에른식의 겉저고리와 회색 주름 치마를 입고 있었다. 그녀는 창백하지만 윤곽이 뚜렷한 얼굴을—나는 지금도 그것이 세모꼴이었다고 주장한다—번쩍이는 표적지처럼 들어 올렸다. 루치 렌반트는 큰소리로 외치지 않고 속삭였다. "뛰어라, 슈테르테베커, 뛰어!"

그러자 슈테르테베커가 뛰어내렸다. 루치는 다시 증인석의 나무 벤치에 앉았고, 바이에른식으로 짠 겉저고리의 소매를 길게 끌어내려 두 주먹을 감추었다.

모오르케네가 절뚝거리며 도약판으로 향했다. 판사들이 그에게 뛰어내리도록 요구했다. 그러나 모오르케네는 뛰려고 하지 않았고, 당황한 채 자신의 손톱을 들여다보며 미소 지었다. 마침내 루치가 소매를 걷어붙이며 모직옷으로부터 두 주먹을 드러내었고, 가늘게 뜬 실눈과 검은 테두리를 한 세모꼴의 얼굴을 그에게 보였다. 그러자 그가 이 세모꼴을 겨냥하여 뛰어내렸으나, 명중하지는 못했다.

코올렌클라우와 푸테는 사다리를 오르면서 이미 으르렁거리더니 도약판 위에서 마침내 충돌하고 말았다. 푸테는 먼지떨기를 당했고, 뛰어내리면서도 코올렌클라우는 푸테를 놓아주지 않았다.

기다란 명주실 같은 속눈썹을 가진 드레쉬하제는 뛰어내리기 전에 까닭도 없이 슬픔에 잠겨 있는 노루의 눈을 감았다.

공군 보조원들은 뛰어내리기 전에 제복을 벗어야만 했다.

미사의 합창대 단원인 렌반트 형제에게도 다이빙대에서 천국으로 뛰어내리는 것은 허용되지 않았다. 낡아 빠진 모직옷을 입고 증인석에 앉아 도약 운동을 요구하던 누이인 루치는 그러한 일을 결코 참지 않았을 것이다.

역사적인 사실과는 반대로, 처음에 벨리사리우스와 나르세스가 뛰고, 이어서 토틸라와 테야가 뛰었다.

푸른 수염이, 사자왕이 뛰어내렸고 먼지떨이단의 졸개들인 나제, 부쉬만, 윌하펜, 파이퍼, 퀴내젠프, 야타간과 파스빈더가 뛰어내렸다.

놀랄 만큼 사팔뜨기인 고교 1학년생 슈투헬도 뛰어내렸다.

이 아이는 먼지떨이들과 우연히 행동을 같이 하게 되었을 뿐이었다. 이제 다이빙대 위에는 예수만 남았다. 판사들이 이구동성으로 예수에게 오스카 마체라트로서 뛰어내릴 것을 요구했으나, 예수는 이에 따르지 않았다. 증인석에서 양 어깨 안쪽으로 가느다랗게 모차르트식으로 머리를 땋아 늘어뜨린 근엄한 표정의 루치가 일어나, 편물(編物) 겉저고리의 소매를 치켜올리고, 비뚤어진 입을 움직이지도 않으면서 속삭였다. "뛰어요, 귀여운 예수, 뛰어요!" 그때 나는 10미터 높이의 도약판이 가지고 있는 유혹적인 성질을 실감하였다. 그때 회색의 작은 고양이들이 나의 오금에서 굴러다녔고, 고슴도치 한 쌍이 나의 발바닥 아래에서 교미하였으며, 제비들이 나의 겨드랑이 밑에서 새끼를 깠고, 유럽뿐만 아니라 전 세계가 나의 발 아래 펼쳐졌다. 그때 미군과 일본군은 루손섬에서 횃불 춤을 추고 있었다. 그때 가느다란 눈을 가진 자와 둥그런 눈을 가진 자 모두가 그들의 제복에서 단추를 잃고 있었다. 그러나 그때 스톡홀름의 한 재단사는 같은 시간에 고상한 무늬의 야회복에 단추를 꿰매 달고 있었다. 그때 마운트바텐은 버마의 코끼리들에게 온갖 구경(口徑)의 총알을 퍼 먹이고 있었다. 그때 같은 시간에, 리마의 한 과부는 그녀의 앵무새에게 '카람바'라는 말을 따라하게 하고 있었다. 그때 태평양 한가운데에서는 고딕식 성당처럼 장식한 두 척의 거대한 항공모함이 서로 접근하면서 비행기를 발진시켜 상대를 격침시켰다. 그러자 비행기들은 착륙하지 못해 어쩔 줄 몰라 하면서, 정말 비유적으로 말하자면 천사처럼 공중을 배회하고 윙윙 소리를 내면서 그들의 연료를 소비하고 있었다. 그러나 이 일은 마침 하루의 일과를 끝낸 하파란다의 시내 전차 차장에게 조금도 방해가 되지 않았다. 그는 프라이팬에다가 달걀을 깨뜨려 넣었다. 두 개는 자신을 위해, 또 두 개는 그의 약혼자를 위해서였다. 그는 미소를 짓고 이것저것 미리 상상해 보면서 그녀의 도착을 기다렸다. 물론 코느예프와 슈코프의 군대가 다시 행동을 개시할 것이라는 사실은 쉽게 예측할 수 있었다. 아일랜드에서는 비가 내리는 동안, 그들의 군대는 바이크셀강의 전선을 돌파하고, 바르샤바는 너무 늦게, 쾨니히스베르크는 너무 빨리 점령했지만, 다섯 명의 아이들과 한 사람의 남편을 데리고 파나마에서 사는 한 부인이 가스불에 올려놓은 우유를 태워 버리는 것을 막지는 못했다. 당연한 일이지만 전면(前面)에서 사건의 실마리들이 서로 얽히고설키면서 이야기를 만드는 동안 이미 배후에서는 역사의 씨줄과 날줄이 짜여지는 것이다. 또한 손가락을 비틀고, 얼굴을 찡그리고, 고개를 흔들고, 악수를 하고, 애를 만들고, 위조지폐를 찍고, 불을 끄고, 이를 닦고, 사살하고, 빨래를 건조시키거나 하는 따위의 행위들이 똑같은 솜씨는 아니라 할지라도 도처에서 행해지고 있다는 사실쯤은 나도 충분히 짐작하고 있었다. 이처럼 일관된 목표를 추구하는 수많은 행위들이 나를 혼란시켰다. 그리하여 나는 다시 나 때문에 다이빙대 아래에서 진행되고 있는 재판 쪽으로 다시 생각을 돌렸다. "뛰어요, 귀여운 예수, 뛰어요."라고 조숙한 증인 루치 렌반트가 속삭였다. 그녀는 악마의 무릎에 앉아 있었다. 바로 그 점이 그녀의 처녀성을 한층 두드러지게 했다. 악마는 소시지빵을 건네주면서 그녀를 기쁘게 해 주려고 했다. 그녀는 입으로 물었지만 순결은 그대로였다. "뛰어요, 귀여운 예수!" 그녀는 소시지빵을 씹으면서 속삭였고, 손상되지 않은 세모꼴의 얼굴을 나에게 보였다.

나는 뛰어내리지 않았고, 앞으로도 다이빙대에서는 결코 뛰어내리지 않을 것이다. 그것이 오스카의 최후의 심판은 아니기 때문이었다. 나를 뛰어내리게 하려는 유혹이 몇 번이나 있었다. 아주 최근에도 그런 일이 있었다. 먼지떨이단의 재판 때와 꼭 마찬가지로 무명지(無名指) 재판 때에도―나는 이것을 차라리 예수에 대한 제3의 심판이라고 부르고 싶다―물이 차 있지 않은 하늘색 타일의 수영장 가장자리에 많은 관중이 모여들었던 것이다. 그들은 증인석에 앉아 나의 재판을 눈앞에서 즐기고 나중에는 이야깃거리로 삼으려 했다.

그러나 나는 뒤로 돌아섰다. 그러고는 나의 겨드랑이 아래에서 이제 깃털이 난 제비 새끼를 질식시켰고, 나의 발바닥 아래에서 결혼식을 올리고 있는 고슴도치를 짓밟았으며, 나의 오금에 있는 회색의 고양이 새끼들을 굶주리게 했다―그리고 도약의 환희를 경멸하면서, 고집스럽게 난간을 향해 걸어가다가 사닥다리로 훌쩍 뛰어내린 후 기어서 내려왔다. 한 계단 한 계단 내려오면서 나는 다이빙대라는 것은 올라가기만 하는 것이 아니라, 뛰어내리지 않고 내려올 수도 있는 것이라는 사실을 확인했다.

아래에서는 마리아와 마체라트가 나를 기다리고 있었다. 비잉케 사제는 부탁도 받지 않았는데 나를 축복해 주었다. 그레트헨 세플러는 나에게 겨울 외투와 케이크까지 가져다주었다. 쿠르트 녀석은 그동안 꽤 자랐는데, 나를 아버지로서도 이복형제로서도 인정하려 하지 않았다. 나의 할머니 콜야이체크는 그녀의 오빠인 빈첸트의 손을 잡고 있었다. 세상 물정에 통달한 이 빈첸트는 종잡을 수 없이 말했다.

우리가 법원 건물을 나왔을 때, 사복 차림의 관리 한 명이 마체라트에게 다가와 서류 한 장을 건네주며 말했다. "마체라트 씨, 정말 다시 한번 생각해 보세요. 이 아이는 이 거리에서 내보내야 합니다. 아시겠죠? 이런 가련한 아이는 그냥 두면 나쁜 친구들의 꾐에 빠지게 됩니다."

마리아는 울면서 내 목에다 내 북을 걸어 주었다. 재판이 진행되는 동안 비잉케 사제가 맡아 두었던 것이다. 우리는 중앙역 부근의 시내 전차 정류소로 걸어갔는데, 거의 다 와서는 마체라트가 나를 업어 주었다. 나는 그의 어깨 위에서 뒤를 돌아보며, 군중 속에서 세모꼴의 얼굴을 찾았다. 그녀도 다이빙대 위로 올라가야 했는지, 그래서 슈테르테베커와 모오르케네의 뒤를 따라 뛰었는지, 아니면 나처럼 사다리의 제2의 가능성을 깨닫고 그냥 내려왔는지 알고 싶었기 때문이다.

오늘날까지도 나는 거리에서나 광장에서 바싹 말라 귀엽지도 추하지도 않지만, 태연하게 남자들을 죽이는 계집아이를 두리번거리며 찾는 습관을 버릴 수 없다. 정신 병원의 침대 속에서도 브루노가 낯선 손님의 방문을 알리면 나는 깜짝 놀라곤 한다. 이때 내가 놀라는 것은 무엇 때문인가. 요괴이자 검은 마녀인 루치 렌반트가 마침내 찾아와 이번에야말로 너로

하여금 뛰어내리게 만들 것이라 생각하기 때문이다.

마체라트는 그 서류에 서명을 하여 보건성에 보내야 할지 말아야 할지를 몰라 열흘 간이나 고심했다. 열하루째에 그가 서류에 서명을 해 발송했을 때 시내는 이미 포병대의 포격 아래에 놓여 있었다. 그러므로 우체국이 이 서류를 발송할 기회가 있었는지는 의문이다. 로코소프스키 원수 휘하의 선봉 장갑 부대가 엘빙까지 진출해 왔다. 바이스가 지휘하는 제2군단은 단치히 주변의 언덕 위에 진을 치고 있었다. 지하실 생활이 시작되었다.

우리 모두가 알다시피 우리 집의 지하실은 가게 밑에 있었다. 복도의 세면장 맞은편에 있는 입구로부터 열여덟 계단을 내려가면 우리의 지하실이었다. 하일란트와 카터네의 지하실 뒤쪽이며, 슐라거의 지하실 앞쪽이었다. 하일란트 노인은 아직도 이곳에 살았다. 그러나 카터 부인을 비롯하여 시계방 주인 라우프샤트와 아이케 일가, 슐라거 일가는 간단하게 짐을 꾸려 그곳에서 도망쳤다. 그들에 대해, 그리고 그레트헨과 알렉산더 세플러에 대해 나중에 들은 바에 의하면, 최후의 순간에 그들은 옛날의 '환희 역행단'의 배를 가까스로 타고 출범했다고 한다. 그리고 그 후에는 슈테틴이나 뤼벡에 도착했거나 아니면 기뢰에 부딪쳐 공중으로 날아가 버렸는지 모른다고 한다. 어쨌든 주택과 지하 창고의 절반 이상은 텅 비어 있었다.

우리 지하실은 제2의 출입구가 있다는 장점을 가지고 있었다. 우리 모두가 또한 알고 있는 바와 같이, 이 출입구는 가게의 카운터 뒤에 있으며 널빤지 뚜껑으로 덮혀 있었다. 그러므로 마체라트가 무엇을 지하실로 운반해 가고 무엇을 지하실에서 가지고 나오는지는 아무도 볼 수 없었다. 만일 누군가가 보기라도 했더라면 마체라트가 전쟁 동안 매점해서 쌓아 놓았던 물건들은 무사하지 않았을 것이다. 따뜻하고 건조한 방에는 콩류, 면류, 설탕, 인조 벌꿀, 밀가루와 마가린 같은 생필품들이 가득 차 있었고, 야자유 상자들 위에는 비스킷 상자들이 쌓여 있었다. 손재주가 좋은 마체라트가 손수 벽에다 나무못을 박아 만든 선반 위에는 오얏, 완두콩, 자두의 통조림과 함께 여러 가지 채소 통조림이 놓여 있었다. 그리고 전쟁이 한창일 때 그레프의 권유로 지하실 천장과 콘크리트 바닥 사이에다 박아 놓은 몇 개의 각재(角材)가 이 생필품 창고에 정식 방공호와 같은 안정성을 갖게 해 주었다. 몇 번이고 마체라트는 이 각재들을 다시 떼 내려고 했다. 단치히에는 산발적인 공격을 제외하고는 별다른 폭격이 없었기 때문이다. 방공 감시원 그레프가 더 이상 경고를 할 수 없게 되자, 이번에는 마리아가 이들 버팀목을 보존해 줄 것을 그에게 당부했다. 그녀는 쿠르트를 위해 그리고 때로는 나를 위해 안전을 요구했던 것이다.

1월 말 최초의 공습 동안에 하일란트 노인과 마체라트는 힘을 모아 트루친스키 아주머니를 그녀가 앉아 있던 의자와 함께 우리 지하실로 운반했다. 그 이후에는 어쩌면 아주머니의 희망에 따라, 어쩌면 운반하기가 너무 힘들어 아주머니를 방 안의 창 앞에 그대로 놓아두었다. 시내 중심가에 대공습이 있고 난 후, 마리아와 마체라트는 이 노파가 아래턱은 축 늘어뜨리고, 마치 작은 파리가 날아들어 성가셔 죽겠다는 듯이 눈을 부릅뜨고 있는 것을 발견했다.

그리하여 우리는 침실로 통하는 문을 뜯어냈다. 하일란트 노인이 그의 창고에서 연장과 나무 상자를 해체한 두꺼운 판자 몇 장을 가지고 왔다. 마체라트가 그에게 주었던 더어비 담배를 피우면서 그는 치수를 재기 시작했다. 오스카는 그의 일을 거들어 주었다. 다른 사람들은 지하실로 들어갔다. 언덕에서 포격이 다시 시작되었기 때문이었다.

그는 일을 빨리 끝내려고 단순한 정방형의 상자를 조립하려고 했다. 그러나 오스카는 전통적인 관(棺)의 모양을 좋아했기 때문에 순순히 물러서지 않고, 그의 톱 밑으로 판자를 마구 들이밀었기 때문에 그도 마침내 발끝 쪽을 좁게 만들기로 했다. 모든 인간의 시체는 이런 요구를 할 권리가 있는 것이다.

마침내 근사한 관이 완성되었다. 그레프 부인이 트루친스키 아주머니의 시체를 씻고, 옷장에서 깨끗하게 세탁해 둔 잠옷을 꺼내어 입히고, 손톱을 잘라 주었으며, 틀어 올린 머리를 가지런히 손질한 후 세 개의 뜨개바늘로 적당히 고정시켰다. 그리하여 부인은 트루친스키 아주머니를 죽은 후에도 회색의 쥐와 비슷하게 만들었다. 이 쥐는 살아생전에 대용품 맥아 커피를 즐겨 마시고 감자튀김을 즐겨 먹었던 것이다.

그런데 이 쥐는 폭격 중에 그녀의 의자에 앉은 채로 경직되었기 때문에 관 속에서도 무릎을 굽힌 채 누우려고 했다. 그래서 하일란트 노인은 마리아가 쿠르트를 팔에 안고 몇 분 동안 방을 나가 있는 사이에, 두 다리를 눌러서 부러뜨려야만 했다. 그래야만 관에 못을 박을 수 있었다.

유감스럽게도 우리에게는 노란색 페인트가 있을 뿐 검은색은 없었다. 그래서 색은 칠하지 않았지만 발끝 쪽을 좁게 만든 트루친스키 아주머니의 관은 방을 나가 계단 아래로 운반되었다. 오스카는 북을 들고 뒤를 따라갔다. 그리고 관 뚜껑에 씌어 있는 문자를 읽어보았다. 비텔로-마가린-비텔로-마가린-비텔로-마가린이라고 같은 간격으로 세 번 씌어 있는 문구는 트루친스키 아주머니의 취향을 추가로 입증하고 있었다. 그녀는 살아 생전에 최고급 버터보다도 순식물성 지방의 비텔로 마가린을 가장 좋아했다. 왜냐하면 마가린은 건강에 좋고, 항상 신선하며, 영양이 풍부하여 기운을 나게 하기 때문이다.

하일란트 노인이 채소상 그레프의 짐수레에 관을 싣고 루이제가, 마리엔 가를 지나고, 안톤 묄러 거리를—여기에서는 두 채의 집이 불타고 있었다—지나 산부인과 병원 쪽으로 갔다. 쿠르트는 미망인 그레프와 함께 우리 집의 지하실에 남아 있었다. 마리아와 마체라트는 수레를 밀었고, 오스카는 수레 위에 앉아 있었다. 관 위로 기어 올라가고 싶었지만 허용되지 않았다. 거리는 동프로이센과 강변의 저지대에서 온 피난민들로 가득했다. 체육관 앞의 철도 육교 아래에서는 간신히 통과했다. 마체라트는 콘라트 학교의 교정에다 구덩이를 파자고 제안했다. 마리아는 반대였다. 트루친스키 아주머니와 동갑인 하일란트 노인도 반대의 몸짓을 했다. 나도 학교 마당은 반대였다. 물론 시립 묘지는 단념해야만 했다. 체육관으로부터 힌덴부르크 대로 방향으로는 군용 차량만 통행할 수 있었던 것이다. 그래서 우리는 이 쥐를 그녀의 아들 헤어베르트 옆에다 묻어줄 수는 없었다. 그 대신 우리는 그녀에게 시립 묘지 건너편의 슈테펜스 공원 내에 있는 오월의 초원 뒤쪽에 있는 한 장소를 골라 주었다.

땅은 얼어 있었다. 마체라트와 하일란트 노인은 교대로 곡괭이질을 했고, 마리아는 돌 벤치 옆에서 담쟁이덩굴을 뽑아내려 애를 썼다. 그동안 오스카는 제멋대로 거기를 빠져나와 곧 힌덴부르크 대로의 가로수 사이에 서 있게 되었다. 정말 엄청난 교통량이었다! 언덕과 강변의 저지대로부터 퇴각해 온 전차들이 서로 끌려가듯이 지나갔다. 주위의 나무들에는—내 기억이 맞다면 보리수였음에 분명하다—의용병과 군인들이 매달려 있었다. 그들의 제복 윗저고리 가슴에 붙어 있는 두꺼운 종이 표찰을 읽어보니, 나무들 아니 보리수에 매달려 있는 자들은 배반자라는 것이었다. 목을 매단 몇 사람의 긴장된 얼굴을 들여다보면서 나는 일반 사람들과도 비교해 보고, 또 특별한 사람, 즉 목을 매달고 죽은 채소상 그레프와도 비교해 보았다. 나는 또 한 떼의 소년들이 몸에 맞지 않는 헐렁한 제복을 입고 매달려 있는 것을 보고는 몇 차례나 슈테르테베커가 아닌가 하고 생각했다. 그러나 매달려 있는 소년들은 모두가 같은 얼굴로 보이는 것이 아닌가. 나는 자신에게 말했다. 그놈들이 슈테르테베커를 매달아 버렸다—그런데 놈들은 루치 렌반트도 목매달아 죽였을까?

이 생각을 하니 오스카는 신이 났다. 그는 야윈 소녀가 매달려 있지 않나 하고 좌우로 나무들을 찾아다니다가, 용감하게 전차 사이를 빠져나가 가로수 길을 건너갔다. 그러나 여기에서도 군인과 늙은 의용병과 슈테르테베커를 닮은 소년들밖에 보이지 않았다. 실망한 나는 가로수 길을 따라 반쯤 파괴된 카페 '사계절' 근처까지 다리를 질질 끌며 걸어갔다가 마지못해 발걸음을 돌렸다. 하지만 트루친스키 아주머니의 묘 옆에 서서 마리아와 함께 담쟁이덩굴이며 나뭇잎을 봉분 위에 뿌리면서도, 나는 매달려 있는 루치의 세세한 모습까지를 분명하게 머릿속으로 그리고 있었다.

우리는 미망인 그레프의 짐수레를 채소 가게 안으로 다시 가져가지는 않았다. 마체라트와 하일란트 노인은 짐수레를 분해하여 그 조각난 부분들을 카운터 앞에다 놓아두었다. 식료품점 주인이 노인의 호주머니에다 세 갑의 더어비 담배를 찔러 주며 말했다. "수레가 또 필요할지도 모르는 일입니다. 그러니 이곳에 두는 게 좀 안전하겠죠."

하일란트 노인은 아무 대꾸도 하지 않고, 거의 비어 있는 선반으로부터 몇 꾸러미의 국수와 두 봉지의 설탕을 꺼냈다. 그러고 나서 그는 매장할 때나 왕복길에서 신고 있던 펠트 슬리퍼를 질질 끌며 가게를 나가 버렸다. 얼마 안 되는 나머지 물품을 선반에서 지하실로 옮기는 일은 이제 마체라트의 몫이었다.

우리는 이제 거의 구멍 밖으로 나가지 않았다. 러시아 군대가 이미 치간켄베르크와 피이츠겐도르프에 진입하고, 쉬틀리츠 앞에까지 왔다는 것이다. 어쨌든 그들이 언덕 위에 주둔하고 있음은 분명했다. 그들이 곧장 시내 쪽으로 포격을 가해 왔으니까 말이다. 레히트슈타트, 알트슈타트, 페퍼슈타트, 포어

슈타트, 융슈타트, 노이슈타트, 니이더슈타트 등 칠백 년 이상 동안에 걸쳐 세워진 전 시내가 3일 동안 불에 타 소실되었다. 그러나 이것이 단치히 시가 겪은 최초의 화재는 아니었다. 지금까지 이미 포메라니아인들, 브란덴부르크인들, 게르만족의 기사단, 폴란드인들, 스웨덴인들, 다시 한번 스웨덴인들, 프랑스인들, 프로이센인들, 러시아인들, 거기에다 또 작센인들까지 역사에 참여하며 20년마다 이 도시를 태울 만한 가치가 있다는 것을 발견해 왔다.―그리고 이제는 러시아인들, 폴란드인들, 독일인들, 영국인들이 공동으로 고딕식의 벽돌 건축물을 백 번째로 불태웠던 것이다. 그렇게 하여 비스켓을 얻은 것도 아닌데 말이다. 헤커가세 골목, 랑가세 골목, 브라이트가세 골목, 대소(大小) 보올베버가세 골목이 불에 탔으며, 토비아스가세 골목, 훈데가세 골목, 구시가지의 배수구, 교외의 배수구, 성벽과 랑에 다리가 불타 버렸다. 크란 문은 목조(木造)였으므로 특히 아름답게 불타올랐다. 맞춤 바지 가게 거리에서는 불길이 몇 벌의 고급 바지의 치수를 재고 있었다. 마리아 교회는 내부에서부터 바깥으로 불타고 있었으므로 첨두창(尖頭窓)에는 화려한 조명 효과가 나타났다. 그 밖에도 성 카타리나, 성 요한, 성 브리기트, 바르바라, 엘리자베트, 베드로, 바울, 삼위일체, 성신(聖身) 등등의 교회들에서 아직 옮겨지지 않고 남아 있던 종들은 종루(鐘樓)에서 노래도 못하고 소리도 내지 못하며 방울방울 녹아 떨어졌다. 큰 제분소에서는 붉은 밀이 갈려서 가루가 되고 있었다. 푸줏간 골목에서는 일요일의 불고기 냄새가 났다. 시립극장에서는 두 가지 의미를 가진 단막극인 「방화범의 여러 가지 꿈」이 초연되었다. 레히트슈타트에 있는 시청에서는 소방대원의 급료를 화재 후에 소급하여 지급하기로 결의했다. 성령 골목은 성령의 이름으로 불탔다. 프란체스코 수도원은 성 프란체스코의 이름으로 불타올랐다. 성 프란체스코는 진정으로 불을 사랑하고, 불을 칭송한 사람이었다. 부인 골목은 아버지와 자식을 위해 동시에 타올랐다. 목재 시장과 석탄 시장과 건초 시장이 전소된 것은 자명한 일이다. 빵집 골목의 오븐에서는 더이상 빵이 나오지 않았다. 우유통 골목에서는 우유가 끓어 넘쳤다. 서프로이센 화재 보험의 건물만은 순전히 상징적인 이유에서 불길에 저항하려고 했다.

오스카는 화재에 대해서는 별로 흥미가 없었다. 그래서 나는 마체라트가 불타오르고 있는 단치히를 다락방에서 바라보기 위해 계단을 뛰어올라 갔을 때도 사실은 지하실에 남아 있고 싶었다. 경솔하게 그 다락방에다 쉽게 불에 타는 약간의 소유물을 숨겨두지만 않았더라면 나는 지하실에 그대로 있었을 것이다. 하지만 전선 극장 시절의 양철북 재고품 중에서 남아 있는 최후의 한 개와 그리고 나의 괴테와 라스푸틴을 구출할 필요가 있었다. 게다가 나는 책갈피 사이에다 연하게 색칠된 하늘하늘한 부채를 보관해 두었었다. 나의 로스비타 라구나 부인이 살아생전에 우아하게 흔들며 부치던 것이었다. 마리아는 지하실에 남았다. 그러나 쿠르트 녀석은 나와 마체라트를 따라 다락으로 가서 불구경을 하고 싶어 했다. 나는 한편으로는 아들놈의 억제하지 못하고 흥분하는 기질 때문에 화가 났지만, 다른 한편으로는 이놈이 이러는 것은, 놈의 증조

부이자 나의 할아버지인 방화범 콜야이체크에게서 물려받은 것이 틀림없어, 라고 자신을 타일렀다. 마리아는 쿠르트를 잡아두었다. 내게는 마체라트와 함께 위로 올라가는 것을 허락했다. 나는 내 소지품들을 집어 들고 올라가, 건조실 창으로 바깥을 내다보았다. 이 유서 깊은 도시가 분기탱천하여 불꽃을 흩뜨리며 생동하는 힘을 과시하는 것이 너무도 감탄스러웠다. 수류탄이 근처에 떨어지기 시작했기 때문에 우리는 건조실을 나왔다. 나중에 마체라트가 다시 한번 위로 올라가려 했으나 마리아가 막았다. 그는 그녀의 말에 따랐고, 밑에 남아 있었던 그레프 미망인에게 화재를 상세하게 묘사하며 눈물을 흘렸다. 다시 한차례 거실을 갔다 온 후에 그는 라디오를 켰다. 그러나 더 이상 아무것도 들리지 않았다. 불타오르는 방송국이 바스락거리며 타오르는 소리조차도 들리지 않았다. 임시 뉴스야 말할 것도 없었다.

산타클로스를 앞으로도 계속 믿어야 할지 어떨지를 모르는 어린아이처럼 잔뜩 겁을 먹은 마체라트는 지하실 한가운데에 서서 바지 멜빵을 잡아당기며, 처음으로 최후의 승리에 대한 의혹을 표명했다. 그리고 그레프 미망인의 충고에 따라 당 배지를 윗저고리의 깃에서 떼어 냈지만, 그것을 어디에다 두어야 할지를 몰랐다. 지하실은 콘크리트 바닥이었고, 그레프 부인은 그의 배지를 인수할 뜻이 없었으며, 마리아도 겨울 감자 속에다 묻으면 되겠다고 말했으나, 마체라트의 생각으로는 감자 속이 그다지 안전하다고 볼 수는 없었다. 그렇다고 해서 위로 올라갈 수는 없었다. 적군이 아직 오지는 않았다 할지라도, 곧 나타나거나 아니면 오고 있는 중임은 분명했기 때문이다. 마체라트가 다락에 있을 때에 이미 브렌타우와 올리바에서 전투가 벌어지고 있었던 것이다. 그는 이 배지를 위층의 방화 모래 속에 숨겨둘걸 그랬다고 몇 번이나 후회했다. 이 지하실에서 그가 배지를 손에 들고 있는 것을 놈들이 발견한다면 어떻게 되겠는가—그런 생각이 들자 그는 갑자기 배지를 콘크리트 바닥에다 내던지고 그것을 짓밟으면서 거친 남자의 역할을 연출하려고 했다. 그러나 쿠르트와 내가 동시에 배지를 향하여 달려들었으며, 내가 그것을 먼저 집어서 계속 수중에 넣고 있었다. 무엇인가 가지고 싶을 때면 언제나 그렇게 하듯이 쿠르트 녀석이 주먹으로 때리며 달려들었다. 그러나 나는 내 아들에게 그 당 배지를 주지 않았다. 자식을 위험에 빠뜨리고 싶지 않아서였다. 러시아인들에게는 농담이 통하지 않는 법이다. 라스푸틴을 읽은 이래 오스카는 그 점을 잘 알고 있었다. 그래서 쿠르트가 내게 덤벼들고, 마리아가 우리 둘을 떼어놓으려고 애를 쓰는 동안 나는 여러 가지를 곰곰이 생각해 보았다. 만일 오스카가 자기 아들의 구타에 굴복한다면 마체라트의 당 배지를 쿠르트의 몸에서 발견하는 자는 누가 될 것인가? 백(白) 러시아인일까? 아니면 대(大) 러시아인일까? 코사크인일까? 게오르지아인일까? 칼뮈크인일까? 크리미아 타타르인일까? 루테니아인일까? 아니면 우크라이나인 일까? 혹은 키르기즈인일까?

마리아가 그레프 미망인의 도움을 받아 우리를 갈라놓았을 때, 나는 그 배지를 의기양양하게 왼쪽 주먹에 쥐고 있었다. 마체라트는 그의 배지가 없어져서 좋아하고 있었고, 마리아는 울부짖는 쿠르트를 달래느라 애를 먹고 있었다. 그런데 배지의 잠겨져 있지 않은 핀이 내 손바닥을 찔렀다. 나는 예나 지금이나 그 물건이 마음에 들지 않았던 것이다. 그래서 나는 마체라트의 윗저고리 바로 뒤에다 그의 배지를 다시 달아 놓으려고 했다.—그의 당 같은 것이 도대체 나와 무슨 상관이 있단 말인가—바로 그때 놈들이 우리들 머리 위의 가게 안으로 들어왔다. 여자들의 날카로운 비명 소리로 미루어 보건대 근처 지하실에도 나타난 것이 틀림없었다.

그들이 판자 뚜껑을 들어 올렸을 때도 배지의 핀이 여전히 나를 찌르고 있었다. 나로서는 마리아의 떨고 있는 무릎 앞에 웅크리고 앉아 콘크리트 바닥 위를 기어 다니는 개미를 관찰하는 일 외에 무엇을 할 수 있었겠는가. 개미떼는 겨울 감자로부터 시작하여 지하실을 대각선으로 가로질러 설탕 부대 쪽으로 행진하고 있었다. 지하실 층계에 여섯 사내들이 나타났다. 자동 권총을 겨누고 있는 그들의 눈을 보고서 나는 그들이 혼혈기가 거의 없는 아주 평범한 러시아인들이라고 판단했다. 모두들 비명을 지르긴 했지만, 개미들이 러시아 군의 등장에도 동요하지 않았기 때문에 사람들은 오히려 안심이 되었다. 개미들은 감자와 설탕만을 염두에 두고 있었던 것이다. 반면에 자동 권총을 겨누고 있는 패거리들은 우선 다른 것부터 점령하려고 했다. 어른들이 두 손을 높이 든 것은 나로서도 이해가 갔다. 이러한 것은 뉴스 영화에서 본 적이 있었다. 폴란드 우체국의 방위전이 끝났을 때도 비슷한 복종의 장면이 있었다. 하지만 쿠르트 녀석까지 어른 흉내를 낸다는 것은 나로서는 납득이 가지 않았다. 녀석은 자기 아버지인 나를 모범으로 삼았어야 했다. 아버지가 아니라면 개미들이라도 본받았어야 했다. 그런데 네모난 제복을 입은 패거리 가운데 세 명이 곧바로 그레프 미망인에게 흥미를 가졌기 때문에 경직되어 있는 사람들 사이에서 일종의 움직임이 일어나게 되었다. 과부 생활을 그토록 오래한 데다가 지난 사순절 이래 금욕에 길들여져 있었던지라, 그레프 부인은 이처럼 힘찬 침입이 있으리라고는 거의 예상하지 못했었다. 그래서 그녀는 처음에는 놀란 나머지 비명을 질러 댔지만, 거의 잊고 지내던 그 자세에 금방 익숙해질 수 있었다.

나는 러시아인이 아이들을 좋아한다는 사실을 라스푸틴을 읽으면서 알았다. 마침내 나는 우리 지하실에서 이것을 직접 체험하게 되었던 것이다. 까닭도 없이 떨고 있던 마리아로서는 그레프 부인에게는 관심이 없는 네 사내가 쿠르트를 그녀의 무릎에다 그대로 앉혀 놓고는, 자기들이 대신 그 자리에 교대로 앉을 생각을 하지 않는 것이 도무지 이해가 가지 않았다. 그들은 오히려 쿠르트의 머리를 쓰다듬으며 아이에게 "다다다."라고 말하기도 하고, 게다가 아이의 뺨에 이어 마리아의 뺨까지 토닥거리는 것이 아닌가.

누군가가 나와 내 북을 콘크리트 바닥에서 안아 올렸다. 그래서 나는 계속하여 이리저리 비교하며 개미들을 관찰하고, 개미들의 근면성을 척도로 삼아 시대의 사건을 재는 것을 할 수 없게 되었다. 내 양철은 나의 배 앞에 매달려 있어서 눈에 띄었다. 그래서 커다란 마마 자국이 있는 건장한 사내가 두툼한 손가락으로 내 북을 잠시 두드렸다. 어른치고는 결코 서투른 솜씨가 아니어서 거기에 맞추어 춤을 출 수도 있을 정도였다. 오스카는 이에 보답하기 위해 몇 곡 정도를 양철로 연주해 주고 싶었지만 그럴 수가 없었다. 마체라트의 당 배지가 여전히 그의 왼손 바닥에 꽂혀 있었기 때문이다.

우리의 지하실은 거의 평화롭고 가족적인 분위기가 되었다. 그레프 부인도 번갈아 가며 세 사내 아래 누워 있는 동안 점차로 조용해졌다. 이 세 사내 중의 한 명이 만족하고 났을 때, 오스카는 정말 재능이 있는 우리의 북치기의 손으로부터 땀을 흘리고 있는 사내의 손으로 넘겨졌다. 눈이 약간 째진 것으로 보아 칼뮈크인인 것으로 보이는 이 사내는 나를 왼팔로 재빨리 받아 안으면서 오른손으로는 바지의 단추를 채웠다. 그리고 그의 전임자인 그 북치기가 그와 정반대의 동작을 하는데도 화를 내지 않았다. 마체라트에게는 아무런 변화도 일어나지 않고 있었다. 그는 채소 요리가 든 하얀색의 양철 통조림이 놓여 있는 선반 앞에 서서 여전히 두 손을 높이 들고 있었다. 그래서 손금이 전부 드러나 있었지만, 그의 수상(手相)을 보아 주려는 사람은 아무도 없었다. 이와는 달리 여자들의 상황 적응력은 놀랄 만한 것으로 입증되었다. 마리아는 처음으로 러시아말 몇 마디를 배웠고, 더 이상 무릎을 떨지 않았을 뿐만 아니라 웃기까지 했다. 하모니카가 가까이에 있다면 불어 댈 태세였다.

그러나 그처럼 재빨리 적응할 수는 없었던 오스카는 개미들의 대용품을 찾다가, 칼뮈크인의 깃 가장자리에서 기어가고 있던 몇 마리의 납작한 회갈색의 생물을 발견하고는 그것을 관찰하는 데 몰두했다. 가능하다면 이 한 마리를 잡아 조사해 보고 싶었는데, 그것은 내 독본(讀本)에도 이에 대한 언급이 나오기 때문이었다. 괴테의 경우는 별로 그렇지 않지만, 라스 푸틴의 경우는 이에 대한 이야기가 아주 빈번하게 나오는 것 이다. 그러나 한 손만으로는 이를 잡을 수 없었기 때문에 나 는 배지를 손에서 버리려고 생각했다. 나의 행위를 자세히 설 명할 필요가 있기에 오스카로 하여금 말을 하도록 하겠다. 칼 뮈크인은 이미 여러 개의 훈장을 가슴에 달고 있었기 때문에 그에게 배지를 줄 필요는 없었다. 그래서 나는 내 손을 찌르면 서 이 잡기를 방해하는 그 배지를 내 옆에 서 있는 마체라트 에게 손에 쥔 채 내밀었던 것이다.

사람에 따라서는 내가 그러지 말았어야 했다고 말하기도 한다. 또 마체라트가 그런 것을 받을 필요가 없었다고 말하는 사람도 있다.

어쨌든 그는 손을 뻗쳤고, 나는 배지를 놓았다. 마체라트는 그의 손가락 사이에서 배지를 알아차리고는 차츰 놀라는 기 색을 보였다. 이제 두 손이 모두 자유롭게 된지라, 나는 마체 라트가 배지를 어떻게 할 것인가에 대해서는 아무런 관심도 없었다. 이를 쫓기에는 너무 산만해져 있었기 때문에 오스카 는 다시 개미들에게 신경을 돌리려고 했다. 그러나 마체라트 가 급하게 손을 움직이는 것이 눈에 들어왔다. 당시에 오스카 가 무슨 생각을 했는지는 지금 기억나지 않는다. 여하튼 마체라트는 그 알록달록하고 둥근 물건을 그대로 태연하게 손에 쥐고 있는 것이 현명했을 것이다.

그런데도 그는 그 물건으로부터 벗어나려고만 했다. 그리하여 요리사로서 또한 식료품점 쇼윈도의 장식가로서 때때로 실증한 바 있는 풍부한 상상력에도 불구하고, 그는 자신의 목구멍 이외에는 숨길 장소를 발견하지 못하고 말았다.

하지만 그러한 짧은 순간의 손놀림이 얼마나 중대한 결과를 초래하고 말았는가! 손에서 입으로의 단순한 동작은 마리아의 좌우에 평화롭게 앉아 있던 두 명의 이반을 깜짝 놀라게 하여 방공호의 임시 침대로부터 벌떡 일어나게 하기에 충분했다. 그들은 자동 권총을 겨눈 채 마체라트의 배 앞으로 다가갔다. 마체라트가 무언가를 삼키려 하고 있다는 것은 누가 보아도 분명했다.

그가 세 개의 손가락으로 최소한 배지의 핀만이라도 미리 잠구어 두었어야 했다. 이 처치곤란한 배지가 목구멍에 막히고 말았던 것이다. 얼굴이 벌겋게 달아올랐고, 눈은 튀어나올 것 같았다. 캭캭거리면서 울고 웃고 야단법석을 부렸다. 이처럼 한꺼번에 온갖 감정이 밀어닥쳤기 때문에 그는 더 이상 두 손을 들고 있을 수도 없었다. 하지만 이반들은 이것을 용서하지 않았다. 그들은 소리를 지르며 다시 그의 손바닥을 보려고 했다. 그러나 마체라트는 완전히 그의 호흡 기관에 정신을 빼앗기고 있었다. 이제는 기침조차도 제대로 나오지 않았다. 그는 춤을 추기 시작했고 팔을 휘두르며, 채소 요리가 든 흰 양철 통조림 두세 개를 선반에서 쓸어내렸다. 그러자 지금까지

가늘게 째진 눈으로 말없이 사태를 관망하던 칼뮈크인이 나를 조심스럽게 내려놓고는, 뒤로 손을 뻗치는가 하더니, 무언가를 수평으로 겨누며 허리 근처에서 쏘았다. 마체라트가 질식하는 것을 기다리지도 않고, 탄창이 완전히 빌 때까지 쏘았다.

운명이 얼굴을 드러내는 순간이라면 못할 일이 무엇이 있겠는가. 나의 추정상의 아버지는 당(黨)을 꿀꺽 삼키고 죽었다. 그런데도 나는 그것을 깨닫지도 못하고, 아니 깨달으려고도 하지 않았다. 대신에 칼뮈크인의 옷에서 방금 잡은 이를 손가락 사이에서 눌러 으깨고 있었다. 마체라트는 개미들의 길 위로 비스듬히 넘어져 있었다. 이반들은 지하실 계단을 올라가 가게 쪽으로 나갔으며, 인조 벌꿀 두세 봉지를 가지고 갔다. 나의 칼뮈크인이 맨 뒤에 따라갔으나, 그는 한 봉지의 인조 벌꿀도 집어 가지 않았다. 자동 권총에 새 탄창을 끼워야 했기 때문이었다. 그레프 미망인은 온통 풀어 헤쳐진 채 마가린 상자 사이에서 몸을 비비 틀고 있었다. 마리아는 쿠르트를 눌러서 질식이라도 시킬 듯이 꼭 껴안고 있었다. 그 순간 괴테에게서 읽었던 한 구절이 내 머릿속에 떠올랐다. 개미들은 변화된 상황을 깨달았다. 하지만 돌아가는 길을 택하기를 꺼려하지 않으면서, 구부러진 채 쓰러져 있는 마체라트를 우회하는 새로운 군사 도로를 구축했다. 터진 자루에서 졸졸 새어 나오는 설탕은, 로코소프스키 원수 휘하의 군대가 단치히 시를 점령하고 있는 동안에도 그 단맛을 조금도 잃지 않았던 것이다.

자라야 하나 말아야 하나

맨 처음에는 루기인[10]이 왔다. 이어서 고트인과 게피트인[11]이 오고, 그 후에 오스카의 직계 조상이 되는 카슈바이인이 왔다. 그리고 곧 폴란드인들이 프라하 출신의 아달베르트라는 사람을 보냈다. 십자가를 가지고 온 이 사내는 카슈바이인 또는 프루츠인에게 도끼로 살해당했다. 한 어촌에서 일어난 사건이었는데, 그 마을의 이름은 기다니츠였다. 기다니츠는 단치크가 되고 단치크는 단치히가 되었으며, 그 뒤로 단치히로 표기되다, 오늘날에는 단치히가 그단스크라고 불리고 있는 것이다.

그러나 이 같은 철자로 씌어지기 전에, 카슈바이인의 뒤를

---

10) 고대 게르만의 한 부족.
11) 동(東)게르만족의 한 부족.

따라 포메른의 공작들이 기다니츠로 왔다. 이들의 이름은 수비슬라우스, 삼보르, 메스트빈, 그리고 스반토폴크 등이었다. 마을은 작은 도시로 변했다. 어느 날 난폭한 프루츠인들이 쳐들어와 도시를 다소 파괴했다. 이어서 브란덴부르크인들이 멀리서 와서 역시 도시를 조금 파괴했다. 폴란드인인 보레스라브도 약간 파괴하기를 원했고, 기사단도 마찬가지를 원했다. 그리하여 겨우 아물어 가던 상처가 기사들의 칼날 아래 다시 피를 흘리게되었다.

그 후 몇 세기 동안 포메론의 공작들, 기사단장들, 폴란드의 왕들과 반역(反逆)왕들, 브란덴부르크의 백작들과 블로클라벡의 주교들이 번갈아 가며 파괴와 재건의 유희를 되풀이했다. 건축을 청부한 자와 철거를 청부한 자의 이름은 오토와 발베마르, 보구사, 하인리히 폰 플로츠케—그리고 디트리히 폰 알텐베르크였다. 그리고 이 마지막 사람이 기사의 성을 세운 장소가 20세기에 들어와 폴란드 우체국을 방위하던 헤벨리우스 광장 옆이었다.

후스[12]의 신봉자들이 쳐들어와 여기저기 불을 지른 후 퇴각했다. 그러고 나서 시민들은 기사단 기사들을 시내 밖으로 추방하고 성을 파괴해 버렸다. 시내에 성이 있는 것을 원하지 않

---

12) 얀 후스(Jan Hus, 1370?-1415). 보헤미아(Bohemia)의 종교 개혁가. 1402년 이래 프라하 대학 총장 및 프라하 베들레헴 성당 주임 신부를 지냄. 위클리프(Wycliffe)의 영향을 받아 예정구제설(豫定救濟說)을 주장. 교회 개혁에 나섰다가 교황의 파문을 받고 이단자로 화형에 처해졌고, 나중에 후스 전쟁의 원인이 되었음.

왔기 때문이었다. 그러다가 이 도시는 폴란드령이 되었는데 이번에는 일이 비교적 순탄하게 진행되었다. 이것을 달성한 왕은 카치미에르츠라는 이름의 대왕이었으며, 블라디슬라프 1세의 아들이었다. 그 후에 루드비히가 왔고, 루드비히의 뒤를 이어 그의 딸인 헤드비히가 왔다. 그녀는 리투아니아의 야기엘로와 결혼했다. 그리하여 야기엘로 왕가의 시대가 시작되었다. 블라디슬라프 2세에 이어 블라디슬라프 3세가 계승하였고, 또다시 카치미에르츠라는 자가 왕이 되었다. 이 왕은 정말 싸울 생각이 없었는데도, 기사단과의 전쟁을 13년 동안이나 계속하여 단치히 상인의 돈을 몽땅 허비하고 말았다. 이와는 반대로 요한 알브레히트는 터키인들과 싸워야만 했다. 알렉산더를 이어서 지기스문트 노왕(老王)이나 지기스문트 슈타리라고 불리는 자가 왕이 되었다. 역사책에서는 지기스문트 아우구스트를 다루는 장(章) 다음에 저 슈테판 바토리에 관한 장이 이어지는데, 폴란드인들은 그들의 원양 항로 기선에 곧잘 이 사람의 이름을 갖다 붙이곤 한다. 이 왕은 꽤 오랫동안 이 도시를 포위 공격하며 포격을 퍼부었으나—책에 그렇게 적혀 있다—점령하지는 못했다. 이어서 스웨덴 사람들이 와서 같은 식으로 공격했다. 이들은 도시를 포위 공격하는 것에 흥미가 있었던지 그 후에도 몇 번이나 같은 짓을 되풀이했다. 또한 당시의 네덜란드 사람들이나 덴마크 사람들이나 영국 사람들은 단치히 항을 매우 좋아했던 것 같다. 단치히 앞바다를 순항한 다수의 외국 선장들은 대개 영웅이 되었으니까 말이다.

올리바의 평화—그 얼마나 아름답고 평화스러운 말인가.

열강들은 그곳에서 폴란드 땅을 매우 적절하게 분할할 수 있다는 사실을 처음으로 깨달았던 것이다. 스웨덴, 스웨덴, 다시 한번 스웨덴—스웨덴 요새, 스웨덴 음료, 스웨덴 교수대. 그러고 나서 러시아인과 작센인이 쳐들어왔다. 이 도시에 불쌍한 폴란드 왕 슈타니슬라프 레스친스키가 숨어 있었기 때문이었다. 단 한 사람의 왕 때문에 1800채의 가옥이 파괴되었다. 그리하여 불쌍한 레스친스키는 자기 사위인 루드비히가 살고 있는 프랑스로 달아났다. 그러나 단치히 시민들은 그 때문에 백만 배의 대가를 지불해야 했다.

그 이후 폴란드는 세 차례 분할되었다. 부르지도 않았는데 프로이센인들이 쳐들어와 시의 모든 성문에 있는 폴란드의 검독수리 문장(紋章) 위에 그들의 새를 덧칠해 버렸다. 학교 선생인 요하네스 팔크가 성탄절 노래인 「오오, 너 기쁜……」의 가사를 막 끝내자마자 프랑스인들이 닥쳐왔다. 나폴레옹이 보낸 라프라는 이름의 장군이었다. 포위 공격에 시달렸던 단치히 시민은 이 장군에게 2000만 프랑의 돈을 지불해야 했다. 프랑스인들이 지배한 시대가 공포의 시대였다는 것은 별로 의심할 여지가 없다. 그러나 이 시대는 7년 만에 끝났다. 이번에는 러시아인과 프로이센인이 와서 이 곡창의 섬을 포격하여 불태웠던 것이다. 나폴레옹이 생각해 내었던 자유 공화국도 이것으로 끝장이었다. 프로이센 인들은 다시 시내를 돌아다니며 성문마다 그들의 새를 열심히 붓칠하였다. 그리고 우선 프로이센식으로 제4근위 연대, 제1포병 여단, 제1공병 대대와 제1근위 경기병 연대를 시내에 배치하였다.

제30보병 연대, 제18보병 연대, 제3보병 근위 연대, 제44보병 연대 그리고 제33경보병 연대는 단치히에 일시적으로만 주둔했다. 이와는 달리 저 유명한 제128보병 연대는 1920년이 되어서야 철수했다. 조금도 빠뜨리지 않고 보고드리기로 하자면, 프로이센 시대에 제1포병 여단이 제1동프로이센 포병 연대의 제1요새 대대와 제2보병 대대로 확충되었다. 거기에 다시 포메른인으로 구성된 제2보병·포병 연대도 합쳐졌다. 그런데 이것은 나중에 제16서프로이센 보병·포병 연대와 교체되었다. 제1근위 경기병 연대는 제2근위 경기병 연대가 인계받았다. 이와는 반대로 제8창기병 연대는 짧은 기간 동안만 시의 성벽 안에 주둔했다. 그 대신 성벽 밖의 교외 랑푸우르에는 제17서프로이센 병참 대대가 막사를 짓고 주둔했다.

　　부르크하르트와 라우쉬닝과 그라이저의 시대 동안 이 자유시에는 녹색 옷을 입은 보안 경찰만 있었다. 그러나 39년 포르스터 아래에서 사정이 돌변했다. 벽돌로 만든 병사(兵舍)마다 온갖 무기들로 묘기를 부리며 쾌활하게 웃는 제복의 사내들로 다시 가득 찼다. 그리고 39년에서 45년 사이에 걸쳐 단치히와 그 주변 지대에 주둔했던 부대들과 단치히에서 승선하여 북빙양 전선을 향해 떠났던 부대 이름을 이 자리에서 빠짐없이 열거하는 것도 가능하기는 하다. 그러나 오스카는 그것을 그만두기로 한다. 다만 우리가 알고 있는 바와 같이 그 후에 로코소프스키 원수가 왔다는 사실만 말하겠다. 이 자는 이 신성한 도시를 보는 순간 그의 위대한 국제적 선배들을 기억해 내고는, 우선 포격으로 전 시가지를 불타오르게 함으로

써 그의 뒤에 오는 자들이 광분하며 재건할 수 있도록 배려해 주었던 것이다.

그런데 이상한 것은 이번에는 러시아인의 뒤를 이어 프로이센인, 스웨덴인, 작센인, 프랑스인들이 오지 않고 폴란드인들이 닥쳐왔다는 사실이다.

폴란드인들이 빌나, 비알리스톡, 렘베르크로부터 이삿짐을 끌고 몰려와 거주할 집을 찾았다. 우리 집에는 파인골트라는 남자가 들어왔다. 그는 홀몸이었음에도 불구하고 언제나 자기 주위에 많은 가족들이 있어서, 그들에게 이런저런 지시를 내리지 않으면 안 되는 것처럼 행동했다. 파인골트 씨는 즉시에 식료품점을 넘겨받고는, 눈에 보이지도 않고 따라서 대답도 하지 않는 그의 처인 루바에게 가게 안을 구경시켜 주었다. 십진법식의 천칭과 석유 탱크, 놋쇠로 만든 소시지 꼬챙이와 빈 금고, 그리고 함박웃음과 함께 지하실의 저장품들을 보여 주는 것이었다. 그는 마리아를 즉시에 점원으로 고용하고는 상상 속의 마누라인 루바에게 입에 침이 마르도록 추천했다. 마리아는 이 파인골트 씨에게 벌써 3주일째 텐트 천막을 덮어쓴 채 지하실에 누워 있던 우리들의 마체라트를 보여 주었다. 거리에서 자전거며 미싱이며 여자들을 음미하고 있던 수많은 러시아 군인들 때문에 그를 매장하지 못하고 있었던 것이다.

파인골트 씨는 우리가 똑바로 눕혀 놓았던 시체를 보는 순간 정말 놀랐다는 듯이 머리 위에서 두 손으로 손뼉을 쳤다. 오스카는 수년 전 지기스문트 마르쿠스가 이와 비슷하게 행동하는 것을 본 적이 있었다. 파인골트 씨는 그의 처인 루바뿐만 아니라 가족 전체를 지하실로 불러들였다. 그리고 모든 사람들이 분명히 오고 있다고 생각한 모양이었다. 왜냐하면 그는 루바, 레브, 야쿠브, 베레크, 레온, 멘델, 소냐, 라고 한 사람 한 사람씩 이름을 부르며, 여기에 죽어서 누워 있는 사람이 누구인지를 설명했기 때문이었다. 그러고 나서 그는 우리를 향해, 방금 자기가 부른 사람들도 트레블린카 화장터의 가마 속에 들어가기 전에는 모조리 이런 식으로 누워 있었노라고 설명해 주었다. 자기 형수도, 또 다섯 아이를 거느린 그녀의 형부도 이런 꼴을 당했으며, 자기만이 즉, 파인골트 씨만이 소독제를 뿌려야 했기 때문에 살아남았노라고 늘어놓았다.

그는 우리가 마체라트를 계단으로 해서 가게로 운반해 올리는 것을 도와주었다. 그러면서도 자기 가족들이 여전히 자기를 따라오게 했고, 부인인 루바에게는 시체를 씻는 마리아를 도와주도록 부탁했다. 그러나 루바는 돕지 않았으며, 파인골트 씨도 더 이상 신경 쓰지 않았다. 지하실로부터 가게 안으로 저장품들을 나르느라고 바빴기 때문이었다. 게다가 트루친스키 아주머니의 시체를 씻어 주기까지 했던 그레프 부인도 이번에는 우리를 도와주지 않았다. 그녀의 집에는 러시아 군인들로 가득차 있었고, 그녀가 노래하는 소리까지 들려오는 형편이었던 것이다.

하일란트 노인도 처음에는 관 짜는 일을 맡으려 하지 않았다. 점령 초기에 일찌감치 구두 수선 일을 발견한 그는 행군 중에 닳아 버린 러시아 병사들의 장화 바닥의 창을 갈아 주고 있었기 때문이다. 그러나 파인골트 씨가 그와 교섭을 벌여, 하일란트 노인의 창고에 보관해 두었던 전동기와 우리 집 가게의 더어비 담배를 교환해 주었다. 그러자 노인은 장화를 옆으로 치우고 다른 연장과 마지막으로 남은 판자들을 가져왔다.

집을 쫓겨 나온 후 우리는 파인골트 씨의 배려로 지하실을 양도받기 전까지 트루친스키 아주머니의 집에서 살았다. 이 집은 이웃 사람들과 닥쳐온 폴란드 사람들로 인하여 완전히 폐허처럼 되어 있었다. 하일란트 노인은 부엌에서 거실로 통하는 문짝을 떼 내었다. 거실에서 침실로 통하는 문은 트루친스키 아주머니의 관을 짜는 데 이미 써 버렸기 때문이었다. 아래쪽, 안뜰에서 그는 더어비 담배를 피우며 상자를 짜고 있었다. 우리는 위쪽 방에 남아 있었다. 나는 단 하나 방 안에 남아 있는 의자를 들고 가 유리가 산산조각 난 창을 밀어젖힌 채 노인이 일하는 모습을 내려다보고는 화를 냈다. 그가 정식대로 발 쪽을 좁게 만들지도 않고 아무렇게나 상자를 짜고 있었던 것이다.

오스카는 마체라트의 모습을 더 이상 볼 수 없었다. 그의 관이 그레프 미망인의 짐수레에 실렸을 때는, 비텔로표(標) 마가린 상자의 판자로 만든 뚜껑에 이미 못질이 되어 있었기 때문이었다. 살아 있는 동안 마체라트는 마가린을 먹지 않았을뿐더러, 요리하는 데 쓰는 것조차 꺼려 했는데도 말이다.

마리아는 거리의 러시아 군인들이 무서워 파인골트 씨에게 동행을 부탁했다. 카운터 위에 쪼그리고 앉아 종이컵에 들어 있는 인조 벌꿀을 떠먹고 있던 파인골트 씨는 처음에는 자기 처인 루바의 오해를 살까 봐 주저했으나, 이윽고 그의 처로부터 동행 허가를 받은 모양이었다. 그는 카운터에서 미끄러져 내려와 내게 인조 벌꿀을 넘겨주었고, 나는 그것을 다시 쿠르트에게 인계했다. 녀석은 이것을 모조리 먹어 치웠다. 그동안 파인골트 씨는 회색 토끼의 모피가 달린 검은색의 긴 외투를 마리아의 도움을 받아 몸에 걸쳤다. 그러고 나서 자기 처에게 누구에게도 문을 열어 주지 말도록 단단히 이르면서 가게문을 닫았다. 아니, 닫기 전에 자기에게는 너무 작은 실크 해트 아래로 머리를 밀어넣었다. 마체라트가 이전에 각종 장례식이나 결혼식 때 쓰고 다니던 것이었다.

하일란트 노인은 짐수레를 시립 묘지까지 끌고 가는 것을 거절했다. 밑창을 대어야 할 장화들이 있어서 일을 곧 처리해야 한다는 것이었다. 그래서 노인은 파괴된 건물의 잔해가 아직도 그을음을 내고 있는 막스 할베 광장에서 왼쪽으로 돌아 브뢰젠베크로 접어들었다. 나는 자스페 쪽으로 가는 것이라고 짐작했다. 러시아 병사들은 2월의 흐릿한 햇볕 아래 집 앞에 앉아 손목시계와 회중시계를 분류하고, 모래로 은수저를 닦고 있었으며, 브래지어를 귀마개로 사용하며, 자전거를 타고 곡예를 부리기도 했다. 그들은 유화(油畵)며 탁상시계며 목욕통이며 라디오며 옷걸이 등으로 장애물을 만들어 놓고 그 사이를 8자(字)와 소용돌이와 나사꼴을 그리면서 달렸다. 게다가 창에서 내던져지는 유모차며 매다는 램프 같은 것들을 날렵하게 피하는 뛰어난 솜씨를 발휘하여 갈채를 받았다. 우리가 지나가는 수 초 동안 경기는 중단되었다. 제복 위에 여자 속옷을 뒤집어쓴 몇 명의 병사가 우리의 짐수레를 밀어 주었으며, 또한 마리아에게도 손을 뻗치려 했으나, 러시아 말을 할 줄 알고 증명서도 가지고 있는 파인골트 씨가 그들을 제지했다. 그 와중에 부인 모자를 쓴 한 병사가 우리에게 잉꼬 한 마리가 횃대에 앉아 있는 새장 하나를 주었다. 그러자 수레 옆을 깡충거리며 뛰고 있던 쿠르트가 즉시에 이 현란한 깃털을 붙잡아 뽑으려고 했다. 마리아는 일단 받은 선물을 도로 돌려줄 수는 없어서 쿠르트의 손이 미치지 않도록 짐수레 위에 있는 나에게 올려 주었다. 그러나 오스카는 잉꼬의 현란한 빛깔이 마음에 들지 않았기 때문에, 마체라트를 위해 크게 확대시킨 마가린 상자 위에다 새와 함께 새장을 올려놓았다. 나는 맨 뒤쪽에 걸터앉아 다리를 흔들거리며 파인골트 씨의 얼굴을 쳐다보고 있었는데, 주름투성이의 그의 얼굴은 너무도 사색적이어서 침울한 인상을 주기까지 했다. 우리의 신사 양반은 잘 풀리지 않는 복잡한 계산에 골몰하고 있는 것 같았다.

나는 잠시 동안 내 양철을 두드렸다. 밝게 연주하여 파인골트 씨로부터 침울한 생각을 쫓아내려 했던 것이다. 그러나 그는 여전히 이맛살을 찌푸리고 있었으며, 그의 시선은 어딘지는 모르겠으나 먼 갈리치아를 향하고 있는 것 같았다. 그는 내 북 따위는 아예 쳐다보지도 않았다. 그래서 오스카는 포기하고 말았다. 그리하여 이제는 짐수레 굴러가는 소리와 마리아의 울음소리만 요란하게 들려왔다.

참으로 온화한 겨울이구나, 라고 생각하며 나는 랑푸우르 거리에 늘어선 마지막 집들을 뒤로 하였다. 그리고 잉꼬도 잠시 쳐다보았는데, 이 새는 그동안 비행장 위에 걸려 있는 오후의 태양을 향해 날개를 퍼득이고 있었다.

비행장에는 경비병이 서 있었고, 브뢰젠으로 통하는 도로는 봉쇄되어 있었다. 한 사람의 장교가 파인골트 씨와 말을 했다. 파인골트 씨는 이야기하는 동안 펼친 손가락 사이에 실크 해트를 끼우고 있었고, 적갈색의 엷은 머리카락을 바람에 나부끼고 있었다. 장교는 잠시 조사라도 하는 듯 마체라트의 상자를 두들기고, 손가락으로 잉꼬를 놀리더니 우리들의 통행을 허가했다. 그러나 기껏해야 열여섯 살도 안 돼 보이는 두 명의 애송이를—이들은 너무 작은 군모와 너무 큰 자동 권총을 몸에 지니고 있었다—감시 겸 동행으로 딸려 보냈다.

하일란트 노인은 단 한 번 뒤돌아보는 법도 없이 수레를 끌었다. 게다가 그는 수레를 세우지 않고 끌고 가면서도, 한 손으로 담뱃불을 능숙하게 붙일 줄 알았다. 하늘에는 비행기가 떠 있었고, 엔진 소리가 아주 분명하게 들려왔다. 2월 말이나 3월 초였기 때문이다. 태양 주변에만 두세 조각 떠돌고 있던 구름은 차츰 퇴색돼 갔다. 폭격기들은 헬라로 향하기도 하고, 헬라 반도에서 되돌아오기도 했다. 그곳에서는 아직 제2군의 잔류 부대가 싸우고 있었던 것이다. 날씨와 엔진의 붕붕거리는 소리가 나를 우울하게 했다. 번갈아서 높아졌다 낮아졌다 하는 비행기 엔진 소리만 가득한 채, 구름도 없는 3월의 하늘. 이보다 더 지겹고 더 권태로운 것이 있겠는가. 게다가 동행한 두 명의 러시아 애송이들은 가는 도중 내내 발걸음을 맞추려고 부질없는 노력을 계속했다.

처음에는 자갈이 깔린 도로를, 다음에는 포탄 구멍이 여기저기 패인 아스팔트 길을 달리다 보니 속성으로 짜 맞춘 관의 판자 몇 개가 느슨해진 모양이었다. 거기에다 또 우리가 바람을 거슬러 간 탓도 있었으리라. 어쨌든 마체라트의 시체에서 썩는 냄새가 나고 있었기 때문에, 우리 일행이 자스페 묘지에 닿자 오스카는 안도의 한숨을 내쉬었다.

우리는 짐수레를 철제의 격자문(格子門) 바로 가까이까지 갖다 댈 수는 없었다. 불에 탄 T-34 전차가 묘지 바로 앞에서 비스듬하게 도로를 가로막고 있었던 것이다. 그러니 노이파르바서 방면으로 나아가던 다른 전차들은 길을 돌아가야만 했을 것이고, 실제로도 도로 왼쪽의 모래밭에는 바퀴 자국이 남아 있었으며, 묘지의 담 일부도 무너져 있었다. 파인골트 씨는 하일란트 노인에게 뒤로 돌아가도록 부탁했다. 그들은 가운데가 조금 휘어진 관을 전차 바퀴 자국을 따라서 운반하여 가다가 무진 고생을 하며 무너진 담장을 넘었다. 그리고 다시 최후의 힘을 끌어모아 넘어진 묘석과 기울고 있는 묘석 사이를 조금 걸어가 마침내 목적지에 도달했다. 하일란트 노인은 굶주린 듯 담배를 빨아들여 그 연기를 관 끝에다 뿜었다. 나는 잉꼬가 횃대에 앉아 있는 새장을 들고 왔다. 마리아는 삽을 두 자루 끌고 따라 왔다. 쿠르트는 곡괭이를 가져왔다. 그는 곡괭이를 마구 휘둘렀고, 위험천만하게도 묘지의 회색 화강암을 두들겼다. 마침내 그에게서 곡괭이를 빼앗은 그녀는 건강을 과시라도 하듯 묘를 파는 두 남자를 도왔다.

이곳이 모래땅이고 얼어 있지 않은 것을 정말 다행으로 여기며 나는 북쪽 담장 뒤로 가서 얀 브론스키의 무덤을 찾았다. 하지만 여긴 것 같기도 하고 저긴 것 같기도 해서 정확한 위치를 확인할 수 없었다. 이전에는 보란 듯이 선명하던 흰 페인트칠이 세월이 흐르는 동안 자스페 묘지의 다른 담장과 마찬가지로 흐릿한 회색이 되고 말았던 것이다.

뒤쪽 격자문을 통해 다시 돌아온 나는 헛된 일에 마음을 뺏기지 않으려고 말라비틀어진 소나무 쪽을 올려다보며, 이젠 마체라트마저 땅에 묻히는구나, 라고 생각했다. 그러자니 한편으로는 이상야릇한 느낌도 들었다. 나의 불쌍한 어머니가 여기에 묻히지 않았는데도, 스카트 놀이를 함께 즐기던 브론스키와 마체라트가 여기 똑같은 모래땅 아래 묻히는 것이 아닌가.

매장이란 언제나 다른 매장을 떠올리게 하는 법! 모래땅은 쉽사리 굴복하려 하지 않으면서, 더 능숙한 무덤 일꾼을 데려오라고 요구하는 것 같았다. 잠시 쉬면서 곡괭이에 기대어 가쁜 숨을 몰아쉬던 마리아는 쿠르트를 발견하자 또다시 울기 시작했다. 녀석은 멀찌감치 떨어진 곳에서 새장 안의 잉꼬를 향해 돌을 던지고 있었다. 돌은 명중되지 않고 너무 멀리 날아갔다. 마리아는 진심으로 흐느끼며 울었다. 마체라트를 잃어버렸기 때문이었다. 그리고 내 생각으로는 마체라트가 거의 주지 않았던 것이긴 하지만, 앞으로도 분명히 그리고 사랑스럽게 그녀에게 남아 있을 그 어떤 것이 마체라트와 함께 가 버렸다고 생각하기 때문이었다. 파인골트 씨는 위로의 말을 하며 이 기회를 이용해 일손을 멈추었다. 무덤 파는 것이 그에게는 너무 힘든 일이었다. 반면에 하일란트 노인은 금덩이라도 찾는 듯이 변함없는 속도로 삽질을 하며 퍼낸 흙을 등 뒤로 던졌고, 담배 연기도 일정한 간격으로 뱉어 냈다. 조금 떨어진 곳에서는 두 명의 러시아 소년이 묘지의 담장에 걸터앉아 바람을 마주한 채 수다를 떨고 있었다. 하늘에는 비행기들이 떠 있었고, 태양은 점점 더 따뜻해졌다.

1미터쯤 파내려 간 모양이었다. 오스카는 빈둥빈둥 어찌할 바를 모른 채 오래된 화강암 사이에, 말라비틀어진 소나무들 사이에, 마체라트의 미망인과 쿠르트 사이에 서 있었다. 녀석은 여전히 잉꼬를 향해 돌을 던지고 있었다.

자라야 하나 말아야 하나? 너는 스물한 살이다, 오스카야. 너는 자랄 것인가 말 것인가? 너는 고아다. 너는 결국은 자라야 한다. 너의 불쌍한 어머니가 돌아가신 후 너는 이미 절반은 고아였다. 이미 그때에 너는 결심했어야 했다. 그러고 나서 그들이 너의 추정상의 아버지인 얀 브론스키를 땅껍질 바로 아래에 눕혔다. 그리하여 너는 추정상의 완전한 고아가 되어, 자스페라고 불리는 이 모래밭 위에 서서 살짝 녹이 슨 탄피를 쥐고 있었다. 비가 내리고 있었고, Ju-52 한 대가 착륙 중이었다. 그때 이미 빗소리 속에서가 아니면 착륙 중인 수송기의 엔진 소리 속에서, 이 '자라야 하나 말아야 하나?'의 물음이 분명히 들려오지 않았던가? 그러자 너는 자신에게 타일렀다. 이것은 빗소리야, 저것은 엔진 소리야. 이런 단조로운 소리들은 이렇게도 저렇게도 해석되는 법이야라고. 이처럼 너는 막연하게 추정하는 것이 아니라 보다 분명한 형태로 듣고 싶어 했던 것이다.

자라야 하나 말아야 하나? 지금 그들은 너의 두 번째 추정상의 아버지인 마체라트를 위해 구멍을 파고 있다. 네가 아는 한, 이제 추정상의 아버지는 더 이상 존재하지 않는다. 그런데도 너는 왜 자라야 하나 말아야 하나라는 두 개의 푸른 유리 병으로 곡예를 하고 있느냐? 도대체 누구에게 물어보기라도 하겠다는 심사인가? 자기 자신의 존재조차 의문시하는 저 말라비틀어진 소나무를 향해서인가?

이때 나는 가느다란 주철제(鏡鐵製)의 십자가를 발견했다. 거기에는 희미하게 부스러진 장식이 있었고 부스럼 딱지처럼 된 문자가 씌어 있었는데, 마틸데 쿤켈—아니면 룬켈인 것처럼 보였다. 이때 나는 발견했다—자라야 하나 말아야 하나—엉경퀴와 갯보리 사이의 모래 속에서—자라야 하나—서너 개의—말아야 하나—접시만한 크기의, 녹슬고 잘게 부수어진 금속제의 화환들을, 이것들은 이전에—자라야 하나—아마도 떡갈나무 잎이나 월계수를 나타내었을 것이다—말아야 하나—나는 그것들의 무게를 손으로 달아보고—역시 자라야 하겠지—목표를 겨누어 보았다—자라야 하나—튀어나온 십자가의 끝은—말아야 하나—직경이—자라야 하나—약 4센티미터이다—말아야 하나—나는 자신에게 2미터의 간격을 두도록 명령했다—자라야 하나—그리고 던졌다—말아야 하나—바로 그 곁에 떨어졌다—다시 자라야 하나—그 철십자가는 너무 기울어져 있었다—자라야 하나—그것은 마틸데 쿤켈 혹은 룬켈이라는 이름이었다—룬켈이라고 불러야 할 것인가, 쿤켈이라 불러야 할 것인가—여섯 번째로 던졌다. 일곱 번째까지 던지리라고 나는 마음속으로 생각했다. 그런데 여섯 번째까지의 결과는 안 된다는 것이었다. 그래서 나는 일곱 번째를 던졌다―자라야 한다. 마침내 화환이 십자가에 걸렸다―화환을 건 마틸데―자라야 한다―쿤켈 양(孃)을 위한 월계관―자라야 하나, 라고 나는 젊은 부인 쿤켈에게 물었다―그러자 그렇습니다, 라고 마틸데가 대답했다. 그녀는 매우 이른 나이에 죽었다. 겨우 스물일곱 살로 1868년생이었다. 그러나 나는 이제 스물한 살이다. 이제 이 나이에 일곱 번 만에 고리 던지기에 성공한 것이다. 이로써 '자라야 하나 말아야 하나?'라는 물음은 입증이 되었고, 화환으로 장식이 되었고, 목표에 적중했고, '자라야 한다!'라는 형태로 간단해졌다.

그리하여 오스카가 새롭게 결의한 '나는 자라야 한다!'라는 말을 혀 위에 올려놓고 '나는 자라야 한다!'를 마음속에 품은 채 무덤 파는 사람들 옆으로 곧장 다가갔을 때, 잉꼬가 끽끽하며 울었다. 쿠르트 녀석의 돌이 명중했던 것이다. 잉꼬의 푸르고 노란 털이 빠져 떨어졌다. 나는 자문했다. 도대체 내 아들이 무슨 의문 때문에 최후의 명중탄이 대답을 줄 때까지 그렇게 오랫동안 잉꼬를 향해 조그만 돌을 던졌던 것일까.

그들은 대략 1미터 20센티미터 정도의 깊이가 되는 무덤 가장자리까지 관을 밀고 갔다. 하일란트 노인은 마음이 급했지만 잠시 기다려야만 했다. 마리아가 가톨릭식으로 기도를 했고, 파인골트 씨는 나름대로 실크해트를 가슴에 댄 채 눈을 갈리치아 쪽으로 향하고 있었던 것이다. 이제 쿠르트도 가까이 다가왔다. 아마도 그는 돌이 명중된 후 결심을 굳혔을 것이다. 그리하여 이런저런 이유 때문에 무덤 가까이에 왔을 것이고, 결심을 굳혔다는 점에서는 오스카와 같았던 것이리라.

하지만 이 불확실함이 나를 괴롭혔다. 무엇인가에 대해 찬성이나 반대를 하기로 결심한 것은 어쨌든 나의 아들이 아닌가. 그는 이제서야 비로소 내가 유일한 진짜 아버지임을 알아보고 사랑하기로 결심한 것일까? 아니면 너무 늦기는 했지만 이제부터라도 양철북을 손에 대기로 결심한 것일까? 혹은 이렇게 결심하기라도 했단 말인가. 나의 추정상의 아버지인 오스카에게 죽음이 있어라. 나의 추정상의 아버지인 마체라트를 단지 아버지들에게 신물이 난다는 이유만으로 당 배지를 이용하여 죽였으니 말이다. 아니면 쿠르트도 아버지와 아들 사이에 있어 마땅한 어린이다운 애정을 살인으로밖에는 달리 표현할 수 없었단 말인가?

하일란트 노인이 마체라트와 그의 기도(氣道)에 걸려 있는 당 배지와 그의 배 속에 들어 있는 러시아제 자동 권총의 탄환이 들어 있는 관을 무덤 속으로 내던지듯 내려놓았을 때, 오스카는 자기가 고의로 마체라트를 죽였다는 생각이 들었다. 아무리 생각해도 마체라트가 자기의 추정상의 아버지일 뿐만 아니라 진짜 아버지일지도 모른다는 생각이 들었기 때문이고, 또한 일생을 두고 아버지가 따라다닌다면 귀찮을지 모른다는 이유 때문에 말이다.

내가 콘크리트 바닥에서 그 배지를 주워 들었을 때 배지의 핀이 이미 풀려 있었다는 것도 맞지 않는 말이다. 사실을 말하자면 꼭 쥐고 있는 내 손바닥 안에서 비로소 핀이 풀렸던 것이다. 말하자면 나는 부착용 배지의 핀을 일부러 풀어 뾰족하게 만들어 마체라트에게 건네주었던 것이다. 그리하여 러시아인들이 그에게서 배지를 발견하게 되었고, 마체라트가 당(黨)을 혓바닥 위에 올려놓게 되었으며, 그가 당을 위해, 나를 위해, 아들을 위해 배지 때문에 질식할 수 있게 되었던 것이다. 어쨌든 그와 나는 끝장났어야 할 사이가 아닌가!

하일란트 노인이 삽질을 시작했다. 쿠르트도 서툴게나마 노인을 열심히 도와주었다. 나는 이따금 좋아진 적은 있었지만 마체라트를 사랑한 적은 결코 없었다. 그는 아버지로서보다는 요리사로서 나를 보살펴 주었다. 그는 훌륭한 요리사였던 것이다. 오늘날 내가 마체라트의 부재(不在)를 때때로 섭섭하게 생각하는 것도 그의 고기만두, 초를 친 돼지 콩팥 요리, 무와 크림이 딸린 잉어 요리 때문이었다. 그 밖에도 채소를 곁들인 뱀장어 수프, 소금에 절인 양배추를 곁들인 돼지갈비 절임, 그리고 일요일마다 빼놓지 않고 만드는 불고기 요리의 맛은 지금도 내 혓바닥 위에 그리고 이빨 사이에 남아 있다. 참 그러고 보니 감정을 수프로 바꾸어 버리는 그 사람을 위해 관 속에 요리 주걱을 넣어 주는 것을 깜빡 잊어버렸다. 스카트용 카드 한 세트를 넣어 두는 것도 잊었다. 그는 요리하는 것만큼 스카트 놀이를 잘하지는 못했지만, 얀 브론스키보다는 잘했고, 나의 불쌍한 어머니와는 거의 대등한 솜씨였다. 이것이 그의 능력이었고 또 그의 비극이었다. 그런데 내가 그를 절대로 용서할 수 없는 것은 마리아에 대한 일 때문이었다. 물론 그는 그녀에게 잘해 주었고, 때린 적도 결코 없으며, 그녀 쪽에서

싸움을 걸어오더라도 대개는 그가 양보를 하기는 했다. 또한 그는 나를 제국 보건성에 넘기는 것을 거부했고, 우편 배달이 불가능하게 된 후에야 비로소 서류에 서명을 한 일도 있다. 원래 내가 전등 밑에서 태어났을 때, 그는 나로 하여금 자신의 가게를 잇게 할 생각이었다. 하지만 오스카는 카운터 뒤에 서 있고 싶지 않았다. 그래서 17년이 넘는 세월 동안 적백색으로 래커칠한 양철북을 백여 개나 소모했던 것이다. 그런데 지금 마체라트는 누워서 다시는 일어설 수 없다. 하일란트 노인은 그에게 모래를 뿌리며 마체라트의 더어비 담배를 피우고 있었다. 정상대로라면 이제 오스카가 가게를 이어받아야 될 것이다. 그런데 어찌된 세월인지 눈에 보이지 않는 많은 식구들을 거느린 파인골트 씨가 가게를 인수해 버린 것이다. 내게는 그 나머지만 주어졌다. 즉 마리아와 쿠르트, 그리고 이 두 사람을 지킬 책임 말이다.

마리아는 울면서도 여전히 가톨릭식으로 정성어린 기도를 하고 있었다. 파인골트 씨는 아직도 갈리치아를 생각하고 있거나 아니면 복잡한 계산 문제를 풀고 있는 것 같았다. 쿠르트는 지치긴 했지만 끈질기게 삽질을 하고 있었다. 묘지의 담 위에는 여전히 재잘거리고 있는 러시아 소년 두 명이 걸터앉아 있었다. 하일란트 노인은 내내 시무룩한 표정으로 자스페 묘지의 모래를 마가린 상자로 만든 판자 위에 퍼붓고 있었다. 비텔로라는 단어의 세 자모(字母)가 아직 모래에 덮이지 않고 보이고 있을 때, 오스카가 목에 건 양철을 벗겼다. 그리고 이제는 '자라야 하나 말아야 하나!'가 아니라 '자라야 한다!'라고 말하며 관 위에다 북을 던졌다. 거기에는 이미 모래가 충분히 덮여 있어서 덜커덩 소리가 나지 않았다. 나는 북채도 잇따라 던졌다. 북채는 모래 속에 꽂혀 움직일 줄을 몰랐다. 그것은 먼지떨이 시대 이래로 내가 사용하던 북이었다. 전선 극장의 예비품 중의 하나였으며, 베브라가 내게 선물로 준 것이었다. 스승은 나의 이 행동을 어떻게 판단할까? 예수도 그 양철을 두들겼다. 상자처럼 네모나고 커다란 마마 자국이 있는 러시아 병사도 그것을 두들겼다. 그 북의 수명은 이제 얼마 남아 있지 않긴했다. 하지만 모래 한 삽이 북 표면에 떨어지자 북은 그래도 소리를 냈다. 두 번째 삽에도 약간 소리를 냈다. 세 번째에는 더 이상 소리를 내지 않았고, 다만 희게 래커칠한 양철만을 약간 드러내었다. 마침내 그 부분마저도 다른 모래 부분과 똑같이 되어 버리고, 계속해서 모래가 쏟아졌다. 내 북 위에는 모래가 불어나고 쌓이고 성장했다―그러자 나도 성장하기 시작했다. 심하게 코피가 나는 것이 바로 그 증거였다.

쿠르트가 맨 처음에 피를 보았다. "피가 흘러, 피가!"라고 그가 소리를 지르자, 파인골트 씨는 갈리치아로부터 되돌아왔고, 마리아는 기도로부터 되돌아왔다. 여전히 담 위에 걸터앉아 브뢰젠 쪽을 향하여 재잘거리고 있던 두 러시아 소년들까지도 깜짝 놀라며 잠시 동안 이쪽을 돌아다 보았다.

하일란트 노인이 삽을 모래 속에 꽂았다. 그러고는 곡괭이를 들어 그 검푸른 쇠를 내 목덜미에 갖다 대었다. 찬 기운이 효과를 발휘했는지 코피가 조금 멎었다. 하일란트 노인은 어느새 다시 모래를 퍼붓고 있었다. 무덤 옆에는 모래가 얼마 남

지 않았다. 그러는 사이에 코피는 완전히 멎었다. 그러나 성장
은 계속 되었다. 안에서 삐걱삐걱, 와글와글, 딱딱 소리가 들려
왔던 것이다.

하일란트 노인은 무덤을 완성하고 나자, 다른 무덤으로 가
서 비명(碑銘)이 없는 썩은 나무 십자가를 뽑아왔다. 그리고
이것을 방금 만든 둔덕 위 마체라트의 머리 부분과 내 북이
파묻힌 지점의 중간쯤에다 꽂았다. 노인은 "이제 됐어!"라고
말하고는, 발걸음이 느린 오스카를 팔에 안았다. 그러고는 다
른 일행과 자동 권총을 든 러시아 소년들을 데리고서 묘지를
빠져나와 허물어진 담장을 넘고 전차의 바퀴자국을 따라 짐
수레가 있는 곳으로 돌아왔다. 그곳 시내 전차의 선로 위에는
앞서의 전차(戰車)가 여전히 비스듬하게 서 있었다. 나는 어깨
너머로 자스페 묘지 쪽을 뒤돌아보았다. 마리아는 잉꼬 새장
을 들고 있었고, 파인골트 씨는 연장을 들고 있었으며, 쿠르트
는 아무것도 들고 있지 않았다. 두 명의 러시아인은 너무 작은
모자와 너무 큰 자동 권총을 몸에 지니고 있었다. 해안의 소
나무는 휘어져 구부정하게 서 있었다.

모래밭에서 아스팔트 도로로 접어들었다. 전차 잔해 위에
는 슈거 레오가 걸터앉아 있었다. 저 높이 하늘에는 헬라에서
돌아오는 비행기들과 헬라로 가는 비행기들이 날고 있었다.
슈거 레오는 불타 버린 T34 때문에 그의 장갑이 검어질까 봐
조심하고 있었다. 태양은 뭉실 부풀어 오른 구름에 싸여 초포
트 부근, 꼭대기에 타워가 서 있는 산 위로 가라앉았다. 슈거
레오는 전차에서 미끄러져 내려와 똑바로 섰다.

하일란트 노인은 슈거 레오의 모습을 보고 명랑해졌다. "정말이지 이상한 사람이야! 세상이 다 망한다 해도 이 슈거 레오를 때려눕히진 못할 거야." 노인은 비어 있는 한 손으로 친절하게 검은 프록코트를 두들기며 파인골트 씨에게 설명해 주었다. "이 사람은 슈거 레오라고 합니다. 우리에게 동정심을 베풀어 악수를 나누려고 온 것입니다."

사실 그대로였다. 레오는 그의 장갑을 펄럭이고, 언제나처럼 침을 흘리며 참석자 전원에게 애도의 말을 전했다. 그리고 물었다. "주님을 보셨습니까? 주님을 보셨습니까?" 아무도 본 사람은 없었다. 무슨 까닭인지 알 수 없지만 마리아는 잉꼬가 든 새장을 레오에게 주었다.

하일란트 노인이 짐수레 위에 태워 놓은 오스카에게로 다가간 슈거 레오는 얼굴이 일그러졌다. 그의 옷은 바람에 펄럭였다. 그의 다리는 한 가닥 춤을 슬쩍 추었다. 그 순간 그는 "주님이다. 주님이다!"라고 외치고는 새장의 잉꼬를 흔들었다. "보라, 주님을! 주님이 자라고 있다! 보라, 주님이 자라고 있다!"

이렇게 말하며 그의 몸은 새장과 함께 공중으로 던져졌다. 그는 달리고 날고 춤추고 비틀거리고 넘어지면서 도망쳐 사라졌다. 날카로운 소리를 지르는 새와 함께. 자신도 한 마리의 새가 되어, 날개를 펴고 파닥거리며 들판을 가로질러 수로(水路)가 있는 밭쪽으로 날아갔다. 두 자루의 자동 권총 소리 사이사이로 그의 외침 소리가 들려왔다. "주님이 자란다, 자란다!" 두 러시아 소년이 재장전해야 했을 때도 그의 목소리는 여전히 들려왔다. "주님이 자란다!" 자동 권총 소리가 다시 울

리기 시작했다. 오스카는 층계 없는 계단 아래로 떨어져 내려
갔다. 오스카는 점점 확대되면서 모든 것을 삼켜 버리는 실신
상태 속으로 빠져들어 갔다. 그때까지도 나는 여전히 그 새 소
리를, 까마귀 레오가 남겨 주고 간 그 목소리를 듣고 있었다.
"주님이 자란다, 자란다, 자란다……."

소독제

어젯밤에는 꿈자리가 어수선했다. 마치 내 면회일에 친구들이 찾아와 북적거리며 소란을 피우는 것 같았다. 차례차례로 문을 열고 들어온 꿈들은 하고 싶은 이야기들을 마친 후 밖으로 나갔다. 반복과 독백으로 가득한 시시한 이야기들이지만, 유감스럽게도 흘려 버릴 수는 없었다. 그것들이 삼류 배우 같은 제스처를 쓰며 아주 인상적으로 말을 했기 때문이었다. 그래서 나는 아침 식사시간에 이 이야기들을 브루노에게 해 주려고 했다. 하지만 몽땅 잊어버렸기 때문에 그럴 수 없었다. 오스카에게는 꿈을 기억하는 재능이 없는 것이다.

브루노가 아침 식사를 치우는 동안 나는 간간이 물어보았다. "이봐요, 브루노, 내 키가 도대체 얼마나 되지?"

그러나 브루노는 조그만 과일잼 접시를 커피 잔 위에다 놓으며 슬퍼하기만 했다. "아니 마체라트 씨, 잼은 또 손도 대지 않았군요."

이제 나도 이 잔소리에는 이골이 났다. 아침 식사 후면 언제나 반복되었으니 말이다. 하지만 그럴 만도 한 것이, 매일 아침 브루노가 소량의 딸기잼을 가져오면 나는 종이나 신문지를 접어 지붕처럼 만들어 그것을 덮어 버리곤 했던 것이다. 나는 잼이라면 보기도 싫고 먹기도 싫다. 그래서 브루노의 잔소리쯤은 태연하면서도 단호하게 물리칠 수 있었다. "이봐요, 브루노, 내가 잼을 어떻게 생각하는지는 잘 알잖아―그보다는 내 키가 얼마나 되는지나 가르쳐 주게."

브루노는 이미 멸종한 팔족수(八足獸)의 눈을 가지고 있다. 그는 무엇인가 생각할 때면 이 선사 시대의 시선을 반드시 천장 쪽으로 돌리며, 대개는 그 천장 쪽을 향해 말을 한다. 그는 오늘 아침에도 천장을 향해서 말했다. "하지만 그건 딸기잼이랍니다." 그러고 나서 꽤 오랫동안 쉬었다가―내가 침묵하고 있는 동안에도 키에 대한 오스카의 질문은 계속 유효한 것이다―브루노의 시선이 천장으로부터 되돌아와 내 침대의 격자로 향했을 때에야 비로소, 나는 내 신장이 1미터 21센티미터라는 것을 들을 수 있었다.

"이봐요, 브루노, 다시 한번 정확하게 재 주지 그래요?"

브루노는 시선도 움직이지도 않은 채 바지 뒷주머니에서 접는 자를 빼낸 후, 거의 야만적이라 할 만큼 거칠게 내 이불을 벗겨내었으며, 밀려 올라간 내 잠옷을 끌어내렸다. 그리고 1미터 78센티미터의 눈금 부분에서 접혀 있는 눈부시게 노란 자를 펼쳐 내 몸에 갖다 대고는 이리저리 옮겨 가며 두 손으로 정확하게 재었으나 시선만은 여전히 중생대의 공룡시대에 가 있었다. 그러다가 마침내 눈금을 읽는 시늉을 하며 내 몸에 갖다 대었던 자를 정지시키는 것이었다.

"여전히 1미터 21센티미터군!"

무엇 때문에 이 사내는 접는 자를 접거나 아침 식사를 치우면서 이 따위 소리를 내지 않고는 못 배기는가? 내 키가 마음에 들지 않는 것인가?

브루노는 아침 식사 쟁반을 들고, 달걀노른자 빛깔의 접는 자를 자연색의 역겨운 딸기잼 옆에다 올려놓고는 방을 나갔다. 그리고 복도에서 다시 한번 문짝의 감시 구멍을 통해 방안을 들여다보았다—나를 아득한 태고의 세계로 데려가는 시선이었다. 마침내 그는 나의 1미터 21센티미터와 함께 나를 방에다 홀로 남겨 둔 것이다.

오스카가 그렇게 크단 말인가! 난쟁이, 작은 정령, 소인국의 주민이라고 하기에는 너무 크지 않는가. 나의 로스비타 라구나 부인의 키는 어느 정도였던가? 오이겐 왕자의 혈통인 베브라 스승은 어느 정도의 키를 유지할 수 있었던가? 키티와 펠릭스도 오늘의 나라면 내려다볼 수 있겠어. 지금 내가 이름을 열거한 자들 전부가 한때는 오스카를 부러운 듯이 친근하게 내려다보지 않았던가. 오스카는 스물한 살 때까지는 94센티미터밖에 되지 않았으니 말이다.

자스페 묘지에서 마체라트를 묻고 있었을 때 내 뒤통수에 돌이 명중한 다음부터 비로소 나는 성장하기 시작했다.

오스카가 돌이라는 말을 꺼낸다. 기왕에 말이 나왔으니 이제 묘지에서의 사건에 대해 보충 설명을 하기로 하자.

고리 던지기 놀이를 하는 동안 내게는 이제 '자라야 하나 말아야 하나'는 없고 다만 '자라야 한다, 자랄 것이다'가 있을 뿐이라는 사실을 발견한 나는 북을 몸에서 끌러, 북채와 함께 마체라트의 무덤 안에다 던져 버리고는 성장할 것을 결심했다. 그 순간 귓가에서 윙 하는 소리가 점점 커지더니 호두만 한 크기의 자갈이 내 뒤통수를 때렸다. 내 아들인 쿠르트가 네 살 반의 힘으로 던진 것이었다. 나는 이 명중탄에 그다지 놀라지는 않았다. 아들이 내게 무슨 짓을 하려는지는 어느 정도 예감하고 있었기 때문이었다. 하지만 나는 마체라트의 무덤 안의 내 북이 있는 데로 추락했다. 하일란트 노인이 앙상하게 마른 노인의 손으로 나를 구멍에서 끌어내었고, 북과 북채는 그 밑에 그대로 남겨 두었다. 그리고 코피가 심하게 흘렀기 때문에 노인은 내 목덜미에 곡괭이의 쇠 부분을 갖다 댔다. 아시다시피 코피는 금방 그쳤다. 하지만 성장은 멈추지 않았다. 물론 너무나 조금씩 성장했으므로 슈거 레오만 이것을 알아보고 큰소리를 지르고, 새처럼 가볍게 날개를 퍼득이며 이 사실을 알리고 돌아다녔던 것이다.

보충 설명은 이 정도지만 알고 보면 이것도 지나친 것이다. 왜냐하면 성장은 내가 돌에 맞아 마체라트의 무덤에 추락하기 이전부터 이미 시작되고 있었으니 말이다. 그러나 마리아와 파인골트 씨의 눈에는 그들이 병이라고 부른 내 성장의 원인은 처음부터 단 하나, 즉 뒤통수에 돌을 맞고 무덤 속으로 추락한 것 밖에 없었다. 마리아는 묘지에서부터 쿠르트 녀석을 심하게 매질했다. 나는 쿠르트에게 미안한 마음이 들었다. 그가 나의 성장을 촉진시키는 것을 도와주기 위해 나에게 돌을 던졌는지도 모르는 일이 아닌가. 그도 결국에는 제대로 된, 성장한 아버지를 갖고 싶었거나 아니면 마체라트를 대신할 아버지를 갖고 싶었는지도 모른다. 이전에 그가 나를 아버지로 인정하고 존중한 적은 한 번도 없지 않았던가.

나의 성장이 거의 1년이나 계속되는 동안 다수의 남녀 의사들은 돌을 맞고 불운하게 추락한 것이 내 병의 원인이라고 확진했다. 그들은 그렇게 말하며 나의 병력(病歷)에다 다음과 같이 기입했다. 오스카 마체라트는 불구자이며, 그 원인은 후두부(後頭部)에 돌을 맞았기 때문이다. 그리고…….

여기에서 나의 세 번째 생일날을 기억해 보기로 하자. 어른들은 나에 관한 유별난 이야기의 시작에 대해 무어라고 보고할 수 있었던가. 세 살의 나이에 오스카 마체라트는 지하실 계단에 콘크리트 바닥으로 추락했다. 이 추락 때문에 그의 성장은 멈추었다. 그리고…….

이러한 설명에서 우리는 어떠한 기적이라도 증명하고 싶어하는 인간의 당연한 욕망을 읽을 수 있을 것이다. 오스카도 마찬가지로 고백한다. 그도 어떠한 기적을 만나게 되면 그것을 믿을 수 없는 망상이라고 물리쳐 버리기 전까지는 너무도 세밀하게 조사를 해 보는 것이다.

자스페 묘지에서 돌아와 보니 트루친스키 아주머니 집에 새로운 세입자가 와 있었다. 여덟 식구의 폴란드 가족이 부엌과 방 두 개를 차지해 버렸다. 세입자들은 좋은 사람이어서, 우리가 다른 방을 얻을 때까지는 같이 있어도 좋다고 했다. 그러나 파인골트 씨가 이 집단 주거에 반대하며 우리에게 침실을 돌려주고 자기는 당분간 거실을 쓰겠다고 했다. 그러자 이번에는 마리아가 반대를 했다. 방금 과부가 된 그녀가 독신 남자와 그렇게 친밀하게 나란히 옆방을 쓴다는 것은 좋지 않다고 생각한 것이다. 파인골트 씨는 자기 곁에 마누라 루바도 가족도 없다는 사실을 아직 깨닫지 못한 채 그 정력적인 마누라의 눈을 등 뒤에서 늘 의식하고 있었기 때문에 마리아가 말하는 뜻을 이해 못하는 것도 아니었다. 예의상으로 보나 마누라인 루바를 생각해서나 동거(同居)한다는 것은 무리였다. 그러나 그는 우리에게 창고를 내어 주려고 했다. 심지어 그는 지하 창고를 정돈하는 것을 도와주기도 했다. 그러나 나까지 지하실로 옮겨 가는 것은 끝내 반대했다. 나는 병이 든 가엾은 환자였으므로, 나의 불쌍한 어머니의 피아노 옆에 나를 위한 임시 침대가 설치되었다.

의사를 구하기는 어려운 일이었다. 대부분의 의사들은 병력 수송과 함께 제때에 시내를 떠나 버렸다. 서프로이센 의료 보험 기금이 이미 1월에 서방으로 옮겨가 버렸으므로 환자라는 개념은 많은 의사들에게 비현실적인 것이 돼 버렸던 것이다. 여기저기 수소문한 끝에 파인골트 씨가 헬레네 랑에 학교에서 한 여의사를 찾아냈다. 당시 국방군과 적군(赤軍)의 부상병들이 나란히 누워 있었던 그 학교에서 엘빙 출신의 그 여의사는 절단 수술을 맡고 있었다. 그녀는 들르겠노라 약속을 했고, 정말로 나흘 후에 찾아와서는 나의 병상 옆에 걸터앉아 진단을 하며 담배를 피웠다. 서너 대를 연달아 피워 대던 그녀는 네 대째를 피우다가 잠이 들어 버렸다.

파인골트 씨는 감히 그녀를 깨우려고 하지 않았다. 마리아는 주저주저하며 그녀를 흔들어 보았다. 그러나 여의사는 타내려 간 담배가 그녀의 왼쪽 집게손가락을 그슬리게 되었을 때에야 비로소 제정신으로 돌아왔다. 그녀는 즉시에 일어나 꽁초를 양탄자 위에다 밟아 꺼 버리고, 짜증 섞인 목소리로 살짝 말했다. "죄송하군요. 지난 3주일 동안 한숨도 자지 못했어요. 동프로이센의 어린이 수송대와 함께 케제마르크의 도선장(導船場)까지 갔었지요. 하지만 아이들은 건너지 못하고 군인들만 건넜어요. 4000명이나 되는 아이들 모두가 죽어 버렸어요." 그녀는 죽어간 아이들에 대해 이처럼 아무 일도 아닌 듯이 가볍게 말했다. 성장하고 있는 아이 같은 내 뺨도 그처럼 가볍게 토닥거려 준 후 그녀는 다시 새 담배 한 개피를 꺼내 물었다. 그러고 나서 왼쪽 소매를 걷어 올리더니 서류 가방에서 주사액 앰풀을 꺼냈다. 그녀는 자신의 팔에다 강장제 주사를 놓으면서 마리아를 향해 말했다. "이 아이는 어떻게 된 영문인지 전혀 모르겠어요. 어쨌든 입원해야겠어요. 그렇지만 여긴 곤란해요. 여하튼 여기를 떠나 서쪽으로 가세요. 무릎과 손과 어깨의 관절이 부었고, 머리도 틀림없이 부을 거예요. 냉찜질을 해 주세요. 알약 몇 알을 놓고 가겠으니, 통증이 심해 잠을 자지 못할 때 주도록 하세요."

나는 이 담백한 여의사가 마음에 들었다. 그녀는 내 몸에 무슨 일이 일어나고 있는지를 몰랐지만 그 사실을 숨기려고도 하지 않았다. 마리아와 파인골트 씨는 그 후 수 주일 동안 나에게 몇 번이고 냉찜질을 해 주었다. 그것은 효력이 있기는 했지만, 무릎과 손과 어깨의 관절 그리고 머리가 계속해서 부어오르며 고통을 주는 것까지 막을 수는 없었다. 마리아와 파인골트 씨가 특히 놀랐던 것은 내 머리가 점점 커졌기 때문이었다. 그녀가 내게 준 알약도 곧 떨어져 버렸다. 파인골트 씨는 자와 연필로 체온 곡선을 그리기 시작하면서 일종의 실험을 하였는데, 그렇게 체온을 계속 기입하다 보니 대단히 환상적인 곡선이 생겨났다. 체온은 그가 암시장에서 인조 벌꿀을 주고 교환한 체온계로 매일 다섯 차례 쟀다. 이렇게 하여 파인골트 씨의 도표 위에 무시무시하고 험준한 산맥과 같은 모양이 나타났다―나는 알프스산맥과 안데스산맥의 눈 덮인 봉우리들을 연상했다―정말이지 내 체온에는 어느 정도 환상적인 요소가 있었다. 아침나절에는 대개 38도 1부였고, 저녁에는 39도까지 올랐다. 나의 성장 기간 동안의 최고 체온은 39도 4부였다. 당시에 나는 열에 들떠 온갖 헛것을 보고 들었다. 나는 회전목마를 타고 있었는데, 내리고 싶었지만 내릴 수가 없었다. 많은 아이들과 함께 나는 소방차 안에서, 텅 비어 있는 백조 속에서, 그리고 개나 고양이나 돼지나 사슴 같은 것에 올라탄 채 돌고 돌고 또 돌았다. 내리려 했지만 내릴 수가 없었다. 다른 아이들도 모두 울기 시작했다. 그들도 나와 마찬가지로 소방차와 텅 빈 백조 속과 고양이와 개와 사슴과 돼지로부터 내려오려 했고, 회전목마가 정지하기를 원했지만 소용이 없었다.

요컨대 하늘에 계신 아버지께서 회전목마 감시인 옆에 서서 우리들을 위해 다시 한 차례 더 돌도록 요금을 지불하신 것이다. 그래서 우리는 기도를 했다. "아아, 하늘에 계신 아버지시여, 당신께서는 잔돈을 많이 가지고 계십니다. 당신께서는 우리를 위해 회전목마를 언제까지나 돌리기를 원하십니다. 이 세상이 빙글빙글 돈다는 것을 우리들에게 보여주는 데 재미를 느끼십니다. 부디 당신의 지갑을 넣어 주세요. 말씀해 주세요, 스톱, 정지, 완료, 영업시간 끝, 이제 그만, 내려라, 가게를 닫는다, 멈추어라—우리 가엾은 아이들은 어지러워요. 우리들 4000명은 바이크셀강 강변의 케제마르크로 수송되어 왔지만 건널 수가 없었어요. 왜냐하면 당신의 회전목마, 당신의 회전목마가……."

그러나 하늘에 계신 우리 아버지, 사랑스러운 하느님, 회전목마 감시인은 책에 나오는 대로 상냥하게 미소를 지으며 지갑에서 다시 동전 한 개가 깡충 뛰어나오도록 했다. 오스카를 포함하여 4000명의 어린이들을 소방차와 속이 텅 빈 백조, 고양이, 개, 돼지, 사슴에다 태운 채 계속 빙글빙글 돌리기 위해서였다. 그리고 내가 탄 사슴이—나는 지금도 그때 내가 사슴 위에 올라타 있었다고 생각한다—나를 하늘에 계신 우리 아버지 겸 감시인 곁으로 데리고 갈 때마다 그는 다른 얼굴을 하고 있었다. 맨 처음의 얼굴은 라스푸틴이었다. 그는 다음번 회전을 위한 동전을, 치료기도를 하는 이빨 사이에 끼운 채 웃고 있었다. 그 얼굴은 다시 시성(詩聖) 괴테가 되어 섬세하게 수놓은 지갑에서 동전 몇 개를 꺼냈다. 그 동전들의 표면에는 하늘에 계신 우리 아버지의 옆모습이 새겨져 있었다. 다시 술 취한 라스푸틴이 나타났고, 다음에는 다시 온화한 폰 괴테가 나타났다. 라스푸틴에게는 약간의 광기가 감돌고 그 다음 괴테에게서는 이성(理性)의 기운이 풍긴다. 라스푸틴 주위에는 과격론자들이 모여들고, 괴테 주위에는 질서를 존중하는 세력이 모여든다. 대중은 라스푸틴의 주위에서 폭동을 일으켰다가, 달력에 적힌 괴테의 격언을 읽고 냉정을 되찾는가 하더니…… 마침내 굴복하고 말았다—열이 내렸기 때문이 아니라, 누군가가 언제나 온화한 표정으로 열을 식혀 주면서 나의 열 속으로 들어오기 때문이다—마침내 파인골트 씨가 허리를 굽혀 회전목마를 정지시켰다. 그는 소방차며 백조며 사슴을 정지시켰고, 라스푸틴의 동전을 무효로 만들었으며, 괴테를 어머니들에게로 보내 버렸고, 머리가 어찔어찔한 4000명의 아이들을 케제마르크로 보내어 거기에서 바이크셀강을 건너 저쪽의 천국으로 날려 보냈다—그러고는 오스카를 열병(熱病)의 침상에서 일으킨 다음 리졸[13]의 구름 위에다 태웠다. 말하자면 그가 나를 소독시켰다.

그것은 처음에는 이 때문이었는데 차츰 습관이 되고 말았다. 그는 맨 처음에는 쿠르트에게서, 이어서 나와 마리아와 자기 몸에서 이를 발견했다. 아마 마리아에게서 마체라트를 빼앗아 간 그 칼뮈크인이 놓고 간 선물이었을 것이다. 이를 발견한 파인골트 씨는 야단법석을 떨었다. 그는 마누라와 아이들

---

13) 크레졸 비눗물을 가리킴. 0.5%의 수용액으로 만들어 소독제로 사용함.

의 이름을 부르며 가족 모두가 이 독충을 몸에 지니고 있을 거라고 의심했다. 그리하여 온갖 종류의 소독제를 인조 벌꿀이며 납작 귀리와 교환하여 구입하고는, 그 자신과 그의 전 가족과 쿠르트와 마리아와 나, 거기에다가 내 병상까지 날마다 소독하기 시작했다. 그는 우리에게 연고를 발라 주었고, 물약을 뿜고 가루약을 뿌렸다. 그렇게 뿜고 뿌리고 바르고 하는 동안에 내 열은 최고에 이르렀다. 그러는 동안 그의 연설도 흘러나오게 되었고, 마침내 나는 석탄산(石炭酸)이며 염소(鹽素)며 리졸을 가득 실은 화물차 이야기를 듣게 되었다. 그는 트레블린카 수용소의 소독 계원으로 근무하면서 이러한 소독제들을 뿜고 뿌리고 끼얹었던 것이다. 매일 오후 2시에 수용소 통로와 막사와 샤워실과 소각로와 옷 꾸러미와, 샤워를 하기 위해 기다리고 있는 사람들과 샤워를 끝낸 후 뒹굴고 있는 사람들과 소각로에서 나온 모든 것과 소각로에다 넣을 모든 것에다가 소독 계원 마리우스 파인골트는 날마다 리졸 액을 끼얹었던 것이다. 그는 한 사람 한 사람의 이름을 일일이 들었다. 그는 전원의 이름을 알고 있었다. 그는 빌라우어라는 사내에 대해 이야기해 주었다. 무더운 8월의 어느 날 이 사내는 우리의 소독 계원에게 트레블린카 수용소의 통로에 리졸액이 아니라 석유를 뿌리면 어떻겠느냐고 권고 했다. 파인골트 씨는 시키는 대로 했다. 그런데 이 빌라우어는 성냥을 갖고 있었다. 그리고 ZOB[14])의 체프 쿨란트 노인이 전원에게 서약을 시켰으며, 기

---

14) 유태인 지하 투쟁 조직의 하나.

사(技士)인 갈레브스키는 무기고를 열어젖혔다. 그리하여 빌라우어가 돌격대장인 쿠트너 씨를 사살했다. 치툴바하와 바린스키는 치체니스를 덮쳤다. 다른 동료들은 트라브니키에서 온 위병들을 공격했다. 그리고 또다른 동료들은 철조망을 자르고 자신들은 쓰러졌다. 포로들을 샤워실로 데리고 갈 때면 언제나 농담을 던지곤 하던 친위대 하사관 쇼프케는 수용소 문 옆에 서서 총을 쏘았다. 그러나 아무 소용도 없었다. 한 무리가 그에게 달려들었던 것이다. 그들은 아데크 카베, 모텔 레비트, 헤노흐 레러, 헤르츠 로트블라트, 레테크 차기엘, 토시아스 바란과 그의 처 데보라였다. 그리고 롤레크 베겔만이 소리쳤다. "파인골트, 같이 가자. 비행기가 오기 전에!" 그러나 파인골트 씨는 그의 처 루바를 기다렸다. 그러나 아무리 불러도 마누라는 오지 않았다. 이때 그는 두 팔을 붙잡혔다. 왼팔은 야쿱 겔레른터가, 오른팔은 모르데하이 츠바르크바르트가 붙들었다. 그의 앞에서는 키가 작은 아틀라스 박사가 달리고 있었다. 이 사내는 트레블린카 수용소에 있을 때부터 그랬고, 나중에 빌나 근교의 숲속에서도 리졸을 흠뻑 뿌리라고 권했다. 리졸은 생명보다 중요하다! 라는 것이 그의 주장이었다. 그래서 파인골트 씨는 확신을 가지고 이 일을 했다. 그는 죽은 한 사람이 아니라 죽은 사람들에게 리졸을 뿌렸다. 그래 죽은 사람들이다. 정확한 숫자를 말해 봤자 무슨 소용이겠는가. 어쨌든 나는 죽은 사람들이 있었다고 말한다. 그는 이 죽은 사람들에게 리졸을 뿌렸던 것이다. 그는 그 무리들의 이름을 일일이 알고 있었다. 지루할 정도였다. 그래서 리졸액으로 목욕하다시피 한 내게는 살아 있는 자거나 아니면 죽어 있는 자가 파인골트 씨의 소독제로 적절한 시기에 충분한 양만큼 소독됐느냐 하는 문제가 십만이나 되는 이름들의 생사 문제보다 더욱 중요하게 여겨졌다.

그러나 나는 그때 이후 열이 내렸다. 그리고 4월이 되었다. 그러자 다시 열이 높아졌다. 회전목마가 돌아갔고, 파인골트 씨가 죽은 자와 산 자 위에다 리졸을 뿌렸다. 그 후에 다시 열이 내렸고, 4월 말이 되었다. 5월 초에는 내 목이 더욱 짧아졌고, 흉곽은 확대되면서 위로 밀려 올라갔다. 그래서 나는 고개를 수그리지 않고도 턱으로 오스카의 쇄골(鎖骨)을 비빌 수 있었다. 다시 한번 약간의 열이 났고 약간의 리졸을 뿌렸다. 나는 또한 리졸 속에서 떠다니는 마리아의 속삭임을 들었다. "제발 기형으로 자라지는 말아야 할 텐데. 꼽추가 되면 안 돼. 뇌수종(腦水腫)만 아니라면 좋을 텐데!"

하지만 파인골트 씨는 마리아를 달래며 자기가 아는 사람 중에 꼽추나 뇌수종에 걸렸음에도 불구하고 성공한 사람들에 대한 이야기를 들려주었다. 이야기에 따르자면 로만 프리드리히라는 사람은 꼽추의 몸으로 아르헨티나로 건너가 그곳에서 미싱 가게를 열었는데, 나중에 이 가게가 크게 번창해 명성을 날렸다는 것이다.

성공을 거둔 꼽추 프리드리히에 대한 이야기는 마리아를 위로하지는 못하고 오히려 이야기를 하던 파인골트 씨를 감격시켜 버렸다. 그래서 그는 우리들의 식료품 가게를 쇄신시키겠다고 결심하게 된 것이다. 5월 중순, 전쟁이 끝난 직후 가게는 새로운 물품을 선보였다. 미싱과 미싱 부속품들이 처음으로 등장했다. 그러나 생필품들도 당분간 남아 있으면서 과도기를 극복하는 데 협력했다. 꿈같은 시절이었다! 현금 거래는 거의 이루어지지 않았다. 교환한 물건이 다시 다른 물건과 교환되었다. 이를테면 인조 벌꿀, 납작 보리, 거기에다 남아 있는 외트커박사의 베이킹파우더, 설탕, 밀가루, 마가린 따위가 몇 대의 자전거로 재빨리 바뀌었고, 이 자전거와 자전거 부속품은 전동기로 바뀌었으며, 이 전동기는 다시 연장으로 바뀌었고, 이 연장류가 모피 제품으로 바뀌고, 그리고 파인골트 씨가 마법을 부려 이 모피류를 미싱으로 바꾸었다. 쿠르트는 이 물물교환 놀이에 도움이 되었다. 손님을 데리고 와서는 거래를 알선했고, 마리아보다 훨씬 빨리 이 새로운 분야에 적응했다. 사정은 마체라트 시대와 거의 비슷했다. 마리아는 카운터 뒤에 서서, 여전히 가게를 찾아주는 오래된 단골손님들을 맞았고, 새로 온 손님들에게는 더듬거리는 폴란드 말로 그들의 요구사항을 알아들으려고 애를 썼다. 쿠르트는 어학에 소질이 있었고, 어디든 출몰했다. 파인골트 씨는 쿠르트를 믿고 의지할 수 있었다. 쿠르트는 아직 만 다섯 살도 되지 않았지만 전문가의 역할을 해냈다. 가령 역전 거리의 암시장에 전시되어 있는 백 대나 되는 저급품과 중급품들 중에서 고급품인 싱거 미싱이나 파프 미싱을 즉시에 찾아내기도 했다. 그리하여 파인골트 씨도 쿠르트의 식견을 인정하였다. 5월 말 나의 할머니 안나 콜야이체크가 비사우에서 브렌타우를 거쳐 랑푸우르까지 걸어서 우리들을 방문했을 때였다. 할머니가 가쁜 숨을 몰아쉬며 벤치에 몸을 던지자마자, 파인골트 씨는 쿠르트를 침이 마르도록 칭찬했으며, 마리아에 대해서도 찬사를 아끼지 않았다. 그리고 또 할머니에게 내 병에 대해 장황하게 설명하고 아울러 그의 소독제가 얼마나 효력이 있는가를 거듭거듭 말하면서 오스카까지 칭찬하는 것이었다. 내가 워낙 말이 없고 착해서 병을 앓는 동안 한번도 소리 내어 울지 않았다는 것이다.

나의 할머니는 석유를 얻어 갔으면 했다. 비사우에서는 이제 전등을 켤 수 없기 때문이었다. 파인골트는 트레블린카 수용소에 있을 때의 석유와 얽힌 자신의 체험담을 할머니에게 들려주었으며, 또한 수용소 소독 계원으로서 자신이 맡았던 여러 가지 임무에 대해서도 설명했다. 그러고 나서 마리아로 하여금 2리터짜리 병에다 석유를 가득 담게 하였고, 거기에다 한 상자의 인조 벌꿀과 한 세트의 소독제도 추가시켜 주었다. 그리고 할머니가 비사우와 비사우 채굴장에서 전쟁 동안 불타 없어진 모든 것들에 대해 늘어놓기 시작하자 그는 고개를 끄덕이면서도 건성으로 흘려 들었다. 할머니는 지금에 와서 다시 옛날처럼 피로가라고 불리게 된 피어에크에서의 피해 상황도 빼놓지 않고 보고했다. 비사우도 이제 전쟁 전과 같이 비세보라고 부르게 되었다. 엘러스에 대한 이야기도 나왔다. 이전에 람카우 지구 농민 위원장으로서 능력을 발휘했던 이 사내는 할머니의 오빠의 며느리, 즉 우체국에서 최후까지 남아 있다 생명을 잃은 얀의 미망인 헤트비히와 결혼했는데, 이 사내를 농부들이 그의 본부 앞에서 목을 매달았다는 것이다. 그리고 헤트비히까지 목을 매달릴 뻔했다고 한다. 폴란드 영웅의 아내였던 그녀가 부당하게도 지구 농민 위원장과 재혼했을뿐더러, 슈테판은 중위로 진급했고, 마르가도 나치스의 여자 청년단원이었으니 그 죄는 당연하다는 것이었다.

"그런데 말이야"라고 나의 할머니가 말했다. "그들도 슈테판은 어떻게 할 도리가 없었어. 이미 저 위쪽 북빙양에서 전사했으니까. 그래서 그들은 마르가를 끌고 가 수용소에 감금하려고 했지. 그러나 그때 빈첸트가 입을 열어 일장 연설을 했던 거야. 누구도 예상치 못했던 일이지. 그래서 지금은 헤트비히도 마르가도 우리와 함께 있으면서 밭일을 도와주고 있어. 그런데 빈첸트는 그 연설 때문에 혼이 나서, 이제 남은 목숨도 얼마 되지 않을 거야. 이 할머니도 말이지, 심장뿐 아니라 여기저기 모두 좋지가 않아. 머리도 마찬가지야. 그 멍청이들에게 맞았거든. 녀석들은 그렇게 하는 것이 당연하다고 생각한 거야."

안나 콜야이체크는 이렇게 한탄하며 자세를 가다듬은 후 성장 중인 내 머리를 쓰다듬어 주었고, 그러면서 깊이 생각한 견해를 밝혔다. "오스카야, 카슈바이인은 늘 이렇게 당해 왔단다. 언제나 머리를 두들겨 맞았지. 너희들만은 좀더 살기 좋은 곳으로 가면 좋겠는데. 할머니는 남겠지만 말이야. 카슈바이인에게 이주라는 건 없어. 언제까지나 고향에 머물러 살면서 다른 자들에게 두들겨 맞기 위해 머리를 내밀어야 하지. 여하튼 우리는 진짜 폴란드인도 아니고 진짜 독일인도 아니야. 카슈바이인은 독일인도 폴란드인도 되지 못해. 이들은 언제든 까다롭게 생각한단 말이야!"

나의 할머니는 큰소리로 웃으면서 석유병과 인조 벌꿀과 소독제를 네 벌의 치마 밑에다 넣었다. 더없이 격렬한 군사적, 정치적, 세계사적인 사건을 거쳐 왔음에도 그 치마는 감자 빛깔을 여전히 잃지 않고 있었다.

그녀가 막 나가려고 했을 때 파인골트 씨가 잠깐만 기다려 달라고 부탁했다. 할머니에게 그의 아내 루바와 그 나머지 가족들을 소개하고 싶어서였다. 루바가 나오지 않자 안나 콜야 이체크가 말했다. "좋아요, 나도 늘 부르고 있다오. 아그네스야! 내 딸아! 잠깐 와서 네 늙은 에미가 세탁물 짜는 걸 도와다오! 그렇지만 내 딸은 당신의 루바와 마찬가지로 오지 않아요. 그리고 내 오빠 되는 빈첸트라는 분도 한밤중에 아픈 몸을 이끌고 문밖으로 나가 큰소리로 아들인 얀을 불러 대어, 이웃 사람의 잠을 깨워 놓는답니다. 아무리 불러봤자 우체국에 있다가 죽음을 당한 그 아들이 돌아올 리 없는데 말입니다."

할머니는 어느새 문 밖으로 나가 목도리를 걸치고 있었다.

그때 내가 침대에서 불렀다. "바브카, 바브카!" 즉 할머니, 할머니! 라는 말이었다. 그러자 할머니는 뒤를 돌아보고, 치마를 조금 치켜들어 나를 그 밑에다 넣고 데려가려는 듯한 시늉을 해 보였으나 그대로 가 버렸다. 아마도 그 순간 석유병과 인조 벌꿀과 소독제가 벌써 그 자리를 차지해 버렸다는 사실을 생각했으리라. 어쨌든 할머니는 나를, 오스카를 데려가지 않고 그곳에서 가 버렸다.

6월 초 최초의 수송 열차들이 서쪽을 향해 출발했다. 마리아는 아무 말도 하지 않았지만 나는 눈치 채고 있었다. 그녀도 가구들과 가게와 아파트와 힌덴부르크 대로의 양쪽에 있는 무덤들과 자스페 묘지가 있는 언덕을 떠나기로 마음먹은 것이다.

그녀는 저녁에 쿠르트와 함께 지하실로 내려가기 전에 이따금 내 침대 옆에 있는 나의 불쌍한 어머니의 피아노에 앉았다. 그리고 왼손으로 하모니카를 들고 오른쪽 손가락 한 개로는 피아노 반주를 하며 노래 불렀다.

파인골트 씨는 노랫소리를 참다못해 그만해 달라고 부탁했다. 그러나 마리아가 하모니카를 입에서 떼고 피아노 뚜껑을 닫으려 할 참이면 좀 더 연주해 주지 않겠느냐고 부탁하는 것이었다.

나중에 그가 그녀에게 구혼을 했다. 오스카는 이미 예상하고 있던 일이었다. 그의 처 루바를 부르는 일이 점점 드물어졌던 파인골트 씨는 파리떼들이 윙윙거리는 어느 여름날 밤 루바의 부재(不在)를 확실히 깨달은 다음 마리아에게 구혼을 했다. 그녀 외에 병중인 오스카까지 포함하여 두 아이를 맡아 돌보겠으며, 집도 그녀에게 주고 가게도 공동으로 운영하자는 것이었다. 마리아는 당시에 스물두 살이었다. 그녀의 타고난 아름다움은 지금까지 우연에 의해 유지되어 오다 이제는 고정된 듯한—딱딱해졌다고까지 말할 수는 없다—느낌을 주었다. 마체라트가 대금을 지불해 주었던 퍼머 머리는 전쟁 말기부터 전후에 걸친 수개월 사이에 풀려 버렸다. 그녀는 나와 친하게 지내던 무렵처럼 머리를 뒤로 땋아 내리지는 않았지만, 그래도 어깨 위로 머리카락을 길게 늘어뜨리고 있어서 어쩐지 융통성이 없고 성미가 까다로운 소녀 같은 인상을 주었다. 이 소녀가 이제 '아니요'라고 말하며 파인골트 씨의 구혼을 물리쳤던 것이다. 그녀는 이전에는 우리들 것이었던 양탄자 위에서, 왼팔로는 쿠르트를 안고 오른손 엄지손가락으로는 타일 난로 쪽을 가리키며 말했다. 파인골트 씨와 오스카가 들은 그녀의 거절 이유는 이러했다. "안 돼요. 이제 이곳 생활은 마지막이에요. 우리는 라인란트에 사는 내 언니 구스테한테 가겠어요. 언니는 호텔에서 급사장 일을 하는 사람과 결혼했어요. 쾨스터라는 분인데, 당분간 우리를 돌보아 줄 거예요. 세 사람 모두 다."

그녀는 바로 다음 날 수속을 밟았고, 우리는 사흘 후에 여권을 받았다. 마리아가 짐을 꾸리는 동안 파인골트 씨는 아무 말도 하지 않았고, 가게를 닫은 채 어두컴컴한 가게의 카운터 위 저울 옆에 앉아 있었다. 이제는 인조 벌꿀도 떠먹으려고 하지 않았다. 마리아가 작별 인사를 하려고 하자 그는 비로소 자리에서 미끄러져 내려와 리어카를 단 자전거를 끌고 와서는 우리들을 정거장까지 전송해 주겠다고 했다.

오스카와 짐꾸러미는—우리는 1인당 50파운드를 가져가도록 허락받았다—고무 타이어가 달린 이륜(二輪) 리어카에 실렸다. 파인골트 씨가 자전거를 밀었다. 쿠르트의 손을 끌던 마리아는 엘젠가의 모퉁이에서 왼쪽으로 꺾어 들면서 다시 한 번 뒤를 돌아보았다. 나는 이제 라베스베크 쪽으로 돌아볼 수 없었다. 고개를 돌리면 아팠기 때문이었다. 오스카의 머리는 그렇게 양 어깨 사이에 우두커니 놓여 있을 뿐이었다. 나는 다만 아직도 움직일 수 있는 두 눈을 가지고 인사를 해야 했다. 마리엔 가와 슈트리스바하와 클라인하머 공원과, 역겨운 물방울이 여전히 뚝뚝 떨어지는 역전 거리로 통하는 육교와 파괴되지 않은 나의 성심교회와 랑푸우르 교외역을 향해 나는 인사를 보냈다. 랑푸우르는 이제 부르체스츠라는 꽤 발음하기 힘든 이름으로 불렸다.

우리는 한참 동안 기다려야만 했다. 마침내 도착한 기차는 화물 열차였다. 탈 사람들이 북적거렸고, 특히 아이들이 많았다. 짐 꾸러미들은 검사를 받았고 저울로 무게가 재어졌다. 군인들이 화물차 칸마다 짚 다발을 던졌다. 음악은 연주되지 않았고, 비도 내리지 않았다. 하늘에는 구름이 조금 있었으며, 동풍이 불고 있었다.

우리는 뒤에서 네 번째 칸에 탔다. 파인골트 씨는 가늘고 불그스레한 머리카락을 바람에 날리며 우리들 아래쪽의 선로 위에 서 있었다. 꽈당 하는 충격이 기관차의 연결을 알리자, 그는 우리들 바로 옆으로 다가와 마리아에게 세 상자의 마가린과 두 상자의 인조 벌꿀을 건네주었다. 그리고 폴란드어의 명령과 고함과 울음소리가 출발을 알리자, 여행 식량에 추가하여 한 상자의 소독제를 주었다. 리졸은 생명보다 중요한 것이다. 그렇게 하여 우리는 출발했고 파인골트 씨를 뒤에 남겼다. 붉은 머리카락을 날리고 있는 그의 모습은 기차가 출발하는 장면에서 언제나 그렇듯이 점점 작아지다가, 손을 흔드는 것만 보이더니 마침내 시야에서 사라졌다.

화물 열차 안에서의 성장

그 고통은 오늘날까지도 나를 괴롭힌다. 지금 이 순간 내가 머리를 베개에 던진 것도 그 때문이다. 발과 무릎의 관절에서 삐걱거리는 소리가 들리기 때문에 나는 이를 빠드득 갈아야 한다. 다시 말해 관절 마디에서 자신의 뼈가 삐걱거리는 소리를 듣지 않기 위해 오스카는 이를 갈아야 하는 것이다. 여하튼 열 손가락을 살펴보니 그것들이 부어올랐다는 사실을 나는 인정하지 않을 수 없다. 북을 두드려 보려고 마지막까지 시도해 보기도 했다. 하지만 결국 드러난 것은 오스카의 손가락들이 조금 부어올랐을 뿐만 아니라, 당분간은 이 일에 사용될 수도 없다는 사실이다. 잡기만 하면 북채가 손가락에서 빠져나가 버리기 때문이다.

이제는 만년필도 제대로 잡을 수 없을 지경이다. 그러니 브

루노에게 냉찜질을 부탁해야겠다. 손과 발 그리고 무릎에 냉
찜질을 시키고 이마에 찬 수건을 올려놓은 채, 간호사인 브루
노에게 종이와 연필을 맡기겠다. 자신의 만년필을 다른 사람
에게 빌려주고 싶지는 않기 때문이다. 그런데 브루노에게 내
말을 들을 의지와 능력이 있는 것일까? 45년 6월 12일에 시작
되었던 저 화물 열차 여행에 대한 기록을 그에게 맡겨도 괜찮
은 것인가? 브루노는 아네모네를 그린 그림 아래쪽의 작은 테
이블에 앉아 있다. 이제 그가 머리를 돌려 사람들이 얼굴이라
고 부르는 면을 내게 보여 주면서, 전설에 나오는 동물과 같은
두 눈으로 나의 좌우 양옆을 스쳐가며 시선을 던진다. 얄팍하
게 찌푸린 입 위에 그가 비스듬하게 연필을 걸쳐 놓은 것은,
기다리고 있는 사람의 시늉을 해 보이기 위해서이다. 어쨌든
그가 실제로 나의 말, 다시 말해 내 이야기를 받아쓰기 시작
하라는 신호를 기다리고 있다고 하더라도, 그의 생각만은 오
히려 자신의 노끈 작품 주변을 맴돌고 있을 것이다. 말하자면
그는 자신의 노끈을 엮으려 할 것이다. 반면에 오스카의 임무
는 뒤엉켜 있는 나의 역사를 능숙한 말솜씨로 풀어나가는 것이
이다. 이제 브루노가 기록을 시작한다.

　나, 브루노 뮌스터베르크는 자우어란트의 알테나 출신으로
서 미혼이고 자식도 없으며, 이곳 정신 병원 개인 병동의 간호
사로 일하고 있다. 마체라트 씨는 1년 이상 여기에 입원 중인
나의 환자다. 내가 맡고 있는 환자들은 또 있으나 여기에서는
관계가 없으므로 생략한다. 마체라트 씨는 내가 담당하고 있
는 환자 중에서 다루기가 가장 편하다. 다른 간호사들을 불러

야 할 만큼 정신을 잃는 경우는 결코 없다. 그는 무엇인가를 쓰거나 북을 너무 지나치게 두드리는 경우가 있다. 오늘 그는 너무 혹사시킨 손가락을 보호하기 위해 내게 대필을 의뢰했으며, 또한 노끈을 엮어 작품을 만드는 일을 하지 말아 달라고 부탁했다. 그러나 나는 호주머니 속에 노끈을 감추고 있으므로, 그가 이야기를 하는 동안 한 인물의 하체부터 만들려고 한다. 나는 이 인물을 마체라트 씨의 이야기 줄거리에 따라서 '동부 피난민'이라고 부르겠다. 물론 이 인물이 내 환자의 이야기에서 내가 끄집어낸 첫 번째 인물은 아니다. 지금까지 나는 그의 할머니를 노끈으로 맺었는데, 그것을 나는 '네 벌 치마 속의 사과'라고 부르고 있다. 그리고 그의 할아버지인 뗏목꾼도 노끈으로 맺어 약간 과장된 감은 있지만 '콜럼버스'라는 이름을 붙였다. 나의 노끈 작품에 의해 그의 불쌍한 어머니는 '아름다운 생선 탐식가'가 되었으며, 그의 두 아버지인 마체라트와 얀 브론스키로부터는 '두 명의 스카트 광(狂)'이라는 한 쌍을 만들어 냈다. 그리고 나는 그의 친구 헤어베르트 트루친스키의 상처투성이의 등짝도 노끈으로 엮어 그 부조(浮彫)를 '울퉁불퉁한 길'이라고 이름 붙였다. 다시 각각의 건물들, 이를테면 폴란드 우체국, 슈토크 탑, 시립 극장, 병기창, 해양 박물관, 그레프 채소 가게의 지하실, 페스탈로치 학교, 브뢰젠 해수욕장, 성심교회, 카페 '사계절', 발틱 초콜릿 공장, 대서양 연안의 벙커 몇 개, 파리의 에펠탑, 베를린의 슈테틴 역, 라임스의 대성당 그리고 무엇보다도 마체라트 씨가 이 세상의 빛을 처음으로 본 아파트까지 나는 하나하나 노끈으로 엮어 묘사했다. 그리고 자스페 묘지와 브렌타우 묘지의 격자(格子)와 묘석은 나의 노끈 작품들에 장식을 제공했으며, 또 나는 노끈과 노끈을 맺어 바이크셀강과 세르강을 흐르게 했고, 발트해의 파도와 대서양의 큰 파도가 노끈의 해안에 부딪혀 부서지게 했다. 이어서 카슈바이의 감자밭과 노르망디의 목초지를 노끈으로 만들어 생겨난 지역에—나는 그것을 간단히 '유럽'이라고 부르기로 한다—나는 다음과 같은 인물들을 살게 했다. 우체국 수비대, 식료품 가게 주인, 연단 위의 사람들, 종이 주머니를 든 초등학생들, 근무하기만 하면 죽어 버리는 박물관의 수위들, 성탄절을 준비하는 불량 청소년들, 석양을 앞에 둔 폴란드 기병대. 그리고 개미들이 역사를 만든다. 전선 극장은 하사관과 사병들을 위해 공연한다. 트레블린카 수용소에서 서 있는 사람들이 누워 있는 사람들을 소독한다. 그리고 지금 나는 동부 피난민들을 만들기 시작하고 있는데, 이것들은 마침내 한 무리의 동부 피난민으로 변할 것이다.

마체라트 씨는 45년 6월 12일 오전 11시경 당시에 이미 그단스크[15]라고 불리던 단치히 시를 출발했다. 미망인인 마리아 마체라트가 그를 동반했는데, 나의 환자의 설명에 따르자면

---

15) 폴란드 북부, 발트해의 그단스크 만안(灣岸)의 항구 도시. 폴란드 및 다른 동유럽 여러 나라의 중요한 무역항으로 조선, 기계, 화학, 식품 등의 공업이 발달함. 1361년에 한자 동맹에 가입, 15-17세기에는 발트해에서 곡물 무역으로 번영하였고, 1919년 국제 연맹 보호하에 자유시(自由市)가 되었으나, 1939년 독일에 합병됨. 제2차 세계 대전 이후 폴란드 영토가 되어 항만 시설 등을 새로이 정비함. 독일 이름은 단치히(Danzig).

이 여인은 한때 그의 연인이었다고 한다. 나의 환자가 자기 아들이라고 주장하는 쿠르트 마체라트도 그 일행이었다. 그 밖에도 화물열차 안에는 서른두 명의 사람들이 타고 있었다고 한다. 그중에는 성 프란체스코 수도회의 복장을 한 수녀 네 명과, 머리 수건을 두른 소녀가 한 명 있었는데, 오스카 마체라트 씨의 주장에 따르면 이 소녀는 틀림없이 루치 렌반트라는 아가씨라고 한다. 그러나 내가 몇 번이나 추궁하자 나의 환자는 그 소녀가 레기나래크였다고 실토했다. 그러면서도 이름도 없는 세모진 여우 얼굴에 대해 계속 이야기를 하다가, 결국에는 다시 루치라는 이름을 들먹이는 것이었다. 하지만 그런 것은 별로 문제가 되지 않으므로 나는 여기에 그 소녀를 레기나 양으로 기록해 두기로 한다. 레기나 래크는 부모와 조부모 그리고 병든 숙부와 함께 여행 중이었다. 숙부는 그의 가족 이외에 악성 위암까지 거느리고 서쪽으로 향하고 있었다. 그는 말이 많았으며 출발하자마자 자신이 이전에 사회민주당원이었음을 밝혔다.

나의 환자의 기억에 의하면 이 기차 여행은 4년 반 동안 고텐하펜이라고 불리던 그디니아까지는 순조롭게 진행되었다. 올리바에서 온 두 명의 여자와 여러 명의 아이들과 랑푸우르에서 온 나이 든 한 신사가 초포트를 통과한 직후까지 울어 댔으며, 반면에 수녀들은 기도에 몰두했다고 한다.

그디니아에서 기차는 다섯 시간 동안 정차했다. 여섯 명의 아이들을 거느린 두 사람의 여자가 이 칸에 할당되어 왔다. 사회민주당원이 여기에 대해 항의했다. 그는 병중인 데다 전쟁 전부터 누리던 사회민주당원으로서의 특별대우를 요구했던 것이다. 그러나 수송을 지휘하던 폴란드 장교는 자리를 비우려 하지 않는 사회민주당원의 뺨을 갈기며 유창한 독일어로 말했다고 한다. 자기는 사회민주당원이 무엇을 의미하는지 모르며, 전쟁 동안 독일 내의 여러 곳에 주둔했지만, 그동안 사회 민주당원이라는 말은 한 번도 들은 일이 없다고. 그러자 위장병을 앓고 있는 사회민주당원이 그 폴란드 장교에게 독일 사회 민주당의 의의와 본질과 역사를 설명하려 했지만 때는 이미 늦고 말았다. 그 장교가 차 밖으로 나가 문을 닫고 밖에서 빗장을 질러 버렸던 것이다.

나는 모든 사람들이 짚 위에 앉거나 누워 있었다는 말을 기록하는 것을 잊어버렸다. 오후 늦게 열차가 출발하자 몇 명의 여자들이 소리쳤다. "다시 단치히로 돌아간다." 그러나 이것은 잘못된 짐작이었다. 열차가 새로 편성되었을 뿐, 작업이 끝나자 다시 서쪽으로 슈톨프를 향해 달리기 시작했다. 슈톨프까지는 나흘이나 걸렸다. 들판 한가운데서 이전의 빨치산과 폴란드 청년단이 계속 나타나 열차를 세우곤 했기 때문이었다. 젊은이들은 차의 미닫이문을 열어젖혀 신선한 공기를 들여보냈고, 그 대신에 탁한 공기와 여행 짐꾸러미의 일부를 밖으로 가져갔다. 젊은이들이 마체라트 씨가 탄 차량에 들이닥칠 때마다, 네 명의 수녀는 자리에서 일어나 수녀복에 매달고 있는 십자가를 높이 쳐들었다: 여하튼 이 네 개의 십자가는 젊은이들에게 커다란 감명이라도 준 것 같았다. 그들이 여행자들의 배낭이나 트렁크를 선로 위로 내던지기 전에 성호를 그었던 것이다.

사회민주당원은 이번에는 젊은이들에게 한 장의 종이를 내밀었다. 그것은 단치히 또는 그단스크에 있는 동안 폴란드 당국으로부터 받은 것으로 그가 31년부터 37년까지 사회민주당의 납세당원이었음을 증명하는 종이 쪽지였다. 그러나 젊은이들은 성호조차도 긋지 않은 채 그의 손에서 종이쪽지를 빼앗았고, 그의 트렁크 두 개와 그의 마누라의 배낭까지 낚아챘으며, 사회민주당원이 밑에 깔고 누워 있던 커다란 체크무늬의 고급스런 겨울 외투까지도 신선한 포메론의 공기 속으로 운반해 가 버렸다.

그러나 오스카 마체라트 씨의 주장에 의하면 이 젊은이들은 기강이 서 있었고 좋은 인상을 주었다. 그는 이것이 젊은이들을 지도하는 자의 영향 때문이라고 믿고 있다. 이 지도자는 겨우 16세임에도 불구하고 뛰어난 인물이었으며, 우리의 마체라트 씨는 이 인물을 보는 순간 고통스러우면서도 즐겁게 먼지떨이단의 두목이었던 슈퇴르테베커를 떠올렸던 것이다.

슈퇴르테베커를 꼭 빼닮은 이 젊은이는 마리아 마체라트 부인에게서 배낭을 빼앗으려 했고 마침내 빼앗았다. 그 순간 마체라트 씨는 다행스럽게도 맨 위쪽에 들어 있던 가족 앨범을 배낭에서 끄집어냈다. 그 패거리의 지도자는 처음에는 화를 내려고 했다. 그러나 나의 환자가 앨범을 펴 젊은이에게 자기 할머니 안나 콜야이체크의 사진을 보여 주자, 이 젊은이는 자기 할머니를 생각했음인지 마리아 부인에게 배낭을 도로 내려놓았다. 그리고 각이 진 폴란드 모자에 두 손가락을 대고 경례를 하며 마체라트 일가를 향해 "도 비드체니아!"[16)라고 말했다. 나가면서 마체라트의 배낭 대신에 다른 여행자들의 트렁크를 집어든 그는 부하들과 함께 차에서 내려 사라졌다.

가족 앨범 덕분에 지키게 된 그 배낭 속에는 약간의 내의류 외에도 식료품점의 장부와 매상 납세 증서, 저금통장, 루비 목걸이 따위가 들어 있었다. 이 목걸이는 마체라트 씨의 어머니가 가지고 있던 것으로서, 나의 환자가 소독제 봉지 속에 숨겨 놓았던 것이다. 거기에다 또한 라스푸틴의 작품과 괴테의 작품을 반반씩 섞어 놓은 교양서도 서쪽으로의 여행에 함께하고 있었다.

내 환자의 주장에 따르면, 그는 여행 도중 내내 대개는 앨범을, 그리고 때로는 교양서를 무릎 위에 올려놓고 뒤적거렸다. 이 두 책은 팔다리의 고통이 극심한 가운데서도 그에게 즐거우면서도 깊은 생각에 잠기게 하는 많은 시간을 가져다주었던 것이다.

나의 환자는 계속해서 말한다. 차량이 이리저리 흔들리고, 전철기(轉轍機)와 교차점을 넘을 때 충격을 받고, 끊임없이 진동하는 화물차의 앞 차축 위에 계속 누워 있었기 때문에 그의 성장이 촉진되었다는 것이다. 지금까지처럼 옆으로 커지는 것은 정지되고 그 대신 키가 자랐다. 염증 때문이 아니라, 부풀어 올랐던 관절이 느슨해지는 것 같았다. 내가 들은 바에 의하면 그의 귀와 코와 생식기까지 화물차의 진동 때문에 성

---

16) 안녕히 계십시오!

장했다. 수송이 순조롭게 진행되는 동안에는 마체라트 씨는
분명히 아무런 통증도 느끼지 않았다고 한다. 그러나 빨치산
과 청년단이 방문하여 열차가 다시 정차하는 순간이면 그는
찌르고 잡아당기는 듯한 고통을 느꼈으며, 그런 경우에는 앞
서 말한 바와 같이 고통을 진정시켜 주는 그 앨범으로 아픔
을 견뎠다는 것이다.

폴란드의 슈퇴르테베커 이외에도 여러 명의 젊은 도적들과
늙수그레한 빨치산 하나가 가족사진에 흥미를 보였다. 그 노
전사(老戰士)는 아예 주저앉아 담배까지 피워 물고는 한 장도
빠뜨리지 않고 차근차근 앨범을 넘겨가며 심각한 얼굴로, 콜
야이체크 할아버지의 사진에서 시작하여 마리아 마체라트 부
인이 한 살, 두 살, 서너 살 된 아들 쿠르트를 데리고 함께 찍
은 스냅 사진에 이르기까지 한 가족의 다채로운 발전을 훑어
보았다. 나의 환자가 본 바에 의하면 상당한 분량의 목가적인
가족사진을 바라보며 그 노전사는 미소까지 지었다. 다만 죽
은 마체라트 씨의 옷과, 우체국 방위대 얀 브론스키의 미망인
과 결혼한 람카우 지구 농민 위원장 엘러스 씨의 상의 깃에
당 배지가 선명하게 달려 있는 몇 장의 사진이 빨치산의 감정
을 상하게 했다. 그리하여 우리의 환자는 이 비판적인 사내가
보는 앞에서 아침 식사용 나이프의 끝으로 사진에 찍혀 있는
당 배지를 갉아 내어 환심을 샀다고 한다.

이 빨치산은―마체라트 씨가 굳이 나에게 강조하는 바에
의하면―많은 다른 사이비 빨치산들과는 달리 진짜 빨치산
이었다고 한다. 마체라트 씨의 주장은 이렇다. 빨치산이란 결

코 어중이떠중이들이 아니며, 언제나 빨치산으로 남아 있으면서, 추락한 정부(政府)를 말 안장 위에 올려놓는가 하면, 때로는 빨치산의 도움을 받아 말 안장 위의 정부를 떠밀어 추락시키기도 한다. 마체라트 씨의 주장에 의하면, 자신의 결점을 서서히 극복해 가는 완전무결한 빨치산이야말로—내게는 그 의미가 간신히 이해될 법도 하다—정치를 지향하는 모든 인간들 중에서 예술적으로 가장 재능있는 자이다. 이자들은 자신들이 금방 이룬 것을 곧바로 거부해 버리기 때문이다.

하기는 나의 경우도 비슷하다고 할 수 있다. 노끈 작품을 석고에 담가 응고시키자마자 주먹으로 부숴 버린 경우가 부지기수가 아니었던가? 특히 나의 환자가 몇 달 전에 의뢰한 작품을 생각해 보라. 단순히 노끈만을 엮어 러시아의 기도 치료사인 라스푸틴과 독일의 시성(詩聖) 괴테를 결합한 한 인물을 만들어 내되, 그것도 나의 환자의 요구에 따르자면 주문자인 자기의 모습과 아주 비슷하게 닮아야 한다는 것이다. 이 양극단의 인물을 하나의 모습으로 묶어 내기 위해 몇 킬로미터의 노끈을 엮어야 했던가. 나는 마체라트 씨가 모범으로 칭찬한 저 빨치산과 같이 휴식할 줄도 만족할 줄도 모르면서, 오른손으로 엮은 것을 왼손으로 풀고, 왼손으로 만들어 낸 것을 오른손 주먹으로 부수었던 것이다.

마체라트 씨도 알고 보면 자기 이야기를 일목요연하게 이끌어 나가지는 못한다. 이를테면 네 명의 수녀들에 대한 이야기만 해도 그렇다. 그는 때로는 그녀들을 프란체스코 수도회의 수녀들이라 했다가 때로는 빈첸트 파의 수녀들이라고 말한다. 하지만 이 정도는 아무것도 아니다. 사람은 하나인데 이름은 둘을 가진, 세모꼴의 여우 얼굴을 하고 있다는 저 젊은 계집에 대한 이야기에 이르면, 그의 보고는 자꾸만 풀어 헤쳐진다. 그래서 기록자인 나는 동쪽에서 서쪽으로 향하는 그 여행에 대해 두세 가지의 서로 다른 이설(異說)을 적어야 할 판이다. 하지만 그런 일은 내 적성에 맞지 않으므로, 여행 동안 내내 얼굴 표정 한번 바꾸지 않았던 사회민주당원에 대한 이야기나 계속하기로 하자. 이 사람은 내 환자의 진술에 따르자면, 슈톨프에 도착하기 직전까지 모든 동승자들에게 몇 번이고 거듭해 말했다고 한다. 가령 자기는 37년까지는 일종의 빨치산으로서 포스터를 붙이느라고 건강을 위태롭게 했고, 자유로운 시간까지 희생당했다. 말하자면 자기는 비 오는 날에도 포스터를 붙이고 다녔던 소수의 사회민주당원 중의 한 사람이었다는 것이다.

슈톨프에 도착하기 직전, 몇 번째인지는 모르지만 또다시 상당한 규모의 청년단이 나타나 수송 열차가 멈추게 되었을 때도 그는 이러한 투로 이야기했다고 한다. 남아 있는 짐이 거의 없었기 때문에 젊은이들은 태도를 바꾸어 여행자들의 옷을 벗기기 시작했다. 당연한 일이지만 젊은이들은 신사복 상의만을 목표로 삼았다. 하지만 사회민주당원은 이 일을 이해할 수 없었다. 유능한 재단사라면 수녀들의 헐렁헐렁한 수녀복으로 여러 벌의 고급 옷을 만들어 낼 수 있다는 것이 그의 생각이었기 때문이다. 이 사회민주당원은 자신이 엄숙하게 공표한 바대로 무신론자였다. 그런데 젊은 도둑들은 엄숙하게 공표하지는 않았으나 가톨릭 교회의 편이었던지 옷감이 넉넉한 수녀들의 모직물에는 손을 대지 않고, 펄프가 약간 섞인 무신론자의 싱글 상의를 가지려고 했다. 그러나 무신론자는 상의와 조끼와 바지를 벗으려 하지 않고, 사회민주당원으로서 포스터를 붙이던, 짧지만 성공적이었던 자신의 경력을 이야기하려 했다. 그리하여 이야기를 멈추지 않고 상의를 벗기는 데 반항하다가 예전에 국방군이 신던 장화로 위장 근처를 발에 채이고 말았다.

사회민주당원은 심하게 구토를 계속하다 마침내 피를 토했다. 이제 자기 옷 따위에는 신경 쓸 겨를도 없었다. 그리고 젊은 친구들도 드라이클리닝을 깨끗이 해야만 본래 모습을 찾을 수 있을 정도로 더러워진 그 옷에 대해 완전히 흥미를 잃고 말았다. 그들은 신사복은 단념하고, 마리아 마체라트 부인에게서 밝은 청색의 인견(人絹) 블라우스를, 그리고 루치 렌반트가 아니라 레기나 래크라는 이름의 소녀에게서는 바이에른식으로 짠 겉저고리를 벗겼다. 그리고 나서 그들은 차량의 미닫이문을 닫았다. 꼭 닫기지는 않았다. 열차가 움직이기 시작했고, 사회민주당원의 죽음도 시작되고 있었다.

슈톨프까지 이삼 킬로미터를 남겨 놓은 지점에서 수송 열차는 대피선(待避線)으로 밀려 밤 동안 그곳에 정차했다. 별이 밝게 빛나는 밤이었으나 6월의 날씨로서는 싸늘한 편이었다고 한다.

이날 밤 사회민주당원은 죽었다. 마체라트 씨의 말에 의하면, 그는 점잖지 못하게 큰소리로 신을 저주했고, 노동자 계급에게 투쟁을 호소하였으며, 최후의 말로—흔히 영화 장면에 나오는 것과 같이—자유 만세를 외쳤다. 그러고 나서 마침내 차 안을 공포로 가득 채운 발작적인 구토에 굴복하여, 싱글 상의에 너무 집착했던 사회민주당원은 죽고 말았다.

이후 한마디 비명도 들리지 않았다고 나의 환자는 말한다. 차 안은 조용해진 그대로 침묵이 계속되었다. 마리아 부인만 이를 덜덜거리고 있었다. 블라우스도 없는 데다가 마지막으로 남아 있던 내의마저 아들인 쿠르트와 오스카 씨에게 입혀 버려 추위에 떨고 있었던 것이다. 새벽 무렵에 두 명의 용감한 수녀가 미닫이문이 약간 열려 있는 것을 발견하고는 차내를 청소하여 온통 습기에 젖은 짚이며, 아이들과 어른들의 똥이며, 사회민주당원의 구토물을 선로 변에다 버렸다.

슈톨프에서 열차는 폴란드 장교의 검열을 받았다. 그와 동시에 따뜻한 수프와 볶은 보리커피 비슷한 음료수가 배급되었다. 마체라트 씨의 차 안에 있던 시체는 전염병의 위험을 고려하여 압수되어, 위생병들이 판자에다 싣고 운반해 갔다. 수녀들이 부탁하자 한 고위 장교가 가족들로 하여금 짧은 기도를 하도록 허락했다. 그리고 또 죽은 사내로부터 구두와 양말과 옷을 벗기는 것도 허락하였다. 나의 환자는 옷을 벗기는 장면이 계속되는 동안—나중에 시체는 판자 위에서 빈 시멘트 부대로 덮었다—벌거벗기는 사내의 조카딸을 관찰하고 있었다. 래크라는 이름의 이 어린 소녀를 보고 있노라면 극심한 혐오감과 함께 그 어떤 매력도 느끼게 되는 것이 꼭 저 루치 렌반트를 연상시킨다는 것이다. 이 루치 렌반트를 노끈으로 묘사하여 만든 작품을 나는 '소시지를 끼운 빵을 먹는 여인'이라고 부른다. 차 안이라 그녀는 벗겨지고 있는 숙부를 면전에 둔 채 소시지를 끼운 빵을 들고 껍질까지 먹어 치울 수는 없었다. 하지만 그녀도 벗기는 일에 참가하여 숙부의 옷 중에서 조끼를 유산으로 물려받아 약탈당한 뜨개 겉저고리 대신 입었다. 그러고는 어느 정도 어울린다는 듯이 새 의상을 손거울에 비춰 보았다. 그러다가 손거울 속에서 자리에 누워 있는 나의 환자를 발견한 그녀는 세모난 얼굴의 째진 눈으로 쳐다보더라는 것이다. 이 장면만 생각하면 나의 환자는 지금도 오싹한 공포가 엄습한다고 한다.

슈톨프에서 슈테틴까지는 이틀이 걸렸다. 불시에 열차가 정지되는 일이 계속되었고, 낙하산 대원용 칼과 자동 권총으로 무장한 미성년자들의 방문에도 차츰 익숙해지긴 했지만, 방문 시간은 점점 짧아졌다. 여행자에게는 이제 빼앗길 것이 거의 남아 있지 않기 때문이었다.

나의 환자는 주장한다. 그의 신장이 단치히 —그단스크에서 슈테틴까지의 여행 중에, 다시 말해 일주일 동안 10센티미터까지는 아니라 할지라도 9센티미터나 컸다는 것이다. 특히 허벅지 부분과 종아리 부분이 많이 자랐고, 흉곽과 머리는 거의 자라지 않았다고 한다. 그 대신 환자는 여행 동안 등을 밑으로 하고 누워 있었음에도 불구하고, 등의 약간 왼편 위쪽에 생긴 혹이 자라는 것을 막을 수는 없었다. 또 마체라트 씨가 시인하는 바에 의하면, 슈테틴을 지난 후 —그동안에 독일 철도 직원이 이 수송 열차를 인계하였다 —고통이 더욱 심해져 가족 앨범을 뒤적거리는 정도로는 참을 수 없게 되었다고 한다.

그는 몇 번이고 계속해서 소리를 질러야만 했다. 그 소리는 어느 역의 유리창에도 피해를 주지는 않았다—마체라트는 자기 소리가 유리를 깨뜨리는 힘을 완전히 상실했다고 말한다—하지만 그의 외침소리는 네 명의 수녀들을 그의 침상 앞으로 모이게 했고, 그녀들의 기도가 끝도 없이 계속되도록 만들었다.

동승자들의 반 이상이 슈베린에서 이 수송 열차를 내렸다. 그중에는 죽은 사회민주당원의 가족들도 있었다. 물론 레기나 양도 내렸는데, 마체라트 씨에게는 그 점이 너무나 서운했다. 그동안 이 소녀의 얼굴에 익숙해져 보지 않고는 견딜 수 없게 되어 버렸던 것이다. 그래서 그녀가 가 버리고 나자 고열이 따르는 격렬한 경련성의 발작이 그를 엄습하여 몸을 부르르 떨게 했다. 마리아 마체라트 부인의 진술에 의하면, 그는 절망적으로 루치아라는 이름을 불러 댔고, 자신을 우화에 나오는 동물인 일각수(一角獸)라고 부르면서, 10미터 높이의 다이빙대로부터 뛰어내리는 것에 대한 두려움과 욕구를 동시에 드러내었다고 한다.

오스카 마체라트 씨는 뤼네부르크의 병원에 입원했다. 그곳에서 그는 열에 시달리는 가운데서도 몇 명의 간호부와 친숙해졌다. 하지만 곧 하노버 대학 병원으로 다시 옮겨졌다. 그곳에서 열이 오르는 것을 치료할 수 있었다. 마체라트 씨는 처음에는 마리아 부인과 아들 쿠르트를 아주 가끔씩만 만날 수 있었으나, 그러다가 다시 매일 볼 수 있게 되었다. 그녀가 그 병원에서 청소부 일자리를 얻었던 것이다. 하지만 병원이나 병원 근처에는 마리아 부인과 쿠르트가 기거할 수 있는 방이 없었고, 또 피난민 수용소 생활도 점점 더 참을 수 없게 되었다. 그래서 마리아 부인은 매일 세 시간씩이나 초만원의 열차를 타고, 때로는 열차의 승강대 위에 서서 통근해야만 했다. 병원과 피난민 수용소는 그만큼 멀리 떨어져 있었다. 의사들은 신중하게 고려한 끝에 환자를 뒤셀도르프 시립 병원에 인계하는 데 동의했다. 무엇보다 마리아 부인이 이주 허가서를 제시할 수 있었던 것이 결정적으로 작용했다. 말하자면 뒤셀도르프에는 전쟁 동안 그곳 급사장과 결혼한 언니 구스테가 살고 있었고, 그녀가 마체라트 부인에게 방 하나를 제공해 주었다. 남편인 급사장이 러시아의 포로가 되어 방을 사용하지 않게 되었으므로 두 칸 반짜리 집에서 방 하나가 비어 있었던 것이다.

마체라트 씨는 45년 8월부터 46년 5월까지 그 병원에 있었다. 그는 어느 때는 동시에 여러 명의 간호사에 대해 한 시간 이상이나 이야기해 주기도 한다. 그 간호사들의 이름은 모니카, 헬름트루트, 발부르가, 일제, 게르트루트이다. 그는 병원 안에서 일어나는 잡다한 이야기를 끝도 없이 기억하고 있으며, 간호사복을 비롯하여 간호사 생활과 관계되는 일체의 것에 대해 과장된 의미를 부여한다. 내 기억으로 그는 당시 형편없던 병원 식사라든지 난방이 불충분한 병실 등에 대해서는 입도 벙긋하지 않는다. 오직 간호사들, 간호사와 관련된 사건들, 그리고 지겹기 짝이 없는 간호사들의 생활 환경에 대한 이야기만 할 뿐이다. 이를테면 간호사인 일제가 수간호사에게 일

러바쳤다는 소문이 소곤거리며 비밀리에 퍼져 나갔다든지, 그래서 그 수간호사가 점심시간 직후에 견습 간호사들의 숙소를 점검하였는데, 도난 사건이 생겨났고 도르트문트 출신의 한 간호사가—나는 그가 게르트루트라고 말했다는 것을 분명히 기억한다—무고한 죄를 뒤집어썼다는 식이다. 그는 또한 담배 배급표만을 노리고 간호사들에게 접근한 젊은 의사들의 이야기도 자세하게 해 주었다. 그리고 간호사가 아닌 어느 약제사가 혼자서 아니면 인턴의 도움을 받아 자기 몸에 낙태를 시도했다고 해서 취조 받은 일도 그는 이야기할 만한 가치가 있다고 생각한다. 나는 이러한 진부한 것들에 정신을 팔고 있는 나의 환자를 이해할 수 없다.

마체라트 씨는 이제 그에 대해 기록하라고 내게 부탁한다. 나는 기꺼이 이 희망에 따르겠지만 간호사들에 대한 장황하고 과장된 이야기들 중의 일부는 부득이하게 생략하기로 한다.

내 환자의 키는 1미터 21센티미터이다. 그의 머리는 보통의 어른에게 견준다 하더라도 너무 크다고 할 수 있을 정도이다. 그것은 두 어깨 사이에 그리고 거의 굽어 있다고 할 수 있는 목 위에 자리 잡고 있다. 흉곽과 꼽추라고 불러야 할 등이 눈에 띄게 튀어나와 있다. 그는 강렬한 빛을 내고 명민하게 움직이며 때로는 몽상에 잠긴 듯 열리는 푸른 눈을 가지고 있다. 숱이 많은 그의 머리는 약간 곱슬곱슬한 흑갈색이다. 그는 다른 부분에 비해 강력한 두 팔과—그 자신이 말하는 대로—아름다운 손을 보이고 싶어 한다. 특히 오스카 씨가 북을 칠 때면—이곳 원장은 매일 서너 시간까지는 북을 쳐도 좋다고 그에게 허가 하고 있다—그의 손가락은 마치 따로 독립해 움직이는 것 같으며, 더 정상적으로 자란 다른 사람의 육체에 속하기나 하는 것처럼 보인다. 마체라트 씨는 레코드로 아주 부자가 되었으며, 지금도 레코드로 돈을 벌고 있다. 면회 일이면 흥미로운 사람들이 찾아온다. 그의 재판이 시작되기 전부터, 그가 우리들에게 인계되기 전부터, 나는 그의 이름을 알았다. 그만큼 오스카 마체라트 씨는 저명한 예술가인 것이다. 개인적으로 나는 그의 무죄를 믿는다. 그러므로 그가 우리들 곁에 계속 머무르게 될지 아니면 다시 한번 세상으로 나가 예전과 마찬가지로 성공하게 될는지 나로서는 확신할 수 없다. 지금 내가 할 일은 그의 키를 재는 것이다. 불과 이틀 전에 쟀는데 말이다…….

나의 간호사인 브루노가 기록한 것을 검토하는 것은 그만 두기로 하자. 대신에 나, 오스카가 다시 펜을 잡기로 한다.

브루노가 그의 접는 자로 방금 내 키를 재었다. 그러고 나서 자를 내 몸 위에 내버려 둔 채, 잰 결과를 큰 소리로 알리며 방에서 나갔다. 내가 이야기하는 동안 그가 몰래 만들었던 노끈 작품조차도 떨어뜨리고 갔다. 아마도 처녀 의사인 호른 슈테터 박사를 부르러 간 것이리라.

그러나 그 여의사가 와서 브루노가 잰 결과를 내게 확인해 주기 전에, 오스카는 독자 여러분에게 미리 알리고 싶다. 간호사에게 내가 자라 온 이야기를 한 이 3일 동안 나는 적게 잡아도 2센티미터만큼의 키를 획득하게 된 것이다. 그것도 획득의 일종이라면 말이다.

그러므로 오스카의 키는 오늘부터 1미터 23센티미터이다. 어쨌든 이제부터 그는 전쟁 후 자신이 어떻게 변해 갔는가에 대해 보고하게 될 것이다. 그는 말을 하게 되었고, 서툴긴 하지만 쓸 수도 있게 되었으며, 유창하게 읽을 수도 있고, 꼽추이기는 하나 다른 점에서는 꽤나 건강한 젊은이가 되어 뒤셀도르프 시립 병원을 퇴원했던 것이다. 병원에서 퇴원할 때면 누구나 그렇듯이, 나도 이제부터는 성인으로서의 새로운 삶을 시작하겠노라고 다짐하면서.

3부

부싯돌과 묘석(墓石)

졸리는 듯 착하기만 한 비곗덩어리. 구스테 트루친스키는
구스테 쾨스터로 이름이 바뀌었지만 다른 사람이 될 필요는
없었다. 더군다나 그녀는 쾨스터의 영향을 받을 틈도 별로 없
었다. 약혼 기간은 쾨스터가 북빙양 전선으로 출전하기 직전
의 두 주일에 지나지 않으며, 그 후 그가 휴가차 나와 결혼을
했지만, 그것도 대개는 방공호의 침대에서 지냈던 것이다. 쿠
어란트 군(軍)의 항복 이후 쾨스터의 행방에 대한 아무런 소
식도 들려오지 않았지만, 구스테는 누가 남편에 대해 물을라
치면 엄지손가락으로 부엌문 쪽을 가리키며 딱 부러지게 대
답하는 것이었다. "그분은 바다 저쪽에서 이반의 포로가 되었
어요. 돌아오시는 날이면 이 집은 완전히 달라질 거예요."

쾨스터 때문에 빌크 가의 가정이 변화되지 않고 있다고 위

에서 한 말은 알고 보면, 마리아뿐만 아니라 또한 쿠르트의 생활 방식이 너무도 변했다는 사실을 빈정대기 위한 것이었다. 어쨌든 나는 병원을 퇴원하였다. 간호사들에게 이따금 들르겠노라고 약속하며 이별을 고했다. 그러고는 시내 전차를 타고 빌크 가에 사는 자매들과 나의 아들 쿠르트 곁으로 돌아와 보니 지붕부터 4층까지는 모조리 타 버린 아파트의 3층에서 마리아와 내 아들이 암거래 가게를 내고 있었다. 여섯 살인 쿠르트도 손가락을 꼽으며 제법 어머니를 돕고 있었다.

충직한 마리아는 암거래를 하면서도 마체라트를 잊지 못해 인조 벌꿀을 취급하고 있었다. 그녀는 상품 설명서도 없는 양동이에서 꿀을 떠 철썩 소리와 함께 저울에 올려놓고 무게를 달았는데, 마침 그때 내가 그곳에 들어서자 좁은 환경에 익숙해지기를 기다리지도 않고 다짜고짜 4분의 1파운드씩 포장하도록 명령했다.

쿠르트는 카운터의 대용품이라 할 수 있는 페르질[17] 비누 상자 뒤에 앉아 있다가, 병에서 회복해 돌아온 아버지를 쳐다보았다. 하지만 언제나 겨울인 것처럼 잿빛인 그 눈은 나를 뚫고 지나 다른 가치 있는 어떤 것을 향해 있었다. 그는 임의의 숫자들을 세로로 나열하여 써 놓은 종이 한 장을 앞에 놓고는 셈에 몰두하고 있었는데, 꼭 6주일 동안 학교를 다니며 난방도 불충분한 초만원의 교실에서 공부를 해서 그런지, 얼굴에는 사색가와 노력가의 표정이 역력하게 드러나 있었다.

---

17) 당시 애용되던 세제(洗劑)의 일종.

구스테 쾨스터는 커피를 마시고 있었다. 그녀가 내게 한 잔을 내밀었고, 나는 그것이 진짜 커피임을 알아보았다. 그녀는 내가 인조 벌꿀을 나르는 동안, 자기 동생 마리아를 위한 얼마간의 동정심과 함께 호기심에 찬 눈으로 내 등의 혹을 바라보았다. 가만히 앉아서 내 혹을 쓰다듬지 못하는 것이 그녀를 고통스럽게 했다. 왜냐하면 혹을 쓰다듬는 것은 모든 여인들에게 행운을 뜻하기 때문이었다. 물론 구스테의 경우에 행운이란 만사를 바꾸어 놓을 쾨스터의 귀환이다. 그러나 그녀는 꾹 참았다. 그 대신 행운과는 관계 없는 커피잔을 만지작거리며 이후 수개월 동안 내가 날마다 들어야 했던 불평을 큰소리로 늘어놓았다. "절대 거짓말이 아니야. 쾨스터가 돌아오면 이곳은 모든 게 변할 거야. 놀랄 것 없어!"

구스테는 암거래를 비난했다. 하지만 그 인조 벌꿀 덕택에 구하게 된 진짜 커피는 즐겨 마셨다. 손님이 오면 그녀는 슬리퍼를 질질 끌며 거실을 나와 부엌으로 갔다. 그리고 거기에서 덜그럭거리는 소리를 내며 항의를 표했다.

고객은 많았다. 9시에 아침 식사가 끝나기 무섭게 초인종이 울리기 시작했다. 짧게―길게―짧게. 밤 늦게 10시쯤이 되면 구스테는 이따금씩 있는 쿠르트의 항의를 무시하고 초인종의 스위치를 끊어 버렸다. 쿠르트로서는 학교에 다니느라 사업 시간의 절반밖에 활용할 수 없어 안타까웠던 것이다.

손님들이 물었다. "인조 벌꿀 있어요?"

그러면 마리아는 조용히 고개를 끄덕이며 되물었다. "4분의 1 드릴까요, 절반 드릴까요?" 그러나 인조 벌꿀을 원하지 않는 손님들도 있었다. 이들은 "부싯돌 있어요?"라고 물었다. 그러면 오전반, 오후반 교대로 통학하는 쿠르트가 숫자들이 적힌 종이에서 고개를 쳐들고, 스웨터 밑의 헝겊으로 만든 주머니를 손으로 더듬어 찾았다. 그러고는 어린아이의 도발적이면서도 낭랑한 목소리로 거실의 허공을 향해 수를 외쳤다. "세 개 드려요, 네 개 드려요? 하지만 다섯 개 사 두시는 게 좋을걸요. 최소한 24로 오르는 건 시간 문제라구요. 지난주에 18이었는데, 오늘 아침에는 20을 불렀고, 두 시간 전 내가 막 학교에서 돌아왔을 때만 해도 21이면 되었거든요."

쿠르트는 세로로 네 블록, 가로로 여섯 블록 되는 이 일대 내에서 부싯돌을 파는 유일한 상인이었다. 그는 부싯돌의 출처를 쥐고 있었지만 누구에게도 그것을 발설하지 않았다. 그러면서도 계속해서, 심지어는 잠자리에 들기 전에 기도를 대신하면서까지 말하곤 했다. "나에겐 비밀 루트가 있어!"

나는 아버지로서 자기 아들이 쥐고 있는 출처를 알 권리를 주장해도 괜찮다 싶었다. 그래서 그가 비밀리에가 아니라 우쭐거리며 "나에겐 루트가 있어!"라고 말할 때면 즉시에 물어보곤 했다. "부싯돌은 어디서 가져오니? 어서, 말해 봐, 어디야."

내가 출처를 추궁했던 그 몇 달 동안 마리아는 언제나 이렇게 반응했다. "내버려 둬요, 오스카. 첫째로 당신과는 아무 상관도 없는 일이에요. 둘째로 질문할 필요가 있을 때는 내가 하겠어요. 셋째로 아이의 아버지 행세를 말아 주세요. 몇 달 전까지만 해도 어버버─소리도 못 낸 주제에!"

그래도 내가 그만두지 않고 쿠르트가 알고 있는 출처를 추궁하자, 마리아는 격분한 나머지 손바닥으로 인조 벌꿀 양동이를 두들기며 나를 그리고 때에 따라 나의 집요한 추궁을 지지해 주던 구스테를 동시에 공격했다. "정말 훌륭한 소리들 하시는군! 아이의 장사를 망쳐 놓을 셈이야. 당신들도 이 아이가 벌어오는 걸로 먹고 살잖아. 칼로리가 많은 환자용 특식은 생각만 해도 화가 치밀어요. 오스카는 이틀이면 먹어 치우잖아. 그런데도 나는 웃고 넘기잖아."

오스카는 인정하지 않을 수 없다. 당시에 나의 식욕은 정말로 왕성했다. 빈약한 병원 식사를 그만 먹게 된 후 오스카가 다시 원기를 회복할 수 있었던 것도 사실은 인조 벌꿀 이상의 수입을 가져왔던 쿠르트의 '출처' 때문이었다.

그러므로 아버지는 부끄러워 입을 다물어야만 했다. 다만 쿠르트가 어린아이의 자비심에서 건네준 상당한 금액의 용돈을 가지고 빌크 가의 집에서 될 수 있는 대로 자주 외출하는 것이 상책이었다. 부끄러운 꼴을 보이고 싶지 않았던 것이다.

오늘날 온갖 훌륭한 직위에 있는 사람들이 경제 기적을 비판한다. 그들은 당시 상황을 희미하게 기억하면 할수록 더욱더 열광적으로 주장한다. '그때는 통화 개혁 이전의 광기의 시대였어! 그 무렵에는 여전히 무언가가 일어나고 있었어! 배 속은 비었지만 극장 매표구 앞에 줄을 섰지. 감자 소줏잔을 나누는 즉석 술자리는 정말이지 전설이야. 샴페인과 코냑으로 축하하는 오늘날의 파티는 비할 바도 아니야.'

잃어버린 기회를 안타까워하는 낭만주의자들은 늘 이런 식으로 말한다. 사실이지 나도 그와 같이 탄식해야만 마땅하다. 쿠르트의 부싯돌이 샘솟아 올랐던 그 몇 년 동안을 생각해 보자. 전쟁 중에 뒤쳐진 것을 회복하고 교양에 힘쓰려는 수많은 무리들의 서클에 나도 뒤질세라 참가해 거의 무료로 교양을 쌓았던 것이다. 나는 성인(成人) 대학 코스에 참가하기도 하고, '다리[橋]'라고 불리던 영국 문화 센터의 단골이 되는가 하면, 가톨릭교도들과 신교도들과 더불어 집단적 과실이라는 문제를 놓고 토의하면서 모든 사람들과 더불어 죄책감을 느끼기도 했다. 그들은 하나같이 이런 생각이었다. 지금 변상을 끝내야 한다. 그래야만 이 시대를 넘기고 다시 세상 형편이 좋아지기 시작할 때 더 이상 양심의 가책을 느끼지 않아도 된다.

어쨌든 내가 변변찮은 데다가 결함투성이인 교양이나마 쌓게 된 것도 이 성인 대학 덕분이다. 나는 그 무렵 많은 책을 읽었다. 이미 성장한 그 무렵에는 세계를 라스푸틴과 괴테로 단순하게 양분시키는 책과 1904년부터 1916년까지의 쾰러 해군 연감에서 얻은 지식만으로는 만족할 수 없다. 당시에 내가 읽었던 것들을 일일이 기억할 수는 없다. 하지만 나는 화장실에서도 읽었다. 그리고 극장표를 사기 위해 몇 시간이나 줄을 서서 기다리며, 모차르트식으로 변발을 늘어뜨린 채 역시 독서를 하고 있는 소녀들 사이에 꼭 끼여 있으면서도 읽었다. 나는 쿠르트가 부싯돌을 팔고 있는 동안에도 읽었고, 내가 인조 벌꿀을 포장하면서도 읽었다. 정전 시에는 수지(獸脂) 양초 사이에서 읽었다. 쿠르트의 그 '출처' 때문에 우리는 수지 양초를 구할 수 있었던 것이다.

말하기 부끄럽지만 당시에 읽은 것은 내 속에 남지 않고 나를 통과해 지나가 버렸다. 몇 마디 말과 선전 문구들만 기억에 남아 있을 뿐이다. 그리고 극장은 어떤가? 배우 이름들은 일부 기억이 난다. 호퍼, 페터 에서, 플리켄쉴트가 내던 특이한 R 발음, 실험 극장 무대에서 플리켄쉴트의 R 발음을 고쳐 주려던 여배우 수련생들이 생각난다. 그리고 타소[18]역을 하며 칠흑같이 검은 옷을 입었지만, 괴테가 지정하고 있는 월계관만은—그 녹색 잎 때문에 자신의 머리가 볼썽사납게 된다며—가발에서 벗겨 버린 그륀트겐스. 이 사람은 햄릿 역을 할 때도 비슷하게 검은 옷을 입었다. 또 여배우 플리켄쉴트의 주장에 의하면 햄릿은 살이 찐 사람이다. 요리크의 머리통도 기억에 남아 있다. 왜냐하면 그륀트겐스가 그것에 대해 정말 인상 깊게 이야기할 수 있었기 때문이다. 당시에 그들은 난방도 되지 않는 극장에서 감동한 관객들을 앞에 두고 「문 밖에서」[19]를 공연했는데, 내 생각으로는 망가진 안경을 쓴 그 베크만이라는 사내야말로 구스테의 남편, 즉 고향으로 돌아오고 있는 쾨스터로 여겨졌다. 돌아오기만 하면 만사를 바꾸어 놓으며, 내 아들 쿠르트의 부싯돌의 출처를 흙으로 메꾸어 버릴 것이라고 구스테가 말하는 그 사내 말이다.

이 모든 것들이 지난 일이 된 오늘날 나는 분명히 알게 되

---

18) 괴테의 고전 희곡 『토르크바토 타소(Torquato Tasso)』에 나오는 주인공의 이름. 궁정사회 내에서의 권력과 시인의 관계, 즉 정치 권력 앞에서의 시적 상상력의 의미와 역할을 묻고 있는 작품이다.
19) 볼프강 보르헤르트(Wolfgang Borchert)의 방송극. 전후 독일의 암담하고 허무적인 상황을 그리고 있음.

었다. 전후의 열광이란 결국 열광에 지나지 않으며, 어제까지만 해도 우리가 생생하고도 잔인하게 자행했던 그 모든 행위와 범죄들을 끊임없는 야옹 소리와 함께 역사로 돌려 버리는 고양이의 행태에 지나지 않는 것이다. 그러므로 나는 이제 환희역행단의 기념품들과 자수 편물들 사이에서 이루어진 그레트헨 셰플러의 교육을 오히려 더 높이 평가한다. 이를테면 지나치지 않을 만큼의 라스푸틴, 적당한 정도의 괴테, 핵심만을 간추린 카이저의 『단치히 시사(市史)』, 오래전에 침몰한 전투함의 장비, 쓰시마 해전에 투입된 일본 수뢰정들의 노트로 계산한 속도, 더 나아가 펠릭스 단의 『로마 쟁탈전』에 나오는 벨리사리우스와 나르세스, 토틸라와 테야에 관한 이야기 등등 이런 것들이다.

47년 봄이 되면서 나는 성인 대학과 영국 문화원과 니묄러 목사 따위를 포기하였다. 그리고 공연 프로그램에 여전히 햄릿으로 등장하고 있는 구스타프 그륀트겐스에게도 3층석에서 작별을 고했다.

마체라트의 무덤가에서 성장하기로 결심한 후 채 2년이 지나지 않았는데도, 내게는 벌써 어른들의 삶이 무미건조하게 느껴졌던 것이다. 그리하여 이제는 되돌아갈 수도 없는 세 살 시절의 몸이 그리워지기까지 했다. 나의 친구 베브라보다도, 작고(作故)한 로스비타보다도 작은 94센티미터에서 변하지 않고 그대로 있었더라면 하는 생각도 들었다. 북이 새삼 그리워진 오스카는 때로는 멀리 산책을 나가기도 했고, 그러다 보면 어느새 시립병원 근처에 와 있는 경우도 있었다. 그는 안 그래도 매달 한 차례 자신의 병을 흥미있게 관찰하고 있는 이르델 교수에게로 가야만 했으며, 그때마다 잘 알고 지내던 간호사들을 어김없이 방문했다. 물론 간호사들이 그를 위해 시간을 낼 수는 없었지만, 그는 회복 아니면 죽음을 약속하면서 바삐 움직이는 흰 옷 옆에 있으면 기분이 좋아지고 행복한 느낌마저 들었다.

간호사들은 나를 반갑게 맞아 주었고, 유치하긴 하지만 악의 없이 내 혹을 가지고 놀리기도 하면서 맛있는 음식물을 내놓았다. 그러고는 끝없이 얽히고설켜 있어서 아늑한 피로감마저 들게 하는 병원의 자질구레한 일상사 속으로 나를 끌어넣었다. 나는 귀를 기울이고 충고를 했으며, 사소한 언쟁이 벌어질 때면 중재를 서기도 했다. 그만큼 나는 수간호사의 신임을 받았다. 오스카는 흰 옷 속에 감추어진 이삼십 명이나 되는 처녀들 사이의 유일한 남성이었으며, 색다른 의미에서 선망의 대상이기도 했던 것이다.

앞에서 브루노가 말했다시피, 오스카는 아름다우면서도 호소력이 있는 두 손과 부드럽게 물결치는 듯한 머리털 그리고 사람을 매혹시키는 푸르디 푸른 브론스키의 눈을 갖고 있다. 내 등의 혹, 그리고 턱 아래에서 시작하여 부풀어 있는 좁은 흉곽이 역설적이게도 내 손과 눈의 아름다움 그리고 머리털의 사랑스러움을 더해 주는 것인지도 모른다. 어쨌든 내가 앉아 있던 방의 간호사들은 곧잘 내 손을 붙들고 손가락들을 만지작거렸으며, 머리카락도 정답게 쓰다듬어 주었다. 그러다가 방을 나서면서 서로 속삭이는 것이었다. "저 사람 눈을 들여다보고 있으면 다른 건 깡그리 잊어버려요."

이렇게 하여 나는 내 혹에 굴복하지 않았다. 물론 당시에 내가 북만 가지고 있었더라면, 그리하여 이따금 실연(實演)을 해보였던 북 치기로서의 능력을 자신할 수만 있었다면, 나는 병원 안에서 틀림없이 정복을 감행했을 것이다. 부끄러운 일이지만 자신의 육체의 그 어떤 작용에 자신을 가질 수 없었던 나는 그처럼 정겨운 전주곡 후에 본론으로 들어가는 것을 회피하고 병원을 나왔다. 나는 기분을 전환하기 위해 뜰 안과 철조망 울타리 주변을 산책했다. 병원 부지를 둘러싸고 있는, 한결같이 촘촘하게 구멍이 나 있는 철조망 주위를 휘파람을 불며 걷노라면 어느새 내 마음도 가라앉았다. 나는 베르스텐과 벤라트를 향하는 시내 전차를 바라보거나, 자전거 길 옆의 산책로를 걸으며 아늑한 권태로움에 빠져들었다. 또한 봄을 연출하면서, 예정에 어긋남 없이 꽃봉오리들을 불꽃처럼 피어나게 하는 자연의 노고에 미소로써 답하기도 했다.

건너편에서는 하늘에 계시는 우리 모두의 일요화가(日曜畵家)께서 날마다 점점 더 많은 녹색을 튜브에서 짜내어 베르스텐 묘지의 수목들을 채색하고 있었다. 묘지들은 언제나 내 마음을 끌었다. 그것들은 언제나 단정하고 일목요연하고 논리적이고 남성적이며 생동감에 넘친다. 묘지에 있으면 용기와 결의가 넘친다. 묘지에서야 비로소 인생은 윤곽을 얻는다. 물론 무덤 주변을 말하는 것은 아니다. 진실로 원하는 자에게 인생은 의미를 내린다는 말이다.

이 묘지의 북쪽 담을 따라 비트베크라는 길이 나 있는데,

그곳에서는 일곱 집의 묘석상(墓石商)들이 서로 경쟁하고 있었다. C. 쉬노크라든지 율리우스 뵈벨 같은 대기업이 있는가 하면, 그 사이에 R. 하이텐라이히라든지 J. 보아, 퀸 & 뮐러 그리고 P. 코르네프라는 이름의 작은 가게들이 있었다. 어느 가게나 막사 아니면 작업장 같은 모양을 하고 있었으며, 그 지붕에는 방금 칠했거나 겨우 글자를 알아볼 정도의 커다란 간판들이 걸려 있었다. 간판에는 상점 이름 말고도 그 아래쪽에 묘석상, 묘석과 울타리, 자연석과 인조석, 묘석의 예술과 같은 글자들이 씌어 있었다. 가령 코르네프 가게의 간판을 읽어 보자면, 'P. 코르네프 석공 겸 묘석 조각가'이다.

작업장과 그 마당을 둘러싸고 있는 철조망 울타리 사이에는, 단층 대석(臺石)과 2층 대석 위에 1인용으로부터 시작하여 소위 가족용이라고 부르는 4인용에 이르기까지 여러 묘석들이 일목요연하게 구분되어 늘어서 있었다. 그리고 울타리 바로 너머에는 맑은 날씨로 인해 생겨난 마름모꼴의 철조망 그림자를 뒤집어쓴 채, 수수한 품질의 조개껍질 석회석 받침대, 야자나무 가지 모양의 무늬 부분을 제외하고는 문질러서 반들반들 윤을 낸 휘록암 석판(石板), 슐레지아산(産)의 흐릿한 대리석으로 만든 80센티미터 높이의 어린이용 묘석이 자리 잡고 있었다. 어린이용 묘석은 그 테두리에 홈이 패어 있고, 위쪽 3분의 1 부분에는 대개 꺾인 장미를 상징하는 양각(陽刻)이 새겨져 있었다. 그 외에도 흔히 사용되는 규격 제품, 즉 붉은색의 마인산 사석(沙石)들이 한 줄로 늘어서 있었다. 이것들은 폭격으로 파괴된 은행이나 백화점의 정면에서 나온 것으로, 여기에서 부활을 축하하고 있는 중이었다. 묘석을 두고 이런 말을 한다는 것이 좀 이상하긴 하지만 말이다. 그런데 이러한 진열품 한가운데에 눈에 두드러지는 작품이 하나 있었다. 세 개의 대석과 두 개의 측면부, 그리고 여러 가지를 새겨놓은 하나의 커다란 암벽으로 이루어진 기념비가 그것이었다. 그 석재는 푸른 기가 감도는 백색의 티롤산 대리석이었고, 그 정면 벽에는 석공들이 '코르푸스'라고 부르는 것이 엄숙하게 솟아 있었다. 이 코르푸스는 머리와 무릎이 왼쪽으로 기울어 있고, 가시 면류관을 쓰고 있으며, 세 개의 못이 박혀 있었다. 그리고 수염은 없고 두 손을 벌리고 있으며, 가슴의 상처에서 흐르는 피는 일정한 양식에 따라 부조(浮造)되어 있었다. 내 기억으로는 분명히 다섯 방울이었다.

물론 비트베크 거리에는 왼쪽으로 기울어진 코르푸스를 새긴 묘석이 충분히 있었다. 특히 봄 시즌 초엔 열 개 이상의 묘석들이 팔을 벌리고 있었다. 하지만 나는 그중에서도 이 코르네프 가게에서 만든 예수 그리스도가 마음에 들었다. 왜냐하면 근육을 움직이며 흉곽을 벌리고 있는 이 부조상의 모습이 성심교회의 본 제단 위에 있는 나의 운동선수와 가장 많이 닮았기 때문이었다. 나는 몇 시간이고 그 울타리 옆에서 보냈다. 촘촘하게 구멍이 뚫린 철조망을 한 개의 막대기로 덜덜거리며 두드리며, 나는 이런저런 소원을 빌어 보기도 했다. 모든 것을 생각해본 듯도 하고 아무것도 생각하지 않은 듯도 했다. 코르네프의 모습은 좀처럼 보이지 않았다. 작업장 창문 밖으로 빠져나온 연통 한 개가 몇 번이고 꺾인 끝에 마침내 평평한 지붕 위로 솟아 있었고, 저질(低質) 석탄에서 나오는 노란 연기가 조금 솟아올랐다가는 타르칠을 한 지붕 종이 위로 떨어졌다. 그러고 나서 창문이며 낙수받이를 따라 방울방울 떨어져 내려왔다가, 가공되지 않은 돌들과 잘 깨어지는 라인산 대리석판 사이로 사라졌다. 작업장의 미닫이문 앞에는 저공비행 공격에 대비한 듯 몇 장의 방수포를 뒤집어씌운 삼륜 오토바이 한 대가 서 있었다. 작업장에서 들려오는 소리만—나무는 쇠를 두들기고, 쇠는 돌을 깨고 있었다—일하고 있는 석공들의 존재를 알려 주었다.

5월 어느 날 와서 보니, 삼륜 오토바이를 덮고 있던 방수포가 없어졌고, 미닫이문도 열려 있었다. 온통 희뿌연 작업실 안을 들여다보았더니, 절단대(絶斷臺) 위에 올려놓은 돌, 교수대 모양의 연마기, 석고 모델을 늘어놓은 선반들이 눈에 띄었고, 마침내 코르네프의 모습도 보였다. 그는 무릎을 굽힌 채 꾸부정하게 걸었으며, 머리는 뻣뻣하게 앞으로 내밀고 있었다. 목덜미에는 검게 변한 핑크빛 고약이 비스듬히 붙어 있었다. 이제 봄이 되었으므로 갈퀴를 들고 나온 코르네프는 진열 중인 묘석 사이를 정성들여 갈퀴질했다. 자갈 위에 이리저리 갈퀴 자국을 남겼으며, 묘석 위에 간간이 붙어 있는 지난해의 마른 잎도 긁어모았다. 울타리 바로 가까이 조개껍질 석회판과 휘록암판 사이에서 갈퀴를 신중하게 움직이던 그가 갑작스럽게 내게 말을 했다. "꼬마야, 웬일이지. 집에는 안 돌아가니? 아니면······."

"아저씨 집 묘석이 정말 마음에 들어요."라고 나는 미소 지으며 대답했다.

"그런 건 큰소리로 말하는 게 아냐, 재수가 없거든. 사실은 묘석에 올라타고 싶은 거지?"

그리고 나서야 그는 뻣뻣한 목덜미를 겨우 굽혀 나보다는 차라리 내 등의 혹을 곁눈질로 바라보며 "고생 좀 했겠군, 그래 잠자는 데 방해가 되지는 않았니?" 하고 물었다.

나는 그가 웃음을 그치기를 기다렸다가 설명해 주었다. 혹이 언제나 성가신 것만은 아니다. 나도 어느 정도는 혹을 이겨 내고 있다. 그리고 세상에는 혹에 대한 동경을 나타내고, 혹이 있는 남자의 특별한 상태와 가능성에 적응하기도 하며, 심지어는 이러한 혹을 즐거움으로 삼는 부인네며 소녀들도 있다는 것을.

코르네프는 갈퀴 자루에다 턱을 괸 채 생각에 잠겼다가 "그럴 수도 있겠지, 나도 들은 적이 있으니까."라고 말했다.

그리고 나서 그는 자기가 아이펠 지방에서 살던 때의 이야기를 했다. 당시 현무암을 깨는 일을 하고 있었던 그는 한 여인과 관계를 맺었다. 그런데 이 여인의 한쪽 다리는—나는 왼쪽이라고 기억하고 있다—나무 의족(義足)이어서 뗐다 붙였다 할 수 있었다고 한다. 그는 이 의족과 내 혹을 비교하였다. 물론 나의 '궤짝'을 뗐다 붙였다 하는 것은 불가능하지만 말이다. 석공은 이것저것 장황하고 자세하게 추억을 더듬었다. 초조하게 기다리던 나는 그의 이야기가 끝나고, 그 여자가 다시 다리를 붙였을 때야 비로소 그에게 작업장을 보여 달라고 부탁했다.

코르네프는 철조망 울타리의 가운데에 있는 양철문을 열어 주었다. 그러고는 열려져 있는 미닫이문 쪽을 갈퀴로 가리키며 들어가 보도록 했다. 바스락거리는 자갈을 밟으며 문 안으로 들어서는 순간 유황과 석회 냄새, 그리고 눅눅한 습기가 나를 에워쌌다.

위쪽이 납작한 배(梨)모양의 무거운 나무망치들이 거칠긴 하지만 이미 네모나게 잘라져 있는 평평한 돌들 위에 놓여 있었는데, 한결같이 고른 망치질을 말하듯 나무망치들의 섬유질 부분은 움푹 패여 있었다. 그리고 양각용(陽刻用) 망치를 위한 정, 머리 부분이 둥근 정, 새로 담금질해 만들어 아직도 시퍼런 빛을 내는 톱니 모양의 끌, 대리석을 위한 길고 탄력 있는 동판용(銅板用) 끌과 망치형 끌, 청대리석 선반 위에 있는 작달막하고 날이 널찍한 칼날형 끌, 네모진 절단대와 금방이라도 돌아갈 것 같은 목제 원반 위에 말라붙어 있는 연마용 진흙 따위가 눈에 띄었다. 그리고 말끔하게 연마한 젖빛의 석회화(石灰華) 판석(板石)으로 만들어진 2인용 묘석이 거꾸로 세워져 있었다. 두툼하고 구멍이 많은 노란 치즈빛으로.

"이것은 돌 깨는 해머, 이것은 손가락 끌, 이것은 홈파는 끌, 그리고 이것은." 하고 말하며 코르네프는 넓이가 손바닥만 하고, 길이는 3보(步) 정도 되는 판자를 주워들었다. 그리고 모서리를 눈앞에 갖다 대고 살피며 계속 말했다. "이건 직각잔데 말이야, 어린 점원들이 말을 듣지 않으면 이걸로 철썩 때려 준단다."

나는 약간은 예의에 어긋난 질문을 했다. "제자도 쓰시나요?"

그러자 코르네프는 고충을 털어놓았다. "다섯 명 정도 일을 시키고 싶은데, 한 놈도 달라붙지를 않아. 요즘 애들은 암거래 만 생각하거든!" 나와 마찬가지로 이 석공도 전도유망한 수많은 젊은이들로 하여금 정상적인 직업을 배우는 것을 방해하는 암거래를 못마땅하게 생각하고 있었다. 코르네프가 나에게 거친 것에서부터 섬세한 것에 이르기까지의 다양한 카보런덤 석(石)들과 아울러 그 연마 효과를 졸른호프 석판(石板) 위에서 보여 주는 동안, 나는 순간적으로 다른 생각을 굴리고 있었다. 속돌,[20] 초벌로 윤을 내는 데 사용하는 초콜릿빛의 셸락 석(石), 희미한 것을 더욱 반짝이게 만드는 데 사용하는 트리폴리 연마석, 그리고 여전히 번뜩이는 나의 작은 상념들. 코르네프는 글자들의 다양한 견본을 내게 보여 주면서 양각 문자와 음각 문자 그리고 문자의 도금(塗金)에 대해 이야기해 주었다. 그리고 도금이라는 것은 보통 생각하듯이 그렇게 대단한 것이 아니라고 가르쳐주었다. 옛날에 사용하던 진짜 금화 하나만 있으면 말과 기수(驗手)를 한꺼번에 도금할 수 있다는 말을 듣는 순간, 나는 단치히의 건초(乾草) 시장에 있는 빌헬름 황제의 기념상을 떠올렸다. 폴란드 기념물 보존회는 언제나 모래 채취장 쪽으로 말머리를 향하고 있는 이 상에다 도금을 할 것을 지금 검토 중이라고 한다. 그러나 금박을 입힌 말과 기수 이야기에도 불구하고 점점 더 무게가 더해 가는 나

---

20) 화산 용암의 한 가지. 분출된 용암이 갑자기 식어서 된 다공질(多孔質)의 가벼운 돌. 물건을 가는데 씀. 경석(輕石), 부석(浮石)이라고도 함.

의 조그만 상념은 사라지지 않고 계속 머릿속을 맴돌았다. 그래서 코르네프가 나에게 조각용(彫刻用)의 삼각 점각기(點刻機)를 설명하고, 십자가에 매달린 예수의 왼쪽 또는 오른쪽으로 향하고 있는 다양한 석고 견본들을 손마디로 톡톡 두드리는 순간, 나는 품고 있던 생각을 간결하게 표현했다. "그렇다면 제자를 들이실 건가요?" 나의 조그만 생각이 마침내 말문을 열었던 것이다. "제자를 구하고 계시죠, 아니면?" 코르네프는 종기가 난 목덜미 위에 붙여 놓은 고약을 쓱쓱 문질렀다. "괜찮으시다면 저를 제자로 삼아 주시겠습니까?" 이 질문은 어색했기 때문에 나는 즉시에 다시 고쳐서 말했다. "제 힘을 과소평가하지 마세요, 코르네프 씨! 내 다리가 조금 약한 건 사실입니다. 그렇지만 팔 힘은 상당하답니다!" 자신의 결단력에 완전히 취해 버린 나는 왼쪽 팔뚝을 드러내고는, 작긴 하지만 쇠고기처럼 강인한 근육을 코르네프더러 만져 보게 했다. 하지만 그가 만지려고 하지 않자, 이번에는 조개껍질 석회석 위에 있는 양각용 끌을 집어 들어, 그 육각기둥의 금속을 테니스공만큼 솟아오른 나의 근육 위에서 튀게 했다. 내가 이 시위(示威)를 중단하지 않을 것 같아 보이자, 코르네프는 연마기의 스위치를 올렸다. 그러고는 2인용 판석(板石) 밑을 받쳐 줄 석회화석(石灰華石) 받침돌 위에서 청회색의 카보런덤 원반을 찍찍 소리와 함께 회전시키기 시작했고, 마침내 눈은 기계를 향한 채 연마하는 소음을 능가하는 큰소리로 외쳤다. "집에 가서 다시 생각해 보거라. 쉬운 일이 아니란다. 그래도 생각이 변하지 않는다면 다시 오너라. 견습이라도 해 봐야지."

석공의 말대로 나는 그 작은 생각을 일주일 내내 곱씹어 보았으며, 쿠르트의 부싯돌과 비트베크의 묘석을 비교해 보기도 했다. 마리아가 "당신은 우리한테 얹혀살고 있어요, 오스카. 무어든 시작해 보세요. 커피나 코코아나 분유라도!" 하고 잔소리를 했으나, 나는 그래도 아무것도 시작하지 않았다. 구스테는 암거래를 멀리하는 나를 칭찬하면서, 여기에 있지도 않은 쾨스터를 모범으로 삼으라고 부추겼다. 하지만 나를 가장 고통스럽게 한 것은 아들인 쿠르트였다. 그는 숫자들을 날조해 종이에 써넣으면서 나를 본체만체했는데, 그것은 내가 여러 해에 걸쳐 마체라트를 무시한 것과 같은 방식이었다.

우리가 점심을 먹고 있을 때였다. 구스테가 초인종을 끊어 버렸는데, 베이컨을 넣고 달걀을 풀어 만든 요리를 먹는 동안 손님들에게 방해받고 싶지 않았기 때문이었다. 그러자 마리아가 말했다. "이봐요, 오스카. 이렇게 맛있는 걸 먹을 수 있는 건 우리가 팔짱을 끼고 있지 않기 때문이에요." 쿠르트가 한숨을 쉬었다. 부싯돌이 18로 떨어져 버렸던 것이다. 구스테는 말없이 마구 먹어 대었다. 나도 이를 따라했다. 맛은 있다고 생각했으나, 말린 달걀 가루를 사용한 탓인지 비참하다는 생각이 들었다. 그리고 베이컨 속에 들어 있던 연골(軟骨)을 씹으며, 느닷없이 행복해지고 싶다는 욕구가 귀 끝까지 솟구쳤다. 모든 분별을 넘어 나는 행복해지고 싶었다. 그 어떠한 회의도 행복에의 욕구를 잠재울 수는 없었다. 아무런 막힘도 없이 행복해지고 싶었다. 그래서 다른 사람들이 아직 자리에 앉아 말린 달걀 가루를 만족스럽게 먹고 있는 동안 나는 일어서서 벽장으로 달려갔다. 마치 거기에 행복이 마련되어 있기라도 한 것처럼. 그리고 내 벽장 속을 뒤져 행복은 아니지만 앨범 뒤쪽 교양서 아래쪽에서 파인골트 씨의 소독제 두 봉지를 찾아내었던 것이다. 그 한쪽 봉지 속에서 손가락을 더듬거려 찾아낸 것은, 역시 행복은 아니었지만 철저하게 소독을 한 나의 불쌍한 어머니의 루비 목걸이였다. 몇 년 전 금방이라도 눈이 내릴 것 같은 겨울밤에 얀 브론스키가 쇼윈도에서 꺼냈던 것이다. 당시까지만 해도 여전히 행복했고 노래를 불러 유리를 깨뜨릴 수 있는 힘을 가지고 있었던 오스카가 그 직전에 소리로 쇼윈도에다 둥근 구멍을 뚫어 놓았던 것이다. 나는 목걸이를 가지고 집을 나섰다. 이 목걸이를 행복으로의 제1단계라고 생각하며, 행복을 향해 출발하기로 하고, 중앙역으로 가는 전차를 탔다. 나는 이것이 잘된다면…… 하고 생각했다. 교섭이 오래 걸렸지만 그동안에도 내 생각은 변하지 않았다. 그러나 모두들 예비 판사라고 부르는 외팔이 작센인이 나의 불쌍한 어머니의 목걸이 대신 진짜 가죽으로 만든 서류 가방과 미제 담배 럭키 스트라이크 열다섯 상자를 주었을 때, 그들은 내 물건의 가치만 알아보았을 뿐 내 앞의 행복이 얼마나 무르익었는지는 깨닫지 못했다.

오후에 나는 다시 빌크 가에 있는 가족 곁으로 돌아왔다. 나는 열다섯 개의 담배 상자를 풀어놓았다. 스무 갑씩 들어 있는 럭키 스트라이크로서 금액으로도 상당한 액수에 달하는 것이었다. 그들은 놀라 마지않았다. 나는 그들에게 금빛 포장을 한 담뱃더미를 밀어 주며 말했다. 이것을 당신들에게 주겠다, 대신에 오늘부터는 내 일에 상관하지 말기를 바란다, 이 만한 담배면 나를 가만히 놓아 둘 수도 있을 것이다, 그리고 오늘부터는 매일 점심을 가득 담은 도시락이 필요하다, 그것 을 매일 이 서류 가방에 넣어 작업장으로 가지고 가려고 한 다, 당신들이야 인조 벌꿀과 부싯돌이면 만족하겠지만 나의 방식은 좀 다르다, 나의 행복은 앞으로 묘석 위에 씌어지거나 아니면 좀더 본격적으로 묘석 위에 새겨질 것이다. 나는 화도 내지 않고 비난도 하지 않으면서 이렇게 말했다.

코르네프는 매월 백 마르크를 주기로 하고 나를 견습공으 로 고용했다. 거의 무임금이나 마찬가지였으나 어쨌든 벌이는 되었다. 일주일이 지나자 내 힘으로는 석공의 거친 일을 감당 할 수 없음이 드러났다. 나는 방금 채석한 벨기에산 화강암을 4인용 묘석으로 만들기 위해 양각을 새기도록 지시받았으나 채 한 시간도 지나지 않아, 끌은 간신히 쥐고 있었으나 망치를 든 손에는 감각이 없어졌다. 나는 거칠게 깎는 일도 코르네프 에게 맡겨야만 했다. 그 대신 나는 세밀한 세공, 톱니 모양을 새기는 일, 두 개의 자로 평면을 재서 줄을 긋는 일, 백운석(白 雲石)의 가장자리를 일일이 깎아 내는 일에는 솜씨를 발휘하 여 나의 일거리로 만들었다. 나는 수직으로 세워 놓은 사각 형의 나무 기둥 위에 T자형으로 판자를 놓고는 그 위에 앉았 다. 그리고 오른손으로는 끌을 움직이고, 나를 오른손잡이로 만들려고 하는 코르네프의 주의를 무시한 채 왼손으로 배 모 양의 나무망치며 쇠망치며 돌 깨는 망치를 쾅쾅 두들겼고, 돌 깨는 망치의 64개 이빨들을 한꺼번에 돌에 부딪치면서 돌을 갈아냈다. 행복이었다. 하지만 그것은 내 북은 아니었다. 대용품에 불과한 행복이었다. 그러나 행복의 대용품도 있으니 다행이 아닌가. 어쩌면 행복은 대용품으로만 존재하는지도 모른다. 행복이란 언제나 행복의 대용품이다. 행복이란 온통 주위에 저장되어 있는 것이다. 대리석의 행복, 사암의 행복, 엘베산 사암, 마인산 사암, 다인산 사암, 운저산 사암, 키르히하임의 행복, 크렌츠하임의 행복. 단단한 행복이란 푸른 대리석. 구름이 낀 깨지기 쉬운 행복은 설화석고(雪花石膏). 비디아[21] 합금의 빛은 휘록암을 행복하게 관통한다. 백운석은 녹색의 행복. 부드러운 행복은 응회암. 라인강으로부터 오는 다채로운 행복. 구멍투성이의 행복은 현무암. 아이펠산맥으로부터 온 식어 버린 행복. 행복은 화산과 같이 분출했고, 자욱한 먼지가 되어 주위에 쌓였으며, 내 이빨 사이에서 바스락바스락 소리를 내고 있었다.

내가 가장 뛰어난 솜씨를 발휘한 것은 비명을 새기는 일에서였다. 나는 코르네프까지도 능가해 버렸다. 그 때문에 내게는 조각 작업 중에서 장식 부분이 맡겨졌다. 아칸더스[22] 모양의 잎, 어린이 묘석을 위한 꺾어진 장미 가지, 야자나무 가지, PX나 INRI와 같은 기독교 상징, 홈파기, 둥근 둘레 장식,

---

21) 다이아몬드와 같이(wie Diamant)라는 뜻에서 유래된 말로서 독일 크루프(Krupp) 사의 상품명. 탄화 텅스텐과 코발트의 합금. 경도(硬度)가 매우 커서 절삭 공구(切削工具)의 재료로 씀.
22) 쥐꼬리 망초과의 식물. 건축에서 아칸더스 잎 모양의 장식(코린트식 기둥 머리 따위의).

달걀과 화살 모양 장식, 모서리 깎기, 이중 모서리 깎기 등이 그것들이다. 오스카는 어떤 값의 묘석에도 필요한 장식을 다해 주었다. 이미 닦아 놓았지만 입김 때문에 거듭해서 흐릿해지는 휘록암판에다 여덟 시간에 걸쳐 다음과 같은 비명을 새겨 넣기도 했다. 내 사랑하는 남편 여기 하느님의 팔에 안겨 잠들다—줄을 바꾼다—우리의 선량하신 아버지, 형, 숙부—줄을 바꾼다—요제프 에서—줄을 바꾼다—1885년 4월 3일 탄생, 1946년 6월 22일 사망—죽음은 삶에의 문이다—그러고 나서 나는 이들 문자를 마지막으로 죽 읽어 보고는 대신해서 행복을 맛보았다. 말하자면 아늑한 행복감을 맛본 것이다. 그래서 61세의 나이로 죽은 요제프 에서 씨에게, 그리고 나의 글자 새기는 끝 앞에 있는 휘록암의 녹색 구름에 거듭거듭 감사를 표하기 위해, 나는 에서 씨의 묘비명 속의 다섯 개의 '0'자에 특별히 정성을 들였던 것이다. 그 결과 오스카가 특별히 좋아하는 문자인 '0'은 균형이 잡히고 이음매도 없는 훌륭한 모양이 되었으나 조금 크게 되어 버렸다.

5월 말에 나의 석공 견습 시대가 시작되었고, 10월 초에 코르네프에게 새로운 종기 두 개가 생겨났다. 이 무렵 우리는 헤르만 베프크네히트와 엘제 베프크네히트—결혼 전의 성은 프라이이타크—를 위한 석회화(石灰華) 판석을 남쪽 묘지에 설치해야만 했다. 그때까지도 내 능력을 믿지 못하던 이 석공은 나를 묘지로 데리고 갈 생각도 하지 않고 있었다. 묘석 설치를 하는 경우에 대개 그의 작업을 도와주는 자는 거의 귀가 먹었으면서도 그 외 다른 분야에서는 유능한 율리우스 뵈벨 상회의 조수였다. 그 대신 여덟 명을 고용하고 있는 뵈벨 상회에 일손이 모자랄 때면 코르네프가 도우러 갔다. 나는 묘지 작업을 돕겠다고 거듭 제의했지만 헛일이었다. 그 무렵까지도 나를 데리고 가겠다는 결정은 내려지지 않았지만, 묘지는 계속해서 나의 호기심을 끌었다. 다행히도 10월 초엔 뵈벨 상회가 대단한 호경기여서, 서리가 내리기 시작할 때까지는 한 사람의 일손도 놀릴 수 없는 형편이었다. 코르네프는 나한테 의지할 수밖에 없었다.

우리 두 사람은 힘을 합해 석회화 판석을 삼륜 오토바이 꽁무니 쪽으로 들어 올려 통나무 굴대 위에다 올려놓은 다음 굴려서 적재함에 실었다. 그리고 그 옆에다 받침대를 밀어 놓았고, 빈 종이부대로 귀퉁이들을 감싸 보호하였다. 또한 연장과 시멘트, 모래와 자갈, 내릴 때 쓸 통나무와 상자도 실었다. 나는 차의 뒷문을 꼭 닫았고, 코르네프는 어느새 운전석에 앉아 시동을 걸었다. 그때 코르네프가 옆 창으로 머리와 종기가 난 목덜미를 내밀고는 소리쳤다. "자, 오너라. 도시락을 들고 차에 타거라!"

우리는 시립 병원 주위를 천천히 달렸다. 정면 현관 앞에는 간호사들이 흰 구름처럼 모여 있었다. 그 가운데에 나와 친숙한 간호사 게르트루트가 있었다. 내가 손을 흔들자 그녀도 손을 흔들었다. 행복하다는 느낌이 들었다. 새로운 행복이든 묵은 행복이든 여하튼 나는 행복했다. 언젠가 그녀를 초대해야겠다는 생각을 하는 순간 그녀의 모습은 이미 보이지 않았다. 차가 라인쪽으로 향했기 때문이었다. 그녀를 어디론가 초대하자. 차는 다시 카페스 함 쪽을 향하고 있었다. 영화관이나 아니면 그 륀트겐스의 연극은 어떨까? 어느새 노란색의 벽돌 건물이 나타났다. 반드시 연극을 보러 갈 필요는 없다. 잎이 반쯤 떨어진 나무들 위로 화장터의 연기가 솟아오르고 있었다. 자, 게르트루트 양, 한번쯤 기분 전환 해 보는 것도 좋지 않겠어요? 다른 묘지, 다른 묘석 상회. 정면 현관 앞에서 게르트루트 간호사에게 경의를 나타내며 한 바퀴 선회. 보이츠 & 크라니히와 포트기서의 자연석, 뵘의 묘석 예술, 고켈른 묘지 조경업, 입구에서의 검문. 묘지로 들어가는 것도 쉬운 일이 아니다. 묘지 제모(制帽)를 쓴 관리인. 2인용의 석회화 묘석, 79호, 제8구역, 베프크네히트, 헤르만. 관리인이 모자에 손을 댄다. 도시락을 데우기 위해 화장터에 맡긴다. 그리고 납골당 앞에 서 있는 슈거 레오.

내가 코르네프를 보고 말했다. "저기 흰 장갑을 끼고 있는 남자 슈거 레오라는 사람이죠?"

코르네프가 목 뒤의 종기에 손을 대며 말했다. "저 사람은 자버 빌렘이지, 슈거 레오가 아니야. 이곳 사람이란다!"

내가 어떻게 이 말에 만족할 수 있었겠는가? 여하튼 나는 이전에 단치히에 살았고 지금은 뒤셀도르프에 살고 있지만, 나의 이름은 변함없이 오스카가 아닌가? "우리 고향의 묘지에도 저 사람과 똑같이 생긴 사람이 있었는데, 이름은 슈거 레오였어요. 맨 처음에 레오라는 이름만 쓰고 있을 때는 신학생이었어요."

코르네프는 왼손은 종기에 대고 있고 오른손으로는 화장터 앞에서 삼륜 오토바이의 방향을 바꾸며 말했다. "그럴 수도 있겠구나. 나도 그런 경우를 많이 알고 있어. 처음에는 신학교를 다녔는데 지금은 묘지에서 일하며 다른 이름을 쓰고 있지, 어쨌든 여기 있는 친구는 자버 빌렘이야!"

우리는 자버 빌렘 옆을 지나갔다. 그 사내는 흰 장갑을 낀 손으로 경례를 했다. 나는 이 남부 묘지가 고향처럼 편안하게 느껴졌다.

10월, 묘지의 가로수 길, 이 세상으로부터 머리털과 이빨이 빠지고 있었다. 다시 말해, 노란 잎들이 끊임없이 위에서 아래로 흔들거리며 떨어져 내려갔다. 고요함, 참새들, 산보객들, 삼륜 오토바이의 엔진 소리, 제8구역까지는 아직 상당한 거리가 남아 있었다. 고추를 드러내 놓은 손자의 손을 끌고 있는 노파들의 모습, 검은 스웨덴 화강암 위의 태양, 상징적으로 그렇게 만든 것인지 아니면 정말 전쟁 때문에 파괴된 것인지 모르지만 금이 가서 갈라진 오벨리스크 기둥들, 주목나무 아니면 그 비슷한 나무의 녹음 아래에서 녹색으로 흐려져 있는 천사. 한 여자가 자신의 대리석 때문에 눈이 부신 것인지 대리석의 손으로 눈앞을 가리고 있다. 돌로 만든 샌들을 신은 그리스도가 느릅나무들에게 축복을 내리고 있다. 그리고 제4구역에 있는 또 다른 그리스도는 자작나무 한 그루를 축복하고 있다. 제4구역과 제5구역 사이의 가로수 길에서 나는 아름다운 상념에 잠겨 들었다. 바다가 눈앞에 펼쳐진다. 그런데 해안으로 밀려오는 것들 중에 시체 하나가 섞여 있다. 초포트 잔교(棧橋) 쪽에서는 바이올린 소리가 들려오고 눈먼 상이 군인들을 위한 불꽃놀이가 서서히 시작되고 있다. 나는 세 살짜리 오스카가 되어 그 떠밀려 온 사람을 들여다보며, 그것이 마리 아이든가 아니면 언젠가는 초대하기로 마음먹고 있는 게르트 루트이기를 기대한다. 그러나 클라이막스를 향해 치닫고 있는 불꽃 아래 드러난 모습은 아름다운 루치, 창백한 루치이다. 게다가 그녀는 짓궂은 장난질을 할 때면 으레 그러듯이 바이에른식의 겉저고리를 입고 있다. 나는 흠뻑 젖어 있는 털실을 벗긴다. 뜨개 겉저고리 밑에 입고 있는 짧은 겉저고리도 마찬가지로 젖어 있다. 나에게 다시 한번 바이에른식의 겉저고리가 꽃피어난다. 그리하여 맨 나중에 불꽃도 기운을 소진해 버리고, 오직 바이올린 소리만이 들릴 때, 나는 양털, 또 양털, 또 양털, 그 밑에 독일 소녀단의 셔츠에 싸여져 있는 그녀의 심장을, 루치의 심장을, 차갑고 작은 묘석을 발견한다. 그 위에는 다음과 같이 기록되어 있다. 이곳에 오스카 잠들다—이곳에 오스카 잠들다—이곳에 오스카 잠들다……

"자면 안 돼!"라는 코르네프의 목소리가 바다에서 떠밀려 와 불꽃의 조명을 받고 있는 나의 아름다운 상념을 중단시켰다. 왼쪽으로 굽어들자 제8구역이 나타났다. 나무도 없고, 묘석도 조금밖에 없는 신(新)구역이 허기진 채 우리 앞에 편편하게 펼쳐져 있었다. 새로 조성되어 아직 손질이 덜된 무덤들이 단조롭게 늘어서 있는 가운데 최근 매장된 다섯 개의 무덤들이 눈에 띄었다. 비에 젖어 바래진 리본이 달려 있는, 곰팡이 쓴 갈색 화환의 더미들.

우리는 79호를 곧바로 찾았다. 4열의 시작 부분이자, 제7구역과 바로 인접한 곳이었다. 제7구역에는 빨리 자라는 어린 나무들이 조금 심어져 있고, 또 주로 슐레지아 대리석으로 만든 규격 석판들이 비교적 정연하게 늘어서 있었다. 우리는 79호의 뒤쪽으로 다가가 연장과 시멘트 자갈과 받침돌, 그리고 약간 번들거리며 빛을 내는 저 석회화(石灰華) 판석을 내려놓았다. 그리고 나서 통나무를 사용해 돌덩어리를 차의 적재함에서 나무 상자 위로 굴려 떨어뜨리자, 삼륜차가 위로 튀어올랐다. 코르네프는 임시로 만든 나무 십자가를 무덤의 머리 쪽에서 뽑아냈다. 그 가로대에는 H. 베프크네히트와 E. 베프크네히트라고 표시되어 있었다. 그런 후에 그는 내게 드릴을 가져오게 했다. 그리고 콘크리트 지주(支柱)를 세우기 위해 묘지의 규정에 따라 1미터 60센티미터 깊이의 구멍 두 개를 뚫기 시작했다. 한편 나는 제7구역에서부터 물을 길어 와 콘크리트를 만들기 시작했는데, 그가 1미터 50센티미터만을 파고 이제 됐다고 말했을 때는 콘크리트가 이미 완성되어 있었다. 그러고 나서 나는 두 구멍을 콘크리트로 굳히기 시작할 수 있었다. 그동안 숨을 헐떡거리며 석회화 석판 위에 앉아 있던 코르네프는 손을 뒤로 돌려 종기를 만지작거렸다. "이제서야 됐군. 부어올라 고름이 터져 나올 때는 느낌으로 정확히 알 수 있단 말이야." 나는 거의 아무런 생각도 없이 콘크리트만을 밟아다졌다. 제7구역에서부터 신교도의 장례식 행렬이 천천히 다가와 제8구역을 지나 제9구역 쪽으로 갔다. 행렬이 우리 앞의 제3열을 지나칠 때, 코르네프는 석회화 석판에서 미끄러져 내려왔다. 우리는 목사를 비롯해 그와 너무도 가까운 일행들이 지나갈 때까지 묘지 규정에 따라 모자를 벗고 있었다. 관 뒤로 단 한 사람의 검은 옷을 입은 작은 여인이 몸을 숙인 채 걷고 있었다. 그 뒤를 따라가는 모든 사람들은 훨씬 크고 건장하게 보였다.

"구멍이 열리면 안 돼!"라고 코르네프가 끙끙거리며 말했다. "아무래도 나오겠구나. 이 돌을 세울 때까지는 못 참겠어."

그러는 동안 제9구역에서 매장이 시작되었다. 사람들이 모여들고, 목사의 목소리가 높고 낮게 울려 퍼지기 시작했다. 콘크리트가 굳어지기 시작했으므로 이제 기초 위에다 받침돌을 올려놓아도 될 것 같았다. 그러나 코르네프는 석회화 석판 위에 배를 깔고 엎드린 채 이마와 돌 사이에 자신의 모자를 떨어뜨리고는, 목덜미를 드러내려고 겉저고리와 셔츠의 깃을 아래로 잡아당겼다. 그동안에도 죽은 사람의 생애를 알려 주는 자세한 설명들이 제9구역으로부터 제8구역의 우리들에게까지 들려왔다. 나는 석회화 석판 위로 기어오른 것만으로는 부족해 코르네프의 등에까지 올라탔는데, 그제서야 그 선물의 전모를 파악하게 되었다. 종기 두 개가 나란히 있었다. 늦게서야 나타난 한 사람이 너무도 큰 화환을 들고, 설교가 서서히 끝나 가는 제9구역을 향해 총총 걸어갔다. 나는 단번에 고약을 떼 낸 후 너도밤나무 잎으로 이히티올[23] 연고를 닦아 냈다. 그러자 거의 같은 크기로 부어오른 두 군데의, 흑갈색에서

---

23) 오스트리아의 티롤 지방에서 산출되는 태고 때의 어류나 짐승의 잔해로 만들어진 역청질 암석을 건류(乾溜)하여 진한 황산으로 중화시킨 약품. 황갈색의 유상(油狀) 액체로 단내가 남. 방부, 소염, 진통제로 사용함.

노란색으로 변해 가는 딱딱한 피부가 드러났다. "모두 기도합시다."라는 소리가 제9구역에서 바람결에 들려왔다. 나는 이것을 신호로 하여 머리를 옆으로 기울인 채 너도밤나무 잎 위에다 엄지손가락을 올려놓고 눌러서 짰다. "하늘에 계신 우리 아버지……." 코르네프는 이를 뿌드득 갈았다. "빨아 내, 누르지 말고." 나는 빨았다. "아버지의 이름이……." 코르네프도 함께 기도할 수 있었다. "그 나라가 임하시며……." "…… 하늘에서와 같이 땅에서도 이루어지소서." 빨리지 않았기 때문에 나는 여기에서 다시 눌러서 짰다. "하늘에서와 같이 땅에서도 이루어지소서." 이를 갈지 않는 것이야말로 하나의 기적이었다. 다시 "오늘 우리에게……."가 들려오자 이제는 코르네프도 따라서 외웠다. "우리의 죄를 용서하시고 우리를 유혹에 빠지지 말게 하시고……." 예상했던 것보다도 고름이 많았다. "나라와 권세와 영광이." 마지막으로 여러가지 색깔로 뒤범벅이 된 나머지를 짜냈다. "영원토록…… 아멘!" 내가 다시 한번 짜내는 동안 코르네프가 "아멘."이라고 했고, 또다시 눌러 짜는 동안에 또 "아멘."이라고 했다. 제9구역 쪽에서는 이미 애도의 말이 시작되고 있었다. 코르네프는 여전히 "아멘."이라고 했다. 그는 석회화 판석 위에 납작 엎드린 채 "아멘." 소리를 끙끙거렸다. 그리고 "받침돌에 쓸 콘크리트가 남았느냐?"고도 물었다. 내가 남았다고 하자, 그는 또 "아멘."이라고 했다.

　나는 두 지주(支柱) 사이를 연결하기 위해 마지막으로 여러 삽 가득히 부어 넣었다. 그러자 코르네프는 반질반질 빛나는 비면(碑面)에서 미끄러져 내려왔다. 오스카는 가을빛으로 다채롭게 물든 너도밤나무 잎들과 두 군데의 종기에서 터져 나온 비슷한 색깔의 내용물을 그에게 보여 주었다. 우리는 모자를 똑바로 고쳐 썼다. 그리고 돌에다 손을 대어 헤르만 베프크네히트와 결혼 전의 성(姓)이 프라이타크인 엘제 베프크네히트의 묘석을 세웠다. 그동안 제9구역에서는 매장이 끝나고 사람들이 흩어지고 있었다.

포르투나 노르트

　당시에는 지상에다 귀중한 것을 남기고 가는 사람들만 묘석을 요구할 수 있었다. 그것이 꼭 다이아몬드이거나 기다란 진주 목걸이일 필요는 없었다. 감자 다섯 부대만 있으면 그렌츠하임 조개껍질 석회로 만든 훌륭한 규격 석판을 구할 수 있었다. 조끼를 포함한 양복 두 벌분의 옷감만 있으면 3중의 대석(臺石)에다 올려놓는 벨기에제 화강암의 2인용 묘석을 손에 넣을 수 있었다. 옷감을 가지고 있는 양복집 미망인은 백운석으로 무덤 울타리를 만들어 주면 그 대가로 양복을 지어 주겠다고 제의했다. 그녀는 아직 한 명의 직공을 데리고 있었던 것이다.

　그리하여 코르네프와 나는 어느 날 밤 작업을 마친 후 슈토쿰 행의 10번선 전차를 타고 레네르트 미망인을 방문해 두 사람이 함께 치수를 쟀다. 당시 오스카는 마리아가 개조해 준 우스꽝스럽기 짝이 없는 전차 대원복을 입고 있었다. 겉저고리의 단추도 바꾸어 달았으나, 내 몸매의 유별난 치수 때문에 제대로 채울 수가 없었다.

레네르트 미망인이 안톤이라 부르는 직공은 가는 줄무늬가 있는 짙은 청색 옷감으로 내 치수에 맞게 양복을 지어 주었다. 싱글로서, 안감은 잿빛으로 하고, 어깨에는 너무 눈에 띄지 않을 정도로 적당히 패드를 넣었고, 등의 혹은 감추지 않고 오히려 보기 좋을 만치 강조했다. 바지는 끝단을 접어 올렸고, 너무 넓지 않게 했다. 베브라 스승이 여전히 내 복장의 표본이었다. 그러므로 허리띠 고리는 사용하지 않고, 대신에 바지 멜빵용의 단추를 달았다. 조끼 뒤쪽에는 윤이 나는 감을 대었고 앞쪽은 수수한 빛으로, 그리고 안감은 수수한 장밋빛으로 했다. 전부를 완성하기까지 다섯 차례나 가봉을 했다.

양복점 직공이 코르네프의 더블 양복과 내 싱글 양복을 짓고 있는 동안, 신발을 만드는 한 남자가 마흔세 살의 나이로 폭탄에 맞아 죽은 부인을 위해 규격 석판을 구하러 왔다. 이 남자는 처음에 우리들에게 배급표를 내놓으려고 했다. 그러나 우리는 현물을 원했다. 슐레지아산 대리석에다 인조석 울타리까지 설치해 주기로 하고 코르네프는 그 대가로 한 켤레의 짙은 갈색 단화와 가죽 창을 댄 슬리퍼 한 켤레를 받았다. 내 몫은 구식이긴 하지만 놀랄 만치 부드러운, 끈 달린 검은 장화 한 켤레였다. 크기가 35인 이 장화는 내 약한 발을 단단하고 우아하게 지탱해 주었다.

셔츠는 마리아가 마련해 주었다. 나는 한 다발의 마르크 지폐를 인조 벌꿀을 다는 저울 위에 올려놓고 말했다. "이걸로 나에게 흰색 와이셔츠 두 장과 가느다란 줄무늬가 있는 것 한 장, 그리고 연한 회색 넥타이와 밤색 넥타이를 사 주지 않겠어? 나머지는 쿠르트나 당신이 가져. 마리아, 다른 사람 생각만 하지 말고 자기 것도 좀 사도록 해요."

한번은 크게 호기를 부려 나는 구스테에게 진짜 뿔로 만든 자루가 달린 우산과, 신품이나 다름없는 알텐부르크제의 스카트용 카드 한 벌을 선사했다. 카드 점치기를 좋아하는 그녀는 쾨스터의 귀환을 점치고 싶었지만, 그때마다 이웃집으로 빌리러 가는 걸 쑥스러워했던 것이다.

마리아는 내가 부탁한 것을 서둘러 마련해 주었고, 상당한 액수의 남은 돈으로는 자신을 위해 레인코트를, 쿠르트를 위해서는 모조 가죽제의 책가방을 샀다. 책가방은 조잡한 것이었으나 당분간은 쓸 만했다. 내게는 와이셔츠와 넥타이 이외에도 회색 양말 세 켤레를 사다 주었는데, 양말은 내가 깜박 잊고 주문하지 않았던 것이었다.

양복을 찾으러 간 코르네프와 오스카, 두 사람은 양복집 작업실의 거울 앞에 당황해하며 서 있었지만, 상대방의 모습을 보고는 서로 감명을 받았다. 코르네프는 목덜미에 움푹 팬 종기 자국 때문인지 목을 거의 움직이려 하지 않았다. 그는 축 늘어진 어깨에 연결된 두 팔을 앞으로 드리운 채 안짱다리를 똑바로 세우려 애썼다. 새로 맞춘 나의 양복은, 내가 불룩 솟은 가슴 앞에서 일부러 팔짱을 끼어 상체의 옆모습을 크게 늘려 보이게 하고, 왼쪽 다리는 힘을 뺀 채 허약한 오른쪽 다리에 몸의 중심을 두자 그 어떤 마력적인 지성미 같은 것을 풍겼다. 코르네프에게 미소를 보내고 그의 놀라는 모습을 은근히 즐기며 나는 거울 앞으로 다가가 좌우가 반대로 비치는 나의 영상이 지배하는 평면 바로 앞에 섰다. 입이 닿을 만큼 가까운 거리였다. 하지만 나는 내 모습에다 입김을 불며 이렇게 말했다. "안녕, 오스카! 이젠 넥타이핀이 있어야겠군."

나는 일주일 후 일요일 오후에 시립 병원으로 가서 간호사들을 방문하여 새로 빼 입은 내 모습을 자랑스럽게 선보였다. 이미 그때 나는 진주가 달린 은제 넥타이 핀의 소유자였던 것이다.

순진무구한 소녀들은 간호사실에 앉아 있는 내 모습을 보고는 놀라 입을 다물지 못했다. 1947년 늦여름의 일이었다. 나는 앞서 재미를 본 방식대로 양복을 걸친 두 팔로 가슴 앞에서 팔짱을 낀 채 가죽 장갑을 만지작거렸다. 석공 견습생으로 일한 지 이미 1년 이상 되었기 때문에 나는 홈을 파는 데 있어서는 명인이었던 것이다. 또한 나는 한쪽 바지를 다른 쪽 바지 위로 포개며 바지 주름이 상하지 않도록 주의를 기울였다. 선량한 구스테는 이 맞춤복을, 귀향하여 모든 것을 바꾸어 놓을 쾨스터의 것이라도 되는 양 잘 손질해 주었다. 그리고 헬름트루트 간호사가 옷감을 만져 보고 싶다기에 만져 보도록 허락했다. 1947년 봄 우리가 쿠르트의 일곱 번째 생일을 집에서 담근 달걀술과 카스테라로 축하했을 때,—만드는 법은 마음대로 상상하시기를!—나는 쿠르트에게 쥐색의 모직 외투를 사 주었다. 또한 나는 게르트루트를 포함한 간호사들에게 초콜릿 과자를 내놓았는데, 그것은 휘록암 석판을 제공한 대가로 20파운드의 갈색 설탕과 함께 손에 넣은 것이었다. 내가 보기에 쿠르트는 학교에 다니는 게 아주 즐거운 모양이었다. 그의 여교사는 아직 늙지도 않았고, 슈폴렌하우어 선생과는 전혀 딴판의 사람이었는데, 이 여선생의 칭찬에 의하면 쿠르트는 영리하기는 하지만 좀 심각한 데가 있다는 것이다. 초콜릿 과자를 받은 간호사들의 기쁨을 상상이나 해 보시라! 간호사실에서 게르트루트와 단 둘이 있게 된 틈을 타 나는 그녀에게 언제 일요일에 시간이 나느냐고 물어보았다.

"글쎄요, 오늘도 다섯 시부터는 한가해요. 하지만 시내에 나가봤자 별수 없잖아요."라고 게르트루트가 체념한 듯한 어투로 말했다.

나의 의견은 어쨌거나 시험이나 해 보자는 것이었다. 그녀는 처음에는 외출하겠다는 생각은 조금도 없었고 차라리 잠이나 푹 자려고 했다. 그래서 좀 더 노골적으로 초대했지만 그녀가 여전히 망설였기 때문에 나는 의미심장한 말투로 말을 끝맺었다. "모험 정신을 가져 보세요, 게르트루트 간호사님. 청춘은 두 번 다시 오지 않는답니다. 과자 티켓은 얼마든지 가져다 드릴게." 이렇게 말하며 나는 가슴 호주머니를 보란 듯이 두드렸고, 또 그녀에게 초콜릿 한 개를 더 주었다. 그러자 조금도 나의 타입이 아닌 이 건장한 베스트팔렌의 아가씨가 약장(藥欌) 쪽으로 몸을 향한 채 말했다. "그렇다면, 좋아요. 여섯 시로 하죠. 하지만 이곳은 안 돼요. 코르넬리우스 광장에서 만나요." 이 말을 듣는 순간 내게는 이상하게도 놀라움이 살짝 스쳐 지나갔다.

나도 게르트루트를 병원 입구의 홀이나 정면 현관 앞에서 만날 생각은 조금도 없었다. 그래서 나는 6시에, 그 당시 아직까지 전쟁의 상처를 치유하지 못해 시간을 알리지도 못하고 있는, 코르넬리우스 광장의 표준 시계 밑에서 그녀를 기다렸다. 그녀는 내가 몇 주일 전에 입수한 그리 대단치도 않은 회중시계에 의하면 정확한 시간에 도착했다. 오히려 내 편에서 그녀를 알아보지 못할 뻔했다. 하기는 50보쯤 떨어진 대각선 방향의 건너편에 있는 전차 정거장에 내린 그녀가 나를 알아보기 전에 내 쪽에서 먼저 그녀를 보았더라면, 나는 실망한 나머지 슬쩍 도망쳐 버렸을 것이다. 왜냐하면 게르트루트 간호사는 적십자 브로치를 단 백의의 천사 게르트루트로서가 아니라, 함이나 도르트문트, 아니면 도르트문트와 함 사이의 그 어느 곳에서 온—안짱다리를 한 데다가 볼품없는 사복을 입은—게르트루트 빌름 양으로서 나타났기 때문이었다.

나의 불만도 알아차리지 못한 채, 그녀는 하마터면 늦을 뻔했노라고 설명을 했다. 수간호사가 순전히 심술 때문에 다섯 시 직전까지 일을 시켰다는 것이다.

"자, 게르트루트 양, 내 제안을 들어주시겠어요? 우선 빵집에서 푹 쉬기로 합시다. 그러고 나서 당신 희망대로 하지요. 영화관은 어때요. 극장은 아마도 입장권을 구할 수 없을 테니. 아니면 춤추러 가는 건 어때요?"

"그래요, 춤추러 가요!"라고 그녀는 신이 나서 말했지만, 곧

난처한 기색을 드러내고 말았다. 그녀의 댄스 파트너로서 내가 옷은 괜찮게 입었지만 아무래도 꼴은 엉망일 수밖에 없다는 사실을 깨달았던 것이다.

나는 약간은 고소해하면서—그녀도 내가 좋아하는 평소의 간호사 옷을 입고 오지 않았으니 내게만 잘못이 있는 것은 아니다—그녀가 일단 받아들인 계획대로 밀고 나가기로 했다. 게다가 상상력이 부족한 그녀는 이 충격을 곧 잊어버리고 나와 함께 케이크를 먹었다. 시멘트가 섞인 채 구운 게 틀림없는 케이크를 내가 한 조각, 그녀는 세 조각을 먹었다. 나는 과자 티켓과 현금으로 값을 치렀다. 그런 후에 그녀는 나와 함께 코흐의 소화전(消火栓)이 있는 데서 게레스하임 행의 전차를 탔다. 코르네프의 말에 따르면, 그라펜베르크 아래쪽에 댄스홀이 있다는 것이었다.

언덕길의 마지막 구간을 우리는 천천히 걸어서 올라갔다. 시내 전차가 언덕길 입구에서 더 이상 올라가지 않았던 것이다. 책에서 흔히 보는 9월의 저녁이었다. 보급 제한품이 아닌 게르트루트의 목제 샌들이 개천가의 물레방아처럼 철벅철벅 소리를 냈고, 그 소리에 내 마음이 즐거워졌다. 언덕길을 내려오던 사람들이 우리를 뒤돌아보았다. 게르트루트 양은 그것을 괴로워했지만, 그런 일에 만성이 된 나는 별로 마음에 걸리지도 않았다. 어쨌든 퀴르텐 제과점에서 그녀가 시멘트 섞인 케이크를 세 개 먹을 수 있었던 것은 내 과자 티켓 덕분이었으니까 말이다.

그 댄스홀의 이름은 베디히였고, 뢰벤부르크[24]라는 다른

별명도 가지고 있었다. 매표구에서부터 벌써 킥킥거리는 웃음
소리가 들려왔고, 우리가 안으로 입장하는 순간 모두들 고개
를 돌려 쳐다보았다. 게르트루트 간호사는 사복을 입어서 그
런지 침착성을 잃어, 웨이터와 내가 그녀를 부축하지 않았더
라면 접는 의자에 걸려 넘어졌을 것이다. 웨이터는 우리를 플
로어 근처의 테이블로 안내했다. 나는 찬 음료 2인분을 주문
하면서 웨이터에게만 들리도록 작은 소리로 덧붙여 말했다.
"럼주를 조금 섞어 주게."

뢰벤부르크는 이전에 승마 학교에서 사용했을 것으로 보이
는 커다란 홀이 그 중심부를 이루고 있었다. 심하게 파손된
위쪽 천장 부분은 지난해 사육제 때 사용했던 종이 테이프와
화환으로 덮여 있었다. 어스름하게 채색한 조명등이 선회하면
서 젊은 암거래 장사꾼들—그중에는 우아한 옷차림을 한 사
람들도 섞여 있었다—의 뒤로 빗어 넘겨 착 달라붙은 머리털
과 소녀들의 태프트 블라우스 위로 반사광을 던졌다. 그들 모
두는 서로 아는 사이 같았다.

럼 주를 섞은 찬 음료가 나오자 나는 웨이터에게서 미제 담
배 열 개비를 구입하여, 게르트루트 간호사에게 한 개비를 주
고 웨이터에게도 한 개비를 주었다. 담배를 받아든 웨이터는
그것을 자신의 귀 뒤에다 끼웠다. 나는 나의 파트너에게 불을
붙여준 후 오스카의 호박제(琥珀製) 파이프를 꺼내 카멜 담배
를 절반 정도만 피웠다. 우리 옆 테이블들은 다시 조용해졌다.

---

24) 사자의 동굴이라는 뜻임.

게르트루트는 결심한 듯 마침내 얼굴을 들어올렸다. 그러고 나서 내가 적지 않게 남은 카멜 꽁초를 재떨이에 비벼 끈 후 그대로 놓아두자, 게르트루트는 이 꽁초를 사무적인 손짓으로 집어 그녀의 방수포제 핸드백의 옆 주머니 속에 넣었다.

"도르트문트의 내 약혼자에게 줄 거야."라고 그녀가 말했다. "그 사람은 미친 듯이 피워 대거든요."

나는 그녀의 약혼자가 되지 않아도 된다는 사실이 기뻤다. 게다가 때마침 음악이 울리기 시작했다.

5인조 밴드가 「나를 울에 가두지 말아요(Don't fence me in)」를 연주했다. 플로어 위를 바삐 가로질러 가는 고무창 구두의 사내들이 서로 충돌하는 일도 없이 소녀들을 낚아 올렸다. 초대받은 소녀들은 일어서면서 자기들의 핸드백을 앉아 있는 친구들에게 맡겼다.

배운 대로 정말 유연하게 춤을 추는 쌍도 몇몇 보였으며, 껌을 씹고 있는 자들도 많았다. 일부 젊은이들은 몇 소절 동안 춤추는 것을 중지한 채, 초조하게 제자리에서 종종걸음을 치고 있는 소녀들의 팔을 붙들고는 라인 사투리 대신에 영어 몇 마디를 지껄이며 흥정을 하였다. 이러한 쌍들은 다시 춤을 시작하기 전에 작은 물건들을 교환하였다. 진정한 암거래 상인에게 휴식이란 없는 법이다.

우리는 이 첫 번째 댄스곡을 그냥 넘겼다. 다음의 폭스트롯도 그대로 보냈다. 이따금씩 남자들의 다리를 쳐다보고 있던 오스카는 밴드가 「로자문데」를 연주하기 시작하자, 어쩔 줄 몰라 하고 있던 게르트루트에게 댄스를 청했다.

얀 브론스키의 댄스 기술을 기억하며 나는 서투른 원스텝을 과감하게 내디뎠다. 게르트루트 간호사보다 거의 머리 두 개 만큼이나 작은 나는 우리의 결합이 얼마나 우스꽝스러울지를 알고 있었지만, 한편으로는 오히려 이 우스꽝스러움을 강조하고 싶은 심정이었다. 그래서 에라 모르겠다는 듯이 내 맡기는 그녀를 붙들고는 손바닥은 바깥으로 빼내어 그녀의 엉덩이 위에 대고 30퍼센트의 양모를 매만졌으며, 뺨은 그녀의 블라우스 위에 갖다 댄 채 간호사 게르트루트의 건장한 몸 전체를 밀어붙였다. 그러고 나서는 그녀의 걸음에 보조를 맞추고, 왼쪽으로 우리들의 뻣뻣하게 펼친 팔로 장애물을 헤쳐 가며 홀의 이 구석 저 구석으로 밀고 다녔다. 예상보다는 순조로웠다. 그래서 이번에는 응용을 시도해 보았다. 위쪽으로 뺨은 블라우스에 그대로 대고 있고, 아래쪽으로는 왼손과 오른손을 번갈아 가며 그녀의 허리에 갖다 대면서 그녀 주위를 선회하였다. 그러면서도 저 고전적인 원스텝의 자세는 허물지 않았다. 말하자면 여자는 금방이라도 뒤로 넘어질 듯하고, 여자를 넘어지게 하려는 남자도 여자 위로 넘어질 듯이 덮치지만, 그래도 두 사람은 넘어지지 않았다. 그래서 보는 사람들로 하여금 이들이 원스텝의 명수가 아닌가 하는 인상을 불러일으키는 듯한 춤이었다.

마침내 사람들의 눈이 우리에게 쏠렸다. 외치는 소리가 들려왔다. "저것 봐, 저건 지미야! 지미를 봐! 헬로우, 지미! 이리와, 지미! 함께하자, 지미!"

유감스럽지만 나는 게르트루트 간호사의 얼굴을 볼 수 없었다. 그래서 나는 그녀가 이 박수갈채를 젊은이들의 열광적인 환영으로 자랑스럽고 의젓하게 받아들였으면 하고 바라는 수밖에 없었다. 병원에서 간호사로 있다 보면 때때로 환자들의 어색한 아첨을 태연히 받아들여야 할 때가 있듯이 말이다.

우리가 자리에 앉은 후에도 박수 소리는 그치지 않았다. 특히 타악기 주자가 두각을 보이는 5인조 밴드는 팡파르를 한 번, 두 번, 그리고 세 번 울렸다. "지미." 하고 외치는 소리가 들리는가 하면, "저 두 사람 봤어?" 하는 소리도 들렸다. 이때 간호사 게르트루트가 일어서서 화장실에 가고 싶다는 등 무언가 우물쭈물 말하고서는, 도르트문트의 약혼자에게 줄 꽁초가 든 핸드백을 들고 얼굴이 새빨개진 채 테이블과 의자 여기저기에 부딪치면서 매표구 옆에 있는 화장실 쪽으로 달려나갔다.

그녀는 다시 돌아오지 않았다. 나가기 전에 그녀가 찬 음료수를 꿀꺽꿀꺽 다 들이켰다는 사실에서 나는 작별의 표시를 보아야만 했다. 간호사 게르트루트는 나를 남겨 두고 가 버린 것이다.

그러면 오스카는 어쩌란 말인가? 그는 미제 담배를 호박제 파이프에 끼워서 피웠고, 간호사가 바닥까지 다 비우고 간 글라스를 조심스럽게 치우고 있는 웨이터에게 찬 음료 말고 럼 주만을 주문했다. 오스카는 아무리 비싸더라도 미소를 지었다. 속이 쓰리긴 했지만 태연하게 미소 지었으며, 위로는 팔짱을 낀 채 아래로는 바짓가랑이를 포개고 앉아 치수가 35인 끈 달린 고급 장화를 흔들거리며 버림받은 자의 우월감을 누렸다.

뢰벤부르크의 단골 고객인 젊은이들은 선량한 사람들로서,

플로어에서 스윙을 추며 지나면서 내게 눈짓을 했다. 젊은이들은 "헬로우." 하고 소리쳤고, 소녀들은 "마음 놓으세요!(Take it easy)"라고 말했다. 나는 파이프를 들어 올려 이 진정한 휴머니티의 대표자들에게 감사를 표했다. 그리고 타악기 주자가 화려하게 연타를 두들겨 나로 하여금 그 좋았던 옛날의 무대 시절을 상기시키고, 드럼, 팀파니, 심벌즈, 트라이앵글 등의 타악기로 독주곡을 연주함으로써 그때부터는 여자들이 파트너를 택할 차례임을 선언했을 때, 나는 관대하게 싱긋 웃어 주었다.

밴드는 열정적으로 「호랑이 지미」를 연주하였다. 물론 이 뢰벤부르크 안에 있는 그 누구도 연단 아래에서 북을 치던 나의 경력을 몰랐지만, 어쩐지 이 곡은 나를 겨냥하는 것 같았다. 어쨌든 헤나[25] 염료처럼 빨간 머리를 헝클어뜨린 채 방정을 떠는 한 계집애가 나를 파트너로 택했고, 껌을 질겅거리며 골초같이 쉰 목소리로 「호랑이 지미」라고 내 귀에다 속삭였다. 그러고 나서 우리는 마치 정글과 정글의 위험 속을 누비듯 지미의 곡에 맞추어 빠른 동작으로 춤을 추었다. 정말이지 이 10여 분 동안 우리는 뛰어다니는 호랑이 그 자체였다. 또다시 팡파르가 울려 퍼졌고, 박수갈채가 터져 나오는가 하더니, 다시 한번 팡파르가 울렸다. 혹 위로 고급 옷을 걸친 데다가 두 다리를 민첩하게 움직이며 내가 호랑이 지미의 모습을 손색없이 연출했기 때문이었다. 나는 내게 호의를 표하는 헬마

---

25) 헤나의 잎이나 줄기에서 채취한 붉은색 염료. 손톱이나 머리털을 염색하는 데 사용함.

라는 숙녀를 내 테이블로 초대했는데, 그녀는 자기 친구인 하넬로레도 데려오자고 부탁했다. 하넬로레는 말이 없고 엉덩이가 무거운 데다 술을 많이 마셨고, 헬마는 미제 담배 쪽을 더 좋아했다. 나는 웨이터에게 추가 주문을 해야만 했다.

멋진 밤이었다. 나는 「헤바베리바」, 「인 더 무드(In the mood)」, 「구두닦이(Shoeshine boy)」를 추었고, 그 사이 사이에 이야기를 나누며 다루기 쉬운 두 아가씨를 상대했다. 그녀들의 이야기에 의하면, 두 사람 다 그라프 아돌프 광장 변에 있는 전화 교환국에 근무하며, 매주 토요일과 일요일에는 전화 교환국에 근무하는 더 많은 아가씨들이 베디히, 즉 뢰벤부르크를 찾는다는 것이었다. 그리고 그녀들 둘은 주말마다 꼬박꼬박, 바로 당번일 때를 제외하고는 여기에 온다고 했다. 나도 자주 오겠노라고 약속하면서, 그 이유는 헬마와 하넬로레가 멋있는 아가씨들이기 때문이라고 말해 주었다. 그리고 또 전화 교환원들하고는—여기서 내가 농담 한마디를 했더니, 둘 다 금방 알아차렸다—이처럼 가까이에 마주 앉아서도 서로 말이 잘 통한다며 능청을 떨었다.

나는 그 후 한참 동안 병원에 가지 않았다. 그 후에 이따금씩 가기는 했지만, 게르트루트 간호사는 부인과 병동에 배치되어 근무하고 있었다. 이후로 나는 그녀를 다시 보지 못했다. 아니 단 한번 멀찌감치서 인사를 나누며 스쳐 지나간 적은 있었다. 나는 그동안 뢰벤부르크의 환영받는 단골이 되었다. 아가씨들은 나를 재치 있게 맞아 주었으며, 정도에 넘치는 행동은 하지 않았다. 나는 그녀들을 통해 영국 주둔군 소속의 몇 몇 관계자를 알게 되었으며, 덕분에 백여 개의 영어 단어들도 귀동냥으로 익혔다. 그리고 뢰벤부르크 악단의 두세 멤버와도 친구 사이가 되어 서로 너 나 하는 사이가 되었다. 하지만 드럼 연주에 있어서만은 솟아오르는 욕구를 자제하여 타악기 뒤에는 결코 앉지 않았다. 다만 코르네프 석공 가게에서 묘비명을 조각하는 작은 행복에 만족하며 지냈다.

47년에서 48년 사이의 엄동설한 동안, 나는 전화 교환국의 아가씨들과 교제하였으며, 말이 없고 엉덩이가 무거운 하넬로레와는 그다지 많은 비용도 들이지 않고 서너 차례 몸을 따뜻하게 할 수 있었다. 우리는 아슬아슬하게 거리를 유지하면서 가벼운 손장난에 몰두했던 것이다.

겨울 동안 석공은 여러 가지 손을 보아 두어야 하는 법이다. 연장을 다시 달구어 손질하고, 몇 개 남아 있는 오래된 돌덩이를 잘라 비명을 새길 수 있는 평평한 석판을 만들고, 그면을 반들반들하게 갈며, 홈도 파야 한다. 코르네프와 나는 가을 시즌 동안 텅 비어 버린 묘석 적치장(積置場)을 다시 채웠고, 조개껍질 석회석 덩이로부터 인공석 몇 개를 만들어 냈다. 나는 또 점각기(點刻機)를 사용해 비교적 간단한 조각을 시도하였으며, 양각(陽刻)으로 천사들의 머리와 가시 면류관을 쓴 그리스도의 머리, 그리고 성령의 비둘기를 만들었다. 눈이 내리면 삽으로 눈을 치웠고, 눈이 내리지 않을 때면 연마기(研磨機)로 통하는 수도관의 얼음을 녹였다.

48년 2월 말─사육제 기간 동안 바싹 마르게 된 탓으로 나는 아마도 지적인 분위기를 자아냈던 것 같다. 왜냐하면 뢰벤부르크에서 몇 명의 아가씨들이 나를 '박사님'이라고 불렀기 때문이다—성회(聖灰) 수요일 직후에 라인 강의 좌안(左岸)으로부터 한 무리의 농부들이 처음으로 찾아와 우리의 묘석 적치장을 둘러보았다. 코르네프는 출타 중이었다. 연례 행사인 류머티즘 치료를 위해 두이스부르크로 가서 그곳 용광로 앞에서 일했기 때문이었다. 그러다가 2주일 후 그는 바싹 마른 몸에 종기도 없이 돌아왔는데, 나는 그동안 이미 3인용 묘석을 포함한 세 개의 돌을 유리한 값으로 팔았다. 돌아온 코르네프는 다시 두 개의 키르히하임산 조개껍질 석회석판을 팔았다. 그리고 3월 중순에 우리는 묘석 설치 작업을 시작했다. 슐레지아산 대리석은 그레벤브로이히로 갔다. 두 개의 키르히하임산 규격 석판은 노이스 근교의 마을 묘지에 서 있다. 내가 천사 머리를 새겨 놓은 붉은색의 마인산 사암(沙岩)은 오늘날까지도 슈토믈러의 묘지에서 경탄의 대상이 되어 있다. 3월 말 우리는 가시 면류관을 쓴 그리스도를 새긴 3인용의 휘록암 묘석을 차에 싣고 천천히 달렸다. 삼륜차가 짐을 과도하게 실었기 때문이었다. 우리는 우선 카페스 함 쪽으로 가다가, 노이스의 라인 다리 쪽으로 향했다. 그리고 노이스로부터 그레벤브로이히를 경유하여, 로머스키르헨으로 갔다가, 거기에서 베르크하임 에르프트로 가는 오른쪽 길로 돌아 라이트, 니이더아우셈을 뒤로 하였다. 우리는 차축(車軸)을 파손시키지도 않고 무사히 묘석과 대석(臺石)을 오버아우셈의 묘지로 운반했다. 묘지는 마을 쪽으로 약간 기울어져 있는 언덕 위에 자리 잡고 있었다.

기막힌 전망이었다! 발 아래로 펼쳐진 에르프트란트의 갈탄(褐炭) 탄광 지대. 포르투나 공장의 여덟 개의 굴뚝은 하늘을 향해 연기를 내뿜고 있고, 새로 세워진 포르투나 노르트 발전소는 금방이라도 폭발할 것 같이 쉿쉿 소리를 내고 있다. 산처럼 쌓인 광재(鑛滓) 더미 위로는 운반용 케이블이 통해 있고, 그 위를 소형 짐차가 달린다. 그리고 3분마다 코크스를 실었거나 아니면 빈 채로 전동차가 달린다. 발전소에서 나오는 차와 발전소로 돌아가는 차들은 장난감처럼 조그마하게 보인다. 그리고 거인들의 장난감, 즉 묘지의 왼쪽 구석을 뛰어넘어 가는 세 가닥의 전력선은 고압 전류를 싣고 윙윙거리며 쾰른 방면을 향해서 달린다. 다른 전력선들은 지평선 너머 벨기에와 네덜란드 쪽으로 달린다. 여기는 세계의 결합점―우리는 플리스 가(家)의 휘록암 석판을 세웠다―, 이곳에서 전기가 생겨나는 것이다. 무덤 파는 사람이 슈거 레오의 역할을 하는 조수와 함께 연장을 들고 왔다. 우리는 고압 전류의 영향권 내에 서 있었다. 무덤 파는 사람이 우리보다 세 줄 아래에서 이장(移葬) 작업을 시작했다. (이곳 전기는 전쟁에 대한 손해 배상으로 제공되고 있었다.) 바람이 이장이 너무 이를 때에 나는 전형적인 냄새를 우리에게 실어 왔다―아니, 구역질은 나지 않았다. 때는 3월이 아니었던가. 코크스 산더미 사이로 3월의 밭이 보인다. 무덤 파는 사람은 실로 매단 안경을 쓰고 있었으며, 소리를 낮춘 채 그의 슈거 레오와 말다툼을 하고 있었다. 그러던 중 포르투나의 사이렌이 1분 동안에 걸쳐 숨을 내쉬었다. 이장되는 여성은 말할 것도 없고 우리들까지 숨이 멎었다.

하지만 고압 전류만은 여전히 버텨 내고 있었다. 그러자 사이렌은 비틀거리면서 뱃전을 넘어 물속으로 사라졌다―그동안 마을의 회색빛 슬레이트 지붕으로부터 한낮의 연기가 모락모락 솟아올랐고, 바로 그 뒤를 이어 교회 종소리가 울려 퍼졌다. 기도하라, 그리고 일하라―공업과 종교가 나란히 손을 잡았다. 포르투나에서는 근무 교대가 시작된다. 우리는 베이컨을 끼운 버터빵을 꺼냈다. 그러나 이장 작업은 단 한순간의 휴식도 허용하지 않는다. 고압 전류도 전승국들을 향해 쉴새없이 달려간다. 네덜란드를 밝혀준다. 그런데 여기는 계속 정전이다―하지만 그 부인은 마침내 밝은 곳으로 나왔다!

코르네프가 기초 공사를 위해 1미터 50센티미터의 깊이로 구멍을 파는 동안, 그녀는 지상의 신선한 공기 속으로 나왔다. 어두운 지하에 있었던 것은 겨우 지난 가을부터여서 그렇게 오래되지 않았지만 상황은 빠른 진전을 보였다. 지상의 도처에서 이런저런 개선 작업이 이루어지고 있듯이 말이다. 말하자면 라인이나 루르 지방에서 공장 해체 작업이 진척되었던 겨울 동안―나는 그동안 뢰벤부르크에서 빈둥거리며 시간을 허비하고 있었다―여인은 갈탄 탄광 지대의 얼어붙은 땅 아래에서 자기 자신과 싸워왔으며, 지금 우리가 콘크리트를 밟아 다지며 대석을 설치하고 있는 동안 이장에 동의하도록 조금씩 설득당해야만 했던 것이다. 사실 바로 그 목적을 위해 사용할 아연 상자는 미리 준비되어 있었던 것으로, 그녀의 아주 작은 부분이라도 잃어버리지 않기 위해서였다―그것은 마치 프링스 추기경이 설교단 위에서 '진실로 내가 너희에게 이르노니, 석탄을 훔치는 것은 죄가 아니다'라고 말했다 해서, 아이들이 포르투나로 석탄을 가득 싣고 가는 트럭 뒤를 쫓아가며 떨어지는 석탄을 빠짐없이 주워 모으는 것과 꼭 마찬가지이다. 하지만 그 누구도 이 여인에게 더 이상 난방을 해 줄 필요는 없었다. 나도 말 그대로 신선한 3월의 대기 속에서 그녀가 얼어 있었다고는 생각지 않는다. 무엇보다도 그녀의 피부는 팽팽한 상태를 유지하고 있었던 것이다. 비록 올이 풀린 양말처럼 군데군데 구멍이 나 있긴 했지만 말이다. 그 대신 천조각과 머리털만은 그대로 남아 있었다. 게다가 머리털은 여전히 퍼머넌트 상태였다—하긴 퍼머넌트라는 말은 이래서 나온 것이리라. 관에 딸려 있는 쇠붙이들도 이장할 만한 가치가 있었다. 그리고 작은 널조각들까지도 또 다른 묘지, 즉 대도시로 따라가고 싶어하는 것 같았다. 대도시에선 농부들이나 포르투나의 광부들은 눈에 띄지도 않고, 언제나 무엇인가가 일어났으며 열아홉 개의 영화관이 동시에 문을 열고 있다. 부인은 그 묘지로 돌아가고 싶어 했다. 무덤 파는 사람의 말에 의하면 그녀는 강제 철거된 피난민으로서 이곳 사람이 아니었다는 것이다. "이 사람은 쾰른 사람이야, 앞으로 라인 저쪽 너머 언덕의 뮐하임으로 운반할 거야."라고 말하며 그는 좀더 이야기를 계속하고 싶어했으나, 그때 다시 한차례 1분 동안 사이렌이 울리기 시작했다. 나는 이 사이렌 소리를 이용하여 이장을 위한 발굴 장소로 접근했다. 그것도 길을 돌아서 사이렌소리를 피하며 서서히 침투해 감으로써 발굴 현장의 목격자가 되고자 했다. 현장에 도착한 나는 아연 상자 옆에서 무언가를 집어 들었는데, 나중에 보니 삽이었다. 나는 그것으로 도움을 주어야겠다는 생각은 하지 않았지만, 일단 손에 삽을 잡은 김에 곧바로 행동으로 들어가 무언가 옆에 떨어져 있는 것들을 삽으로 떠올려 보았다. 삽은 이전에 제국 노동 봉사단이 사용하던 것이었다. 그리고 내가 이 제국 노동 봉사단의 삽으로 떠서 올린 것은 지난날의 가운뎃손가락이었다. 아니 현재의 가운뎃손가락이었다. 그런데—나는 지금도 그렇게 생각하고 있다—이 강제 철거된 피난민 부인의 반지 끼는 손가락은 둘 다 자연히 떨어져 나간 것이 아니라, 눈곱만큼의 동정심도 없는 무덤 파는 사람에 의해 잘린 것이다. 이 손가락들은 살아생전에는 꽤 아름답고 유능했으리라 생각되었다. 이미 아연 상자 속에 들어 있던 이 부인의 머리 부분도 같은 인상을 주었다. 이 머리는 주지하는 바와 같이 혹독하게 추웠던 47년에서 48년에 걸친 전후의 겨울 동안에도 균형을 잃지 않고 견디어 냈다. 그래서 비록 쇠락해 가고 있기는 하지만 아름답다는 말을 할 수 있는 것이다. 게다가 내게는 이 부인의 머리와 손가락이 포르투나 노르트 발전소의 아름다움보다도 더욱 친밀하고 인간적으로 여겨졌다. 말하자면 나는 이 공업 지대가 풍기는 열정을, 예전에 구스타프 그륀트겐스의 연극을 즐겼을 때와 같은 기분으로 맛보았는지도 모른다. 하지만 나로서는 아무리 예술적이라 할지라도 그와 같은 외향적인 아름다움에 대해서는 불신을 떨쳐버릴 수가 없다. 다만 이 강제 철거된 피난민 부인과 같이 너무도 자연스럽게 작용하는 것에 대해서만 신뢰감을 느낀다. 그렇다, 고압 전류도 괴테를 읽을 때와 마찬가지의 세계감정을 불러일으키기는 했지만, 이 부인의 손가락도 내 마음에 바로 와 닿았다. 이 철거된 피난민 부인을 남자로 가정한다고 해도 사정은 마찬가지이다. 왜냐하면 이 경우가 결심을 굳히고 비교해 보려는 나의 목적에 더 맞았으니까 말이다. 이 비교에서 나는 요리크가 되었고, 이 부인—절반은 아직 지하에, 절반은 아직 아연 상자 속에 있다—은 남성인 햄릿이 되었다. 물론 햄릿을 남자로 보았을 때의 이야기이다. 나 요리크, 5막 제1장에 나오는 광대는, "호레이쇼, 나는 이 사내를 알고 있었다.", 이 세상의 모든 무대에서—"오오 가련한 요리크!"—자신의 두개골을 햄릿에게 빌려준다, 그것은 햄릿 역의 그륀트겐스나 로렌스 올리비에 경으로 하여금 "너의 익살은 지금 어디에 있느냐? 도약은?" 하는 문구에 대해 생각하도록 만들기 위해서이다. 그리고 나는 그륀트겐스가 연출하는 햄릿의 손가락을 노동 봉사단의 삽 위에다 올려놓고는 니이더라인의 갈탄 탄광 지대의 단단한 대지 위에 서서, 광부와 농부 그리고 그 가족들의 무덤 사이에 서서, 오버아우셈 마을의 슬레이트 지붕을 내려다보았다. 그러면서 이 마을 묘지를 세계의 중심으로 보았고, 포르투나 노르트 발전소를 위풍당당한 반신적(半神的) 존재로 간주하였다. 밭들은 덴마크의 것이었고, 에르프트는 나의 벨트[26] 해협이었다. 여기서 썩어 가는 것은 나의 덴마크 왕국에서도 썩어 가는 것으로 여겨졌다. 그래 나는 요리크다. 고압 전류를 잔뜩 싣고 탁탁 소리를

———————————

26) 덴마크의 해협 이름.

내며 내 머리 위에서 누군가가 노래를 부르며 지나갔다. 천사들이 아니라, 세 가닥의 고압 전류 천사가 지평선 너머로 노래를 부르며 날아갔다. 퀼른과 그 중앙역이 고딕식의 전설적인 동물 곁에 누워 있는 곳으로 날아갔다. 그리고 순무밭 상공으로부터 가톨릭 상담소에 전류를 공급했다. 하지만 대지는 갈탄뿐만 아니라 요리크의 시체, 아니 햄릿의 시체를 제공했다. 그러나 연극과 관련이 없는 다른 시체들은 지하에 파묻혀 있어어만 했고—'그들은 갈 데까지 갔다—남은 것은 오로지 침묵뿐'—게다가 무거운 묘석까지 짊어지고 있어야 했다. 우리가 3인용의 휘록암으로 짓눌러 놓은 플리스 일가(一家)처럼. 하지만 나, 오스카 마체라트, 브론스키, 요리크에게는 새로운 시대가 시작되었다. 그래서 나는 이 새로운 시대를 의식하자마자, 그것이 지나가기 전에, 재빨리 나의 삽 위에 있는 햄릿 왕자의 잘린 손가락을 관찰하였으며 —'그는 살이 너무 쪄서 숨을 헐떡이고 있다'— 3막 제 1장에서의 그륀트겐스의 '죽느냐 사느냐' 하는 물음을 생각해 보다 이 어리석기 짝이 없는 질문을 내던져 버리고, 차라리 구체적인 것을 나란히 늘어놓아 보았다. 이를테면 내 아들과 내 아들의 부싯돌, 이승과 저승에 있는 나의 추정상의 아버지들, 나의 할머니의 네 벌의 치마들, 사진에 불멸로 남아 있는 내 가련한 어머니의 아름다움, 헤어베르트 트루친스키의 등에 있는 미로(迷路)와도 같은 상흔, 폴란드 우체국의 피를 빨아들이는 우편물 바구니, 아메리카—아아, 아메리카는 브뢰젠 행 9번선의 시내 전차에 비하면 정말 아무것도 아니다. 그리고 나는 이따금씩 풍겨 오는 변함없이 분명한 마리아의 바닐라 향기를, 루치 렌반트를 닮은 소녀의 세모진 얼굴이 가져다주는 환각 위로 감돌게 했다. 또 죽음마저도 소독하고 마는 파인골트 씨에게 부탁하여 마체라트의 기도(氣道) 속으로 들어가서 발견되지 않고 있는 당 배지를 찾아달라고 했다. 그러다가 나는 코르네프를 향해 아니 차라리 고압 전주를 향해 말했다. 나로서는 서서히 결심을 굳히긴 했지만, 결심을 하기 전에 연극적 요구에 따라 햄릿을 의심해보고, 나 즉 요리크를 참된 시민으로 치켜세울 필요가 있었던 것이다. 그리하여 나는 코르네프를 향해 말했다. 그때 코르네프도 휘록암 석판을 대석 위에다 세워야 했기 때문에 나를 부르려던 참이었다. 나는 마침내 한 시민이 될 수 있다는 희망에 들떠 낮은 목소리로—물론 그륀트겐스가 요리크 역을 한 적은 없었지만, 어쨌든 그의 흉내를 살짝 냈다—삽 날 너머를 향하여 말했다. "결혼을 할 것이냐, 말 것이냐, 그것이 문제로다."

포르투나 노르트를 마주 보고 있는 이 묘지에서의 전환(轉換) 이래로 나는 베디히의 뢰벤부르크 댄스 홀에 다니는 것을 그만 두었으며, 신속하고도 만족스러운 관계를 맺는 것을 장기로 하는 전화 교환국 소녀들과의 모든 교제도 끊어 버렸다.

5월에 나는 마리아와 나를 위해 영화관 입장권을 샀다. 영화가 끝난 후 우리는 레스토랑으로 들어가 그런대로 맛있는 식사를 하였다. 그러면서 나는 마리아와 수다를 떨었다. 그녀는 온갖 걱정에 시달리고 있었다. 쿠르트의 부싯돌 비밀 루트가 바닥을 드러냈고, 인조 벌꿀 장사도 잘 되지 않았기 때문에—그녀도 인정하다시피—최근 몇 개월 동안 내가 미력하나마 전 가족의 생활을 짊어지고 있었던 것이다. 나는 마리아를 달래며 오스카는 기꺼이 일하고 있다, 큰 책임을 지는 것보다 더 기쁜 일은 없다, 라고 말했다. 그리고 또 그녀의 용모를 칭찬하고 나서는 마침내 대담하게 구혼을 했다.

그녀는 생각할 여유를 달라고 부탁했다. 나의, 이 요리크의 질문은 수 주일 동안 아무런 대답도 듣지 못했다. 아니 대답을 회피당하고 있었다고 말하는 게 옳을 것이다. 그러다가 마침내 통화 개혁이 시행되었고 이것이 회답을 주었다.

마리아는 거절의 이유를 산더미같이 늘어놓았고, 나의 소맷자락을 만지작거리며 나를 "다정한 오스카."라고 불렀다. 그러면서 내가 이 세상을 견뎌 내기에는 너무도 선량하다고 말하며 양해를 구했고, 앞으로도 변함없는 우정과 석공으로서의 내 직업과 여타의 다른 모든 것이 다 잘 되기를 바란다고 말했다. 하지만 거듭해서 간절하게 부탁했건만 나와의 결혼만은 승낙하기를 거부했다.

그리하여 요리크는 시민이 되지 못하고 햄릿, 즉 광대가 되어 버렸던 것이다.

마돈나49

통화 개혁이 예상 외로 빨리 단행되었다. 그래서 나는 어릿 광대가 되어야 했고, 오스카의 통화도 마찬가지로 개혁되어야 만 했다. 나는 앞으로 등에 달린 나의 혹으로 한밑천 잡지는 못할망정 최소한 나의 생계비만은 벌어야 한다는 사실을 알게 되었다.

어쩌면 나는 이 시절에 선량한 시민의 역할을 해낼 수도 있 었을 것이다. 통화 개혁 후의 시대는—지금에서야 우리들 모 두가 알고 있는 일이지만—오늘날 전성기에 달한 소시민적 생활의 모든 전제 조건을 갖추고 있었던 터이니, 오스카의 소 시민적인 기질도 더불어 촉진시킬 수 있었을 것이다. 남편으 로서, 소시민으로서 나는 재건 운동에 참여했을 것이다. 그리 하여 지금쯤은 중간 크기의 석공업을 경영하며, 서른 명의 직공과 막일꾼과 견습공들에게 임금과 빵을 주고, 신축한 온갖 사무실 빌딩이며 호사스러운 보험 회사 건물의 표면을 인기 있는 조개껍질 석회석이나 석회화(石灰華) 석판으로 화려하게 장식해 주는 장사꾼이 되었을 것이다. 그리하여 사업가도 소시민도 남편도 될 수 있었을 것이다―그러나 마리아는 나에게 퇴짜를 놓고 말았다.

그래서 오스카는 자신의 등에 달린 혹을 자각하며 마침내 예술에 헌신하게 되었다! 묘석으로 생계를 잇고 있던 코르네프의 생활도 통화 개혁에 의해 역시 위태롭게 되었으므로, 나는 코르네프가 해약을 통보하기 전에 먼저 사직했다. 그리하여 나는 부엌이 달린 구스테 쾨스터의 거실에서 빈둥거리며 시간을 보내거나 아니면 거리로 나갔다. 나의 우아한 맞춤복도 차츰차츰 낡아 볼품없어져 가고 있었다. 마리아와 다투지는 않았지만, 혹시 그런 일이 있을까 두려워 대개는 아침 일찍 빌크 가의 집을 나서, 맨 먼저 그라프 아돌프 광장의 백조들을 방문하였고, 이어서 호프가든의 백조를 방문하였다. 그런 후에는 공원 벤치에 쪼그리고 앉아 명상에 잠겼지만, 그다지 불쾌한 기분이 들지는 않았다. 공원에서 보면 비스듬히 맞은 편에 뒤셀도르프 노동청 건물과 미술 대학 건물이 나란히 이웃처럼 서 있었다.

그러한 공원 벤치에 할 일 없이 오래 앉아 있노라면 사람들은 자신도 나무처럼 되어 버려, 온갖 말이 하고 싶어지는 법이다. 날씨에 따라 기분이 좌우되는 노인네들, 다시 수다스러운 소녀로 천천히 되돌아가는 노파들, 그때그때마다의 계절,

때가 낀 백조들, 소리 지르며 서로 쫓아다니는 아이들. 그리고 부러운 시선을 받는 연인들은 누구나 예상할 수 있듯이 아쉽게 헤어져야만 한다. 휴지를 버려두고 가는 사람들도 많다. 그러면 휴지는 잠시 팔랑거리며 굴러다니다 시청에서 임금을 지불하는, 모자를 쓴 사내에 의해 뾰족한 막대기에 찔리고 만다.

오스카는 무릎으로 양다리의 바짓가랑이가 구겨지지 않게 적당히 펴며 앉아서, 얼마 전부터 두 명의 마른 청년과 안경을 쓴 한 소녀의 일행을 주목하고 있었다. 그러자 마침내 가죽 외투에다 이전의 국방군용 벨트를 맨 그 뚱뚱한 소녀가 내게 말을 걸어왔다. 나에게 말을 걸어 보자는 생각은 무정부주의자라도 되는 양 검은 옷을 입은 청년들에게서 나온 것 같았다. 그들은 겉으로는 불온해 보여졌지만 실은 부끄러움이 많은 사람들이어서, 무언가 위대한 것을 감추고 있을 것처럼 보이는 꼽추인 내게 직접 대놓고 말을 걸지 못하고 망설였던 것이다. 그래서 가죽 외투를 입은 뚱뚱한 소녀를 설득했던 것이다. 소녀는 나에게 다가와 기둥처럼 생긴 두 다리를 크게 벌리고 서서 더듬거리며 말을 했고, 내가 앉으라고 권하자 걸터앉았다. 라인 강쪽에서 자욱하게 피어오른 증기 때문에 그녀의 안경알이 흐려져 있었지만, 그녀는 계속해서 말을 했다. 참다못한 나는 우선 안경알을 닦고 난 후에 그녀의 관심사를 내가 알아들을 수 있도록 이야기해 주는 게 어떻겠느냐고 권했다. 그러자 그녀는 그 음침하게 생긴 청년들을 가까이 오도록 했다. 청년들은 내가 묻기도 전에 즉시에 자기들을 화가요, 조각가라고 소개하며 지금 모델을 찾는 중이라고 말했다. 마침내 그들은 상당히 열성적으로 나를 이해시키려 했는데, 말하자면 내가 모델로 안성맞춤이라는 것이었다. 그리고 내가 엄지손가락과 집게손가락으로 재빨리 동작을 취하자, 그들은 곧바로 미술 대학의 모델이 받는 보수에 대해 설명해 주었다. 미술 대학에서는 시간당 1마르크 80페니히를 받을 수 있으며, 누드의 경우는—지금 그것을 생각할 필요는 없다고 뚱뚱한 소녀가 말했다—2마르크까지 받을 수 있다는 것이었다. 오스카는 왜 승낙을 했던가? 예술이 내 마음을 끌었던 것인가? 아니면 보수였던가? 사실은 예술과 보수가 내 마음을 끌었고, 오스카로 하여금 승낙하게 했던 것이다. 어쨌든 나는 일어서서 공원의 벤치와 공원의 벤치에 잠재된 온갖 가능성을 영원히 뒤로 한 채, 활달하게 걸어가는 안경쟁이 소녀와 마치 자신들의 천재를 등에 짊어지기라도 한 것처럼 허리를 구부정하게 하고 걸어가는 두 청년의 뒤를 따라갔다. 우리는 노동청 옆을 통과하여, 아이스켈러베르크 가로 들어가, 부분적으로 전쟁의 상처를 안고 있는 미술 대학 건물 안으로 들어갔다.

검은 수염과 석탄처럼 검은 눈을 하고 있고, 대담한 디자인의 넓은 테가 있는 검은색 소프트 모자를 쓰고 있으며, 손톱 아래에는 검은 테두리가 끼여 있는 쿠헨 교수. 나로 하여금 그 옛날 어린 시절의 찬장을 연상시키는 이 교수도—그의 제자들이 공원 벤치에 걸터앉아 있던 나를 보고 판단했던 것과 마찬가지로—나를 훌륭한 모델로 인정했다.

그는 한참 동안이나 내 주위를 빙빙 돌며 석탄처럼 검은 눈을 굴렸고, 콧구멍으로부터는 검은 가루가 쏟아져 나올 것처럼 거칠게 숨을 몰아쉬었다. 그리고 검은 손톱으로 눈에 보이지 않는 적의 목을 죄는 시늉을 하며 말했다. "예술은 고발이고 표현이고 정열이다! 예술, 그것은 다름 아니라 백지 위에서 산산이 터지고 마는 검은 폭탄인 것이다!"

나는 이러한 파쇄적(破碎的) 예술을 위한 모델이 되었다. 쿠헨 교수는 나를 그의 제자들의 아틀리에로 데리고 가서 나를 손수 회전대 위에 올려놓고는 회전시켰다. 물론 나를 어지럽게 하려는 것이 아니라, 오스카의 몸의 비례를 사방에서 분명히 보아 두기 위해서였다. 열여섯 개의 이젤이 오스카의 프로필을 향해 바짝 다가왔다. 다시 한차례 숯가루를 코에서 뿜어내는 교수의 짧은 강의가 있었다. 그는 표현을 원했으며, 표현이라는 한마디가 그 전부였다. 절망에 몸부림치는, 칠흑같이 캄캄한 표현. 그의 주장에 따르자면, 나 오스카는 처참하게 파괴된 인간의 모습을 고발하면, 도전적으로, 초시간적으로, 더욱이 우리들 세기의 광기를 나타내고 있다는 것이다. 이젤들 위로 다시 우레 같은 목소리가 울려 퍼졌다. "이자를, 이 불구자를 그려서는 안 된다. 이자를 도살하라, 십자가에 매달아라, 이자를 목탄으로 종이 위에 못 박아라!"

이것이 시작을 알리는 신호라도 되는 듯했다. 열여섯 개의 목탄이 이젤 뒤쪽에서 동시에 삐걱거리는 소리를 내며 부스러지고, 나를 표현하느라 문질러 닳아지면서 고함을 질렀다. 물론 내 혹을 시커멓게 그리고 검게 칠하려 했던 것이다. 그러나 결국에는 실수들을 하고 말았다. 쿠헨 교수의 제자들은 모두 다 너무 짙은 검은 선으로 나를 표현하려다, 걷잡을 수 없이 극단으로 빠지게 된 나머지 내 혹의 크기를 과대평가해 버렸던 것이다. 그리하여 점점 더 큰 종이를 사용해야 했지만, 그래도 내 혹을 종이에 제대로 옮겨 놓지는 못하고 말았다.

그러자 쿠헨 교수는 열여섯 명의 목탄 파쇄자들에게 유용한 충고를 해 주었다. 즉 내 혹은 너무도 강렬하여 그 어떤 형태로도 고정되는 것을 거부한다는 것이다. 그러니 내 혹의 윤곽부터 그릴 것이 아니라, 종이의 위쪽 5분의 1 이내에, 그것도 될 수 있는 한 왼쪽에다가 우선 내 머리부터 검게 칠하라는 것이다.

내 아름다운 머리카락은 짙은 갈색으로 빛난다. 그런데도 이 친구들은 나를 텁수룩한 머리의 집시로 만들어 버렸다. 열여섯 명의 미술 대학생 중 그 누구도 오스카가 푸른 눈을 갖고 있다는 사실을 깨닫지 못했다. 휴식 시간 동안—모델은 45분 간 포즈를 취한 후에는 15분 간 휴식하도록 되어 있다—나는 열여섯 장의 화지(書紙)마다 일일이 왼쪽 상단 5분의 1 부분을 들여다보았다. 이젤 앞에 선 나는 그때마다 깜짝 놀라지 않을 수 없었는데, 그것은 수심에 찬 내 얼굴이 사회적 고발자의 표정을 담고 있기 때문이었다. 하지만 한편으로는 내 푸른 눈의 광채가 그려지지 않은 것이 아쉽다 못해 약간 당황스럽기까지 했다. 맑으면서도 매력적으로 빛나고 있어야 할 자리에, 시커먼 목탄 자국들만 부서지면서 둥글고 가느다랗게 찢어진 눈을 그려 놓았던 것이다.

나는 예술의 자유를 염두에 두며 자신에게 말했다. 이 젊은 뮤즈의 아들들과 예술에 사로잡힌 소녀들은 네 속에 들어 있는 라스푸틴을 알아보았다. 하지만 그들이 네 속에 잠들어 있는 괴테를 발견하고 깨워서 목탄이 아니라 섬세한 연필 끝으로 종이 위에 쉽게 옮겨 놓을 수 있겠는가? 재능이 뛰어난 열여섯 명의 학생들도, 비할 데 없이 뛰어난 목탄의 선을 자랑하는 쿠헨 교수도 결국에는 오스카에게 합당한 초상화를 후세에 남기는 일에는 성공하지 못했다. 하지만 나만은 꽤나 돈을 벌었고, 정중한 대접을 받으며 매일 여섯 시간씩 회전대 위에 서서 포즈를 취했다. 그들은 때로는 나의 얼굴을 언제나 막혀 있는 세면기 쪽으로 돌려놓았고, 때로는 회색이 되었다 푸른 하늘색이 되었다 가볍게 흐려졌다 하는 아틀리에의 창 쪽으로 내 코를 돌려놓기도 했으며, 또한 병풍 쪽으로 향하게 하기도 했다. 어쨌든 이렇게 표현을 제공한 대가로 나는 시간당 1마르크 80페니히의 보수를 받았던 것이다.

몇 주일이 지나자 학생들은 그런대로 괜찮은 그림을 그릴 수 있었다. 즉 그들은 검게 표현하면서도 어느 정도 온건해졌으며, 내 혹의 크기를 터무니없이 과장하지도 않았다. 때로는 머리끝에서 발끝까지, 그리고 겉저고리 단추에서부터 내 흉곽을 거쳐 내 혹이 가장 많이 튀어나온 부분의 옷감에 이르기까지 빠짐없이 종이에 담았다. 많은 화지들에서는 배경을 그릴 수 있는 공간까지도 찾아낼 수 있었다. 이 젊은이들은 통화 개혁의 시대에 살면서도 여전히 전쟁의 영향을 받고 있는 것 같았다. 그리하여 그들은 나의 뒤쪽에 고발이라도 하는 듯 검은 창 구멍들이 있는 폐허들을 그려 넣었으며, 나를 뼈만 앙상한 나무 그루터기 사이에 있는 절망에 빠진 영양실조의 피난민으로 묘사하기도 했다. 심지어는 나를 체포해 놓고는 검은 목탄을 부지런하게 움직여서 내 뒤에다 무시무시한 가시철조망 울타리를 둘러놓기도 했다. 또한 배경에 서 있는 위협적인 감시탑들로 하여금 나를 감시하게 하기도 했다. 나는 빈 양철 접시를 들고 있어야만 했고, 내 뒤편과 머리 위쪽에 그려져 있는 감옥의 창들은 판화적인 매력을 마음껏 나타내고 있었다. 게다가 오스카에게는 죄수복을 입혀 놓았는데, 이 모든 것은 예술적인 표현이라는 명분 아래 이루어졌다.

그러나 사람들은 나를 검은 머리의 집시 오스카로서 검게 칠해 놓았을 뿐만 아니라, 나로 하여금 푸른 눈이 아니라 석탄같이 검은 눈으로 이 모든 참상을 바라보도록 했다. 그래서 나는 가시철조망을 그려 넣으면 안 된다는 것을 잘 알고 있으면서도, 모델로서 가만히 있을 수밖에 없었다. 하지만 조각가들이 나를 모델로, 그것도 누드모델로 삼았을 때는 기뻤다. 주지하다시피 조각가들이란 시대적 배경이 없이 작업하는 사람들이 아닌가.

이번에는 학생이 아니라 선생이 직접 내게 말을 걸었다. 마루운 교수는 목탄 교수인 쿠헨 선생과 친한 사이였다. 어느 날 나는 쿠헨의 개인 아틀리에로 불려가 테두리를 한 목탄화들로 가득 찬 음침한 방안에 가만히 앉아서 텁수룩하게 수염을 기른 그가 비할 데 없는 터치로 나를 화지 위에 옮기는 일을 돕고 있었다. 마침 그때 마루운 교수가 그를 찾아왔다. 마루운 교수는 뚱뚱하고 작달막한 50대의 사내로 흰 가운을 입고 있었는데, 먼지투성이의 베레모가 그의 예술가 신분을 입증해 주지만 않았더라면, 영락없는 외과의사로 오인되고도 남을 정도였다.

마루운은 내가 한눈에 알아보았지만 고전 형식의 애호자였다. 그는 적의에 찬 시선으로 내 몸매를 훑어보더니 자기 친구를 비웃었다. "쿠헨 자네는 지금까지 집시 모델을 충분히 그려 왔어. 그 덕택에 자네는 예술가들 사이에서 집시 과자[27]라는 별명까지 얻게 되었지. 그런데 그것도 모자라 이제는 손수 기형을 그리겠다는 말씀인가? 집시들을 그려 성공하고 꽤나 팔아먹더니, 이번에는 난쟁이들을 그려 더더욱 성공하고 한 몫 벌겠다는 셈이란 말이지?"

쿠헨 교수는 친구의 조롱을 받아 화풀이라도 하듯 시커먼 목탄 자국을 남겼는데, 그것은 지금까지 그가 그린 오스카의 초상화 중에서 가장 검은 그림이 되었다. 이 그림은 나의 광대뼈, 코, 이마 그리고 두 손 위에 나타난 약간의 밝은 빛을 빼놓고는 온통 검은색이었다. 쿠헨은 손을 그릴 때면 언제나 목탄을 마구 휘두르며 너무 크게 그렸고 손마디가 툭툭 불거지도록 강렬하게 표현했다. 그러나 나중에 전람회에 전시된 이 그림을 보니, 나의 눈은 푸르고 연한 색으로, 다시 말해 그다지 어둡지 않은 희미한 색으로 반짝거렸다. 오스카는 이것을 표현에 집중하는 목탄광(木炭狂)이 아니라 고전주의자인 마루운의 영향 때문이라고 생각했다. 마루운은 나의 눈에서 괴테적인 청명한 빛을 인식했던 것이다. 원래 조화만을 사랑했던 조각가 마루운을 유혹하여 나를 조각 모델, 그것도 그의 조각

---

27) 쿠헨은 독일어로 과자라는 의미이다.

모델로 삼게 한 것은 다름 아닌 오스카의 시선이었던 것이다.

마루운의 아틀리에는 먼지가 쌓여 있긴 해도 밝은 곳이었고, 거의 텅 비다시피한 실내에는 완성된 작품이라곤 하나도 찾아볼 수 없었다. 그러나 여기저기에 구상 중에 있는 작품들의 뼈대가 서 있었는데, 그것들은 철저한 준비를 거쳤기 때문에 시험 삼아 점토(粘土)를 바르지 않고, 철사와 쇳조각, 속이 비어있는 구부러진 연관(鉛管) 같은 것을 보기만 해도 미래에 완성되었을 때의 조화가 엿보였다.

나는 이 조각가를 위해 매일 다섯 시간씩 누드모델을 하면서 시간당 2마르크를 받았다. 그는 백묵으로 회전대 위에다 한 점을 표시하고, 앞으로는 여기에다 나의 오른 다리를 세워 놓도록 지시했다. 그리고 세우고 있는 다리의 안쪽 복사뼈에서 위쪽으로 그은 수직선은 쇄골 사이의 내 목구멍을 통과해야만 했다. 왼쪽 다리는 쉬는 다리라고 했지만, 그것도 사실과 달랐다. 무릎을 조금 굽히거나 옆으로 약간 움직이는 정도는 무방하지만, 다리를 옮겨 놓거나 장난삼아 움직이면 안 된다는 것이었다. 쉬는 다리도 회전대 위에 백묵으로 그려 놓은 표지 위에 고정되었다.

내가 조각가 마루운의 모델을 하게 된 후 몇 주일 동안 그는 내 두 팔을 위해서는 두 다리의 경우와 비슷한 고정된 자세를 찾아낼 수 없었다. 그래서 나는 왼팔을 축 늘어뜨리거나, 오른팔을 머리 위로 올려 구부려 보기도 했으며, 때로는 두 팔을 가슴 앞으로 가져가 팔짱을 끼거나 아니면 등의 혹 밑으로 가져가 교차시키면서 양 옆으로 내밀어 보기도 했다. 수많은 가능성이 있었다. 그래서 조각가는 내 신체와, 유연하게 구부러지는 연관으로 만든 수족을 붙인 철제 뼈대로써 이 모든 가능성을 충분히 시험해 보았다.

그는 한 달 동안 부지런히 자세들을 시험해 본 끝에 마침내 두 손을 교차시켜 머리 뒤로 갖다 붙인 모습이나, 아니면 팔이 전혀 없는 토르소의 모습을 점토로 빚으려고 마음먹었다. 하지만 뼈대를 만들었다가 다시 뜯어고치는 작업을 되풀이하는 동안 그는 완전히 녹초가 되고 말았다. 그래서 점토 상자에 있는 점토를 한줌 집어 들고 작업을 시작해 보려 했지만, 그때마다 형태도 없는 둔탁한 빛깔의 점토를 다시 상자 속으로 철썩 하며 떨어뜨리고 말았다. 그러면 뼈대 앞에 쭈그리고 앉아 나와 나의 뼈대를 들여다보며 절망한 듯 손가락을 바르르 떨었다. 그러나 뼈대만은 얼마나 완벽했던가!

그는 체념 어린 한숨을 쉬고 두통을 호소하면서도 오스카에게는 아무런 불평도 하지 않은 채 작업을 중단하였다. 그러고는 멋대로 움직이는 다리와 고정된 다리, 위로 치켜들고 있는 연관(鉛管) 팔뚝, 쇠로 된 목 뒤에서 서로 깍지를 끼고 있는 철제 손가락 등과 함께 꼽추의 뼈대를 이전에 완성된 다른 뼈대들이 있는 구석으로 가져갔다. 그러는 동안 불룩하게 튀어나온 내 혹의 뼈대 속에서는 점토의 무게를 지탱하도록 걸쳐 놓은, 나방이라고도 불리는 횡목들이 흔들거렸다. 마치 자신들의 쓸모없음을 알고 있기라도 한 듯 장난기도 없이 조용히 흔들거렸다.

그러고 나서 우리는 차를 마시며 한 시간 정도 이야기를 나누었는데, 조각가는 이 시간도 모델 근무 시간으로 계산해 보수를 지불해 주었다. 이야기는 그가 아직 젊은 미켈란젤로로서 점토를 100파운드씩이나 들여 가며 아낌없이 뼈대에다 갖다 붙여 조각상을 완성시키던 옛 시절에 관한 것이었다. 그때 만든 조각상은 대개는 전쟁 동안에 파괴되어 버렸다고 한다. 나는 그에게 오스카가 석공으로서 비명(碑銘)을 새기던 일을 이야기해 주었다. 우리는 약간 전문적인 이야기에 빠져들었다. 그런 후에 그는 나를 자신의 학생들에게로 데리고 가, 나를 그들의 모델로 삼고 오스카의 신체를 본떠 뼈대를 만들도록 지시했다.

마루운 교수의 학생 열 명 중에서─만일 머리카락의 길이가 성별을 구분하는 기준이 된다면─여섯 명이 소녀였다. 그중 넷은 용모가 추했지만 유능했다. 나머지 둘은 예쁘고 수다스러운, 말하자면 진짜 아가씨들이었다. 나는 누드모델로서 조금도 부끄러움을 타지 않았다. 그뿐 아니었다. 오스카는 예쁘고 수다스러운 두 명의 조소과 여학생들이 회전대 위에 있는 나를 처음으로 들여다보며, 오스카가 꼽추이고 키가 형편없이 작은데도 불구하고 그 치부(恥部)에 소위 정상적인 남자의 물건에 못지않은 것이 달려 있는 것을 보고 약간 당혹해하며 놀라는 모습을 즐기기까지 했다.

마루운 선생의 제자들은 선생의 경우와는 약간 달랐다. 이틀이 지나자 그들은 벌써 뼈대를 세워 놓고, 성급하고도 서툴게 고정시킨 연관(鉛管)들 사이에 철썩거리면서 점토를 갖다 붙이는 천재적인 능력을 보여 주었지만, 아마도 내 뼈대의 혹

속에 걸쳐 놓은 목제 나방이 너무 적었던 모양이었다. 아니나 다를까 젖은 입김을 뿜어내는 무거운 점토가 오스카에게 험준하게 갈라진 산과 같은 모습을 부여하면서 뼈대에 매달리자마자, 새로 태어난 오스카는 열이면 열 모두 기울기 시작했던 것이다. 내 머리는 발 사이로 떨어졌고, 점토는 연관으로부터 풀썩 소리를 내며 떨어졌으며, 등의 혹은 오금 속으로 미끄러져 내려갔다. 나는 비로소 마루운 선생의 솜씨를 제대로 평가하게 되었다. 그가 만든 뼈대는 너무나 뛰어났기 때문에 그 뼈대 위에 값싼 헝겊을 붙이거나 할 필요는 조금도 없었다.

못생겼지만 유능한 조소과 여학생들은, 점토의 오스카가 뼈대의 오스카로부터 분리되자 눈물까지 흘렸다. 귀엽지만 수다스러운 여학생들은 무언가 상징이라도 하듯 시간을 낚아채면서 내 뼈로부터 살이 떨어져 나가는 것을 보고 웃었다. 그러나 몇 주일이 지나면서 이 제자들도 어느 정도 괜찮은 조각품들을 만들기 시작했다. 그들은 처음에는 점토로 만들었지만, 마침내는 학기말 전시회를 위해 광택이 있는 석고를 사용하였다. 이 기간 동안 나는 못생겼지만 유능한 아가씨들과 예쁘지만 수다스러운 아가씨들을 거듭해서 비교해 볼 기회를 가졌다. 추하긴 하지만 예술적 재능이 없지는 않은 처녀들은 내 머리와 사지와 등의 혹을 만들 때는 상당히 정성을 쏟았지만, 내 성기를 만들 때는 이상하리만치 수줍어져서 소홀히 처리하든지 아니면 밋밋하게 만들고 말았다. 반면에 사랑스럽게 생기고 눈이 크며 손가락이 아름답긴 하지만 손재주는 없는 처녀들은 내 육체의 각 부분들의 균형 같은 것에 대해서는 거의 주의를 기울이지 않고, 다만 당당하게 생긴 내 생식기에 대해서만 열성을 다해 세밀하게 모작(模作)하는 것이었다. 이 점과 관련해서는 네 명의 청년 조각가들에 대해서도 빼놓지 않고 이야기해 두는 것이 좋겠다. 한마디로 이 친구들은 나를 추상화시키고 말았다. 그들은 홈이 나 있는 평평한 판자로 두들겨 나를 네모지게 만들었으며, 못생긴 처녀들이 소홀히하고 사랑스럽게 생긴 처녀들이 살덩어리 그 자체인 것처럼 멋지게 완성한 그 물건을 남자의 무미건조한 오성으로서 파악했다. 그리하여 기다랗고 네모난 나무토막을 두 개의 같은 크기를 가진 입방체 위에다 올려놓았는데, 그것은 마치 집짓기 놀이에 나오는 장난감 임금님의 성기가 허공을 향해 발기하고 있는 모습과 흡사했다.

그것이 내 푸른 눈 때문이었는지 아니면 벌거벗은 나, 즉 오스카의 주위에 조각가들이 설치해 놓은 전기스토브 때문이었는지는 모르겠다. 어쨌든 어느 날 매력적인 조각가 아가씨들을 찾아온 젊은 화가들이 내 푸른 눈이나 아니면 열을 받아 게처럼 빨갛게 달아오른 내 피부에서 회화적인 매력을 발견했다. 그리하여 그들은 나를 조각가와 그래픽 화가의 아틀리에가 있는 아래층으로부터 위층의 화실로 데려갔고, 그때부터 나를 모델로 삼아 팔레트 위에 그림물감을 섞었다.

처음에 화가들은 나의 푸른 눈에 지나치게 압도되어 버린 것 같았다. 그들을 바라보는 내 시선이 너무나 푸르렀던지, 화가들의 붓은 나를 온통 푸른 칠로 뒤덮을 기세였다. 오스카의 건강한 살갗도, 물결치는 듯한 갈색 머리도, 혈색 좋은 입술

도 곰팡이가 슨 죽은 사람의 푸르뎅뎅한 빛깔로 퇴색해 버렸
다. 그리하여 여기저기 도처에서 부패 작용을 촉진시키며, 죽
어가는 푸르스름한 빛과 구역질을 일으키는 누르스름한 빛이
푸르스름한 나의 살 조각 사이로 밀치고 들어왔다.

일주일 동안 미술 대학 지하실에서 거행된 축제에서, 오스
카가 울라를 발견하여 화가들에게 그녀를 뮤즈라고 소개했을
때에야 비로소 그는 다른 색으로 표현될 수 있었다.

사육제 전의 월요일이었던가? 그렇다, 그것은 사육제 전의
월요일이었다. 그날 나는 축제에 함께 참가하기 위해 가장(假
裝)을 하고, 가장한 오스카는 군중 속에 섞일 것을 결심하였다.

마리아는 거울 앞에 서 있는 나를 보고 말했다. "그만 집에
있어요, 오스카. 고작해야 짓밟히기밖에 더하겠어요." 그러면
서도 그녀는 내가 가장하는 것을 도와주며 헝겊 조각을 재단
해 주었다. 그리고 곧 이어서 그녀의 언니 구스테가 수다를 떨
며 바느질을 해 그것을 광대복으로 만들어 주었다. 처음에 내
머리에 떠올랐던 것은 벨라스케스[28]의 스타일이었다. 그 밖에
나르세스[29] 장군이나, 경우에 따라서는 오이겐[30] 왕자의 분장
도 괜찮다고 생각했다. 마침내 전쟁 동안 비스듬하게 금이 가

---

28) 벨라스케스(Velázquez, 1599-1660). 스페인의 궁정 화가. 이탈리아 사실
주의의 영향을 받았고, 24세에 궁정화가가 되어 국왕의 초상화 등 많은 작
품을 남겼음.
29) 나르세스(Narses, 478?-568?). 동로마 제국 시대의 장군. 유스티니아누
스 황제의 환관으로 있으면서 니카Nika의 반란을 진압, 동고트 왕국을 정
복하고, 이어서 프랑크 족을 격파, 이탈리아 총독의 지위에 오름.

영상이 조금 비뚤어져 보이는 커다란 거울 앞에 서서 보니, 내 분장의 전모가 분명하게 드러났다. 알록달록하고, 헐렁헐렁하며, 찢겨진 자국이 있는 데다 방울까지 달린 모습이 드러나는 순간, 쿠르트 녀석은 웃음을 터뜨리며 기침까지 해 대는 것이었다. 나는 시큰둥한 기분이 되어 자신에게 말했다. 오스카, 너는 이제 광대 요리크가 되었구나. 그런데 네가 놀려 줄 임금님은 어디에 있단 말인가?

나를 미술 대학 부근의 라팅어문까지 싣고 갈 시내 전차에 타는 순간, 나는 일이 잘못되었음을 깨달았다. 카우보이나 스페인 여성으로 분장하여 사무실이나 가게 카운터 같은 것을 잠시 떠나 있으려고 하던 군중이 나를 보고 웃는 게 아니라 도리어 무서워하는 것이었다. 사람들이 나를 피했기 때문에 만원 전차였음에도 불구하고 자리를 잡을 수 있었다. 미술 대학 앞에서는 경찰들이 가장용이 아닌 진짜 고무 곤봉을 휘두르고 있었다.

'뮤즈의 연못'이라고 불리는 미술 학교 학생들의 축제는 초만원이었다. 그래도 군중은 건물 안으로 밀치고 들어가려 했고, 일부는 피까지 흘려가며 경찰과 몸싸움을 벌였기 때문에, 어쨌든 빛깔만은 더없이 다채로웠다.

---

30) 오이겐(Franz Eugen, 1663~1736). 오스트리아의 장군, 정치가. 파리에서 태어났으나 루이 14세에게 기용되지 못하자 오스트리아로 가서 레오폴트 1세 이하 3대의 신성로마황제를 섬김. 군사적 천재로 대 터키 방어 전쟁, 대 프랑스 전쟁, 스페인 계승 전쟁 등에서 무공을 세웠고, 정치, 외교 분야에서도 활약, 사실상의 국왕이라 불렸음.

오스카가 왼쪽 소매에 달린 작은 방울을 흔들자, 군중이 길을 열어 주었다. 경찰관 한 명은 직업적인 안목으로 내가 거물임을 알아보고는 위에서 내려다보며 인사를 했다. 그리고 내가 원하는 바를 경청하고 나서는 경찰봉을 휘두르며 나를 축제 장소인 지하실로 안내했다. 그곳에서는 한바탕 잔치가 벌어지고 있었지만 아직 절정에 도달하지는 않고 있었다.

물론 예술가 주최의 가장 무도회라고 해서 예술가가 주인이 된다고 생각하면 오산이다. 미술 대학 학생들의 대부분은 화장을 하고 있었지만, 그 얼굴은 진지하고 긴장되어 있었다. 그들은 원래 식탁으로 사용하던, 약간 흔들거리는 탁자 뒤에 서서 맥주며 샴페인이며 비엔나 소시지를 팔았고, 서투른 솜씨로 화주를 따라가며 부수입을 올렸다. 정말이지 이 예술가의 축제를 주도하는 것은 일반 시민들로서, 그들은 1년에 단한 차례 돈을 마구 뿌리며 예술가처럼 살고 마음껏 즐겨 보려고 하는 것이었다.

나는 한 시간 가량 계단 위며 구석진 곳이며 테이블 밑을 돌아다니며, 불편한 가운데서도 자극을 얻어내려고 하는 연인들을 깜짝 놀라게 해 주었고, 그러다가 두 명의 중국 아가씨와 친하게 되었다. 그녀들은 물론 중국산이기는 했지만, 그 혈관 속에 그리스인의 피가 흐르고 있음이 분명했다. 왜냐하면 그녀들은 수백 년 전 레스보스섬[31]에서 찬미되었던 사랑을 실

31) 에게해 동부에 있는 그리스령의 섬. 동성애자로 알려진 여류 시인 사포의 출생지임. 레즈비언이라는 말은 여기에서 나옴.

행하고 있었기 때문이다. 그 둘은 서로 손가락을 꽉 낀 채 얽혀 있었지만, 결정적인 장면에서는 나를 거들떠보지도 않았다. 하지만 이따금씩은 정말 재미있는 광경을 내게 보여 주었으며, 함께 따뜻한 샴페인을 마셔 주기도 했다. 그리고 그녀들은 나의 승낙을 받아 내 등의 뾰족하게 솟아난 혹의 끝 부분을 만져 보았다. 아마도 행복감을 느꼈으리라. 그것은 하나의 혹이 여성에게 행복을 가져다준다는 나의 명제를 다시 한번 입증한다.

그러나 여자들과의 이런 교제가 길어질수록 나는 더욱 슬퍼지기만 했다. 여러 갈래의 생각들이 내 마음을 흔들었고, 정치가 나를 불안하게 했다. 나는 테이블 위에다 샴페인으로 베를린시의 봉쇄와 공중 수송 광경을 스케치하였고, 결국은 하나가 되지 못하는 두 중국 아가씨를 바라보며 독일의 재통일에 대해 절망했다. 그러면서 나답지 않은 일을 했다. 즉, 오스카는 요리크가 되어 인생의 의미를 탐구했던 것이다.

더 이상 보여 줄 만한 짓거리가 생각나지 않았던 나의 숙녀들은 마침내 눈물을 흘리며 자국을 남겨 화장한 중국인의 맨얼굴을 드러내었다. 그러자 나는 곳곳이 찢겨져 있는 헐렁헐렁한 옷을 입은 채 방울을 울리며 일어섰다. 마음속으로 3분의 2쯤은 집으로 돌아가고 싶었고, 3분의 1쯤은 카니발의 조그마한 체험을 하나 더 해보고 싶은 순간이었다. 이때 랑케스 상병이 내 눈에 들어왔다. 아니 그쪽에서 내게 말을 걸어왔다.

독자 여러분은 아직 기억하고 계시는지? 우리는 44년 여름 동안 대서양의 요새에서 그를 만난 적이 있었다. 그는 그곳에서 콘크리트 요새를 경비하고 있었으며, 내 스승 베브라의 담배를 피웠었다.

사람들이 빽빽하게 끼여 앉아 노닥거리는 층계를 올라가며 막 담배에 불을 붙이는 순간, 누군가가 나를 쿡쿡 찔렀다. 돌아다보니 지난 세계 대전 동안에 상병이었던 한 사내가 내게 말을 걸어왔다. "어이, 친구. 담배 한 대 주지 않겠소?"

상대가 군복을 입고 있기도 했지만, 이 말을 듣는 순간 내가 즉시에 그의 정체를 알아본 건 조금도 이상할 게 없었다. 하지만 상병이자 콘크리트 화가인 이자가 자신의 전투복 무릎 위에다 뮤즈를 올려놓고 있지만 않았다면 내가 새삼스럽게 우리 사이의 옛 우정을 일깨우지는 않았을 것이다.

우선 이 화가와 이야기를 나눈 후에, 뮤즈에 대해 말씀드릴 터이니 독자 여러분께서는 양해해 주시기를 바란다. 나는 그에게 담배를 주었을 뿐 아니라, 라이터로 불까지 붙여 주고는 한 모금 피우는 것을 기다렸다가 말했다. "랑케스 상병, 베브라의 전선 극단을 기억하시나요? 그리고 신비적이고 야만적인 권태는 어떻게 되었나요?"

내 말을 듣는 순간 화가는 깜짝 놀랐다. 담배는 떨어뜨리지 않았으나 뮤즈는 그의 무릎에서 내려놓았다. 나는 만취되어 있는 다리가 긴 아이를 들어 올려 그에게 돌려주었다. 우리 두 사람, 랑케스와 오스카는 옛 추억들을 서로 교환했다. 랑케스는 헤어초크 중위를 미친놈이라고 하면서 욕설을 퍼부었다. 나의 스승 베브라에 대한 이야기가 나왔고, 당시에 롬멜 아스파라거스 사이에서 게를 찾고 있던 수녀들도 화제에 올랐다. 그러는 동안 나는 뮤즈의 차림을 보면서 놀라고 있었다. 그녀는 천사로 분장하고 있었으며, 수출용 달걀을 포장하는 데 사용하는 것과 같은, 플라스틱 비슷한 두꺼운 마분지로 만든 모자를 쓰고 있었다. 몹시 취한 상태이고 가련하게도 날개마저 꺾여 있었으나, 그래도 여전히 하늘에 사는 여인이 가지는, 약간은 예술적인 사랑스러움을 보여 주고 있었다.

"이 아이는 울라라고 합니다."라고 화가인 랑케스가 내게 설명해 주었다. "이 여자애는 원래 재단일을 배웠습니다만, 지금은 예술가가 되고 싶다고 하는군요. 나는 당치도 않다고 말리고 있어요. 재단일 같으면야 돈을 벌 수 있지만, 예술로는 안 되니까요."

이 말을 들은 오스카는 자기도 예술로 돈깨나 벌고 있으니 재단사인 울라를 모델 겸 뮤즈로 미술 대학의 화가들에게 소개하자고 제안했다. 랑케스는 내 제안에 크게 감격해하며, 그 즉시 내 담뱃갑에서 담배 세 개비를 빼내었다. 그리고 그 대신에 나를 그의 아틀리에로 초대하고 싶다고 말했다. 다만 그곳까지의 택시비는 내가 부담해야 한다는 조건을 바로 덧붙였다.

우리는 카니발을 뒤로 하고 곧 차를 탔다. 택시 요금은 내가 지불했다. 랑케스의 아틀리에는 지타르트 가에 있었다. 그는 알콜에 불을 붙여 우리에게 커피를 끓여 주었다. 커피를 마시자 뮤즈는 다시 정신을 차렸다. 그녀는 내 오른쪽 집게손가락의 도움으로 토해 버리고 나서는 취기가 거의 가신 모양이었다.

나는 그때서야 그녀의 연푸른 눈동자가 언제나 놀란 듯한 모습을 하고 있다는 사실을 처음으로 깨달았다. 그녀의 목소리도 듣게 되었는데, 참새가 지저귀는 것 같기도 하고, 양철 깡통이 내는 소리 같기도 했으나, 어쨌든 사람의 마음을 설레게 하는 매력이 없지는 않았다. 화가인 랑케스는 그녀에게 나의 제안을 설명하면서, 미술 대학에서 모델 일을 할 것을, 제안이라기보다는 차라리 명령을 했다. 처음에 그녀는 그 제안을 거부했다. 미술 대학에서 모델이나 뮤즈가 되기보다는 오직 화가인 랑케스의 소유로 남기를 원한다는 것이었다. 그러나 랑케스는 재능 있는 화가가 흔히 그러듯이, 무뚝뚝한 표정으로 말도 없이 커다란 손으로 그녀의 뺨을 두세 차례 때린 후 다시 한번 그녀에게 물었다. 그녀가 천사와 꼭 같이 흐느껴 울며 미술 대학 화가들을 위해 돈벌이가 괜찮은 모델 일을 하겠으며 경우에 따라서는 뮤즈도 되겠노라고 분명히 말하자, 그는 어느새 선량한 사람으로 되돌아가 만족스럽게 웃었다.

상상해 보시기를. 울라는 약 1미터 78센티미터의 키로, 호리호리하고 사랑스러운 데다가 만지면 부서질 것 같은 느낌을 주며, 보티첼리[32]와 크라나흐[33]를 동시에 연상시키는 그런 여자였다. 우리 두 사람은 한 쌍을 이루며 누드 포즈를 취했다. 아이들의 부드러운 솜털로 덮여 있는 그녀의 기다랗고 매끄러

---

32) 보티첼리(Sandro Botticelli, 1444?-1510). 이탈리아 르네상스 초기의 화가. 우아하고 섬세한 감각으로 신화(神話)와 마돈나 등의 성화를 그렸음. 대표작은 「비너스의 탄생」, 「봄」 등.
33) 크라나흐(Lucas Cranach, 1472-1553). 독일 르네상스 시대의 대표적 화가, 판화가. 많은 초상화, 종교화를 그렸고, 나체화에도 독특한 경지를 보여줌. 친구인 루터의 종교 개혁 운동을 열렬히 지지함. 대표작으로 「이집트 도피 중의 휴식」 등이 있음.

운 몸의 살빛은 왕새우의 그것과도 같았다. 그녀의 머리카락
은 가늘면서도 기다란 보리짚과 같은 금발이었다. 곱슬곱슬하
고 붉은기가 도는 그녀의 치모는 예쁘장하게 작은 세모꼴을
이루고 있었다. 울라는 겨드랑이 털은 매주 깎았다.

예상대로 보통의 미술과 학생들은 우리를 감당하지 못했
다. 그들은 그녀의 팔을 기다랗게 만들거나 내 머리를 너무 크
게 만드는 등 초보자들이 저지르는 잘못을 범했다. 그들은 우
리 두 사람을 종이 속에 다 넣지 못하고 말았던 것이다.

치이게와 라스콜니코프가 우리를 발견했을 때에야 비로소
뮤즈와 오스카의 모습에 어울리는 그림이 생겨났다.

그녀는 자고 있고, 나는 그녀를 놀래키며 일어나게 한다. 목
신(牧神)과 님프.

나는 쪼그리고 앉아 있고, 그녀는 언제나 약간의 추위를 느
끼는 유방을 내보인 채 내 위로 몸을 구부려 내 머리카락을
쓰다듬는다. 미녀와 야수.

그녀는 누워 있고, 나는 그녀의 기다란 두 다리 사이에서
뿔이 하나 달려 있는 말의 가면을 쓴 채 장난을 친다. 미녀와
일각수.

이와 같은 그림은 모두 치이게나 라스콜니코프의 양식대로
그려졌다. 어떤 때는 다채로운 색깔로, 또 어떤 때는 고상한
회색으로, 때로는 가는 붓으로 세밀하게, 또 때로는 치이게의
방식대로 주걱을 천재적으로 놀려 그림 물감을 이겨 발랐다.
또 어떤 때는 울라와 오스카를 감싸고 있는 신비감의 윤곽만
을 그리기도 했다. 그리고 그때부터 우리의 협력을 받아 쉬르

리얼리즘[34]의 길로 들어선 것은 라스콜니코프였다. 그의 손에 의해 오스카의 얼굴은 이전에 우리의 탁상시계에서 볼 수 있었던 것과 같은 벌꿀빛 문자판이 되었다. 내 등의 혹 속에서는 기계와도 같은 덩굴 장미가 피어났고, 울라는 이것을 꺾었다. 또한 나는 위로는 미소를 짓고 있고, 밑으로는 기다란 다리를 가진 울라의 절개된 몸통 속에, 다시 말해 그녀의 비장(牌臟)과 간장 사이에 웅크리고 앉아 한 권의 그림책을 뒤적이고 있기도 했다. 또한 그들은 우리를 여러 가지로 분장시켜 울라를 콜롬비네[35]로 만들었고, 나를 흰 분을 칠한 슬픈 어릿광대로 만들어 버렸다. 마지막으로 라스콜니코프에게 남은 일은—라스콜니코프라는 명칭은 그가 끊임없이 죄와 벌에 대한 이야기를 했기 때문이다—아주 커다란 그림을 그리는 일이었다. 이 그림에서 나는 솜털이 조금 난 울라의 왼쪽 넓적다리 위에 벌거벗은 꼽추 아이로 앉아 있었다. 그녀는 마돈나 역을 맡았고, 오스카는 예수 대신에 조용히 앉아 있었다.

이 그림은 나중에 많은 전람회를 돌아다녔는데, 그 제명은 「마돈나 49」였다. 이 그림은 포스터로서도 효과를 발휘했고, 끝내는 나의 선량한 시민인 마리아의 눈에 띄게 되어 가정 불화를 일으키기도 했다. 그러다가 결국은 일정 금액에 팔려 라인 지방의 어느 실업가의 손에 넘어갔다. 아마 오늘날도 어느 고층 건물의 회의실에 걸려 있으면서 중역들에게 영향을 미치

---

34) 초현실주의를 말함.
35) 고대 이탈리아의 희극에 나오는 어릿광대 하르레킨의 연인.

고 있을 것이다.

내 혹과 내 몸매를 이용해 만들어 낸 그 재능 있는 넌센스 작품 때문에 우리는 인기를 누리게 되었다. 게다가 도처에서 울라와 나를 불러 댔기 때문에, 우리는 한 쌍이 되어 누드 모델을 설 경우 시간당 2마르크 50페니히를 받았다. 울라는 누드 모델일을 즐거워하고 있었다. 우악스러운 손을 가진 화가 랑케스도 그녀가 꼬박꼬박 돈을 벌어 오자 그녀를 소중하게 대접했다. 다만 그녀를 때리는 것은 그의 천재적인 추상화가 그의 성난 손길을 요구할 때뿐이었다. 그러므로 그녀는 이 화가에게도—비록 순수한 시각상(視覺上)의 모델로서만 이용된 적은 결코 없었긴 하지만—어떤 의미에서는 일종의 뮤즈였다고 할 수 있다. 그가 그녀에게 가한 매질만이 화가로서의 그의 손에 진정한 창조력을 부여했으니까 말이다.

천사의 강인함이 그 밑에 깔려 있긴 하지만, 울라의 찔끔거리기 잘하는 섬약한 기질은 나까지도 폭력을 휘두르고 싶은 충동을 느끼게 했다. 그러나 나는 자신을 언제나 제어할 수 있었다. 그리고 매질에 대한 충동이 심하게 일어날 때면 그녀를 제과점으로 데려갔다. 아니면 예술가들과 만나는 동안 익히게 된 속물 근성을 살짝 발휘하여, 진귀한 식물처럼 훤칠하게 자란 그녀를 내 옆에 나란히 세운 채 사람들이 붐비는 쾨니히 대로를 산보하며 구경꾼들의 눈을 동그랗게 만들어 주기도 했다. 또한 산보를 하면서 그녀에게 연보라색의 양말이나 장밋빛 장갑을 사 주기도 했다.

화가인 라스콜니코프의 방식은 나와 달랐다. 그는 울라에게 접근하지도 않으면서 그녀와 극히 친밀한 관계를 맺었다. 그는 회전대 위에 그녀를 올려놓고 두 다리를 활짝 벌린 포즈를 취하게 한 다음, 그림을 그리지는 않고 두세 걸음 떨어진 곳에 있는 등받이 없는 의자에 그녀의 치부를 마주 보며 앉았다. 그리고 죄와 벌에 대해 감명 깊게 속삭이며 눈으로는 그녀의 물건 쪽을 향했다. 그러다 보면 마침내 뮤즈의 치부는 축축해지면서 문을 열었고, 라스콜니코프도 그저 말을 하고 바라보는 것만으로 만족스러운 결과에 도달했다. 그러고는 등받이 없는 의자에서 벌떡 일어나 이젤 위의 「마돈나 49」에 당당한 화필로 터치를 가하는 것이었다.

다른 이유에서이긴 하지만 라스콜니코프는 이따금씩 나를 주시하기도 했다. 그의 견해에 따르면 내게는 무언가가 부족하다는 것이었다. 그는 내 두 손 사이에 진공이 있다고 말하면서, 내 손가락 사이에다 여러 가지 물건들을 차례차례로 끼워 보았다. 그의 초현실주의적인 상상력 덕택에 손가락 사이에 끼울 물건들은 얼마든지 있었다. 이를테면 그는 오스카를 피스톨로 무장시켜 예수인 나로 하여금 마돈나를 겨냥하게 했다. 또한 나는 모래시계나 거울을 그녀 쪽으로 내밀고 있어야만 했는데, 이 거울은 볼록거울이었기 때문에 그녀의 얼굴을 무섭도록 비틀어 놓았다. 나는 가위, 생선뼈, 수화기, 해골, 모형 비행기, 탱크, 원양 기선 따위도 두 손으로 들고 있어야 했다. 그럼에도 불구하고—라스콜니코프는 그 사실을 곧 깨달았다—그 진공은 채워지지 않았다.

오스카는 이 화가가 언젠가는 내게만 유일하게 어울리는

물체를 가져와 들도록 할까 봐 두려워하고 있었다. 마침내 그가 북을 가지고 왔을 때, 나는 "싫어!"라면서 소리를 질렀다.

라스콜니코프가 명령했다. "북을 들어라, 오스카. 나는 너를 알고 있다!"

나는 떨면서 말했다. "다시는 안 돼. 이미 지난 일이야!"

그가 침울하게 말했다. "지나가 버리는 거란 없는 법이야. 만사는 되풀이되는 것이지. 죄와 벌, 그리고 또 죄!"

나는 사력을 다해 말했다. "오스카는 참회했다. 북만은 용서해 주기 바란다. 무엇이든지 들겠지만, 북만은 싫다!"

나는 울었다. 그러자 뮤즈인 울라가 내 위로 몸을 수그렸다. 나는 눈물이 앞을 가렸기 때문에 그녀가 키스하는 것을 막지 못했다. 뮤즈가 내게 공포의 키스를 하고 만 것이다. 언젠가 뮤즈의 키스를 받은 분들이라면 누구나 이해하시리라고 믿는다. 오스카는 도장과도 같은 뮤즈의 키스를 받자마자 즉시 그 북을, 그 양철을 다시 집어 들었다. 수년 전 자신으로부터 추방시켜, 자스페 묘지 모래 속에 묻어 두었던 그 양철북을 말이다.

그러나 나는 북을 치지는 않았다. 다만 잠시 포즈를 취했을 뿐이다. 정말이지 꼴사납게도 북을 치는 예수가 되어 「마돈나 49」의 벌거벗은 왼쪽 넓적다리 위에 앉은 채로 그려진 것이다.

이렇게 하여 마리아는 미술 전람회의 포스터에 있는 내 모습을 발견하게 되었다. 그녀는 나도 모르는 사이에 그 전람회에 가서 한참 동안 분노를 삭이며 그 그림 앞에 서 있었던 모양이다. 나를 몰아세우던 그녀가 내 아들 쿠르트의 자를 가지고 나를 때리기까지 했으니 말이다. 그녀는 수개월 전부터 상당한 규모의 어떤 식료품 가게에서 괜찮은 보수를 받고 일하고 있었다. 처음에는 점원이었지만 곧 유능함을 인정받아 출납계원이 되었다. 그래서 이제는 성공적으로 서부(西部)에 귀화한 시민의 자격으로서 나를 대했다. 이제 더 이상 암거래를 하며 먹고 사는 동부(東部) 출신 피난민이 아니었다. 그래서 상당한 자신감을 가지고 나를 더러운 자식, 뚜쟁이, 몹쓸 놈이라 부를 수 있게 된 것이었다. 게다가 그녀는 내가 더러운 짓을 해서 벌어 오는 더러운 돈은 더 이상 받고 싶지도 않으며, 내 꼴도 더 이상 보고 싶지 않노라고 소리치기까지 했다.

마리아는 이 마지막 말만은 곧 거두어들였고, 2주일 후에는 내 모델료의 적지 않은 부분을 다시 가계비에 포함시켰다. 하지만 나는 그녀와 그녀의 언니 구스테, 그리고 내 아들 쿠르트와의 공동 생활을 포기하기로 결심했다. 멀리 떠나 버리고 싶었다. 함부르크라든지, 가능하다면 다시 해변의 도시로 가고 싶었다. 마리아도 나의 이사 계획을 곧바로 받아들이긴 했다. 하지만 그녀와 쿠르트가 사는 곳 가까이, 어쨌든 뒤셀도르프 안에서 방을 구하라고 설득했다. 그녀의 언니 구스테도 옆에서 거들었다.

고슴도치

설치하고, 벌채하고, 삭제시키고, 편입시키고, 후후 불어서 날려 버리고, 나중에 다시 느꼈다. 셋방살이를 하게 된 오스카는 이처럼 과거를 되불러 내는 방법을 배웠다. 방뿐만 아니라 고슴도치, 안뜰의 관(棺) 보관소, 그리고 뮌저 씨도 내게 도움이 되었다. 간호사인 도로테아도 나에게 자극제가 되었다.

파르치팔[36]을 아시는지? 물론 나도 그를 특별히 잘 아는 것은 아니다. 다만 하얀 눈 위에 떨어져 있는 세 방울의 핏자국에 얽힌 이야기만은 내 머릿속에 남아 있다. 이 이야기는 나에게 꼭 어울리는 것이므로 감동을 준다. 아마도 그 어떤 이

---

36) 독일 중세의 궁정 시인 볼프람 폰 에셴바흐의 서사시 「파르치팔」의 주인공. 「파르치팔」은 천진난만한 자연아(自然兒)가 이상적인 기사(騎士)로 성장해 가는 고난의 길을 노래한 2만 5천 행의 서사시.

념을 가진 사람이라면 누구에게나 어울리는 이야기일 것이다. 그러나 오스카는 자신에 대한 이야기만을 쓰기로 한다. 그러므로 이 이야기는 거의 의심스러울 정도로 오스카의 몸에 꼭 맞게 씌어진 것이다.

나는 여전히 예술에 종사했다. 청색, 녹색, 황색, 흑색으로 나를 칠하게 하고 검은색으로 스케치하게 했으며, 여러 종류의 배경 앞에 뮤즈인 울라와 함께 서서 포즈를 취하였다. 그리하여 미술 대학의 겨울 학기 동안 내내 풍성한 결실이 맺어졌다. 우리는 다음 여름 학기 동안에도 모델 활동을 계속했는데, 그러다 보니 어느새 눈이 내렸다. 그 눈 위에 떨어졌던 세 방울의 피는 우직하기만 한 파르치팔의 경우와 마찬가지로 나의 시선을 고정시켰다. 우직한 오스카도 파르치팔에 대해서는 아는 게 거의 없기 때문에, 자연스럽게 자신을 파르치팔과 동일시할 수 있었던 것이다.

나의 비유는 서투르기는 하지만 독자 여러분에게는 이해되고도 남음이 있으리라. 말하자면 하얀 눈은 간호사의 제복이다. 도로테아를 포함한 대부분의 간호사들이 칼라를 붙들어 매는 브로치 한가운데에 달고 있는 적십자가 내게는 세 방울의 피처럼 보였다. 그래서 나는 그 자리에 앉은 채 눈길을 돌릴 수가 없었다.

나는 한참 동안 찾은 후에야 차이들러 씨가 이전에 욕실로 사용하던 방에 앉게 되었다. 마침 겨울 학기가 끝났기 때문에, 일부 학생들은 방을 내놓고 부활제를 맞아 귀향했다가 다시 돌아오거나 아니면 돌아오지 않았다. 나의 동료인 뮤즈 울라가 나의 방 찾는 일을 도와주었고, 학생회에도 같이 가 주었다. 나는 그곳에서 몇 군데의 주소와 미술 대학의 추천장 한 통을 받았다.

나는 이 집들을 찾아 나서기 전에, 비트베크 거리에 있는 석공 코르네프를 오랜만에 찾아갔다. 발길이 저절로 이끌리기도 했지만, 학기말 휴가 동안의 일자리도 찾아야 했던 것이다. 울라와 공동으로 아니면 혼자서 몇 명의 교수들의 개인 모델을 서는 근소한 근무 시간만으로는 다가오는 6주일 동안을 겨우 지탱할 수밖에 없었고, 게다가 가구가 딸린 방의 집세도 물어야만 했기 때문이다.

코르네프는 거의 다 나아가는 종기 두 개와 아직 곪지 않은 종기 하나를 목덜미에다 붙인 채 예전과 다름없이 벨기에 화강암 판 위로 몸을 구부리고 있었으며, 거칠게 깎아 놓은 석판을 날이 넓은 끌로 조심스럽게 깎고 있었다. 우리는 잠시 이야기를 나누었다. 그러는 동안 나는 무언가 암시라도 하듯이 글자 새기는 끌들을 만지작거렸으며, 깨끗이 문지르고 닦여져 비명이 새겨지기를 기다리는 절단대 위의 돌들을 돌아보기도 했다. 두 개의 규격 석판과 조개껍질 석회석, 그리고 2인용의 슐레지아 대리석 한 개는 이미 팔려 나가 숙달된 조각가만을 기다리고 있는 것처럼 보였다. 나는 통화 개혁 이후 잠시 어려운 고비를 맞아야만 했던 이 석공의 성공이 기뻤다. 하지만 우리 두 사람은 그 당시에 이미 선견지명이 있어 서로를 위로했던 것이다. 아무리 통화 개혁이 활개 치는 시대라 할지라도 사람이 죽지 않을 도리는 없으며, 묘석을 주문하는 일마저 막을 수는 없는 일이 아니겠느냐고 말이다.

사실 그대로였다. 사람들은 죽어 나갔고, 묘석은 계속 팔렸다. 게다가 통화 개혁 전에는 없었던 주문들까지 있었다. 가령 푸줏간에서는 가게의 정면뿐만 아니라 가게 안까지도 알록달록한 색의 라인 대리석을 입혔으며, 수많은 은행이나 백화점의 손상된 사암(沙岩)과 응회암들은 다시 옛 모습을 되찾기 위해 네모진 돌들을 다듬어 채워야 했던 것이다.

나는 코르네프의 부지런함을 칭송하고 난 후, 도대체 이 많은 일들을 혼자서 다 감당할 수 있는지를 물어보았다. 처음에는 답변을 회피하던 그가 때로는 네 사람 정도의 일손이 필요할 때도 있다고 고백하고는, 마침내 내게 다음과 같이 제안했다. 내가 반나절씩 그를 도와 글자를 새겨 주되, 설형문자의 경우 석회암은 한 자당 45페니히, 화강암과 휘록암은 55페니히를 지불하며, 양각문자의 경우에는 60페니히와 75페니히를 지불하겠다는 것이었다.

그래서 나는 즉시 한 개의 조개껍질 석회암에 달려들어 일의 요령을 금방 생각해 낸 다음 설형문자를 새겼다. 나는 '알로이스 퀴퍼, 1887년 9월 3일생, 1946년 6월 10일 몰(沒)'이라는 총 서른 개의 문자와 숫자를 꼭 네 시간 만에 완성했다. 그리고 약속대로 13마르크 50페니히를 받고는 집으로 돌아왔다.

그것은 내가 예정하고 있던 1개월치 방세의 3분의 1에 상당하는 것이었다. 나는 40마르크 이상은 지불할 수도, 지불할 생각도 없었다. 왜냐하면 오스카는 앞으로도 계속해서 빌크가의 마리아와 아이, 그리고 구스테 쾨스터에게 얼마간의 생활비를 대는 것을 자신의 의무로 생각했기 때문이다.

대학 학생회의 친절한 사람들이 내게 건네준 네 군데의 주소 중에서 나는 차이들러, 월리히 가 7번지라는 주소에 우선권을 주었다. 그 집이 미술 대학에서 가장 가까웠던 것이다.

5월 초, 무덥고 안개가 낀 라인 하류 지방의 전형적인 날씨였다. 나는 충분한 현금을 가지고 길을 나섰다. 마리아가 내 옷을 손질해 주었기 때문에 나는 예의 바른 사람으로 보였다. 주소지의 건물은 먼지투성이의 밤나무 뒤쪽에 군데군데 칠이 벗겨진 채 서 있었다. 주인인 차이들러 씨는 이 건물 4층에 있는 방 세 칸의 주택에 살고 있었다. 월리히 가는 절반가량이 폐허였으므로, 이웃이나 건너편 집이라고 할 만한 게 없었다. 건물의 왼쪽 편에 채소며 민들레가 수북하게 나 있는 동산이 하나 있었는데, 녹슨 T자형의 지주가 곳곳에 남아 있는 것으로 보아, 한때 그곳에는 5층 건물이 차이들러의 집에 붙어 있었음을 짐작케 했다. 건물의 오른쪽으로는 일부가 파괴된 건물이 3층까지 수리되어 있었다. 아마도 수리비가 부족했던 모양이다. 군데군데 빈틈이 있고, 여러 겹으로 금이 나 있는 반질반질한 검은 스웨덴 화강암으로 된 정면은 수리되지 않고 있었다. 그리고 '장의사 쇼르네만'이라고 씌어진 글자 중에서 몇 개는 이가 빠져 있었는데, 어느 글자였는지 지금은 기억 나지 않는다. 다만 거울처럼 매끄러운 화강암에 쐐기꼴로 새긴 야자 잎사귀는 다행스럽게 둘 다 다치지 않았다. 그리하여 손상된 이 가게가 어느 정도의 경건한 외관을 유지하는 데 도움을 주고 있었다.

이미 75년째 영업을 하고 있는 이 상점의 관 보관소는 안뜰에 있었다. 마침 내 방의 창은 안뜰을 향해 있었기 때문에, 그 관 보관소는 수시로 내가 관찰할 수 있는 운명에 놓였다. 나는 그곳의 일꾼들을 곧잘 관찰하곤 했다. 그들은 날씨가 좋아지면 몇 개의 관을 창고에서 굴려 나와 받침대 위에 올려놓고는, 내가 이미 잘 아는 다른 관들과 마찬가지로 발끝 쪽으로 갈수록 좁게 만든 그 상자들을 갖가지 방법으로 닦아 광을 내는 것이었다.

　　내가 벨을 누르자 차이들러가 몸소 문을 열었다. 그는 키가 작고 땅딸막한 데다 고슴도치 같은 머리를 한 채 가쁜 숨을 몰아쉬며 문간에 서 있었다. 두꺼운 렌즈의 안경을 쓴 그의 얼굴 아래쪽 절반은 솜털 같은 비누 거품으로 뒤덮여 있었고, 오른손으로는 브러시를 뺨에 갖다 대고 있었다. 술꾼 같기도 했고, 말씨로 보아서는 베스트팔렌 사람처럼 보였다.

　　"방이 마음에 들지 않으면 곧바로 말해 주시오. 지금 수염을 깎는 중이고, 발도 씻어야 하니까."

　　차이들러는 겉치레 인사 같은 건 좋아하지 않는 사람이었다. 나는 바로 방을 들여다보았는데, 마음에 들 리는 없었다. 원래 욕실로 사용하던 방이었기 때문에 벽의 절반쯤은 녹색의 터키 타일이 붙어 있었고, 나머지 부분에는 안정감이 없는 벽지가 발라져 있었다. 하지만 나는 방이 마음에 들지 않는다고 말하지는 않았다. 다만 차이들러가 바르고 있는 비누 거품도, 그의 씻지 않은 발도 고려하지 않은 채, 나는 목욕통을 두드리며 물어보았다. 목욕통을 없애면 안 되겠습니까, 어차피 배수관도 없으니 말입니다, 라고.

차이들러는 미소를 지으며 회색의 고슴도치 머리를 흔들었다. 그리고 면도용 브러시로 거품을 일으키려 했으나 잘 되지 않았다. 그것이 대답의 전부였다. 그리하여 나는 목욕통이 붙은 이 방을 월 40마르크에 임차하기로 승낙받았다.

우리는 다시 어슴푸레한 전등이 켜져 있는 길다란 관(管)처럼 생긴 복도로 나왔다. 복도에는 여러 가지 색이 칠해져 있고, 일부분은 유리가 끼여 있는 문들이 달린 몇 개의 방들이 있었다. 나는 차이들러의 집에 또 어떤 사람들이 살고 있는지를 물었다.

"내 아내와 세 들어 사는 사람들입니다."

나는 복도의 중앙에 있는 우윳빛 유리문을 살짝 두드렸다. 거실 문에서는 한걸음쯤 되는 곳이었다.

"거기는 간호사 아가씨가 살아요. 당신과는 아무런 관계가 없겠지만 말입니다. 어쨌든 당신이 그 사람을 만날 기회는 없을 겁니다. 그녀는 여기에서 잠만 자는데, 그것도 늘 그런 건 아니고요."

오스카는 '간호사'라는 말을 듣고 움찔했다고 말하고 싶지는 않다. 그는 고개를 끄덕이며, 나머지 방에 대해서는 더 이상 물으려고 하지도 않았다. 다만 목욕통이 붙은 자신의 방을 꼼꼼하게 확인해 보았다. 방은 복도의 오른쪽에 있었고, 문을 나서면 그곳이 복도의 막다른 끝이었다.

차이들러는 내 상의의 옷깃을 가볍게 툭툭 건드리며 말했다. "방에서 요리를 해도 괜찮아요. 알콜 램프가 있다면 말이지요. 가끔은 내 부엌을 사용하시지요. 다만 화덕이 당신한테 너무 높지나 않을는지."

그것이 그가 오스카의 키에 관해 언급한 최초의 말이었다. 그는 미술 대학의 추천장을 재빨리 훑어보았는데, 역시 그 추천장은 효력이 있었다. 어쨌거나 거기에는 학장인 로이저 교수의 서명이 있었다. 나는 그가 주의시키는 모든 일에 대해 무조건 동의했으며, 부엌이 내 방의 바로 왼쪽에 있었으므로 세탁물은 바깥에서 빨겠노라고 약속하기도 했다. 수증기 때문에 욕실의 벽지가 상할까 그가 두려워한 탓도 있긴 했지만, 내가 어느 정도 확신을 가지고 약속할 수 있었던 것은 마리아가 내 세탁물을 빨아 주겠노라고 이미 말했기 때문이었다.

이제 내게 남은 일은 이 집을 나가 내 짐을 가져오고 이사 신고 용지를 적어 넣는 것이었다. 하지만 오스카는 그렇게 하지 않았다. 오스카는 이 집을 나갈 수 없었다. 별다른 이유도 없이 그는 미래의 집 주인에게 화장실이 어디에 있는지 가르쳐 달라고 말했다. 그러자 주인은 전쟁 동안과 전후에 걸친 수년간을 기억나게 하는 판자문을 엄지손가락으로 가리켰다. 오스카가 급하게 화장실을 이용하려는 자세를 보이자, 차이들러는 얼굴의 군데군데 비누 거품이 말라붙어 근질근질함에도 불구하고 그곳의 스위치를 탁 하는 소리와 함께 올려 전등을 켜 주었다.

안으로 들어간 나는 화가 치밀어 올랐다. 오스카는 배설 욕구를 조금도 느끼지 않았던 것이다. 그래도 끈질기게 기다리다 찔끔거리며 물을 내보낼 수 있었다. 그러나 방광압이 작은 데다가, 변기의 걸터앉는 나무 테에 너무 가까이 다가갔기 때문에, 나는 나무 테와 좁은 바닥의 타일을 적시지 않기 위해 꽤나 용을 써야만 했다. 나의 손수건은 오래 사용하여 닳은 나무 테 위의 오줌 자국을 닦아 내었고, 오스카의 신 바닥은 운 나쁘게도 타일 위에 떨어진 서너 방울의 물을 문질러 없애야만 했다.

얼굴에 불쾌하게 말라붙은 비누 거품에도 불구하고 차이들러는 내가 화장실에 들어가 있는 동안, 면도용 거울과 따뜻한 물을 찾지도 않았다. 그는 복도에 서서 기다리면서 아마도 나의 멍청함을 탓하고 있었으리라. "참 별꼴도 다 보겠군. 계약도 맺지 않고 변소부터 가다니 말이야!"

차가운 부스럼 딱지처럼 된 면도용 브러시를 손에 든 채 그가 내게로 다가왔다. 분명히 농담이라도 한마디 할 기세였다. 그러나 그는 내게 아무 부담도 주지 않은 채 현관문을 열어 주었다. 오스카는 뒷걸음질로 고슴도치 옆을 지나고, 한편으로는 고슴도치를 훔쳐보며 바깥 계단으로 물러나왔다. 그러면서 그는 화장실 문이 부엌문과 그 우윳빛 유리문 사이에 있는 것을 알아차렸다. 그 우윳빛 유리문의 뒤편에서는 이따금씩, 그러므로 불규칙적으로 한 명의 간호사가 잠을 자고 있었던 것이다.

오스카는 오후 늦게 마돈나의 화가인 라스콜니코프가 선물한 새 양철북을 매단 짐을 든 채 다시 차이들러 가의 벨을 눌렀고, 이사 신고 용지를 흔들어 보였다. 그러자 그동안 발도 닦았겠지만 면도도 깨끗이 한 고슴도치가 나를 차이들러의 거실로 안내하였다.

거실에 들어서니 차갑게 식어 버린 잎담배 냄새가 났다. 몇 번이나 불을 붙였다가 꺼 버린 잎담배 냄새였다. 거기에다 방 구석에 말아서 쌓아 올려 놓은, 고급스럽게 생긴 여러 장의 양탄자가 발산하는 냄새도 섞여 있었다. 또한 낡은 달력 냄새도 났지만, 달력은 하나도 눈에 띄지 않았다. 사실 달력 냄새라고 생각한 것은 양탄자 냄새였다. 그런데 가죽을 입힌 푹신한 의자에서는 이상스럽게도 아무런 냄새가 나지 않았다. 그래서 나는 실망할 지경이었다. 지금까지 가죽을 입힌 의자에 앉아 본 일이라곤 없긴 하지만, 오스카는 가죽을 입힌 의자에서는 당연히 냄새가 나게 마련이라고 생각했다. 그 때문에 그는 차이들러의 의자들을 씌우고 있는 커버가 인조 가죽이 아닌가 의심했던 것이다.

나중에 밝혀진 대로 진짜 가죽 제품임이 분명한 이 매끄럽고 냄새 나지 않는 안락의자의 하나에 차이들러 부인이 앉아 있었다. 그녀는 스포티하게 재단해 몸에 꼭 맞는 회색 드레스를 입고 있었으나, 스커트가 무릎 위로 밀려 올라가 손가락 세 개 폭만큼 속옷이 드러나 보였다. 그녀는 밀려 올라간 옷을 고치지도 않았고—오스카가 눈치 챈 바로는—울어서 눈이 퉁퉁 부어 있었다. 그래서 나는 자기를 소개하거나 인사말을 건네는 것을 삼갔다. 나는 말없이 머리를 수그렸다가 다시 머리를 들며 금방 차이들러 쪽으로 몸을 돌렸다. 결국 이 사내가 엄지손가락의 움직임과 짧은 헛기침으로 그의 아내를 내게 소개해 주었다.

실내는 정사각형의 커다란 방이었다. 집 앞에 서 있는 밤나무가 방안으로 그림자를 던지면서, 방이 때로는 크게 보이기도 하고 때로는 작게 보이기도 했다. 나는 트렁크와 북을 문간에 세워 놓고 신고 용지를 손에 든 채, 창과 창 사이에 서 있는 차이들러에게 다가갔다. 오스카에게는 자신의 발자국 소리가 들리지 않았다. 그것은 그가 나중에 세어본 대로 네 장의 양탄자 위를 걸었기 때문이었다. 네 장의 양탄자들은 밑에서부터 위로 갈수록 보다 작은 것이 차례로 겹쳐져 있었고, 술이 달리거나 술이 달리지 않은 각각 다른 빛깔의 테두리들이 알록달록한 계단 모양을 형성하고 있었다. 그 맨 아래쪽의 계단은 적갈색으로서 벽 바로 가까이에서 시작되었다. 그리고 엷은 녹색의 그 다음 계단은 무거운 찬장이나 술잔 세트로 가득 찬 유리 진열장 같은 가구들 밑에, 그리고 넓직한 부부 침대 밑에 감추어져 있었다. 푸른색의 무늬가 들어 있는 세 번째 양탄자의 테두리는 이 끝에서 저 끝까지 방해받지 않고 펼쳐져 있었다. 붉은 포도주 빛깔의 비로드로 만들어진 네 번째 양탄자에게는 임무가 주어져 있었는데, 그것은 방수포(防水布)를 씌워 놓은 둥근 모양의 접는 테이블과 규칙적으로 금속 못을 박아 놓은 가죽을 입힌 쿠션 의자의 네 다리를 받치는 일이었다.

그 외에도 원래 벽걸이용이 아닌 양탄자 몇 장이 벽에 걸려 있었고, 또 일부 양탄자들은 둥글게 말린 채 구석에 쌓여 있었다. 오스카의 추측에 의하면 이 고슴도치는 통화 개혁 이전에 양탄자를 팔았고, 그 후 잘 팔리지 않아 나머지는 그대로 갖고 있는 것 같았다. 그리고 창이 나 있는 벽 쪽에는 동양적인 분위기를 풍기는 유일한 그림 한 장이 양탄자 사이에 걸려 있었는데, 그것은 비스마르크 재상의 초상화를 유리 액자에 끼워 넣은 것이었다. 고슴도치는 가죽을 씌운 안락의자에 파묻힌 채 재상 밑에 앉아 있었는데, 그 재상과는 어떤 친족적인 유사성을 보여 주었다. 그는 내 손에서 이사 신고서를 넘겨받아 그 공식 서류의 양면을 주의 깊고 꼼꼼하게 그리고 초조하게 살폈다. 이때 그의 아내가 뭐 잘못된 데라도 있느냐고 속삭이자 그는 벌컥 화를 내었다. 그러자 그는 더욱 더 철혈재상처럼 보였다. 의자가 그를 내뱉기라도 한 것일까. 그는 어느새 네 장의 양탄자 위에 서서 신고 용지를 옆으로 들고는 그의 몸과 조끼를 공기로 잔뜩 부풀렸다. 그러더니 단숨에 첫 번째와 두 번째 양탄자 위로 뛰어가서는, 그 사이에 바느질을 하느라고 머리를 수그리고 있던 아내에게 말을 쏟아부었다. "묻지도 않았는데 왜 종알거려, 쓸데없는 소리 말고, 내가 말한 대로 하란 말이야! 더 이상 여러 말 하지 말란 말이야!"

그러나 차이들러 부인은 얌전하게 한마디 말도 없이 바느질만 계속했다. 그러므로 어찌할 바 모른 채 양탄자 위를 왔다갔다 하고 있는 고슴도치로서는 무엇이든 쨍강거리는 소리를 내어 화를 풀어야 했다. 그는 단숨에 유리 찬장 앞으로 달려가더니, 달그락거리는 소리를 내며 그것을 열었다. 그리고 손가락을 벌려 조심스럽게 여덟 개의 술잔을 붙잡고는 손에 가득 쥔 것을 다치지 않고 찬장 밖으로 끄집어냈다. 그런 후에 그는 살금살금─마치 주인이 솜씨를 뽐내며 일곱 명의 손님과 자신을 접대하기라도 하려는 것처럼—녹색 타일을 붙인 난로 쪽으로 걸어갔다. 그 순간 갑자기 지금까지의 신중함은 다 어디로 보내 버렸는지, 그는 깨지기 쉬운 그 운반물을 차가운 주철제 난로의 문을 향해 내던졌다.

놀랍게도 고슴도치는 상당한 겨냥을 필요로 하는 장면에, 그의 아내가 일어나 오른쪽 창가로 다가가 바늘귀에 실을 꿰려 하는 것을 안경 너머로 바라보았다. 그가 유리컵을 모조리 부수어 버린 지 1초 만에 그녀도 침착한 솜씨를 입증이라도 하듯 그 어려운 일을 성공시켰다. 그러고 나서 차이들러 부인은 아직도 온기가 남아 있는 안락의자로 되돌아가 앉았지만, 다시 스커트가 밀려 올라가는 바람에 손가락 세 개 폭만큼의 속옷이 분명한 핑크빛을 드러내었다. 고슴도치는 그의 아내가 창가로 가 실을 꿰고 다시 의자에 돌아갈 때까지의 과정을 몸을 굽힌 채 심술궂고도 어쩔 도리 없다는 듯한 시선으로 내내 지켜보았다. 그녀가 자리에 앉자마자, 그는 난로 뒤편으로 손을 뻗어 쓰레받기와 비를 찾아내어 유리 조각을 쓸어 모으고 그 쓰레기를 한 장의 신문지에다 쏟아 부었다. 그 신문지는 이미 절반쯤 술잔 파편으로 채워져 있었기 때문에, 그가 세 번째로 화를 내어 술잔을 부순다 하더라도 이제 더 이상 담아낼 여지는 없는 것 같았다.

유리를 파괴하는 이 고슴도치에게서 오스카가 자신의 모습, 즉 오랫동안 유리를 노래로 파괴해 온 오스카 자신의 모습을 본다고 독자 여러분은 생각할 수도 있으리라. 하지만 나는 독자 여러분의 그러한 생각을 조금도 부당하다고 여기지 않는다. 정말이지 나도 한때는 분노를 유리 파편으로 변화시키기를 좋아했다. 하지만 내가 쓰레받기와 비를 잡는 것을 본 사람은 지금껏 그 누구도 없었다!

차이들러는 그의 분노의 자국들을 치워 버리고 안락의자로 돌아갔다. 오스카가 다시 한번 그에게 신고 용지를 건네주었다. 고슴도치가 두 손을 유리 찬장 안으로 집어넣으면서 부득이하게 떨어뜨린 것이었다.

차이들러는 그 용지에 서명을 한 후 내게 이 집에서는 규율을 올바로 지켜야만 편안하게 지낼 수 있다며 주의를 주었다. 그러고 나서 자기는 15년 전부터 이발기 세일즈맨을 하고 있다고 말하며, 나더러 이발기가 무언지 아느냐고 묻기도 했다.

오스카는 이발기에 대해 알고 있었으므로 손짓으로 설명하는 듯한 시늉을 해 보였다. 차이들러는 그것을 보고 내가 이발기에 대해 훤하게 알고 있다고 짐작한 모양이었다. 더군다나 브러시처럼 단정하게 깎은 그의 머리는 누가 봐도 세일즈맨의 그것이었다. 그는 자기 일의 윤곽을 내게 설명하고 나자—일주일간 여행을 하고 나서 이틀간은 집에서 쉬는 것이 변함없는 그의 일정이었다—오스카에 대한 흥미를 완전히 잃어버린 모양이었다. 그는 고슴도치처럼 몸을 흔들며 엷은 갈색 가죽에서 삐걱거리는 소리가 나게 하고, 안경알을 번쩍거리며 그저 건성으로 예예예예 하며 대답하는 것이었다. 나는 그 방을 나와야만 했다.

오스카는 차이들러 부인에게 먼저 작별 인사를 했다. 부인의 손은 차갑고 살이 없으며 메말라 있었다. 고슴도치는 안락의자에 앉은 채 답례를 하며, 문 쪽으로 나가라고 손짓했다. 문 옆에는 오스카의 짐이 놓여 있었다. 내가 두 손으로 짐을 드는 순간 그의 소리가 들려왔다. "그런데 그 트렁크에 매달아 놓은 건 뭐지요?"

"그건 내 양철북입니다."

"그러면 여기에서 북을 치실 생각인가요?"

"결코 아닙니다. 이전에는 자주 쳤습니다만."

"나랑은 상관없는 일이요. 어쨌든 평소에는 집에 없으니까."

"다시 북을 치는 일은 아마 없을 겁니다."

"그런데 당신은 왜 키가 크지 않나요?"

"불행히도 높은 데서 추락해 성장에 지장이 있었어요."

"성가신 일 같은 건 없었으면 좋을 텐데. 가령 발작 같은 거 말입니다!"

"지난 수년 간 내 건강 상태는 점점 좋아지고 있어요. 자 보십시오. 이 활기찬 모습을." 이렇게 말한 오스카는 차이들러 부부의 눈앞에서 몇 차례 도약을 하였고 전선 극장 시절에 익힌 곡예사 흉내까지 내보였다. 그러자 차이들러 부인은 킬킬거리며 웃음을 터뜨렸다. 고슴도치도 무릎을 치며 웃더니, 내가 복도로 나가 간호사의 우윳빛 유리문, 화장실 문, 부엌 문 앞을 지나 내 짐과 북을 내 방으로 옮기는 동안에도 웃음을 그치지 않았다.

그것은 5월 초의 일이었다. 그날 이후 간호사라는 신비로운 존재가 나를 유혹하고 차지하고 점령했다. 알고 보면 간호사들에 대한 나의 감정은 병적인 것으로서 거의 고칠 수 없을 정도이다. 그렇기 때문에 모든 것이 과거의 일이 되어 버린 오늘날까지도 나는 나의 간호사인 브루노의 주장에 반박을 하는 것이다. 브루노의 솔직한 주장은 이렇다. 오직 남자만 진정으로 간호사가 될 수 있다. 여자 간호사에게 간호받고 싶다는 환자들의 욕구가 이미 병의 징후이다. 남자 간호사는 환자를 열심히 돌보고 이따금 회복시키기도 한다. 반면에 여자 간호사는 여자의 길을 간다. 즉 여자 간호사는 환자를 회복시키기도 하지만, 때로는 환자를 성적으로 약간 흥분시켜 죽음을 맛있게 받아들이도록 유혹한다는 것이다.

나의 간호사 브루노는 이런 식으로 말하지만, 내가 그의 말에 수긍할 리는 없다. 나처럼 이삼 년마다 여자 간호사의 손에 자신의 생명을 맡겨 본 사람이라면 감사하는 마음이 저절로 우러나는 법이다. 그러므로 순전히 직업적인 질투심 때문에 나를 여자 간호사와 떼어 놓으려는 내 간호사의 음흉한 태도는 비록 동정이 가는 점이 있다 할지라도 그대로 받아들일 수는 없다.

그 일은 세 살 생일날 내가 지하실 계단에서 추락했을 때부터 시작되었다. 내 기억으로 그녀는 로테라는 이름의 간호사로서 프라우스트 출신이었다. 홀라츠 박사와 함께 근무하던 잉에 간호사는 몇 년 동안이나 나와 함께 있었다. 폴란드 우체국 방위전 후에 나는 동시에 여러 명의 간호사들에게 내맡겨졌는데, 그중에 단 한 명의 간호사 이름만 기억에 남아 있다. 에르니 아니면 베르니 간호사였을 것이다. 뤼네부르크, 그리고 하노버 대학 병원에서 일하던 이름 모르는 간호사들, 뒤셀도르프 시립 병원의 간호사들, 그중에서도 특히 게르트루트 간호사가 기억에 남는다. 그런데 이번에는 내가 병원에 갈 일이 없는데도 간호사가 찾아왔다. 너무나 건강한데도 오스카는 한 명의 간호사, 즉 차이들러의 집에서 오스카와 마찬가지로 셋방살이를 하는 간호사에게 걸린 것이다. 이날부터 내게는 세상이 온통 간호사들로 득실거리는 것 같았다. 아침 일찍 일터로, 즉 코르네프의 작업장으로 글자를 새기려고 내가 기다리는 전차 정거장의 이름은 '마리아 병원'이었다. 병원의 벽돌 현관 앞과 꽃이 가득 핀 앞뜰에는 언제나 간호사들이 오가고 있었다. 힘든 근무를 마치거나 아니면 이제 근무를 시작해야 하는 간호사들이었다. 그 사이에 전차가 왔다. 나는 이따금씩 지쳐 있거나 아니면 적어도 맥이 빠진 표정을 짓고 있는 간호사들과 같은 차에 걸터앉거나 같은 플랫폼에 서 있어야만 했다. 처음에 나는 그녀들의 냄새가 역겨웠다. 하지만 곧 나는 그녀들의 냄새를 맡으려 일부러 옆에 앉기도 하고 심지어는 그녀들의 제복과 제복 사이에 앉기도 했다.

비트베크 거리도 마찬가지였다. 날씨가 좋은 날이면 나는 바깥에 진열된 묘석들 사이에서 글자를 새기기 때문에, 자유 시간을 얻은 간호사들이 둘씩, 넷씩 짝을 지어 팔짱을 끼고 재잘거리며 오는 것을 보게 마련이었다. 그럴 때면 오스카는 할 수 없이 휘록암에서 눈을 떼어 자기 일을 등한시하게 마련인데, 사실은 그렇게 한 번 눈을 뗄 때마다 20페니히씩 손해를 보게 되었다.

영화 포스터에도 간호사가 등장했다. 지금까지 독일에서는 간호사들에 대한 영화가 많이 제작되었다. 이를테면 마리아 쉘이 나를 영화관으로 유혹했다. 간호사 제복을 입은 그녀는 웃기도 하고 울기도 하며 헌신적으로 간호하는가 하면, 간호사 모자를 쓴 채 미소 지으며 진지한 음악을 연주한다. 그러다가 잠옷을 찢을 듯이 절망에 빠져 자살을 시도했다가는 자기의 사랑, 즉 의사인 보르쉐를 희생시키면서까지 자신의 직무에 충실한다. 그리하여 끝내는 제모와 적십자 브로치를 지킨다는 그런 줄거리였다. 오스카의 소녀와 대녀는 이 영화를 보며 웃기도 하고, 상영되고 있는 필름에다 음란한 장면을 삽입시켜 보기도 했으며, 한편으로는 눈물을 흘리기도 했다. 또한 나는 흰 옷을 입은 이름 모를 사마리아 여인들로 가득한 사막에서 반봉사가 되어 도로테아 간호사를 찾아서 헤매 다니기도 했다. 내가 그녀에 대해 알고 있는 것이라고는 그녀가 차이들러 집의 우윳빛 유리 뒤편의 방에 세들어 살고 있다는 사실뿐이었다.

이따금씩 나는 야간 근무를 마치고 돌아오는 그녀의 발자국 소리를 들었다. 또한 밤 아홉 시경 그녀가 낮 근무를 마치고 방으로 돌아올 때의 발소리도 들었다. 간호사가 복도에 나타났을 때 오스카가 언제나 의자에 그대로 앉아 있기만 했다고 말할 수야 있겠는가. 그는 자주 문 손잡이를 만지작거렸다. 누가 그런 상황을 참고 견디겠는가? 누군가가 자기 옆을 지나갈 때 슬쩍 쳐다보지 않을 사람이 어디 있겠는가? 더군다나 자기를 위해 그렇게 지나갈지도 모르는데 말이다. 가만히 앉아 있는 사람을 벌떡 일어나게 하려는 순전히 그러한 의도만으로 누군가가 바로 가까이서 소리를 낼 때 그냥 의자에 눌러 앉아 있을 사람이 어디 있겠는가?

게다가 정적(靜寂)이라는 것은 더욱 처치 곤란한 것이다. 우리는 저 조용하고 수동적인 목각(木刻)의 선수상(船首像)에서 그 점을 이미 체험한 바 있다. 제일 먼저 박물관 직원 한 명이 피를 흘리며 쓰러졌다. 그러자 니오베가 그를 죽였다는 소문이 돌았다. 어쨌든 관장은 새 수위를 구했다. 박물관을 닫을 수는 없었기 때문이다. 두 번째 수위가 죽자, 모두들 니오베가 그를 죽였다고 소리쳤다. 박물관장은 다시 백방으로 노력해 세 번째 수위를 찾았다. 아니 벌써 열한 번째였을지도 모른다. 하지만 그런 건 아무래도 좋다! 하여간 어느 날 힘들여 찾아 낸 이 수위도 죽고 말았다. 모두가 소리를 질렀다. 니오베, 녹색으로 칠한 니오베, 호박(號珀) 눈으로 바라보는 니오베가 죽었다고. 니오베는 벌거벗은 목각으로 떨지도, 얼지도, 땀을 흘리지도, 숨을 쉬지도 않았고, 나무 좀도 생기지 않았다. 역사적으로 가치가 있는 귀중품이었으므로 구충제를 뿌려 놓았던 것이다. 이 목각상 때문에 한 마녀가 불에 태워졌고, 조각가의 재능 있는 손이 잘렸으며, 배들이 침몰했다. 하지만 이 목각상은 헤엄을 쳐서 살아남았다. 니오베는 목각이면서도 불연성(不燃性)이어서, 사람을 죽이고도 귀중하게 보관되어 왔다. 그녀는 고교생, 대학생, 노신부, 한 무리의 박물관원들 할 것 없이 그 모두를 그녀의 침묵으로 조용하게 만들었다. 나의 친구 헤어베르트 트루친스키는 그녀와 교미를 하다 숨을 거두었다. 그러나 니오베는 여전히 메마른 채로 있었고, 정적만을 더욱 깊게 했다.

이른 아침 여섯 시경, 간호사가 그녀의 방과 복도와 고슴도 치의 집을 떠나가고 나면 사방에는 정적이 감돌았다. 물론 방에 있을 때라고 해서 그녀가 소음을 낸 것은 아니다. 하여간 오스카는 이 정적을 견뎌 내기 위해 때때로 자신의 침대를 삐걱거리거나 의자를 움직였고, 아니면 사과를 목욕통 쪽으로 굴려야만 했다.

여덟 시 무렵에 바스락거리는 소리가 났다. 집배원이 편지와 엽서를 우편물 투입구를 통해 마룻바닥 위로 떨어뜨리는 소리였다. 오스카 말고도 차이들러 부인이 이 바스락거리는 소리를 기다렸다. 하지만 그녀는 아홉 시가 되어야 마네스만 사(社)의 비서 일을 시작하므로, 내게 우선권을 양보했다. 그러므로 바스락거리는 소리가 난 후 맨 먼저 그곳으로 가는 것은 오스카였다. 나는 그녀가 듣고 있다는 사실을 알면서도 살그머니 행동했다. 그리고 복도의 전등을 켜지 않아도 되게 내 방문을 열어 놓고는 우편물 전부를 한꺼번에 집어 들었다. 그 속에 마리아가 보낸 편지가 있으면 그것을 잠옷 호주머니 속에 찔러 넣었다. 마리아는 매주 한차례, 자신과 아들과 구스테 언니에 대해 정성을 다해 보고하는 편지를 보내왔던 것이다. 그리고 나서 나는 나머지 우편물을 재빨리 훑어보았다. 차이들러 부부에게 온 것이나, 반대쪽 복도의 끝에 사는 뮌처 씨라는 사람에게 온 우편물은 전부 다시 마룻바닥 위에 살짝 밀어 놓았는데, 이 모든 일을 나는 똑바로 서지 않고 허리를 굽힌 채 처리했다. 간호사에게 온 편지가 있는 경우에 오스카는 뒤집어 보고 냄새를 맡고, 손으로 만져 보았으며, 무엇보다도 보낸 사람의 이름을 확인했다.

도로테아 간호사에게 편지가 오는 일은 드물었으나 그래도 나에게 오는 것보다는 많았다. 그녀의 정식 성명은 도로테아 퀸게터이지만, 나는 그녀를 도로테아 간호사라고만 부른다. 나는 이따금 그녀의 성(姓)을 잊어버리기도 하는데, 사실상 간호사의 경우에 성이라는 것은 있으나마나한 것이다. 그녀는 힐데스하임에 있는 그녀의 어머니로부터 우편물을 받았다. 그리고 서부 독일에 있는 여러 병원들에서도 편지며 엽서들이 날아왔는데, 그것들은 간호학교를 같이 졸업한 동기생들로부터 오는 것이었다. 그녀는 엽서를 쓰는 것으로 동료들과의 관계를 가까스로 유지하고 있었으며, 그녀도 그러한 답장을 받고 있었던 것이다. 그런데 오스카가 재빨리 훑어본 바에 의하면 그 답장이라는 것들은 알맹이도 없이 너절한 것들뿐이었다.

그렇지만 도로테아 간호사의 과거에 대해 내가 조금이나마 알 수 있었던 것은, 그 겉면에 대개는 덩굴로 덮여 있는 병원 정면 건물이 나타나 있는 엽서들 덕택이었다. 알아낸 바에 의하면 그녀는 한동안 쾰른의 빈첸츠 병원에 근무했고, 아헨의 개인 병원에서도 일했으며, 그 후 힐데스하임으로 근무지를 옮겼다. 그녀의 어머니의 편지도 힐데스하임에서 온 것이었다. 그러므로 그녀는 니더작센 출신이든지 아니면 오스카처럼 동부로부터의 피난민으로 전쟁 직후 니더작센으로 피난을 했던 것 같았다. 더 나아가 나는 도로테아 간호사가 바로 근처에 있는 마리아 병원에 근무하고 있으며, 베아테라는 간호사와 친밀한 관계를 맺고 있다는 사실을 알게 되었다. 많은 엽서들이 이 우정 관계에 대해 언급하고 있고, 이 베아테에 대한 인사를 덧붙이고 있었던 것이다.

그런데 이 여자 친구가 내 마음을 어수선하게 만들었다. 오스카는 그녀의 존재에 대해 깊이 생각하면서, 여러 통의 편지를 베아테에게 써 보았다. 한 통의 편지에서는 도로테아에 대한 중개를 부탁하는가 하면, 다음 편지에서는 도로테아에 대해 아무런 언급도 하지 않았다. 먼저 베아테에게 접근했다가, 그 다음에 친구 쪽으로 옮길 심산이었던 것이다. 그래서 대여섯 통인가를 썼고, 그중에서 두세 통은 봉투에까지 넣어 우체통까지 갔으나 결국 한 통도 그 속에 넣지는 않았다.

하지만 당시에 나는 꽤나 열이 올라 있었기 때문에, 언제라도 그러한 편지를 베아테 간호사에게 보내 버릴 수도 있었다. 그런데 그렇게 되지 않은 것은 어느 월요일 복도에서 발견한 편지 때문이었다. 그 무렵 마리아는 그녀가 근무하는 가게 주인인 슈텐첼 씨와 관계를 시작하고 있었지만, 나는 이상스럽게도 냉정하기만 했다. 사랑이 없지도 않았던 나의 정열을 질투심 쪽으로 비틀어 버린 그 편지를 복도에서 발견했기 때문이었다.

나는 봉투에 인쇄된 발신인의 이름에서 사실을 알게 되었는데, 그것은 마리아 병원의 에리히 베르너 박사가 도로테아 간호사에게 보낸 편지였다. 화요일에 두 번째 편지가 왔고, 목요일에는 세 번째가 왔다. 그 목요일에 오스카는 어떤 기분이었던가? 오스카는 자기 방으로 돌아와 그 집의 가구 목록에 포함된 부엌 의자들 중의 하나에 털썩 앉아 마리아가 일주일마다 정기적으로 보내는 편지를 잠옷 호주머니에서 끄집어냈다—새로운 숭배자를 가지게 된 후에도 마리아는 계속해서 꼬박꼬박 정중하게 아무것도 빠뜨리지 않고 적어 보냈다. 그리고 봉투까지 찢어 읽었지만 읽히지 않았다. 그때 차이들러 부인이 마루로 나오는 발소리가 들렸고, 곧 이어 그녀의 목소리가 들렸다. 그녀는 뮌처 씨를 불렀지만, 그는 대답하지 않았다. 그렇지만 방에 있는 것만은 틀림없었다. 차이들러 부인이 그의 방문을 열고 우편물을 건네주며 그에게 무언가를 한참 동안 타일렀다.

차이들러 부인은 말을 계속하고 있었으나, 내게는 그녀의 말소리가 들리지 않았다. 나는 벽지에서 떠오르는 온갖 망상, 즉 수직선의 망상, 수평선의 망상, 대각선의 망상, 곡선의 망상, 천배화(千倍化)된 망상 등에 자신을 내맡겼다. 또한 나는 자신이 마체라트가 된 듯도 하여, 아내를 빼앗긴 남자라면 누구라도 먹게 될지 모를 영양 많은 빵을 그와 함께 먹었다. 게다가 나의 얀 브론스키를 싸구려 악마의 분장을 한 유혹자의 모습으로 쉽게 변장시킬 수도 있었다. 얀 브론스키는 처음에는 비로드 깃을 단 전통적인 외투를 입은 모습으로 등장하는가 했더니, 홀라츠 박사의 의사 가운을 입고 나타났으며, 곧 이어서 외과의 베르너 박사의 모습으로 나타나 유혹하고 타락시키고 모욕하고 상처를 입히고 때리고 괴롭혔다. 다시 말해 유혹자가 언제까지나 유혹자로 남기 위해서 해야 할 그 모든 일을 모조리 했다.

고슴도치

그때 일을 돌이켜 보면 나는 미소 지을 수밖에 없다. 당시에 오스카는 질투심에 눈이 멀어 벽지 망상에 빠지고 말았던 것이다. 나는 당장에라도 의학을 공부하여 가능한 한 빨리 의사가 되고 싶었고, 그것도 마리아 병원의 의사가 되고 싶었다. 그 베르너 박사를 내쫓고, 그의 정체, 그의 돌팔이 솜씨를 폭로시키고 싶었으며, 심지어는 후두 수술 중의 과실치사로 그의 죄를 추궁하고 싶었다. 저 베르너 씨가 정식 교육을 받은 박사가 아니라고 밝혀진다면 얼마나 좋을까라고 나는 생각했다. 그는 전쟁 동안 야전 병원에서 일을 하며 얼마간의 기술을 익혔을 뿐이었다. 그러니 이 사기꾼아, 물러나거라! 그러면 오스카는 주임의사가 된다. 젊은 나이지만 책임 있는 지위에 오르는 것이다. 또 한 명의 새로운 자우어브루흐[37]가 나타나 수술 간호사인 도로테아 간호사와 흰 옷을 입은 한 명의 수행자에게 둘러싸여, 복도를 울리고 다니며 회진을 하고, 마지막 순간에는 수술을 결정한다. 정말이지 이러한 필름이 촬영되지 않아서 얼마나 다행스러운가!

---

37) 흉부외과의 명의사.

옷장 속에서

독자 여러분은 오스카의 생활이 오직 간호사들만을 위한 것이었다고 생각하시지 말기를 바란다. 어쨌든 나는 자신의 직업 생활을 가지고 있었다. 미술 대학의 여름 학기가 시작되었으므로, 나는 휴가 동안 하던 비명 새기는 아르바이트를 그만두어야 했다. 그 대신 오스카는 좋은 보수를 받는 대가로 몸을 움직이지 않고 가만히 있는 일을 해야 했다. 이전의 양식들은 오스카와 마주 앉아 자신의 가치를 입증해야 했고, 새로운 여러 양식은 나와 뮤즈인 울라를 매개로 그 효과를 확인했다. 그들은 우리의 구체성을 폐기했고, 우리를 단념하고 부정하면서 직선이나 사각형이나 나선형 등, 기껏해야 벽걸이 양탄자의 무늬에나 어울릴 것 같은 순전히 추상적인 것을 캔버스나 화지 위에 옮겼다. 그리고 오스카와 울라를 제외하고는 아무엇도 담겨 있지 않아 신비적 긴장 관계가 결여된 이 실용적 무늬들에다 어마어마한 제명을 붙였다. 가령 「위쪽으로의 짜임」, 「시대를 초월하는 노래」, 「새로운 공간 속의 붉음」과 같은 것이었다.

이러한 짓거리를 주로 하는 자들은 아직 스케치도 제대로 못하는 풋내기 학생들이었다. 쿠헨 교수와 마루운 교수를 따르는 나의 오랜 친구들이나 뛰어난 학생들인 치이게와 라스콜니코프는 검은색이나 여타의 색을 풍성하게 사용했다. 그 때문에 황량하기 짝이 없는 소용돌이라든지 빈혈증적인 직선을 가지고 찬가를 노래하는 따위의 짓은 하지 않았다.

그러나 뮤즈인 울라는 하늘에서 내려와 지상의 존재가 되자마자 응용 미술적인 취미를 백일하에 드러내며 새로운 벽지들 같은 것에 열중했다. 그리하여 그녀를 떠나버린 화가 랑케스를 재빨리 잊어버리고는, 나이가 지긋하게 든 마이텔이라는 화가가 제작한 다양한 크기의 장식들을 예쁘고, 즐겁고, 재미있고, 환상적이고, 엄청나며, 심지어는 세련됐다고까지 생각했다. 그녀가 부활절의 달걀과 같은, 지나치게 달콤한 형식을 선호하는 예술가와 금방 약혼했다는 사실은 별로 놀랄 만한 일이 못 된다. 그녀는 그 후에도 종종 약혼의 기회를 가졌기 때문이다. 그리고 지금 이 순간에도—그저께 나와 브루노를 위해 사탕을 사 들고 병실로 찾아와 내게 고백한 바에 의하면—그녀는 어떤 사람과의 진지한 결합 직전에 있다고 했다. 이것은 그녀가 즐겨 사용하는 말투이다.

학기 초에 울라는 뮤즈로서 전혀 깨닫지 못했던 새로운 방향으로만 시선을 돌리려 했다. 부활절 달걀 화가인 마이텔이 그녀에게 무언가를 귓속으로 불어넣었기 때문이었다. 말하자면 그는 약혼 선물로 일종의 용어들을 그녀에게 가르쳐 주었고, 그녀는 이것을 나와의 예술 대담에서 충분히 써먹었다. 그녀는 관계에 대해, 성좌에 대해, 악센트에 대해, 원근법에 대해, 유동(流動) 구조에 대해, 색채 혼합의 과정에 대해, 부식 현상에 대해 이야기했다. 하루 종일 바나나만 먹고 토마토 주스만 마시는 그녀가 원세포(原細胞)에 대해 말하고, 색의 원자(原子)에 대해서도 이야기했는데, 이 색의 원자는 힘의 장(場) 안에서의 역학적인 경과에 따라 그 자연적인 위치를 찾을 뿐만 아니라 그 장 밖으로 뛰쳐나가기도 한다는 것이었다……. 울라는 이러한 것들에 대해 모델 휴식 시간에 나와 이야기했고, 때로는 라팅어 가에서 커피를 마시며 이야기한 적도 있었다. 역학(力學)을 사랑하는 부활절 달걀 화가와의 약혼이 취소되고, 쿠헨 교수의 지도를 받는 어느 동성애자 여학생과의 짤막한 에피소드를 남긴 후 다시 구상(具像)의 세계로 돌아와서도 그녀는 여전히 그런 용어들을 사용했다. 그 용어들을 입에 올릴 때면 그녀의 작은 얼굴은 매우 긴장되면서, 어딘지 광신적인 느낌을 주는 날카로운 두 개의 잔주름이 그녀, 뮤즈의 입가에 홈을 팠다.

여기에서 말해 두거니와, 뮤즈인 울라를 간호사로 만들어 오스카 옆에 세워 두고 그린다는 것은 라스콜니코프 혼자만의 착상은 아니었다는 사실이다. 「마돈나 49」 이후 그는 우리를 「유럽의 유괴(誘拐)」라는 제명으로 그렸다—나는 여기에서

황소로 그려졌다. 이 「유괴」라는 그림을 둘러싸고 얼마간의
논쟁이 있은 직후에 「바보가 간호사를 치료하다」라는 그림이
완성되었다.

나의 말 한마디가 라스콜니코프의 상상력에 불을 당겼던
것이다. 붉은 머리카락을 한 그는 음침하면서도 교활한 표정
으로 생각에 잠긴 채 화필을 완전히 씻어 내었다. 그러고 나서
는 울라를 뚫어져라 응시하며 죄와 벌에 대해 이야기했다. 그
때 내가 그에게 조언했다. 내게서 죄를 보고 울라에게서는 벌
을 보라고, 그리고 내 죄는 가급적 노골적인 것이 좋겠고, 벌
에다가는 간호사 옷을 입히는 것이 좋겠다고.

이 뛰어난 그림이 미혹시키는 듯한 묘한 이름으로 달리 불
리게 된 것은 라스콜니코프 때문이었다. 나 같으면 그 그림에
다 「유혹」이라는 제명을 붙였을 것이다. 왜냐하면 그림 속에
서 나의 오른손이 문의 손잡이를 잡고 돌리며 간호사가 서 있
는 방문을 열고 있었기 때문이다. 또한 라스콜니코프의 이 그
림을 노골적으로 「문손잡이」라고 불러도 좋을 것이다. 만일
「유혹」이라는 제명 말고 새로운 이름을 붙여야 한다면, 나는
「문 손잡이」라는 말을 권하겠다. 손에 잡히는 그 돌기물(突起
物) 자체가 유혹받기를 원하기 때문이다. 아니 도로테아 간호
사 방의 우윳빛 창문에 달린 문손잡이가 언제나 나를 유혹하
기 때문이다. 고슴도치 차이들러는 여행을 떠나 부재중이고,
간호사는 병원에서 근무하고 차이들러 부인은 마네스만의 사
무실에서 근무 중인 날이면 말이다.

그럴 때면 오스카는 배수관 없는 목욕통이 딸린 자기 방을

나서, 차이들러 집의 복도로 나온 후 간호사의 방 앞으로 가 문손잡이를 잡았다.

나는 6월 중순경까지 이 실험을 거의 매일 반복했다. 하지만 그 문은 말을 듣지 않았다. 나는 이 간호사가 책임이 막중한 일을 하다 보니 매우 빈틈없는 인간이 되었을 거라고 이미 생각했기 때문에, 그녀가 무심결에 문을 열어 놓고 가기를 기대하지 않는 게 현명하리라고 짐작했다. 그래서 어느 날 막상 그 문이 잠겨져 있지 않은 것을 발견하고서도, 나는 성급하게 문을 도로 닫아 버리는 멍청하고 기계적인 반응을 보였던 것이다.

물론 오스카는 몇 분 동안 피부를 팽팽하게 긴장시킨 채 복도에 서 있었다. 그러나 너무나 다양한 근거들로부터 여러 가지 생각이 한꺼번에 떠올랐기 때문에, 그의 마음은 습격에 필요한 계획 같은 것을 하기에는 힘에 부쳤다.

나는 가까스로 내 생각을 다른 상황으로 옮겨 갈 수 있었다. 마리아와 그녀를 숭배하는 사내를 생각했던 것이다. 마리아는 숭배자를 거느리고 있고, 그 숭배자는 마리아에게 깡통 커피를 선사했다, 숭배자와 마리아는 토요일이면 아폴로에 간다, 마리아는 일이 끝난 후에라야만 숭배자를 "너."라는 다정한 호칭으로 부른다, 그러나 일과 중에는 정중하게 말한다, 가게 주인이니까 말이다. 마리아와 숭배자를 이런 식으로 여러 가지 측면에서 고찰하고 난 후에야 비로소 나는 우둔한 머릿속에서나마 생각을 정리할 단서를 잡을 수 있었다. 마침내 나는 그 우윳빛 유리문을 열었다.

나는 오래전부터 이 방에는 창이 없을 거라 생각했는데, 그것은 문 위쪽의 불투명한 유리 부분에 한 줄기 햇살도 비친 일이 없었기 때문이다. 내 방과 꼭 마찬가지로 오른쪽을 더듬자 전등 스위치가 잡혔다. 방이라고 부르기에는 너무 좁아, 40와트 전구로도 충분히 밝힐 수 있을 정도의 넓이였다. 불이 켜지는 순간 눈앞에서 상반신이 거울에 비쳐 나타나자, 나는 질색을 했다. 그러나 오스카는 좌우가 뒤바뀌었다 해서 별로 더 나아질 게 없는 자신의 초상 앞에서 비켜서지는 않았다. 왜냐하면 거울 앞쪽에 그것과 같은 폭으로 놓여 있는 화장대 위의 여러 물건들이 나를 강하게 끌어당겼기 때문이다. 오스카는 발돋움하여 그것들을 보려 했다.

세면대의 흰 에나멜은 군데군데 검푸르게 벗겨져 있었다. 그 튀어나온 부분이 세면대를 덮고 있는 대리석 화장대도 여기저기 파손돼 있었다. 대리석판의 왼쪽 구석은 떨어져 나가고 없었는데, 그 부분은 거울 속에서 줄무늬를 보이며 비쳤다. 파손된 부분의 벗겨져 나간 접착제 자국은 서투른 수리 솜씨를 말해 주었다. 석공으로서의 나의 손가락이 근질거렸다. 나는 코르네프가 손수 만든 대리석 접착제를 생각했다. 그것은 조각조각으로 갈라진 라인 대리석까지도 감쪽같이 영구적인 정면(正面) 장식판으로 만들어, 도매 푸줏간 정면을 장식했던 것이다.

이제 눈에 익은 석회암을 보게 되면서 나는 불량품 거울에 비쳤던 자신의 일그러진 모습을 떨쳐 버릴 수 있었다. 그러고 나니 오스카가 방 안에 들어선 순간 이상하다고 느꼈던 냄새의 정체를 제대로 맞출 여유까지 생겨났다.

　그것은 다름 아닌 초 냄새였다. 나중에도, 그리고 또 몇 주 전까지만 해도 내가 코를 쿡 찌르는 이 냄새를 부득이하게 받아들였던 것은 이렇게 추측했기 때문이다. 이 간호사가 어저께 머리를 감은 모양이다. 이 냄새는 머리를 감기 전에 그녀가 물에 탄 초 냄새야, 라고. 그러나 화장대 위에는 초를 담은 병이 보이지 않았고, 다른 레테르가 붙어 있는 용기 속에도 초는 들어 있지 않은 것 같았다. 그래서 나는 혼자말로 몇 번이나 되뇌었다. 도로테아 간호사가 미리 차이들러의 양해를 얻어 가면서까지 차이들러 집의 부엌에서 물을 데워 자기 방에서 번잡하게 머리를 감을 리는 없을 거야. 마리아 병원에 가기만 하면 최신식 목욕탕을 이용할 수 있는데 말이야. 그러나 어쨌든 수간호사나 병원 당국의 일반 규칙에 의해 간호사들은 병원 안의 그 어떤 종류의 위생 시설을 이용하는 것도 금지당하고 있는지도 모르는 일이다. 그래서 도로테아 간호사도 하는 수 없이 여기 에나멜 세면기 속에서 어설픈 거울을 앞에 놓고 그녀의 머리를 감아야 하는 것인지도 모른다.

　화장대 위에 초병은 보이지 않았으나, 비좁은 대리석판 위에는 작은 병과 깡통들이 잔뜩 놓여 있었다. 탈지면 뭉치와 반쯤 비어 있는 월경대 꾸러미도 눈에 띄었는데, 오스카는 이것들을 보는 순간 깡통의 내용물을 검사해 볼 용기를 잃어버렸다. 그러나 지금도 그렇게 생각하지만, 그 깡통의 내용물은 화장품 종류든지 아니면 기껏해야 해롭지 않은 연고 정도의 것이었으리라.

그런데 이 간호사는 빗을 빗 통 속에 꽂아 놓고 있었다. 나는 조금 망설인 후 그 빗을 빗 통에서 뽑아 내어 자세히 들여다 보았는데, 그렇게 한 것은 정말 잘한 일이었다. 왜냐하면 오스카는 그 순간 매우 중대한 발견을 했기 때문이었다. 다름 아니라 이 간호사는 금발 머리였던 것이다. 어쩌면 잿빛이 도는 금발이었는지도 모른다. 하지만 빗에 남아 있는 죽은 모발을 보고 결론을 내릴 때는 신중해야 하는 법이다. 그러므로 일단 도로테아 간호사는 금발 머리라는 사실만 확인하고 넘어가기로 하자.

  그 밖에도 내 눈을 의심하리만치 많은 머리카락이 빗에 남아 있는 것으로 보아 이 간호사는 탈모증을 앓고 있는 것 같았다. 나는 여성의 마음을 쓰라리게 만들었을 것임에 틀림없는 이 괴로운 병을 간호사의 모자 탓으로 돌렸다. 하지만 그 모자를 비난하지는 않았다. 어쨌든 명색이 병원이니까 제복 모자가 없을 수는 없지 않은가.

  오스카는 초 냄새는 딱 질색이었다. 하지만 도로테아 간호사의 머리카락이 빠지고 있다는 사실을 알고 나니, 내 마음속은 동정으로 인해 더욱 섬세해지고 더욱 노심초사하는 사랑 이외에 아무것도 끓어오르지 않았다. 다만 다음과 같은 사실만 내 마음의 상태를 말해 줄 뿐이었다. 즉, 나는 효험이 있다고 알려진 몇 종류의 발모제를 금방 머리에 떠올리며, 기회를 보아 이 약들을 간호사에게 건네주어야겠다고 생각했다. 그녀와의 만남을 이처럼 미리 생각하며—오스카는 따뜻하고 바람이 없는 여름 하늘 아래 물결치는 밀밭에서의 밀회를 상상하고 있었다―나는 빗에 끼여 있는 머리카락을 빼내었다. 그리고 그것들을 말아 한 묶음으로 만들고는, 이 불룩한 묶음에서 약간의 먼지와 비듬을 떨어 버렸다. 그런 후에 나는 내 지갑의 한 칸을 급히 비우고 그 속에 머리카락 다발을 조심스럽게 집어넣었다.

나는 지갑과 훔친 물건을 상의 호주머니에 넣었다. 그러고는 오스카가 지갑을 잘 뒤져 보느라 잠시 대리석판 위에 놓아두었던 빗을 다시 한번 집어 들었다. 나는 빗을 갓이 없는 전구에다 갖다 대고 비춰 보았다. 나는 촘촘한 정도가 서로 다른 두 무리의 빗살들을 살펴보다, 빗살이 성긴 부분에서 빗살두 개가 빠진 것을 확인했다. 그러자 나는 촘촘한 빗살들의 끝 부분을 따라 왼쪽 집게손가락의 손톱으로 드르륵 긁고 싶은 충동을 억누를 수 없었다. 이 장난을 계속하는 동안 내내 반짝거렸던 몇 올의 머리카락이 오스카의 마음을 즐겁게 했다. 의심을 피하려고 빗에서 빼지 않고 일부러 남겨 둔 것들이었다.

마침내 나는 빗을 통 속에 도로 꽂아 놓았다. 그러고는 나를 방의 한구석 너무 쏠린 곳에 있게 한 화장대에서 물러났다. 간호사의 침대로 가는 도중에 나는 부엌 의자에 부딪쳤는데, 거기에는 브래지어가 걸려 있었다.

너무 씻어서 테두리가 닳고 퇴색해 버린 브래지어의 움푹 들어간 두 부분에 오스카는 두 주먹 말고는 다른 것을 채울 생각이 떠오르지 않았다. 그렇지만 두 주먹만으로는 가득 채워지지 않았다. 두 개의 사발 속에서 주먹들이 우악스럽고 신경질적으로 꿈틀거렸지만 공허한 느낌만 들 뿐 성이 차지 않았다. 나는 그 사발 속에 무슨 죽이 들어 있건 매일같이 숟가락으로 퍼냈으면 좋겠다는 생각이 들었다. 그러나 죽이란 건 이따금씩 구토를 일으키므로, 몇 차례 구역질은 각오해야 할 것이다. 구역질 후에는 다시 달콤한 기분이 찾아오리라. 너무 달콤하거나 그토록 달콤해 다시 구토증이 일어나고, 진정한 사랑을 시험대에 올려놓을 것이다.

나는 베르너 박사가 생각이 나 두 주먹을 브래지어에서 떼어 냈다. 그러자 베르너 박사는 금방 내 마음에서 사라졌다. 그리하여 나는 마침내 도로테아 간호사의 침대 앞에 서게 되었다. 보라, 간호사의 이 침대를! 오스카는 지금까지 얼마나 자주 마음속으로 그것을 그리워했던가. 그러나 막상 눈앞에서 보니, 그것은 내 침대와 마찬가지로 보기 흉한 침대에 지나지 않았다. 내가 휴식하거나 이따금 불면증에 시달릴 때면 갈색으로 칠한 테두리를 제공해 주었던 내 침대와 별로 다를 게 없었다. 나는 그녀의 침대가 놋쇠 매듭과 아주 산뜻한 종류의 격자가 있으며, 하얗게 래커칠된 철제 침대이기를 바랐다. 그런데 이렇게 둔탁하고 볼품없는 침대라니. 머리는 무거워지고, 정열도 없고, 질투심마저 느끼지 못한 채 나는 한동안 꼼짝 않고 이 잠의 제단(祭壇) 앞에 서 있었다. 침대 위의 새털 이불까지도 화강암으로 만들어진 것처럼 보였다. 그래서 나는 몸을 돌려 이 무거운 광경으로부터 눈을 돌렸다. 오스카는 도로테아 간호사가 이처럼 혐오감을 주는 묘혈에서 잠자는 모습을 결코 상상하고 싶지 않았던 것이다.

연고가 들어 있을 것 같은 깡통을 열어 보고 싶어 그랬는지, 나는 다시 화장대 쪽으로 돌아간다. 그때 옷장이 내게 명령을 내렸다. 나를 눈여겨보라. 짙은 갈색의 칠을 확인하라. 장식 테두리의 프로필을 음미해 보라. 그리고 이제 열어라. 어쨌든 옷장이라는 것은 열리기를 바란다.

나는 자물쇠 대신 옷장 문을 걸고 있는 못을 수직 방향으로 비틀었다. 그러자 순식간에 한숨 쉬는 소리와 함께 나무문이 저절로 양쪽으로 열리며 실로 광대한 조망이 드러났다. 그때문에 나는 두어 걸음 뒤로 물러선 다음에야 팔짱을 끼고 그 광경을 냉정하게 관찰할 수 있었다. 오스카는 앞서 화장대 앞에서의 경우처럼 자질구레한 것들에 정신을 빼앗기지 않으려했고, 또한 침대를 마주 보고 섰을 때처럼 선입견에 사로잡혀 판단하지는 않겠다고 생각했다. 그는 천지창조의 날과 같이 완전히 새로운 기분으로 옷장을 대하고 싶었다. 옷장도 두 팔을 벌려 그를 환영해 주었으니 말이다.

그러나 불굴의 탐미주의자인 오스카가 비평을 완전히 포기할 수는 없었다. 도대체 어떤 엉터리 같은 작자의 솜씨란 말인가. 옷장 다리를 톱으로 성급하게 대충대충 잘라 내고 말았군. 그러니 바닥에 수평으로 놓아 봤자 기우뚱할 수밖에 없는 것이지.

가구의 내부는 흠잡을 데 없이 정돈되어 있었다. 오른쪽 깊숙한 곳 3층 칸막이 속에는 내의와 블라우스가 차곡차곡 쌓여 있었다. 흰색과 핑크색뿐만 아니라 빨아도 빛이 바래지 않을 것 같은 밝은 청색도 있었다. 그리고 오른쪽 옷장 문 안쪽에 붙은 선반 근처에는 적색과 녹색의 바둑판무늬가 있는 방수포(防水布)제 가방 두 개가 서로 묶인 채 매달려 있었는데, 위쪽 가방에는 수선한 양말이, 아래쪽 가방에는 올이 풀린 여자용 양말이 보관되어 있었다. 마리아가 그녀의 고용주 겸 숭배자로부터 선물로 받아 신고 있던 양말들과 비교하면 이 방수포 가방에 들어 있는 것들은 올이 성기지 않고 더 촘촘해서 질겨 보였다. 옷장 안 넓은 면의 왼쪽에 있는 옷걸이에는 빳빳하게 풀을 먹여 약간 반들거리는 간호사 제복들이 걸려 있었다. 그 위쪽 모자를 보관하는 선반에는 미숙한 자의 손길이 닿을까 봐 질색하며 숨어 있는 것 같은 소박하고 아름다운 간호사 제모들이 나란히 놓여 있었다. 나는 내의 선반의 왼쪽에 걸려있는 평상복들에게는 슬쩍 한 번만 눈길을 던졌을 뿐이다. 값싼 것으로 대충 갖추어 놓은 이 옷들은 나의 숨은 기대를 확인시켜 주었다. 말하자면 도로테아 간호사는 이 종류의 옷에는 별로 관심이 없었던 것이다. 모자 선반 위의 제모들 옆에 쌓여 있는 서너 개의 냄비처럼 생긴 모자들도 역시 비슷한 느낌을 주었는데, 이것들은 각각의 모자마다 달려 있는 우스꽝스러운 조화(造花)를 짓누르며 되는 대로 쌓여 있어서 전체적으로 보면 마치 잘못 만든 케이크처럼 보였다. 또한 모자 선반에는 열두어 권 남짓한 책들이 각자 알록달록한 색깔의 등을 보이며, 남은 털실들을 채워 놓은 구두 상자에 기대어 있었다.

오스카는 책의 제목들을 읽기 위해 고개를 비스듬히 위로 젖힌 채 좀더 가까이 다가가야 했다. 나는 온화한 미소를 지으며 머리를 다시 수직으로 세웠다. 선량한 간호사 도로테아는 탐정 소설의 애독자였다. 이 옷장 속의 사적인 부분에 대한 설명은 이 정도로 그치기로 하자. 그런데 문제는 이 책들 때문에 나무 상자 가까이 다가갔던 내가 이 안성맞춤의 장소를 떠나지 않게 되었다는 사실이다. 나는 내친 김에 옷장 속으로 머리를 들이밀었다. 나는 이 옷장의 일부가 되고 싶었고, 이 옷장의 내용물이 되고 싶다는 점점 더 거세지는 욕구에 더 이상 저항할 수 없었다. 사실 이 옷장이야말로 도로테아 간호사의 모습의 적지 않은 부분을 떠맡고 있는 게 아닌가.

옷장 아래쪽의 바닥에는 깔끔하게 닦인 채 외출을 기다리는 평평한 굽의 실용적인 스포츠화가 놓여 있었지만, 나는 이 신발을 옆으로 치울 필요도 없었다. 옷장 속은 애초부터 초대를 염두에 두었던 것처럼 잘 정돈돼 있었다. 그러므로 오스카는 걸려 있는 옷 하나 옆으로 젖힐 필요도 없이 옷장 한가운데에 신을 신은 채 쪼그리고 앉아 편안하게 숨었다. 나는 그렇게 옷장 안으로 들어갔고, 기대에 가슴이 부풀었다.

그러나 곧바로 기분이 가라앉지는 않았다. 오스카는 실내의 가구와 전등에 의해 관찰되는 듯한 느낌이 들었다. 나는 옷장 안에 좀더 편안한 기분으로 머무르기 위해 문을 끌어당겨 닫으려 했지만 쉽지 않았다. 왜냐하면 문을 여닫는 쇠고리가 헐거워져 문의 위쪽이 아무리해도 입을 벌리기 때문이었다. 그래서 옷장 속까지 빛이 들어왔으나 성가실 정도의 것은 아니었다. 그 대신 고풍스러우면서도 청결한 냄새가 진하게 풍겼다. 초 냄새는 이제 나지 않았고 코를 찡하게 하는 방충제 냄새가 났다. 좋은 냄새였다.

오스카는 옷장 속에 앉아 무엇을 했던가? 그는 바로 가까이에 있는 도로테아 간호사의 제복에 이마를 기대었다. 그것은 소매가 달린 일종의 앞치마로 목 부분이 죄어져 있었는데, 여기에 기대고 있자 갑자기 병원 건물 안 모든 부서의 문이 열리는 것처럼 느껴졌다.—이때 내 오른손은 의지할 것을 찾기라도 하듯 뒤쪽으로 뻗어 나갔고, 평상복 옆을 스쳐 지나가 갈팡질팡 중심을 잃었다가 무언가 매끄럽고 부드러운 것을 잡았다. 그러고 나서 비로소—아직 그 매끄러운 것을 손에 쥔 채—받침대를 발견하고는 그것을 손으로 더듬어 보았다. 수평으로 못박힌 채 고정된 이 받침대는 옷장 뒤쪽 벽과 아울러 나를 지탱해 주었다. 어느새 오스카는 그 손을 다시 몸의 오른쪽으로 가져왔다. 이 정도로 됐다고 생각했던 것이다. 그리고 내 등 뒤에서 집어 온 물건을 쳐다보았다.

검은 에나멜 벨트였다. 하지만 다음 순간 그것은 에나멜 벨트 이상의 것으로 보였다. 옷장 속은 매우 어두웠기 때문에, 에나멜 벨트가 다른 것으로 보인다고 해서 이상스러울 것도 없었다. 그것이 다른 어떤 매끄럽고 기다랗게 생긴 물건, 이를테면 내가 야무진 세 살짜리 양철북 고수로서 노이파르바서 항의 방파제에서 목격했던 것이라고 생각해도 무방한 것이다. 그때 나의 불쌍한 어머니는 딸기 빛깔의 소매 장식이 달린 밝은 청색의 스프링코트를 입고 있었고, 마체라트는 갈색 오버를, 얀 브론스키는 빌로도 깃을 단 옷을 입고 있었다. 그리고 오스카의 수병모(水兵帽)에는 금빛으로 '제국 군함 자이틀리츠'라고 수를 놓은 리본이 매달려 있었다. 이들 모두가 한무리를 이루었다. 갈색 오버와 빌로도 깃은 뒤에 처져 있는 어머니와 나를 내버려 두고 돌에서 돌로 훌쩍훌쩍 건너뛰며 항로 표지가 있는 곳까지 갔다. 어머니는 하이힐을 신고 있어 뛰지 못했던 것이다. 항로 표지 아래쪽에서는 그 낚시꾼이 빨랫줄과 감자 부대를 옆에 놓고 앉아 있었으며, 그 부대 속에는 소금과 꿈틀거리는 어떤 것이 가득 들어 있었다. 그 부대와 밧줄을 본 우리는 이 사내가 항로 표지 아래에서 빨랫줄로 낚시질하는 이유를 알고 싶었다. 그러나 노이파르바서나 브뢰젠에서왔을 것 같은 그 사내는 웃기만 하면서 갈색의 가래침 덩어리를 물속에 뱉었다. 그 덩어리는 방파제 옆에서 한없이 흔들리며 사라질 것 같지 않더니, 결국에는 갈매기가 물어 갔다. 보다시피 갈매기라는 새는 무엇이든 물어 가는데, 그 점에 있어서는 예민한 비둘기와도 다르고 간호사와도 전혀 다르다.—그러므로 흰 것을 걸치고 있다고 해서 모든 것을 동일하게 보는것은 너무 단순한 발상인 것이다. 검은 것에 대해서도 같은 말을 할 수 있다. 즉, 나는 당시까지만 해도 '검은 마녀'를 무서워하지 않았기 때문에 두려움 없이 옷장 속에 앉아 있었다. 그러나 이후에 다시는 옷장 속에 들어가지 않았다. 마찬가지로나는 한 점의 두려움도 없이 바람이 잔잔한 날 노이파르바서의 방파제에 서 있었다. 다만 여기에서는 에나멜 벨트를 쥐고있었고, 그곳에서는 검고 미끈미끈하면서도 결코 벨트는 아닌다른 그 무엇을 쥐고 있었다. 나는 옷장 속에 앉아 있는 김에그 어떤 비교를 해 보았다. 옷장이 그렇게 강요했던 것이다. 나

는 비교를 위해 일부러 '검은 마녀'를 불러 보기도 했으나, 그
것은 당시의 나하고는 아무 상관도 없었다. 다만 흰 것에 대
해서는 훨씬 더 잘 알았다. 나는 갈매기와 도로테아 간호사의
차이는 거의 구별할 수 없었지만, 비둘기라든지 그와 비슷한
쓸데없는 것으로부터는 자신을 멀리 할 줄 알았다. 게다가 우
리가 브뢰젠으로 전차를 타고 갔다가 나중에 도보로 방파제
까지 간 것은 성령강림절이 아니라 성 금요일의 일이었다—물
론 빨랫줄을 가진 노이파르바서의 사내가 앉아서 침을 뱉던
그 항로 표지 위에 비둘기 같은 것은 없었다. 그 브뢰젠의 사
내는 밧줄을 끝까지 끌어당기며 모틀라우의 차가운 물에서
밧줄을 끌어올리는 게 왜 그렇게 어려운가를 몸소 보여 주었
다. 그때 나의 불쌍한 어머니는 얀 브론스키의 어깨와 빌로도
깃 위에다 손을 올려놓고는 새파랗게 질려 돌아가고 싶어 했
으나, 결국 못 볼 것을 보고 말았다. 그 사내는 끌어올린 말 대
가리를 돌 위에 내팽개쳤다. 그러자 암녹색의 조그만 뱀장어
들이 머리털 다발로부터 떨어졌다. 그는 거무스레한 빛을 띤
큼지막한 놈들을 마치 나사를 감기라도 하듯이 썩은 고기에
서 비틀어 떼냈다. 그때 누군가가 새털 이불을 잡아 뜯었다.
말하자면 갈매기들이 내려와 습격했다는 뜻이다. 갈매기들은
세 마리 혹은 그 이상이 짝을 짓고 달려들면 작은 뱀장어쯤
은 가볍게 해치워 버리는 법이다. 큰 뱀장어라면 물론 힘들겠
지만. 그 사내는 또 말의 아가리를 억지로 벌리고 이빨과 이빨
사이에 나무 막대기를 끼워 넣었다. 그러자 말은 웃는 얼굴이
되었다. 그렇게 하여 사내는 털이 수북하게 난 팔을 아가리 속

으로 집어넣고는 손으로 더듬어 꽉 붙잡았다. 마치 내가 옷장 속에서 손으로 더듬어 붙잡은 것과 같이. 그리고 내가 에나멜 벨트를 붙잡아 끌어낸 것과 같이 그도 또한 붙잡아서 끌어내었다. 그것도 한꺼번에 두 마리였다. 그는 그것들을 공중에서 휘휘 돌리다 돌 위에다 철벅 하며 두들겼다. 마침내 나의 가련한 어머니의 얼굴로부터 아침 식사가 튀어나왔다. 그 내용물은 밀크 커피, 달걀 흰자위와 노른자위, 약간의 잼과 흰 빵 덩어리로, 양이 무척 많았기 때문에 갈매기들이 갑자기 선회하며 급강하해 발톱을 펼치고 공격해 왔다. 그 외침 소리에 대해서야 새삼 말할 필요가 있겠는가. 갈매기가 독기 서린 눈을 하고 있다는 것도 잘 알려진 사실이다. 갈매기들은 쫓아 버려도 아무 소용이 없었다. 특히 얀 브론스키로서는 감당도 할 수 없었다. 그는 오히려 갈매기가 무서워 그 푸르고 커다란 두 눈을 두 손으로 덮은 형편이었다. 갈매기들은 내 북소리에도 끄덕 않고 무리에 끼어들어 허겁지겁 먹이를 쪼아 먹었다. 나는 분하기도 하고 열광하기도 하여 수많은 새로운 리듬을 두들겼다. 그러나 나의 불쌍한 어머니에게는 그 모든 게 눈에 보이지 않았다. 그녀는 토해 내느라 정신이 없었으며, 토하고 또 토했지만 더 이상 아무것도 나오지 않았다. 어머니는 평소부터 그다지 많이 먹지 않았다. 그것도 사실은 날씬한 몸매를 원했기 때문이다. 그래서 그녀는 일주일에 두 번씩 부인회의 체조에 참가하기도 했다. 하지만 그것이 별로 도움 되지는 않았다. 그녀는 남몰래 간식을 하며 언제나 빠져나갈 조그만 핑계를 마련하고 있었던 것이다. 노이파르바서에서 온 사내의 경우도 알고 보면 마찬가지였다. 누가 보더라도 이제는 더 나올 게 없다고 구경꾼 모두가 생각했는데, 그는 마지막으로 말의 귀에서 뱀장어 한 마리를 더 끄집어내었던 것이다. 이 뱀장어는 온통 하얀 죽을 뒤집어쓰고 있었는데, 그것은 그놈이 말의 뇌 속을 헤집고 다녔기 때문이었다. 그러나 공중에서 휘둘려지는 동안 죽이 떨어져 나가면서 뱀장어는 본래의 에나멜을 드러냈고, 에나멜 벨트처럼 빛을 발하였다. 요컨대 내가 말하고 싶은 것은 다음과 같은 사실이다. 도로테아 간호사가 적십자 브로치를 떼어 놓고 개인적인 용무로 외출할 때는 이와 같은 에나멜 벨트를 매고 간다는 것이다.

우리는 집으로 향했다. 마체라트는 좀더 남아 있고 싶어했는데, 그것은 1800톤 가량의 핀란드 선박이 입항해 파도를 일으키고 있었기 때문이었다. 그 사내는 말 대가리를 방파제 위에 내려놓았다. 그 순간 말은 하얗게 질리면서 소리높이 울었다. 그러나 말처럼 울지는 않았다. 차라리 하얗고 요란하고 배고파 헐떡거리며 말 대가리를 덮고 있는 구름이 소리치는 것 같았다. 그 당시에 그러한 것이 아주 기분 좋게 느껴졌던 것은 말 대가리가 이미 보이지 않았기 때문이다. 비록 그 구름의 광란 뒤에 무엇이 숨어 있는지 상상할 수는 있다 하더라도 그것 또한 상상에 지나지 않는 것이다. 핀란드 선박도 또한 우리의 생각을 말에서 벗어나게 해 주었다. 그 배는 목재를 싣고 있었으며, 자스페 묘지의 격자문(格子門)처럼 녹슬어 있었다. 나의 불쌍한 어머니는 핀란드 선박 쪽도 갈매기 쪽도 돌아보지 않았다. 완전히 녹초가 되어 있었다. 그녀는 이전에는 우리 집의 피아노로 「작은 갈매기가 헬골란트로 날아갔다」를 연주했을 뿐만 아니라 노래하기도 했다. 하지만 그 사건 이후 그녀는 이 노래를 결코 부르지 않았고, 생선도 전혀 입에 대지 않았다. 그러던 중 어느 갠 날 그녀는 기름기 많은 생선을 마구 먹기 시작하더니 더 이상 먹을 수 없을 때까지 먹었다. 아니 먹고 싶지 않을 때까지 먹었다. 뱀장어뿐만 아니라 인생에 대해, 특히 남자들에 대해 그리고 어쩌면 오스카에 대해서도 질릴 때까지. 어쨌든 그녀는 평소에는 아무것도 단념하지 않는 사람이었는데, 갑자기 만족을 느끼고 얌전해져 브렌타우에 매장되었다. 그런데 나도 어머니로부터 이러한 성향을 물려받은 모양이다. 나는 한편으로는 아무것도 단념하려고 하지 않으면서, 다른 한편으로는 아무것도 없이 견뎌 낼 수 있으니 말이다. 하지만 나는 가격이 아무리 비싸다 할지라도 훈제 뱀장어 없이는 살아갈 수 없다. 도로테아 간호사에 대해서도 같은 말을 할 수 있었다. 물론 나는 그녀를 만난 적도 없으며, 그녀의 에나멜 벨트의 매력도 그저 그런 정도였다. ―하지만 나는 그 벨트에서 떠날 수 없었다. 아니 그 벨트의 매력은 멈추지 않고 오히려 더욱 커지기까지 했다. 그리하여 나는 비어 있는 손으로 바지 단추를 끌렀다. 에나멜처럼 생긴 그 수많은 뱀장어와 입항 중인 핀란드 선박 때문에 희미해져 버린 그 간호사의 모습을 다시 한번 떠올리기 위해서였다.

거듭해서 항구의 방파제를 떠올리고, 마침내는 갈매기들의 도움을 받아 오스카는 도로테아 간호사의 세계를 서서히 재발견할 수 있었다. 그 임자가 나가고 없음에도 여전히 매력을 발산하는 그녀의 제복들을 보관한 저 옷장 한구석에서만은 최소한 그녀의 세계를 볼 수 있었던 것이다. 마침내 그녀의 모습이 너무도 선명하게 보이며 얼굴의 세세한 부분까지 떠올랐을 때, 닳아 빠진 걸개에서 쇠고리가 벗겨졌고, 불쾌한 소리와 함께 옷장 문이 양쪽으로 열렸다. 갑작스럽게 밝아지자 나는 당황하지 않을 수 없었다. 그래서 오스카는 바로 옆에 걸려 있는 도로테아 간호사의 소매 달린 앞치마에 얼룩이 생기지 않게 하려고 꽤나 애를 써야만 했다.

어쨌든 옷장 안에 있는 동안 예상 밖으로 기분이 고조되고 말았다. 그래서 잠깐 숨도 돌리고 가볍게 기분도 풀 겸 해서, 나는 바싹 말라 있는 옷장의 뒷벽에다 대고—실로 몇 년만이었던가—다소간 숙달된 솜씨로 느릿한 곡조를 몇 곡 두드렸다. 그러고는 옷장에서 나와 옷장 속의 정돈 상태를 다시 한번 확인해 보았다. 눈에 띄어 발각될 만큼 달라진 것은 하나도 없었다. 에나멜 벨트조차도 광택을 그대로 유지하고 있었다. 아니 몇 군데 흐려진 곳이 있어 입김까지 불어 가며 문질렀다. 그랬더니 나의 아주 어린 시절 노이파르바서 방파제에서 잡혔던 뱀장어를 연상시키는 본래의 벨트 모습으로 되돌아갔다.

나 오스카는 처음부터 끝까지 나의 방문을 지켜보았던 저 40와트 전구의 스위치를 끄고 도로테아 간호사의 방을 나왔다.

클레프

나는 잿빛이 도는 금발 머리털 묶음을 지갑에 넣은 채 복도에 서서, 그 묶음을 지갑의 가죽과 상의의 안감과 조끼와 셔츠와 속옷을 통해 느껴 보려고 1초 정도 노력했다. 그러나 나는 매우 지친 데다, 기이하면서도 언짢은 방식으로 욕구를 채운 터라, 그 방에서 훔쳐온 노획품이 고작해야 빗이 긁어모은 폐물에 불과하다는 생각이 들었다.

이제서야 고백하지만, 오스카는 전혀 다른 보물을 찾았던 것이다. 나는 도로테아 간호사의 방에 있는 동안 저 베르너 박사가 남긴 흔적을 확인해 보고 싶었는데, 최소한 내 눈에 익은 봉투들 중 한 장쯤은 어딘가에 있을 것 같았다. 하지만 나는 아무것도 발견하지 못했다. 편지 봉투는 물론이고, 글이 씌어진 편지지 한 장 없었다. 고백건대, 오스카는 모자 보관 선반에서 도로테아 간호사의 탐정 소설을 한 권 한 권 빼내어 들추며 헌사(獻辭)나 서표(書標)를 조사했고, 사진까지도 찾아 보았다. 오스카는 마리아 병원의 의사들이라면 이름은 몰라도 대개 얼굴만은 알고 있던 것이다. 그러나 베르너 박사의 사진은 한 장도 발견되지 않았다.

이 사내는 도로테아 간호사의 방에는 와 보지 않은 것 같았다. 설령 온 적이 있다 할지라도 혼적을 남기지는 못했던 것이다. 그러고 보면 오스카는 기뻐할 만하다. 내가 그 의사보다 상당히 앞서고 있지 않은가? 그 의사의 혼적이 남아 있지 않다는 사실은 의사와 간호사 사이의 관계가 병원 내의, 다시 말해 업무상의 관계에 불과하다는 말이며, 만일 그게 아니라면 일방적인 관계에 지나지 않는다는 증거가 아니겠는가? 어쨌든 오스카의 질투에는 일종의 자극제가 필요했다. 즉, 베르너 박사의 혼적을 조금이라도 발견했다면 내가 큰 충격을 받았겠지만, 달리 생각하면 그와 같은 정도로 또한 만족도 얻게 되었을 것이기 때문이다. 더군다나 이러한 만족은 옷장 안에 머무르는 동안 내가 얻은 사소하고 짧은 성과와는 비교도 되지 않았을 것이다.

그 후 내가 어떻게 방으로 돌아왔는지는 기억나지 않는다. 하지만 단 하나 기억나는 것은 복도의 반대편 끝에 있는 뮌처라고 하는 사람의 방문 너머로 주의를 끌기 위해 일부러 내는 듯한 기침소리가 들려왔다는 사실이다. 뮌처 씨는 도대체 무엇 때문에 관심을 가졌을까? 내게는 고슴도치의 집에 세들어 사는 여자만으로 충분하지 않은가? 무엇 때문에 뮌처[38]라는 사람—그 이름 뒤에 무엇이 숨어 있는지 누가 알겠는가?—과의 관계까지 떠맡아야 한단 말인가? 그래서 오스카는 무언가를 요구하는 이 기침소리를 흘려 버렸다. 아니 그 사내가 내게 무엇을 요구하는지 몰랐다고 말하는 게 차라리 낫겠다. 내 방으로 돌아왔을 때에야 비로소 나는 그의 기침 소리의 의도를 분명히 알게 되었다. 내가 알지도 못하고, 따라서 나와는 아무 상관도 없는 뮌처 씨는 나를, 오스카를 그의 방으로 끌어들이려 했던 것이다.

그러나 사실을 말하자면 기침소리에 대꾸하지 않은 게 한동안 후회 되었다. 막상 내 방에 돌아와 있자니 방이 답답하기도 하고 또 터무니없이 텅 빈 것 같이 느껴져, 차라리 기침으로 신호를 보낸 뮌처 씨와 귀찮고 부자연스럽기 짝이 없다 하더라도 이야기나 나누는 편이 나았을 것이라는 생각이 들었기 때문이다. 그렇다고 해서 다시 복도로 나가 조금 전과 마찬가지로 기침소리를 끌어내며 복도 저쪽 끝의 문 뒤에 있는 사람과 뒤늦게나마 관계를 맺을 용기도 없었다. 낙담한 나는 방 안에 있는 유별나게 모가 난 부엌용 의자에 몸을 맡겼으나, 의자에 앉아 있을 때면 언제나 그런 것처럼 안절부절못하겠다는 기분이 들었다. 그래서 나는 침대에 있던 의학 백과사전을 집어 들었다. 그러나 고생하며 번 모델료로 구입한 그 값비싼 책을 그대로 떨어뜨렸기 때문에 책은 엉망진창이 되고 말았다. 그리하여 나는 마침내 라스콜니코프가 준 선물인 양철

---

38) 위조 지폐를 만드는 사람이란 뜻.

북을 테이블에서 집어 들고 자세를 취해 보았으나, 이 양철에다 북채를 댈 수 없었다. 또한 오스카는 눈물조차 흘릴 수 없었다. 하얗게 래커칠한 원판 위에 눈물이라도 떨어졌다면, 비록 리드미컬하지는 않더라도 마음을 달래 주는 곡조를 얻었을 텐데 말이다.

이제쯤이면 잃어버린 순결에 대한 논문이라도 쓰기 시작할 수 있을 것이고, 영원한 세 살짜리 고수(鼓手)인 오스카를, 소리도 눈물도 북도 없는 꼽추인 오스카와 나란히 세워 놓고 비교할 수도 있을 것이다. 하지만 그것은 사실과 부합되지 않는 방법일 것이다. 오스카는 여전히 북을 치는 오스카였을 시절에도 여러 차례 순결을 잃었다가, 그것을 다시 되찾기도 하고, 다시 재생시키기도 했으니까. 순결이라는 것은 말하자면 무성하게 자라나는 잡초와도 같다―그 모든 순결한 할머니들에 대해 생각해 보라. 이 할머니에게도 한때는 증오심으로 가득한, 사악한 젖먹이 시절이 있었다. 어쨌든 그때 오스카로 하여금 부엌용 의자에서 뛰쳐 일어나게 한 것은 이 같은 죄냐 순결이냐 하는 문제가 아니었다. 쿠헨 교수가 오후 늦게 오라고 지시했음에도 불구하고, 북을 그대로 놓아둔 채, 자기 방과 복도와 차이들러 가를 나서서 미술 대학을 찾아가도록 내게 명령한 것은 오히려 간호사 도로테아를 향한 사랑이었다.

오스카는 허겁지겁 방을 나와 복도를 지나고 요란한 소리를 내며 현관문을 열었고, 그 순간 뮌처 씨의 문에 귀를 기울여 보았다. 그의 기침소리는 들리지 않았다. 나는 창피하기도 하고, 화가 나기도 하며, 만족감과 공복감, 인생에 대한 권태와 갈망이 한데 뒤섞여, 여기저기에서는 웃고 싶고 또 다른 곳에서는 울음을 터뜨리고 싶었다. 내가 숙소를 나와 마침내 월리히 가의 그 집을 나왔을 때는 이런 기분이었다.

며칠 후 나는 오랫동안 마음에 품었던 계획을 실행에 옮겼다. 아주 세부적인 데까지 고려하는 철저한 계획을 마련하려면 어쨌든 보류하는 게 최선의 방법이었다는 사실이 드러나긴했지만. 그날 나는 오전 중에는 내내 일이 없었다. 오스카와 울라는 오후 3시에야 착상이 풍부한 라스콜니코프의 모델을 설 예정이었는데, 이 그림에서 나는 귀향을 하여 자기 아내인 페넬로페에게 등의 혹을 선물로 주는 오디세우스 역을 맡기로 되어 있었다. 나는 이 착상을 중지시키려 했지만 허사였다. 당시 그는 그리스 신화에 나오는 신들과 반신(半神)들에 모조리 손을 대어 재미를 보고 있었던 것이다. 게다가 울라도 신화적인 분위기를 좋아했다. 그래서 나도 양보하여 불카누스가되기도 하고 프로제르피나를 데리고 있는 플루토스가 되기도 하다가, 마침내 이날 오후 꼽추 오디세우스의 모델이 되기로했던 것이다. 하지만 나는 그날 오전의 일을 설명하는 것이 중요하다고 생각한다. 그러므로 오스카는 독자 여러분에게 뮤즈울라가 어떻게 페넬로페처럼 보였는지에 대해 설명하는 것은 생략키로 한다. 다만 차이들러의 집이 다시 조용해졌다는 것으로부터 나의 이야기를 시작하겠다. 고슴도치는 이발 기계를 가지고 사업차 여행 중이었으며, 도로테아 간호사는 주간 근무가 있기 때문에 6시부터는 이미 집에 없었다. 그리고 차이들러 부인은 8시 조금 지나 우편물이 왔을 때도 여전히 침대에 누워 있었다.

나는 곧바로 우편물을 검사했다. 내게 온 것은 한 통도 없었다. 마리아에게서 편지가 온 것은 불과 이틀밖에 되지 않았다. 그러나 나는 첫눈에 시내에서 발송된 봉투를 발견했는데, 틀림없는 베르너 박사의 필적이었다.

나는 일단 이 봉투를 뮌처 씨와 차이들러 부부에게 온 다른 우편물과 함께 놓아두고 내 방으로 돌아와 기다렸다. 이윽고 차이들러 부인이 복도로 나와 세입자인 뮌처에게 그의 편지를 가져다주었다. 그리고 부엌을 들렀다가 마지막으로 다시 침실로 돌아가서는, 정확히 10분 후에 집을 나서 건물을 떠났다. 정각 9시에 마네스만에서의 그녀의 일이 시작되기 때문이었다.

만일의 사태에 대비해 오스카는 잠시 기다렸다 느릿느릿 옷을 입었으며, 아주 차분하게 손톱을 깎았다. 그러고 나서 비로소 그는 단호하게 행동으로 옮겼다. 나는 부엌으로 가 버너가 세 개 달린 가스레인지에서 가장 큰 버너를 골라 그 위에다 물을 반쯤 채운 알루미늄 냄비를 올려놓았다. 처음에는 불꽃을 세게 했다가 물에서 김이 나기 시작하자, 곧 가스 꼭지를 제일 약한 곳까지 내려놓았다. 그런 후에 생각이 행동보다 앞서지 않도록 조심 조심하며 두 걸음만에 도로테아 간호사의 방 앞에까지 가서는 차이들러 부인이 우윳빛 유리문 밑으로 반쯤 밀어 놓은 그 봉투를 손에 쥐었다. 그러고는 다시 부엌으로 돌아와 봉투의 뒷면에다 잠시 동안 조심스럽게 김을 쐬었다. 그러자 마침내 봉투가 상하지 않은 채 개봉되었다. 물론 오스카는 E. 베르너 박사의 편지를 냄비 위로 가져가기 전에 가스 마개를 막아 놓았다.

나는 의사의 편지를 부엌에서가 아니라 침대에 드러누운 채 읽었다. 처음에는 실망스럽기까지 했다. 편지에 사용된 호칭도 끝을 맺는 문구도 의사와 간호사 사이의 어떤 비밀스러운 관계를 아무것도 드러내지 않았던 것이다.

편지는 '친애하는 도로테아 양!'으로 시작하여 'E. 베르너 드림'으로 끝나 있었다.

본문을 읽어 보아도 특별히 다정스러운 말이라고는 단 한마디도 없었다. 다만 베르너는 전날 남자 전용 병동으로 통하는, 양쪽으로 열리는 문 앞에서 도로테아 간호사를 보았는데도 말을 건네지 못해 섭섭했다는 것이 그 골자였다. 베르너 박사로서도 납득이 가지 않는 것이, 그가 도로테아의 친구인 베아테 간호사와 이야기를 나누는 장면을 보고서 도로테아 간호사가 왜 그렇게 깜짝 놀라며 돌아서느냐는 것이었다. 그와 베아테 간호사가 나누었던 이야기는 순전히 업무에 관한 것에 불과하므로, 베르너 박사는 어쨌든 도로테아의 돌발적인 행동에 대해 해명을 듣고 싶어했다. 도로테아 간호사도 잘 알다시피, 그는 자유 분방한 구석이 있는 베아테로부터 거리를 유지하는 데 언제나 애를 먹고 있다는 것이다. 그것이 쉬운 일이 아니라는 것쯤은 베아테를 잘 아는 도로테아로서 이해해 주어야만 한다. 어쨌든 베아테 간호사가 이따금 아무렇게나 그녀의 감정을 드러낸다는 사실을 이미 알고 있지 않은가. 하지만 베르너 박사가 여기에 응하는 일은 결코 없다는 그런 이야기들이었다. 편지는 이렇게 끝을 맺었다. "부디 내 말을 믿어 주시오. 당신에게는 언제나 나와 만나 이야기할 수 있는 가능성이 주어져 있어요." 이 말들은 형식적이고 차가우며, 심지어는 오만한 태도까지 느끼게 했다. 하지만 E. 베르너 박사의 이러한 편지 스타일의 가면을 벗겨 버리고 그 본질을 드러내는 것은 그리 어렵지 않았다. 이 편지는 말하자면 열렬한 사랑의 편지였던 것이다.

나는 기계적으로 편지를 봉투 속에 넣고 나서 그만 깜빡하여, 베르너 박사가 그의 혀로 축축하게 했을지도 모르는 고무풀칠한 부분에 오스카의 혀로 침을 발랐다. 그래서 웃음을 터뜨린 나는 손바닥으로 이마와 뒤통수를 번갈아 두들겨 가며 계속 웃어 댔다. 한동안 그렇게 두들겨 대던 나는 겨우 오른손을 오스카의 이마로부터 떼내어 내 방문의 손잡이를 잡을 수 있었다. 그리하여 문을 열고 복도로 나간 나는 베르너 박사의 편지를,—내가 이미 알고 있는 도로테아 간호사의 방을 회색으로 칠한 판자와 우윳빛 유리로 막고 있는—문 밑으로 절반쯤 밀어 넣었다.

이렇게 내가 허리를 구부린 채 한 개 아니면 두 개의 손가락을 편지 위에 대고 있는 동안, 복도의 반대편 끝 방에서 뮌처 씨의 목소리가 들려왔다. 느릿하면서도 받아쓰기를 할 때처럼 또박또박한 발음이었으므로 나는 한마디도 빼놓지 않고 다 알아들었다. "저, 여보세요, 미안하지만 물 좀 가져다주시겠어요?"

나는 일어서면서 저 사람이 아픈 모양이로구나 하고 생각했다. 하지만 나는 그와 동시에 알아차렸다. 저 문 안에 있는 사람은 아픈 게 아니라, 단지 오스카로 하여금 그렇게 믿도록 해 물을 가지고 갈 구실을 제공해 주는 것일 뿐이다. 누군가가 부른다고 해서 아무런 까닭도 없이, 오스카가 생면부지인 사람의 방에 들어갈 리는 없을 테니 말이다.

처음에 나는 알루미늄 냄비에 남아 있는 아직 미지근한 물을 갖다 주려고 했다. 내가 의사의 편지를 개봉할 때 도움을 주었던 바로 그 물이었다. 그러나 나는 한 번 사용했던 물을 수채에다 쏟아 버리고는, 냄비에다 새 물을 담아 냄비와 물을 들고 그 문 앞으로 갔다. 나와 물을, 아니 어쩌면 물만을 요구했을지도 모르는 목소리의 주인공인 뮌처 씨가 그 너머에 살고 있음에 틀림없는 문이었다.

오스카는 노크를 하고 방 안으로 들어섰는데, 그 순간 클레프 특유의 냄새와 부딪쳤다. 내가 만일 그 냄새를 신 냄새라고 단정해 버린다면, 그에 못지않게 강력하게 발산되는 달콤한 그 무엇은 무시되고 만다. 클레프가 풍기는 냄새는 예를 들자면 그 간호사 방의 시큼한 냄새와는 전혀 공통점을 가지고 있지 않다. 달면서 시다고 해도 역시 맞지 않다. 이 뮌처 씨, 또는 내가 요즘 클레프라고 부르는 이 사내는 뚱뚱하면서도 게으르지만, 그렇다고 해서 둔감하지는 않으며, 조금씩 땀을 흘리고, 미신을 믿고, 늘 더러운 상태지만 썩지는 않고 있으며, 언제라도 죽을 것처럼 보이지만 죽지는 않고 있는, 플루트와 재즈 클라리넷의 연주자였다. 이처럼 몸에서 시체 냄새가 나는 이 사내는 끊임없이 담배를 피우거나 박하 드롭스를 빨거나 마늘 냄새를 풍겼다. 오늘날까지도 그런 냄새를 풍기며, 그는 삶의 즐거움과 무상함을 냄새 속에 지닌 채 방문일이면 나를 불쑥 찾아온다. 그러고는 다시 올 것을 약속하며 의젓하게 방을 나간다. 그러면 그 즉시 브루노는 환기를 시키려고 창과 문을 열어 젖히는 것이다.

오늘날에는 오스카가 자리에 누워 있다. 하지만 그 당시 차이들러의 집에서는 클레프가 침대의 폐허 속에 드러누워 있었으며, 그것도 아주 유쾌한 기분으로 빈둥거리고 있었다. 그의 손 닿는 범위 내에는 고풍스러운, 그야말로 바로크적인 분위기를 풍기는 알콜 램프를 비롯하여, 족히 한 타스는 될 것 같은 스파게티 봉지들이며, 깡통에 든 올리브 유, 튜브에 든 토마토 과육, 신문지 위에서 습기가 차 굳어진 소금, 병맥주한 상자가 놓여 있었다. 나중에 밝혀진 바에 의하면 이 맥주는 미적지근한 물로서, 빈 맥주병 속에 그가 누운 채로 배설해 놓은 오줌이었다. 대략 한 시간쯤 후 그가 살짝 털어놓은 바에 의하면, 그는 대개 한 번 소변을 보면 안성맞춤으로 가득차는 그 녹색 유리병에 배설을 한 후 그것들을 진짜 맥주가 들어 있는 병과 엄중하게 구분하여 따로 치워 놓았다. 내내 침대에만 박혀 지내는 이 사내가 정작 맥주가 마시고 싶어졌을때 착오가 있어서는 안 되기 때문이었다. 물론 그의 방에도 수도는 있었다―그러므로 마음만 먹는다면 그는 세면기에다 소변을 볼 수도 있었을 것이다―하지만 그는 너무 게을러, 아니몸을 일으키기 너무나 귀찮아 스파게티 냄비에다 깨끗한 물을 받아 가지고 올 수 없었다. 그토록 고생하며 기어 들어간 침대로부터 내려오기 싫었던 것이다.

그래서 클레프, 즉 뮌처 씨는 언제나 같은 물로 스파게티를 정성껏 끓였으며, 이처럼 여러 차례 면(麵)을 데치느라 점점 끈적끈적하게 된 국물을 자기 눈알이라도 되는 양 소중하게 보관해 놓았다. 그 때문에 그는 빈 맥주병만 있으면 침대에 적합한 수평 자세를 유지하며 이따금 나흘 이상이나 버틸 수 있었다. 그러나 비상사태는 스파게티 국물이 바짝 졸아 짜고 끈적끈적한 찌꺼기가 되는 때였다. 그대로 있는다면 클레프는 물론 굶어 죽을 수도 있었을 것이다. 그러나 당시 그에게는 그러한 과격한 행동을 뒷받침할 만한 관념적인 근거도 없었으며, 또한 그의 금욕이란 것도 애당초 사오일 정도의 기간으로 한정되어 있었던 모양이다. 정말이지 그에게 우편물을 가져다주는 차이들러 부인의 도움이 있다든지 아니면 스파게티 냄비가 좀더 크다든지 혹은 스파게티 재고품을 충분히 삶을 만한 용적의 물병이 있었다면, 그가 자기의 주변 세계로부터 좀더 오랫동안 격리되어 있는 게 가능했을 것이다.

오스카가 통신의 비밀을 침해했을 때, 클레프는 닷새째 침대에 드러누워 독립적인 생활을 하던 중이었고, 스파게티를 삶아 낸 국물로는 옥외 광고탑에 포스터를 붙일 수 있을 정도였다. 바로 그때 복도에서 살금거리며 도로테아 간호사와 그녀의 편지에 열중하던 나의 발소리를 그가 들었던 것이다. 그는 무언가를 강요하는 듯 일부러 내는 기침소리에는 오스카가 반응을 나타내지 않는다는 것을 이미 경험했다. 그래서 내가 베르너 박사의 차가운 듯 정열적인 사랑의 편지를 읽은 그날에는 직접 그의 목소리로 내게 의사를 전달했던 것이다. "저, 여보세요, 미안하지만 물 좀 가져다주시겠어요?"

그리하여 나는 냄비를 집어 들어 미지근한 물을 부어 버리고는, 수도꼭지를 틀어 냄비에 물을 절반보다 조금 더 채운 후 신선한 물을 그에게 가져다주었다. 나는 그의 기대에 어긋나지 않게 행동했다. 그리고 자신을 석공 겸 문자 조각가인 마체라트라고 소개했다.

그도 정중하게 윗몸을 조금 일으키고는 자신을 재즈 음악가인 에곤 뮌처라고 소개했다. 다만 그의 아버지 역시 뮌처이므로 자신은 클레프라는 이름으로 불러 주기 바란다고 말했다. 나는 그의 소망이 너무나 잘 이해되었다. 나도 보통 때는 콜야이체크라든지 혹은 간단하게 오스카라고 이름을 대다, 자신을 마체라트라고 소개할 때는 굴욕감만 느낄 뿐이었다. 그리고 웬만큼 용기가 나지 않는 경우에는 자신을 오스카 브론스키로 소개하기 힘들었다. 그래서 나는 거기에 누워 있는 뚱뚱하고 젊은 사내를—서른 살쯤으로 보였으나 실은 좀 더 젊었다—주저함 없이 곧바로 클레프라고 불렀다. 그도 나를 오스카라고 불렀는데, 그로서는 콜야이체크라는 이름을 발음하기 너무 힘들었던 것이다.

우리는 대화에 몰두했으나 처음에는 좀처럼 편안한 기분이 되지 않았다. 우리는 아주 간단한 테마에 관해 잡담을 나누었는데, 이를테면 나는 그에게 우리의 운명을 불변으로 생각하느냐고 물었다. 그는 운명을 불변의 것으로 여겼다. 그리고 오스카는 또 물었다. 인간은 모두 죽어야 한다는 사실을 어떻게 생각하느냐고. 그는 모든 인간은 결국 죽어야 한다는 것은 확신했지만, 모든 인간이 반드시 태어나야만 하는가에 대해서는 확신이 없었다. 그래서 자신은 잘못 태어난 존재라고 말했다. 이 점에서 오스카는 그에게 새삼 친근감을 느꼈다. 그리고 또 우리 두 사람은 모두 천국의 존재를 믿었다—하지만 천국이라는 말을 입에 담으며 그는 다소 천박한 웃음소리를 내었으며, 이불 아래에서 자기 몸을 쥐어뜯기까지 했다. 누구라도 그 장면을 보았더라면 클레프라는 자가 살아생전에 점잖지 못한 일을 계획해 놓고, 그것을 천국에 가서 실행할 모양이라고 생각하게 될 그러한 행동이었다. 이야기가 정치로 옮아오자 그는 열변을 토하며 300 이상이나 되는 독일 귀족들의 이름을 거명했고, 이들에게 즉석에서 지위와 왕관과 권력을 부여하고자 했다. 이를테면 그는 하노버 주변 지대를 대영제국에 양도하려 했다. 내가 이전의 자유시 단치히의 운명에 대해 묻자, 그는 유감스럽게도 그 도시가 어디에 있는지도 몰랐다. 하지만 그는 별로 개의치도 않고 베르크 지방 출신의 한 백작을 거명했는데, 그의 말에 따르면 이 자는 얀 벨렘의 직계 후손에 가까운 혈통이었다. 그는 이 백작을 유감스럽지만 그가 잘 모르는 그 도시의 영주로 추천하기까지 했다. 마침내—우리는 바로 진실이라는 개념에 대한 정의를 내리려고 애쓰면서 얼마간 발전을 보이고 있을 때였다—대화를 하는 가운데 내가 교묘한 질문을 던져 들은 바에 의하면, 이 클레프 씨는 이미 3년 전부터 차이들러의 세입자로 방세를 물고 있었다. 우리는 좀 더 일찍 서로를 알지 못한 것을 유감스럽게 생각했다. 나는 그것을 고슴도치의 잘못으로 돌렸다. 그는 침대에 누워 빈둥거리며 지내는 이 사내에 대해 충분한 정보를 주지 않았던 것이다. 그러고 보니 그는 간호사에 대해서도 가르쳐 준 게 거의 없었다. 우윳빛 유리문 저쪽에 간호사가 살고 있다는 아주 간단한 사실만을 빼놓고는.

오스카는 뮌처 씨, 즉 클레프를 만나자마자 부담을 주고 싶지는 않았다. 그래서 나는 간호사에 대해서는 한마디도 묻지 않고 우선 그의 건강에 대해 염려를 했다. "참, 건강은 어떠신가요?" 하며 나는 말문을 열었다.

클레프는 또다시 윗몸을 조금 일으켰으나, 몸을 똑바로 세우는 게 불가능하다는 사실을 깨닫고는 다시 침대 위로 몸을 눕혔다. 그러고는 내게 가르쳐주었다. 그의 말에 의하면, 그가 침대에 누워 지내는 이유는 자신의 건강 상태가 양호한지 보통인지 아니면 불량한지를 알아내기 위해서이며, 앞으로 이삼 주일 후에는 그의 건강이 보통이 되기를 기대한다는 것이었다.

그런데 내가 우려하던 일이 마침내 벌어지고 말았다. 오랫동안 질질 끌며 이런저런 이야기를 하다 보면 피해 갈 수 있지 않을까 생각했는데도 말이다. "아, 참, 스파게티나 같이 먹읍시다." 그리하여 우리는 내가 가지고 온 새 물로 끓인 스파게티를 먹었다. 정말이지 그 끈적끈적한 냄비를 달라고 하여 설거지대로 가져가 깨끗하게 씻어 내고 싶었지만, 감히 그렇게 말할 수 없었다. 클레프는 몸을 옆으로 비튼 채 몽유병자에게서나 볼 수 있는 확실한 솜씨로 말없이 요리를 만들었다. 그는 남아 있는 국물을 꽤 커다란 깡통 속으로 조심스럽게 부었고, 윗몸의 자세를 별로 흩뜨리지도 않은 채 침대 밑으로 손을 뻗어 기름기가 번질번질하고 토마토 과즙이 말라붙어 있는 접시 하나를 끄집어냈다. 그러고 나서 한동안 망설이는 듯하더니, 다시 한 번 침대 밑으로 손을 넣어 꼬깃꼬깃 뭉쳐진 신문지를 끄집어내고는 그것으로 접시를 골고루 닦은 후 종이는 다시 침대 밑으로 집어넣었다. 그런 후에 그는 그 얼룩진 접시에다 입김을 불었는데, 최후의 먼지까지도 날려 버리겠다는 태세였다. 마침내 그는 이 세상의 접시 중에서도 가장 소름끼치는 그 접시를 거의 귀족과도 같은 정중한 자세로 내게 건네주었다. 사양치 말고 들라면서 오스카에게 권하는 것이었다.

나는 사양하면서 어서 먼저 드시라고 권했다. 그는 내게 손가락이 쩍쩍 들러붙는 싸구려 포크와 스푼을 건네준 후, 다른 수프 숟가락과 포크를 사용해 상당한 양의 스파게티를 내 접시에 덜어 주었다. 그러고는 우아한 동작으로 토마토 과즙을 기다랗게 짜내어 꼬불꼬불 엉긴 스파게티 위를 장식하였으며, 다시 거기에다 깡통에 든 기름을 가득 뿌렸다. 그는 냄비 속에 있는 스파게티에도 같은 일을 되풀이하고는, 양쪽의 스파게티에다 후추를 쳤으며, 냄비 속에 있는 자기 몫을 휘저으며 나의 것도 똑같이 하라고 눈짓했다. "참, 가루 치즈가 없어서 안됐군요, 하지만, 맛있게 드시길 바랍니다."

그때 스푼과 포크를 어떻게 집어 들었는지 오스카는 지금도 이해가 가지 않는다. 하지만 놀랍게도 그 요리는 맛이 있었다. 심지어 그 클레프식 스파게티는 내게 있어서 미식(美食)의 기준이 되기까지 했으며, 그날 이후 내 앞에 제공되는 모든 메뉴의 맛은 그것을 기준으로 측정되었다. 식사하는 동안 틈틈이, 나는 누워서만 지내는 이 사내의 방을 상세하게 그러면서도 눈치 채지 않게 훑어보았다. 이 방에서 우선 눈을 끄는 것은 천장 바로 밑에서 둥그렇게 입을 열고 있는 연통 구멍이었다. 그것은 벽으로부터 검은 숨을 토해 내었으며, 두 개의 창밖에서는 바람이 불었다. 어쨌든 이따금씩 연통 구멍을 통해 그레프의 방 안으로 그을음을 불어넣는 것은 돌풍 때문인 것 같았다. 그을음은 관 위에 흩뿌리는 흙처럼 가재 도구 위로 골고루 퍼져 나갔다. 그러나 가구라고 해 봤자 방 한가운데 놓여 있는 침대와 둘둘 말아 포장지로 싸 놓은 차이들러 소유의 양탄자 두어 개가 전부였다. 그러므로 그 방에서 가장 검어진 것은, 본래는 희었을 침대 시트라고 단정해도 좋았다. 거기에다 클레프의 머리 밑에 놓인 베개, 그리고 돌풍이 그을음의 구름을 방 안으로 불어넣을 때마다 누워서만 지내는 이 사내가 언제나 얼굴 위로 가져가는 손수건도 마찬가지였다.

이 방의 두 창은 윌리히 가에 면해 있는 차이들러 집의 거실 겸 침실의 창들과 비슷했다. 좀더 정확하게 말하자면, 이 집의 정면에 서 있는 밤나무의 회록색 잎들이 내려다보이는 창들과 비슷했다. 그리고 이 방의 유일한 그림 장식으로, 아마도 주간지에서 오려낸 듯한 영국 여왕 엘리자베스의 천연색 사진이 창과 창 사이에 압핀으로 고정되어 있었다. 사진 밑의 벽걸이 못에는 백파이프[39]가 걸려 있었는데, 그 스코틀랜드산 재료의 무늬는 그을음에 덮여 있음에도 불구하고 선명히 알아볼 수 있었다. 그 천연색 사진을 관찰하는 동안에도 나는 엘리자베스와 필립 공보다는 도로테아 간호사가 더 생각났다. 그녀는 오스카와 베르너 박사 사이에 끼여 절망하고 있는지도 모른다는 생각이 들었다. 클레프의 설명에 의하면, 그는 영국 왕가의 충실하고도 열광적인 지지자로, 한때 영국 주둔군 스코틀랜드 연대의 취주 악대에 백파이프를 배우러 다니기도 했으며, 특히 엘리자베스가 이 연대의 지휘를 맡고 있다고 했다. 그리고 자기는, 즉 클레프는 엘리자베스가 위에서부터 아래까지 온통 바둑판 무늬인 스코틀랜드 의상을 입고 이 연대를 열병하는 것을 뉴스 영화에서 보았다고도 했다.

그러는 동안 기묘하게도 내 속에 들어 있던 가톨릭주의가 고개를 들었다. 나는 엘리자베스가 백파이프 음악을 다소나마 이해하는지 의심스럽다고 말했고, 또 가톨릭 신자인 마리아 스튜어트의 굴욕스러운 최후에 대해서도 약간의 견해를 피력했다. 요컨대 오스카는 자기가 엘리자베스를 비음악적이라고 간주한다는 사실을 클레프로 하여금 알게 했다.

물론 나는 이 왕당파가 노여움을 터뜨릴 것으로 예상했다. 그러나 클레프는 이해가 간다는 듯한 미소만을 지으며 내게 설명을 요구했다. 그래서 잘만 하면 이 꼬마의—이 뚱뚱한 사내는 나를 이렇게 불렀다—음악 문제에 대한 식견을 확인해 보겠다는 심사였던 것이다.

오스카는 클레프를 한동안 바라보았다. 그가 내게 말을 건

---

39) 스코틀랜드의 민속 악기로 공기 주머니가 달린 피리. 옆구리에 끼고 주머니에 바람을 넣으면서 연주함. 음색이 특특하여 중세까지는 유럽 전역에 걸쳐 사용되었으나, 오늘날에는 영국군의 군악대 등에서 사용되고 있음.

넸지만, 그것이 내게 어떤 영향을 주었는지 알 까닭은 없었다. 갑자기 나의 머리에서부터 등의 혹까지 무언가가 번개같이 지나갔다. 그것은 내가 두들겨서 못쓰게 만든 낡은 북 전체에 대한 최후의 심판과도 같았다. 내가 고철 더미로 만들어 버린 천 개도 넘는 양철북, 그리고 자스페 묘지에 파묻혀 있는 그 하나의 양철북, 이것들 모두가 전부 일어나 새로이 소생하여, 완전한 부활을 축하하고 소리를 울리며 나의 몸을 가득 채웠다. 나는 침대 모퉁이에서 벌떡 일어나, 클레프에게 잠시 실례하겠다고 말한 후 방을 나오자마자 도로테아 간호사의 우윳빛 유리문과 방을 쏜살같이 지나—네모난 편지는 반쯤 가려진 채 여전히 마룻바닥에 놓여 있었다—자신의 방으로 달려들어가 그 북과 대면했다. 그것은 화가 라스콜니코프가 「마돈나 49」를 그렸을 때 내게 선사한 것이었다. 나는 그 북을 들고 다시 두 개의 북채까지 손에 잡자 몸을 돌려, 아니 돌려 세워져 자신의 방을 나왔고, 그 지긋지긋한 방 앞을 지나 오랜 방황 끝에 살아남은 사람과도 같이 클레프의 스파게티 요리실로 뛰어들었다. 나는 조금도 머뭇거리지 않고 곧장 침대 모퉁이에 걸터앉아 적백으로 래커칠한 북의 위치를 바로잡은 후 우선 북채를 공중에서 시험삼아 놀려보았다. 그러나 약간은 어색한 기분이 들어 어리둥절하고 있는 클레프에게 눈길을 돌리며 마치 우연인 것처럼 북채를 양철 위에다 내려놓았다. 아, 그러자 양철이 오스카에게 대답하는 것이었다. 오스카는 곧바로 두 번째의 북채로 그 뒤를 좇았다. 이렇게 하여 나는 차례대로 북을 치기 시작했다. 연주는 맨 처음부터 시작했다. 즉 나방이 전구 사이에서 퍼득였던 나의 출생부터 북으로 치기 시작하였다. 이어서 열아홉 개의 단으로 이루어진 지하실 계단과 아울러 전설적인, 나의 세 번째 생일날 계단에서 추락한 사건도 북채로 두들겼다. 페스탈로치 학교의 시간표를 북으로 불러내었으며, 북과 함께 슈토크 탑에 올라갔고, 북과 함께 정치 연설의 연단 밑에 앉았으며, 뱀장어와 갈매기 그리고 성 금요일의 양탄자 털이를 북으로 연주하였다. 발끝으로 갈수록 좁아지는, 나의 불쌍한 어머니의 관 위에 북을 두들기며 앉아 있었고, 그러고 나서는 헤어베르트 트루친스키의 상처투성이 등을 북의 교본으로 삼았다. 그리고 헤벨리우스 광장에 있는 폴란드 우체국의 방위를 내 북 위에 두들겼을 때, 나는 내가 걸터앉은 침대의 머리 끝 쪽에서 무언가가 움직이는 것을 알아차렸다. 나는 클레프가 일어나는 것을 곁눈질로 확인했다. 그는 베개 밑에서 우스꽝스럽게 생긴 플루트를 끄집어내어 그것을 입에 갖다 대고 소리를 냈는데, 그 소리가 매우 감미롭고 신비롭고 또한 내 북과 어울렸기 때문에 나는 그를 자스페 묘지의 슈거 레오에게로 데려갈 수 있었다. 그리고 슈거 레오가 춤을 끝낸 후에는 클레프 앞에서, 클레프를 위해 그리고 클레프와 함께 나의 첫사랑의 비등산에 거품을 일게 할 수 있었다. 나는 심지어는 리나 그레프 부인의 밀림 속까지 그를 데리고 갔으며, 또한 채소상 그레프의 75킬로그램 나가는 저울의 대규모 북 장치를 풀어헤쳤고, 클레프를 베브라의 전선 극단에 채용하기도 했다. 이어서 내 북 위에서 예수로 하여금 말을 하게 했고, 슈퇴르테베커를 비롯한 모든 먼지떨이단 단원들이 다이빙 대에서—그 다이빙 대 밑에는 루치가 앉아 있었다—뛰어내리는 것을 연주하였다. 나는 또 개미떼와 러시아 병사들이 나의 북을 점령하는 것을 허용했다. 그러나 나는 마체라트가 묻힌 후 뒤따라서 내 북을 던져 넣어 버린 자스페 묘지로 클레프를 다시 한번 데려가지는 않았다. 그 대신 나는 웅대하고 끝이 없는 나의 테마를 두들기기 시작했다. 카슈바이의 감자밭, 그 위에 내리는 10월의 비, 그곳에 나의 할머니가 네 벌의 치마를 입고 앉아 있다. 클레프의 플루트로부터 10월의 가랑비가 내리고, 클레프의 플루트가 비와 네 벌의 치마 아래에서 나의 할아버지, 즉 방화범 요제프 콜야이체크를 발견하고, 또 이 플루트가 나의 불쌍한 어머니의 임신을 축하하고 증명하는 것을 들었을 때 오스카의 마음은 굳어서 돌이 되는 것 같았다.

우리는 다시 몇 시간에 걸쳐 연주를 계속했다. 나의 할아버지가 뗏목 위를 건너 도망치던 일을 충분하게 변주했을 때, 우리는 약간 지치기는 했으나 만족해하며 이 콘서트의 마지막을, 사라져 버린 방화범이 기적적으로 구조될지도 모른다는 것을 암시하는 찬가로 장식했다.

플루트의 마지막 여운이 채 끝나기도 전에 클레프는 틀어박혀 있던 침대에서 벌떡 일어났다. 시체 냄새도 그를 따라 나왔다. 그는 창을 활짝 열고 신문지로 연통 구멍을 막았으며, 영국 여왕 엘리자베스의 천연색 사진을 갈기갈기 찢으며 왕권주의 시대의 종결을 선언하였다. 그러고는 수도꼭지로부터 설거지대로 물을 쏟아지게 하여 몸을 씻기 시작했다. 그는 씻고 또 씻었다. 클레프는 방금 씻기 시작하여, 모든 것을 씻어버리려 했다. 그것은 단순한 씻음이 아니라 일종의 목욕재계였다. 몸을 깨끗이 씻은 그는 수도꼭지를 떠나, 벌거벗은 뚱뚱한 몸에서 물방울을 뚝뚝 떨어뜨리며 돌진하다시피 다가와서는 꼴불견의 성기를 축 늘어뜨린 채 내 앞에 우뚝 섰다. 그러고는 나를 안아 올렸다. 두 팔을 뻗쳐 나를 안아 올렸다—오스카는 그때나 지금이나 체중이 가벼웠던 것이다—그 순간 그의 몸에서 폭발한 웃음이 몸 밖으로 뛰쳐나와 천장을 쳤다. 이때 나는 깨달았다. 오스카의 북만 부활한 게 아니라 클레프까지 부활했던 것이다. 그리하여 우리는 서로 축하하며 서로의 뺨에 키스를 했다.

바로 그날—우리는 저녁 무렵 외출하여 맥주를 마시고 양파를 곁들여 선지 순대를 먹었다—클레프가 재즈 악단을 함께 만들지 않겠느냐고 내게 제안했다. 나는 일단 생각할 여유를 달라고 말했으나, 오스카는 이미 결심을 굳히고 있었다. 석공 코르네프 곁에서 글자를 새기는 그의 직업뿐만 아니라, 뮤즈 울라와 함께 하는 모델업까지도 다 버리고 재즈 밴드의 드럼 치는 사내가 되기로 결심했던 것이다.

야자 섬유 양탄자 위에서

이렇게 하여 오스카는 그 당시 친구인 클레프에게 부활의 근거를 제공했던 것이다. 클레프는 너무나 기뻐하며 곰팡내 나는 이불에서 뛰쳐나와 몸에 물을 묻히기까지 했다. 그러고는 여하간 이 세상은 신나는 곳이야, 라는 식의 남자가 되고 말았다. 그런데 오스카가 누워 지내는 신세가 된 오늘날 나는 이렇게 주장하고 싶다. 클레프가 내게 복수하려고 한다. 내게서 이 정신 병원의 격자 침대를 빼앗아 가려 한다. 내가 그의 스파게티 요리실의 침대를 빼앗아버렸기 때문이다, 라고.

나는 일주일에 한 번씩 그의 방문을 참아 내야 한다. 그리고 그가 재즈에 대해 늘어놓는 낙천적이기만 한 장광설과 그의 음악적 공산주의 선언을 들어야만 한다. 그는 침대에만 틀어박혀 있을 때는 충실한 왕권주의자 역을 연출하며 영국 왕실의 추종자를 자임하더니, 내가 그에게서 그의 침대와 백파이프를 든 엘리자베스를 빼앗자마자 독일 공산당의 당비를 납부하는 당원이 되고 만 것이다. 그리고 지금도 비합법적인 취미로 그 활동을 계속한다. 예컨대 그는 맥주를 마시고 선지 순대를 먹어 치우면서, 카운터에 기대어 병에 붙은 상표를 들여다보는 죄 없는 사람을 붙들어놓고는 대활약 중인 재즈 밴드와 소비에트의 콜호즈 사이의 기뻐할 만한 공통점을 열거하는 것이다.

오늘날 침대에서 쫓겨난 몽상가에게는 취할 만한 선택의 여지가 그렇게 많지 않다. 계속 틀어박혀 있던 침대와 일단 떨어지자 클레프는 당원이 될 수 있었다—더욱 매력적인 것은 비합법적이기 때문이었다. 그리고 재즈에 대한 열광이 그에게 주어진 제2의 신앙이었다. 셋째로 세례 받은 신교도인 그가 개종하여 가톨릭 신자가 될 수도 있었을 것이다.

물론 그 선택은 클레프 자신에게 맡겨져야만 한다. 신앙 고백으로 통하는 이러한 모든 길은 그의 앞에 열려져 있었다. 신중함, 육중하고 빛나는 육체, 그리고 갈채를 먹고 살아가는 유머 덕택에 그는 마르크스의 교리와 재즈의 신화를 교활한 원칙에 따라 혼합하는 하나의 해결책을 가질 수 있었던 것이다. 그리고 그가 언젠가 노동자 신부 타입의, 약간 좌익적인 신부를 만나게 된다면, 게다가 그 신부가 딕시랜드 재즈[40] 레코드의

---

40) 1920년대에 재즈가 처음 생겨났을 때 즉흥적인 연주를 주로 한 재즈 형식의 하나.

수집가라면, 우리는 그날부터 재즈에 열광하는 한 마르크스주의자가 일요일마다 성사(聖事)에 참여해 앞서 말한 그의 체취를 신(新)고딕식 교회당이 풍기는 냄새와 뒤섞는 것을 보게될 것이다.

내게도 이러한 일이 일어나도록 하는 데 내 침대가 방해된다고 본 클레프는 여러 가지 온정적인 약속을 하며 나를 침대에서 유인해 내려고 한다. 그는 거듭해서 법원에다 청원을 제출하고 있고, 나의 변호사와 합심하여 운동을 하며 재심을 요구하고 있다. 요컨대 그는 오스카의 무죄 석방, 오스카의 자유를 원한다 ─ 우리들의 오스카를 정신 병원에서 석방하라 ─ 하지만 그 모든 것은 나를 침대에 내버려 두고 싶지 않은 클레프의 의도에서 나온 것에 불과하다!

그렇다 하더라도 내가 차이들러의 집에 세들어 사는 동안에 누워만 지내던 친구를 일으켜 세워 돌아다니기도 하고 때로는 달리기도 하는 친구로 바꾸어 놓은 것은 역시 잘한 일이었다. 나는 도로테아 간호사에게 심각하게 몰두하는 긴장의 시간을 제외하고는 별 근심 없이 사생활을 누릴 수 있었다. 나는 "어이, 클레프! 같이 재즈 밴드를 만드는 게 어때."라고 그의 어깨를 치며 말을 걸었다. 그러자 그는 자신의 배만큼이나 사랑하는 내 등의 혹을 만지작거렸다. "오스카와 나, 우리는 함께 재즈 밴드를 만든다!"라고 클레프는 세상에 선언하였다. "밴조41) 까지 능숙하게 다루는 실력과 기타 연주자만 있으면 그저 그만이다."

실제로 북과 플루트 이외에 또 하나의 멜로디 악기가 필요했다. 저음 현악기라도 그저 보기에는 무난할 것 같았지만, 그무렵 베이스 주자는 구하기 어려웠다. 그래서 우리는 자리가빈 기타 주자를 열심히 찾았다. 우리는 자주 영화를 보러 갔으며, 처음에 보고한 대로 일주일에 두 번씩 사진을 찍었다. 그리고 맥주를 마시고 선지 순대와 양파를 먹으며 패스포트의 사진으로 온갖 바보 같은 장난질을 했다. 그 당시에 클레프는 붉은 머리의 일제와 알게 되었는데, 경솔하게도 자기 사진을 그녀에게 선사한 바람에 그녀와 결혼을 해야 할 입장이었다─하지만 기타 주자만은 발견할 수 없었다. 뒤셀도르프구(舊)시가의 둥근 창유리, 겨자가 딸린 치즈, 맥주 냄새, 라인하류 지방 특유의 아늑한 분위기 같은 것은 내가 미술 대학에서 모델 일을 했기 때문에 어느 정도 알고 있었으나, 그 시가지를 진정으로 알게 된 것은 클레프와 나란히 다니면서부터였다. 우리는 기타 주자를 구하느라 람베르투스 교회 주위를 돌아다녔고, 선술집마다 찾아다녔다. 특히 라팅어 가의 술집 '일각수(一角獸)'에는 자주 들렀다. 왜냐하면 그곳에서는 보비가 댄스 뮤직을 연주하고 있었기 때문이다. 그는 우리로 하여금 플루트와 양철북으로 반주하도록 했으며, 나의 양철북 연주에 찬사를 보내 주기도 했던 것이다. 물론 보비 자신도 뛰어난 드럼 연주자였지만, 애석하게도 오른손 손가락이 하나없었다.

---

41) 주로 북미의 흑인들이 사용하는 기타 모양의 현악기. 보통 4-5줄의 현으로 이루어져 있으며, 공명통은 대개 양피(羊皮)로 발라져 있음.

우리는 '일각수'에서도 기타 주자를 발견하지 못했다. 하지만 나는 어느 정도 숙달이 되면서 전선 극단 시절의 실력을 되찾았다. 그러므로 도로테아 간호사가 이따금 나의 노력을 망쳐 놓지만 않았더라면, 나는 빠른 시간 내에 그런 대로 쓸만한 드럼 주자가 되었을 것이다.

내 생각의 절반은 언제나 그녀 주위를 맴돌았다. 하지만 나머지 절반만이라도 온전하게 내 양철북 근처에 머물러 있었다면 그래도 그럭저럭 견딜 만했을 것이다. 그러나 북 연주와 함께 시작된 생각이 도로테아 간호사의 적십자 브로치에 대한 생각과 함께 끝나는 그런 형편이었다. 클레프는 나의 결함을 자기의 플루트로 노련하게 메꾸어 나가곤 하면서, 오스카가 그런 식으로 절반은 딴생각에 잠겨 있는 것을 볼 때마다 걱정을 했다. "자네 아마도 배고픈 모양이야, 선지 순대 주문해 줄까?"

클레프는 이 세상 모든 슬픔의 배후에서 이리의 굶주림을 냄새 맡는 사람이었다. 그래서 그는 어떤 슬픔이라도 한 사람 몫의 선지 순대로 고칠 수 있다고 믿었다. 오스카는 당시에 굉장히 많은 양의 신선한 순대를 둥그렇게 썬 양파와 함께 먹었고 또 곁들여 맥주도 마셨는데, 그것은 그의 친구 클레프로 하여금 오스카의 슬픔은 도로테아 간호사 때문이 아니라 배고픔 때문이라고 믿게 하기 위해서였다.

우리는 대개 이른 아침에 윌리히 가에 있는 차이들러의 집을 나와 구시가에서 아침 식사를 했다. 미술 대학에 가는 것은 우리가 영화 보러 갈 돈이 필요할 때 정도였다. 뮤즈인 울라는 그동안 화가인 랑케스와 세 번째 아니면 네 번째로 약혼했는데, 이번에는 랑케스 옆에만 달라붙어 있었다. 왜냐하면 랑케스가 어떤 회사로부터 최초로 상당한 금액의 주문을 받았기 때문이다. 오스카로서는 뮤즈 없이 혼자서 모델 일을 하는 것은 재미가 없었다―사람들이 또다시 그를 왜곡되게 스케치하고, 소름 끼칠 정도로 시커멓게 칠했던 것이다. 그래서 나는 내내 친구인 클레프 하고만 어울렸다. 나는 마리아와 쿠르트한테서도 편히 있을 수 없었다. 또한 그곳에는 매일 밤 그녀의 주인이자 숭배자인 슈텐첼이 그녀와 결혼하여 자리를 잡고 있었던 것이다.

49년 초가을의 어느 날, 각자의 방을 나온 클레프와 내가 복도의 우윳빛 유리문 근처에서 만나 악기와 함께 집을 나서려고 했을 때였다. 차이들러가 그의 거실 겸 침실의 문을 삐죽이 열고는 우리에게 말을 걸었다.

그는 폭은 좁지만 두텁게 말아 놓은 양탄자를 우리 쪽으로 굴려 가지고 와, 그것을 깔고 고정시키는 일을 도와달라고 부탁했다. 그것은 야자수 양탄자로서 8미터 20센티미터의 길이였다. 그런데 차이들러 집의 복도는 7미터 45센티미터밖에 되지 않았기 때문에 클레프와 나는 야자수 양탄자를 75센티미터만큼 잘라내야만 했다. 우리는 앉아서 작업했는데, 야자수 섬유를 절단하는 게 힘든 작업이라는 것을 알았기 때문이다. 나중에 재어 보니 야자수 양탄자는 2센티미터만큼 더 짧게 잘라졌다. 그리고 이 양탄자의 폭은 정확하게 마루의 폭과 일치했다. 자기는 허리를 굽히기 어려우므로 우리 두 사람이 힘을 합쳐 복도에 양탄자를 깔고 못질해 달라는 게 차이들러의 부탁이었다. 오스카의 착상에 따라 우리는 못질을 하면서 양탄자를 펼쳐 나갔다. 모자라는 2센티미터는 거의 눈에 띄지 않을 정도로 메울 수 있었다. 우리는 넓고 평평한 대가리가 붙은 못을 박았는데, 대가리가 작은 못으로는 성기게 짜인 야자 양탄자를 제대로 고정시킬 수 없었을 것이다. 오스카도 클레프도 자기 엄지손가락을 치지는 않았다. 물론 몇 개의 못은 치는 도중에 굽어 버리기는 했지만 그것은 못의 질이 나쁘기 때문이었다. 차이들러가 재고품으로 보관해 둔 그 못들은 통화 개혁 이전의 물건이었던 것이다. 야자 양탄자가 절반쯤 마루에 단단하게 고정되고 난 후 우리는 망치를 서로 교차시켜 놓고, 작업을 감독하던 고슴도치의 얼굴을 재촉까지는 아니더라도 무언가 기대하는 눈짓으로 쳐다보았다. 그러자 그는 그의 거실 겸 침실로 들어가 술잔 세 개와 위스키 병까지 들고 되돌아왔다. 우리는 야자수 양탄자의 내구성을 위해 건배를 했다. 그 후에도 우리는 다시 재촉한다기보다는 기대하는 표정으로 언질을 주었다. 야자 섬유가 목을 마르게 한다고. 고슴도치의 유리컵들도 기뻐 마지않았을 것이다. 고슴도치가 평소의 버릇대로 노여움을 터뜨리며 유리컵들을 분쇄하기 전에 몇 차례나 계속해서 자기들 몸속에 위스키를 담아보았으니 말이다. 클레프는 일부러 빈 유리컵을 야자수 양탄자 위로 넘어뜨려 보았으나 유리컵은 깨지지 않았고, 소리도 전혀 나지 않았다. 우리는 이구동성으로 야자수 양탄자를 칭찬했다. 거실 겸 침실의 문간에서 우리의 작업을 바라보던 차이들러 부인도 우리와 똑같이, 유리컵을 넘어뜨려도 깨지지 않는 야자

수 양탄자를 칭찬했다. 그러자 바로 그 순간에 고슴도치가 화를 벌컥 냈다. 그는 아직 못으로 고정시키지 않은 양탄자 부분을 짓밟고 빈 유리컵 세 개를 휙 끌어당겨 손에 쥐고는 거실 겸 침실 안으로 사라졌다. 그러더니 유리 찬장이 덜그럭거리는 소리가 들려왔다―세 개의 유리컵만으로는 부족하여 그는 더 끄집어냈다―그 직후 오스카는 귀에 익은 음악 소리를 들었다. 오스카의 심안(心眼)에 차이들러의 난로가 떠오른다. 여덟 개의 유리컵이 박살난 채 난로 아래에 흩어져 있다. 차이들러가 쓰레받기와 비 쪽으로 몸을 굽혀 고슴도치로서 깨뜨린 유리 조각을 이번에는 차이들러로서 쓸어 담는다. 그러나 차이들러 부인은 등 뒤에서 계속 쨍그랑거리는 소리가 나는데도 여전히 문간에 서 있을 뿐이다. 그녀는 우리의 작업에 커다란 흥미를 느끼고 있는 것이다. 고슴도치가 화를 내는 순간 마침 우리는 망치를 다시 들었기 때문에 그녀로서도 작업을 계속 지켜보고 싶었던 것이다. 고슴도치는 다시 돌아오지 않았다. 하지만 위스키 병은 우리 곁에 그대로 남아 있었다. 우리는 교대로 그 병을 입에 갖다 댔지만, 차이들러 부인 앞이라 처음에는 좀 쑥스러운 기분이었다. 그러나 그녀는 친절하게도 머리를 끄덕이며 양해해 주었다. 그래도 우리는 그녀에게 병을 건네주며 한 모금 마시라고 권할 기분은 나지 않았다. 어쨌든 우리는 정성을 다해 작업을 계속하면서 못 하나하나를 야자수 양탄자에 박아 나갔다. 오스카가 간호사의 방 앞에서 야자수 양탄자에 못질하는 동안에는 망치질마다 우윳빛 유리가 덜컹거리는 소리를 냈다. 그것이 그의 가슴을 고통스럽게 했다. 그래서 그는 아픔이 격심해지는 순간 망치를 내려놓지 않을 수 없었다. 그러나 이 도로테아 간호사의 우윳빛 유리문 앞을 지나쳐 버리자, 그도 그의 망치도 다시 원기를 회복했다. 모든 일이 언젠가는 끝나는 것과 같이, 이 야자수 양탄자에 못질을 하는 작업도 마침내 끝이 났다. 이 구석에서 저 구석까지 폭 넓은 대가리가 달린 못들이 줄을 지어 달렸다. 못들은 목까지 마루에 묻힌 채, 물결처럼 거칠게 소용돌이를 이루며 흐르는 야자 섬유 위로 겨우 대가리를 내밀고 있었다. 우리는 스스로 만족해하며 양탄자의 길이를 즐기기라도 하듯 복도를 이리저리 왔다 갔다 했다. 그러고는 자기들의 솜씨를 자화자찬하면서 아침 식사도 전혀 하지 않은 공복으로 야자수 양탄자를 깔고 못질하는 게 쉬운 일이 아니라는 것을 은근히 암시했다. 그러자 마침내 그게 효과를 발휘했다. 숫처녀같이 새로운 양탄자 위에 모습을 나타낸 차이들러 부인은 그 위를 지나 부엌으로 가서는 우리를 위해 커피를 끓이고 프라이팬에 달걀을 깨 넣었다. 우리는 내 방에서 식사를 했고, 차이들러 부인은 종종걸음으로 집을 나섰다. 마네스만의 사무실로 출근해야 하기 때문이었다. 우리는 방문을 열어 놓은 채 약간 지친 상태로 음식을 씹으면서 우리의 작업 성과를 바라보았다. 그러자 야자수 양탄자가 우리를 향해 물 흐르듯이 밀려왔다.

통화 개혁 전에 기껏해야 약간의 교환 가치만 가지고 있었던 싸구려 양탄자에 대해 무엇 때문에 그토록 많은 말을 한단 말인가? 오스카의 귀에는 당연히 이 같은 질문이 들려온다. 그러므로 이 질문에 미리 답변해 두기로 한다. 사실을 말하자면 그 다음 날 이 야자 섬유 양탄자 위에서 처음으로 도로테아 간호사를 만났던 것이다.

밤늦게 자정 가까이 되어 나는 맥주와 선지 순대로 배를 가득 채운 채 집으로 돌아왔다. 클레프는 기타 주자를 찾고 있었기 때문에 구시가에 남겨두고 왔다. 나는 차이들러 집의 열쇠 구멍을 찾아내고 복도의 양탄자 위로 올라서서 어두운 우윳빛 유리문 앞을 지나 내 방으로 들어왔다. 침대 속으로 들어가기 전에 나는 입고 있던 옷을 벗었는데, 유감스럽게도 잠옷이 보이지 않았다. 세탁을 하려고 마리아에게 보내 버렸기 때문이었다. 그래서 잠옷 대신에, 너무 길어서 우리가 잘라 냈던 길이 75센티미터의 야자 섬유 양탄자 조각을 찾아냈다. 나는 그 양탄자 조각을 매트리스로 삼아 침대 곁에 놓고 침대로 들어갔다. 그러나 잠이 오지 않았다.

오스카는 잠도 이루지 못한 채 도대체 무슨 생각을 했는지, 아니면 아무 생각도 없이 멍하게 머리를 굴리고 있었는지를, 지금 독자 여러분에게 밝힐 필요는 없다고 본다. 하지만 오늘에서야 나는 당시에 잠을 이루지 못했던 원인을 발견한 것 같은 기분이 든다. 그때 침대에 들어가기 전에 나는 맨발로 새 매트리스, 즉 그 야자 섬유 조각을 딛고 있었다. 그런데 그 야자 섬유가 나의 맨발을 통해 들어와 나의 피부를 뚫고 혈액 속으로 침입했던 것이다. 그래서 침대에 꽤 오랫동안 누워 있었음에도 여전히 야자 섬유 위에 서 있는 것 같은 기분이었고, 따라서 잠들 수가 없었다. 왜냐하면 야자 섬유로 만든 매트리스 위에 맨발로 서 있는 것만큼 사람을 자극시키고 잠을 쫓아 버리고 사고를 촉진시키는 것은 없기 때문이다.

오스카는 자정이 지나서까지 잠들지 못한 채, 침대속에 누워 있으면서 또한 동시에 매트리스 위에 계속 서 있었다. 새벽 3시경이었다. 복도에서 문소리가 들렸고, 다시 한번 문소리가 들려왔다. 나는 기타 주자는 찾지 못했겠지만 선지 순대만은 배 속에 가득 집어넣고 돌아온 클레프일 것이라고 생각했다. 그러나 나는 복도에서 문을 움직이고, 이어서 좀 더 큰 문을 움직인 것은 클레프가 아니라는 사실을 곧 알게 되었다. 나는 다시 생각을 이어갔다. 침대에 누워 있어도 잠이 오지 않고 발바닥으로 야자 섬유를 느끼고 있을 바에는 차라리 침대에서 내려가는 것이 좋겠다. 그리고 상상으로만이 아니라 실제로 침대 앞에 놓인 야자 섬유 매트리스 위에 몸을 올려놓기로 하자. 오스카는 실제로 그렇게 했다. 그러자 그것이 연쇄 반응을 일으켰다. 즉 내가 매트리스 위에 서는 순간 그 75센티미터의 남은 조각이 나의 발바닥을 통해 그것의 원천인, 복도에 깔린 7미터 45센티미터의 야자 섬유 양탄자를 내게 상기시켰던 것이다. 내가 잘려 나간 야자 섬유의 조각을 동정한 때문이었는지, 아니면 내가 복도에서 문소리를 듣고 클레프가 돌아왔다고 추측하면서도 그것을 믿지 않아서인지 나로서는 알 길이 없다. 어쨌든 오스카는 침대에 들어갈 때 잠옷을 찾지 못했기 때문에 허리를 굽혀 야자 섬유로 만든 매트리스의 두 귀퉁이를 양 손으로 각각 쥐고, 두 발을 한껏 벌려 매트리스가 아니라 방바닥 위로 발을 옮겼다. 그러고는 매트리스를 두 다리 사이로 끌어올려 75센티미터의 조각을 1미터 21센티미터의 그의 벌거벗은 몸 앞으로 가져갔다. 이렇게 하여 그의 벌거벗은 몸을 요령껏 감추기는 했지만, 겨우 쇄골에서 무릎까지만 야자 섬유의 영향 아래 놓이게 되었다. 그런데 그 영향력은 오스카가 야자 섬유 옷으로 앞을 가린 채 어두운 자기 방을 나와 마찬가지로 어두운 복도를 따라서 야자 섬유 양탄자 위로 걸어나갔을 때 더욱더 고조되었다.

이런 식으로 야자 섬유 양탄자와 맞닥뜨리게 된 터에, 내가 걸음을 빨리하여 나의 발밑으로부터의 영향력에서 벗어나 자신을 구출하려고 바닥에 야자 섬유가 깔려 있지 않은 곳, 즉 화장실로 달려갔다고 해서 이상할 게 뭐가 있겠는가.

화장실은 복도나 오스카의 방처럼 어두웠는데도 불구하고 누군가가 사용 중이었다. 가느다랗게 외치는 여자의 목소리 때문에 그것을 알 수 있었다. 또한 나의 야자 섬유 모피가 앉아 있는 사람의 무릎에 닿고 있었다. 그래도 내가 화장실에서 나갈 기색을 보이지 않자—내 뒤에서는 야자 섬유 양탄자가 나를 위협하고 있었으니 말이다—내 앞에 앉아 있는 여자가 나를 화장실에서 몰아내려 했다. "누구세요, 무슨 일입니까? 나가 주세요!" 하는 소리가 내 앞에서 들려왔는데, 그것은 결코 차이들러 부인의 것일 수가 없는 목소리였다. 약간 애달픈 목소리가 "누구세요!" 하고 묻는 것이었다.

"자, 도로테아 간호사님, 누군지 맞혀 보세요."라고 나는 대담하게 농담을 했다. 그렇게 하여 우리의 어색한 만남에서 오는 약간의 긴장감을 풀어 보려 했던 것이다. 하지만 그녀는 알아맞힐 생각은 하지도 않고 어둠 속에서 손을 뻗쳐 나를 화장실에서 복도의 양탄자 위로 밀어내려 했다. 그러나 너무 높은 곳으로 손을 뻗었기 때문에 그녀는 내 머리 위에서 헛손질을 했다. 그러자 다음에는 손을 아래로 내려서 더듬었다. 그러나 나를 붙들지는 못하고 나의 야자 섬유제 앞치마를 붙잡고는 다시 한번 비명을 질렀다─여자란 언제라도 곧바로 비명을 지르게 되어 있는 법이다─나를 다른 사람으로 착각한 모양이었다. 그래서 도로테아 간호사는 "맙소사, 악마다!" 하고 부들부들 떨며 중얼거렸다. 이 소리를 들은 나는 킬킬대며 웃고 말았다. 그러나 결코 악의로 그런 것은 아니었다. 그런데도 그녀는 그것을 악마가 킬킬거리고 웃는 것으로 생각했다. 하지만 나는 악마라는 말이 마음에 들지 않았다. 그래서 그녀가 이번에는 완전히 겁에 질려 다시 "누구세요?" 하고 묻자, 오스카는 "나는 사탄이다. 도로테아 간호사를 찾으러 왔다!"라고 대답했다. 그러자 그녀가 물었다. "맙소사, 그렇지만 무슨 일로?"

나는 이 배역에 서서히 적응하고, 또 내 속에 있는 사탄을 후견역(後見役)으로 삼아 말했다. "사탄이 도로테아 간호사를 좋아하기 때문이다." "싫어, 싫어, 싫어, 나는 싫어요!"라고 말하며 그녀는 여전히 팔을 내밀고 탈출을 시도했으나, 다시 한번 나의 야자 옷의 악마적인 섬유에 손을 부딪치고 말았다─그녀의 잠옷은 아주 얇은 것 같았다─게다가 그녀의 자그마한 열 손가락은 유혹적인 밀림을 가려야 했기 때문에 그녀는 맥없이 실신하고 말았다. 도로테아 간호사가 앞으로 고꾸라진 것은 확실히 허약함 탓이었다. 나는 자신의 몸에서 그 모피를 떼 내어 높이 치켜들어 쓰러지는 여자를 받아 안고는 한동안 그 자세를 그대로 지탱했다. 그동안 사탄의 배역에 어울리는 결심을 하기 위해서였다. 그래서 나는 약간 후퇴하여 그녀로 하여금 무릎을 꿇게 했으나, 그녀의 무릎이 화장실의 차가운 타일이 아니라, 복도의 야자 섬유 양탄자에 닿도록 주의하였다. 그러고는 그녀의 몸을 위로 쳐다보게 하고, 머리는 서쪽 방향, 즉 클레프의 방 쪽으로 향하게 한 후 기다랗게 양탄자 위에 눕혔다.

그녀의 뒷면은 최소한 1미터 60센티미터에 걸쳐 야자 섬유와 접촉하고 있었으므로 나는 그녀의 앞면도 역시 꼭 같은 섬유로 덮어 주었다. 그래봤자 75센티미터 길이밖에 되지 않으므로 나는 처음에는 그것을 바로 그녀의 턱밑에 갖다 대 보았다. 그러자 반대쪽 끝이 넓적다리 훨씬 아래까지 내려갔다. 그래서 이번에는 매트리스를 10센티미터 가량 위로 끌어올려 그녀의 입 위에까지 가지고 갔다. 하지만 도로테아 간호사의 코는 덮지 않았기 때문에 호흡하는 데 지장은 없었다. 이번에는 오스카 쪽에서 이전의 침대용 매트리스 위에다 몸을 눕히고 그 매트리스의 수천 가닥의 섬유를 떨게 하자, 그녀가 거친 숨을 몰아쉬었다. 나는 도로테아 간호사와 직접 살을 대려고는 하지 않고 우선 야자 섬유의 힘을 작용시키기로 하면서, 다시 도로테아와 대화를 시작했다.

그녀는 반 실신 상태에 있으면서도, "오오, 하느님. 오오, 하느님." 하고 속삭이며 거듭해서 오스카의 이름과 신분을 물었다. 그래서 나는 사탄을 자칭하며, 사탄이라는 말을 쉿쉿거리며 악마적으로 속삭였고, 또한 의례적인 말로써 나의 거처인

지옥을 묘사하여 들려주었다. 그러자 그녀는 그때마다 야자 양탄자와 야자 매트리스 사이에서 부들부들 떨었다. 그렇게 속삭이는 한편 나는 침대용 매트리스 위에서 열심히 체조를 하여 매트리스를 계속 움직이게 했다. 왜냐하면 이 야자 섬유가 도로테아 간호사에게 그 어떤 종류의 감정을 일으키는 것을 내 귀가 흘려 버리지 않고 포착했던 것이다. 그것은 오래전에 비등산이 나의 사랑하는 마리아에게 불러일으킨 것과 비슷한 감정이었다. 다만 다른 점은 비등산의 경우에 나는 충분하고도 만족스러운 결과에 도달할 수 있었는데 반하여, 이 야자 섬유제의 매트리스 위에서는 치욕적인 실패를 체험했다는 사실이다. 요컨대 나는 닻을 내리는 데 성공하지 못했다. 비등산 시절과 그 이후에 언제나 단단해지면서 목적을 달성할 수 있었던 그것이 이 야자 섬유 앞에서 고개를 숙여 버리고, 기분도 내켜하지 않으면서 작은 그대로 머물렀다. 눈앞의 목표물을 향하여 겨냥하기는커녕 어떠한 초청에도 편승조차 하지 않으려 했다. 또한 나의 순수하고 지적인 설득술도 도로테아 간호사의 탄식도 아무 소용이 없었다. 그녀는 그곳에 누워 속삭이고 신음하며 흐느껴 울었다. "사탄, 이리 오세요!"라고. 그래서 나는 그녀를 진정시키고 달래야만 했다. "사탄은 곧 온다. 금방 온다."라고 나는 정말 지나칠 정도로 악마처럼 속삭였다. 그리고 그와 동시에 나의 세례 이후 내 속에 깃들이고 있던—지금도 여전히 그곳에 깃들이고 있다—그 사탄과도 대화를 나누었다. 그러는 한편 꾸짖기도 했다. 사탄아! 모처럼만의 재미를 망치려 하느냐. 또한 애원하기도 했다. 부탁한다,

창피를 당하지 않게 해다오! 또한 아양을 떨어 보기도 했다. 이때까지는 그런 일이 없었잖아, 마리아를 생각해 봐, 아니면 그레프 미망인 쪽을, 아니면 화창한 파리에서 우리 둘이서 어여쁜 로스비타를 놀려 대던 그 희롱들을 생각해 봐, 응. 그러나 사탄은 시무룩하게 몇 번이고 같은 대답만 되풀이할 뿐이었다. 기분이 나지 않아, 오스카, 사탄이 기분이 안 나면 승리는 도덕의 것이야, 제아무리 사탄이라 하더라도 전혀 기분이 나지 않을 때도 있는 법이지.

이처럼 사탄은 나에 대한 지지를 거부하며 이런저런 종류의 비슷한, 주로 달력에나 실려 있는 격언들을 내뱉었다. 그동안 나는 서서히 마비되어 힘을 잃어가면서도 야자 섬유의 매트리스를 계속 움직였다. 불쌍한 도로테아 간호사의 피부는 그 와중에 마구 문질러지며 심한 고통을 받았다. 마침내 "오오, 사탄, 어서 와 주세요!"라는 그녀의 목마른 소리에 재촉당해, 나는 자포자기한 채 아무런 동기도 없는 무의미한 돌격을 야자 섬유 밑쪽으로 감행했다. 말하자면 탄환도 없는 피스톨로 표적의 중심을 명중시키려는 꼴이었다. 그녀 편에서도 사탄에게 협조하려고 두 손을 야자 매트리스 밑에서 내밀어 나를 끌어안으려 했다. 그리고 실제로 나를 끌어안았다. 그 순간 그녀는 야자 섬유질의 피부가 아닌 나의 혹과 인간의 따뜻한 기운이 흐르는 피부를 느끼고는, 애타게 찾던 사탄이 없다는 사실을 깨달았다. 그녀는 더 이상 "사탄, 어서 와 주세요!"라고 속삭이지 않고, 헛기침을 하더니 전혀 다른 사람 같은 목소리로 처음에 했던 질문을 들이밀었다. "도대체 당신은 누구예요, 무슨 짓을 하는 겁니까?" 그러자 나로서도 한 걸음 양보하지 않을 수 없었다. 그리하여 나는 호적상으로는 오스카 마체라트라고 하며, 그녀의 이웃으로서, 그녀를, 즉 도로테아 간호사를 마음속 깊이 열렬하게 사랑하고 있다고 고백했다.

심술궂은 사람이라면 당연히 도로테아 간호사가 저주를 퍼붓고 주먹을 휘두르며 나를 야자 섬유 양탄자 위에 내동댕이쳤다고 생각할 것이다. 하지만 오스카는 비애의 감정과 더불어 약간의 만족을 느끼며 다음과 같이 보고한다. 즉 도로테아 간호사는 다만 천천히, 숙고하고 망설이는 듯이 그녀의 두 손과 두 팔을 내 혹으로부터 거두어들였다. 말하자면 그것은 무한히 슬픈 애무와도 같은 것이었다. 그러고 나서 그녀는 이내 훌쩍거리며 울기 시작했지만 귀가 따가울 정도의 요란한 소리를 내지는 않았다. 나와 야자 매트리스 밑에서 그녀가 몸을 빼내어 내게서 빠져나가고, 그러면서 내 몸도 미끄러져 내리게 했다고 깨닫는 순간, 어느새 복도에 깔아 놓은 양탄자가 그녀의 발소리를 빨아들이고 있었다. 문이 열리는 소리가 들리는가 하더니, 금방 열쇠 돌아가는 소리가 났다. 그러고 나서 곧 도로테아 간호사의 작은 방을 가리고 있는 여섯 개의 네모난 우윳빛 유리들이 안쪽으로부터 빛과 현실을 받아들였다.

오스카는 그대로 누워 있으면서 매트리스로 몸을 덮었다. 매트리스에는 아직도 악마적인 장난질의 온기가 약간 남아 있었다. 나의 두 눈은 불이 켜진 사각형들에 못 박혀 있었다. 이따금씩 하나의 그림자가 우윳빛 유리 위를 스치며 지나갔다. 그녀는 지금 옷장 쪽으로 간다, 이번에는 장롱 쪽으로 간다, 라고 나는 자신에게 말했다. 그러다가 오스카는 개처럼 행동해 보고 싶은 생각이 들었다. 나는 매트리스를 덮어쓴 채 양탄자 위를 기어 그녀의 방 문 앞까지 가서 문의 나무를 할퀴었다. 그리고 몸을 약간 일으켜 더듬거리며 애원하는 듯 한쪽 손을 아래쪽에 있는 두 장의 유리창 위에 어른거리게 했다. 그러나 도로테아 간호사는 문을 열지 않았으며, 쉴 새도 없이 옷장과 거울이 붙은 장롱 사이를 왔다 갔다 했다. 나는 도로테아 간호사가 짐을 꾸려 나로부터 도망친다는 사실을 알았으나 스스로 인정하지는 않았다. 그녀가 방을 나가는 순간 전등 불빛에 비친 얼굴이나마 볼 수 있으리라는 실낱같은 희망마저 나는 파묻어 버려야만 했다. 처음에는 우윳빛 유리의 저쪽이 어두워지는가 하더니, 열쇠 소리가 들리고, 이윽고 문이 열리면서 야자 섬유 양탄자 위에 신발이 나타났다―그 순간 나는 그녀 쪽으로 손을 뻗었지만 트렁크에 부딪혔고, 양말을 신은 다리에 부딪혔다. 그러자 그녀는 옷장 속에서 내가 본 적이 있는 그 투박한 하이킹화로 내 가슴을 걷어차 나를 양탄자 위에 자빠뜨렸다. 그러나 오스카는 다시 한번 벌떡 일어나며 "도로테아 간호사 양." 하며 애원했지만, 그때는 이미 현관문이 닫히고 말았다. 한 여성이 그렇게 나를 버리고 떠난 것이다.

독자 여러분, 그리고 나의 슬픔을 이해하는 모든 분은 이제 이렇게 말하고 싶을 것이다. 침대로 가요, 오스카. 그토록 굴욕을 당해 놓고 복도에서 또 무엇을 구하겠다는 거야. 이미 새벽 4시다. 너는 벌거벗은 채로 야자 섬유 양탄자 위에 누워 있구나. 섬유질의 매트리스만이 가까스로 너의 몸을 덮고 있어. 너의 손과 무릎은 이미 껍질이 벗겨졌고, 너의 심장은 피를 흘리고 있다. 너의 성기는 고통을 호소한다. 너의 치욕은 하늘을 향해 소리친다. 너는 차이들러 씨를 잠에서 깨웠다. 그리고 그는 자기 아내를 깨웠다. 그들은 나올 것이다. 거실 겸 침실의 문을 열고 너를 보게 될 것이다. 침대로 가거라, 오스카. 이제 곧 5시가 된다!

나는 이와 똑같은 충고를 그 당시 양탄자 위에 누워 있던 자신에게도 했다. 나는 추워서 떨면서도 그대로 누워 있었다. 나는 도로테아 간호사의 육체를 다시 불러오려고 시도했다. 그러나 야자 섬유를 제외하고는 아무것도 느껴지지 않았다. 심지어는 이빨 사이에도 야자 섬유가 끼여 있었다. 그러는 사이에 한줄기 빛이 오스카 위에 떨어졌다. 차이들러의 거실 겸 침실 문이 삐죽이 열리면서 차이들러의 고슴도치 머리가 보였고, 그 위로는 금속제의 파마용 클립을 잔뜩 매단 머리가 보였는데, 바로 차이들러 부인의 것이었다. 그들은 나를 가만히 응시했다. 그는 기침을 했고, 그녀는 킬킬대며 웃었다. 그가 나를 불렀지만, 나는 아무 대꾸도 하지 않았다. 그녀는 계속 킬킬대며 웃었다. 그가 조용히 하라고 말했다. 그녀는 내가 어디 아픈지 알고 싶어 했다. 그는 안 되겠다고 말했으며, 그녀는 이 집은 정숙한 집안이라고 말했다. 그는 방을 비워 달라고 위협했다. 그러나 나는 잠자코 있었다. 그 정도로는 아직 성이 차지 않았기 때문이었다. 마침내 차이들러 부부가 문을 열었다. 그는 복도의 전등 스위치를 켰다. 그러고 나서 그들은 내게로 다가왔다. 그들의 조그마한 눈은 화가 날 대로 나 있었다. 그는 이번에는 그의 노여움을 유리컵으로 발산하지는 않을 모양이었다. 그는 내 머리 위로 다가와 섰다. 오스카는 고슴도치가 화를 내는 것을 기대했다―그러나 차이들러는 자신의 화를 발산시킬 수 없었다. 바로 그때 계단 쪽이 떠들썩해지면서, 누군가가 열쇠를 든 채 현관문을 더듬다 끝내는 열쇠 구멍을 찾아냈기 때문이었다. 클레프가 들어왔다. 그리고 누군가를 데리고 왔는데, 그도 똑같이 만취되어 있었다. 숄레라는 이름의 사내로서, 마침내 찾아낸 기타 주자였다.

이 둘은 차이들러 부부를 진정시킨 후 오스카에게 허리를 굽혔다. 그들은 아무것도 묻지 않고, 나를 붙들어 내 몸과 그 악마적인 야자 매트리스를 내 방으로 운반했다.

클레프는 내 몸을 문질러 따뜻하게 해 주었다. 기타 주자는 내 옷을 가져다주었다. 둘이서 내게 옷을 입히고 내 눈물을 닦아 주었다. 흐느낌. 아침은 어느새 창 앞에 와 있었다. 참새 소리. 클레프가 북을 내 목에 걸어 주었고, 그의 조그마한 플루트를 보여 주었다. 흐느낌. 기타 주자가 그의 기타를 어깨에 맸다. 참새 소리. 친구들은 나를 한가운데 두고 에워쌌다. 그러고는 흐느끼며 몸을 내맡기는 오스카를 차이들러의 집에서, 즉 윌리히 가의 그 건물로부터 빼내어, 참새들이 노래하는 곳으로 데리고 갔다. 그들은 오스카를 야자 섬유의 영향으로부터 떼어 놓은 후, 나와 함께 아침 거리를 지나고, 호프가르텐을 가로질러 천문관(天文館)이 있는 라인강 강변까지 걸어갔다. 라인 강은 회색빛을 띤 채 네덜란드 쪽으로 흘러갔고, 강에 떠 있는 배 위에서는 세탁물들이 펄럭거렸다.

그 안개 자욱한 9월의 아침, 새벽 6시부터 오전 9시까지 플루트 주자 클레프와 기타주자 숄레와 드럼주자 오스카는 라인강의 오른편 물가에 앉아 음악을 연주했다. 그들은 한참 연습하다가 병을 들고 한 모금 마시고는, 맞은편 기슭에 있는 포플라 가로수 쪽으로 실눈을 하고 바라보았다. 그리고 두이스부르크로부터 석탄을 싣고 오며 흐르는 강물을 힘겹게 거슬러 올라가는 몇 척의 배를 향해, 빠르면서 쾌활하고 느리면서 슬픈 미시시피의 음악을 날려 보냈다. 그리고 이제 막 결성된 이 재즈 밴드의 이름을 찾았다.

햇살이 조금 비치자 아침 안개가 밝게 물들었다. 그리고 음악은 미루어지고 있던 아침 식사에 대한 욕구를 일깨웠다. 그때 자기 자신과 지난 밤 사이를 북으로 갈라놓았던 오스카가 일어나 상의 주머니에서 돈을 꺼내어 아침 식사를 알렸다. 그리고 친구들에게 이 신생 악단의 이름을 선포하였다. 우리는 '더 라인 리버 스리(The Rhine River Three)'라고 이름을 붙이고 아침 식사를 하러 갔다.

양파 주점에서

우리가 라인강 강변의 목장을 사랑한 것과 꼭 같이, 요리점 주인인 페르디난트 쉬무도 뒤셀도르프와 카이저스베르트 사이의 라인강 강변 오른쪽 기슭을 사랑했다. 우리는 연주 연습을 대개는 슈토쿰 위쪽에서 했다. 그러는 동안 쉬무는 소구경총을 들고 강 기슭 언덕의 울타리와 수풀 사이로 참새를 쫓아다녔다. 그것이 그의 취미였고, 그렇게 하면서 원기를 되찾았다. 쉬무는 가게에 있다 불쾌한 기분이 들면 아내에게 메르체데스를 운전하도록 명령하고는, 강 기슭을 따라가다가 슈토쿰 위쪽에 주차했다. 약간 평발인 그는 총구를 밑으로 한 채 걸어서 목장을 지나갔고, 차에 남아 있고 싶어 하는 그의 아내를 억지로 끌고 가서는, 강가의 평평한 돌 위에 앉게 했다. 그러고는 울타리 안으로 사라졌다. 우리는 「래그타임(Ragtime)」[42]을 연주했고, 그는 수풀 속에서 총성을 울렸다. 우리가 음악에 열중하는 동안, 쉬무는 참새를 쏘았다.

클레프와 마찬가지로 구시가의 식당 주인이라면 모조리 알고 있는 숄레는 수풀에서 총성이 들릴 때면 덩달아, "쉬무가 참새를 쏜다."라고 말했다.

그런 쉬무가 이제는 더 이상 살아 있지 않다. 그러니 바로 여기쯤에서 그에 대한 추도사를 하는 것도 무방하리라. 쉬무는 일등 사격수였다. 게다가 사람도 좋았다. 이를테면 쉬무가 참새를 잡을 때 겉저고리의 왼쪽 호주머니에는 소구경 탄약이 들어 있지만, 오른쪽 호주머니는 새 모이로 가득 차 있었다. 그리고 그 모이는 사격 전이 아니라, 사격이 끝난 후 마음껏 선심을 베풀며 참새들 사이에 골고루 뿌렸다. 더군다나 그는 오후 한나절 동안 열두 마리 이상은 결코 잡지 않았다.

쉬무가 아직 살아 있던, 49년 11월의 어느 추운 날 아침이었다. 우리가 이미 몇 주일째 라인강 강변에서 연습을 하고 있을 때였다. 그때 우리를 향해 그가 나직하지 않고 아주 커다란 목소리로 말을 걸어왔다. "당신들의 연주가 새를 쫓아 버리니, 내가 어떻게 여기서 새를 잡겠소?"

"그런가요."라고 용서를 빌며 클레프는 그의 플루트로 받들어 총 자세를 취했다. "그런데 당신은 참으로 음악적인 분이시군요. 우리 멜로디에 리듬을 정확하게 맞추어 수풀 속에서 사격하

---

42) 미국 미주리주(州)의 흑인 피아노 주자들이 시작하여 1890-1910년 사이에 유행한 음악으로서 재즈의 원형이라고 할 수 있음.

시다니 말입니다. 진심으로 경의를 표하는 바입니다. 쉬무 씨!"

쉬무는 클레프가 자기 이름을 대자 기뻐하면서도 어떻게 아느냐고 물었다. 클레프는 일부러 화를 내는 듯한 표정을 지으며 말했다. 쉬무를 모르는 사람은 없어요. 거리에 나가기만 하면, 저기 쉬무가 간다, 저기 쉬무가 온다, 방금 쉬무를 보지 못했나요, 오늘은 쉬무가 어디 갔지, 쉬무는 참새를 잡으러 갔어, 라는 말들이 들려온답니다.

클레프 때문에 만인의 스타가 되어 버린 쉬무는 담배를 내밀며 우리 이름을 물었다. 그리고 우리의 레퍼토리 중에서 한 곡을 듣고 싶어 했기 때문에 「타이거래그(Tigerrag)」를 들려주자 그가 손짓을 하여 자기 아내를 불렀다. 그러자 모피로 몸을 싼 채 돌 위에 앉아 라인강의 흘러가는 물결을 바라보며 생각에 잠겨 있던 그녀가 오버 차림으로 다가왔다. 우리는 다시 연주해야만 했다. 그래서 이번에는 기량을 마음껏 발휘해 「상류 사회(High Society)」를 연주했다. 모피를 입은 그녀가 연주가 끝난 후 말했다. "이봐요, 페르디, 잘됐어요. 우리 가게에 적합한 분들인 것 같아요." 그도 같은 의견이며 마침내 찾아냈다는 기분인 듯했으나, 우선은 심사숙고하는 척했다. 아마도 머릿속으로 주판알을 튕기고 있었으리라. 그는 납작한 자갈 몇 개를 기막힌 솜씨로 라인 강의 수면 위로 날려 보낸 후 천천히 제안했다. 지하실의 '양파 주점'에서 저녁 9시부터 새벽 2시까지 연주하면, 하루 저녁 1인당 10마르크, 아니 12마르크를 주겠다는 것이었다. 그러자 클레프는 17마르크를 제안했다. 그렇게 하면 쉬무가 15마르크를 말할 것이라는 예상에서였다. 하지만 쉬무는 14마르크 50페니히라고 말했다. 그리하여 우리는 계약에 동의했다.

거리에서 보면 양파 주점도 최근에 새로 생긴 수많은 주점들과 비슷했다. 다만 새로 생긴 주점이 이전의 술집과 다른 점은 값이 비싸다는 것뿐이었다. 값이 비싼 이유는 대개 예술가 클럽이라 불리는 그 장소의 내부 장식이 사치스러웠기 때문이었다. 게다가 그들 주점에 붙여진 이름만 보아도 값이 비싼 이유를 짐작할 수 있을 것이다. 이를테면 단정한 느낌을 주는 '라비올리' 클럽, 신비스럽고 실존주의적인 '터부' 클럽, 얼얼하고 불꽃같은 '파프리카'43) 클럽, 또한 '양파 주점' 같은 것들이다.

'양파 주점'이라는 글자와 소박한 느낌을 주는 양파 그림을 일부러 서툰 솜씨로 에나멜판 위에 그려, 가게 정면의―소용돌이 무늬가 새겨진―주철제 가로대에 걸어 놓은 것은 옛부터 내려오는 독일식 스타일이었다. 유일하게 하나 있는 창에는 맥주병 같은 녹색의 둥근 볼록 유리가 끼어져 있었다. 전시에는 방공호의 문이었을 것으로 보이는, 붉은빛으로 칠한 철문 앞에는 촌티나는 양피(羊皮)를 입은 문지기가 서 있었다. 양파 주점에 아무나 들여보내지 않기 위해서였다. 특히 한 주일의 임금이 맥주값으로 탈바꿈하는 휴일에는, 양파 주점의 요금을 감당키 어려울 것으로 보이는 구시가의 사람들을 못 들어오게 하는 것이 문지기의 임무였다. 일단 문지기를 통과하여 안으로 들어온 사람은 붉은빛의 문짝 뒤에서 다섯 개의 콘크

---

43) 고추라는 뜻임.

리트 층계를 만난다. 그것을 내려가다 보면 사방 1미터 정도의 층계참이 나타나고—피카소 전시회를 알리는 포스터가 이런 층계참까지 눈에 띄게 개성적인 것으로 보이게 한다—거기에서 다시 계단 네 개를 내려간다. 그러면 마침내 휴대품 보관소 앞에 서게 된다. 두꺼운 마분지 위에는 '요금은 후불입니다!'라고 씌어져 있다. 카운터 뒤쪽에 있는 젊은이가—대개는 수염을 기른 미술 대학생이다—요금을 미리 받는 일은 결코 없었다. 양파 주점은 싸기는 하지만 품위 있는 가게였던 것이다.

주인은 모든 손님을 손수 맞아들였다. 그러면서 과도할 정도로 눈썹을 움직이고 요란하게 몸짓을 하여 새로운 손님들에게 비밀스런 놀이를 선사하겠다는 암시를 주었다. 주인 이름은 아시다시피 페르디난트 쉬무, 이따금 참새를 잡고, 또 통화 개혁 이후 상당히 빠른 속도로 발전한 뒤셀도르프 사교계와 느리기는 하지만 어쨌든 발전해 가는 다른 곳의 사교계에 대한 센스를 가진 사내였다.

정말이지 양파 주점은—이 점에서 우리는 그 번창하는 나이트 클럽의 양심적인 면모를 인정해도 무방하리라—진짜 지하 주점으로 얼마간 습기마저 풍겼다. 이를테면 이 주점은 발밑에서 냉기를 내뿜는 차갑고 기다란 가죽 부대와 비교할 수도 있다. 그 넓이는 대략 4미터 곱하기 18미터 정도로, 역시 독창적인 원통 모양의 철제 스토브로 난방을 하게끔 돼 있었다. 그런데 지하 주점이라고는 하지만 보통의 지하실과는 구조가 근본적으로 달랐다. 말하자면 천장을 헐어 위쪽으로 1층까지 확장한 지하실이었다. 그러므로 이 양파 주점에 있는 유일한 창도 본래는 지하실의 창이 아니고 이전에는 1층의 창이다. 이것이 번창하는 이 나이트클럽의 엄숙함을 어느 정도 손상시키는 요인이긴 했다. 하지만 그 둥근 볼록 유리가 창밖을 보이지 않게 하고 또 위쪽으로 확장된 공간 가운데에 관람대를 설치하여 독창적이기 그지없는 가파른 사다리로 그곳으로 올라가게 해 놓았기 때문에, 이 양파 주점을 그래도 엄연한 나이트클럽이라고 말해도 무방한 것이다. 물론 진짜 의미에서의 지하 주점은 아니었다. 하지만 꼭 진짜여야만 한다는 법도 없는 것이 아닌가.

참, 오스카가 보고하지 않고 빠뜨린 게 있다. 사실 관람대로 올라가는 가파른 사다리는 보통 사다리가 아니라 오히려 일종의 현계(舷階)[44]와 같은 것이었다. 왜냐하면 위험할 정도로 가파른 사다리의 좌우로 아주 독창적인 빨랫줄 같은 것이 늘어져 있어서 그것을 붙들고 지탱할 수 있기 때문이었다. 그것이 약간 흔들거리면서 배를 타고 가는 여행을 연상시켰고, 따라서 양파 주점의 요금을 비싸게 했던 것이다.

광부가 휴대하고 다니는 것과 같은 카바이드 램프가 양파 주점을 비추었고, 또 카바이드 냄새를 주위에 발산하면서—이 때문에 요금이 또 비싸졌다—양파 주점의 손님을 지하 950미터, 즉 칼리 채굴장의 갱도 속으로 데려갔다. 그곳에서는 웃통을 벗어부친 광부가 암석과 씨름 하면서 광맥을 열고 있고, 일부 광부들은 암염을 긁어내며, 윈치는 요란한 소리

---

44) 선박의 현측(舷側)에 설비된 가파른 계단.

를 내며 광차(鑛車)를 채운다. 훨씬 저쪽, 갱도가 프리드리히 할 2번 쪽으로 꺾어지는 곳에서 불빛이 흔들리며 광부 감독이 다가온다. 그는 가까이 와서 "조심해!"라고 말하고는 카바이드 램프를 흔들어 댄다. 그런데 이 카바이드 램프와 똑같이 생긴 것이, 도색하지 않고 일시적으로 회칠만을 한 벽에 걸려 있으면서 주위를 비추고 냄새를 발산하고 요금을 높이면서, 양파 주점의 독특한 분위기를 조성하였다.

그리고 그렇게 안락하다고는 할 수 없는 좌석들은 보통의 나무 상자에다 양파 부대를 둘러친 것이었다. 반면에 나무 테이블은 깨끗하게 닦여 반들거리며, 채굴장에서 온 손님을 평화스러운 농부의 방으로 유혹했는데, 그것은 마치 영화에 흔히 나오는 한 장면과도 같았다.

하지만 이게 전부란 말인가! 카운터 같은 것도 없단 말인가? 그렇다, 카운터는 없다! 웨이터, 메뉴 좀 가져오게! 그러나 메뉴도 웨이터도 없다. 다만 우리에게 '더 라인 리버 스리'라고 곡을 지명할 수 있을 뿐이다. 현계 같은 가파른 사다리 밑에 자리를 잡고 앉은 클레프와 숄레 그리고 오스카는 보통 9시에 와서 악기를 꺼내고 10시경에 음악을 연주하기 시작했다. 그러나 아직 9시 15분밖에 되지 않았으므로 우리에 대한 이야기는 좀더 나중에 하기로 하자. 그 대신 지금은 이따금씩 소구경총을 쥐는 쉬무의 손가락에 주목하기로 하자.

양파 주점이 손님들로 만원이 되면—절반 정도가 차면 만원으로 간주하였다—주인인 쉬무는 곧바로 숄을 어깨에 걸쳤다. 코발트빛 청색 비단으로 만들어진 이 숄에는 무늬가 새겨져 있었고, 그것도 특별한 무늬였다. 그리고 여기에서 그 점을 일부러 언급하는 것은 숄을 걸치는 일이 어떤 의미를 가지기 때문이다. 말하자면 황금빛 양파 무늬가 있는 이 숄을 쉬무가 걸침으로써 비로소 양파 주점이 개점했다고 말할 수 있는 것이다.

손님들은 대개 사업가, 의사, 변호사, 예술가, 무대 배우, 저널리스트, 영화인, 유명한 운동선수, 그리고 주정부나 시청의 고관들로 오늘날 인텔리를 자처하는 사람들이었다. 이 모든 사람들이 부인이나 여자 친구, 아니면 여비서나 미술공예가, 때로는 남자 정부까지 데리고 와서는 조잡하게 천을 깐 상자 위에 걸터앉았다. 그러고는 쉬무가 황금빛 양파 무늬의 숄을 걸칠 때까지 소리를 낮추어, 아니 고생스러울 정도로 목소리를 억누르며 서로 이야기를 나누었다. 모두들 자연스럽게 대화를 나누려 했으나 잘 되지 않았고, 의도는 좋았지만 이야기는 주변에서만 맴돌았다. 마음속에 쌓인 것을 풀고 싶고, 가슴을 활짝 열고 토로하고, 속 시원하게 말하고, 사소한 일에 구애받지 않고, 피가 흐르는 진실을, 벌거벗은 인간을 보이고 싶었지만, 그렇게 되지 않았다. 여기저기서 실패한 인생 경력이라든지 파괴된 부부 생활에 대한 이야기들이 대충대충 오갔다. 크고 영리한 머리와 부드럽고 사랑스럽기까지 한 손을 가진, 저쪽의 신사는 그 아들과 사이가 좋지 않은 모양이었다. 아버지의 지난 과거가 아들의 마음에 들지 않았던 것이다. 그리고 카바이드 불빛 때문에 더욱 매력적으로 보이는, 밍크코트를 입은 두 명의 부인은 자신들이 신앙을 잃었다고 주

장했다. 하지만 무엇에 대한 신앙을 잃어버렸는지는 분명치
않았다. 마찬가지로 우리도 그 큰 머리 신사의 과거에 대해서
는 아무것도 몰랐다. 또한 아들이 아버지의 과거 때문에 어떠
한 곤란에 처해 있는지에 대한 이야기도 나오지 않았다. 그것
은—오스카가 이러한 비교를 하는 것을 허용해 주시기 바란
다—말하자면 산란(産卵) 전의 상황과도 같다. 괴로움에 또
괴로움이 덮치고 있는…….

　손님들은 이처럼 양파 주점 안에서 아무 소득도 없이 한동
안 괴로움에 시달렸다. 그러다 마침내 주인인 쉬무가 특별한
숄을 걸친 채 잠시 모습을 나타내자, 일동은 "야아." 하고 환성
을 질렀다. 그는 이 환호성에 답례한 후, 양파 주점 한구석에
있는—화장실과 창고가 있는 곳이었다—커튼 뒤로 사라졌
다 몇 분 후에 되돌아왔다.

　이 주인이 다시 손님들 앞에 나타나자, 일동이 앞서보다 더
욱 환호하며 어느 정도 구원이라도 받은 듯이 "야아." 하고 소
리 지르는 것은 도대체 무엇 때문이란 말인가? 이 번창하는
나이트클럽의 소유자는 다시 커튼 뒤로 사라졌다 창고에서
무엇인가를 들고 나왔다. 지나치는 길에 그곳 화장실에 걸터
앉아 주간지를 읽던 여자 청소부에게 목소리를 낮추어 잔소
리를 했다. 그러고는 다시 커튼 앞으로 걸어 나와 마치 구세주
처럼, 마치 정말 위대한 기적이나 행하는 사람인양 환호를 받
는 것이었다.

　쉬무는 팔에 바구니 하나를 걸치고 손님들 한테로 다가왔
다. 이 바구니는 청색과 황색의 바둑판 무늬가 있는 천으로

덮여 있었고, 또 그 천 위에는 돼지와 물고기 모양을 한 작은 도마들이 놓여 있었다. 쉬무는 이 깨끗하게 닦아 놓은 판자 조각을 손님들에게 나누어 주면서 세련된 인사까지 곁들였는데, 그 모습은 그가 젊은 시절 부다페스트나 빈에서 지냈다는 사실을 짐작케 했다. 말하자면 쉬무의 미소는 진품으로 추정되는 모나리자를 묘사한 것을 다시 묘사한 미소와 비슷했다.

하지만 손님들은 판자 조각을 엄숙하게 받아들였다. 그중에는 판자 조각을 서로 교환하는 사람도 있었다. 돼지 모양을 좋아하는 남자들이 있는가 하면, 평범한 집돼지보다는 신비감이 있는 물고기를 더 좋아하는 남자나 여자들도 있었다. 그들은 판자 조각의 냄새를 맡는가 하면, 그것을 주거니 받거니 하기도 했다. 주인인 쉬무는 관람대에 있는 손님들에게도 나누어 준 후 모든 판자 조각이 손님 앞에 자리잡을 때까지 기다렸다.

그러고 나서 쉬무는 모든 사람이 초조하게 기다리는 가운데 요술사도 그리 다르지 않은 동작으로 바구니를 덮은 천을 벗겨 냈다. 그러자 또 하나의 천이 나타났는데, 그 위에는 첫눈에 얼른 알아보기는 어려운 식칼들이 놓여 있었다.

쉬무는 판자 조각을 나누어 주었을 때와 같은 요령으로 이제 식칼을 나누어 주며 돌아다녔다. 그러나 이번에는 걸음을 빨리하여 긴장감을 높였고,—이것도 요금 인상의 한 요인이다—인사 같은 것도 하지 않았으며, 손님들로 하여금 식칼을 서로 교환할 틈도 주지 않았다. 그의 이러한 동작에는 일종의 치밀하게 계산된 조급함이 작용하고 있었다. "자, 이제부터 시작입니다!"라고 소리치며 바구니로부터 천을 벗겨 낸 그는 손을 넣었다 뺐다 하면서 분배를 했다. 마치 민중을 위해 모든 것을 뿌리고 다니는 마음씨 착한 자선가처럼 그는 손님들에게 양파를 나누어 주었다. 그가 걸친 숄 위에 약간 추상화시켜 황금색으로 염색한 양파와 같은 양파, 같은 구근류(球根類)이긴 하지만 튤립 구근이 아니라 가정주부가 사들이는 보통의 양파, 채소상 아주머니가 파는 양파, 농부 아저씨라든지 농부 아주머니 혹은 처녀 농사꾼이 심어서 수확하는 양파, 네덜란드 이류 화가들의 정물화에 다소간 충실하게 묘사된 양파. 주인인 쉬무는 이러한 양파를 손님들 사이에 다 분배했고, 마침내 모두가 양파를 앞에 두게 되었다. 들리는 것이라고는 원통형 철제 스토브가 타오르는 소리와 카바이드 램프가 노래하는 소리뿐이었다. 이처럼 양파를 거창하게 분배하고 난 후라 그런지 실내는 더욱 조용했다.―그러다가 페르디난트 쉬무가 마침내 "드십시오, 여러분!" 하고 소리치면서 그의 숄의 한쪽 끝을 출발 직전의 스키 선수라도 되는 양 왼쪽 어깨 위로 걸쳐 올렸다. 이것이 시작을 알리는 신호였다.

사람들은 양파 껍질을 벗겼다. 양파에는 일곱 겹의 껍질이 있다고 한다. 신사 숙녀들은 식칼을 가지고 양파의 껍질을 벗겼다. 그들은 양파의 첫 번째 껍질, 세 번째 껍질, 블론드색 껍질, 황금빛 껍질, 적갈색 녹이 슨 껍질, 말하자면 양파빛의 껍질을 벗겼다. 마침내 양파는 녹색과 흰빛의 유리처럼 되고 눅눅해지고 진득진득해지고 축축해지면서 냄새를, 양파 냄새를 풍겼다. 그리고 나서 그들은 평소에 양파를 썰 때처럼 이 양파를 썰었다. 돼지 모양 아니면 물고기 모양을 한 도마 위에서 능숙하게 혹은 미숙하게, 이 방향 저 방향으로 썰었다. 즙이 튀었고, 양파 위의 공기 속으로 퍼지기도 했다―식칼을 잘 다루지 못하는 초로(初老)의 신사들은 손가락을 베지 않도록 조심해야만 했다. 그래도 손가락를 베는 사람들이 많았으나 열중하느라 그것을 깨닫지 못했다―반면에 부인네들은 능숙하게 양파를 썰었다. 전부라고는 할 수 없으나, 적어도 가정에서 주부의 임무를 맡은 부인들은 솜씨가 좋았다. 그녀들은 양파 써는 방법을 여러 가지로 잘 알고 있었는데, 이를테면 튀김 감자요리에 사용하는 경우라든지 아니면 사과와 둥글게 썬 양파를 곁들인 간(肝) 요리에 사용하는 경우 등이다. 하지만 쉬무의 양파 주점에서는 그런 요리는커녕, 도대체 먹을 것이라곤 아무것도 없었다. 무언가를 먹으려는 사람은 어디 다른 가게, 예를 들면 '피쉴'에라도 가야만 했다. 이 양파 주점에는 와도 헛일이었다. 이 주점에서는 오직 양파를 써는 것으로 그만이기 때문이다. 도대체 무슨 까닭인가? 이 지하 주점의 이름 자체가 그렇고, 또 특별한 술집이기 때문이다. 또한 양파라는 것은, 이 썰어 놓은 양파를 잘 살펴보면……. 아니다, 쉬무의 손님들은 더 이상 아무것도 보지 못했다. 아니 최소한 몇 사람의 손님은 이미 아무것도 보지 못했다. 그것은 눈물이 앞을 가린 때문이며, 가슴이 그처럼 벅차올랐기 때문은 아니었다. 가슴이 벅차오른다고 해서 곧바로 눈에도 눈물이 가득 찬다고는 말할 수 없다. 대부분의 사람들의 경우에 결코 그렇지 않다. 지난 수십 년 동안은 특히 그랬다. 그러므로 우리들의 세기는 나중에 언젠가는 눈물 없는 세기라고 명명될 것이다. 도처에 슬픔이 수두룩하게 깔렸는데도 말이다. 그래서 슬퍼할 능력이 있는 사람들은 눈물이 없다는 바로 그 이유 때문에 쉬무의 양파 주점에서 주인으로부터 돼지나 물고기 모양의 도마와 식칼을 80페니히에, 그리고 밭에서 자라 부엌에서 요리되는 보통의 양파를 12마르크에 나누어 받아 그것을 잘게 더 잘게 썰었다. 그 즙이 무언가를 이루어 줄 때까지. 하지만 그 즙이 도대체 무엇을 이루어주었단 말인가? 그것은 이 세상과 이 세상의 슬픔이 해내지 못한 것을 달성했다. 즉 인간의 둥그런 눈물을 자아냈던 것이다. 손님들은 울고 또 울었다. 조심스럽게 울었다. 마음껏 울었다. 염치도 없이 울었다. 눈물은 흘러내려 모든 것을 떠내려가게 했다. 비가 왔고, 이슬이 내렸다. 오스카는 수문이 열리지 않았나 하는 생각이 들었다. 봄장마에 의해 제방이 붕괴되었다. 그런데 이처럼 해마다 범람함에도 불구하고, 정부로서는 아무 조치도 할 수 없는 이 강의 이름은 무어란 말인가? 여하튼 실컷 울고 난 사람들은 12마르크 80페니히를 주고 체험한 이 자연 현상에 대해 이야기를 시작하는 것이다. 여전히 망설이고, 자신의 노골적인 말에 스스로 놀라워하며 양파 주점의 손님들은 양파를 즐기고 난 후 조잡한 천을 깐 편안하지 못한 상자 위에 걸터앉은 이웃들에게 마음을 털어놓았다. 어떠한 질문에 대해서도 충분하게 대답하고, 마치 외투를 뒤집는 것처럼 자신의 속을 뒤집어 보였다. 하지만 클레프, 숄레와 함께 눈물도 흘리지 않고 유사(類似) 사다리 밑에 앉아 있던 오스카는 신중한 자세를 유지하려 한다. 그래서 여러 가지로 털어놓은 이야기, 자책, 참회, 폭로, 자백 같은 것들 중에서 단 하나 피오흐 양의 이야기에 대해서만 소개하기로 하겠다. 이 여자는 애인인 폴머로부터 몇 번이고 버림받았기 때문에 그 마음은 돌처럼 굳어 버리고 눈에서는 눈물이 없어져 버렸다고 한다. 그래서 그녀는 거듭해서 쉬무의 값비싼 양파 주점에 다녀야만 했던 것이다.

피오흐 양은 울고 난 후에 이야기를 시작했다. 우리는 전차 속에서 만났어요. 가게에서 돌아가는 길이었지요—그녀는 훌륭한 서점을 소유하고 직접 경영하고 있다—전차에 사람들이 가득했기 때문에 빌리가—폴머 씨를 말한다—어쩌다가 내 오른발을 심하게 밟고 말았어요. 나는 더 이상 서 있을 수 없었고, 우리는 첫눈에 서로 반해 버렸어요. 내가 더 이상 걸을 수도 없고 해서 그가 내게 팔을 빌려주어 집까지 동반해 주었어요. 아니 운반해 주었다고 하는 게 더 낫겠어요. 그래서 그날부터 그는 그의 발에 밟혀 검푸르게 변해 버린 내 발톱을 정답게 돌봐 주었답니다. 그는 발톱 이외에 나에 대해서도 사랑을 아끼지 않았어요. 하지만 그것도 오른발 엄지발가락에서 발톱이 빠지고, 새로운 발톱이 아무런 문제 없이 자라날 무렵에는 끝이 났습니다. 마비되었던 발톱이 빠져 버린 그날부터 그의 사랑 또한 식어 버렸던 거예요. 우리 두 사람은 사랑의 소멸 앞에 괴로워했습니다. 그러자 나에 대한 애착이 여전하고, 거기에다 우리 두 사람이 함께 해야 할 일이 아주 많았기 때문에 빌리가 저 끔찍한 제안을 했어요. 나의 왼쪽 엄지발가락을 붉고 푸르다가 검푸르게 될 때까지 밟자는 것이었습니다. 나는 허락했고, 그는 실행을 했습니다. 그 즉시 나는 다시 그의 사랑을 충분히 누릴 수 있었고, 누리도록 허락받았어요. 하지만 그것도 왼쪽 엄지발가락의 발톱이 시든 잎처럼 떨어지자 끝장이었습니다. 우리들의 사랑은 또다시 가을을 맞이했던 것예요. 그러자 빌리는 이번에는 그동안에 겨우 자라난 나의 오른쪽 엄지발가락의 발톱을 밟고 싶어했습니다. 다시 한번 나를 사랑으로 섬길 수 있도록 말입니다. 하지만 나는 그것을 허락하지 않고 말해 주었어요. 당신의 사랑이 정말로 크고 진실하다면 발톱 같은 것과 함께 사라져서는 안 된다고 말입니다. 그는 내 말을 이해해 주지 않고 나를 떠나버렸어요. 그런데 몇 달이 지난 후 우리는 우연히 콘서트홀에서 서로 만났습니다. 중간 휴식 시간 이후에 그는 부르지도 않았는데 내 옆자리에 와 앉았습니다. 마침 그 자리가 비어 있었던 거예요. 제9번 교향곡의 합창이 시작되자 나는 오른쪽 발을 그에게로 내밀었습니다. 신은 미리 벗어 놓았어요. 그는 밟았고, 나는 콘서트를 방해하지 않았습니다. 7주일 후 빌리는 또다시 내 곁을 떠났습니다. 그 후에 두 번 우리는 수주일 동안씩 함께 지낼 수 있었습니다. 내가 두 차례, 한번은 왼쪽 엄지발가락을, 그 다음에는 오른쪽 엄지발가락을 내밀었기 때문입니다. 그래서 지금은 양쪽 발가락이 모두 흉한 모양이 되어버렸어요. 발톱이 다시 자랄 것 같지도 않아요. 빌리는 이따금 찾아와 내 앞의 양탄자 위에 앉아 우리들 사랑의 희생물인, 발톱 없는 두 발가락을 놀란 눈으로 바라보며 나와 그 자신에 대한 깊은 연민에 사로잡히기도 해요. 하지만 사랑이 없는지라 눈물도 흘리지 않는 것입니다. 그래서 나는 가끔 그에게 이렇게 말합니다. 이봐요, 빌리, 쉬무의 양파 주점에 가서 우리 실컷 울어 봐요. 하지만 그는 지금까지 여기에 오려고 하지 않아요. 그 가엾은 사람은 눈물이라는 위대한 위안물에 대해 아무것도 모른답니다.

그 후에 ─ 오스카가 이 사실을 밝히는 것은, 독자 여러분 중에 호기심이 많은 분을 만족시키기 위한 것에 불과하다 ─ 라디오 가게를 하는 폴머 씨도 우리들의 주점을 찾아왔다. 그들은 함께 울었으며, 어제 면회 시간에 클레프가 내게 말한 바에 의하면 최근에 결혼했다고 한다.

화요일에서 토요일까지 ─ 양파 주점은 일요일에는 문을 닫는다 ─ 양파를 즐기고 난 후 인간 존재의 진정한 비극이 그 광범위한 영역에 걸쳐 명백하게 드러났던 것은 사실이다. 그런데 가장 비극적이지는 않더라도 가장 심하게 우는 역할은 아무래도 월요일에 오는 손님들의 몫이었다. 월요일에는 다른 날보다 요금이 쌌는데, 그것은 이날 쉬무가 절반의 가격으로 양파를 젊은이들에게 제공했기 때문이었다. 그리고 그날 오는 대부분의 손님은 의과 대학의 남학생들과 여학생들이었다. 미술 대학 학생들도 있었는데, 그중에서도 특히 앞으로 미술 교사가 되고자 하는 학생들이 그들의 장학금의 일부를 양파를 사는 데 지출했다. 하지만 지금까지도 이상스럽게 생각되는 것은, 고등학교 상급반의 남학생과 여학생들이 양파 사는 돈을 어디서 구했을까 하는 점이다.

물론 청년들은 노인들과는 다른 식으로 운다. 청년들은 완전히 다른 문제에 시달리고 있는 것이다. 그것이 반드시 보통의 시험이라든지 고등학교 졸업 시험에 대한 걱정 때문만이라고 할 수는 없다. 당연한 것이지만 양파 주점에서도 아버지와 아들의 갈등이라든지 어머니와 딸의 비극이 화제가 되기도 했다. 또한 청년들은 자신이 이해받지 못한다고 느끼긴 해도, 그것을 특별히 슬퍼해야 할 일로 생각지는 않았다. 그리고 오스카를 기쁘게 한 것은 청년들이 예전과 마찬가지로 여전히 성적인 문제 때문만이 아니라 사랑 그 자체 때문에도 운다는 사실이었다. 여기서 게르하르트와 구드룬의 이야기를 들어보기로 하자. 그들은 처음에는 언제나 아래쪽에 앉아 있었으나, 나중에는 함께 관람대에 앉아 울었다.

그녀는 키가 크고 건장한 핸드볼 선수로 화학을 공부하고 있었다. 머리는 목덜미 뒤에서 온통 틀어 올렸으며, 전쟁 말기에 수년 동안 부인회 포스터에서 볼 수 있었던 어머니같이 정말 단정한 회색의 눈길로 대개는 똑바로 앞을 주시했다. 그녀의 둥그스름한 우윳빛 이마는 매끄럽고 건강하게 보였으나, 그녀의 얼굴에는 불행의 표시가 역력했다. 즉, 후두로부터 둥글고 건장한 턱을 지나 양쪽 볼에 이르기까지 남자 같은 수염이 자라고 있어 보기 흉한 자국을 남기고 있었던 것이다. 물론 이 불행한 아가씨는 필사적으로 수염을 깎으려 했지만 부드러운 피부가 면도날을 견디지 못했음은 분명하다. 빨갛게 부어오르고 우둘투둘해진 피부에서 여자의 수염이 몇 번이라도 재생되어 나왔기 때문에 구드룬은 자신의 불행 앞에 슬퍼하는 수밖에 없었다. 그리고 게르하르트는 늦게서야 양파 주점에 나오기 시작했다고 한다. 그런데 이 두 남녀는 피오흐 양과 폴머 씨의 경우와 같이 전차 안에서가 아니라 열차칸에서 서로 알게 되었다. 그들은 마주 보고 앉아 있었는데, 두 사람 다 방학을 끝내고 돌아오는 길이었다. 그는 수염에도 불구하고 금방 그녀가 좋아졌다. 그녀 편에서도 자신의 수염을 생각하면 그를 좋아할 용기가 나지 않았지만, 그래도 게르하르트의 어린아이와 같이 매끄러운 턱을—사실은 이것이야말로 그의 불행이었다—보며 감탄해 마지않았다. 이 젊은이에게는 수염이 자라지 않았으며, 그 때문에 그는 젊은 아가씨들 앞에 나서는 것을 부끄러워했던 것이다. 그럼에도 불구하고 게르하르트는 구드룬에게 말을 걸었다. 뒤셀도르프 중앙역에 내릴 때쯤 그들 사이에는 최소한 우정 관계는 맺어져 있었다. 그리하여 그날 여행 이후 그들은 매일 만나, 이런저런 이야기를 나누기도 하고, 그들 생각의 일부를 교환하기도 했다. 그러나 나지 않는 수염과 아무리 깎아도 자라나는 수염에 대해서는 결코 언급하지 않았다. 정말이지 게르하르트는 구드룬을 아끼기는 했으나 그녀의 고통받는 피부 때문에 키스는 한 번도 하지 않았다. 그러므로 그들의 사랑은 순결할 수밖에 없었다. 하지만 두 사람 모두 순결을 그토록 소중히 여기는 것은 아니었다. 그녀는 어쨌든 화학에 몰두했고, 그는 의사가 되려고 했으니까 말이다. 그러던 어느 날, 두 사람이 다 아는 한 친구가 양파 주점을 권해 주었다. 물론 그들은 일단 회의를 하고 보는 의학도와 화학도답게 그것을 실로 어리석은 일이라고 비웃었다. 그러나 결국에는 두 사람 다 오게 되었는데, 그것도 그곳에 가서 연구를 한번 해 보자고 서로 다짐하고 나서였다. 오스카는 젊은 사람들이 그렇게 심하게 우는 것을 본 적이 없었다. 그들은 먹을 것을 아껴 절약한 6마르크 40페니히를 들고 와서는, 나지 않는 수염과 처녀의 부드러운 피부를 황폐하게 만드는 수염을 슬퍼하며 울었다. 그들은 이따금 양파 주점을 멀리하려고 애쓰면서 실제로 어떤 월요일에는 모습을 보이지 않기도 했으나 다음 월요일에는 다시 모습을 드러내었다. 그러고는 양파 조각을 손가락으로 으깨고 울며 이렇게 털어놓는 것이었다. 그들은 6마르크 40페니히를 절약해 보려고 했다, 그래서 두 사람은 그녀의 하숙집에서 싼 양파로 시험해 보았다, 하지만 양파 주점에서처럼 되지는 않았다, 청중이 필요했던 것이다, 말하자면 여러 사람들과 함께 있는 것이 훨씬 울기가 쉬웠다, 좌우에서 그리고 저 위 관람대에서 이런저런 학부의 동창생들, 거기에다 미술 대학의 학생들과 고교생들까지 눈물을 흘리는 것을 보아야만 진정한 연대감이 솟아오른다는 것이었다.

게르하르트와 구드룬의 경우에도 울다 보니 일이 차츰차츰 좋은 방향으로 풀렸다. 아마도 눈물의 홍수가 그들의 장애를 씻어 내린 것이리라. 소문에 의하면 그들은 더욱 가까워졌다고 한다. 그는 그녀의 고통받는 피부에 키스를 했고, 그녀는 그의 매끄러운 피부를 애무했다. 그러던 어느 날 그들은 더 이상 양파 가게에 오지 않았다. 아니 올 필요가 없어졌다. 수개월 후 오스카는 쾨니히 가에서 그들을 마주쳤는데, 두 사람 모두 알아보지 못할 정도로 변해 있었다. 매끈하던 게르하르트의 얼굴에는 붉은 갈색의 수염이 와글거렸다. 우둘투둘한 피부에 시달리던 구드룬에게는 오직 윗입술 부위에만 약간의 솜털이 희미하게 보일 뿐이었는데, 그것도 그녀의 얼굴에 잘 어울렸다. 구드룬의 턱과 뺨은 이제 매끄럽게 빛나고 있었으며 수염은 더 이상 자라지 않았다. 두 사람은 이제 흠잡을 데 없는 학생 부부가 된 것이다―오스카의 귀에는 그들이 50년 후 손자들에게 이야기하는 소리가 벌써 들려오는 것 같다. 구드룬이 말한다. "그 무렵엔 너희들의 할아버지가 수염이 나지 않았을 때였지." 그러자 게르하르트가 말한다. "그 무렵 너희들의 할머니는 수염 때문에 곤란을 겪고 있었지. 그래서 우리 둘은 월요일마다 양파 주점에 갔었단다."

　그런데 독자 여러분은 아마도 궁금하게 여기실 것이다. 도대체 무엇 때문에 세 명의 악사가 현계 내지는 가파른 사닥다리 밑에 앉아 있는가? 손님들이 모두 이렇게 울고 울부짖고 이를 갈고 있는 마당에 양파 가게가 전속 악사의 본격적인 음악을 필요로 했단 말인가?

　우리는 손님들이 마음껏 울고 실컷 수다떨었다고 생각되면 곧 악기를 손에 잡고는 일상적인 이야기에 어울리는 음악을 연주하여 손님들이 이곳을 쉽게 떠나도록 했다. 그래야만 새로운 손님들이 자리를 잡을 수 있기 때문이었다. 클레프와 숄레, 그리고 오스카는 양파를 싫어했다. 게다가 쉬무와 맺은 계약 중에는 손님들이 하는 방식으로 우리가 양파를 즐겨서는 안 된다는 조항도 있었던 것이다. 물론 우리는 양파 같은 것을 필요로 하지 않았다. 기타 주자인 숄레는 탄식할 아무런 이유도 없었다. 그는 언제나 행복하고 만족스러워 보였다. 래그타임을 연주하는 동안 그의 벤조의 줄 두 개가 갑자기 끊어졌을 때도 그는 행복하기만 했다. 나의 친구 클레프에게 있어서는 운다는 것과 웃는다는 것이 아직 완전히 구분되지 않는다. 그는 우는 것을 즐겁다고 생각한다. 또한 그가 결혼하기 전까지 속옷과 양말을 빨아 주었던 그의 숙모의 장례식 때처럼 그가 크게 웃는 것을 나는 본 적이 없다. 그렇다면 오스카의 경우는 어떠했던가? 물론 오스카에게도 울 만한 이유는 충분히 많았다. 도로테아 간호사와 기다란 야자 양탄자 위에서 보낸 길고도 허무한 밤의 추억을 씻어 낼 필요가 있지 않은가? 그리고 나의 마리아, 그녀는 나에게 탄식의 실마리를 주지 않았던가? 그녀가 일하는 가게의 주인인 슈텐첼이 빌크 가의 집에 들락거리지 않는가? 게다가 내 아들 쿠르트는 식료품상 주인이면서 또한 카니발에도 몰두하고 있는 그 사내를 향해 처음에는 "슈텐첼 아저씨."라고 하더니, 다음에는 "슈텐첼 파파."라고 부르지 않았던가? 그리고 나의 마리아 말고도, 저 멀리 자스페 묘지의 무른 모래땅과 브렌타우 묘지의 진흙땅 밑에는 나의 불쌍한 어머니와 우둔한 얀 브론스키, 그리고 자신의 감정을 수프로만 표현할 수 있었던 마체라트가 누워 있지 않은가? ─그들 모두는 눈물을 흘리게 할 충분한 이유가 되었다. 하지만 오스카는 양파 같은 것이 없어도 눈물을 흘릴 수 있는 소수의 행복한 사람들 중 하나였다. 게다가 내 북이 힘이 되어 주었다. 아주 특별한 박자로 조금 두드리기만 하면 오스카의 눈에서는 눈물이 넘쳐흘렀다. 그것은 양파 주점에서 흘리는 값비싼 눈물보다 낫지도 못하지도 않은 그런 눈물이었다.

주인인 쉬무도 양파에 조금도 손을 대지 않았다. 그에게는 한가한 시간에 덤불이나 수풀 속에서 잡은 참새들이 양파와 똑같은 역할을 했다. 쉬무가 총을 쏘아 잡은 열두 마리의 참새를 신문지 위에 늘어놓고, 가끔씩은 여전히 온기가 남아 있는 열두 개의 새털 다발 위로 눈물을 흘리면 라인 강변의 목장이나 기슭의 자갈 위에 새 모이를 뿌리는 일이 한두 번이었던가? 양파 주점에서도 그의 고통에 숨통을 터 주는 또 하나의 가능성이 있었다. 즉, 일주일에 한 번씩 화장실을 청소하는 여자에게 거친 욕을 퍼붓는 것이 그에게는 습관처럼 되어 있었던 것이다. 그는 상대방을 화냥년, 쌍년, 계집, 나쁜 년, 재수 없는 년 등등 실로 케케묵은 표현으로 불렀고, 찢어지는 소리로 "내 눈앞에서 당장 꺼져, 이 패씸한 년!"이라고 고함을 질렀다. 그러고는 그 즉석에서 화장실 청소부를 해고하고 새 사람을 고용했다. 그러나 조금 지나자 일이 그렇게 간단치 않게 되었다. 새로운 지망자가 생기지 않았던 것이다. 그래서 이전에 단 한 번뿐만이 아니라 여러 번이나 쫓아냈던 여자들에게 다시 일자리를 맡겨야만 했다. 그러면 여자들은 좋아하면서 양파 주점의 화장실 청소부 자리로 되돌아왔는데, 그것은 무엇보다도 쉬무의 욕설의 대부분이 그녀들에게 이해되지 않았고, 또한 양파 주점에서는 벌이가 괜찮았기 때문이었다. 울다보니 다른 음식점의 경우보다 더 많은 손님들이 밀실로 모여들었는데, 아시다시피 우는 인간이란 메마른 눈의 인간보다 더 선심을 베푸는 법이 아닌가. 특히 시뻘겋게 부어오른 얼굴에 눈물을 줄줄 흘리면서 '잠시 뒤쪽으로' 사라진 신사들은 지갑 깊숙이 손을 밀어넣는 것이었다. 더군다나 화장실 담당 여인들은 양파 주점의 손님들에게 그 유명한 양파 무늬가 있는 손수건을 팔았다. 대각선 방향으로 '양파 주점에서'라는 문구가 인쇄된 이 손수건은 보기가 좋아 눈물을 닦는 데뿐만 아니라 스카프로도 사용되었다. 그리고 양파 주점에 오는 신사들 중에서 일부는 그 알록달록한 네모꼴의 손수건으로 삼각 페넌트를 만들어 승용차의 뒤창에 걸고는, 휴가 동안에 쉬무의 양파 주점을 파리로, 코트 다쥐르 해안으로, 로마로, 라벤나로, 리미니로, 그리고 멀리 스페인에까지 운반해 갔다.

우리들 악사와 우리의 음악에는 또 하나의 다른 임무가 주어져 있었다. 이따금씩 특히 몇 명의 손님들이 연이어 두 개의 양파를 썰고 나면, 양파 주점 안은 폭발 상태에 이르러 언제라도 커다란 소동이 벌어질 것 같은 분위기가 되었다. 그러나 쉬무는 이 극단적인 무질서 상태를 좋아하지 않았기 때문에, 몇 명의 신사가 넥타이를 풀고 몇 사람의 부인이 블라우스를 풀어헤치기 시작하면 곧 우리로 하여금 음악을 연주하도록 지시하여, 이제 막 시작된 파렴치한 행위에 음악으로 대항하게 했다. 그러나 다른 한편으로 보면, 유별나게 민감한 손님들에게 최초의 양파를 건넨 직후에 또 하나의 양파를 제공함으로써 일정한 한계점까지 대소동이 일어나도록 유도한 것은 언제나 쉬무 자신이었다.

양파 주점에서 일어난 이러한 폭발 중에서 내가 아는 한 가장 큰 것은 오스카에게 인생의 전환점이 되었다고까지 할 수는 없어도 어쨌든 참으로 통절한 체험이었다. 쉬무의 아내로 성품이 쾌활한 빌리는 술집에 자주 오는 편이 아니었다. 그러나 올 때면 남자 친구들과 함께 왔는데, 쉬무는 그 사내들을 보기를 꺼려했다. 어느 날 밤 그녀는 음악 비평가인 보오데 그리고 건축 기사이자 파이프 애용가인 바컬라이와 함께 왔다. 두 남자는 양파 주점의 단골 고객이었지만, 언제나 지루하기 짝이 없는 근심을 짊어지고 다녔다. 말하자면 보오데는 종교적인 이유 때문에 울었다. 그는 개종을 하려는 참이었거나 아니면 이미 개종을 했거나 혹은 벌써 두 번째 개종했을 것이다. 그리고 파이프 애용가인 바컬라이는 20년대에 어느 방종한 덴마크 여자 때문에 내버린 교수직을 아까워하며 울었다. 그런데도 그 덴마크 여인은 다른 어떤 남미의 남자를 택하였고, 그 남자와의 사이에 아이를 여섯 명이나 낳았다. 그것이 바컬라이의 마음을 아프게 했고, 그의 파이프를 언제나 차디차게 만들었다. 여하튼 그날 쉬무의 아내를 설득하여 양파를 썰게 만든 것은 조금 심술궂은 데가 있는 보오데였다. 양파를 썬 그녀는 눈물을 흘리며 마음속에 있는 것들을 털어놓기 시작하여, 주인인 쉬무를 벌거벗겼으며, 오스카가 약삭빠르게도 여기에서 말하고 싶지 않은 것까지 말하고 말았다. 그러자 쉬무가 아내에게 달려들려고 했고, 이것을 말리느라 여러 명의 건장한 남자들이 진땀을 흘려야만 했다. 테이블마다 식칼이 놓여 있었으니까 말이다. 모두들 달라붙어 이 분노한 사내를 붙들고 있었기 때문에 경박스런 빌리는 보오데와 바컬라이를 데리고 사라질 수 있었다.

흥분한 쉬무는 어쩔 줄 몰라 하며 허겁지겁 두 손을 움직여 양파 무늬의 숄을 몇 번이고 매만졌다. 그는 여러 차례 커튼 뒤로 모습을 감추었으며, 화장실 여자 청소부에게 야단을 치기도 했다. 그러다가 마침내 가득 찬 바구니를 들고 나와서는 부자연스럽고 과도할 정도로 명랑하게 손님들에게 알렸다. 자기가 지금 관대한 기분이므로 준비한 양파를 무료로 서비스 하겠노라고. 그런 후에 그는 곧 양파를 분배했다.

클레프는 인간이 처한 상황이 아무리 고통스러울지라도 그것을 마치 뛰어난 농담처럼 여기고 마는 그러한 부류의 인간이다. 그런 클레프조차도 이때만은 심각한 정도는 아니나 상당히 긴장하여 사태를 주시하면서, 언제든 플루트를 불 만반의 준비를 하고 있었다. 이처럼 민감하고 섬세한 자들에게 연이어서 두 차례나 펑펑 울 수 있는 기회를 제공한다는 것이 얼마나 위험한지를 우리는 알고 있었던 것이다.

쉬무는 우리가 악기를 들고 연주할 태세를 갖춘 것을 보고는 음악을 금지시켰다. 각 테이블에서는 식칼의 세분화 작업이 이미 시작되었다. 우선 맨 위에 있는 참으로 아름다운 자단색(紫檀色)의 껍질이 서슴없이 벗겨져 떨어져 나갔다. 이어 연한 녹색 줄무늬가 있는 유리처럼 투명한 양파의 살이 식칼 아래 잘려 나갔다. 기묘하게도 제일 먼저 울기 시작한 것은 여자들이 아니었다. 한창 나이의 신사들, 이를테면 커다란 제분소의 주인, 엷게 화장한 남자 친구와 함께 온 호텔 경영자, 귀족 출신의 총대리인, 마침 중역회의에 참석하기 위해 시내에 머무르고 있는 신사복 제조업자들의 한 테이블 전원, 울면서 이를 갈기 때문에 이 가는 사람이란 별명으로 통하는 저 대

머리 배우—이러한 모든 사람들이 맨 먼저 눈물을 흘리기 시작했고, 부인들도 그 뒤를 따라 울었다. 그러나 이들 신사 숙녀들은 첫 번째 양파의 경우에서처럼 해방의 눈물을 흘린 것이 아니라, 발작적인 흐느낌에 엄습당했다. 그 이 가는 사람이 무서울 정도로 이를 가는 배역을 함으로써 관객 전부가 함께 이를 갈아야만 했던 것이다. 커다란 제분소의 주인은 그의 잘 손질된 회색 머리를 쉬지 않고 테이블 위에 부딪쳤다. 그리고 호텔 경영자는 자신의 발작적인 흐느낌을 함께 온 가냘픈 청년의 경련과 뒤섞었다. 계단 옆에 서 있던 쉬무는 숄을 늘어뜨리고 얼굴을 찌푸린 채 어느 정도 흥미는 있다는 표정으로, 광분하기 시작하는 일동을 주시했다. 그런 가운데 한 중년 부인이 사위가 보는 앞에서 자기 블라우스를 찢었다. 그러자 호텔 경영자의 남자 친구가 갑자기 자리에서 일어섰다. 약간 이국풍의 얼굴을 하고 있어서 오래전부터 주목을 끌던 그 사내는 자연스런 갈색의 상반신을 드러낸 채 이 테이블에서 저 테이블로 건너다니며 동양식의 춤을 추었다. 이것이 소동의 시작을 알리는 신호였다. 이 소란은 처음에는 격정적으로 시작되었지만, 착상이 유치한데다 말도 안 되는 넌센스가 반복되었기 때문에 상세하게 묘사할 필요는 없다고 본다.

쉬무만 실망한 것은 아니었다. 오스카도 싫증이 나 눈썹을 치켜올렸다. 제법 괜찮은 스트립 쇼 장면도 두셋 볼 수 있었다. 신사들은 부인의 속옷을 입고, 여장부들은 넥타이나 바지 멜빵을 손에 든 채, 이곳저곳에서 두 사람씩 짝을 지어 테이블 밑으로 모습을 감추었다. 이를 가는 사람도 역시 그 이름에 값하여 브래지어를 물어서 찢고 씹었으며 그 일부를 삼키기까지 했다. 아무런 의미도 없이 와— 와— 소리치기만 하는 지긋지긋한 소란에 정나미가 떨어지고, 게다가 경찰이 나서야만 하는 사태가 발생할까 봐 두려워한 때문인지 쉬무는 계단의 옆자리를 포기하고 일어섰다. 그는 가파른 사다리 밑에 앉아 있는 우리들 쪽으로 몸을 굽혀 먼저 클레프를 쿡 찌르고 나서 나를 찌르면서 귀에 속삭였다. "음악이다! 자 시작해! 음악으로 이 소란을 잠재워라!"

그러나 매사에 만족하는 클레프는 이것만으로도 족하여 사태를 즐기고 있었다. 그는 웃느라고 몸이 떨려 플루트를 볼 수 없었다. 클레프를 스승으로 받드는 숄레도 역시 그를 따라 배꼽이 빠져라 웃었다. 따라서 남은 사람은 오직 오스카뿐이었으며, 쉬무도 나를 의지할 수밖에 없었다. 나는 의자 밑에서 양철북을 끄집어내고는 침착하게 담배에 불을 붙였다. 그러고는 북을 두들기기 시작했다.

나는 아무런 계획도 없이 양철에다 나의 기분을 맡겼으며, 틀에 박힌 카바레 음악을 모두 잊어버렸다. 오스카는 또한 재즈곡도 연주하지 않았다. 나는 사람들이 나를 열정적인 드럼 주자라고 보는 게 도무지 싫었던 것이다. 나는 물론 노련한 드럼주자의 면모를 보이기는 했지만 그렇게 순수한 재즈 연주자는 아니었다. 나는 비엔나 왈츠만큼이나 재즈 음악도 좋아한다. 나는 둘 다 연주할 수 있었지만 왈츠는 연주할 기회가 없었다. 쉬무가 양철북을 치라고 내게 지시했을 때 나는 배워서 아는 곡이 아니라 마음으로부터 우러나오는 곡을 연주했다. 오스카는 그 옛날 세 살짜리 오스카의 손에 북채를 쥐어 줄 수 있었다. 내 북은 그 옛날의 길 위에서 오락가락하며 세 살짜리의 눈에 비친 세계를 그대로 보여 주었다. 진짜 소동을 일으킬 능력도 없는 이 전후의 무리를 우선 줄에 꿴 후 나는 포사도브스키 가에 있는 카우어 아주머니의 유치원으로 그들을 데리고 갔다. 어느새 그들은 아래턱을 축 늘어뜨리고, 조막손을 서로 잡고, 발끝으로 한쪽 방향으로 움직이면서, 그들의 유괴자인 내가 오기를 기다렸다. 그래서 나는 가파른 사다리 밑의 자리에서 일어나 지휘를 맡았다. 우선 그들 신사 숙녀들에게 시험적으로 「구워라, 과자를 구워」를 가르쳤고, 그것이 성공을 거두어 장내 가득 어린이다운 명랑성이 넘쳐흐르는 것을 확인한 후, 곧 그들의 마음속에 커다란 공포심을 불어넣기 위해 나는 「검은 마녀는 있느냐?」를 연주했다. 예전에는 이따금 나를 공포로 몰아넣었고, 오늘날은 점점 더 무서워지는 검은 마녀, 거대하고 칠흑같이 시커멓긴 하지만 또한 쉽게 눈에 띄기도 하는 그녀를 나는 양파 주점 안에서 미친 듯이 날뛰게 했다. 그리하여 쉬무가 양파를 가지고 비로소 얻은 성과를 양파도 없이 획득했던 것이다. 다시 말해, 신사 숙녀들은 어린아이처럼 둥글고 커다란 눈물방울을 흘리고 울며 몹시도 무서워하고 벌벌 떨며 불쌍히 여겨달라고 내게 말했다. 그래서 나는 그들을 안심시키고, 또 그들이 옷이며 내의며 빌로도며 비단옷을 입는 것을 도와주기 위해 「녹색, 녹색, 내 옷은 모두가 녹색」을 연주했다. 그리고 「빨강, 빨강, 내 옷은 모두가 빨강」을, 또한 「파랑, 파랑, 파랑……」이며, 「노랑, 노랑, 노랑……」을 연주했고 그 밖에도 모든 색과 중간색들을 연이어 연주했다. 그리하여 내 앞에서 신사 숙녀들은 다시 예의 바르게 차려입었다. 그러자 나는 이 원아들을 행진 대열로 서게 하여 양파 주점 안을 걷게 했다. 예쉬켄탈 거리를 지나고 에릅스베르크를 올라갔다. 음산한 구텐베르크 기념비를 돌아서자 요하니스 목장에는 진짜 데이지꽃이 만발해 있었고, 신사 숙녀들은 어린아이 같이 환성을 지르며 꽃들을 꺾었다. 그런 후에 나는 주인인 쉬무를 포함한 모든 참석자들에게 함께 보낸 유치원의 오후를 기념하기 위해 오줌을 싸도록 허용했다. 우리들이 어두컴컴한 악마의 골짜기로 다가가 너도밤나무의 열매를 주워 모았을 때였다. 그때 내가 북을 두들겨 말했던 것이다―자, 어린이 여러분, 해도 좋아요. 그러자 모두들 유아의 욕구를 충족시키며 오줌을 쌌다. 신사 숙녀 여러분이 오줌을 쌌다. 쉬무도 오줌을 쌌다. 나의 친구 클레프와 숄레도 오줌을 쌌다. 멀리 떨어진 곳에 있는 화장실 여자 청소부까지도 오줌을 쌌다. 모두들 쏴 쏴 쏴 소리를 냈다. 모두가 팬티를 적시며 웅크리고 앉아 오줌 싸는 소리에 귀를 기울였다. 이 음악이 끝나자―오스카는 이 어린이들의 오케스트라를 아주 느릿느릿하게 반주했을 뿐이다―나는 큰소리가 나도록 마구 두들겨 자유분방하고 명랑한 분위기를 끌어내었다.

유리, 유리, 유리 쪼가리
맥주는 없고 설탕뿐
홀레 할머니는 창을 열고

피아노를 친다……

이렇게 생기발랄하게 북을 두들기면서 나는 환성을 올리거나, 킥킥대거나, 멍청한 아이들처럼 입을 벌려 재잘대는 일동을 우선 휴대품 보관소로 데리고 갔다. 그곳에서는 수염이 난 한 학생이 어리둥절해하며 어린아이같이 천진한 손님들에게 외투를 내주었다. 그러고 나서 나는 다시 인기가 있는 노래 「부지런한 세탁부를 만나고 싶은 사람은」을 연주하며 이 신사 숙녀들로 하여금 콘크리트 계단을 오르게 했고 양피를 입은 문지기 옆을 지나 문 밖으로 나가게 했다. 미리 주문이라도 해놓은 듯이, 동화 속에서와 같이 별들이 흩뿌려져 있는 상쾌한 1950년 봄의 밤하늘 아래에서 나는 신사 숙녀를 해방시켰다. 그들은 그 후에도 오랫동안 구시가에서 계속 천진난만한 소동을 일으키다, 경찰관들이 그들의 연령과 지위와 자기 집 전화번호를 일깨워 주자 비로소 집으로 돌아갔다.

그러나 나 오스카는 킥킥거리는 웃음소리와 함께 양철을 가볍게 두드리며 양파 주점으로 되돌아왔다. 쉬무는 여전히 손뼉을 치고 있었고, 젖은 바지를 입고 안짱다리를 한 채 가파른 사다리 옆에 서 있었다. 그는 카우어 아주머니의 유치원에 상당히 만족감을 느끼는 것 같았다. 그가 어른인 쉬무로서 라인강 강변의 목장에서 참새를 쏘아 잡고 있을 때와 비슷하게 말이다.

대서양의 요새에서
혹은 벙커는 콘크리트를 벗어날 수 없다

그때 나는 양파 주점의 주인인 쉬무를 도와주려는 의도에서 그랬을 뿐이었다. 하지만 그는 나의 양철북 독주를 도저히 용서할 수 없었다. 돈 잘 내는 그의 손님들을 혀도 잘 안 돌고 아무 생각도 없이 즐거워하며 바지에다 오줌을 싸고, 게다가 눈물까지 흘리는, 그것도 양파도 없이 눈물을 흘리는 어린애들로 만들어 버렸으니 말이다.

오스카는 그의 심정이 이해가 된다. 그가 나를 경쟁자로 보았던 것은 당연하지 않겠는가. 손님들이 오래전부터 사용해 오던 눈물을 짜내는 양파를 옆으로 제쳐 버리고 오스카를, 양철을 찾는 지경이 되었고, 그러면 나는 양철북 위에다 어떤 손님의 유년 시절이라도—이를테면 그가 아무리 고령일지라도—불러낼 수 있었으니 말이다.

쉬무는 그때까지 예고 없는 해고를 화장실 여자 청소부에게만 국한해 왔는데, 마침내 이번에는 우리들 악사를 내보내고 바이올린 주자를 고용했다. 더군다나 이 사내는 조금만 주의해서 본다면 집시라는 사실을 금방 알 수 있었다.

그러나 우리를 쫓아낸 후 상당한 수의 최고급 손님들이 양파 주점을 멀리할 기세였으므로, 쉬무는 채 몇 주일도 지나지 않아 다시 타협해야만 했다. 그래서 일주일에 세 번은 그 바이올린 주자가, 그리고 나머지 세 번은 우리가 연주하게 되었다. 또한 우리는 주인에게 요구하여 더 높은 임금을 받아 내는 데도 성공했다. 하루 저녁에 20마르크였다. 게다가 우리들에게는 점점 더 많은 팁이 굴러 들어왔기 때문에, 오스카는 저금 통장을 만들었고 이자 소득까지 즐기게 되었다.

이 저금 통장은 머지않아 나를 궁핍에서 지켜 줄 구원자가 될 운명이었다. 왜냐하면 사신(死神)이 우리들로부터 가게 주인인 페르디난트 쉬무뿐만 아니라 일자리와 수입까지도 빼앗아 가 버렸기 때문이었다.

쉬무가 참새를 잡는다는 것에 대해서는 훨씬 앞에서 말한 바 있다. 그는 이따금 우리를 그의 메르체데스에 태워 가서는 참새 잡는 것을 구경시키기도 했다. 또한 쉬무와 나는 내 북 때문에 가끔 언쟁을 벌이기도 했는데, 그럴 때면 클레프와 숄레도 내 편을 들어 같이 고통을 당하기도 했다. 하지만 쉬무와 그의 악사들 사이의 관계는 아무래도 일종의 친구 관계였다고 보는 것이 좋겠다. 앞서 말한 대로 사신이 찾아올 때까지만 말이다.

우리는 차에 올라탔다. 쉬무의 아내는 언제나처럼 운전석에 앉았다. 클레프는 그녀 옆에 앉았다. 오스카와 숄레 사이에 앉은 쉬무는 소구경총을 무릎에 올려놓고 가끔씩 그것을 만지작거렸다. 우리는 카이저스베라트 바로 앞에까지 차를 타고 갔다. 라인강의 양쪽 기슭에는 가로수가 줄을 잇고 있었다. 쉬무의 아내는 차 속에 남아 신문을 펼쳐들었다. 클레프는 미리 사 놓은 건포도를 매우 규칙적으로 입속에 넣고 있었다. 기타 주자가 되기 전에 대학에 다니며 무언가 얻어들은 바가 있는 숄레는 라인강을 노래한 여러 시들을 암송하는 재주를 발휘했다. 확실히 라인강에는 시적인 정취가 있었다. 달력상으로는 아직 여름인데도 강 위에는 보통의 예인선 이외에도 가을의 낙엽들이 흔들거리며 두이스부르크 쪽으로 떠내려갔다. 쉬무의 소구경총이 때때로 울리지만 않았더라면 카이저스베라트 하류의 오후는 평화스러운 오후가 되고도 남음이 있었을 것이다.

건포도를 다 먹어치운 클레프가 풀로 손가락을 닦을 즈음에는 쉬무도 마침 사격을 끝낸 후였다. 그는 열한 개의 차가운 새털 공이 놓여 있는 신문지 위에다 열두 번째의, 그의 말에 따르자면 아직도 꿈틀거리는 참새를 내려놓았다. 그런 후에 사수(射手)는 그의 노획물을 금방 종이로 감쌌다—쉬무는 자기가 쏘아 잡은 노획물을 무슨 이유에서인지는 모르지만 언제나 집으로 가져갔다—바로 그때였다. 우리들 바로 옆, 파도에 밀려온 나무 뿌리 위에 참새 한 마리가 내려앉았다. 너무나 눈에 띄는 데다가, 그 회색이 마치 참새의 표본인 듯한 느낌을 주었기에 쉬무로서도 참을 수 없었으리라. 그리하여 오후 한나절에 열두 마리 이상은 결코 잡지 않았던 그가 열세 마리째의 참새를 쏘았던 것이다. 정말이지 쏘지 말았어야 하는 순간이었다.

그가 열세 번째의 참새를 열두 마리에 보탠 후 우리와 함께 돌아갔을 때, 쉬무의 아내는 검은색의 메르체데스 속에서 잠들어 있었다. 맨 먼저 쉬무가 앞의 조수석으로 올라탔다. 그러고 나서 숄레와 클레프는 뒷좌석에 탔다. 나도 탔어야 했지만, 타지 않고서 말했다. 좀더 산보한 후 전차를 타고 갈 터이니 염려 마시라고. 그리하여 그들은 현명하게도 차에 타지 않은 오스카를 뒤에 남겨 놓고 뒤셀도르프 방향으로 출발했다.

나는 천천히 뒤를 따라 걸어갔는데, 얼마 가지 않아 도로공사 현장이 나타났기 때문에 우회로로 가야만 했다. 그리고 이 우회로를 따라 자갈 채굴갱 옆을 지나가다 보니 노면보다 7미터쯤 아래쪽의 자갈 채굴갱 속에 검은 메르체데스가 차바퀴를 위로 한 채 드러누워 있는 것이 눈에 띄었다.

채굴장의 노동자들이 세 명의 부상자와 쉬무의 시체를 차에서 끌어내 놓고 있었으며, 구급차도 달려오는 중이었다. 나는 갱 속으로 기어 내려갔는데, 신발 속이 곧 자갈투성이가 되었다. 하지만 그것보다는 다친 사람들이 조금 걱정이 되었다. 그들은 고통에도 불구하고 이런저런 것을 물었지만, 나는 쉬무가 죽었다는 사실은 말하지 않았다. 그는 놀란 눈을 크게 뜬 채, 4분의 3은 구름으로 덮인 하늘을 향해 바라보고 있었다. 그의 오후의 노획물을 싼 신문지는 차 밖으로 내팽개쳐져 있었다. 세어 보니 열두 마리까지는 있었으나 열세 마리째가 보이지 않았다. 그래서 계속 찾고 있다 보니 어느새 구급차가 자갈 채굴갱 속으로 밀고 들어왔다.

쉬무의 부인과 클레프와 숄레는 경상이었다. 타박상을 입었고, 늑골이 두어 개 부러진 정도였다. 내가 나중에 병원으로 클레프를 찾아가 사고 원인을 묻자, 그는 믿기 어려운 이야기를 들려주었다. 그들의 차는 자동차 바퀴 자국이 나 있는 우회로를 따라 천천히 자갈 채굴갱 옆을 지나갔다고 한다. 그런데 갑자기 수백 마리까지는 아니라 하더라도 백 마리 정도는 되는 참새들이 덤불이며 수풀이며 과일 나무 사이에서 구름처럼 솟아올라 메르체데스를 새까맣게 덮고 방풍 유리에 부딪치기도 하여 쉬무의 부인을 놀라게 했고, 그리하여 오직 참새의 힘만으로 이 사고와 가게 주인 쉬무의 죽음이 초래되었다는 것이다.

클레프의 이야기를 어떻게 받아들이느냐는 여러분의 자유지만, 오스카는 아무래도 미심쩍기만 하다. 특히 쉬무의 장례식 때도 나는 남쪽 묘지에 있는 참새들을 주의 깊게 살펴보았으나, 수년 전 오스카가 석공 겸 문자 조각가로서 이곳의 묘석들 사이에서 일을 하고 있었을 무렵보다 그 수가 더 증가된 것 같지는 않았다. 그 대신에 나는 빌려 온 실크해트를 쓰고 장례 행렬에 섞여 관 뒤를 따라가다가 제9구역에서 석공 코르네프의 모습을 발견했다. 그는 그곳에서 내가 알지 못하는 조수와 함께 2인용의 휘록암 묘석을 설치하고 있는 중이었다. 가게 주인 쉬무의 관이 이 석공 옆을 통과해 신설된 제10구역으로 운반되어 갔을 때, 그는 묘지의 규범에 따라 모자를 벗었으나 나를 알아보지는 못했다. 아마도 실크해트를 쓰고 있었던 때문일 것이다. 하지만 그가 자신의 목덜미를 문지르고 있는 것으로 보아 종기가 곪고 있거나 아니면 지나치게 곪았던 것 같다.

매장! 나는 지금까지 독자 여러분을 여러 차례 묘지로 안내 해야만 했다. 또 어디에선가 "매장은 언제나 다른 매장을 떠올리게 한다."라고 말하기도 했다. 그래서 이번만은 쉬무의 매장에 대해서도, 그리고 매장 동안에 오스카가 회상한 일에 대해서도 아무 이야기도 하고 싶지 않다. 어쨌든 쉬무는 별다른 이상 없이 정상대로 땅 밑에 묻혔다―하지만 단 하나 말씀드릴 것은 있다. 즉 미망인이 병원에 남아 있는 관계로 해서 모두들 묘지에서 홀가분하게 행동한 탓 때문인지, 매장이 끝나자마자 되시 박사라고 하는 신사가 내게 말을 걸어왔던 것이다.

되시 박사는 음악회 알선업을 하는 사람이었다. 하지만 그 음악 사무소는 그의 소유가 아니었다. 되시 박사는 이전에 양파 주점의 고객이었노라고 다시 자신을 소개했다. 나로서는 그를 본 기억이 없었다. 그러나 그는 내가 쉬무의 손님들을 혀가 제대로 돌지 않는 행복한 유아들로 만들었을 때 그 현장에 있었다고 한다. 그가 솔직하게 털어놓은 바에 의하면, 되시 그 자신도 내 양철북의 영향 아래 행복한 어린 시절로 돌아갔다는 것이다. 그래서 그는 이제 나와―그의 표현에 따르자면―나의 '절묘한 트릭'을 대대적으로 선전하여 세상에 내

놓기를 원하는 바이며, 게다가 그는 나와의 계약, 그것도 엄청난 계약을 맺는 전권을 위임받고 있는 고로, 바로 계약서에 서명해 주시면 고맙겠다는 것이었다. 여기 뒤셀도르프에서는 자버 빌렘이라는 이름으로 통하는 슈거 레오가 흰 장갑을 낀 채 애도객들을 기다리고 있던 화장터 앞에서, 되시 박사는 종이 한 장을 꺼냈다. 그것에 따르면 엄청난 금액을 받는 대가로, 나는 '북을 치는 오스카'가 되어 대극장의 무대에서 2000 내지 3000의 청중을 앞에 놓고 단독으로 공연할 의무를 지는 것이었다. 내가 곧바로 서명을 하지 않자 되시는 실망하는 것 같았다. 나는 쉬무의 죽음을 구실로 삼아 이렇게 대답했다. 나는 그동안 쉬무와 매우 가깝게 지냈기 때문에 이렇게 묘지에 있으면서 곧바로 새로운 고용주를 찾는 것은 도리가 아니라고 본다. 하지만 잘 생각해 보겠다. 어쩌면 잠시 여행을 할지도 모르나, 그후에는 되시 박사를 찾아갈 것이고, 경우에 따라서는 이 고용 계약이라는 것에 서명을 하겠다, 라고.

나는 물론 묘지에서는 계약서에 서명하지 않았다. 하지만 되시 박사가 자기 차를 주차시켜 놓은 묘지 밖의 앞뜰에서 점잖게 봉투 속에 선금을 넣어 자기 명함과 함께 내밀었을 때, 오스카는 자신의 불안정한 재정 상태를 고려해 어쩔 수 없다는 듯이 그것을 받아 주머니에 넣었다.

그런 후에 나는 여행을 떠났다. 여행의 동반자도 있었다. 나는 원래는 클레프와 함께 여행하고 싶었다. 하지만 클레프는 입원 중이었고, 갈비뼈가 네 개나 부러져 웃지도 못하는 상태였다. 나는 마리아를 데려가도 괜찮겠다고 생각해 보았다. 게

다가 아직 여름 방학 중이었으므로 쿠르트도 함께 데리고 갈수 있는 것이다. 그러나 그녀는 가게 주인인 슈텐첼과 여전히 관계를 맺고 있었으며, 쿠르트도 슈텐첼을 '슈텐첼 파파'라고 불렀다.

그래서 나는 화가인 랑케스와 함께 여행을 가게 되었다. 독자 여러분도 그 이름에서 이미 그 랑케스 상병을 떠올릴 것이다. 또한 이따금씩 뮤즈 울라의 약혼자가 되기도 하는 그 사람이다. 선금과 저금 통장을 호주머니에 넣은 채 지타르트 가에 있는 화가 랑케스의 아틀리에를 방문하면서, 나는 그곳에서 이전의 동료인 울라를 만날지도 모른다고 생각했다. 사실을 말하자면 나는 뮤즈와 함께 여행을 떠나고 싶었던 것이다.

예상대로 울라는 화가한테 있었다. 그녀가 문 입구에서 내게 털어놓은 바에 의하면 그들은 이미 2주일 전에 약혼을 했으며, 한스 크라게스와는 더 이상 잘 되지를 않아 다시 파혼하게 되었다는 것이다. 그러고는 한스 크라게스를 아느냐고 내게 물었다.

오스카는 울라의 지난번 약혼자를 몰라 매우 유감이라고 말했다. 그러고는 마침내 인심이 후한 여행을 제안했다. 그런데 그 사이에 끼여든 화가 랑케스가 울라가 승낙하기 전에 재빨리 자신이 오스카의 동행이 되겠노라고 나서는 것이었다. 그러면서 그는 뮤즈의, 다리가 긴 뮤즈의 뺨을 때렸다. 그녀가 집에 있기 싫다며 울었기 때문이었다.

오스카는 왜 제지하지 않았던가? 뮤즈와 함께 여행하고 싶으면서도 왜 뮤즈 편을 들지 않았던가? 늘씬하고 엷은 솜털이

나 있는 울라와 나란히 여행하는 아름다운 순간을 나는 마음속으로 얼마나 그려 왔던가. 하지만 나는 뮤즈와 지나치게 가까운 공동생활을 하는 것이 두렵게 생각되었다. 나는 스스로에게 뮤즈라는 것과는 거리를 두어야만 한다고 타일렀다. 그렇지 않으면 뮤즈와의 키스도 평범하기 짝이 없는 일상적인 습관이 되어 버릴 것이기 때문이다. 그리하여 나는 뮤즈가 키스를 하려는 순간 그녀를 두들겨 패고 마는 화가 랑케스와 함께 여행하기로 결정했던 것이다.

우리는 여행 목적지에 대해서는 별로 길게 의논하지 않았다. 노르망디로 가기로 의견 일치를 보았다. 거기에서도 우리는 카앙과 카부르 사이에 있는 벙커들을 찾아보기로 했다. 왜냐하면 우리 두 사람은 전쟁 동안 그곳에서 알게 되었기 때문이다. 비자를 받을 때는 어려움이 좀 있었으나, 오스카는 그 이야기를 하느라 시간을 잃고 싶지는 않다.

랑케스는 인색한 사람이었다. 그는 초벌 칠한 캔버스 위에다 싸구려 물감이나 혹은 다른 사람에게서 빌려온 물감을 칠할 때는 아끼지 않고 마구 썼지만, 지폐나 동전에 한해서는 알뜰살뜰하기 그지 없었다. 그는 자신이 담배를 사는 일이 결코 없으면서도 끊임없이 담배를 피웠다. 그의 인색함이 계획적이라는 사실을 분명히 보여 주기 위해 여기에서 잠시 구체적인 사례를 들기로 한다. 누군가가 그에게 담배를 한 대 주면 그는 곧바지 왼쪽 호주머니에서 10페니히짜리 동전을 꺼내어 잠시 바람을 쐬게 한 후 그것을 오른쪽 호주머니로 집어넣는다. 이런 식으로 하루 동안에 상당히 많은 동전이 이동하는 것이다. 담배를 열심히 피워 대던 그는 어느 날 기분이 좋았는지 내게 이렇게 비밀을 털어놓았다. "나는 말이야, 매일 2마르크 정도의 담배를 피운다네!"

랑케스는 1년 전쯤 베르스텐에서 전쟁으로 황폐화된 땅을 산적이 있었는데, 이것은 말하자면 가까운 지기들이나 먼 친구들의 담배로 사들인 셈이었다. 아니 더 적절하게 말하자면 담배를 얻어 피워서 사들인 것이었다.

이런 랑케스와 함께 오스카는 노르망디로 여행을 했다. 우리는 급행 열차를 탔다. 랑케스라면 히치하이크라도 하고 싶었을 것이다. 하지만 내가 돈까지 내며 권유하는 터라 그도 양보하지 않을 수 없었다. 우리는 카앙에서 카부르까지는 버스를 타고 갔다. 길가에는 포플러가 줄을 지어 지나갔고, 그 뒤로는 울타리를 친 목장이 펼쳐져 있었다. 거기에다가 갈색과 흰색의 얼룩무늬를 한 소떼들이 있어 그 전체가 마치 밀크 초콜릿의 광고에 나오는 풍경처럼 보였다. 물론 광고 포스터에다 여전히 선명하게 남아 있는 전쟁의 상처까지 그릴 필요는 없으리라. 하지만 내가 로스비타를 잃어버린 바방 촌을 포함한 모든 마을에는 전화의 흔적이 실제로 역력하게 남아 있어 보기에도 참혹했다.

카부르에서부터 해변을 따라가며 우리는 오른 강의 어귀를 향해 걸었다. 비는 내리지 않았다. 르 옴의 하류에서 랑케스가 말했다. "자, 이제 다 왔네! 담배 한 대 주게." 주머니에서 주머니로 동전을 옮기며 그는 언제나 앞으로 불쑥 내밀고 있는 늑대 모양의 머리로 모래 언덕에 그대로 건재하고 있는 무수한 벙커들 중 하나를 가리켰다. 그는 팔을 죽 뻗어 자신의 배낭과 야외용 이젤과 한 타스의 쇠틀[45]을 왼손에 쥐었다. 그리고 오른손으로는 나를 붙들고는 그 콘크리트를 향해 끌고 갔다. 오스카의 짐은 소형 트렁크와 북이 전부였다.

우리가 대서양의 해변에 머무른 지 3일째 되는 날이었다ー우리는 그동안 벙커 '도라 7호' 안으로 들어가 바람에 밀려온 모래를 쓸어내었고, 이곳을 밀회 장소로 삼았던 연인들의 불쾌한 흔적을 제거하였으며, 상자와 침낭을 이용해 거처할 만한 공간을 만들었다ー그날 어부들이 그에게 주었다면서 랑케스가 듬직한 대구 한 마리를 해안으로부터 가져왔다. 그들을 위해 보트를 그려주었더니 그에게 대구를 억지로 떠맡겼다는 것이다.

우리는 이 벙커를 여전히 도라 7호라고 불렀다. 그러므로 오스카가 고기 내장을 빼내며 도로테아 간호사를 생각하게 된 것은 조금도 이상한 일이 아니었다.[46] 오스카의 두 손에는 물고기의 간과 이리[47]가 넘쳐흘렀다. 나는 햇볕을 쬐며 비늘을 벗겼고, 랑케스는 이 기회를 이용해 단숨에 수채화를 완성했다. 우리는 바람을 피하느라 벙커 뒤에 앉아 있었다. 8월의 태양은 콘크리트 지붕 위에서 물구나무를 서고 있었다. 나는 고기에다 마늘쪽을 끼워 넣기 시작했다. 이전에 이리와 간 등의 내장으로 차 있던 곳에는 양파와 치즈와 백리향(百里香)을 채

---

45) 판면(版面)을 쐐기로 죄는 쇠로 만든 틀.
46) 도로테아와 도라의 발음이 유사한 것에 주의하라.
47) 수컷 물고기 배 속의 흰 정액 덩어리.

워 넣었다. 그러나 나는 이리와 간도 버리지 않았다. 오히려 레몬을 끼워 억지로 벌려 놓은 고기 입에다 그 두 가지 별미를 집어넣었다. 랑케스는 주위를 뒤지고 다녔다. 그는 마치 점령군이라도 되는 듯이 도라 4호, 3호 그리고 더 먼 곳에 있는 벙커 속으로 사라지더니 그 안에서 판자 조각이라든지 상당히 큰 판지들을 가지고 돌아왔다. 판지는 그림을 그리는 데 사용하였고, 판자 조각으로는 불을 피웠다.

하루 종일 그러한 불을 꺼뜨리지 않고 유지하는 것은 별로 어려운 일이 아니었다. 해변에는 파도에 밀려왔다 새털처럼 바싹 말라버린 채 두 걸음 간격마다 꽂혀 있는 목재들이 변덕스러운 그림자를 던지고 있었던 것이다. 나는 랑케스가 비어 있는 별장에서 뜯어 온 발코니 철제 격자의 일부를 그동안 벌겋게 달아오른 숯불 위에 올려놓았다. 그리고 고기에다 올리브유를 바른 후 그것을 마찬가지로 기름칠한 뜨거운 석쇠 위에 올려놓았다. 나는 지글거리는 대구 위에다 레몬을 짜 넣고 서서히 그리고 먹기에 알맞게 구웠다—어쨌든 생선은 성급하게 구워서는 안된다.

우리는 서너 개의 빈 양동이 위에 몇 겹으로 접은 한 장의 커다란 타르지를 놓아 테이블을 만들었다. 포크와 양철 접시는 가지고 온 게 있었다. 랑케스는 고기에 굶주린 갈매기처럼 알맞게 구워져가는 생선의 주위를 돌기 시작했다. 그러므로 나는 그의 기분을 잠시 돌려놓기 위해 벙커 속에서 내 북을 가지고 나왔다. 나는 그것을 모래 위에다 눕혀 놓고 부서지는 파도 소리와 밀려오기 시작하는 밀물을 부드럽게 달래기라도 하듯 바람에 대항해 끊임없이 변주를 하며 연타를 두들겼다. 회고하자면 베브라의 전선 극단이 콘크리트를 견학했던 적이 있었다. 카슈바이에서 노르망디로 가는 길이었다. 펠릭스와 키티, 두 곡예사는 이 벙커 위에서 서로 엉겨붙었다가 떨어졌다 하며, 바람이 불어오는 쪽을 향해—마치 지금 오스카가 불어오는 바람을 향해 북을 치고 있듯이—시를 낭송하였다. 그 후렴은 전쟁의 와중에서도 다가올 평화로운 시대를 알리는 것이었다. "…… 그리고 금요일에는 생선에다 달걀 프라이, 우리는 비더마이어를 향해 간다."라고 작센 사투리로 키티가 낭독을 했었다. 그러면 베브라, 나의 현명한 베브라, 선전반의 대위는 고개를 끄덕였다. 그리고 로스비타, 지중해에서 온나의 라구나는 피크닉 바구니를 집어들고 도라 7호의 콘크리트 위에다 식탁을 차렸다. 랑케스 상병도 흰 빵과 초콜릿을 먹었으며, 베브라 대위의 담배를 피웠다…….

화가인 랑케스가 "이봐, 오스카!"라고 말함으로써 나의 몽상은 깨어졌다. "나도 자네가 북을 치는 것처럼 그림을 그리고 싶단 말이야. 그러니 한 대 주지 그래!"

그래서 나는 북 치는 것을 중단하고 내 여행 동반자에게 담배 한 개비를 건네주었다. 그러면서 고기의 상태를 살펴보니 제대로 구워진 것 같았다. 생선의 눈이 연하고 희고 느슨하게 부풀어 올라 있었다. 대구의 껍질은 적당하게 탄 곳도 있었고, 갈라터진 곳도 있었다. 나는 그 위에 마지막 남은 레몬을 천천히 그리고 한 군데도 빠짐없이 골고루 짜 떨어뜨렸다.

"배가 고프다!"라는 랑케스의 소리가 들려왔다. 그는 누렇게 변색된 길고 뾰족한 이를 드러내고는, 마치 원숭이처럼 두 주먹으로 격자 무늬의 셔츠 위로 자기 가슴을 두들겼다.

"머리로 할래, 꼬리로 할래?" 하고 나는 그에게 생각할 기회를 주며, 생선을 양피지 위로 옮겼다. 타르 지 위에다 테이블보 삼아 펴 놓은 것이었다. 랑케스는 "자네 같으면 어느 것을 권하겠나?"라고 말하며 담배를 비벼 껐고 그 꽁초를 호주머니 속에 집어넣었다.

"친구로서 말하자면 꼬리를 먹으라고 하겠네. 요리사로서 말하자면 나는 무조건 머리를 권하겠어. 하지만 생선을 엄청나게 먹어대던 내 어머니라면 이렇게 말했을 거야. 랑케스 씨 꼬리를 드세요. 먹어 보시면 알게 돼요. 이와 반대로 아버지 같으면, 의사가 이렇게 말하던데……"

"의사 같은 건 아무 상관없어."라고 말하며 랑케스는 나를 믿지 않았다.

"홀라츠 박사는 내 아버지에게 언제나 충고했어. 대구라면 언제든 머리만 먹어야 한다고."

"그렇다면 나는 꼬리로 하겠어. 날 속이려는 걸 벌써 알고 있어!"라고 말하면서 랑케스는 여전히 믿지 않았다.

"그러면 오스카에게는 더 잘된 셈이지. 머리의 가치를 알고 있니 말이야."

"그렇다면 머리로 하겠어. 자네가 그렇게 탐을 내니까."

"정말 괴로운 일이군, 랑케스." 나는 대화를 끝내고 싶어 말했다. "머리는 자네 것이고, 나는 꼬리를 먹겠네."

"어때, 내가 득을 본 셈이지, 안 그래?"

오스카는 랑케스가 득을 보았다는 사실을 인정했다. 그가 생선을 이빨로 씹고 나서야 비로소 나보다 득을 보았다는 확신을 맛볼 것이라는 점도 나는 알았다. 나는 그를 별종이며 교활한 개라고 불렀고, 또 행운아, 복받은 놈이라고 말해 주었다―그러고 나서 우리는 대구를 덮쳤다.

그는 머리 쪽을 잡았다. 나는 남아 있는 레몬즙을 꼬리 쪽의 쩍쩍 갈라진 하얀 살 위에다 짜내어 뿌렸으며, 또 버터처럼 연하게 된 마늘쪽을 살에서 떼 냈다.

랑케스는 이빨로 생선뼈를 발라내며 나와 생선의 꼬리 쪽을 힐끔힐끔 살피며 말했다. "꼬리 맛도 좀 보여 주게." 나는 승낙했다. 그는 맛을 보고는 의아스러운 표정을 지었다. 그래서 오스카가 일부러 머리 쪽을 맛보며 "자네는 늘 그렇듯이 좋은 쪽을 가져가는군."이라고 말해 주자 그는 겨우 안심했다.

우리는 생선에 곁들여 보르도산 붉은 포도주를 마셨다. 하지만 유감스러웠다. 사실 나는 흰 포도주를 커피잔에 담고 싶었던 것이다. 랑케스는 나의 애석한 기분을 씻어 내려고 옛 일을 기억해 냈다. 그의 상병 시절, 이 도라 7호 안에서는 언제나 붉은 포도주만 마셨다고 한다. 그러던 중 적의 침입이 시작되었다. "이봐, 적이 이곳까지 쳐들어왔을 때도 우리는 만취되어 있었지. 코발스키, 쉐르바하, 그리고 꼬마 로이트홀트. 이 친구들은 지금 모두 카부르 저쪽 편의 같은 묘지에 누워 있어. 아무튼 이곳에 적이 쳐들어올 때까지 우리는 아무도 알아차리지 못했던 거야. 저쪽 너머 아로망슈에는 영국군이, 그리고 우리 구역에는 캐나다군이 떼거지로 몰려왔다네. 우리가 바지 멜빵을 채 걸치기도 전에 놈들은 벌써 닥쳐와서 하우 아유(How are you)? 하는 거야."

그런 후에 그는 포크로 허공을 찌르고, 뼈를 뱉어 내며 계속 말했다. "그런데 말이야, 오늘 카부르에서 헤어초크를 만났어. 그 미치광이 말이야. 자네도 이곳에 견학 왔을 때 만난 적 있었지. 그 중위 놈 말일세."

물론 오스카는 헤어초크 중위를 분명히 기억했다. 랑케스가 생선을 먹으며 들려준 바에 의하면, 헤어초크는 해마다 지도와 측량 기구를 가지고 카부르를 찾아온다는 것이다. 벙커 때문에 잠도 제대로 이루지 못하며, 이 도라 7호에도 들러 측량할 계획이라는 것이다.

그런데 우리가 생선을 먹고 있는 동안—서서히 생선의 큰 뼈가 드러나고 있는 중이었다—마침 헤어초크 중위가 나타났다. 카키색 반바지를 입은 그는 통통한 장딴지 아래로 테니스화를 신고 있었으며, 마직(麻織) 셔츠 밖으로는 잿빛이 도는 갈색 털을 내보이고 있었다. 물론 우리는 그대로 앉아 있었다. 랑케스는 나를, 그의 친구이자 동료인 오스카라며 퇴역 중위인 헤어초크에게 소개했다.

퇴역 중위는 즉시에 도라 7호를 면밀하게 조사하기 시작했다. 처음에는 콘크리트의 바깥쪽을 살펴보았기 때문에 랑케스도 제지를 하지 않았다. 중위는 일람표에다 꼼꼼하게 기입했고, 가지고 온 쌍안경으로 주위의 풍경과 밀려오는 파도를 집요하게 관찰했다. 그는 또 우리 바로 옆에 있는 도라 6호의 총구를 마치 자기 마누라에게 무언가 좋은 것을 해 줄 때처럼 정답게 어루만지기도 했다. 그리고 그가 우리의 휴가 별장인 도라 7호의 내부를 살피려고 하자 랑케스가 이것을 금지시켰다. "이봐요, 헤어초크. 도대체 무얼 하겠다는 거요? 이렇게 콘크리트를 헤매고 다니다니. 당시야 이유가 있었겠지만, 이제는 다 지난 일이 아니요."

지난 일이라는 말은 랑케스의 애용어이다. 그는 세계를 대개 현재와 과거의 일로 나누곤 했다. 그러나 퇴역 중위의 인식에 따르자면, 지나 버린 일이란 없으며, 계산은 아직 끝나지 않았다. 그러므로 나중에 몇 번이든 반복해 역사 앞에서 책임을 져야 한다. 그래서 그는 이제 도라 7호의 내부를 시찰하고 싶다는 것이었다. "내 말 뜻을 알아듣겠소, 랑케스!"

그러면서 헤어초크는 우리의 식탁과 생선 위로 그림자를 던졌다. 우리를 지나 벙커 속으로 들어가려 했던 것이다. 그 입구에 조형 미술가 랑케스 상병의 솜씨를 말해 주는 콘크리트 장식이 남아 있는 그 벙커 속으로 말이다.

그러나 헤어초크는 우리의 식탁 옆을 지나갈 수 없었다. 포크를 손에 든 랑케스가 포크는 사용하지 않고 자신의 주먹으로 밑에서 위로 일격을 가하여 퇴역 중위 헤어초크를 해변의 모래 위로 내동댕이쳤기 때문이었다. 랑케스는 맛있는 생선 요리 식사가 중단되어 애석하다는 듯이 머리를 흔들며 일어났다. 그러고는 왼손으로 중위의 마직 셔츠의 앞자락을 움켜쥐고 일정한 발자국을 남기며 옆으로 질질 끌고 가 모래 언덕 아래로 그를 던져 버렸다. 이제 그의 모습은 보이지 않았다. 하지만 고함치는 소리는 여전히 들려왔다. 헤어초크는 랑케스가 나중에 던져 준 측량 기구들을 주워 모으며 욕설을 퍼부었고, 랑케스가 조금 전에 지난 일이라고 단정했던 모든 역사의 유령들을 불러대며 사라졌다.

"저 헤어초크의 말도 전혀 틀리지는 않아. 미치광이임에는 분명하지만 말이야. 어쨌든 그때 일이 벌어졌을 때 우리가 엉망으로 취해 있지 않았더라면, 캐나다놈들이 어떻게 되었을지 누가 알겠나."

나는 머리를 끄덕이며 동의하는 수밖에 없었다. 왜냐하면 나는 바로 전날 썰물 때에 조개껍데기와 게껍데기 사이에서 캐나다 군의 제복임을 분명히 말해 주는 단추를 발견했기 때문이었다. 그 단추를 지갑 속에 집어넣은 오스카는 진기한 에트루리아[48] 동전이라도 발견한 듯한 행복감을 느꼈던 것이다.

헤어초크 중위의 방문은 아주 짧은 동안이었지만 여러 가지 기억을 되살아나게 했다. "기억하니, 랑케스. 그 당시에 우리 전선 극단이 자네들의 콘크리트를 방문했던 일 말이야. 이 벙커 위에서 아침 식사도 했었지. 오늘처럼 바람도 약간 부는 날이었어. 그때 갑자기 예닐곱 명의 수녀들이 나타나 롬멜 아스파라거스 사이에서 게를 찾았고, 랑케스 자네는 명령에 따라 해변을 청소해야만 했지. 자네는 기관총이라는 살인 도구로 그 짓을 감행하고 말았던 거야."

생선뼈를 빨아 대며 당시를 회상하던 랑케스는 수녀들의 이름까지 기억해 냈다. 스콜라스티카 수녀, 아그네타 수녀, 하

---

48) 고대 로마 북부 지역의 옛 이름.

고 열거하면서, 그는 온통 검은빛으로 둘러싸인 그 예비 수녀의 장밋빛 얼굴을 내 마음속에 뚜렷하게 그려 보였다. 그 결과 언제나 내 마음속에 자리 잡고 있는 세속의 간호사 도로테아의 모습이 완전히 사라지지는 않았지만, 부분적으로 엷어진 것은 분명했다. 더군다나 이러한 현상은 더욱 심해졌다. 왜냐하면 그가 그렇게 묘사한 후 몇 분도 지나지 않아―나는 별로 놀라지 않았을 뿐더러 기적이라고도 생각하지 않았다―카부르 쪽에서 한 젊은 수녀가 모래 언덕을 넘어 바람에 실려왔기 때문이었다. 장밋빛 얼굴이 온통 검은빛으로 덮여 있는 것으로 보아 잘못 볼 리도 없었다.

그녀는 늙수그레한 신사들이 들고 다니는 것과 같은 검은 우산으로 태양을 가리고 있었다. 그리고 눈 위쪽으로 둥근 아치 모양을 이루고 있는 짙푸른 녹색의 세룰로이드 차양은 마치 일에 열중하는 할리우드 영화감독의 보안경처럼 보였다. 그녀의 뒤쪽 모래 언덕에서 부르는 소리가 들렸다. 아마 그녀 말고 다른 수녀들도 있는 모양이었다. "아그네타 수녀!", "아그네타 수녀! 도대체 어디 있어요?"라는 소리가 계속 들려왔다.

그러자 젊은 아그네타 수녀가 점점 분명하게 뼈를 드러내고 있는 우리의 대구 위쪽 방향에서 대답했다. "여기예요, 스콜라스티카 수녀님. 여기는 바람이 없어요!"

랑케스는 이를 드러내고 씩 웃더니 흡족한 듯 그의 늑대 머리를 끄덕였다. 마치 자기가 이 가톨릭 행진을 불러들였으며, 이 세상에는 그를 놀라게 할 만한 일은 아무것도 없다는 듯한 표정이었다.

젊은 수녀는 우리를 발견하고는 벙커의 왼쪽 옆에 멈추어 섰다. 두 개의 둥근 콧구멍을 가진 장밋빛 얼굴이—약간 튀어 나온 것을 제외한다면 다른 흠집은 없는 이빨과 이빨 사이로—"어머!" 하는 소리를 냈다.

랑케스는 상체를 움직이지 않고 목과 머리만을 돌려 말했다. "오, 수녀님. 산책 중이신가요?"

기다릴 틈도 없이 대답이 돌아왔다. "우리는 해마다 한 번씩 바다에 와요. 하지만 저는 처음이랍니다. 정말 크군요!"

이 말을 반박할 수는 없었다. 지금까지 바다를 묘사하는 말을 많이 들어왔지만 적절하다고 생각되는 것은 오직 이것뿐이었다.

랑케스는 친절을 베푸느라 내 몫의 고기에서 일부를 떼내어 권했다. "생선 좀 드시겠어요, 수녀님! 아직 따뜻해요."

그의 입에서 나오는 유창한 프랑스 말이 나를 깜짝 놀라게 했다. 그래서 오스카도 마찬가지로 그 외국어를 시험해 보았다.

"사양하실 필요 없어요, 수녀님. 오늘은 금요일이잖아요."

우리는 이런 식으로 그녀의 규율이 너무 엄격한 게 아니냐고 은근히 지적해 보았다. 하지만 수녀복 안에 교묘하게 몸을 감춘 이 소녀를 우리들의 식사에 참여시킬 수는 없었다.

"늘 여기서 사세요?"라고 말하며 그녀는 호기심을 보였다. 그녀는 우리의 벙커가 산뜻하면서도 약간은 우스꽝스럽다고 생각하는 것 같았다. 이때 유감스럽게도 수녀원장과 다섯 명의 수녀가 검은 우산을 들고, 녹색 차양을 두른 채 모래 언덕 저쪽에서 나타났다. 아그네타는 급히 자리를 떴는데, 동풍 때문에 간간이 들려오는 말소리들로 미루어보아 심하게 꾸중을 당한 후 그녀들의 한가운데로 합류하는 것 같았다.

랑케스는 꿈을 꾸는 듯했다. 그는 포크를 거꾸로 입에 물고서 모래 언덕 위로 바람에 날려 가는 한 무리를 뚫어져라 바라보았다. "저건 수녀들이 아니라, 범선들이야."

"범선들이라면 흰색일 텐데"라며 나는 이의를 제기했다."

"검은 범선이야." 랑케스하고는 도무지 말이 통하지 않았다.

"저 왼쪽 끝에 있는 것이 기함(旗艦)이야. 아그네타는 아마도 쾌속정이겠지. 바야흐로 순풍을 받아 일렬종대를 이루고, 뱃머리의 삼각돛에서 선미에 이르기까지, 뒷돛대에도 주돛대에도 앞돛대에도 전부 돛을 달고 수평선 너머 영국으로 달려간다. 생각해 보게. 내일 아침 자리에서 일어난 영국 군인들이 창 밖에서 무엇을 보게 될지. 25000의 수녀들이 마스트 꼭대기에까지 기를 휘날리는가 하더니, 어느새 좌우현에서 일제히 포격이 시작되는 거지……."

"새로운 종교 전쟁이군!" 하며 나는 그의 말을 거들었다. 기함의 이름은 마리아 스튜어트나 발레라라고 하든지, 아니면 차라리 돈 환이라고 하는 것이 좋으리라. 기동력을 강화한 새로운 무적함대가 트라팔가의 복수를 한다! '모든 청교도에게 죽음을!'이 그들의 구호이다. 이번에는 영국군 진영에 넬슨은 없을 것이고, 본토 침입이 개시될 것이다. 그리하여 이제 영국은 더 이상 섬으로 남아 있을 수 없는 것이다.

랑케스는 이야기가 너무 정치적으로 흘렀다고 생각했는지 "저 수녀들, 마침내 출항이야."라고 말했다.

나는 "출범이야."라고 정정했다.

출범이든 출항이든 그녀들은 카부르 방향으로 바람에 실려 갔다. 자신들과 태양 사이에 우산을 받쳐든 채. 한 사람만 약간 뒤에 처져 간간히 허리를 굽혀 무언가를 줍기도 하고 버리기도 했다. 선단의 나머지 배들은 — 화면에 계속 머무르고 싶어서인 지 — 바람을 향해 천천히 지그재그를 그리며, 무대의 배경을 이루는 불타 버린 해변 호텔 쪽으로 힘들게 접근해 갔다.

"그런데 저건 닻을 잘못 던졌거나 키가 고장난 게로군." 하 면서 랑케스는 여전히 선원의 말투를 고집하며 말했다. "이봐, 저건 쾌속정 아그네타가 아닌가?"

소형 쾌속정인지 프리기트함인지는 모르겠지만, 조개껍데 기를 줍기도 하고 던지기도 하며 가까이 다가온 것은 예비 수 녀인 아그네타임에 틀림없었다.

"도대체 무얼 줍고 있어요, 수녀님?" 하고 말하며 랑케스는 자세히 바라보았다.

"조개껍데기예요." 그녀는 또렷하게 대답하고는 다시 몸을 굽혔다.

"그래도 괜찮아요? 그건 속세의 물건이잖아요?"

나는 아그네타 예비 수녀를 거들었다. "자네가 틀렸어, 랑케 스. 조개껍데기 같은 게 속세의 재산일 리가 있나."

"그럼 해변의 재산이라 해 두지. 그래도 어쨌든 재산임에는 분명하니까. 하지만 수녀라면 재산을 소유해서는 안 되는 거 야. 첫째도 빈곤, 둘째도 빈곤, 또 빈곤, 그래야만 돼! 그렇죠, 수녀님?"

그러자 아그네타는 뻐드렁니를 드러내며 웃었다. "조개껍데기 조금만 가지고 갈 거예요. 유치원에서 쓸 거니까. 꼬마들은 조개껍데기 놀이를 좋아하거든요. 아직 바다에 와 보지는 않았지만."

아그네타는 벙커의 입구에 서서 안쪽으로 수녀 같은 눈길을 던졌다.

"어때요, 우리 집?" 하고 나는 알랑거리며 말했다. 랑케스는 더 노골적으로 말했다. "별장 한번 구경하시죠. 보는 데는 공짜니까요, 수녀님!"

그녀는 질긴 천으로 만들어진 스커트 아래에 신고 있는, 끝이 뾰족한, 끈 달린 구두로 땅바닥을 문질렀다. 이따금 모래땅을 걷어차기까지 했기 때문에, 바람에 날린 모래가 우리의 생선 위로 떨어지기도 했다. 약간 불안한 표정으로 그리고 이제 더욱 또렷해진 밝은 밤색 눈동자로 그녀는 우리와 우리 사이에 있는 식탁을 살펴보았다. 그러고는 "그건 정말 안 돼요."라고 말하며 우리들의 반론을 도발하였다.

"수녀님, 무슨 말씀인가요!"라고 말하며 화가는 온갖 장애를 떨쳐 버리고 자리에서 일어섰다. "벙커는 전망이 좋아요. 사격 구멍으로 들여다보면 해안 전체가 다 보이거든요."

그녀는 여전히 망설였다. 구두에는 틀림없이 모래가 잔뜩 들어갔으리라. 랑케스가 벙커 입구 쪽으로 손을 뻗었다. 그곳에는 그가 만든 콘크리트 장식이 뚜렷하게 자신의 그림자를 던지고 있었다. "안쪽도 깨끗해요!"

이 수녀가 벙커 안으로 들어간 것은 화가의 안내하는 듯한 몸짓 탓이었으리라. "그럼, 잠시 동안만!" 하는 결정적인 말이 떨어졌다. 랑케스에 앞서서 그녀가 훌쩍 벙커 안으로 들어갔다. 랑케스는 두 손을 바지에다 문지르며 — 전형적인 화가의 행동이었다 — 사라지기 전에 내게 다짐을 해 두었다. "내 생선 건드리지 말게!"

안 그래도 오스카는 생선에 질려 있었다. 식탁을 떠난 나는 모래를 날라 오는 바람과 늙은 거인 같은 밀물의 엄청난 포효 소리에 몸을 맡겼다. 나는 발로 북을 끌어당겨 북을 두들기며 이 콘크리트 풍경으로부터, 이 벙커의 세계로부터, 롬멜 아스파라거스라고 불리는 이 채소로부터 도망치기 시작했다.

처음에는 잘 되지 않았지만, 나는 사랑으로써 다시 시도했다. 한때는 나도 간호사 한 사람을 사랑한 적이 있었다. 다만 수녀가 아니라 간호사였을 뿐이다. 그녀는 차이들러 집의 우윳빛 유리문 너머에 살고 있었다. 그녀는 매우 아름다웠지만, 한 번도 보지는 못했다. 야자 섬유 양탄자가 있었는데, 그것이 두 사람 사이에 끼어들었다. 차이들러의 마룻바닥은 너무 어두웠다. 나는 도로테아 간호사의 육체보다도 야자의 섬유를 더 분명하게 느꼈던 것이다.

이 테마는 너무나 빨리 야자 섬유 양탄자 위에서 끝나 버렸다. 그 때문에 나는 그 옛날 마리아와의 사랑을 리듬에 실어, 급속하게 뻗어나는 덩굴식물처럼 콘크리트 위로 퍼뜨리려고 했다. 그런데 다시 도로테아 간호사가 나타나 마리아에 대한 나의 사랑을 방해하며 가로막았다. 바다 쪽에서 석탄산 냄새가 바람에 실려 날아왔다. 갈매기들이 간호사복 차림으로 손을 흔들었다. 그리고 태양은 내 눈에 적십자 브로치가 되어 빛나고 있었다.

그렇게 북을 치던 오스카는 방해를 당했지만 사실은 기분이 좋았다. 수녀원장인 스콜라스티카가 다섯 명의 수녀들과 함께 되돌아왔던 것이다. 그녀들은 지치고 절망한 모양인지 우산을 축 기울이고 있었다. "젊은 수녀 못 보셨나요? 우리 예비 수녀인데요. 그 아이는 정말 어린아이예요. 바다도 처음 보니까요. 길을 잃어버린 게 틀림없어요. 도대체 어디 간 거야, 아그네타 수녀?"

내게 남아 있는 길은 오직 하나였다. 이번에는 돛에 역풍을 받고 있는 선단을 오른강의 하구와 아로망슈, 그리고—이전에 영국인들이 바다를 메워 만든—윈스턴 항구 방향으로 보내는 수밖에 없었다. 이 사람들 모두를 우리 벙커에 받아들일 수는 없었던 것이다. 물론 이 방문을 화가인 랑케스에게 알려 주고 싶은 생각이 잠시 들기도 했다. 하지만 곧 우정과 불만과 심술이 한꺼번에 작용하여 나로 하여금 엄지손가락으로 오른강 하구 쪽을 가리키도록 명령했다. 내 엄지손가락의 지시를 따른 수녀들은 모래 언덕 위에서 바람에 실려 점점 작아져 가는 여섯 개의 흑점으로 변했다. "아그네타 수녀! 아그네타 수녀!" 하고 부르는 애타는 목소리도 점점 바람에 흩어지다 마침내 모래 언덕 끝에서 묻히고 말았다.

랑케스가 먼저 벙커에서 나왔다. 그는 전형적인 그림쟁이 답게 바지 무릎에다 두 손을 문지른 후 햇볕 아래 서성거리다 내게 담배 한 대를 달라고 하여 셔츠 주머니 속에 집어넣었다. 그러고는 식어 버린 생선 쪽으로 다시 달려들었다. "배가 출출한데." 하고 무언가를 암시하며 그는 내 몫으로 정해졌던 꼬리 쪽을 약탈해 갔다.

"그 여자 지금쯤 불행해진 게 분명해."라고 나는 랑케스를 비난하며 불행이라는 말의 의미를 즐겼다.

"왜 그래? 그 여자가 불행해질 이유는 조금도 없어."

랑케스는 자기와 같은 교제 방식이 상대방을 불행하게 만들 수도 있다는 생각 따위는 전혀 하지 못하는 것 같았다.

"그 여자는 지금 뭐하고 있지?"라고 물었지만, 사실 나는 다른 것을 물어볼 속셈이었다.

"바느질하고 있어."라고 랑케스는 생선 포크를 든 채 대답했다.

"수녀복이 조금 찢어졌거든, 그래서 지금 고치는 중이야."

마침내 재봉사가 벙커에서 나왔다. 그녀는 나오자마자 다시 우산을 펴고 무언가 작은 소리로 중얼거렸다. 하지만―내가 그렇게 생각해서 그런지 모르겠지만―약간 긴장되어 있는 것처럼 보였다. "벙커에서 내다보는 풍경이 정말 아름답군요. 해변이 다 보이고, 바다도 잘 보여요."

그녀는 우리의 생선 잔해 앞에서 걸음을 멈추고 말했다.

"괜찮겠죠?"

우리 두 사람이 동시에 머리를 끄덕였다.

"바닷바람을 쐬면 배가 고파져요."라고 내가 그녀를 거들어 주자 이번에는 그녀 편에서 머리를 끄덕였다. 그녀는 수녀원의 고된 일을 말해 주는, 빨갛게 튼 두 손으로 우리가 먹다 남긴 생선을 입으로 가져가 먹었다. 진지하고 긴장에 찬 골똘한 표정이었다. 마치 생선을 먹기 전에 맛보았던 것을 생선과 함께 다시 한번 씹기라도 하는 것처럼.

나는 그녀의 두건 밑을 쳐다보았다. 그 녹새 차양을 벙커 안에다 두고 나왔던 것이다. 같은 크기의 작은 땀방울들이—하얀 풀을 먹여 단단하게 끝단을 댄 두건탓에 마돈나 같은 인상을 주는—그녀의 매끄러운 이마 위에 송골송골 맺혀 있었다. 랑케스는 지난번 것도 피우지 않았으면서 다시 담배 한 대를 청했다. 나는 갑째로 던져 주었다. 그러자 그는 세 개비를 빼내어 셔츠 호주머니에 집어넣고 네 개비째는 입술 사이에 물었다. 그러는 사이에 아그네타 수녀는 획 돌아서서 우산을 내팽개치고는—그때서야 나는 그녀가 맨발이라는 사실을 깨달았다—모래 언덕을 달려 올라가 파도가 부서지는 곳으로 사라져 갔다.

"내버려 두게."라고 랑케스는 마치 신탁이라도 내리는 듯 말했다. "오든 안 오든 그 여자 마음이야."

나는 잠시 가만히 있으면서 화가의 담배를 쳐다보았다. 그런 후에 나는 벙커 위로 기어 올라가 밀물 때문에 점점 더 다가오는 해안을 바라보았다.

"보여?"라고 말하며 랑케스는 무언가 알고 싶어 했다.

"그 여자 옷 벗고 있어." 그는 내게서 더 이상의 보고는 들을 수 없었다. "몸을 식히려고 목욕하는 거겠지."

나는 밀물 때인 데다 식사 직후여서 위험하다고 생각했다. 그녀는 이미 무릎까지 잠겨 있었고, 둥그런 등을 보이며 점점 깊이 몸을 가라앉혔다. 8월 말인지라 물이 그렇게 따뜻하지 않을 것임이 분명한데도 그녀는 조금도 떠는 것 같지 않았다. 그녀는 헤엄을 쳤다. 능숙한 솜씨였다. 여러 가지 스타일을 다 시험해 보았다. 그리고 물속을 들락거리며 파도타기를 했다.

"헤엄치게 놔 두고 그만 벙커에서 내려오게!"

뒤돌아보니 랑케스는 길게 드러누워 담배 연기를 뿜어 대고 있었고, 대구의 앙상한 뼈들은 햇빛을 받아 하얗게 반짝이며 테이블 위를 덮고 있었다.

내가 콘크리트에서 뛰어내리자 랑케스가 화가의 눈을 뜨고 말했다. "이거 기막힌 그림이군. 밀물에 떠오른 수녀들. 아니면 밀물 때의 수녀들."

"이 비정한 사람!" 하며 나는 소리를 질렀다. "그 여자가 물에 빠지기라도 하면 어쩔 거야?"

랑케스는 눈을 감고 말했다. "그러면 그림의 제목은 물에 빠진 수녀들이 되겠지."

"그 여자가 돌아와 자네 발 앞에 넘어진다면?"

눈을 뜬 채 화가가 판결을 내렸다. "그렇게 된다면, 그녀와 그 그림을 넘어진 수녀라고 부르면 되겠지."

그는 무엇이든 이것이냐 저것이냐로만 보았다. 머리냐 꼬리냐, 물에 빠지느냐 넘어지느냐. 그는 내게서 담배를 빼앗았고, 중위를 모래 언덕 저쪽으로 내팽개쳤으며, 내 생선을 먹었고, 원래 천국에 바쳐져야 할 아이에게 우리 벙커의 내부를 보였으며, 그녀가 바다 저 멀리 헤엄쳐 나가고 있는 동안에 툭툭 불거진 천박한 발로 공중에다 그림을 그리고, 금방 화면의 스타일을 정하여 제목까지 붙이는 것이었다. 밀물에 떠오르는 수녀들. 밀물 때의 수녀들. 물에 빠진 수녀들. 넘어진 수녀들. 25000명의 수녀들. 가로가 긴 화면에는 트라팔가 언덕 위의 수녀들을 그린다. 세로가 긴 화면에는 「수녀들 넬슨 경을 격파하다」라는 제목으로 그린다. 역풍을 안고 있는 수녀들. 순풍을 탄 수녀들. 바람을 안고 지그재그로 항해하는 수녀들. 검은 물감을 잔뜩 칠하고 얼음에다가는 칙칙한 흰 물감과 푸른빛의 물감을 바른 그림의 제목은 침공, 혹은 신비적이고 야만적인 권태―이것은 이전에 전쟁 동안에 그의 콘크리트 예술이 선택했던 테마이다. 이러한 세로가 긴 스타일과 가로가 긴 스타일의 그림들은 모두 화가 랑케스가 우리가 라인란트로 되돌아온 후에 그린 것들이었다. 그는 수녀들의 시리즈를 완성하고, 수녀화에 열중하는 미술품 상인을 찾아내어 마흔세 점의 수녀화를 전시했으며, 그중에서 열일곱 점을 수집가와 사업가와 미술관과 그리고 또한 미국인에게까지 팔았다. 그리하여 비평가들로 하여금 랑케스와 피카소를 비교할 계기를 마련해 주었다. 그 성공을 본 나 오스카는 자신을 설득하여 콘서트 매니저인 되시 박사의 명함을 찾아보도록 했다. 그의 예술뿐만 아니라 나의 예술도 역시 빵을 달라고 소리치고 있었다. 전쟁 전에서부터 전쟁 동안에 걸쳐 세 살짜리 양철북 고수 오스카가 체험했던 것들을, 전쟁이 끝난 지금 양철북을 사용해 다시 쨍그랑 소리를 내는 순금(純金)으로 바꿀 필요가 있었던 것이다.

무명지(無名指)

"이봐요."라고 차이들러가 말했다. "당신들 이제 일 안할 참이오?" 클레프와 오스카가 클레프의 방이나 아니면 오스카의 방에 모여 앉아 무위도식하는 것을 지켜본 차이들러가 화를 냈다. 쉬무의 장례식 때 되시 박사가 남부 묘지에서 선금조로 내게 준 돈을 전부 털어 두 사람의 10월분 방세를 지불하기는 했지만, 11월 또한 재정 문제에 있어서도 음울한 11월이 될 것 같은 기미를 보였다.

물론 일자리는 충분히 있었다. 이런저런 댄스홀이나 나이트클럽에서 우리는 원하기만 하면 언제나 재즈를 연주할 수 있는 형편이었다. 하지만 오스카는 이제 더 이상 재즈는 연주하고 싶지 않았다. 그래서 클레프와 나는 서로 다투었다. 그의 말에 의하면 양철북을 치는 나의 새로운 주법이 재즈와는 아무 관계가 없다는 것이다. 나는 반박하지 않았다. 그러자 그는 나를 재즈 음악의 이념에 대한 배신자라고 불렀다.

클레프는 11월 초에 새로운 타악기 주자를 찾아냈다. '일각수(一角獸)'의 보비여서 실력은 확실했다. 게다가 그와 함께 구시가에서 계약도 맺었다. 이렇게 되자 우리는 다시 친구처럼 이야기를 나누게 되었다. 클레프가 이 당시부터 이미 독일 공산당에 빠져─깊이 생각한다기보다는─말로 떠벌이기 시작했지만 그것은 우정과는 아무 상관도 없었다.

이제 내 앞에 열려 있는 것은 되시 박사의 콘서트 중개소의 문뿐이었다. 마리아한테로는 돌아갈 수도 없고 돌아가고 싶지도 않았다. 더군다나 그녀가 숭배하는 슈텐첼이 아내와 이혼하고 나의 마리아를 마리아 슈텐첼로 만들려는 형편이었다. 나는 이따금 비트베크 거리의 코르네프 작업장에서 묘비명을 새기기도 했고, 미술 대학에도 가서 부지런한 예술 지망생들의 손에 의해 시커멓게 칠해지거나 추상화되기도 했다. 그리고 정말 가끔씩 아무런 의도도 없이 뮤즈 울라를 찾아가기도 했다. 그녀는 우리가 대서양 연안의 여행에서 돌아온 직후 화가 랑케스와의 약혼을 취소해야만 했다. 랑케스는 이제 값비싼 수녀화만을 그리는 데다, 이제 더 이상 뮤즈 울라를 때리려고도 하지 않았던 것이다.

되시 박사의 명함은 욕조 옆의 내 테이블 위에 말없이 끈질기게 자리 잡고 있었다. 그러나 나는 되시 박사와 어떤 관계도 맺고 싶지 않아 어느 날 그 명함을 찢어서 내버렸다. 그런데 놀랍게도 나는 그 콘서트 중개소의 전화번호뿐만 아니라 정확한 주소까지도 마치 시구절이라도 되는 듯 외우고 있었다는 사실을 확인해야만 했다. 3일 동안이나 그 전화번호가 자꾸 머릿속에 떠올라 잠을 이룰 수조차 없었다. 그래서 마침내 4일째에 전화 박스로 가 다이얼을 돌려 되시를 수화기 앞으로 불러냈다. 그는 내 전화를 초조하게 기다렸다면서 당장 그날 오후 중개소로 오도록 부탁했다. 나를 사장에게 소개하고 싶고, 게다가 사장님이 마체라트 씨를 기다리고 계시다는 것이었다.

콘서트 중개소 '베스트'는 신축 빌딩의 9층에 자리 잡고 있었다. 나는 엘리베이터에 타기 전에 이 중개소의 이름 배후에 불쾌한 정치적 의도가 숨겨져 있지나 않나 하고 자문해 보았다. 콘서트 중개소 '베스트'가 있다면 같은 빌딩 내에 중개소 '오스트'[49]도 있음이 분명하다. 그러니 이 중개소가 이름을 잘 택한 것이라 할 수 있겠다. 왜냐하면 나는 곧 바로 중개소 '베스트'에 우선권을 주었으며, 9층에서 엘리베이터를 내렸을 때도 자신이 제대로 된 중개소를 찾아가고 있다는 좋은 느낌이 들 정도였으니까 말이다. 길게 깔린 양탄자, 수많은 놋쇠 제품, 간접 조명, 거의 완벽한 방음 장치, 어깨를 나란히 하고 있는 문들. 그리고 다리가 긴 여비서들이 옷 스치는 소리와 함께 자기 지배인들의 담배 냄새를 풍기며 내 곁을 지나갔다. 나는 하마터면 중개소 '베스트'의 사무실에서 달려 나올 뻔했다.

되시 박사는 팔을 한껏 벌려 나를 맞이했다. 그러나 실제로

---

49) 독일어로 베스트(West)는 서쪽을, 오스트(Ost)는 동쪽을 가리킨다.

끌어안지는 않았기 때문에 오스카는 다행이라 생각했다. 녹색 스웨터의 처녀가 치고 있던 타이프라이터는 내가 방에 들어서는 순간 잠시 침묵을 지켰지만, 곧 나 때문에 늦어졌던 분량을 회복했다. 되시는 내가 왔다고 지배인에게 알렸다. 기다리는 동안 오스카는 붉은색 안락의자의 왼쪽 6분의 1쯤을 차지하며 걸터앉아 있었다. 그런 후에 양쪽으로 열리는 문이 열렸고, 타이프라이터가 다시 숨을 죽였다. 나는 비틀거리며 안락의자에서 일어섰다. 내 등 뒤에서 다시 문들이 닫혔다. 밝은 홀에는 양탄자가 물이 흐르는 듯 길게 깔려 있었다. 양탄자를 따라가자니 마침내 철제 가구 하나가 나타났는데, 그 가구는 지금 오스카가 지배인의 데스크 앞에 서 있음을 말해 주었다. 꽤나 무거워 보이는 책상이었다. 나는 푸른 눈을 들어 끝없이 비어 있는 떡갈나무제 책상의 표면 건너편에서 지배인을 찾았다. 그리하여 마치 치과의사용 의자처럼 상하로 높이가 조절되고 좌우로 선회가 가능한 휠체어에서, 눈과 손가락만으로 살고 있는 나의 친구이자 스승인 불구자 베브라의 모습을 발견했다.

정말이지, 그의 목소리도 그대로였다. 그 목소리를 통해 베브라가 말했다. "이렇게 또 만나는군요, 마체라트 씨. 몇 해 전 당신이 세 살짜리로 이 세상과 맞서려 했을 무렵, 내가 분명히 말했지 않소. 우리 같은 자들은 서로 단결해야 한다고?! ─그렇지만 유감이군요. 당신의 몸이 정말 말도 안되게 엄청나게 그리고 불리하게 변해 버렸군요. 그 무렵에는 분명히 94센티미터였던가요?"

나는 고개를 끄덕이며 하마터면 울음을 터뜨릴 뻔했다. 전기 모터로 움직이기 때문에 변함없이 윙윙 소리를 내는 스승의 휠체어 뒤쪽에는, 방을 장식하는 유일한 그림으로, 바로크식의 액자에 끼워져 있는 위대한 라구나, 즉 나의 로스비타의 실물 크기의 반신상이 걸려 있었다. 나의 시선을 따라갈 것도 없이, 그 목표를 알아차린 베브라는 입을 거의 움직이지 않으며 말했다. "아아, 그렇지, 착한 로스비타! 새로운 오스카가 그녀의 마음에 들기나 할까? 아마 아닐 거야. 그녀가 사랑했던 것은 다른 오스카였어. 볼에 살이 토실토실한 정말 사랑스러운 세 살짜리 오스카였지. 그녀는 오스카를 숭배한다고 고백했었지. 아니 차라리 선언했던 거야. 그러나 그는 어느 날 그녀에게 커피를 가져다주려고 하지 않았어. 그래서 그녀가 직접 커피를 가지러 갔다가, 그만 목숨을 잃은 것이지. 내가 아는 바로는, 볼에 살이 찐 그 오스카가 범한 살인은 이것만이 아냐. 자신의 불쌍한 어머니를 북을 두들겨 무덤 속으로 데려간 것도 자네가 아니었던가?"

나는 고개를 끄덕였다. 다행스럽게 울 수도 있었다. 그리고 로스비타 쪽으로 눈길을 돌렸다. 하지만 베브라는 이미 다음의 타격을 가할 태세를 취하고 있었다. "그 우체국 직원 얀 브론스키의 경우는 어떠했던가? 세 살짜리 오스카가 자신의 추정상의 아버지라고 부르기를 좋아했던 사람 말이야. ─오스카는 그를 저 앞잡이들에게 넘겨 주었고, 그들이 그의 가슴에 총을 쏘았어. 감히 모습을 바꾸고 나타나신 오스카 마체라트 씨, 내게 말씀 좀 해주시겠소. 그 세 살짜리 양철북 고수의 또

다른 추정상의 아버지인 식료품상 마체라트는 어떻게 되었는지 말이오?"

나는 이 살인도 고백했고, 그로써 마체라트의 손으로부터 자신을 해방시켰음을 인정했다. 그리고 내 손에 의해 야기된 그의 질식사의 모습을 묘사하면서, 그 러시아 병사의 자동 권총 뒤로 몸을 숨기는 따위의 짓은 하지 않고 솔직하게 털어놓았다. "베브라 선생님, 접니다. 제가 했어요. 바로 접니다. 그 죽음은 나 때문입니다. 바로 이 죽음의 경우에도 나는 결백하지 않습니다—불쌍히 여겨 주세요!"

베브라는 웃었다. 무엇이 그리 우스웠는지 나는 모른다. 그의 휠체어가 진동을 했고, 그의 얼굴 전체에 가득한 무수한 잔주름 위에 덮인 난쟁이의 백발이 바람에 흩날렸다.

나는 다시 한번 간절하게 동정을 빌었다. 일정한 효과를 노리고 내 목소리에다 일부러 감미로움을 섞었으며, 그리고 또 내 손가락들이 귀엽게 생겼기 때문에 효과를 발휘할 것이라는 점을 역시 의식하며 두 손으로 얼굴을 감싼 채 말했다. "가엾이 여기세요, 베브라 선생님! 가엾게 여기세요!"

그러자 나의 재판관 노릇을 하며 그 배역을 훌륭하게 연출하던 그는, 무릎과 두 손 사이에 가지고 있던 상앗빛 배전반(配電盤)의 단추를 눌렀다.

내 뒤의 양탄자가 녹색 스웨터를 입은 아가씨를 데리고 왔다. 그녀는 서류철을 들고 와, 그것을 떡갈나무제 책상 위에 펼쳐 놓았다. 복잡하게 꼬여 있는 철제 파이프 다리들이 받치고 있는 책상의 높이가 나의 쇄골 높이 정도였으므로, 나는 스웨터를 입은 아가씨가 무엇을 펼쳤는지 볼 수 없었다. 그녀는 내게 만년필을 건네주었다. 베브라의 동정심을 서명으로 사들일 필요가 있었던 것이다.

그러나 나는 휠체어가 있는 방향으로 감히 질문을 던졌다. 매니큐어를 바른 손톱이 가리키는 곳에 무조건 서명하는 것은 곤란하지 않느냐고 했다.

"그건 노동 계약이오."라고 베브라가 대답했다. "당신의 풀 네임이 필요하니, 오스카 마체라트라고 기입해 주시오. 우리가 누구와 계약했는지는 분명해야 하니까."

내가 서명을 마치자마자 전기 모터의 윙윙거리는 소리가 다섯 배나 커졌다. 만년필에서 눈을 들어 바라보니, 재빨리 달려가는 휠체어가 점점 작아지고 접혀지면서 쪽마루를 넘어 옆문으로 사라졌다.

많은 사람들은 내가 두 번 서명한 이 정본과 사본, 두 통의 계약서가 내 혼을 매수했든가 아니면 오스카에게 무시무시한 범죄 행위의 의무를 짊어지웠다고 생각할지도 모른다. 그러나 염려는 금물! 나는 되시 박사의 도움을 받아 대기실에서 이 계약서를 검토해 보았다. 요컨대 오스카의 임무는 혼자서 북을 들고 청중 앞에 등장해 — 세 살짜리로서 해 보였고, 나중에 다시 한번 쉬무의 양파 주점에서 했던 것처럼 — 북을 치는 것으로 끝난다는 사실을 나는 별로 힘들이지 않고 금방 알 수 있었다. 콘서트 중개소 쪽의 의무는 나의 연주 여행을 준비하고, '고수 오스카'가 양철북을 가지고 등장하기 전에 먼저 선전의 북을 두들기는 것이었다.

선전이 나가고 있는 동안 나는 콘서트 중개소 '베스트'에서 지불해 준 두 번째의 선금으로 생활했다. 이따금 나는 사무실 빌딩을 방문하여 신문사 기자들과 인터뷰를 하기도 하고 사진을 찍기도 했다. 그러다가 한번은 그 상자 같은 빌딩 안에서 길을 잃었는데, 그 상자 속은 어디든 같은 냄새가 나고 같은 모양이어서, 마치 무한히 늘어나면서 모든 것을 격리하는 콘돔으로 덮여 있는 극히 외설적인 그 무엇을 만지는 듯한 느낌이었다. 되시 박사와 스웨터를 입은 아가씨는 나를 친절하게 대해 주었으나, 베브라 스승만은 그 이후 다시 만날 수 없었다.

사실 나는 최초의 연주 여행을 떠나기 전에라도 좀더 좋은 거처를 구할 수 있었다. 하지만 나는 클레프 때문에 차이들러 가에 머물렀다. 그러면서 내가 매니저들과 만나는 것을 못마땅하게 생각하는 내 친구를 달래보려고도 했지만, 결국 타협하지는 못했다. 그래서 그와 함께 구시가에 가는 일도 없어졌고, 맥주도 마시지 않았으며, 양파가 딸린 신선한 선지 순대도 먹지 않게 되었다. 다만 다가올 철도 여행을 준비하기 위해 정거장의 고급 레스토랑에서 식사를 하는 형편이었다.

오스카는 여기서 자신의 성공에 대해 장황하게 늘어놓는 것이 부적절하다고 생각한다. 순회 연주가 시작되기 일주일 전에 창피하기 짝이 없는 포스터들이 처음으로 나타났다. 그것은 나의 성공을 준비하는 것으로, 나의 등장을 마법사, 기도사, 구세주의 등장으로 광고하였다. 맨 먼저 나는 루르 지방의 도시들을 방문해야 했다. 내가 출연한 홀들은 1500명에서 2000명 이상의 청중을 수용하는 것들이었다. 나는 무대 위의 검은 빌로도벽 앞에 단 혼자서 웅크리고 있었다. 스포트라이트가 나를 비추었고, 나는 약식 예복을 걸치고 있었다. 나는 북을 쳤다. 하지만 젊은 재즈 팬들은 내 팬이 아니었다. 45세 이상의 성인들이 나의 연주에 귀를 기울였고, 내 팬이 되어주었다. 정확하게 말하자면, 45세에서 55세까지의 연령층이 내 청중의 대략 4분의 1을 차지했다. 그들은 내 팬 중에서는 젊은 층이었다. 그다음 4분의 1은 55세에서 60세까지의 연령층이었다. 남녀 노인들이야말로 내 청중의 약 절반을 차지하는 고맙기 짝이 없는 나의 지지자들이었다. 내가 고령자들에게 말을 걸면 그들은 내게 대답했다. 내가 세 살짜리 북으로 하여금 말을 시키면, 그들도 입을 다물고 있지는 않았다. 오스카가 놀라운 인물인 라스푸틴의 멋진 생활에서 어떤 이야기를 끄집어내어 연주해 주면 그들은 환성을 올렸다. 그들은 물론 노인의 말로서가 아니라, 천진한 세 살짜리의 옹알거리는 혀로 "라슈, 라슈, 라슈!"라고 소리 질렀다. 그러나 대부분의 청중들을 너무 성가시게 한 라스푸틴의 경우보다 더 큰 성과를 거둔 것은 특별한 줄거리 없이 다만 상태만을 묘사하는 테마들에 의해서였다. 이러한 상태들에 대해 나는 다음과 같이 타이틀을 붙여 주었다. 최초의 유치(乳齒), 악성 백일해, 기다란 모직 양말을 할퀴다, 꿈에 불을 보면 오줌을 싼다 등이 그것들이다.

이런 것들이 노인들의 마음을 끌었다. 그들은 완전히 빠져들었다. 그들은 유치가 솟아났기 때문에 고통을 느꼈다. 내가 백일해를 폭발시키자 2000명의 고령자들이 심하게 기침을 했다. 내가 긴 모직 양말을 신기자 그들은 정신없이 다리를 긁었다. 내가 아이들로 하여금 불이 난 꿈을 꾸게 하자 수많은 노부인과 노신사들이 속옷과 좌석을 축축하게 적셨다. 부퍼탈에서였는지, 보쿰에서였는지, 아니면 레클링하우젠에서였는지 잘 기억나지 않지만 나이 많은 광부들 앞에서 연주를 한 적이 있었다. 노조 측에서 이 공연을 후원해 주었던 것이다. 이때 나는 속으로 생각했다. 이 늙은 광부들이 오랜 세월 검은 석탄과 지내왔으므로 자그마한 검은 공포 정도는 감당할 것이라고. 그리하여 오스카는 「검은 마녀」를 북으로 두들겼다. 그런데 웬일이란 말인가. 가스 폭발이나 갱내 매몰사고, 스트라이크며, 실직 같은 것을 수없이 경험하고도 남았을 1500명의 광부들이 이 사악한 「검은 마녀」 때문에 동시에 무시무시한 비명을 질렀다. 그리하여 이 공연장의 두꺼운 커튼 뒤에 있던 다수의 유리창들이—그 때문에 내가 이 이야기를 꺼낸 것이지만—이 비명의 희생이 되었다. 이렇게 우회로를 거쳐 다시 유리를 파괴하는 나의 소리를 찾아냈지만, 그것을 함부로 사용하지는 않았다. 사업을 망치고 싶지는 않았기 때문이다.

사실상 나의 연주 여행은 사업이었다. 여행에서 돌아와 되시 박사와 계산해 보았더니, 나의 양철북은 금광이라는 사실이 분명히 드러났다.

나는 베브라 스승에 대해서는 별도로 물어보지 않았다. 그를 다시 만난다는 기대는 이미 단념하고 있었다. 그러던 중 되시 박사가 내게 알렸다. 베브라가 나를 기다리고 있다고.

스승을 두 번째로 방문했을 때는 첫 방문 때와 상황이 조금 달라져 있었다. 오스카는 이번에는 강철제 가구 앞에 서 있지 않아도 되었다. 오스카는 그의 몸 크기에 맞게 제작된 전기 작동식의 휠체어가 스승의 의자 맞은편에 놓여 있는 것을 발견했다. 좌우로도 선회가 가능한 의자였다. 우리는 오랫동안 말없이 앉아 오스카의 북 예술에 대한 언론들의 보도에 귀를 기울였다. 되시 박사가 테이프에 녹음해 와 우리 앞에서 틀어 주었던 것이다. 베브라는 만족한 것 같았지만, 내게는 언론인들의 평판이 오히려 고통스럽게 느껴졌다. 그들은 나를 숭배하며 나와 내 북에 치료 효과가 있음을 선언하였다. 기억력 감퇴도 물리칠 수 있다고 주장했다. 그리하여 '오스카니즘'이라는 말이 처음으로 등장했으며, 이것은 곧 유행어가 될 운명이었다.

조금 후에 스웨터를 입은 아가씨가 나를 위해 차를 가져왔다. 그녀는 또 스승의 혓바닥 위에다 두 개의 작은 환약을 올려놓았다. 우리는 이야기를 계속 이어갔다. 그는 이제 더 이상 나를 비난하지 않았다. 여러 해 전 우리가 카페 사계에 앉아 이야기했을 때와 같은 분위기였다. 다만 시뇨라, 우리들의 로스비타가 없다는 점만 달랐다. 내가 오스카의 과거를 조금 장황하게 설명하는 동안 스승 베브라는 잠이 들어 버렸다. 그것을 확인한 나는 비로소 처음으로 15분가량 나의 전기 휠체어를 가지고 장난질을 했다. 윙윙 소리를 내고, 쪽마루 위를 빠른 속도로 돌아다니며, 좌우로 회전해 보기도 하고, 높이 올리기도 하고 낮게 내리기도 해 보았다. 그러다 보니 순진무구한 장난을 얼마든지 제공해 줄 것 같은 이 만능 가구와 헤어지는 것이 무척 힘들었다.

나의 두 번째 순회공연은 마침 강림절 기간이었다. 나는 거기에 맞추어 프로그램을 짰기 때문에 가톨릭과 신교도의 신문으로부터 일제히 칭송을 받았다. 그 동안 나는 마음이 돌처럼 굳어진 고령의 죄수들을 가냘프고 감동적으로 강림절 노래를 부르는 유아들로 만드는 데 성공했다. "예수님 당신을 위해서 살고, 예수님 당신을 위해서 죽사옵니다."라고 2500명의 인간들이 노래했다. 그런 고령의 나이에 그와 같이 천진난만한 신앙적 열정이 있었으리라고는 상상하기 어려운 일이었다.

카니발 시기와 겹치는 세 번째 순회공연도 마찬가지로 계획된 프로그램에 따른 것이었다. 소위 어린이 카니발을 자처하는 어떠한 공연도 나의 공연만큼 즐겁고 마음 편하게 진행되지는 않았을 것이다. 손을 떠는 노파들은 모두 우스꽝스럽고 소박한 도둑 신부(新婦)들로 탈바꿈했고, 다리를 떠는 노인들은 모두 총을 탕탕 쏘아 대는 도둑 대장으로 탈바꿈했다.

카니발 후에 나는 레코드 회사와 계약을 맺고 서명을 했다. 녹음은 방음 장치가 되어 있는 스튜디오에서 했는데, 처음에는 극도로 삭막한 분위기 때문에 순조롭지 않았다. 궁리 끝에 양로원이나 공원 벤치 같은 곳에서 볼 수 있는 노인들의 대형 사진들을 스튜디오의 벽에 가득 차게 걸도록 했다. 그리하여 사람들의 따뜻한 기운이 도는 공연장에서와 똑같이 효과적으로 연주할 수 있었다.

레코드들은 날개 돋친 듯이 팔려 나갔고, 오스카는 부자가 되었다. 그리하여 나는 차이들러 집의 욕실을 개조한 초라한 방을 떠났던가? 그렇지 않았다. 무엇 때문에? 내 친구 클레프 때문에, 그리고 한때 도로테아 간호사가 거기에서 호흡하던 우윳빛 유리 너머의 빈방 때문에 나는 내 방을 떠나지 않았다. 그렇다면 오스카는 그 많은 돈으로 무엇을 했단 말인가? 그는 마리아에게, 그의 마리아에게 하나의 제안을 했다.

나는 마리아에게 말했다. 당신이 슈텐첼과 결별을 선언하고, 그와 결혼하지 않는 정도가 아니라 그를 미련 없이 쫓아내 버린다면, 번창하는 최신식 식료품점을 사 주겠어. 사랑하는 마리아, 당신은 여하튼 타고난 장사꾼이야. 어디선가 굴러온 슈텐첼 씨를 위해 태어난 건 아니란 말이야.

마리아에 대한 나의 판단은 틀림 없었다. 그녀는 슈텐첼과 헤어졌고 나의 자금으로 프리드리히 가에 1급의 식료품점을 세웠다. 그리고 일주일 전에는—마리아가 어제 기뻐하고 감사하는 마음으로 내게 보고한 바에 의하면—오버 카셀에다 개점한 지 3년이 된 이 가게의 지점을 열었다고 한다.

아주 무더웠던 7월, 일곱 번째 아니면 여덟 번째 순회 연주에서 돌아왔을 때였다. 나는 중앙역에서 택시를 불러 곧장 사무실이 있는 빌딩으로 갔다. 중앙역에서처럼 이 빌딩 앞에서도 사인을 요구하는 성가신 무리들이 기다리고 있었다—손자나 돌보고 있는 게 좋을 듯한 연금 생활자와 노파들이었다. 나는 곧바로 지배인에게 도착을 알렸다. 양쪽으로 여닫히는 문은 이미 열려 있었고, 강철제 가구 쪽으로 펼쳐진 양탄자도 나를 기다리고 있었다. 하지만 책상 저쪽에는 스승이 앉아 있지 않았고, 어떤 휠체어도 나를 기다리지 않았다. 대신에 되시 박사의 미소가 나를 맞이하였다.

베브라는 죽었다. 이미 수 주일 전부터 스승 베브라는 이 세상의 존재가 아니었다. 그의 상태가 악화되었지만 베브라의 희망에 따라 내게 알리지 않았다고 한다. 어떤 일이 있더라도, 다시 말해 그가 죽는 한이 있더라도 나의 순회 연주가 중단되어서는 안 된다고 했다는 것이다. 그 후에 곧 유언장을 개봉한 결과 나는 상당한 재산과 로스비타의 반신상을 상속받았다. 그러나 그와 동시에 극심한 재정상의 손실도 입었다. 이미 계약을 맺은 남부 독일과 스위스에서의 두 차례 순회 연주를 금방 취소했기 때문에 계약 위반으로 고소당했던 것이다.

수천 마르크의 유산과는 별개로 베브라의 죽음은 충격이었으며, 그 후 오랫동안 내게 영향을 미쳤다. 나는 양철북을 구석에 밀어 두었으며, 거의 외출도 하지 않았다. 게다가 친구인 클레프마저 그 무렵 결혼을 해, 붉은 머리의 담배 팔이 처녀를 마누라로 삼았다. 언젠가 그녀에게 자기 사진을 주었기 때문이었다. 내가 초대받지도 않은 결혼식 직전에 그는 방을 해약하고 스톡홀름으로 이사했다. 그리하여 오스카는 차이들러 집에 남아 있는 단 한 사람의 세입자가 되었다.

나와 고슴도치 사이의 관계는 조금 달라졌다. 거의 모든 신문이 내 이름을 머리기사로 인쇄하게 된 후로 그는 내게 경의를 표했고, 상당한 금액을 받고 도로테아 간호사의 빈방 열쇠를 내게 주기도 했다. 나중에 나는 그 방마저 빌렸는데, 그가 다른 사람에게 세를 놓지 못하게 하기 위해서였다.

이렇게 하여 나의 비애는 궤도에 올랐다. 나는 양쪽 방의 문을 열고는, 내 방의 목욕통에서 출발하여 복도의 야자 섬유 양탄자를 지나 도로테아의 작은 방으로 들어갔다. 그리고 그곳에서 빈 옷장 속을 응시하고, 화장대 위의 거울로부터 조소를 당하고, 시트를 깔지 않은 묵직한 침대 앞에서 절망한 후, 복도로 탈출했다가 야자 섬유가 두려워 내 방으로 도망쳐 돌아온다. 그리고 그곳에서도 다시 안절부절못하는 것이었다.

마주렌에서 부동산을 상실해 버린 한 사업 수완이 뛰어난 동프로이센 사람이 윌리히 가 부근에서 가게를 열었다. 그 상호는 간단하고도 눈에 띄게 '개 빌려주는 집'이었는데, 고독한 인간들을 고객으로 계산에 넣은 게 틀림없었다.

나는 이 가게에서 룩스를 빌렸다. 힘이 세고 약간 살이 찐, 검은색 로트바일 견이었다. 이 개를 데리고 나는 산책을 나갔다. 차이들러 집에서 나의 목욕통과 도로테아 간호사의 텅 빈 옷장 사이로 허겁지겁 쫓겨 다니고 싶지 않아서였다.

룩스는 종종 나를 라인강 강변으로 데려갔다. 그곳에서 그는 배를 향해 짖어댔다. 또한 룩스는 나를 그라펜베르크 숲의 라트로 데리고 가기도 했다. 그곳에서 그는 연인들을 향해 짖어댔다. 51년 7월 말에 룩스는 나를 뒤셀도르프 시의 교외인 게레스하임으로 데려갔다. 그곳 게레스하임은 몇 개의 공장과 상당한 규모의 유리 공장이 들어선 이후 어쩔 수 없이 농촌 마을다운 특성을 잃어갔다. 게레스하임 바로 뒤편으로는 과수원들이 여러 개 있었고, 이 과수원들의 사이사이와 그 옆과 그 뒤쪽으로 울타리에 둘러싸인 목초지들이 펼쳐져 있었다. 그곳에서는 밀밭이 바람에 물결치고 있었는데, 아마도 호밀밭인 것 같았다.

앞에서 말했던가? 룩스가 나를 게레스하임으로 데려갔다가 다시 그곳을 빠져나와 호밀밭과 과수원들 사이로 안내해 간 것은 어느 무더운 날이었다. 교외의 집들을 다 지나온 후에 비로소 나는 룩스를 줄에서 풀어주었다. 하지만 그 녀석은 나를 계속 졸졸 따라왔다. 충실한, 너무나 충실한 개였다. 개를 빌려주는 가게의 개인지라 수많은 주인들에게 충성을 바쳐야만 했으니 그럴 것이다.

다시 설명하자면 이 로트바일 견 룩스는 내게 복종했으며, 다켈 종(種)과는 전혀 딴판이었다. 나는 이 개의 순종하는 정도가 지나치다는 생각이 들었기 때문에 오히려 뛰어다니는 모습을 보고 싶었다. 그래서 뛰어가라고 발을 굴리며 쫓아 보기도 했다. 그러나 녀석은 염치없게도 근처를 어슬렁거리다 금방 돌아와서는, 매끄럽고 검은 목을 늘어뜨린 채 속담 그대로 충실한 개의 눈으로 나를 바라보았다.

"저리로 가, 룩스!" 하며 나는 을렀다. "저리로 가!"

그러면 룩스는 잠시 시키는 대로 했다가 금방 되돌아오곤 했다. 그랬기 때문에 그가 밀밭 속으로 사라져 한참 동안 돌아오지 않자, 나는 기분이 좋아졌다. 그곳 호밀밭에서는 바람 부는 대로 이삭이 물결쳤다. 아니, 바람이라니—그 날은 바람이 잔잔하고 뇌우가 올 것같이 무더운 날이었다.

나는 룩스가 토끼를 쫓고 있나 보다라고 생각했다. 아니면 녀석도 혼자 있으면 개로 되돌아가고 싶다고 생각했는지도 모른다. 오스카가 개와 떨어져 잠시나마 인간으로 돌아가고 싶다고 생각한 것처럼 말이다.

　나는 주변 경치에는 관심도 없었다. 과수원들도, 게레스하임도, 그 너머 안개에 싸여 있는 평평한 뒤셀도르프 시가지도 내 눈을 끌지 못했다. 나는 원래 케이블이 감겨 있었던 녹슨 굴대 위에 걸터앉았다. 하지만 이제 나는 그것을 케이블 북이라고 불러야만 하리라. 왜냐하면 오스카가 이 녹슨 굴대 위에 걸터앉자마자 손가락 관절로 케이블 북을 두들기기 시작했기 때문이었다. 더운 날씨였다. 내 옷은 여름용의 가벼운 것이 아니어서 무겁고 답답했다. 룩스는 어디 갔는지 돌아오지 않고 있었다. 이 케이블 북은 물론 나의 양철북을 대신하지는 못했으나, 어쨌든 북의 역할을 했다. 나는 서서히 과거 속으로 미끄러져 들어갔다. 그러나 도중에서 자꾸 멈추어 버리거나, 지난 몇 년 동안의 병원 생활과 관련된 이미지들만 거듭해서 반복되었기 때문에 나는 바싹 마른 막대기 두 개를 주워 들고는 자신에게 말했다. 잠깐만 기다려, 오스카. 네가 어떤 사람이고, 어디서 태어났는지를 한번 더듬어 보기로 하자. 그 순간 벌써 내가 태어날 때 있었던 두 개의 60와트 전구가 빛을 발하였다. 나방이 그것들 사이에서 날개를 퍼덕였고, 저 멀리서 우르릉거리는 폭풍우 소리에 무거운 가구가 흔들렸다. 마체라트의 말소리가 들려왔고, 곧 어머니의 소리도 들렸다. 그는 내게 가게를 물려주겠다고 약속했고, 어머니는 장난감을 약속했다. 세 살이 되면 내게 양철북을 주겠다고. 그래서 오스카는 가능한 빨리 3년이 지나갔으면 했다. 나는 먹고 마시고 배설하고 체중을 불렸다. 그들은 나의 체중을 달고, 기저귀를 채우고, 목욕을 시키고, 솔질을 하고 파우더를 바르고, 종두를 놓고, 칭찬을 하고, 이름을 불렀다. 나는 그들의 요구에 따라 싱글벙글 웃고, 환성을 울리고, 시간이 되면 잠을 자고, 정각에 눈을 뜨고, 자는 동안에는 어른들이 천사의 얼굴이라고 부르는 그러한 표정을 지었다. 나는 때로는 설사를 하고, 종종 감기에 걸리고, 백일해에 걸리고, 그것이 당분간 계속되다 겨우 나았다. 그 결과 나는 백일해의 그 난해한 리듬을 터득하게 되었고, 그것을 손목에 영원히 보존할 수 있었다. 「백일해」라는 곡이 나의 레퍼토리 속에 포함되어 있는 것이 그 증거이다. 그리하여 오스카가 2000명의 사람들 앞에서 「백일해」를 북으로 두들기자, 2000명의 노인들과 노파들이 아이가 되어 기침을 하는 것이었다.

어느새 돌아온 룩스가 내 앞에서 낑낑거리며 내 무릎에 몸을 비볐다. 참, 내 고독의 명령에 따라 이 개를 개 빌려주는 집에서 데려왔었지! 녀석은 누가 개 아니랄까 봐 네 발로 서서 꼬리를 흔들며, 개의 시선으로 쳐다보았고, 침을 흘리고 있는 주둥이 끝에 무언가를 물고 있었다. 나무 막대기든 돌멩이든, 어쨌거나 개에게는 값이 나가는 것임에 틀림없으리라.

내 마음속으로부터 서서히 그 소중한 나의 유년기가 미끄러져 나갔다. 젖니가 나기 시작한다는 것을 말해 주는 구강의 통증도 점차 누그러졌다. 나는 피곤해서 뒤로 등을 기댔다. 이제 성인이 된 꼽추 사내. 약간 따뜻하고 단정하게 옷을 입고, 손목시계를 차고, 신분증명서와 한 다발의 지폐를 지갑에 준비하고 있는 사내. 그런 내가 담배를 입에 물고 성냥불을 그 앞으로 갖다 댄다. 그리하여 생생한 어린 시절의 미각을 나의 입 안에서 쫓아내는 일을 담배에다 맡겼다.

그런데 룩스는 어떻게 됐나? 룩스는 내게 몸을 비벼 댔다. 나는 그놈을 밀쳐내며 녀석에게 담배 연기를 뿜었다. 녀석이 싫어하는 짓이었다. 그런데도 그놈은 그대로 있으면서 내게 몸을 비벼 댔다. 놈은 앓는 듯이 나를 바라보았다. 나는 가까운 곳에 있는, 전신주들 사이에 걸쳐진 전선으로 눈을 돌려 제비를 찾아보려고 했다. 그 치근거리는 개에서 벗어나고 싶었다. 그러나 제비는 단 한 마리도 없었다. 룩스는 쫓아버리려고 해도 막무가내였다. 녀석의 주둥이는 내 바지 사이에 있었는데, 정말로 정확하게 그 부위를 찌르고 있었다. 동프로이센에서 온 개 빌려주는 가게 주인이 그렇게 훈련시켰는지도 모르는 일이다.

나는 구두 뒷굽으로 녀석을 두 차례 걷어찼다. 그러자 놈은 흠칫 놀라며 물러났고, 네 다리를 떨며 멈춰 섰다. 하지만 나무 막대긴지 돌멩이인지를 물고 있는 주둥이 끝만은 여전히 고집스럽게 내밀고 있었다. 마치 그놈이 물고 있는 것이 나무 막대기나 돌멩이가 아니라, 나의 지갑이나 손목시계라도 되는 것 같은 기세였다. 그러나 내 지갑은 겉저고리 호주머니 속에 분명히 들어 있었고, 내 손목시계는 내 손목에서 보란 듯이 재깍재깍 소리를 내고 있었다.

도대체 녀석이 무엇을 물고 있었단 말인가? 얼마나 중요한 것이길래 그토록 보이고 싶어 했던가?

나는 놈의 따뜻한 이빨 사이에다 손을 뻗어, 그 물건을 바로 손에 넣고는, 내 손에 들려 있는 그것의 정체를 금방 알아차렸다. 그러나 나는 룩스가 호밀밭에서 가져온 이 물건을 무슨 말로 표현할까 고심하는 듯한 표정을 지었다.

인간 신체의 여러 부분 중에는 잘라내어 중심부에서 떼 내어야 더욱 쉽고 정확하게 관찰할 수 있는 것들이 있다. 그것은 손가락이었다. 여자의 손가락이었다. 무명지. 여자의 무명지였다. 반지를 낀 우아한 여자 손가락이었다. 장골(掌骨)과 무명지 첫째 마디의 사이, 반지 아래 약 2센티미터쯤에서 손가락이 절단되어 있었다. 깨끗해서 분명하게 보이는 절단 부위에는 손가락의 힘줄이 달려 있었다.

금방이라도 움직일 것 같은 아름다운 손가락이었다. 나는 여섯 개의 발톱 모양의 금테두리로 고정된 반지의 보석이 에메랄드임을 즉석에서 알아보았고, 그것은 나중에 사실로 판명되었다. 반지 그 자체는 어떤 부분이 아주 얇아 금방 부스러질 정도로 낡아 있었다. 그래서 나는 이 반지가 상속품일 것이라고 생각했다. 손톱 밑에는 때라기보다는 흙이 둥그런 테두리를 이루고 있었는데, 아마도 이 손가락이 땅바닥을 할퀴거나 파헤쳤기 때문에 그렇게 되었을 것이다. 그러나 이 점을 제외한다면 손톱의 모양새와 손톱 뿌리 부분이 잘 손질되었다는 인상을 주었다. 덧붙여 말하자면, 내가 개의 따뜻한 체온이 통하는 주둥이 끝에서 이 손가락을 받아들었을 때, 그것은 차가운 감촉을 주었다. 게다가 그 손가락 특유의 노르스름하고 창백한 빛이 차가운 느낌을 주는 것은 당연했다.

오스카는 몇 달 전부터 삼각 모양으로 비죽이 머리를 내민 신사용 손수건을 왼쪽 바깥 주머니에 넣어 다니고 있었다. 나

무명지(無名指)   483

는 이 비단 헝겊을 끄집어내어 펼쳐서 거기에다 이 무명지를 옆으로 눕혔다. 그러자 그 손가락의 안쪽 면에 제3관절까지 선들이 새겨져 있는 게 보였다. 나는 이러한 선들에서 이 손가락의 근면함과 열성, 그리고 또 야심에 찬 고집의 흔적을 읽어 낼 수 있을 것 같았다.

　나는 그 손가락을 손수건에 싼 후, 케이블 굴대에서 일어나 룩스의 목덜미를 쓰다듬어 주었다. 그러고는 손수건과 거기에 싼 손가락을 오른손에 들고 길을 떠났다. 게레스하임 쪽으로 해서 귀가할 생각이었다. 그리고 이 습득물을 어떻게 할까 이리저리 궁리했다. 그러다가 근처에 있는 과수원의 울타리가 있는 곳까지 왔다─바로 그때 비틀라르가 내게 말을 걸어왔다. 그는 사과나무의 가지가 갈라진 곳에 누워서, 나의 행동을, 그리고 습득물을 물고 오는 개를 관찰하고 있었던 것이다.

마지막 전차 혹은 보존 유리병 숭배

우선 그의 목소리부터 싫었다. 거만하고 잰 체하는 콧소리였다. 그는 사과나무의 갈라진 곳에 누워 말했다. "여보시오, 당신 괜찮은 개를 가졌군요!"

나는 약간 당황하며 반문했다. "거기 사과나무 위에서 뭘 하고 있어요?" 그러자 그가 나뭇가지가 갈라진 곳에서 정색을 하고 그의 긴 상체를 맥없이 축 늘어뜨리며 말했다. "요리에 쓸 사과니까 두려워할 건 없어요."

나는 그를 꾸짖어야만 했다. "당신의 요리용 사과가 나하고 무슨 상관이오? 내가 도대체 무얼 두려워한단 말이오?"

그러자 그가 혀를 날름거리며 말했다. "아니, 당신이 나를 낙원의 뱀으로 착각할까 봐 그런 거요. 그때에도 요리용 사과는 있었으니까."

나는 화가 나서 말했다. "그렇게 시시한 비유라니!"

그가 더욱 교활하게 말했다. "그렇다면 디저트용 사과만 죄가 된단 말이오?"

나는 벌써부터 자리를 떠나고 싶었다. 그 순간에 낙원의 과일 종류에 대해 논쟁하는 것만큼 따분한 일이 어디에 있겠는가. 그러나 그가 더욱 노골적으로 나왔다. 그는 나뭇가지가 갈라진 곳에서 잽싸게 뛰어내려 큰 키를 흔들거리며 울타리 옆에 섰다. "당신 개가 호밀밭에서 가져온 게 뭐죠?"

나는 "돌멩이요."라고만 대답했다.

그러자 심문이 시작되었다. "그래서 돌멩이를 호주머니 속에 넣었단 말이오?"

"나는 돌멩이를 호주머니에 넣고 다니는 걸 좋아합니다."

"내가 보기엔 개가 가져온 것이 아무래도 막대기 같은데요."

"아무리 막대기라 우겨도 돌멩이임에 분명해요."

"아무래도 막대기가 아닐까요?"

"난 관심 없소. 나무 막대기든 돌멩이든, 요리용 사과든 디저트용 사과든."

"구부려지는 막대기겠지요?"

"개가 보채니 나도 가 봐야겠소."

"살빛 막대기겠죠?"

"당신의 사과나 걱정하시오! 자, 가자, 룩스야!"

"반지를 낀 살빛의 구부러지는 막대기겠죠?"

"도대체 나한테서 무얼 알려고 하시는 겁니까? 난 산보하러 나왔을 뿐이고, 그래서 개를 빌려 온 것입니다."

"그래요, 나도 빌리고 싶은 것이 있소. 1초만이라도 그 예쁜 반지를 내 새끼손가락에 끼워 보면 안 될까요? 당신이 말하는 막대기에서 빛을 내는, 그러니까 나무 막대기를 무명지로 만드는 그것 말이오? ─내 이름은 비틀라르입니다. 고트프리트 폰 비틀라르. 우리 집안에서 유일하게 살아남은 사람이지요."

이렇게 하여 나는 비틀라르와 알게 되었고, 바로 그 날로 친구가 되었으며, 오늘까지도 그를 나의 친구라고 부른다. 그래서 며칠 전─그가 나를 방문했을 때이다─나는 그에게 말했다. "자네, 고트프리트. 그 당시에 전혀 낯선 어떤 놈이 아니라, 친구인 자네가 경찰에 고발한 것을 기쁘게 생각하네."

천사가 존재한다면, 틀림없이 폰 비틀라르 같은 모습을 하고 있을 것이다. 키가 크고 경박스럽고 활기에 넘치고 임기응변에 능하며, 찰싹 달라붙는 온순한 처녀보다는 오히려 모든 가로등 중에서도 가장 불모(不毛)한 것을 품에 안기를 좋아하는 사내였다.

비틀라르가 있다는 사실은 바로 깨닫지 못하는 경우도 많다. 그때마다 적응하며, 그는 실이 되기도 하고, 허수아비가 되기도 하고, 외투걸이가 되기도 하고, 누워 있는 나뭇가지가 되기도 했다. 그러므로 내가 케이블 북 위에 앉아 있고, 그가 사과나무 위에 누워 있는 동안, 내가 그를 보지 못한 것도 당연한 일이었다. 개조차도 짖지 않았다. 개라는 동물은 천사를 냄새 맡을 수도, 볼 수도, 컹컹 짖을 수도 없는 것이다.

"친애하는 고트프리트, 가능하다면 말이야." 하고 나는 그저께 그에게 부탁했다. "재판부에 제출한 진술서 사본을 좀 보내 주지 않겠나. 자네가 2년 전쯤에 작성해 나를 재판에 휘말리게 한 그것 말일세."

지금 나는 그 진술서를 가지고 있다. 법정에서 내게 불리한 진술을 한 그의 말을 들어 보도록 하자.

나, 고트프리트 폰 비틀라르는 그날 사과나무의 가지가 갈라진 곳에 누워 있었습니다. 우리 어머니의 과수원에 있는 그 사과나무에는, 해마다 일곱 개의 저장병에 사과 소스를 가득 채울 수 있을 만큼 많은 요리용 사과가 열렸습니다. 나는 가지가 갈라진 곳에 누워 있었는데 물론 옆으로 누운 자세였습니다. 그리고 나뭇가지가 갈라져 있는 곳, 가장 깊숙하고 약간 이끼가 낀 곳에 왼쪽 엉덩이를 올려놓고 있었습니다. 두 발은 게레스하임의 유리 공장 쪽을 향해 있었습니다. 나는 그저 바라보고만 있었습니다—어느 쪽이냐고요?—똑바로 전방을 보며 무언가가 시야로 들어오기만 기다리고 있었습니다.

오늘날에는 내 친구입니다만 그때 피고가 나의 시야 속으로 들어왔습니다. 개 한 마리가 그를 따르고 있었는데, 그의 주위를 빙빙 돌며 정말 개처럼 행동했습니다. 나중에 피고로부터 들은 이야기입니다만, 이 개의 이름은 룩스였고 트로바일 견으로서, 로후스 교회 부근에 있는 개 빌려주는 집에서 빌려 온 것이었습니다.

피고는 전쟁 말기 이래로 우리 어머니 알리스 폰 비틀라르가 소유하고 있는 과수원 앞쪽에 있던 빈 케이블 북 위에 앉아 있었습니다. 이 법정에서도 보다시피, 피고의 체격은 작고 또한 불구자입니다. 바로 그 점이 나의 주목을 끌었던 것입니다. 그런데 더욱 기묘한 것은 정장을 한 그 작은 신사의 거동이었습니다. 그는 두 개의 마른 나뭇가지로 녹슨 케이블 북을 두들겼습니다. 그러나 고려하실 점은, 피고의 직업이 드럼 주자라는 것, 사실로 드러난 바와 같이 그는 어디에 가거나 어디에 있거나 이 드럼 주자의 직분을 다 한다는 것, 게다가 케이블 북은—달리 적절한 이름으로 부를 수도 없습니다만—어떤 문외한이라도 그것을 보면 두들기고 싶어진다는 것입니다. 이러한 점들을 고려하여 진술하겠습니다. 즉, 피고인 오스카 마체라트는 어느 무더운 여름날, 알리스 폰 비틀라르 부인의 과수원 앞에 있던 케이블 북 위에 앉아 길이가 다른 두 개의 바싹 마른 버드나무 가지로 리드미컬하게 편성한 소리를 내었던 것입니다.

계속 말씀드리자면, 룩스는 이제 수확해야 할 시기가 된 호밀밭으로 한참 동안 사라져 있었습니다. 얼마 동안이었느냐는 질문에 대해서는 대답할 수 없는 것이, 나는 사과나무 가지가 갈라진 곳에 눕기만 하면 시간의 길고 짧음에 대한 감각을 완전히 잃어버리기 때문입니다. 그럼에도 개가 한참 동안 사라졌다고 말씀드린 것은 개가 보이지 않자 내 마음이 서운했다는 사실을 말해 줍니다. 그 검은 털과 축 처진 귀가 내 마음에 들어 그랬던 것입니다.

그러나 피고는—이렇게 말씀드려도 상관 없겠지요—개가 없어져도 별로 찾지도 않는 것 같았습니다.

잘 익은 호밀밭에서 돌아온 룩스는 주둥이에 무언가를 물고 있었습니다. 개가 주둥이에 무엇을 물고 있었는지를 알았던 것은 아닙니다! 나무 막대기나 돌멩이겠지, 설마 통조림 깡통이나 스푼일리는 없다고 생각했습니다. 나는 피고가 그 증거물을 개의 주둥이 끝에서 뺐을 때 비로소 그것의 정체를 분명히 알아차렸습니다. 하지만 개가 그 물건을 물고 있는 주둥이를 피고의 왼쪽 바지—나는 그렇게 기억합니다만—에다 비벼댄 순간부터 피고가 손을 뻗어 그 습득물을 붙잡은 순간까지 시간이 얼마나 흘렀는지 지금에 와서는 유감스럽게도 확실하게 말할 수 없습니다. 다만 신중하게 말한다면 아마 몇 분 정도 경과했을 것입니다.

개는 자신을 빌려 온 주인의 주목을 끌려고 애를 썼습니다만, 주인은 아랑곳하지도 않고, 마치 아이들이 연주하는 것처럼 단조로운 인상을 주면서도 이해하기 힘든 방식으로 계속 북을 두들겼습니다. 도리가 없어진 개는 무례하게도 젖은 주둥이 끝으로 피고의 두 다리 사이를 부딪쳤습니다. 그러자 비로소 피고는 버들가지를 내리고—정확하게 기억이 납니다만—오른발로 개를 걷어찼습니다. 그러자 개는 반달 모양으로 몸을 오그리고 개처럼 떨면서도 다시 가까이 다가가서 습득물을 물고 있는 주둥이 끝을 내밀었습니다.

피고는 일어나지도 않고 앉은 채로—이번에는 왼손으로—개의 이빨과 이빨 사이로 손을 뻗었습니다. 습득물을 전달한 룩스는 안심이 되었는지 몇 미터나 걸어갔습니다. 그러나 피고는 앉은 채로 이 습득물을 들고, 손을 오므렸다 펴고, 또 오므렸다가 다시 손을 폈습니다. 바로 그때 그 습득물에서 무언가가 반짝거리며 빛을 내는 것이 눈에 띄었습니다. 그러자 피고는 그 습득물을 한동안 자세히 관찰한 후, 그것을 엄지손가락과 집게손가락으로 집어 눈 가까이까지 수직으로 들어 올렸습니다.

그제야 나는 그 습득물이 손가락이라는 사실을 알아차렸으며, 또한 그것이 반짝거린다는 사실에서 유추하여 다시 무명지라고 한계를 분명히 하였습니다. 그리하여 나는 예상치도 못한 터에 전후의 가장 흥미로운 재판들 중의 하나에 이름을 붙이게 되었습니다. 요컨대, 나 고트프리트 폰 비틀라르는 무명지 재판의 가장 중요한 증인이라고 불리게 된 것입니다.

피고가 침착하게 있었으므로, 나도 침착하게 있었습니다. 그렇습니다. 그의 침착성이 내게 옮겨진 것입니다. 피고는 반지를 낀 그 손가락을, 겉 호주머니에 신사인 체하며 꽃 피우고 있던 손수건으로 조심스럽게 쌌습니다. 그 모습을 본 나는 케이블 북 위의 그 인간에게 공감을 느꼈습니다. 예의 바른 신사라고 나는 생각했습니다. 그 사람을 사귀고 싶다는 생각까지 들었습니다.

그리하여 나는 그가 빌려 온 개와 함께 게레스하임 방향으로 떠나려 했을 때 말을 걸었습니다. 그러나 그는 처음에는 불쾌한, 아니 거만하다고까지 할 수 있는 반응을 보였습니다. 내가 사과나무 위에 누워 있었다는 사실만으로, 피고가 내게서 뱀의 상징을 보려 했다는 것은 오늘날까지도 이해가 가지 않습니다. 게다가 그는 우리 어머니의 요리용 사과에도 혐의를 두면서, 그것이 낙원에 있는 사과와 같은 종류임에 틀림없다고 말하는 것이었습니다.

하필이면 나뭇가지가 갈라진 곳에서 누워 있기를 좋아한다는 것은 정말 악마의 습관인지도 모릅니다. 그러나 나로 하여금 매주 몇 번씩이나 사과나무 위의 잠자리를 찾아가게 만든 것은 줄기차게 나를 찾아오는 권태 이외에는 아무것도 아니었습니다. 혹시 권태야말로 이미 악 그 자체가 아닌지도 모르겠습니다. 그렇다면 피고를 뒤셀도르프 시의 교외로 몰아낸 것은 무엇이었을까요? 그가 나중에 내게 고백한 바에 의하면 그것은 고독 때문이었습니다. 하지만 고독이라는 것도 권태의 다른 이름이 아닐까요? 이렇게 여러 가지로 숙고하는 것은 피고와 관련된 것을 분명하게 설명하기 위해서이지, 그를 곤경에 처하게 하려는 것은 아닙니다. 나로 하여금 그에게 공감을 느끼도록 하고, 따라서 그에게 말을 걸고, 그와 우정을 맺게 한 것은 다름 아니라, 악을 리드미컬하게 해방시키면서 악을 연주하는 그의 방식 때문이었습니다. 나를 증인으로 만들고, 그를 피고로 만들어 고등법원의 법정으로 소환한 그 신고도 사실은 우리가 고안한 놀이인 셈입니다. 그것은 차라리 우리의 권태와 고독을 풀어 주거나 키우기 위한 조그마한 수단에 지나지 않는다고 할 수 있을 것입니다.

나의 부탁을 듣고 피고는 약간 망설이던 끝에 무명지 반지를 쉽게 빼내어 나의 왼쪽 새끼손가락에다 끼워 주었습니다. 그것이 잘 어울렸기 때문에 나는 기분이 좋았습니다. 당연한 일이지만 나는 반지를 시험해 보기 전에 내가 누워 있던, 갈라진 나뭇가지에서 내려와 있었습니다. 우리는 울타리 이쪽과 저쪽에 서서 통성명을 하였고, 정치 문제를 약간 건드리면서 서로 이야기를 나누었습니다. 그런 후에 그가 나에게 반지를 건네주었던 것입니다. 손가락은 그가 가지고 있었습니다. 소중하게 말입니다. 우리는 그것이 여자 손가락이라는 점에서 의견의 일치를 보았습니다. 내가 반지를 들고 그것을 햇볕에 비추어 보고 있는 동안에 피고는 비어 있는 왼손으로 울타리에다 댄스풍의 밝고 쾌활한 리듬을 두들기기 시작했습니다. 그런데 우리 어머니 과수원의 나무 울타리는 그다지 튼튼하지 못했기 때문에, 피고의 드럼 주자로서의 욕구에 건들건들 흔들거리며 목재다운 방식으로 장단을 맞추었습니다. 얼마나 오랫동안 우리가 그런 식으로 서 있으면서 눈과 눈으로 이야기를 주고받았는지는 기억나지 않습니다. 우리가 이처럼 천진난만하게 놀고 있는 터에 비행기 한 대가 중간 정도의 고도에서 엔진 소리를 냈습니다. 로오하우젠에 착륙하려는 비행기 같았습니다. 물론 우리 두 사람은 쌍발 아니면 4발인 그 비행기가 착륙 태세로 들어갈 것인지가 무척 궁금했지만, 우리는 서로 눈을 떼지 않았고 비행기에 대해서도 말을 걸지 않았습니다. 그 후에도 이따금씩 할 기회가 있었던 이 놀이에 우리는 슈거레오의 금욕이라는 이름을 붙였습니다. 왜냐하면 피고가 주장하기를 여러 해 전에 자신에게 그러한 이름의 친구가 있었고, 또 그와 함께 주로 묘지에서 이 놀이를 했다는 것이기 때문입니다.

비행기가 활주로에 내린 후에 —쌍발인지 4발인지는 아무래도 분명치 않습니다—나는 반지를 돌려주었습니다. 피고는 그것을 자신의 무명지에 끼웠고, 다시 자신의 손수건을 손가락을 포장하는 데 사용했습니다. 그러고는 나와 함께 가자고 권했습니다.

그것은 51년 7월 7일의 일이었습니다. 게레스하임의 전차 종점으로 간 우리는 전차가 아니라 택시를 탔습니다. 피고는 그 후에도 이따금씩 이런 식으로 내게 호기로움을 과시했습니다. 우리는 시내로 들어가, 로후스 교회 옆의 개 빌려주는 집 앞에 택시를 기다리게 해 놓고 룩스를 돌려주었습니다. 그리고 우리는 다시 택시를 탔습니다. 택시는 시내를 비스듬히 횡단하여 빌크, 오버빌크를 지나 베르스텐 묘지로 우리를 데리고 갔습니다. 거기서 마체라트 씨는 12마르크 이상을 지불해야만 했습니다. 그러고 나서 비로소 우리는 석공 코르네프의 묘석 가게를 방문했던 것입니다.

그곳은 매우 지저분했기 때문에, 석공이 내 친구가 주문한 것을 한 시간 후에 완성하자 나는 안도의 숨을 쉬었습니다. 친구가 나에게 상세하고 자상하게 연장이며 다양한 돌의 종류들을 설명해 주는 동안에, 코르네프 씨는 어디서 생긴 손가락인지 한마디 물어보지도 않고 반지를 빼낸 그 손가락의 석고 주형을 만들었습니다. 나는 작업에 몰두하는 그의 모습을 비록 한쪽 눈으로이긴 하지만 지켜보았습니다. 우선 손가락에 대한 준비 작업부터 시작되었습니다. 즉 손가락에 유지를 바르고, 손가락의 윤곽을 따라 노끈을 감은 뒤에 비로소 석고를 발랐습니다. 그리고 석고가 굳어 버리기 전에 노끈을 사용해 주형을 두 쪽으로 절단했습니다. 나는 직업이 장식가였으므로 석고형을 뜨는 게 조금도 새롭지 않았지만, 석공이 그 손가락을 잡는 순간 그 손가락이 어쩐지 추악하게 보였습니다. 이 추악한 느낌은 주형 제작이 완성된 후 피고가 그 손가락을 다시 받아들고 유지를 닦아 내어 그의 손수건에 싸서 넣자, 비로소 사라졌던 것입니다. 내 친구는 석공에게 대금을 지불하였습니다. 석공은 처음에는 한 푼도 받으려 하지 않았습니다. 마체라트 씨가 그의 동료라는 것이죠. 그는 또 말했습니다. 오스카 씨가 이전에 자기 종기를 짜 주었을 때도 마찬가지로 한 푼도 보수를 요구하지 않았다고 말입니다. 석고가 굳어지자, 석공은 주형을 떼 내고 원형을 본뜬 석고 손가락을 보여 주었습니다. 그리고 며칠 내로 이 주형을 사용해 더욱 많은 석고 손가락을 만들어 놓겠다고 약속하고는, 그의 묘석 진열장을 지나 비트베크 거리까지 우리를 바래다주었습니다.

두 번째로 탄 택시는 우리를 중앙역으로 데리고 갔습니다. 피고는 그곳의 산뜻한 역내 레스토랑에서 나를 늦은 저녁 식사에 초대했습니다. 웨이터들과 허물없이 말을 나누는 것으로 보아, 나는 마체라트 씨가 역내 레스토랑의 단골임에 틀림없다고 생각했습니다. 우리는 신선한 무를 곁들인 소갈비와 라인산의 연어를 먹고 나서, 마지막으로 치즈를 먹었으며, 그러고 나서 샴페인 한 병을 마셨습니다. 다시 손가락 이야기가 나오자, 나는 피고에게 충고했습니다. 그 손가락을 다른 사람의 소유물로 간주하고 넘겨주어야 하며, 게다가 이제 석고제의 손가락도 있으니 더욱 그래야 된다고 말입니다. 그러나 피고는 자신이 그 손가락의 정당한 소유자라고 단호하게 선언했습니다. 이유인즉, 그는 이미 태어날 때부터 북채라는 암호적인 표현을 통해 그러한 손가락을 약속받았다는 것입니다. 또한 그의 친구인 헤어베르트 트루친스키의 등에 새겨진 손가락만한 길이의 상처 자국도 역시 이번의 무명지를 예언한 것이며, 자스페 묘지에서 발견된 그 탄피도 그 크기와 의미에 있어서 마찬가지로 장래에 나타날 무명지를 가리키는 게 분명하다고 말입니다.

나는 새로 알게 된 친구가 하나하나 증거를 대자 처음에는 웃어 주려 했지만, 듣고 있자니 어쩐지 수긍이 가는 점이 있었습니다. 감수성이 예민한 사람이라면 북채, 상처 자국, 탄피, 그리고 무명지의 연결 관계를 쉽사리 깨달을 수 있을 것이기 때문입니다.

세 번째 택시는 저녁 식사를 마친 나를 집으로 데려다 주었습니다. 우리는 만날 약속을 하고 헤어졌습니다. 그리고 사흘 후 약속대로 내가 피고를 방문했을 때, 그는 나를 깜짝 놀라게 할 준비를 하고 있었습니다.

우선 그는 내게 자기 집을 보여 주었는데, 집이라고는 하지만 결국은 방인 셈이었습니다. 왜냐하면 마체라트 씨는 세들어 사는 사람이었으니까요. 그는 처음에는 한때 욕실이었던 정말 초라한 방 하나만을 세내어 살았다고 했습니다. 하지만 나중에 그의 북 예술이 그에게 명성과 돈을 가져다주자, 그는 도로테아 간호사의 방이라고 부르는, 창도 없는 작은 방의 집세도 지불하였으며, 게다가 음악가이자 피고의 동료였던 뮌처 씨라는 인물이 이전에 살았던 제3의 방에 대해서도 군소리 없이 집세를 지출했는데, 그것은 상당한 거액이었습니다. 차이들러 씨라는 이 집 주인이 마체라트 씨의 주머니가 두둑해진 것을 알고는 방세를 어처구니없이 올려 버렸던 것입니다.

소위 도로테아 간호사의 작은 방 안에 피고는 나를 놀라게 할 것을 준비해 놓고 있었습니다. 거울이 달린 화장대의 대리석판 위에 보존용 유리병 한 개가 놓여 있었는데, 그것은 우리 어머니 알리스 폰 비틀라르가 요리용 사과로 만든 사과 잼을 저장하는 데 사용하는 것과 같은 크기였습니다. 하지만 그 보존병 속에는 알코올에 담긴 무명지가 들어 있었습니다. 피고는 내게 두꺼운 학술 서적 몇 권을 자랑스럽게 내보이기도 했는데, 이 책들을 보고 손가락 보존법을 배웠다는 것입니다. 나는 건성으로 그 책들을 넘기며 그림이 있는 곳에서도 눈길을 거의 멈추지 않았지만, 여하튼 피고가 손가락의 외양을 보존하는 데 성공했다는 사실만은 인정했습니다. 게다가 내용물이 담긴 유리병을 거울 앞에 놓자 정말 아름답고 장식상으로 흥미진진해 보였습니다. 이 점은 나도 장식업자이므로 언제든 입증할 수 있습니다.

내가 유리병의 모습에 친숙해진 것을 본 피고는, 그가 그 유리병에 기도를 드린다는 사실을 털어놓았습니다. 조금 뻔뻔스럽긴 했지만 호기심을 참지 못한 나는 그 자리에서 바로 기도를 한번 해 보라고 부탁했습니다. 그러자 그는 대신에 나도 할 일이 있다고 하면서, 나에게 연필과 종이를 주고는 그의 기도를 내가 기록할 뿐만 아니라 손가락과 관련된 질문을 해 주기를 부탁했습니다. 그러면 그도 기도를 하면서 아는 대로 대답하겠다는 것이었습니다.

여기에서 나는 증거를 대기 위해 피고의 말과 나의 질문과 그의 대답, 즉 보존용 유리병에 대한 숭배의 모습을 인용하겠습니다. 나는 숭배한다. 나는 누구인가? 오스카인가 아니면 나인가? 나는 경건하지만 오스카는 산만하다. 끊임없는 헌신이다. 반복을 결코 두려워 말라. 내가 현명한 것은 기억이 없기 때문이다. 나는 차고 뜨겁고 따뜻하다. 나는 캐물으면 죄인이 되고 캐묻지 않으면 무죄가 된다. 보존 유리병—이것 때문에 죄인이 되고, 이것 때문에 타락하고, 이것에도 불구하고 죄인이 되고, 이것에 의해 무죄가 되고, 이것 때문에 죄를 쓰고, 이것을 통해 돌파해 나가고, 이것으로 인해 자유롭게 되고, 이것 때문에, 이것을, 이것에 대해 웃었고, 이것 때문에, 이것 앞에서, 이것이 없어서 울었고, 이것에 대해 말해도, 이것에 대해 침묵해도 모독이 된다. 나는 말하지도 않고 침묵하지도 않고 기도한다. 나는 숭배한다. 무엇을? 유리다. 어떤 유리인가? 보존병이다. 그 유리병은 무엇을 보존하고 있나? 보존병은 손가락을 보존하고 있다. 어떤 손가락인가? 무명지다. 누구의 손가락인가? 블론드 여인의 것이다. 블론드 여인이란 누군가? 중간 키다. 중간 키란 1미터 60센티미터를 말하는가? 중간 키란 1미터 63센티미터이다. 특징이 있는가? 반점이 있다. 반점이 어디에 있는가? 상박(上膊) 안쪽이다. 왼쪽이냐 오른쪽이냐? 오른쪽이다. 무명지는 어느 쪽인가? 왼쪽이다. 약혼했는가? 그렇다, 하지만 결혼은 하지 않았다. 신앙은? 신교다. 처녀냐? 처녀다. 태어난 날은? 아는 바 없다. 어디서 태어났나? 하노버 근처다. 언제인가? 12월이다. 사수좌인가 산양좌인가?

사수좌다. 그렇다면 성격은? 근심 걱정형이다. 마음씨가 고운가? 부지런하지만 수다스럽다. 사려분별이 있는가? 알뜰하고 차분하며 또한 명랑하다. 수줍음을 타는가? 군것질을 좋아하고 정직하며 맹신적이다. 창백하고, 주로 여행을 꿈꾸며, 생리는 불규칙하며, 게으르고, 고민을 좋아하며, 고민에 대해 이야기하고, 상상력이 부족하고, 수동적이며, 무슨 일이든 일어나기만을 바라며, 다른 사람 말에 귀를 잘 기울이고, 고개를 끄덕이며 수긍을 하고, 팔짱을 끼고, 말을 할 때는 눈꺼풀을 내리깔고, 누군가가 말을 걸면 눈을 크게 뜨고 보며, 그 눈은 밝은 회색이고, 눈동자 부근은 갈색이다. 결혼한 상사로부터 반지를 선물받고, 처음에는 받지 않으려 했지만 마침내 받았다. 무시무시한 체험. 섬유질, 사탄, 온통 흰색, 여행을 떠난다. 이사를 했다. 다시 돌아왔다. 그만두지 못했다. 질투도 있었으나 이유없는 질투였다. 병도 있었으나 자신은 아니었다. 죽음도 있었으나 자신은 아니었다. 아니 모른다. 이제는 다 싫다. 달구지 국화를 땄다. 그때 왔다. 아니 벌써부터 동반하고 있었다. 이제는 가망 없다…… 아멘? 아멘.

그러므로 나 고트프리트 폰 비틀라르가 법정에서의 진술에다 여기에 기록된 기도문을 첨부하는 것은 오로지 다음의 이유 때문입니다. 즉, 이 무명지의 소유자인 여성에 대한 진술은 매우 혼란스럽기는 하지만, 살해당한 간호사 도로테아 퀸게터에 대한 재판 과정에서의 진술과 그 대부분이 일치하는 것입니다. 그 자신이 그 간호사를 살해하지도, 얼굴을 마주한 적도 없다고 하는 피고의 진술을 여기서 의심하는 것은 나의 임무가 아니라고 생각하는 바입니다.

나의 친구가 보존 유리병을 의자 위에 올려놓고 무릎을 꿇고 앉아 두 무릎 사이에다 끼운 양철북을 두드리던 헌신적 태도는 오늘날 내가 생각하기에도 주목할 만한 일이며, 피고를 위해서도 유리한 것이라 여겨집니다.

그 후에도 나는 1년 이상에 걸쳐 종종 피고가 기도하면서 북을 두드리는 것을 볼 기회가 있었습니다. 왜냐하면 그가 후한 임금을 주고 나를 여행 동반자로 삼아 그의 연주 여행에 데리고 다녔기 때문입니다. 그는 오랫동안 순회 연주를 중단하고 있다가, 이 무명지를 주운 직후에 다시 여행을 시작했던 것입니다. 우리는 서부 독일 전역을 돌아다녔으며, 동부 지역이나 외국으로부터도 초청받았습니다. 그러나 마체라트 씨는 국경 내에 머물려 했습니다. 그 자신의 말에 따르자면, 콘서트 여행중에 흔히 일어나는 소동에 말려들고 싶지 않다는 것이었습니다. 그는 공연 전에 보존 유리병을 앞에 놓고 북을 치고 기도하는 일은 결코 없었습니다. 무대에서 공연을 하고 늦은 저녁 식사를 먹은 후 그의 호텔 방으로 돌아와서야 비로소 그는 북을 치며 기도하고, 나는 질문을 하고 받아 적었습니다. 그러고 나서 우리는 그 날의 기도를 전 날이나 전 주의 기도와 비교했습니다. 물론 긴 기도도 있고 짧은 기도도 있습니다. 때로는 말과 말이 서로 격렬하게 충돌하는가 하면, 바로 그 다음날에는 말이 평온하고 유장하게 흐르는 일도 있었습니다. 나는 자신이 모은 모든 기도문을 이로써 고등법원에 넘깁니다만, 그중의 어느 것도 나의 진술에 첨부한 그 최초의 기록 이상의 내용을 말하는 것은 없다고 봅니다.

이렇게 여행을 하며 세월을 보내는 동안, 나는 순회 공연의 사이사이에 잠시 틈을 내어 마체라트 씨의 지인들이나 친척들 몇 명을 알게 되었습니다. 이를테면 그는 나에게 그의 계모인 마리아 마체라트 부인을 소개해 주었습니다. 피고는 겉으로 드러내지는 않지만 속으로는 그녀를 굉장히 존중하고 있습니다. 그날 오후에는 피고의 이복형제인 쿠르트 마체라트라는 이름의, 착실한 11살짜리 김나지움 학생도 내게 인사를 했습니다. 마리아 마체라트 부인의 언니인 구스테 쾨스터 부인도 내게 좋은 인상을 주었습니다. 피고가 내게 고백한 바에 의하면, 전후의 수년 간 그의 가족 관계는 혼돈 이상의 것이었습니다. 마체라트 씨가 계모에게 열대 과실까지 취급하는 대규모 식료품상을 차려 주고, 그 후에도 가게가 어려움을 겪을 때면 어김없이 그의 자금을 풀어 후원해 주고 나서야 비로소 계모와 의붓아들 사이에 그처럼 친밀한 관계가 맺어졌던 것입니다.

또한 마체라트 씨는 이전의 동료들, 특히 재즈 음악가들을 나에게 소개해 주었습니다. 그중에 뮌처 씨라는 사람이 있었는데 피고는 친밀하게 그를 클레프라고 불렀습니다. 이 인물은 매우 명랑하고 사교성이 좋은 것처럼 보였습니다만, 오늘날까지도 내게는 이 사람과의 교제를 계속 지속해 나갈 만한 충분한 용기와 의지가 없는 것 같습니다.

나는 피고의 관대함 덕분에 장식가의 직무를 더 이상 꾸려나갈 필요는 없었습니다. 그래도 순회 공연에서 돌아오기만

하면 나는 그 즉시로 직업상의 기쁨을 위해 쇼윈도의 장식들을 조금씩 맡았습니다. 또한 피고도 친구의 애정으로 나의 작업에 흥미를 보이면서 이따금 밤늦게까지 거리에 서서 나의 보잘것없는 예술의 관객이 되어 주었습니다. 우리는 이따금 작업이 끝나면 잠시 동안 밤의 뒤셀도르프를 어슬렁거리며 산책하기도 했습니다. 하지만 구시가는 피했습니다. 피고가 둥근 볼록 유리라든지 오랜 독일식의 음식점 간판을 보기를 꺼려했기 때문이었습니다. 그러던 어느 날 우리는—마침내 나의 진술의 마지막 부분입니다—자정이 지나 산보를 하다 밤의 운터 라트를 지나 전차 차고 쪽으로 다가갔습니다.

우리는 나란히 그곳에 서서, 시간표에 따라 규칙적으로 도착하는 마지막 전차들을 바라보았습니다. 그것은 볼 만한 광경이었습니다. 사방으로 도시는 어둠에 잠겨 있고, 멀리서는 금요일인지라 만취한 한 건축 노동자가 고래고래 소리를 질렀습니다. 그 이외에는 조용하기만 했습니다. 도착하고 있는 마지막 전차들이 방울을 울리거나, 커브를 돌며 삐걱거리는 소리를 내기도 했지만, 별로 시끄러운 소리는 아니었습니다. 대부분의 차량은 즉시에 차고로 들어갔습니다. 그러나 뒤섞인 채 선로 위에 정차해 있는 두서너 개의 차량은, 비어 있으면서도 휘황찬란하게 불을 밝히고 있었습니다. 누구의 착상이었을까요? 그것은 우리 두 사람의 착상이었습니다만 입 밖에 꺼낸 것은 나였습니다. "자, 친구, 한번 해 볼까?" 그러자 마체라트 씨는 고개를 끄덕였고, 우리는 서두르지 않고 차에 올라탔습니다. 운전대에 선 나는 상황을 즉시에 파악했기 때문에 조용히 발차했다가 갑자기 속력을 내어 달리는 뛰어난 운전 솜씨를 선보였습니다. 이런 나의 솜씨에 마체라트 씨는—우리는 차고의 불빛을 이미 저 뒤로 하고 있었습니다—다정하게 이런 말로 응답했습니다. "자넨 틀림없이 세례 받은 가톨릭교도야, 고트프리트. 그렇지 않다면 전차를 이렇게 잘 몰 리가 없어."

실제로 나는 이 자그마한 즉흥 행동이 유쾌하기 그지없었습니다. 차고에서는 우리의 출발을 눈치 채지 못한 것 같았습니다. 뒤쫓아 오는 사람도 아무도 없을뿐더러, 전류만 끊으면 우리들의 차를 손쉽게 정지시킬 수도 있는데도, 그런 기색은 조금도 보이지 않았습니다. 나는 차를 플링게른 방면으로 몰았습니다. 그리고 플링게른을 지난 후 하니엘에서 왼쪽으로 꺾어 라트, 라팅엔 방면으로 올라가는 게 어떨까하고 생각했습니다. 그때 마체라트 씨가 그라펜베르크, 게레스하임 선로를 택하자고 부탁했습니다. 나는 댄스홀 뢰벤부르크 아래쪽의 오르막이 염려되었습니다만, 피고의 희망에 따라 고개를 넘었고 댄스홀을 지나쳐 갔습니다. 그런데 나는 여기에서 브레이크를 걸어야만 했습니다. 세 명의 사내들이 선로 위에 서서 차를 세울 것을 간청이라기보다는 강요했던 것입니다.

마체라트 씨는 하니엘을 지나자마자 담배를 피우기 위해 곧바로 차량의 내부로 들어가고 없었습니다. 그래서 전차 운전사인 내가 "빨리 타세요!"라고 소리쳐야만 했습니다. 그런데 이상한 것은, 검은 리본이 달린 녹색 모자를 쓴 두 사람이 모자를 쓰지 않은 제3의 사내를 양쪽에서 끼고 있었던 것입니다. 모자를 쓰지 않은 사내는 미숙한 것인지 아니면 눈이라도 나쁜 것인지 차에 오르면서 몇 차례나 발판을 헛디뎠습니다. 그러자 그의 수행인인지 아니면 감시인인지 모르겠으나, 나머지 두 사람이 정말 난폭하게 그를 내가 있는 운전석으로 떠밀어 올렸다가 곧바로 차 안으로 밀어 넣었습니다.

내가 차를 다시 몰기 시작하자 뒤쪽의 차량 안에서, 처음에는 가련한 울음소리가 들리는가 하더니 누군가가 뺨을 후려치는 듯한 소리도 들렸습니다. 그러나 곧 이어서 마체라트 씨의 단호한 말소리가 들려왔기 때문에 나는 안심했습니다. 그는 방금 뒤따라 올라탄 사람들을 꾸짖으며 주의를 주고 있었습니다. 안경을 잃어 반 봉사가 된 부상자를 때리지 말라고 말입니다.

"끼어들지 마시오!"라고 녹색 모자를 쓴 한 사내가 버럭소리를 지르는 것이 들려왔습니다. "오늘은 본때를 보여 주겠다. 그만큼 오래 골탕을 먹이다니."

나의 친구 마체라트 씨는 내가 게레스하임을 향해 서서히 차를 모는 동안 그 가련한 반 봉사의 사내가 도대체 무슨 죄를 지었는지를 알려고 했습니다. 그러자 이야기는 갑자기 엉뚱한 방향으로 나아갔습니다. 두세 마디가 오가는가 하더니, 이미 이야기는 전쟁이 한창이던 시대로 옮겨 갔습니다. 아니 더 정확하게 말하자면 39년 9월 1일, 즉 전쟁 발발의 날이 문제가 되었는데, 그 반봉사의 사내는 의용병으로서 폴란드 우체국 건물을 불법적으로 방위했다는 것이었습니다. 그런데 이상한 것은, 그 당시 기껏해야 열다섯 살 남짓했을 마체라트 씨까지 사건의 경과에 정통해 있었고, 그 반 봉사의 사내를 기억하기까지 하면서, 그의 이름이 빅토르 베룬이라고 말하는 것이었습니다. 이 가련한 근시의 현금등기 배달부는 전투 와중에 안경을 잃어버렸고, 안경도 쓰지 않고 도주하여 추격자의 손아귀를 빠져나왔습니다. 그러나 추격자들은 추격을 늦추지 않고, 전쟁 말기까지만이 아니라, 심지어는 전쟁이 끝난 후에도 다시 그를 추격하여 39년에 교부된, 일종의 사살 명령을 제시했던 것입니다. 마침내 붙잡았다고 한 사람의 녹색 모자가 외치자, 또 한 사람의 녹색 모자가 이제 이 사건은 끝을 맺었다고 맞장구치며 기뻐했습니다. 39년에 교부받은 사살 명령을 끝까지 수행하느라 자유 시간은 물론 휴가까지도 희생했다, 그는 대리상이라는 또 하나의 직업을 가지고 있다, 하지만 그의 동료는 동부 피난민이기 때문에 역시 어려움을 많이 겪고 있어서 다시 처음부터 시작해야만 한다, 나는 동부에서 꽤 번창하던 주문 양복점을 잃어버렸지만 이제 일이 끝났다, 오늘밤 이 명령을 수행하기만 하면 과거는 이제 그만 매듭을 짓게 된다—운 좋게 전차까지 탈 수 있어서 다행이었다는 것입니다.

이렇게 하여 나는 본의 아니게 사형 선고를 받은 사람과 사살 명령서를 지닌 형리 두 명을 게레스하임으로 싣고 가는 전차 운전사가 되었습니다. 교외의 다소 경사진 텅 빈 광장에서 나는 우회전을 하여, 차량을 유리 공장 근처의 종점까지 몰고 가 그곳에서 녹색 모자의 사내들과 반 봉사인 빅토르를 내려주고, 나의 친구와 함께 귀가하려고 생각했습니다. 종점에 도착하기 전 세 번째 정류소에서 마체라트 씨는 차량 안에서 나와 운전석으로 왔습니다. 그리고 서류 가방을—그 안에 그 보존 유리병이 똑바로 서 있음을 나는 알고 있었습니다—현직 운전사들이 버터 바른 빵을 담은 양철 도시락을 놓는 장소 근처에 올려놓았습니다.

"저 사람을 구해야 돼. 저 친구 빅토르야. 불쌍한 빅토르!" 마체라트 씨는 흥분하고 있는 것이 역력했습니다.

"그 사람 아직도 도수 맞는 안경을 구하지 못했군. 그는 심한 근시야. 그자들이 총을 쏜다 하더라도, 그는 다른 방향 쪽으로 보고 있을 거야." 나는 형리들이 비무장이라고 생각했습니다. 그러나 마체라트 씨는 녹색 모자를 쓴 두 사내가 걸친 외투가 두툼하게 부풀어 있는 게 마음에 걸리는 모양이었습니다.

"저 친구 단치히에 있는 폴란드 우체국의 현금등기 배달부였어. 지금은 연방 우체국에서 같은 일을 하고 있지. 그런데 일과 후면 그들에게 쫓기는 거야. 아직도 사살 명령서라는 것이 존재하기 때문이야."

나는 마체라트 씨의 말을 속속들이 이해한 것은 아니었지만 그에게 약속했습니다. 그와 함께 사격 현장에 참석하여, 가능하다면 힘을 합해 사격을 막아 보자고 말입니다.

유리 공장의 뒤편이며, 과수원 바로 앞쪽이었습니다—달빛이 있었다면 사과나무가 있는 우리 어머니의 정원이 보였을 것입니다—그때 나는 전차에 브레이크를 걸고 차 안쪽으로 소리쳤습니다. "내리세요 종점입니다!" 검은 리본이 달린 녹색 모자를 쓴 사내들은 즉시 차에서 내렸습니다. 반 봉사의 남자는 이번에도 발판이 잘 안 보여 고생했습니다. 그 뒤를 이어 마체라트 씨가 내렸습니다. 그리고 내리기 전에 겉저고리 아래에서 북을 꺼내더니 내리면서 내게 부탁했습니다. 유리병이 들어 있는 자신의 서류가방을 가지고 내려달라고 말입니다.

여전히 불이 켜진 전차를 뒤에 남겨 두고, 우리는 형리와 그 희생자의 뒤에 바싹 붙어 따라갔습니다.

과수원의 울타리 곁을 따라서 갔는데, 그것이 나를 피곤하게 만들었습니다. 우리 앞에 가던 세 사람이 멈추어 섰을 때, 나는 비로소 그들이 우리 어머니의 과수원을 총살장으로 골랐다는 사실을 깨달았습니다. 마체라트 씨뿐만 아니라 나도 항의했습니다. 하지만 그들은 아무 구애도 받지 않았으며, 안 그래도 썩어 있는 나무 울타리를 밀어 넘어뜨렸으며, 마체라트가 가련한 빅토르라고 부르는 그 반 봉사를 내 사과나무의 나뭇가지 갈라진 곳 아래쪽에 묶었습니다. 그리고 우리가 계속 항의하자 다시 한번 제멋대로 꾸겨진 사격 명령서를 회중 전등으로 비추며 우리에게 보여 주었습니다. 거기에는 첼레브스키라는 이름의 군법회의 장관의 서명이 있었습니다. 날짜란에는—내 기억에 따르면—초포트, 39년 10월 5일이라고 되어 있었습니다. 스탬프도 제대로 찍혀 있었기 때문에, 이의를 제기하기가 거의 불가능했습니다. 그럼에도 불구하고 우리는 국제 연합이니, 민주주의니, 연대 책임이니, 아데나워 같은 여러 이야기들을 끄집어냈습니다. 그러나 녹색 모자 중의 한 명이 우리의 모든 항의를 일축하며 이렇게 말했습니다. 당신들은 이 일에 참견해서는 안 된다, 아직 평화 조약이 체결되지 않았다, 나도 당신들처럼 아데나워를 뽑았다, 하지만 이 명령은 아직 효력을 갖고 있다, 우리는 이 서류를 가지고 가 최고 당국자를 만나 상의도 했으니 착오가 있을 수 없다, 요컨대 우리는 저주받은 의무를 수행할 뿐이니, 당신들은 물러나는 게 좋을 것이다.

그러나 우리는 물러나지 않았습니다. 오히려 마체라트 씨는 녹색 모자들이 그들의 외투를 벌려 자동 권총을 꺼내자 그의 북을 두들길 태세를 취했습니다—그 순간 거의 보름달에 가깝지만 약간 오목하게 들어간 달이 구름 사이를 뚫고 나왔습니다. 그러면서 구름의 가장자리에서 마치 통조림 깡통의 톱니 모양의 테두리처럼 금속성 빛을 내게 했습니다—한편 마체라트 씨는 달과 비슷하지만, 완전무결하게 동그란 양철 위에서 북채를 조절하기 시작했습니다. 그리고 있는 힘을 다해두들겼습니다. 낯선 리듬이었습니다만 어디선가 들은 적이 있는 것 같기도 했습니다. 이따금 되풀이하여 'O'라는 글자가 둥근 모양으로 나타났습니다. 빼앗기지 않았다, 아직 빼앗기지 않았다, 아직 빼앗기지 않았다, 폴란드는 아직 빼앗기지 않았다! 그것은 가엾은 빅토르의 목소리였습니다. 그가 마체라트 씨의 북에 맞추어 노래를 불렀던 것입니다. 그런데 그 리듬은 그 녹색 모자들에게도 친숙한 것 같았습니다. 왜냐하면 그들은 달빛에 뚜렷이 드러난 쇠붙이의 뒤쪽에서 몸을 떨었으니까요. 사실 그것도 무리는 아니었습니다. 마체라트 씨와 가엾은 빅토르가 우리 어머니의 과수원 안에서 울려 퍼지게 한 그 행진곡이 폴란드 기병대를 나타나게 했던 것입니다. 달이 도와주었는지도 모릅니다. 아니 북과 달과 근시인 빅토르의 쉰 목소리가 함께 어울려 세상 끝에서 기병의 대군이 땅을 박차고 나오게 한 것인지도 모릅니다. 우레와 같은 말발굽 소리, 거칠게 콧김을 내뿜는 소리, 찰가닥거리는 박차 소리, 히힝거리는 말 울음소리, 어샤 어샤 힘을 북돋는 소리…… 이런 소리들은 전혀 들리지 않았습니다. 말발굽 소리도, 콧김 소리도, 박차 소리도, 히힝거리는 소리도, 어샤 어샤 힘을 북돋는 소리도 무엇 하나도 들리지 않았습니다. 다만 게레스하임 뒤편의 수확을 끝낸 밭 위를 소리도 없이 미끄러져 가는 것이었습니다. 그렇지만 그것은 폴란드 창기병 중대였습니다. 왜냐하면 마체라트 씨의 래커칠한 북의 색깔과 똑같은 붉은빛과 흰빛의 삼각기가 창끝에 매달려 있었으니까요. 아니 매달려 있는 것이 아니라 헤엄치고 있었습니다. 기병대 전체가 달 아래쪽에서 헤엄치고 있었습니다. 아마 달에서 내려왔는지도 모르겠습니다. 기병대는 좌로 돌아 우리들의 과수원 쪽으로 헤엄쳐 왔습니다. 살도 피도 없는 것 같았지만, 그래도 헤엄쳐 왔습니다. 손으로 만든 장난감 유령처럼 가까이 다가왔습니다. 어쩌면 마체라트 씨의 간병인이 만든 노끈 매듭 작품과 비교할 수 있을지도 모르겠습니다. 노끈 매듭으로 만든 폴란드 기병대 말입니다. 소리도 없이, 그러나 말발굽 소리를 울리며, 살도 피도 없이, 그러나 폴란드식으로 자유분방하게 우리를 향해 다가왔습니다. 그 순간 우리는 땅에 엎드려 달과 폴란드 기병대의 진격을 참아 냈습니다. 우리 어머니의 과수원 위로, 그리고 정성껏 가꾸어 놓은 다른 모든 과수원 위로 그들이 내습해 왔습니다. 하지만 어느 과수원도 황폐하게 만들지 않았습니다. 다만 가련한 빅토르와 함께 두 사람의 형리를 체포하여 달빛 아래 펼쳐진 광야로 사라져 갔습니다—빼앗긴, 아직 빼앗기지 않은 동쪽 폴란드를 향해. 달빛을 등 뒤로 하며 말을 달려가는 것이었습니다.

우리는 가쁜 숨을 몰아쉬며 기다렸습니다. 마침내 밤은 아무 일 없었다는 듯이 고요해졌고, 하늘은 다시 닫혔으며, 오래전에 소멸한 기병대를 최후의 공격에 나서도록 독려했던 그 빛은 사라졌습니다. 내가 먼저 몸을 일으켰습니다. 그리고 물론 달의 영향력을 과소평가한 것은 아니었지만, 마체라트 씨에게 그의 대성공을 축하해 주었습니다. 그러나 그는 지치고 완전히 맥이 빠진 듯한 태도로 손을 내저었습니다. "성공이라고? 고트프리트. 난 이제 성공에 신물 났어. 단 한번만이라도 성공하지 않았으면 좋겠어. 하지만 정말 어렵고 힘든 일이야"

내게는 이 말이 마음에 들지 않았습니다. 왜냐하면 나는 부지런한 편임에도 불구하고 단 한 번도 성공하지 못했기 때문입니다. 나는 마체라트 씨가 감사할 줄 모른다는 생각이 들어 그를 나무랐습니다. "너무 시건방지군, 오스카!" 하며 나는 막말을 했습니다. 당시에 우리는 이미 말을 트고 지내는 사이였으니까요. "신문마다 네 이야기로 가득해. 너는 명성을 떨쳤어. 돈을 말하는 게 아니야. 하지만 신문에도 한번 실리지 않는 내가 출세한 네 곁에서 견뎌 내기 쉬운 일이라고 생각하는 거야? 나도 언젠가는 한번 본때를 보여 주고 싶어. 네가 지금 해낸 일과 같은 것을 혼자 힘으로 해내겠어. 그래서 신문에 활자로 인쇄되고 싶단 말이야. 그것을 해낸 자는 고트프리트 폰 비틀라르다!라고 말이야."

마체라트 씨의 커다란 웃음소리가 내 마음을 상하게 했습니다. 하지만 그는 하늘을 향하고 누워, 등의 혹으로 부드러운 흙을 휘젓기도 하고, 두 손으로 풀을 쥐어뜯어 공중으로 높이 던지며 무엇이든 할 수 있는 초인적인 신이라도 되는 것처럼 웃어 댔습니다. "이보게, 친구, 그보다 쉬운 일은 없어. 여기, 서류 가방 말이야! 놀랍게도 폴란드 기병대의 말발굽 아래 깔리지 않았어. 내가 이 가방을 자네에게 주겠네. 이 가죽 가방 속에는 무명지가 든 보존 유리병이 들어 있어. 이걸 통째로 받아 게레스하임으로 달려가는 거야. 거기 가면 불을 환하게 밝히고 있는 전차가 아직 서 있을 테니, 그것을 타고 내 선물과 함께 퓌르스텐발의 경찰국 쪽으로 가게. 그러고는 고발하는 거야. 그러면 내일 당장 네 이름이 모든 신문지상에 활자화될 거야!"

처음에 나는 그 제의를 물리치며, 유리병 속에 든 그 손가락이 없으면 그는 살아갈 수 없을 게 분명하다며 반대했습니다. 그러나 그는 나를 안심시키며 말했습니다. 나는 이제 손가락 이야기라면 정말 신물 나네, 게다가 여러 개의 석고 주형도 있고, 또한 순금으로 만든 주형까지 맞추어 놓았네, 그러니 자네는 안심하고 그 가방을 들고 전차로 돌아가 경찰국까지 몰고 가게, 그리고 고발하게, 라고 말하는 것이었습니다.

그래서 나는 달렸습니다. 등 뒤에서는 마체라트 씨의 웃는 소리가 한참 동안 들려왔습니다. 내가 시내를 향해 전차를 몰고 찌르릉거리며 달려가는 동안에도 그는 누운 채로 풀을 뜯고 커다란 소리로 웃어 대며 밤을 마음껏 즐겼습니다. 내가 그를 고발한 것은 다음 날 아침이었습니다. 이렇게 마체라트 씨의 호의 덕택으로 내 이름은 여러 차례 신문지상에 실리게 되었던 것입니다.

마음씨 좋은 마체라트 씨, 나 오스카는 캄캄한 밤 게레스하임 뒤편의 풀밭에 누워 웃고 있었다. 심각하기 짝이 없는 얼굴로 빛나고 있는 몇 개의 별 아래에서 배꼽이 빠져라 웃으면서 뒹굴고, 나의 혹으로 따뜻한 흙을 파헤치며 생각했다. 잠 자거라, 오스카. 한 시간만이라도. 경찰관이 깨우기 전에. 앞으론 이렇게 달 아래 마음껏 누워 있을 수도 없을 테니 말이야. 그리고 잠에서 깨어났을 때 나는, 날이 환하게 밝아졌다는 사실을 미처 깨닫기도 전에 무언가가 나의 얼굴을 핥고 있다는 것을 먼저 깨달았다. 따뜻하고 꺼칠꺼칠하고 골고루 축축한 그 어떤 것이 나를 핥고 있었다.

아마 경찰관들이겠지. 비틀라르가 잠을 깨우자, 이곳으로 너를 찾아와 핥으면서 깨우는 것일 테지. 하지만 나는 눈을 곧바로 뜨지는 않고, 약간 따뜻하고 꺼칠꺼칠하고 골고루 축축한 그 무엇이 나를 핥도록 내버려두고, 그 감촉을 즐기면서 누가 나를 핥고 있는가에 대해서는 상관하지 않기로 했다. 경찰관 아니면 암소겠지, 라고 오스카는 추측했다. 한동안 그렇게 있다가 나는 마침내 나의 푸른 눈을 떴다.

그것은 흰색과 검은색의 얼룩무늬를 하고 내 옆에 엎드려 숨을 쉬고 나를 핥아서 내 눈을 뜨게 했다. 날은 이제 완전히 흰해졌다. 구름이 조금 낀 날씨였다. 나는 자신에게 말했다.

오스카, 이 암소 옆에 머뭇거리고 있어서는 안 돼, 소의 눈길이 아무리 정답고, 그 꺼칠꺼칠한 혀로 아무리 열심히 너의 기억을 가라앉히고 희미하게 만들어 준다 할지라도 말이야, 벌써 낮이 아닌가, 파리도 윙윙거리고 있지 않니, 너는 도망쳐야 한다, 비틀라르가 너를 고발했으니 너도 도망가야지, 진짜 고발에는 진짜 도망이 따르는 법, 소는 음매음매 울도록 내버려 두고, 도망가거라, 그들은 여기 아니면 어디선가 너를 붙잡겠지, 하지만 그건 아무래도 좋아.

그리하여 나는 소가 핥아 주어 세수를 하고 머리를 빗은 후 도주했다. 그러나 몇 걸음도 채 가지 않고 참지 못해 나는 밝은 아침 같은 웃음을 터뜨리고 말았다. 엎드린 채 음매음매 울고 있는 암소 옆에 나의 북을 남겨 두고 나는 연이어 웃음을 터뜨리며 도주를 시작했다.

30세

그래, 도주다! 이것에 대해서는 아직 할 말이 남아 있다. 나는 비틀라르의 고발의 가치를 높이기 위해 도주했다. 어떠한 도주에도 예정된 목적지가 있어야만 한다고 나는 생각했다. 오스카야 너는 어디로 도주하려느냐?라고 나는 자신에게 물었다. 정치적인 사정, 즉 철의 장막이라는 것이 나에게 동쪽으로의 도주를 금지시켰다. 그러므로 나는 오늘날에도 여전히 카슈바이의 감자밭에서 부풀어 오르고 있는 나의 할머니 안나 콜야이체크의 네 벌의 치마를 나의 도주 목적지에서 지울 수밖에 없었다. 비록 할머니의 치마 쪽으로 도주하는 것만이 도주다운, 유일하게 전망이 있는 도주라고 여겼지만 말이다.

그런데 오늘 나는 나의 서른 번째 생일을 축하하고 있다. 서른 살 먹은 사람이라면 도주라는 테마에 대해 젊은이로서가 아니라 어른답게 말할 의무가 있다. 마리아는 나에게 서른 자루의 초를 세운 케이크를 가져다주며 말했다. "이제 서른이 되었어요, 오스카. 이제 서서히 철이 좀 들지 않겠어요?"

클레프, 나의 친구 클레프는 여느 때와 마찬가지로 재즈곡이 들어 있는 레코드를 선사했으며 나의 생일 케이크를 장식하고 있는 서른 개의 초에 불을 켜는 데 다섯 개의 성냥을 사용했다. 그리고 "인생은 서른부터야."라고 말했다. 하지만 그의 나이는 스물아홉이다.

그러나 비틀라르, 내 마음속 가장 가까운 나의 친구 고트프리트는 과자를 선물로 주었고 나의 침대 격자 위로 몸을 구부리고 콧소리로 말했다. "예수는 30세가 되었을 때 길을 떠나 제자들을 모았지."

비틀라르는 언제나 나를 혼란에 빠뜨려 놓고는 좋아했다. 지금도 내가 서른 살이 되었다고 해서 침대를 떠나 제자들을 모아야 한다는 게 말이나 되는 소리냐고 말하는 것이었다. 그러고 나서 나의 변호사가 찾아왔다. 그는 한 장의 종이 쪽지를 흔들어 대며 요란스럽게 축하의 말을 하고는 나의 침대에 그의 나일론 모자를 걸었다. 그리고 나와 생일 축하객 모두에게 알렸다. "이것은 정말 행복한 우연이라고 할 수밖에 없군요. 내 의뢰인이 서른 번째 생일을 축하하고 있는데 마침 이 생일에 무명지 재판이 재개된다는 소식이 들어왔어요. 새로운 단서가 잡혔다는군요. 그 간호사 베아테 말입니다. 여러분들도 알고 있는……."

내가 몇 년 동안이나 두려워하던 일, 나의 도주 이후 두려위하던 일이 오늘 나의 서른 번째 생일에 나타난 것이다. 진짜 범인이 드러났고 재판이 재개된다. 나는 무죄 석방되어 정신 병원에서 퇴원한다. 나는 달콤한 침대를 빼앗기고 비바람 몰아치는 차가운 거리로 내몰린다. 30세의 오스카는 그와 북 주위에 제자들을 불러 모으도록 강요받는다.

그렇다면 그녀가, 그 간호사 베아테가 나의 간호사 도로테아를 진한 질투심 때문에 살해했다는 말인가.

아마 독자 여러분은 아직 기억할 것이다. 베르너 박사라는 양반이 있었는데, 이자는 영화에서도 현실에서도 너무나 흔하게 나타나는 경우처럼 두 간호사 사이에 서 있었던 것이다. 불쾌한 이야기다. 베아테는 베르너를 사랑했다. 하지만 베르너는 도로테아를 사랑했다. 도로테아는 이와는 반대로 아무도 사랑하지 않았거나 아니면 아마도 비밀리에 난쟁이 오스카를 사랑했는지도 모른다. 그래서 베르너는 병이 들었고, 도로테아가 그를 돌보게 되었는데 그것은 그가 그녀에게 맡겨진 환자였기 때문이었다. 베아테가 이것을 잘못 오해했고 참을 수 없게 되었다. 그래서 그녀는 도로테아를 산책하도록 설득하여 끌어낸 후 게레스하임 근처의 호밀밭에서 죽였다. 아니 더 정확하게 말하자면 제거했다. 이제 베아테는 방해받지 않고 베르너를 간호할 수 있게 되었다. 하지만 그녀는 그가 건강하게 되도록 간호한 것이 아니라 그 반대 방향으로 간호했다는 것이다. 이 사랑에 미친 간호사는 아마 자신에게 이렇게 말했을지도 모른다. 이 사람이 아픈 동안에는 나의 것이라고. 그녀가 그에게 너무 많은 약을 먹였던 것일까? 아니면 잘못된 약을

먹였던 것일까? 어쨌든 베르너 박사는 너무 많은, 혹은 잘못
된 약을 먹고 죽었다. 하지만 베아테는 법정에서 잘못된 약도
너무 많은 약도 먹이지 않았다고 주장했으며, 간호사 도로테
아의 마지막 산책이 되어 버린 호밀밭으로의 산책도 부인했다.
오스카도 법정에서 아무것도 인정하지 않았지만 보존 유리병
속에 불리한 증거물인 손가락이 들어 있었기 때문에 호밀밭
에 갔다는 혐의를 쓰고 유죄를 선고받았다. 그러나 법정은 그
를 정상이 아니라고 판단해 정신 병원에 넣어 두고 관찰하도
록 했던 것이다. 물론 오스카는 유죄 판결을 받고 정신 병원
에 수용당하기 전에는 도주도 해 보았다. 왜냐하면 나는 도주
함으로써 내 친구 고트프리트가 했던 고발의 가치를 크게 높
여 주려 했기 때문이다.

　도주했을 때의 내 나이는 28세였다. 몇 시간 전까지만 해도
내 생일 케이크에서는 촛농을 흘리는 서른 개의 초들이 의젓
하게 타오르고 있었다. 내가 도주했을 때도 9월이었다. 처녀좌
아래 나는 이 세상에 태어났다. 하지만 지금은 전등 아래에서
의 나의 탄생이 아니라 나의 도주에 대해 언급하는 것이 마땅
하리라.

　이미 말했다시피 동쪽으로의 도주로, 즉 할머니에게로 가
는 도주로는 차단되어 있었으므로, 요즘 사람 누구나와 마찬
가지로, 어쩔 수 없이 서쪽으로 도주할 수밖에 없었다. 고매한
정치 때문에 너의 할머니에게로 도주할 수 없다면, 오스카여,
미합중국, 그것도 버팔로에 살고 있는 너의 할아버지에게로
도주하거라. 미국으로 도주하려무나. 보라, 그대가 얼마나 멀

30세

리 갈 수 있는가를!

　미국에 있는 할아버지 콜야이체크에 대한 생각이 떠오른 것은 게레스하임 저편의 풀밭에서 암소가 나를 핥아 대는 동안 눈을 감고 있을 때였다. 아마도 이른 아침 7시 무렵이었을 것이다. 나는 8시에 가게문을 열자고 다짐했다. 나는 웃으면서 그곳에서 달아났고, 북을 암소 곁에 남겨 놓으면서 생각했다. 고트프리트는 지쳤으니까 아마 8시나 8시 반은 되어야 고발할 테지. 그러니 나는 이 짧은 시간을 잘 이용해야해. 아직 잠들어 있는 게레스하임의 교외에서 전화로 택시를 부르는 데에는 10분이 걸렸다. 택시는 나를 중앙역으로 데려갔다. 차를 타고 가는 동안 돈을 세었지만 밝고 신선한 아침 기운에 웃지 않을 수 없어 나는 몇 번이나 잘못 세었다. 그러고 나서 나의 여권을 넘겨 보았는데, 거기에서 나는 콘서트 중개업자 '베스트'의 배려 덕택으로 프랑스와 미국에 갈 수 있는 사증이 기재되어 있음을 확인했다. 고수 오스카를 그런 나라에 보내어 순회 연주를 시키고자 하는 것이 되시 박사의 간절한 소망이었던 것이다.

　좋다, 나는 혼자 말했다. 파리로 도망가자. 멋진 생각이다. 영화에나 나옴직한 장면이다. 가뱅과 출연하자. 그는 파이프 담배를 피우면서 인정미도 넘치게 나를 추적한다. 하지만 내 역은 누가 하지? 채플린? 피카소? ─이처럼 도주에 대한 공상을 하느라고 웃기도 하고 흥분하기도 해서 나는 약간 구겨진 내 바지를 연신 두들겼다. 마침내 택시 운전사가 나에게 7마르크를 청구했다. 나는 돈을 지불하고 역내의 레스토랑에서 아침 식사를 했다. 달걀 반숙 옆에다 연방 철도 시간표를 펼쳐

놓고는 적당한 기차를 찾아냈다. 아침 식사를 끝내고 나서도 외국환을 마련할 여유는 있었다. 그리고 또한 부드러운 가죽 가방을 하나 구입했다. 윌리히 가로 다시 돌아가는 것이 싫었기 때문에 비싸기만 하고 몸에 맞지도 않는 셔츠와 함께 담록색의 파자마, 치솔, 치약 따위를 그 속에 챙겨 넣었다. 절약할 필요는 없었으므로 1등표를 샀다. 그리고 곧 쿠션이 있는 창가 좌석에 앉아 편히 쉬었다. 나는 도주한다고는 하지만 달릴 필요는 없었던 것이다. 또 쿠션도 나의 생각을 도와주었다. 기차가 출발하고 도주가 시작되자 오스카는 무엇인가 공포스러운 것이 나타나지 않을까 생각해 보았다. 공포 없는 도주라는 게 어딨어!라고 인정하면서도 나는 안심했다. 하지만 오스카야, 너에게는 경찰마저도 아침의 밝은 웃음이나 터뜨리게 할 뿐인데, 무섭다고 생각하며 도주한다는 게 말이나 되니?

오늘 나는 30세가 되었다. 도주도 재판도 이제 과거사가 되었다. 하지만 도주 중에 내가 자신에게 불어넣었던 공포는 아직 남아 있다.

그것은 선로의 덜컹거림이었던가? 아니면 철도가 부른 노래였던가? 그 가사는 단조로웠다. 공포를 깨달은 것은 아헨에 도착하기 얼마 전이었다. 그것은 1등차 칸의 쿠션에 몸을 맡기고 있는 내 마음속에 굳게 자리 잡고서는 아헨을 지나서도 계속 사라지지 않고—기차는 10시 반경에 국경을 통과했다—뚜렷해지고 더욱 심해졌다. 그래서 나는 세관원들이 나의 주의를 약간 흩뜨려 놓자 오히려 마음이 더 편해졌다. 그들은 내 이름이나 여권보다는 나의 혹에 더 관심이 많았다. 나는 속으로 말했다. 비틀라르, 이 잠꾸러기 자식! 곧 11시가 되는데도 그는 보존 유리병을 팔 아래 끼고 경찰서로 가는 것을 게을리하고 있었다. 반면에 나는 이른 새벽부터 그놈 때문에 도주를 하고, 또한 도주에 동기를 부여하려고 공포심을 불어넣어야 하는 것이다. 아아, 벨기에에서는 정말 무서웠다. 철도가 노래를 하는 것이 아닌가. 검은 마녀가 거기 있느냐? 있다있다있다! 검은 마녀가 거기 있느냐? 있다있다있다있다!

어쨌든 여행은 신나는 것이었다. 어느 역에서일지는 몰라도 언제든 그 무시무시한 모습을 드러낼지 모르는 검은 마녀에 대한 공포를 제외한다면 말이다. 나는 혼자 칸막이 객실에 앉아 있으면서—검은 마녀가 혹시 근처의 칸막이 객실에 앉아 있었을지도 모른다—벨기에 세관원, 그리고 프랑스 세관원과도 알게 되었다. 나는 이따금 5분 정도 잠들었다가 가느다란 신음 소리와 함께 잠을 깼다. 그러고는 검은 마녀에게 너무 무방비 상태로 넘겨지지 않기 위해 뒤셀도르프에서 객실 창문을 통해 구입했던 주간지 《슈피겔》을 뒤적거렸다. 나는 저널리스트들의 광범위한 지식에 새삼 놀랐는데, 심지어는 나의 매니저인 콘서트 중개소 '베스트'의 되시 박사에 대한 비평 기사도 실려 있었다. 내가 알고 있었던 사실도 그대로 나와 있었다. 되시의 중개소는 단 하나의 기둥만을 가지고 있을 뿐인데, 그것이 바로 고수인 오스카라는 것이다. 그리고 내 사진도 꽤나 멋있게 나와 있었다. 그런데 그 기둥인 오스카는 파리에 도착하기 직전까지의 체포와 검은 마녀의 무시무시한 등장이 야기할 것임에 틀림없는 콘서트 중개소 '베스트'의 붕괴를 상상하는 것이었다.

이때까지 나는 검은 마녀를 두려워한 적이 없었다. 그런데 이제 도주를 하면서 공포를 느끼려고 했기 때문에, 처음으로 그녀가 내 피부 밑으로 파고들어 와 내가 30세의 생일을 축하하는 오늘에 이르기까지, 대개의 경우는 잠들어 있긴 하지만, 그곳에 정착을 하고는 여러 가지 다른 모습으로 나타나는 것이다. 이를테면 나로 하여금 소리치게 하고 공포에 떨면서 이불 밑으로 도망치게 하는 것이 괴테라는 말 한마디인 경우도 있다. 나는 어린 시절부터 이 시성(詩聖)에 대해 연구해 왔지만 올림피아의 신과도 같은 그의 평정(平靜)은 내게 언제나 섬뜩한 느낌을 주었다. 그러므로 그가 지금도 밝고 고전적인 모습이 아니라, 나의 서른 번째 생일을 맞이하여 라스푸틴의 음침함을 능가하는 검은 마녀로 변장하고 나타나 내 침대 격자 옆에 서서 "검은 마녀가 거기 있느냐?"고 묻는다면 등골이 오싹해지지 않을 도리가 있겠는가.

있다 있다 있다 있다!라고 말하면서 기차는 도망자 오스카를 파리로 데려갔다. 나는 틀림없이 국제 경찰의 관리들이—프랑스인들이 갸르 뒤 노르라고 부르는—파리 북부역에서 이미 나를 기다리고 있으리라 예상했다. 하지만 내게 말을 걸어온 자는 수하물 운반 인부뿐이었다. 이 사람은 붉은 포도주 냄새를 지독하게 풍기고 있어 아무리 봐도 검은 마녀라고 생각할 수는 없었다. 나는 그에게 신뢰감에 차서 나의 작은 가방을 맡기고 개찰구 바로 앞까지 운반하도록 했다. 관리들 그리고 또한 마녀도 입장권 값을 지불하기를 꺼려할 것이기 때문에 개찰구 바깥에서 기다리다가 내게 말을 걸고 체포할 것이므로 아예 개찰구 바로 앞에서 인부로부터 가방을 받아 드는 게 현명하리라고 생각했던 것이다. 그 결과 나는 가방을 혼자서 지하철까지 끌고 가야만 했다. 어떠한 관리도 나를 기다리지 않았고 가방도 뺏기지 않았기 때문이다.

나는 독자 여러분에게 세계적으로 유명한 파리 지하철의 향기에 대해 아무것도 설명하지 않으려 한다. 다만 내가 최근에 읽은 바에 의하면 이 향수는 누구라도 구입해 뿌릴 수 있다는 것이다. 그러나 나의 눈에 띄었던 것은 첫 번째로 파리 지하철도 열차와 마찬가지로 검은 마녀의 행방에 대해 묻는다는 점이었다. 비록 그 리듬이 다르긴 하지만. 두 번째로는 마녀가 나와 마찬가지로 모든 승객에게도 잘 알려져 있는 무서운 존재라는 점이다. 왜냐하면 모든 승객이 불안과 공포를 내뿜고 있었기 때문이다. 나의 계획은 지하철을 타고 이탈리아 문(門)까지 가서 거기서 택시를 타고 오를리 공항까지 가는 것이었다. 하지만 나는 북부역에서는 아니었지만, 유명한 오를리 공항에서는 스튜어디스의 모습을 한 검은 마녀가 나를 아주 안성맞춤으로 체포할 것으로 생각했다. 나는 한 번 갈아타야 했지만 가방이 가벼워 다행이었다. 그리고 지하철에 실려 남쪽으로 가며 생각했다. 어디서 내릴 것인가, 오스카야. 맙소사 하루만에 이런 일이 벌어지다니. 오늘 아침 일찍만 해도 게레스하임 바로 저편에서 암소가 나를 핥아 대었고 나는 아무런 걱정 없이 즐거웠는데 지금은 파리에 있다니, 어디서 내릴 것인가, 검은 마녀가 어디에서 무서운 모습으로 나를 맞이할 것인가? 이탈리아 광장인가, 아니면 이탈리아 문인가?

나는 이탈리아 문 한 정거장 앞의 메종 블랑쉬 역에서 내렸다. 그들은 자기들이 이탈리아 문에서 기다리고 있음을 내가 눈치 챘다고 생각했을 것이다. 그러나 검은 마녀는 내 생각도 그들의 생각도 알고 있었다. 게다가 나는 지쳐 있었다. 힘들게 공포를 지속시켜 가며 도주하느라 기진맥진했던 것이다. 오스카는 이제 비행장으로 가고 싶지도 않았다. 그리고 오를리 공항보다는 메종 블랑쉬가 훨씬 안성맞춤의 장소라고 생각했다. 그리고 사실 또 그러했다. 이 지하철역에는 에스컬레이터가 있어서 나를 어느 정도 흥분시켰고 또 그 덜거덕거리는 소리가 다음과 같이 들렸기 때문이었다. 검은 마녀가 거기 있느냐? 있다있다있다!

오스카는 얼마간 당황하고 있다. 그의 도주는 끝나가며 그와 함께 그의 보고도 끝나기 때문이다. 메종 블랑쉬 역의 에스컬레이터는 그의 수기의 마지막 장면을 덜거덕거리는 소리와 함께 멋있게 장식할 만큼 충분히 높고 가파르며 상징적일까?

그래서 나는 오늘 나의 서른 번째 생일날을 떠올린다. 에스컬레이터가 너무 소란스럽다고 생각하는 분들, 검은 마녀를 조금도 무서워하지 않는 분들 모두를 위해 나는 마지막 장면으로 나의 서른 번째 생일을 제공하는 바이다. 서른 번째 생일은 모든 생일 중에서 가장 명명백백한 생일이 아닌가? 3이라는 숫자를 포함하고 있고 60을 예감하게 하며 60을 여분의 것으로 만들지 않는가. 오늘 아침 서른 개의 촛불들이 내 생일 케이크 위에서 타고 있을 때 나는 기쁘고 감격에 겨워 하마터면 울 뻔했다. 하지만 나는 마리아가 볼까 봐 부끄러웠다. 30세가 되면 이제 더 이상 울어서는 안 되는 법이다.

에스컬레이터의 첫 번째 계단에— 에스컬레이터에도 첫 번째 계단이라는 것이 있다면 말이다—발을 내디디는 순간 나는 웃음을 터뜨렸다. 공포심에도 불구하고 아니 공포심 때문에 나는 웃었다. 에스컬레이터는 가파르게 느릿느릿 올라갔고, 그들은 위에서 기다렸다. 담배 반 개비 정도를 피울 시간은 아직 있었다. 나보다 두 계단 위에서는 한 쌍의 연인이 거리낌 없이 시시덕거리고 있었다. 한 계단 밑에는 내가 처음에 이유도 없이 검은 마녀가 아닐까 의심했던 한 늙은 여자가 타고 있었다. 그녀는 과일 모양이 장식된 모자를 쓰고 있었다. 나는 담배를 피우며 에스컬레이터와 연관된 모든 것을 생각해 내려고 애를 썼다. 우선 오스카는 지옥에서 돌아오는 단테의 역할을 하고 위쪽, 에스컬레이터가 끝나는 곳에서는 기민한 《슈피겔》지 기자들이 기다리고 있다가 질문한다. "어이, 단테. 아래쪽은 어땠어요?" 같은 연기(演技)를 나는 시성인 괴테가 되어서도 해 보았다. 《슈피겔》의 기자들이 저 아래 어머니들의 나라에서는 어땠느냐고 내게 질문하는 것이었다. 마침내 나는 시인들에게는 싫증 났기 때문에 혼자 중얼거렸다. 저 위에 서 있는 것은 슈피겔의 무리들도, 외투 주머니에 금속제 메달을 넣고 다니는 형사들도 아니야. 위에 서 있는 것은 그 여자, 검은 마녀야. 에스컬레이터는 덜거덕거리면서 검은 마녀가 거기 있느냐? 고 물었고 오스카는 "있다있다있다!"라고 대답했다.

에스컬레이터 옆에는 보통의 계단도 있었다. 그것은 통행인들을 지하철역으로 내려가게 하는 데 사용하는 것이었다. 밖에는 비가 내리는 것 같았다. 사람들이 젖어 보였다. 하지만 그 점때문에 마음이 놓였다. 왜냐하면 나는 뒤셀도르프에서 레인코트를 구입할 시간이 없었기 때문이다. 그러나 오스카는 위쪽을 쳐다보자 눈에 띄지 않는 듯 눈에 띄는 얼굴을 한 사람들이 보통의 우산들을 가지고 있는 게 보였다—하지만 이러한 사실이 검은 마녀가 존재함을 의심케 하는 것은 아니었다. 그들에게 어떻게 말을 걸 것인가 한편으로 걱정하면서도, 나는 만족감을 서서히 증대시키고 인식을 풍요롭게 만드는 에스컬레이터 위에서 여유 있게 끽연을 즐겼다. 에스컬레이터 위에서 사람은 다시 젊어진다. 에스컬레이터 위에서 사람은 점점 늙어간다. 에스컬레이터를 세 살 아이로서 떠날 것인가, 아니면 60세 노인으로 떠날 것인가, 국제 경찰을 아이로서 아니면 노인으로 만날 것인가. 검은 마녀를 어린아이로 아니면 노인으로 대하며 무서워할 것인가. 이 모든 것이 나의 선택에 맡겨져 있었다.

이미 때는 늦었다. 나의 철제 침대는 매우 피곤해 보인다. 나의 간호사 브루노도 이미 두 번이나 감시 구멍으로 그의 걱정에 찬 갈색 눈을 보였다. 그곳, 아네모네를 그린 수채화 밑쪽에는 아직 칼을 대지 않은 케이크가 서른 개의 초와 함께 자리 잡고 있다. 아마도 마리아는 지금쯤 잠들었으리라. 누구인가가—아마도 마리아의 언니인 구스테일 것이다—나의 나머지 30년에 행운을 빌어 주었다. 마리아는 부러울 만큼 잘 잔다. 그런데 김나지움 학생으로 모범생이자 학급에서 수석인 나의 아들 쿠르트는 내 생일을 위해 무엇을 빌었을까? 마리아가 잠들면 그녀 주위의 가구들도 잠든다. 이제 생각난다. 귀여운 쿠르트는 나의 생일을 맞아 내가 빨리 회복하도록 기도해 주었다! 하지만 나는 마리아로부터 한 조각의 잠이나마 나누어 갖고 싶다. 나는 피곤하며 더 이상 지껄일 말도 없기 때문이다. 클레프의 젊은 아내는 진부하긴 하지만 호의적인 생일 축하시를 내 등의 혹을 소재로 하여 지었다. 오이겐 왕자도 꼽추였지만 도시이자 요새인 벨그라드를 점령했다는 것이다. 마리아도 이제는 혹이 행운을 가져온다는 사실을 깨달아야 할 텐데. 오이겐 왕자도 아버지가 둘이었다. 지금 나는 30세지만 나의 혹은 더 젊다. 루이 14세가 오이겐 왕자의 아버지일 것으로 생각되는 사람 중 하나였다. 이전에는 아름다운 부인들이 행운을 얻기 위해 공공연하게 길거리에서 내 혹을 만지곤 했다. 오이겐 왕자는 꼽추였기 때문에 제 수명을 다할 수 있었다. 만일 예수가 꼽추였다면 그들이 그를 십자가에 못 박기는 어려웠을 것이다. 이제 나는 정말, 단지 30세가 되었다는 이유 때문에, 세상으로 나가 제자들을 주위에 불러 모아야만 한단 말인가?

이것들은 다만 에스컬레이터 위에서 스쳐 지나가는 생각일 뿐이었다! 에스컬레이터는 나를 점점 더 높이 데려갔다. 내 앞 높은 곳에는 거리낌 없는 한 쌍의 연인이, 내 뒤 낮은 곳에는 모자를 쓴 늙은 여자가 서 있었다. 밖에는 비가 내리고 있었고, 위쪽, 제일 높은 곳에는 국제 경찰의 요원들이 서 있었다. 에스컬레이터의 발판은 나무로 되어 있었다. 에스컬레이터를 타고 있으면 다시 한번 모든 것을 곰곰이 생각해야 한다. 너는

어디에서 오는가? 너는 어디로 가는가? 너는 누구인가? 너의
이름은 무엇인가? 너는 무엇을 원하는가? 향기, 젊은 마리아
의 바닐라 향기가 풍겨 왔다. 나의 가련한 어머니는 올리브유
에 담근 정어리 기름을 데워 뜨겁게 해서 마셨다. 그녀 자신이
차가워져서 땅 밑에 묻힐 때까지. 얀 브론스키는 언제나 오 드
콜로뉴를 양껏 마셨지만 그에게서는 모든 단춧구멍으로부터
때 이른 죽음의 냄새가 났다. 채소 장수 그레프의 지하 창고에
서는 겨울 감자의 냄새가 났다. 초등학교 1학년 학생들의 칠판
에 걸려 있는 말린 스폰지 냄새도 났다. 그리고 나의 로스비타
는 계피와 육두구 냄새를 풍겼다. 파인골트 씨가 나의 열을 치
료하려고 소독제를 나에게 살포했을 때 나는 석탄산(酸)의 구
름 위에서 헤엄을 쳤다. 아아, 성심교회의 가톨릭, 그 많은 답답
한 의복들, 차가운 먼지, 그리고 왼쪽 측면 제단 앞에서 나는
내 북을 빌려주었다. 하지만 누구에게?

하지만 이것은 다만 에스컬레이터 위에서 스쳐지나가는 생
각일 뿐이었다. 오늘 사람들은 나를 못 박아 고정시키려 하면
서 말한다. 너는 서른이 되었다. 그러므로 너는 제자들을 모아
야 한다. 사람들이 너를 체포했을 때 네가 말했던 것을 돌이
켜 생각해 보라. 너의 생일 케이크에 켜져 있는 촛불을 세어보
라. 침대를 떠나 제자들을 모아라. 30세의 남자에게는 정말이
지 많은 가능성이 주어져 있다. 예컨대 정말로 내가 이 병원에
서 쫓겨나게 된다면 나는 마리아에게 두 번째의 구혼도 할 수
있을 것이다. 이번에야말로 더 좋은 기회다. 정말이지 오스카
는 그녀에게 가게를 마련해 주었고, 유명해졌으며, 레코드판으

로 계속해서 돈을 벌고 있다. 게다가 그동안에 더욱 성숙해지고 나이도 더 먹었다. 30세가 되면 결혼을 해야 한다! 그렇지 않으면 독신으로 지내는 대신 직업을 하나 선택하라. 질 좋은 조개껍데기 석회암 채굴장을 구입하라. 그리고 석공을 고용해 채굴장에서 바로 채굴하여 집을 지어라. 30세가 되면 생존을 확보해야 한다! 아니면—만일 같은 규격의 장식판이 언제까지고 너를 지루하게 한다면—뮤즈 울라를 찾아가 그녀와 함께 그리고 그녀 곁에 나란히 서서 조형 예술을 위한 자발적인 모델이 되리라. 어쩌면 나는 그렇게도 자주 그리고 짧은 기간 동안만 약혼을 해왔던 뮤즈와 어느 날 결혼할지도 모른다. 30세가 되면 결혼해야 한다! 아니면 유럽에 싫증 나는 경우 여행을 떠나자. 미국, 버팔로, 나의 오랜 꿈. 나의 할아버지, 지금의 백만장자이자 한때의 방화범인 조 콜치크, 옛 이름은 요제프 콜야이체크인 할아버지를 찾아가리라. 30세가 되면 정착해야 한다! 아니면 다만 30세가 되었다는 이유만으로 양보하거나, 못에 박혀 고정되거나, 밖으로 나가리라. 그리고 그들이 내게서 기대하는 구세주 흉내를 내면서 양심을 거슬러 내 북이 할 수 있는 이상의 일을 나의 북으로부터 이끌어내자. 그리하여 북을 상징으로 만들고, 종파, 당파 그리고 더 나아가 비밀 결사까지 만들기로 하자.

내 위쪽에는 한 쌍의 연인이 그리고 내 아래쪽으로는 모자를 쓴 부인이 있었음에도 불구하고 에스컬레이터 위에서 이런 생각에 빠졌던 것이다. 내가 이미 말했던가? 그 한 쌍의 연인이 나보다 한 계단이 아니라 두 계단 위에 서 있었고 그래서 나와 그들 사이에 나의 가방을 놓아두었다고. 프랑스의 젊은 이들은 아주 색달랐다. 에스컬레이터가 우리 모두를 위로 신고 가는 동안 여자가 그 남자의 가죽 겉저고리의 단추를 끄르고, 이어서 셔츠의 단추마저 끌러 18세가 된 남자의 맨 살갗을 어루만졌다. 그러나 그 동작은 매우 열심이긴 하나 사실상 아무런 관능적인 느낌도 불러일으키지 않는 그런 것이었다. 그래서 나는 이 젊은이들이 관청으로부터 돈을 받고, 프랑스의 수도가 그 명성을 잃지 않도록 대로상에서 공공연하게 사랑의 광태를 연출하는 것이 아닌가 하는 의심까지 하게 되었다. 그러나 그들이 키스를 하는 순간 나의 의심은 사라졌다. 남자는 여자의 혀로 거의 질식 상태가 되어, 내가 비끽연자로 형사들을 대하기 위해 담배를 비벼 꺼버린 후에도, 계속 발작적으로 기침했다. 나의 밑에 그리고 그녀의 모자 밑에 있는 노파는—말하자면 그녀의 모자는 나의 머리와 같은 높이에 있었다. 왜냐하면 나의 작은 키 때문에 에스컬레이터의 두 계단의 높이차가 상쇄되어 버렸던 것이다—아무런 눈에 띄는 짓도 하지 않았다. 다만 무언가 중얼거리며 혼자말로 욕을 했다. 그러나 그것은 파리의 노인네들이 흔히 하는 버릇이다. 에스컬레이터의 고무를 입힌 난간이 우리를 위쪽으로 데려갔다. 사람들은 그 위에다 손을 올려놓고, 난간과 함께 손을 위쪽으로 싣고 갈 수 있었다. 여행길에 장갑을 가져왔더라면 나도 그렇게 했을 것이다. 계단 주위의 벽을 장식한 타일들은 전기 불빛을 방울방울 반사했고, 크림빛의 파이프와 굵은 케이블들이 우리들의 상승을 동반했다. 에스컬레이터가 내는 소리는 지옥과 같은 소음은 아니었다. 오히려 그것은 기계적인 성격에도 불구하고 정감어린 소리였다. 무시무시한 검은 마녀의 와글거리는 노래 가사에도 불구하고, 이 메종 블랑쉬 지하철역이 내게는 아늑하고 살 만한 곳으로 여겨졌다. 에스컬레이터 위에 있으니 마치 집에 있는 것 같았다. 물론 불안감과 어린아이 같은 공포심이 들기는 했다. 하지만 전혀 낯선 사람들이 아니라 살아 있거나 죽은 내 친구들이나 친척들과 함께 올라갔다면 나는 행복했을 것이다. 나의 불쌍한 어머니는 마체라트와 얀 브론스키 사이에, 회색 머리카락의 쥐 트루친스키 아주머니는 그녀의 자식들인 헤어베르트, 구스테, 프리츠, 마리아와 함께, 거기에다가 채소상인 그레프와 행실이 방종한 그의 부인 리나, 그리고 당연하지만 베브라 스승과 우아한 로스비타와 함께 있었다면 말이다. 나라는 불확실한 존재를 틀에 끼워주었고, 또 나 때문에 좌초하였던 이 모든 사람들과 함께라면 말이다. 그리고 또 위쪽, 에스컬레이터가 끝나는 지점, 형사들이 서 있을 자리에 검은 마녀 대신 나의 할머니 콜야이체크가 산처럼 침착하게 서서 에스컬레이터 여행을 무사히 마친 나와 나의 일행을 그녀의 산과 같은 치마들 안으로 받아들여준다면 얼마나 좋았겠는가.

그러나 그곳 위에서는 두 명의 신사가 기다리고 있었다. 폭넓은 치마가 아니라 아메리카 스타일로 재단한 레인코트를 입고 서 있었다. 나는 또한 에스컬레이터가 끝에 닿을 무렵 나는 구두 속에 들어 있는 나의 열 개의 발가락으로 쓴웃음을 지으며 인정하지 않을 수 없었다. 내 위쪽에서 시시덕거리던 한 쌍의 연인도 내 아래쪽에서 중얼거리던 노파도 다름 아닌 경찰 끄나풀이었던 것이다.

더 이상 무얼 말하란 말인가. 전등 아래에서 태어나고, 세 살의 나이에 일부러 성장을 멈추고, 북을 얻고, 노래로 유리를 부수고, 바닐라 냄새를 맡고, 교회 안에서 기침을 하고, 루치에게 먹이를 주고, 개미를 관찰하고, 다시 성장을 결심하고, 북을 파묻고, 서방으로 가서 동쪽을 잃고, 석공 일을 배우고 모델 일을 하고, 다시 양철북으로 되돌아가 콘크리트 요새를 시찰하고, 돈을 벌고, 손가락을 보관하고, 손가락을 선사하고, 웃으면서 도주하고, 에스컬레이터를 올라가 체포되고, 유죄 판결을 받고, 수감되고, 그 후에 석방되어, 오늘 서른 번째 생일을 축하하고 있으며, 그러면서도 여전히 검은 마녀를 두려워하고 있는 것이다—아멘.

나는 비벼 끈 꽁초를 떨어뜨렸다. 그것은 에스컬레이터의 나무 발판 사이에 떨어졌다. 오스카는 상당한 시간 동안 45도 각도의 경사를 이루며 천국을 향해 올라갔고, 수평으로 세 걸음을 더 걸어간 후, 시시덕거리는 연인 경찰들 뒤에 그리고 중얼거리는 할머니 경찰 앞에 서서 에스컬레이터의 나무 발판으로부터 고정된 철제 발판으로 미끄러지듯 옮겨졌다. 그리고 형사들이 자기 이름을 밝히고 또 그를 마체라트라고 부르자 나는 에스컬레이터 위에서 공상하던 대로 처음에는 독일어로 "나는 예수다!"라고 말했고, 그러고 나서는 상대가 국제 경찰임을 감안하여 불어로, 그리고 마지막으로는 영어로 "나는 예수다!"라고 말했다.

하지만 나는 오스카 마체라트로서 체포되었다. 아무런 저항도 없이 나는 신변을 그들의 보호에 맡겼다. 그리고 바깥 이탈리아 거리에는 비가 내리고 있었으므로, 그들의 우산 아래 몸을 맡긴 채 불안한 마음으로 조심스럽게 주변을 살폈다. 실제로 나는 여러 차례—검은 마녀이기에 가능한 일이다—거리의 군중 속에서, 경찰차를 둘러싼 군중 속에서 검은 마녀의 무시무시하게 침착한 얼굴을 보았던 것이다.

이제 나는 더 이상 할 말이 없다. 하지만 정신 병원에서 어쩔 수 없이 나오게 된다면 앞으로 오스카는 무엇을 할 것인지 생각해 보아야 하리라. 결혼을 할 것인가? 아니면 독신을 지켜야 하나? 해외 여행이라도 할까? 모델업을 할까? 채석장을 구입할 것인가? 제자를 모을 것인가? 종파라도 세울 것인가?

오늘날 30세의 남자에게 주어진 그 모든 가능성은 검토의 대상이다. 그런데 내 북이 아니면 그 무엇으로 검토를 하겠는가. 그러니 나에게 점점 더 생생해지고 무시무시해지는 저 짧은 노래를 내 양철로 두드리며 검은 마녀를 불러내어 물어보기로 하자. 그래서 내일 아침 나의 간호사인 브루노에게 알려주어야 한다. 30세의 오스카가 점점 더 검은색을 띠어가는 어린아이 같은 공포의 그림자에 싸여 앞으로 어떤 생활을 영위해 나가야 할 것인가를 말이다. 그 옛날 계단 위에서 나를 놀라게 했던 것, 지하실에 석탄을 가지러 갔을 때 '우우' 하면서 나를 웃게 만들었던 것, 그러나 언제나 그곳에 있으면서 손가락으로 말을 하고 열쇠 구멍 사이로 기침을 하고 난로 속에서 한숨을 짓던 것이 문과 함께 소리를 질렀고, 굴뚝에서 뭉개뭉

개 연기를 냈다. 안개 속에서 배들이 고동 소리를 내고, 이중
창 사이에서 파리 한 마리가 몇 시간 동안이나 죽어 있을 때
였다. 또한 뱀장어들이 나의 어머니를, 나의 불쌍한 어머니가
뱀장어들을 탐낼 때였다. 그리고 태양이 탑이 있는 산 뒤로 넘
어가며 호박(琥珀)처럼 자신을 위해 빛을 낼 때도 그랬다!

헤어베르트는 그 목각상을 향해 달려들며 누구를 생각했
을까? 본 제단 뒤쪽이긴 하겠지만, 만일 모든 고해석을 검게
만드는 그 마녀가 없다면 가톨릭은 생각할 수도 없다. 그녀는
지기스문트 마르쿠스의 장난감이 부서졌을 때도 그림자를 던
졌다. 그리고 아파트 안뜰에서 개구장이들, 즉 악셀 미쉬케와
누히 아이케, 수지 카터와 한스 콜린이 붉은 벽돌가루 수프를
끓이면서도 그것을 말하고 노래했다. "검은 마녀는 있느냐? 있
다있다있다! 네가 잘못이다. 네가 잘못이다. 제일 잘못이다. 검
은 마녀는 있느냐……" 그녀는 언제나 거기에 와 있었다. 심지
어는 순진무구하게 녹색 거품을 일으키는 선갈퀴 비등산 속
에까지도. 내가 지금까지 쪼그리고 앉아 있었던 모든 옷장 속
에도 그녀는 쪼그리고 앉아 있었다. 그리고 나중에는 루치 렌
반트의 세모꼴 얼굴을 빌어 빵껍질과 함께 소시지를 게걸스
럽게 삼켰으며, 먼지떨이들을 다이빙대 위로 데려갔다—다만
오스카만 남아서 개미들을 보고 있었고, 몸을 여러 개로 만
들어 달콤한 것을 찾아가는 그것이 실은 그녀의 그림자라는
사실을 알았다. 그리고 성모 마리아, 고통에 찬 사람, 성축받
은 사람, 처녀 중의 처녀와 같은 모든 말씀…… 또한 현무암,
응회암, 휘록암, 조개껍데기 석회 속의 둥지들, 아주 부드러운

설화석고(雪化石膏) 같은 모든 돌…… 투명 유리, 아주 얇은 유리 같은 노래로 파손한 모든 유리…… 1파운드나 반 파운드짜리 푸대에 든 밀가루와 설탕과 같은 식료품도 마찬가지였다. 그 후에 네 마리의 수고양이, 그중의 한 마리는 비스마르크라는 이름이었다. 새로 회칠을 해야 했던 담장, 죽음에 취한 폴란드인들, 그리고 언제 누가 무엇을 침몰시켰는지 알리는 임시 뉴스, 저울에서 굴러 떨어진 감자들, 발끝으로 갈수록 좁게 만든 관, 내가 서 있었던 묘지들, 내 무릎이 닿았던 타일들, 내가 누워 있었던 야자 섬유…… 콘크리트 속에서 밟혀 굳어진 것, 눈물을 짜내는 양파즙, 손가락의 반지, 나를 핥아 대었던 암소…… 오스카는 그녀가 누구인가를 묻지 않는다! 그는 더 이상 할 말이 없다. 이전에는 내 등 뒤에 타고 앉아 나의 혹에다 키스를 하던 그것이 이제는 내 정면에서 다가온다.

내 등 뒤에 있었던 마녀는 검은빛이었다.
이제 그녀는 나의 앞쪽에서도 다가온다, 검은빛으로.
말씀과 외투를 휘날린다, 검은빛으로.
검은 돈으로 지불한다, 검은빛으로.
아이들이 노래하든 말든 상관없이 다가온다.
검은 마녀는 있느냐? 있다 — 있다 — 있다!

오스카는 왜 양철북을 두드리는가?

1 오스카는 왜 양철북을 두드리는가?

1959년 귄터 그라스의 『양철북(Die Blechtrommel)』이 발표되자 독일 문단에 일대 소동이 벌어졌다. 폴란드의 도시 단치히를 무대로 20세기 중반 격변하는 독일 사회의 은폐된 속살을 오스카라는 난쟁이의 행보를 통해 추적한 이 작품은 반어와 역설과 풍자로 열광적인 인기를 끌었고, 다른 한편으로는 교회와 신성에 대한 모독이며 외설이라는 이유로 격렬한 거부감을 불러일으켰다. 2차 세계 대전 후 지리멸렬하던 독일 문단에 야생마 같은 존재가 나타났던 것이다.

물론 이 작품은 어떤 권위에도 굴하지 않고 독일 사회의 모순 한가운데서 과거사 청산을 위해 고군분투한 그의 평생에 걸친 창작 활동의 신호탄이었다. 시시각각 시대의 현안과 혼신의 힘으로 부딪친 결과인 치밀한 구성과 표현 방식은 어지간한 끈기로는 따라가기 힘들다. 대개는 앞부분에서 고개를 갸웃거리며 책장을 넘기다 중도포기하기 일쑤다. 그러나 마지막까지 그의 호흡을 따라가 본 독자라면 한 인간이 가진 표현력이라는 것이 이토록 질기고 섬세하며 또한 광막할 수 있다는 사실에 새삼 놀라게 될 것이다.

그 야생마는 오스카를 아바타로 내세워 나치의 등장을 비롯한 파행적인 독일 역사에 의해 굴절되고 일그러진 일상의 구석구석을 종횡무진으로 헤집고 다닌다. 켜켜이 쌓인 속물 사회의 두터운 지방층을 마구 들쑤신다. 북을 두드리고 소리를 질러 유리를 깬다. 줏대 없는 광대처럼 흥얼거리며 다니는 것 같지만 여차하면 강편치를 날린다. 세상이야 어찌 돌아가든 코앞의 안일만 추구하는 소시민이 우글거리는 눈먼 자들의 도시. 깨어 있지 않으면 결국 동물의 지배를 받게 된다는 것은 거기나 여기나 그때나 지금이나 마찬가지다. 놀랍지 않은가! 서른한 살의 나이에 독일 사회를 관통하는 천박한 속물근성의 현장을 그처럼 끈질기게, 또 속속들이 투시하며 굽어보다니.

기성의 가치와 고정관념이라는 한계를 돌파하려는 끊임없는 시도, 새로운 관점의 설정, 순간순간의 창조와 재창조, 이것이 귄터 그라스 문학의 요체이다. 중력과도 같이 정신과 몸을 끌어당기는 기득권이나 고정된 시각에 머물러 있는 한 객관적인 자기 성찰은 불가능하다.

20세기 초반부터 중반에 걸친 독일 사회의 총체적 모순구조를 미시적으로, 동시에 거시적으로 형상화하고 있는 대작

『양철북』의 주인공 오스카를 난쟁이로 등장시킨 것도 이러한 맥락이다. 난쟁이의 올려다보는 시선, 소위 '개구리 시점'은 경직된 시각을 벗어나 뒤틀린 현실을 분해하고 해체하고 재통합하려는 몸부림이다. 『양철북』이 반어와 역설과 풍자로 가득한 것은 그 때문이며, 이후의 작품들도 그러한 기조에서 크게 벗어나지 않는다.

뒤틀린 현실 속에서 같이 뒤틀리지 않으려면 기존 체제에 매몰된 관점에서 벗어나 새롭게 보아야 한다. 이는 문체상의 요구에 그치는 것이 아니라 사회구조의 모순과 계급 갈등으로 점철된 시대 상황 하에서 이성이 견지해야 할 냉철한 입장이기도 하다. 이것이 반어와 풍자의 출발점이다. 그렇다면 뒤틀린 현실의 실상은 어떠했던가? 2차 세계 대전 후 독일 사회가 철저하게 각성하기는커녕, 다시 천민자본주의화 하는 것을 보고 그라스는 "진주 목걸이는 인간의 목보다 오래 가며, 손목은 야위어도 팔찌는 야위지 않는다."는 식으로 물신에 허우적대는 속물근성을 비판한다. 전쟁과 그 참혹한 후유증에 시달리는 가운데서도 독일의 소시민들은 개인적인 욕구를 충족시키기에 급급해 하는데, 그라스의 소설은 이러한 몰(沒)역사적이고 이율배반적인 의식의 밑바닥을 적나라하고 투명하게 묘사하고 있는 것이다. 오스카가 아버지로부터 식료품 가게를 물려받기를 거부하고 양철북을 택하게 된 것도 같은 맥락이다. 돈 상자를 들고 짤랑거리는 성인들의 세계로 들어가기를 거부하고, 소유의 질서에 도전하며 양철북을 두드리는 자의 길을 택한 것이다. 무엇보다도 그라스는 일상 속에 잠재해 있는 폭력을 예리하게 포착한다. 인간이 원래 잔인한 존재이기 때문이 아니라, 나약하기 때문에 폭력적 범죄에 동원되는 역설적 과정을 리얼하게 파헤친다.

2 반어와 풍자

정신 병원에 수용된 오스카는 외견상 성장이 중단된 세 살짜리 난쟁이에 불과하지만 정신적으로는 태어날 때부터 성인의 지성을 갖추고 있다. 성인의 지성과 난쟁이의 몸이라는 이러한 그로테스크한 결합은 기발한 예술적 장치로 기능하며, 속물근성의 표현일 따름인 타협과 굴종에 의해 시민의식과 자아의식의 균형을 이루고 있다고 착각하고 있는 독일 시민사회로부터 거리를 두고 관찰할 수 있는 시각을 제공한다.

무엇보다도 그라스는 일상 속에 잠복해 있는 폭력성을 다양한 각도로 포착한다. 나치 정권의 광기 어린 행태를 정치적 관점에서 직접적으로 묘사하기보다는 소시민적 일상의 배후에 도사리고 있는 야만성, 다시 말해 '일상 속의 파시즘'을 폭로하는 방식을 택한다. 그가 보기에 일상 속의 파시즘은 거의 치유 불가능하며, 굴곡진 독일 역사에서 끈질기게 그 생명력을 이어간다. 소시민의식 때문에 전체주의가 도래했고 그 결과 참혹한 고통을 겪었는데도, 소시민의식과 물신주의는 보란 듯이 다시 고개를 쳐드는 것이다.

성에 대한 묘사가 빈번하게 나타나는 것도 그러한 모순구조의 끈질긴 생명력과 연결된다. 이를테면 오스카가 마리아와 사랑을 나누는 장면에서 오스카는 자신의 성기를 다음처럼 묘사한다. "그것은 내가 누워 있는데도 일어섰다. 그것은 읽지도 못하면서 내 대신 서명했다 (……) 나는 그것을 씻는데 그것은 나를 더럽힌다."는 식이다. 이런 식의 노골적인 성 묘사 장면은 소시민적 정치의식이 초래하는 역설적 상황을 비유적으로 그리고 있음에 유의해야 한다. 작품 전체에 난무하는 반어와 풍자는 뒤틀린 소시민의식과 그로부터 초래될 전체주의 사회의 비극적 구조를 반영한다.

괴테와 베토벤을 낳았던 조국이 정상적으로 당당하게 전쟁을 벌인 것이 아니라 실제로는 국가적으로 조직된 잔악한 범죄 행위를 했다는 역사적 사실에 대한 자괴감, 허울 좋은 문명국가라는 자존심의 배후에 도사린 야만성의 자각에서 오는 모멸감에도 불구하고, 아무 일도 없었다는 듯 정상적인 얼굴로 점잖은 어법으로 시민사회를 그리는 것은 불가능할 수밖에 없다. 이후 작품들에서도 보다시피 귄터 그라스는 다양한 화자들을 등장시킨다. 세상을 투시하는 시각이 끊임없이 변화한다. 관점의 자유자재한 변화, 이것이 그라스 문학의 꿈틀거리는 동력인 셈이다. 역사와 현실에 편견 없이 다가가기 위해 이 각도 저 각도에서 응시하는 형식 실험을 줄기차게 지속한다. 고양이와 쥐, 개, 넙치, 달팽이, 무당개구리의 시선까지 동원한다. 아래쪽에서 성인들을 올려다보는 개구리 시점도 그러한 자유로운 시선들 중 하나일 뿐이다.

물론 작가의 이러한 광대한 시선이 평지돌출인 것은 아니다. 반어와 역설과 풍자라는 서사적 표현의 전통은 바로크 시대 이후 형성된 악동소설, 성장소설, 예술가소설이라는 독일 소설의 전통에 맥이 닿아 있다. 그 전통 속에서 보면 그라스의 존재가 더욱 명료하게 드러난다. 작가 엔첸스베르거(H. M. Enzensberger)가 오스카를 "양철북을 두드리는 빌헬름 마이스터"라고 한 것은 그런 맥락에서다.

현실은 언제나 살아 꿈틀거린다. 현실의 모순 한가운데를 거침없이 돌파하는 그라스의 문장 역시 살아 꿈틀거린다. 그는 그림 그리듯이 점토 주무르듯이 문장을 써나간다. 그라스는 작품 하나를 끝내면 그 핵심 이미지를 그림이나 점토 작품으로 남겨 놓기도 하고, 혹은 소재를 먼저 그림으로 그리거나 점토로 빚어 놓고 그다음에 글로 써 내려가기도 했다. 뿐만 아니라 그라스는 춤추기를 좋아했다. 머리가 아니라 온몸으로 글을 쓴다. 글을 쓰고 스케치하고 점토로 빚고 춤을 추는 것은 하나의 연속 동작이다. "나한테는 글을 쓰는 게 그림을 그리거나 조각하는 것과 별반 다를 게 없어요. 가공하지 않은 내 글은 점토 작업과 같은데, 일단은 무차별로 원고를 채우고 나중에 손을 보는 거지요."

몸의 리듬을 따르므로 공허한 관념이 스며들 여지가 없다. 지행합일이 아니라 행행합일(行行合一)의 경지다. 그 출렁거리는 에너지의 흐름을 따라가지 못하면 헤매기 마련이다. 그러나 타고난 이야기꾼의 흥겨운 가락에 공감하다 보면 독일 사회의 저변이 훤하게 보인다. 일상 속의 파시즘은 이 과정에서 저절로 폭로된다. 1979년에 나온 폴커 슐렌도르프 (Volker

Schlöndorff) 감독의 영화 『양철북』이 성공한 것도 원작 자체가 관념적 이해의 지평이 아니라 있는 그대로 '보도록', '느끼도록' 만들어져 있기 때문이 아닐까.

3 독일 민주주의의 교사

관점의 자유자재한 변화는 사회적 실천의 영역에서도 같은 리듬으로 전개된다. 작가 귄터 그라스는 그 모든 경직된 리듬과 도그마를 거부한다. 당시 사르트르와 카뮈 사이의 유명한 논쟁에서 그가 카뮈의 편에 섰던 것도 그런 이유에서다. 관념론을 배격하면서도 냉소주의에 빠지지 않는 실사구시의 상징을 카뮈의 『시지프 신화(Le Mythe de Sisyphe)』에서 보았던 것이다. 독일 비평의 황제라고 불리는 라이히-라니츠키(M. Reich-Ranicki)와의 평생에 걸친 갈등도 같은 맥락이다. 그라스가 보기에 라이히-라니츠키의 지평은 교조적 사회주의의 굴레에 갇혀 있을 뿐이다.

기민당의 보수적인 아데나워(K. H. J. Adenauer)와 사민당의 진보적인 빌리 브란트(Willy Brandt)의 대결 국면에서 귄터 그라스가 브란트의 편을 들며 적극적으로 선거유세에 나선 것도 아주 사소한 이유 때문이었다는 설도 있다. 수세에 몰린 아데나워가 빌리 브란트를 '혼외 자식'이라고 비난한 것에 그라스가 격분했다는 것이다. 그는 사민당의 집권을 위해 수백 번이나 선거유세를 했고, 그 기록은 『달팽이의 일기(Aus dem

Tagebuch einer Schnecke)』(1972)로 남았다. 현수막에 "에스페데 (SPD, 독일사회민주당)!"하고 우는 닭을 그려 사민당을 지지하기도 했다. 극우 세력이 자기 집에 불을 지른 적도 있었지만 그라스는 굽히지 않았다. 그러므로 그에게 '참여 작가'라는 말은 '흰 백마'라는 말과 마찬가지로 동어반복이다. 작가는 그 자체로 당연히 참여하는 존재이기 때문이다.

그에게 있어서 작가는 대중의 위에도 밖에도 있지 않고, 민주주의를 위해 허드렛일조차 마다하지 않는 '시민'의 한 사람일 따름이다. 그보다 앞서 노벨 문학상을 받았던 주제 사라마구(Jose Saramago)는 문학과 정치는 하나임을 그라스의 예를 들어 언급한다. "그라스는 도덕적 용기를 보여 주었고, 그 점을 나는 깊이 경탄한다." 그라스는 "생동하는 현실로부터 유보적인 거리를 두는 여러 관념론이야말로 독일 시민사회의 원수"라고 잘라 말하기도 한다. 납덩이처럼 무거운 좌파 지식인의 생경한 언어를 겨냥한 말이다. 실천하지 않는다면 안다는 게 무슨 소용인가? 탁상공론은 무조건 멀리한다.

그러나 그는 어디까지나 개혁주의자이며, 바리케이드를 앞세운 채 혁명을 부르짖는 자는 아니다. "예술은 타협을 모르지만, 정치는 타협을 먹고 산다." 타협과 행동 사이의 극심한 긴장을 견디는 자가 광대이며, 그런 자가 끝내는 세상을 변화시킨다는 것이다. 그가 빌리 브란트를 자신의 정치 선생으로 여기고, 지속적으로 사민당 노선에 동조했던 것은 이런 이유에서다.

보다 큰 틀에서 그라스는 괴테(J. W. v. Goethe)의 뒤를 잇는

'후기 계몽주의자'를 자처했다. 물론 계몽은 대중에 대한 교화나 훈시가 아니라 무지몽매한 사회를 조금이나마 밝게 하려는, 유럽 계몽주의의 점진적 개혁 사상이라는 커다란 흐름에서 이해되어야 한다. 그라스는 18세기 이래 유럽 문학이 디드로(Denis Diderot)와 레싱(G. E. Lessing)을 필두로 정치적인 계몽과 계몽된 정치를 위해 참여해 왔으며 자신도 그러한 전통 하에 있음을 누누이 밝힌다. 이러한 일관된 정치 참여를 뒷받침한 신조는 무엇이었던가.

「문학과 정치(Literatur und Politik)」라는 에세이에서 귄터 그라스는 말한다. "신앙이 이성 앞에 놓이게 되면, 곧바로 정치와 문학의 파괴가 시작된다. 예컨대, 유일신에 대한 신앙, 독일에 대한 신앙, 진정한 사회주의에 대한 신앙 같은 것이 그것들이다. 하지만 나는 '의심한다는' 사실에 대해서만은 믿는다." 귄터 그라스가 자신을 유럽 계몽주의의 계승자로 보는 것이 어떠한 의미인지를 확인할 수 있는 말이다. 자본이든 사회주의 이념이든 시대의 우상으로 군림하게 내버려 둘 수는 없다는 것이다.

작품 속에 등장하는 다양한 화자들의 관점 하나하나를 그라스는 현실에 대한 구체적인 반응들로 소중히 여기며 세세하게 묘사한다. 귄터 그라스가 정치적 문화적 사안들에 대해 그때마다 시시콜콜하다 할 정도로 적극적으로 개입하고 자신의 주장을 개진해 온 것도 이러한 이유에서이다. 작가는 구체적이고 감각적인 방식으로 역사와 문학의 결합을 시도한다. 사소하게 보이는 구체적 사건들 하나하나는 그저 흘러 지나가는 일상이 아니라, 언제나 더 거대한 사회의 흐름과 연결되어 있기 때문이다. 그저 대수롭지 않게 보아 넘길 수 있는 소시민적 행태가 곧바로 전체주의의 도래와 연결되어 있는 것이다. 구체성과 감각성을 매개로 사소한 사건들과 역사의 거대한 흐름을 묶어주는 긴장 관계가 그라스 소설의 예술성을 담보한다는 말이다. 당연한 것이지만, 그 긴장 관계를 포착하는 것은 독자의 역사적 상상력에 맡겨진 몫이다.

4 귄터 그라스의 인간적 면모

귄터 그라스는 1927년 10월 16일 단치히 근교인 랑푸우르(Langfuhr)에서 태어났다. 아버지는 독일 태생으로 식료품상 가게 주인이었고, 어머니는 폴란드령 카슈바이(Kaschwei)의 빈농 출신이었다. 그의 소년기는 1933년 히틀러의 정권 장악이라는 시대적 참상의 영향 하에 있었는데, 이것이 이후 그의 삶과 문학에 결정적 요인으로 작용한다. 단치히에서 초등학교를 졸업하고, 1944년에 중고등학교를 다니다 중도에 그만둔다. 1942년에 히틀러 유겐트에 입단하였고, 1943년에는 공군 보조병으로, 그리고 1945년에는 무장친위대에서 잠시 복무한다. 전쟁 동안 부상을 입은 그라스는 바이에른의 미군 관할 포로수용소에 수감되었다 석방된다. 종전 후에는 농사일을 하고, 광부로 일한 적도 있다. 1947년에는 뒤셀도르프(Düsseldorf)에서 석공 및 석각 견습공 생활을 하고, 재즈 그

룹의 일원으로도 활동하는데, 이때의 경험은 『양철북』 3부에
아주 자세하게 반영되어 있다. 1948년에서 1949년까지는 뒤
셀도르프 예술 대학에서 석판화와 동판화를 배운다. 1951년
에는 팔레르모(Palermo)까지 이탈리아를 여행하고, 1952년에
는 프랑스로 무전여행을 떠나 전국을 돌아다니며 포장지에 그
림을 그리고 종이조각에 글을 쓰기도 하며 창작 수업에 전념
한다. 1953년에는 베를린(Berlin)의 조형 예술대학에서 조각을
배운다. 1954년에는 스위스 출신의 발레리나인 안나 슈바르
츠(Anna Schwartz)와 결혼, 1956년부터 1959년까지 그녀와 파
리에서 지내며, 그동안 양철북의 초고를 완성한다. 파리 시내
를 돌아다니며 『양철북』을 집필하던 그의 모습을 그 자신의
표현을 빌려 엿보자면, "……이따금 기분을 전환하기 위해 나
는 영화 장면에 나오는 것과 같은 파리의 간이식당에 들어가
각 장의 초안들을 마구 갈겨썼다. 비극적으로 얽혀 있는 연인
들 사이에서, 외투에 파묻혀 있는 노파들 사이에서, 거울 벽
면들과 유겐트 양식의 장식들 사이에서 나는 괴테의 『친화력
(Die Wahlverwandtschaften)』에 관해, 괴테와 라스푸틴(Grigori
Y. Rasputin)에 대해 무언가를 썼다."

여행과 방랑을 좋아하고 낭만적 열정에 사로잡혀 있으면서
도 반어 정신에 넘치는 외곬 문학청년의 모습이다. 부유한 부
르주아 가문 출신인 그의 부인에게도 창작에 몰두해 있는 그
라스의 모습은 낯설었다. 다시 그라스의 말에 의하면, "안나는
(……) 의무감에서 귀를 기울여야 했다. 안나로서는—돌이켜
보건대—꿈꾸는 듯 자신의 일에 빠져 있으면서 기껏해야 자

욱한 담배 연기의 형상으로만 존재하는 이 남자에게서 그 어떤 결혼한 남자의 모습을 찾기 어려웠을 것이다. 그녀에게 나는 도대체 소화불량의 인물이었다……."

작가의 면모를 잘 보여 주는 장면을 하나만 더 소개한다. 그의 소설 『나의 세기(Mein Jahrhundert)』(1999년)에 보면 『양철북』이 출간된 후 출판 기념 식장에서 아내인 안나 슈바르츠와 춤을 추었던 장면을 회고하는 이야기가 나온다. 평론가들은 떠들썩하게 그라스의 성공을 축하하고, 수백 수천의 참가자들이 수다를 떠는 와중에 그라스는 한쪽 구석에서 발레리나 출신인 안나와 함께 발바닥이 뜨거워질 정도로 열심히 춤만 추고 있다. 음악 소리와 심장 박동 소리는 웅성거리는 소음들을 압도하고, 그 부부에게 날개를 달아주어 무중력의 상태로 빠져들게 한다. 이제 유명인사가 된 작가가 말의 성찬과 의례적인 사교 관계라는 번잡함을 피하고 싶어 그랬으리라는 것은 짐작이 간다. 세속적인 평가와 무관하게 단번에 핵심으로 들어가려는 그의 기질을 엿볼 수 있는 장면이다

『라스트 댄스(Letzte Tänze)』에서 보다시피 그라스가 춤을 바라보는 시선은 무중력(無重力)의 장에서 중력의 장으로 돌진해 들어가 파괴하고 해체하는 시선이자 몸짓이며 경쾌한 발걸음이다. 중력이란 다름 아니라, 자유의 몸짓을 억누르는 강제와 율법, 필요와 귀결, 목적과 의도, 선과 악 같은 것이다. 귄터 그라스를 두고 "잘 길들여진 독일 문단에 나타난 야생의 괴물"이라고 시인 엔첸스베르거가 말한 것은 어떤 권위에도 굴하지 않고 평생을 작업하고 싸우고 사랑해 온 그라스의 열

정을 평가한 것이었다.

역자도 귄터 그라스를 만났던 적이 있다. 2002년 3월 말, 독일 뤼베크(Lübeck)에서 귄터 그라스의 작품『게걸음으로 (Im Krebsgang)』번역을 위한 세미나가 열렸다. 이십여 개국에서 온 번역자들과 작가, 그리고 편집자가 3박 4일 동안 텍스트를 둘러싸고 열띤 토의를 벌였다. 세미나 장소는 토마스 만 형제가 살았던 부덴브로크 하우스 지하 강당. 오전 아홉 시부터 돌아가며 각자 소개를 한 뒤, 귄터 그라스를 도와주던 편집자가 말문을 열었다. "첫 페이지 첫째 단락에 모르는 게 없나요?" 첫 페이지가 아니었다. 이런 식으로 나흘 동안의 강행군이었다. 작가는 그야말로 이야기꾼으로 내내 번역자들을 웃기면서도 정작 자신은 무표정한 포커페이스였다. 독일의 출판사가 가제본으로 만들어 사전에 한국으로 부쳐온 텍스트를 미리 읽으면서 의문 나는 부분들에 밑줄을 쳐놓았고, 세미나 동안 묻고 또 물어 그 구절들은 거의 다 해결하였다.

세미나 마지막 날 저녁, 포도주 파티로 이별의 정을 나누었다. 작가가 내게 한마디 툭 던졌다. 미스터 장, "두 달 후 한국에서 봐요. 내가 평양으로 갔다가 '휴전선을 넘어' 서울로 갈테니까." 그해 5월 말 그라스는 예정대로 한국을 방문했다. 통일 세미나에도 참가하고 월드컵 개막식에서 축시도 낭송하기 위해서였다. 물론 평양으로 가지는 못했다. 김포공항에 내리자마자 그가 곧장 달려간 곳은 휴전선이었다. 작가는 상기된 표정으로 말했다. "살벌해요. 베를린 장벽하고는 비교도 안 돼요. 형제간에 왜 이러는 거지요? 잘사는 남쪽이 조건 없이 도와주세요. 내가 한국의 작가라면 평생을 분단 문제에 매달리 겠어요." 감수성 덩어리인 대작가의 눈에 비친 휴전선의 실상 은 그만큼 참혹했던 것이다.

작가가 한국에 도착한 날 나는 이미 번역을 끝내고 출간한 한국어판 『게걸음으로』에 내 헌사를 적어 사인을 하여 작가 에게 돌려드렸다. 그라스는 싱글벙글 기뻐하며 번역에서 한국 이 금메달을 땄다며 너스레를 떨기도 했다. 독일의 과거사 청 산에 평생을 바친 작가에게 내 나름대로 경의를 표하기 위해 서둘러 번역을 마무리 지었던 것이다.

5 맺는말

권터 그라스는 과거사 청산 문제에서 우리 사회가 배울 게 참으로 많은 작가이다. 과거 극복이라는 전후 독일 문학 최대 의 화두를 그는 다음과 같이 말한다. "우리는 과거와의 소통 을 위한 말들을 사용해왔다. 과거는 속죄되고 극복되어야 한 다. 과거 문제를 해결하려고 애쓴다는 것은 슬픔을 이기기 위 한 노력을 다함을 뜻한다." 과거사 청산 문제에서 어지간히 노 력해 왔다고 자타가 공인하는 독일에서조차 민주주의의 정착 은 그만큼 쉽지 않다는 말이다.

그러므로 지금도 북을 두드려야 하고, 소리를 질러 유리를 깨야 한다. 민주주의에 무슨 완성이 있겠는가. 시지프의 돌처 럼 끊임없이 굴려 올려야 한다. 『양철북』의 5월 초원의 장면에서 오스카가 연단 밑에서 북을 두드려 파시스트의 군가를 왈츠로 바꾸어 놓는 장면에서 보듯이 천국과 지옥의 경계는 순식간에 허물어진다. 끊임없이 각성하지 않으면 금방 넘어간다. 물론 사회의 커다란 흐름과 함께 민주주의의 적은 시시각각으로 변한다. 말년에 그는 자기 시대를 이렇게 진단한다. "사람들은 민주주의의 적을 극우와 극좌, 이슬람이라고 말하지만 그렇지 않아요. 정작 우리로부터 자유의 내용물을 비워 내고 있는 것은 거대 기업과 은행들, 입법권을 쥐고 흔드는 정치 권력이라는 사실이 증명되고 있어요."[1]

작가 귄터 그라스는 문학을 온몸으로 살았던 민주주의의 교사였으며, 문학이 사회를 변혁할 힘을 가지고 있음을 증명한 작가였다. 그의 인생은 '피가 뚝뚝 흐르는 역사의 내장 속에서' 저항을 외치고 진흙을 주무르고 자판을 두드리며 고군분투한 삶이었다. 하지만 그에게 필요했던 것은 고작 이런 거였다. 담배, 완두콩, 종이 그리고 가끔 구입해야 하는 새 바지. 그리고 입식 책상, 진흙 상자, 회전 선반이 있는 작업실.

이 책의 번역은 1996년 독일의 슈타이들(Steidl) 출판사에서 발행한 *Die Blechtrommel*을 원본으로 삼았다. 700여 쪽에 이르는 장편을 우리말로 옮기다 보니, 주인공 오스카를 따라 단치히 시내를 거닐며 독일 역사와 독일 시민들의 삶의 현장에 직접 참관하고 있다는 느낌에 빠져들곤 했다. 그것은 역자가

---

1) 『16인의 반란자들』 사비 아옌 지음, 정창 옮김, 스테이지팩토리, 2009년, 210쪽.

살고 있는 사회의 구성원들의 삶을 규정하는 상황에 대한 자각이 동시에 작품 이해의 공명판을 이루었기 때문일 것이다.

처음 이 작품을 읽었을 때는 장황한 언설과 다변에 조금은 어리둥절했다. 하지만 이제는 머리가 끄덕여진다. 이야기하고자 하는 본능은 자유로운 영혼의 발로이며, 문학은 곧 이야기가 아닌가. 『양철북』에서 우리는 신들린 듯 이야기를 풀어내는 낙천적인 이야기꾼을 만난다. 이야기는 우리를 즐겁게 하며, 우리를 절망에서 희망으로 이끌어간다. 수천 개의 이야기가 대기 상태로 빼곡하게 들어차 있는 작가의 머릿속이야말로 독일 문화의 보고였다. 2차 세계 대전 후부터 2015년에 세상을 떠날 때까지 귄터 그라스는 독일 문단을 이끌어간 '저항'의 아이콘이자 걸출한 이야기꾼이었던 것이다.

작가연보

1927년   10월 16일 폴란드의 자유시 단치히 교외 랑푸우
르에서 태어났다. 아버지는 식료품 가게를 운영
하는 독일인이었고, 어머니는 가톨릭계 카슈바
이인이었다.

1933-1944년   초등학교, 중고등학교를 다녔고, 이때 처음으로
문예학적인 경험들을 했다.

1937-1941년   본인의 의지와는 상관없이 나치 소년단원, 히틀
러 청년단원이 되었다. 18세 때에는 공군 보조병,
전차병으로 참전, 그 후 체포되어 미군의 전쟁
포로가 되었다.

1946년   석방된 후 몇 년 간 고향에서 석공일을 했다.

1949년   뒤셀도르프 예술 대학에 입학, 그곳에서 4년 간

	수학하고, 이후 몇 년 간 세계 여행. 여행에서 돌아와 베를린으로 이주, 베를린의 조형 예술 대학에서 금속 조각을 배웠다.
1954년	무용수 안나 슈바르츠(Anna Schwarz)와 결혼. 1년 후 서정시 대회에 입상을 통해 시인으로 활동하며, 전후 문학 동인인 '47그룹'에 가입했다.
1958년	『양철북(Die Blechtrommel)』의 미완성 초고 강독으로 47그룹 문학상 수상.
1959년	『양철북』 출간.
1960-1964년	베를린 예술 대학에서 수학하는 한편 사민당 SPD에 가입. 이후 1969년까지 『양철북』으로 게오르그뷔히너 상, 폰타네 상, 테오도르 호이스 상 등 수많은 문학상을 수상했다.
1961년	노벨레 『고양이와 쥐(Katz und Maus)』 출간.
1963년	소설 『개들의 시절(Hundejahre)』 출간. 이로써 단치히 삼부작인 『양철북』, 『고양이와 쥐』, 『개들의 시절』이 완성되었다.
1964-1969년	매년 미국 등으로 강독 여행.
1969년	장편 『국부 마취(Örtlich betäubt)』 출간.
1972년	장편 『달팽이의 일기(Aus dem Tagebuch einer Schn- ecke)』 출간.
1973년	이스라엘 여행.
1976년	하버드 대학에서 명예박사 학위를 받았다.
1977년	장편 『넙치(Der Butt)』 출간.

1979년	장편 『텔그테에서의 만남(Das Treffen in Telgte)』 출간.
1986년	장편 『암쥐(Die Rätin)』 출간.
1986-1987년	인도 캘커타 여행.
1992년	소설 『무당개구리 울음(Unkenrufe)』 출간. 사민당 탈퇴.
1995년	장편 『아득한 평원(Ein weites Feld)』 출간. 독일 통일을 재론한 이 소설로 큰 논쟁을 불러일으켰다.
1996년	토마스 만 상 수상.
1999년	장편 『나의 세기(Mein Jahrhundert)』 출간.
2002년	한국 방문, 5월 29일 중앙대에서 '지속적인 과제로서의 통일'이라는 주제로 강연했다. 『게걸음으로(Im Krabsgang)』 출간.
2003년	슈타이들 출판사에서 18권으로 된 선집 간행. 시화집 『라스트 댄스(Letzte tänze)』 출간.
2004년	그라스가 삽화를 그린 안데르센 동화집 『그림자』 출간.
2006년	자전적 소설 『양파껍질을 벗기며(Beim Häeuten der Zwiebel)』 출간. 10대 시절 나치 무장 친위대 복무 사실을 인정해 논란을 일으켰다.
2008년	자전적 소설 『암실 이야기(Die Box)』 출간.
2015년	4월 13일 여든여덟의 나이로 영면했다.

세계문학전집 33

양철북 2

1판 1쇄 펴냄   1999년 10월 4일
1판 59쇄 펴냄   2024년 3월 20일

지은이   귄터 그라스
옮긴이   장희창
발행인   박근섭, 박상준
펴낸곳   (주)민음사

출판등록   1966. 5. 19. (제 16-490호)
서울특별시 강남구 도산대로1길 62(신사동) 강남출판문화센터 5층 (우편번호 06027)
대표전화 02-515-2000   팩시밀리 02-515-2007
www.minumsa.com

한국어 판 ⓒ (주)민음사, 1999, 2017. Printed in Seoul, Korea

ISBN 978-89-374-6033-3 04800
ISBN 978-89-374-6000-5 (세트)

세계문학전집 목록

세계문학전집은 계속 간행됩니다.